第三代诗歌研究资料

程光炜 主编

张 涛 编

中国当代文学史资料丛书

百花洲文艺出版社
BAIHUAZHOU LITERATURE AND ART PRESS

图书在版编目（CIP）数据

第三代诗歌研究资料/张涛编.—南昌：百花洲文艺出版社,2017.8
（中国当代文学史资料丛书/程光炜主编）
ISBN 978-7-5500-2183-9

Ⅰ.①第… Ⅱ.①张… Ⅲ.①诗歌研究–中国–当代
Ⅳ.①I207.22

中国版本图书馆CIP数据核字（2017）第090728号

第三代诗歌研究资料

DI-SAN DAI SHIGE YANJIU ZILIAO

张涛 编

出 版 人	姚雪雪
责任编辑	张 越 臧利娟
书籍设计	方 方
制 作	何 丹
出版发行	百花洲文艺出版社
社 址	南昌市红谷滩世贸路898号博能中心一期A座20楼
邮 编	330038
经 销	全国新华书店
印 刷	江西千叶彩印有限公司
开 本	720mm×1000mm 1/16 印张 23
版 次	2018年4月第1版第1次印刷
字 数	350千字
书 号	ISBN 978-7-5500-2183-9
定 价	46.00元

赣版权登字 05-2017-126

邮购联系 0791-86895108
网 址 http://www.bhzwy.com
图书若有印装错误，影响阅读，可向承印厂联系调换。

总 序

◎程光炜

一

中国当代文学史（1949—2009）有"前三十年"和"后三十年"之分期。后三十年中，又有"七十年代文学""八十年代文学"和"九十年代文学"等不同段落。本丛书的选编对象，是后三十年文学。然而，文学发展脉络除不同段落之外，还应有先后出现的流派、现象和社团将之串联成一个整体。在中国现代文学史上，仅二十年代的文学就有文学研究会、创造社、沉钟社、未名社等大大小小的社团或流派，从这些现象中，既可观察这一段落文学的起伏跌宕、相互排斥与前后照应，也能对它们的纹理组织和贯穿线索有清楚的了解。

由于当代文学史的历史沉淀不够，研究者与研究对象之间的历史距离还较短，它作为一个历史河床的激流险滩就来不及显露出来，供研究者做准确的测量、计算和评估。按照我做历史研究的习惯，凡是漂浮在文学批评和各种文坛传说中的文学现象，都不会列入研究目标，我会耐心地等它逐渐沉淀下来，待纹理组织和脉络线索都清楚显露出来之后，才把一个个作家作品这种单位摆放进去，设置一个位置。观察思潮，也应该强调它的历史稳定性，否则宁愿放着不做。但是我们知道，自所谓新时期文学开始运作之后，被文学批评推出的文学现象就层出不穷，例如伤痕文学、反思文学、寻根文学、先锋小说、新写实小说、女性文学等等，而且它们大都被已经出版的许多文学史著作所采用，在大学中文系文学史课堂上讲授了几十年。我没做过统计，关于它们的各种论文不说上千万字，少说也有几百万字。更值得注意的是，有很多研究论文详细讨论它们之间的承传关系①，或者对某现象的内涵外延加以界定②，也分析到某现象在向另一现象转型过程中出现的种种问题③，如此等等。由此说明，当代文学史历史分期、段落传承、概念界定、现象、社团和流派等等的历史化研究，也并不像有些悲观者认为的那样犹如散兵游勇，布不成阵。④

因资料整理和学术研究没有跟上来，从伤痕文学、反思文学、先锋话剧、朦胧诗、寻根文学、先锋小说、新写实小说、女性文学、第三代诗歌、文化散文、九十年代长篇小说到60后作家三十年来的文学史序列，除作家主动提倡、文学批评和杂志组织等推动因素外，是否还有社会思潮的刺激、外国文学的影响和文学圈子的催发，还都没有被认真清理和反思。关于现代文学史上的文学研究会、创造社、太阳社、沉钟社、新感觉派、乡土小说、京派、海派等社团和流派的文献史料，是经过几代学者数十年来默默无闻地爬梳、搜集、辑佚、整理和研究，才逐渐浮出历史表面，最后被确定下来，成为学科的概念、术语、范畴的。而我知道，对当代文学史上这些重要现象文献史料的收集整理，还只是处在启动的状态，更不用说以一所大学之力，几代学者之力，开辟为研究领域了。虽然如上所说，零星的"关系""转型""段落传承"等研究已有不错成果，但与现代文学史如此大规模、长时段和投入几代学者之力的宏大工作相比，远没有提到议事日程上来。这个事实，必须引起学界同人足够的重视。

二

本丛书的编撰是一项进一步充实当代文学史文献史料整理的工作。它分为《伤痕文学研究资料》《反思文学研究资料》《改革文学研究资料》《寻根文学研究资料》《先锋小说研究资料》《新写实小说研究资料》《新历史小说研究资料》《女性文学研究资料》《朦胧诗研究资料》《第三代诗歌研究资料》《先锋话剧研究资料》《文化散文研究资料》《九十年代诗歌研究资料》《茅盾文学奖研究资料》《九十年代长篇小说研究资料》和《外国文学译介研究资料》，总计十六种，基本涵盖了当代文学史后三十年的重要现象。如果按照本文第一部分讨论现代文学史社团、流派、现象的观点，可以将十六种资料略作分类。第一类为文学现象，如"伤痕文学""反思文学""改革文学""新历史小说""先锋话剧""文化散文""茅盾文学奖""长篇小说""外国文学译介"等；第二类为社团，如"朦胧诗""第三代诗歌""九十年代诗歌"等；第三类为流派，例如"寻根文学""先锋小说""新写实小说""女性文学"等。所谓文学现象，是指受到当时社会文化思潮和文学思潮的影响而兴起的一种文学创作现象，集中反映着当时作家、批评家的思想状况、文学观念和审美意识，尤其是文学探索的精神。随着这些思潮的转移、跌落，这些现象也随之弱化和消失。所谓文学社团，按照既定的文学史认知，它一定有社团章程、组织、文学主张和相对固定的文学圈子，有固定的批评家和文学受众，关于这一点，"朦胧诗""第三代诗歌"和"九十年代诗歌"都符合这些条件。

从文学史的角度说，凡文学社团都有社团章程、组织、文学主张和固定的文学圈子，有固定的批评家和文学受众。例如"朦胧诗"，它源于1969年出现于河北白洋淀插队知青中的"白洋淀诗人"，主要成员有姜世伟（芒克）、栗世征（多多）、岳重（根子）、孙康（方含）、宋海泉、白青、潘青萍、陶雒涌、戎雪兰等，在北京工作或在外地插队的北岛、江河、严力、彭刚、史保嘉、甘铁生、郑义、陈凯歌等，也曾与这些诗人有交往。1978年12月，创办了诗歌小说和美术杂志《今天》，而以发表诗歌为主。杂志主编是北岛、芒克，成员有方含、江河、严力、食指、舒婷、顾城、杨炼等。由北岛起草的"发刊词"代表了该杂志的章程、组织和文学主张，他们宣称：该杂志是要"植根于过去古老的沃土里，植根于为之而生、为之而死的信念中。过去的已经过去，未来尚且遥远，对于我们这代人来讲，今天，只有今天！"⑤《今天》这个文学社团从1978年到今天，已经存在了三十七年，是中国当代文学史上存在时间最长、杂志延续至今的一个社团。虽然，它的主编、编委和成员几度变化，该杂志后来还转移到国外，但仍然一直坚持了下来。在我看来，"寻根文学""先锋小说"和"新写实小说"是可以作为文学流派来研究的。首先，它们都曾有自己的"文学宣言"，固定的作者圈子，相对统一的创作风格，不仅影响了后来一代作家的创作，而且通过创作转型，当年的创始者后来也一直延续着当年的文学主张、审美意识和创作风格，例如莫言、贾平凹、韩少功、李锐（寻根），余华、苏童（先锋）等。

鉴于上述社团、流派和现象的史料非常分散，缺乏系统整理，本丛书拟以"资料专集"的形式出版。作为同类著作的第一套大型工具书，我们力图通过勾勒后三十年文学发展的基本脉络，展现大量而丰富的历史信息。同时意识到，这套丛书的出版，将为下一步更为细化、具体的史料整理工作开辟一条新路。如果从当代文学史文献收集、辑佚和整理工作的长远考虑，中国当代文学史的"社团史""流派史"等，也应在不远的未来启动和开展。比如，"白洋淀诗人群"与《今天》杂志的沿革关系，至今还是众说纷纭，有一些模糊不清的诗人回忆文章，但缺乏详细可靠的考证。又比如《今天》杂志编委会在八十年代的改组和分裂，也是各执一词，史料并不可靠。"寻根文学"的发起是1984年12月在杭州召开的那次文学的"当代性"会议，然而这次会议由哪些人发起、组织，具体策划是什么，与会人员名单是如何选择、确定，没有翔实材料予以叙述，零星片断的叙述倒是不少，仍不能令人满足。另外，散会后，韩少功、阿城等是如何产生写作那些"宣言式"文章念头的，具体情形包括活动情况，研究者仍然不得而知。在我看来，如果没有大量的建立在考证基础上的"社团史""流派史"史料丛书的陆续问世，仅凭简单材料写出的同类著作不仅价值不高，历史可信度也很低。这套书的工作，仅仅是为这一长期并意义深远的学术工作，打下一点初步基础而已。

三

在编选体例上，我们在遵循过去文学史史料丛书规则的前提下，也对这次编选提出了自己的要求。

一、每本书的结构，分为主选论文和资料索引两个部分。主选论文是全文收录，资料索引只选篇目和文章出处。在资料索引部分，要求编选者尽量穷尽能够找到的资料，当然非正式出版的报刊不在此列。

二、视野尽量开阔，观点具有历史包容性，强调点与面的结合。主选论文，应以当时文学思潮、论争文章和后来有价值的研究文章为编选对象；突出主要作家作品，一般作家作品可放在资料索引部分，作为对主选论文的陪衬，但也要求尽可能地丰富全面。

三、鉴于每本资料只有三十万字左右规模，这就要求编选者具有"选家"的眼光，用大海淘沙的耐心和精细触角，把对于历史来说，值得发掘和发现的文献史料贡献给各位读者。

由于各位编选者都在大学工作，承担着繁重的教学科研任务，尽管这套丛书筹备了好几年时间，还经过开会商讨和电子邮件的多次协商，但展现在读者面前的丛书，仍有不少遗憾之处，它的疏漏也在所难免，望读者批评指正。

2015年5月11日于北京

注释：

①杨晓帆：《知青小说如何"寻根"》，《南方文坛》2010年第6期。这篇论文运用详细材料，叙述了阿城1984年发表短篇小说《棋王》后，被仲呈祥、王蒙等归入知青小说。1985年提倡"寻根文学"后，更多的批评家开始按照对寻根文学的理解，认为它是这种现象的代表作之一，之后在接受各种访谈时，阿城也有意无意根据采访要求，重新讲述这篇小说是如何寻根的故事。这个案例，一定程度上说明，"知青小说"向"寻根文学"转换过程中的某种秘密。

②旷新年：《写在"伤痕文学"边上》，《文艺理论与批评》2005年第1期。作者力图在五十至七十年代文学和九十年代文学的关系脉络中，分析"伤痕文学"产生的原因，以及它如何在九十年代全球化大潮中逐渐衰老的深层背景。

③吴义勤的《告别"虚伪的形式"》（《文艺争鸣》2000年第1期）论及余华八十年代／九十年代小说的"转型"问题。还有很多学者，都有这方面的论述。

④从事现代文学研究的赵园，一次就曾当面对笔者谈到"当代文学"就像一个"菜市场"。这种认为当代文学史研究状况，始终没有自己的学科自觉和秩序的看法，在现代文学研究界十分普遍，一方面说明当代文学史研究确实存在问题，与此同时，也表明许多学者在耐心阅读已有成果之前就下结论的草率。

⑤《致读者》，载《今天》1978年12月23日《创刊号》。

目　录

1 | "第三代诗歌"与"后现代主义"／陈旭光

13 | 论第三代诗的语言策略／魏　慧

21 | 抵达本真几近自动的言说
　　——"第三代诗歌"的语感诗学／陈仲义

32 | 理解与感悟
　　——说"第三代"诗／李振声

40 | 既成言路的中断
　　——"第三代"诗的语言策略，兼论钟鸣／李振声

53 | 迷踪后的沉寂
　　——朦胧诗后第三代诗的命运反思／罗振亚

63 | 第三代诗歌反文化的两种表现形式／温宗军

71 | "平民"与"贵族"的分化
　　——"第三代"诗人的心理文化特征／陈旭光　谭五昌

77 ∣ 论第三代诗的非诗化倾向／吕周聚

88 ∣ 论"第三代诗歌"的新历史主义意识／张清华

101 ∣ "第三代"诗学的思想形态／孙基林

108 ∣ "后新诗潮"／王光明

114 ∣ 可疑的反思及反思话语的可能性／姜 涛

128 ∣ 超越悲剧，胜走麦城
　　　——从门外进去的是王强，从门里走出来的是麦城／钟 鸣

146 ∣ 返回本体与语感实验："他们"诗派论／罗振亚

154 ∣ 朦胧诗以后：词与物／刘 春

165 ∣ "先锋"的变迁与在当下诗歌写作中的意义／钱文亮

175 ∣ 时代的弃婴与缪斯的宠儿
　　　——试论1960年代出生的诗人／西 渡

188 ∣ 第三代诗歌中的文革隐迹书写／李建立

200 ∣ 《尚义街六号》的意识形态／杨庆祥

210 ∣ "反诗"与"返诗"
　　　——论于坚诗歌别样的历史意识和语言态度／陈 超

228 ∣ "口语写作"：由来和归宿／张桃洲

232 ∣ 有一种被遗忘的时间形式仍在召唤我们
　　　——以"第三代诗人"赵野为例／敬文东

244 ｜ 当前诗歌写作的语言源流

　　——梁小斌诗学的若干意义／**杨四平**

248 ｜ 第三代诗歌的认同焦虑

　　——以"1986现代诗群体大展"为中心／**李建周**

260 ｜ 80年代诗歌运动中的非非主义／**董　辑**

270 ｜ 从"校园"到"学院"

　　——对1980至1990年代中国诗歌的一种观察／**李慧明**

278 ｜ 从西昌到成都

　　——对第三代诗歌杂志《非非》生产的社会学考察／**罗文军**

293 ｜ 我说"口语诗"／**伊　沙**

296 ｜ 选本运作与"第三代诗"的文学史建构／**罗执廷**

306 ｜ 激情泛化的诗：论第三代诗歌的青春化写作／**陈爱中**

319 ｜ 读于坚的《高山》／**程光炜**

323 ｜ 回到《关东文学》

　　——八十年代第三代诗歌的一个现场／**宗仁发**

329 ｜ 附录　第三代诗歌研究资料索引

"第三代诗歌"与"后现代主义"

陈旭光

> 伟大的文学作品往往是走在批评家前面的。它们已经存在了。它们明确地预示了任何批评家都可达到的分解之程度。

——希利斯·米勒

批评话语的"视界"必当与批评对象本身所处的历史境界相对位甚或高出于它，"洞见"才有可能发生。面对"后崛起"于"朦胧诗"的"第三代诗歌"，它的"狼烟四起"、热闹非凡的局面及与此前诗歌相比表现出来的活跃生机和全新的意向却与批评的尴尬无能、冷漠盲视形成了鲜明的反差——我们必须寻找一种新的批评话语。

要理解"第三代诗歌"的意义，也应把它放到它所由产生的更大的文化背景和文化语境中去，由此而得到说明。时至今日，"后现代主义"对于我们的文化语境来说，已经不再是一个外来的、处于本文文化语境的异己之物和"他者"，它早已悄然而然地进入了我们的语言及自下而上的现实，已经成为我们自身的一部分。在这个全球文化越来越被大众传媒和全球性的商业、文化活动连成一体的"地球村"时代，任何第三世界的民族都不可能游离于这个"后现代气息"（查尔斯·纽曼语）之外，它只可能在全球性商品市场化的历史进程中确定自己的坐标点。

"第三代诗歌"，也必须置于"后现代主义文化"的全球"视界"中，才能得到若干可能的阐释和说明，尽管我们的工作已经做迟了。回顾"第三代诗歌"，我们也许足以为之感到骄傲：当今天"后现代主义"仍被某些可爱的

"伪现代派"和本土守旧主义者畏之如虎，退避三舍之时，"第三代诗歌"早已显示了足够的"后现代性"！也就是说，这些超前的"后现代本文"早已预示了在今日仍然方兴未艾的"后现代批评"可能实现的批评价值和达到的理论深度。

一种描述："后现代"拼贴场景

"第三代诗歌"对于当时异常艰难地获得默许并逐渐确立起某种正统地位的主流诗歌——"朦胧诗"的反动，时间上可以追溯得更早，但那是一种完全处于非公开的地下状态的运行和积聚。他们的集体亮相，集中地引人注目，则是以1986年"两报现代诗大展"为契机的。仿佛只在一夜之间，众多的流派、诗人一齐涌现，个个以自己独特的言语方式和诗歌姿态，招摇过市般地舞蹈在诗歌的舞台上。它们零散、夸张而不无放肆，全无"朦胧诗"那种基本整一的时代精神主流，更缺少"第一千零一名挑战者"的使命责任感和孤芳自赏的"美丽的忧伤"情结。"大展"齐刷刷推出的六十多个群体，都是以商业性广告的极端方式，大呼小叫地发布宣言、树立旗号而推出来的。对他们的宣言，也许我们根本无须细究其科学与否，合逻辑与否，理论与创作相称与否。说到底，这些先声夺人的宣言之更重要的，在于一种独立的，总想别出心裁、与人不同的姿态，以及这种姿态对人注意力的吸引（有点像商品广告）。这显然使得"两报大展"与"后现代"商品化（广义的商品化）这一问题发生了千丝万缕的联系。极而言之，这种"博览会"式的"大展"方式及其表现出来的诗歌发展态势，本身就是一幅典型的"后现代"拼贴场景，表现出的正是代表着现代主义在中国的恢复和发展到顶峰的"朦胧诗·北京"中心崩溃以后零散化、平面化的"后现代"景观。在这种态势中，"一切都保不住中心"，一切都堆积在一个平面上。没有了中心，谁都想引人注目，各自成为中心。

也许是深谙此道，"第三代诗歌"的年轻诗人，大都有着极为强烈的"文化造反"意识。"PASS北岛"，"谢冕先生可以休息"……种种狂妄和偏激令人瞠目结舌。它不难让我们联想到否定一切的达达主义，美国"垮掉的一代"，法国青年的"五月风暴"，甚至我国发生的并不遥远的红卫兵运动……显然，"朦胧诗"的话语权力，北京的文化中心地位，早已使他们愤愤不平，倍觉一种"影响的焦虑"。权威不可能是双重和多元的，他们无法在"朦胧诗"话语之外行使他们的非正统话语，这最直接也于他们最致命的表现自然是诗评界和公开刊物拒他们于门外，他们是平民甚至是无产者的一代，失"根"并被逐出中心身处边缘已久。他们大多亲眼看见过（但却未亲历过）诸如红卫兵造反、知识青年上山下乡等运动。因此，这种"权力"的丧失和"角色"的缺席使他们别无选择，他们只能在诗歌中，在既定的语言秩序中造反，在文化中反文化。就像一代青年造反的精神导师马尔库塞所主张的那样，把社会革命的可能性寄托在新的感性经验或语言秩序的重建中。这种造反、叛逆的姿态和精神显然隐喻了一种颠覆解构性的后现代主义精神。这种后现代主义精神勇于颠覆旧秩序，对一切准则和权威的"合法性"予以消解，使既定的艺术规范和意识形态"非合法化"而代之以一种多元性的无中心的离心结构。它承认每一个人都有权力选择自己的生活方式和行为方式，因为同一性的失势，中心的消散，使每个人都失去向心力和凝聚力。在一个"松散的时代"，每个人的意志就是他自己行为的指南。

以四川这个历史上不乏军阀割据传统的盆地为中心，高密度地集中了名目繁多的各种诗歌派别或团体。"非非主义"和"莽汉主义"就是最有代表性的两个。

"非非主义"在众多"檄文"般的诗歌宣言中"大言不惭"地"非非"一切：非崇高化、非文化、非语言；超越一切：超越逻辑、超越理性、超越语法[①]。"莽汉主义"则宣称："莽汉主义大步走在流浪的路上，莽汉主义不完全是诗歌它更多的是一种莽汉行为。"[②] 显然，作为后现代主义文化的一种泛文本现象，"非非"和"莽汉"更重要的意义在于运动和行为本身，而不是孤立和狭义的诗歌书面文本。这表现出一种明显的行为主义倾向，与后现代主义主张的打破现代艺术的界限，认行动本身为艺术，而艺术应当标新立异等观点是不谋而合的："我有无数发达的体魄和无数万恶的嘴脸 / 我名叫男人——海盗的诨名 / 我决不是被编辑用大钳夹出来的臭诗人 / 我建设世界，建设我老婆"……（《我是中国》）。"莽汉主义"常常在诗歌中以直露的反抒情和挟带着暴力意图的黑色幽默风格，极其粗鲁地嘲弄一切。

"非非主义"更不乏大胆妄为的"反语言"实验——在其中肆意瓦解中心，颠覆主体，反常规语言习惯和经典语法秩序。周伦佑的长诗《自由方块》

《头像》及其近作，都贯穿着极为强烈自觉的"差异感""游戏精神"和"自我解构意识"。其中的语言游戏，完全超越了语言符号的意指功能，差不多只剩下一些空洞的能指在本文的平面上无指涉地漫游。至于诗歌的"主题"和"主要意象"——如果说还有或曾经有过的话——如他自己称，"都在写作过程中被自我消解和碎裂"③。

相形之下，"他们"诗派则似乎缺少异常外露的造反"野心"，与"非非""莽汉"那种不无夸张的反叛姿态相比，"他们"仿佛是一群甘于平庸的"都市的老鼠"。当然，他们对"朦胧诗"话语系统的反叛仍然是与"非非""莽汉"异曲同工的。"他们"诗派以江南富庶的消费性城市南京为中心（可以约略把上海、杭州等地不少诗人划归进去，昆明的于坚是发起者之一，自不待言），这与四川封闭偏僻的，倍觉压抑而不免产生"出川"情结和反"北京中心"意识的地理环境很不相同。"他们"诗人有一种特有的懒散、琐屑和饶舌，更多一份平民智者的机智和幽默。他们仿佛只是默默地生活，默默地写诗，正如于坚在诗句中表达的，是"活着，我写点东西"。他们做世俗的人，写世俗的诗，往往从最琐屑平庸的日常生活中切入，以一种冷静客观的全新视角和漫不经心的反讽语调，消解着神圣、经典和规范，展示了诗人眼中那无深度的、无重量的、无我无真理的卑琐世界。

总之，以"两报现代诗大展"为契机而展现出来的"第三代诗歌"的发展态势，呈现出相当鲜明的后现代景观。无论是"朦胧诗·北京"中心崩溃以后零乱破碎的"后现代拼贴场景"，还是近百个极富商业广告味道的宣言一夜之间涌出，以及反叛的姿态，"行为诗"的倾向等等，都表征了"第三代诗歌"与后现代主义文化的不解之关系。"非非主义""莽汉主义"和"他们"诗派，正是三个最能体现当代诗歌艺术范式从"朦胧诗"的"现代主义"向"第三代诗歌"的"后现代主义"转型的诗歌流派。

"转型"：后现代性之显现

"第三代诗歌"表现出来的"后现代转型"，我以为至少可以从以下几个方面都得到证明。

1. 主体的移置

现代主义是保存自我主体的最后一番努力，但这种悲壮努力已经以失败而告终。主体作为现代哲学的元话语，标志着人的中心地位和为万物立法的特权。然而，中心化的主体自我并不能救世和自救，虚幻的自我只能因个体的不胜负荷而"中空"。正如拉康、福柯的解构"目镜"所持论的，"自我"或"主体"不过是语言及其社会性赋予人的一个概念，这一概念只是像镜子提供给人一个映像而已。

就基本属于现代主义创作范畴的"朦胧诗"而言，它也曾在保存并张扬"自我"以呼唤人性、人道主义之复归的启蒙大潮中书写过光荣篇章。"朦胧诗"中的抒情主体往往是冷峻、优雅、严肃或单纯的，即使痛苦、忧伤，也带有凡人无法共享的美丽和孤独。"人"在他们那儿，即使不是"大写的人"，也是一个独立的个体，是"迷惘的""沉思的""痛苦的"我。

而第三代诗人，则把自己看作世界及自身的"局外人"。他们将主体逐出虚幻的中心，打破以人为中心的视点。如此，主观感性被消弭，主体意向性自身被悬搁，世界不再是人与物的世界，而是物与物的世界，人的能动性和创造性消失了，剩下的只是纯客观的表现物，没有一星半点情感、情思，也没有任何表现的热情。他们往往不惜将主体降格至物的地位而"以物观物"，以情感的"零度状态"和"物的叙述"方式，冷静客观地叙述物的世界。杨黎的《冷风景》最初在《非非》上出现时，题词为"献给罗伯-格里耶"，这无疑提出了其观感及叙述方式与"新小说"的某种共通。

海德格尔（其某些思想被认为直接对后现代主义有影响）坚持认为，人生意义不应是作者硬加上去的，诗人应该有一种看到原始世界的能力，按自然的关系让它呈示出来。或许我们正能从杨黎对"冷风景"的物质性呈示中，看到"原始的世界"。此外，杨黎用"这会儿"的时态词把时间定格在当下此时状态，这正与"后现代"的时间观念一致。"后现代"时间观正是一种丧失过去（历史）和不屑未来（理想）的注重现在的"在世"状态。它取消历史意识，告别传统、历史、连续性而浮上表层，在非历史的当下时间体验中去感受断裂感。何小竹的《看着桌上的土豆》也完全是以物为中心的叙述："土豆放在桌上 / 每个土豆都投下一点阴影 / 它们刚刚从地里挖来 / 皮上的泥土还未去掉 / 冬季的阳光渐渐扩大 / 土豆变得金黄 / 大小不一的形状 / 在桌上随意摆放 / 显得很有分量……"在这里，物占据了主体的地位，正如罗伯-格里耶所说的，物"悍然不顾那些赋予它以灵性或摆布它的形容词，它仍然只是在那里"④。

"他们"诗派在主体移置这条路上也走得很远，韩东、于坚、丁当在这方面都有极为耐读的作品。他们常常对自己及朋友们琐碎平凡的日常生活进行无选择的罗列，罗列之中渗透着极为乖谬的自嘲、自适和顺世随俗的慵懒。他们用冷静反讽的语调叙述日常生活，以"在世"之"此在"的身份和立场描述琐屑无聊的自下而上体验。而反讽作为"他们"最重要的语言策略，必然使他们的诗歌如阿兰·威尔德论述"反讽"时说的那样，表现了"多重性、散漫性、或然性、荒诞性"，表现了"真理终于断然躲避心灵，只给心灵留下一种富于讽刺的自我意识增殖或过剩"。⑤韩东在早期创作过《你见过大海》《大雁塔》等典型的解构性本文之后，在近期的创作中日益打破艺术与生活的界限，走向世俗和琐碎，把日常生活彻底置入诗歌。

丁当的《房子》《爱情夜话》，梁晓明的《各人》，于坚的众多为人熟知的作品，都在一种类似于"超级写实"，完全消泯生活与诗歌之界限的意义上，揭示了主体移置之后人的"物化"和边缘的生存状态。这种生存状态之真实，是破除一切形而上学虚妄和先验意识形态神话的，这也是破除个体化幻觉之后，不再将主体与世界作等级化排列之后写出的更深刻的关系，更原始本真的存在。

2. 象征的没落

象征作为现代主义诗歌最核心的艺术创构原则，在"第三代诗歌"中成为众矢之的。象征的没落，预示和标志了当代中国新诗艺术范式发生的从现代主义趋于后现代主义的某种最富于革命性的转型。象征是一个我们如雷贯耳的超验神话，其萌芽史几乎与整个艺术史或诗歌史一般长。然而，它却是在文学发展的现代主义阶段而登峰造极，完全规范化和权力话语化的。在意象符号的构成层面上，它要求"意"与"象"连，"情"与"境"偕，主观与客观融合，主体寻找自身情感的客观对应物并赋予能指以所指意义和象征性内涵……总之，一切都符号化，意象化，象征化。在诗歌整体构成方式的艺术思维层面上，象征则典型地体现了神话式的艺术思维方式：以具象化的方式表达抽象的、人为赋予的形而上观念。追究到创作主体的动机，则不能不归结于诗人虚幻而真诚的形而上冲动——欲以语言和诗歌指涉甚至创构实在，披露和歌唱真理进而穷尽天地宇宙万物的幽微玄奥。若借用拉康的"镜像"理论来说，"象征"亦不过是如婴幼儿在镜像中的自恋及虚幻的自我确认，它必将导致情感的浮泛，自我人格的扩张和"同天地参""为世界立法"的虚假满足或形而上承诺。

因此，必须超越象征而回到语言的"差异""顺延""播散""替补"的意义指涉甚或消解游戏的过程，"本文之外，别无他物"（德里达），这是后现代主义对形而上学的"言语中心主义"的一次重大革命。

"非非主义"主张"超越语言"，这自然包含了对"象征"的超越。因为这种主张集中体现了对现存日常语言及以象征为核心的现代主义诗歌语言规范的极度不信任和反感。于是，按他们的说法，诗创作必须超越语义的确定性思维，捣毁语义的板结层，开发诗歌语言的多义性和不确定性。因此，"非非主义"的语言实验，无疑是一次走钢刃般的语言冒险：远离常规日常生活语言，也远离传统意义上的诗歌语言及"想象""意象构成""象征设置"等常规诗美原则，而是进入某种创作上的"游戏"和"妄想"的状态，沉湎于诗歌语符自身自由组合而进行的"无底盘的游戏""无指涉的能指漫游"之中，借用"非非"的核心人物周伦佑一首诗歌的名字来说，这种语言冒险无异于"在刀锋上完成的句法转换"。周伦佑及其"非非"同仁，都不乏这种勇气和实践。

也许应该把杨黎的《撒哈拉沙漠上的三张纸牌》与美国著名现代主义诗人斯蒂文斯的名诗《坛的故事》对照起来读。《坛的故事》的第一句诗"我在田纳西州放了一只坛子"，常被引用来说明"私设象征"的设立：因为田纳西州之大和坛子之小形成鲜明反差，造成了强大的语境压力。这提示了这"坛"不是一只普通坛子，而是一种象征。而在杨黎的诗中，"撒哈拉沙漠上的三张纸牌"却仿佛只是在那儿："撒哈拉沙漠／空洞而又柔软／阳光是那样刺人那样发亮／三张纸牌在阳光下／静静地反射出几圈小小的／光环。"这种只是在那儿的客观呈示绝不提示象征意义，绝不诱使读者去追问纸牌为什么存在，存在的意义等形而上学问题。

以韩东、于坚、丁当等人为代表的"他们"诗派（包括斯人、阿吾等人倡导的"不变形诗"）倡导并实践了诗歌语言的"口语化"追求，这也从一个向度上构成了对经典性的、以"象征"为核心的"朦胧诗"语言艺术规范和秩序的极大反叛和全面颠覆。韩东的"口语化"佳作《有关大雁塔》《你见过大海》，就是以完全口语化的、漫不经心的反讽语调，对在"朦胧诗"中往往极具典型象征意味的"大雁塔"和"大海"（杨炼写过《大雁塔》，舒婷写过《海滨晨曲》）进行了全面的颠覆和消解。表层物象背后的深度模式拆除了，人为赋予或积淀而成的文化内涵与象征意味也消解了。

因此，在这类自觉对象征隐喻进行抵制和解构的"第三代诗歌"中，具象化、情感化、"理性与感性刹那间融合"（庞德）、"寻找客观对应物"（艾略特）而生成的意象也淡化甚至消解了，只剩下一些"诗到语言为止"（韩东）的普普通通、平平白白的日常口语——一种消除和相对远离语言后天文化性的"原生态"语言。这种"原生态"语言恰恰因为较少人为的理性超验预设和先在价值判断而呈现出更多的"纯粹性"和"透明度"，且与诗人主体自身的生命状态及经验更为接近甚至同构对应。

3. 现象还原与走向过程

现象后面有本质，有因必有果，这些都曾是理性主义时代的常识性真理，然而，即或公认为非理性主义之心理学基础的弗洛伊德主义，也仍未摆脱"表层／深层""原因／结果""现象／本质"等深度模式；存在主义也设立"真实性／非真实性"，"异化／非异化"等二元对立。也许是到了后现代主义这儿，方始有了真正彻底的"价值重估"。尼采宣称"上帝死了"但并未阻止现代主义仍然孜孜不倦地寻求并希求重建一个精神上的上帝（新宗教）以替代原来那个基督的、启蒙和理性的上帝，唯有后现代主义，是拒绝任何上帝的，因为经历过尼采的"上帝之死"，巴尔特的"作者之死"后，福柯还宣称了"人之死"。

胡塞尔的现象学理论将现象和过程从结果与本质的虚假中心里分离出来，把所有主观的额外先验的理性判断和价值规范等都"悬搁（即加括号或中止判断）起来，从而为科学寻找到一种没有任何先入之见和超验之物的纯粹的本原客观。现象的凸现并与本质的剥离显然是对黑格尔式辩证法的"现象／本质"深度模式、索绪尔符号学的"能指／所指"深度模式等的致命打击，也必然进一步导致后现代主义最根本的原则——代表中心消失和深度模式削平的平面感和非确定性。

"现象还原与定向过程"的努力鲜明地表现在"第三代诗歌"中，使得这种追求向度成为其"后现代性"的一个突出表征。这种表征也几乎同时表现在"先锋小说"和"新写实小说"中，当然，此处不赘。

欧阳江河的《手枪》颇像是一个较完整的"现象还原"过程，作者好像是向"枪"这个整体性宣战。他"冷酷"地拆解着作为整体性而存在的手枪："手枪／可以拆开／拆开两件不相关的东西／一件是手，一件是枪／枪变长可以成为一个党／手涂墨可以成为另一个党／而东西本身可以再拆／直到成为相反的向度／世界在无穷的拆字法中分离……"

"现象还原与走向过程"的自觉努力，当"第三代诗人"的"后现代主义"意识还不很自觉的时候显然主要是在于诗人对"文化积淀"的恐惧和自觉抵制。而这种恐惧和抵制，正与日后方正式大规模进入我们生存之现实的后现代主义文化理论相暗合。因为这种"文化"积淀于人的思维方式和语言运作逻辑之中，它的定型化和知识性化与诗性原则几乎是势不两立的。正因为如此，"非非"的理论主将蓝马、周伦佑等才提出了对语言"三逃避"（逃避知识，逃避思想，逃避意义），"三超越"（超越逻辑，超越理性，超越语法）的"语言还原"主张。事实上，无论从"现象还原"还是到"语言还原"，都是力图以反文化语言作为自己再生的起点。恰恰是在"反文化"这一指归上，"第三代诗歌"表现出极为"惊人的相似"。

不妨把于坚的《对一只乌鸦的命名》视作这种"还原"和反文化追求的诗学主张之集中表达："正像当年／我从未在一个鸦巢中抓出过一只鸽子／从童年到今天我的双手已长满语言的老茧／但作为诗人我还没有说出过一只乌鸦……它不是鸟它是乌鸦／充满恶意的世界每一秒钟／都有一万个借口以光明或美的名义／朝这个代表黑暗势力的活靶开枪……它是一只快乐的大嘴巴的乌鸦／在它的外面世界只是臆造。"

显然，标题中的"命名"，毋宁看作是对"乌鸦"的"还原"。这与通常意义上的"命名"反其道而行。通常意义上的"命名"是一种符号化过程，是将任意的所指意义强加于无辜的能指的文化行为。于坚的"还原"层层剥离主观臆断加上去的种种所指意义或象征的隐喻的内涵，而回到乌鸦本身，在乌鸦本身这儿，乌鸦纯粹的"物性"凸现出来，已足以使我们感到陌生和震惊。

4. 言语的狂欢和游戏

"第三代诗歌"很多都在诗歌语言行为方式上，表现为一种大面积的"话语灾变"、情状和狂欢、游戏的精神。其"言语革命"和离经叛道之胆大妄为，足以让温文尔雅的古典诗美甚或现代诗美的信奉者痛心疾首。

伊哈布·哈桑曾借用巴赫金创造的"狂欢"一语来说明后现代本文的这种反系统的、颠覆性的情状或精神。"狂欢"的意义，自然在于其内核里是典型后现代主义式的颠覆解构的精神。哈桑借用巴赫金的话对此作了极高的评价：因为在狂欢节那"真正的时间庆典，生成、变化与苏生的庆典里，人类在彻底解放的迷狂中，在对日常理性的'反叛'中，……在许多滑稽模仿诗文和谐摹作品中，在无数次的蒙羞、亵渎、喜剧性的加冕和罢免中，发现了它们的特殊逻辑——第二次生命"。⑥"第三代诗人"正是这样一群无所顾忌的语言狂欢者和游戏者。他们往往鄙夷整体性，热衷于任意割断常规联系，用并列关系的组合与转喻方式的拼贴，任意游戏着能指符号，也常求助于悖谬、反依据、反批评、破碎的开放性，及整版的空白边缘等等，甚至以图像入诗，或以诗句组构图像，以不同的印刷字体和不同的排列方式表达不同的视觉效果。总之，诗歌文本在他们手中，已不再像现实主义或现代主义那样有一个现实的和精神的或象征的及物对象，而仅仅成为不及物不在场的"语言的差异性替代出场"的游戏，成为任意播散"言语的碎片"和进行"能指的漫游"的平面。

周伦佑无疑是一个异常激进、独立不羁的"言语狂欢者"。他的两首泱泱长诗（有时我们禁不住怀疑那是不是诗）《头像》和《自由方块》作为典型的解构性和"言语狂欢"之作，很可能正在产生某种"类经典"的意义。不妨说，周伦佑是在诗歌本文的平面上，肆无忌惮地玩弄和播散着言语的碎片。他的诗歌成为一个开放的、不断作"增熵性""替换性"运动的"语言场"和"语流集散地"。话语大面积灾变，空洞的能指符号无限增殖与叠合。能指完全独立于所指，而无拘无束地与本文打交道，追求反应的一贯性和有效性而不是客观性和真理性。他还常在诗歌中进行"亚文体叙述"或"体类混杂"。即在诗歌本文中对非诗文体（相对于诗本体的亚文体）进行滑稽性模仿：故作风雅的古典诗文、荒诞不经的现代新闻报道、毛主席语录、小猫钓鱼的童话、论证道名关系的论文体……都应有尽有。实际上，这正是后现代主义文学的"无体裁写作"，一种杰姆逊所说的"机遇式的无边写作"。众多的"亚文体"作为"非诗文体"而挤进诗歌本文空间，杂乱堆积于一个平面上，自有其独特的反讽意义。

李亚伟有时会像酒醉以后胡言乱语一样喊出他含混不清夸张新奇的诗句："陆地上到处都是古人和星星和国境线／国境线上到处是核武器和教堂和祖

国：每一个祖国都长着一颗金色的大树／满树挂着历史和文学！／满树狗和狗东西，满树鲜活的小狗！"（《陆地》）有时诗歌则完全变成一种令人畅快的幽默节奏，一种进行性的有力的声音："马伊哩呜噜松／二三四五毛／六啊七啊八啊九啊一啊"，完全变成了不知所云的能指游戏。

以廖亦武为代表的"言语狂欢"的一种类型也值得一提，廖亦武的《死城》《黄城》等系列长诗，仿佛是语词的废墟之城的一种展示，高密度的语象和流动性的语义流在破碎冗长的结构中堆积和漫游。相比于周伦佑的作品，廖亦武的诗歌在随机性过程性当下此时的差异感和替代性能指游戏等方面都显得不足。究其实，他的诗歌仍然有一个凭借主体理性思考而构置的庞然的模式或结构。当然，这是以"最大熵"为基础的模式或结构，是非中心化的，彼此矛盾和互相消解的，以所有构成成分的同等或然率和同等合法性为基础的模式或结构，它最终必然同样指向毁灭性的空无和"耗尽"状态。

结语：抵制"回返"和继续"非非"

历史和时间将证明和估量一切。而新的就是新的。

"第三代诗歌"以新奇独特的反文化精神和反叛姿态"后崛起"于"朦胧诗"衰落以后的诗歌荒原上。它无师自通地秉承和呼应共和了作为当代世界性文化思潮的后现代主义，使得它又一次无愧于"先锋"或"时代敏锐导体"的称誉。它无拘无束，无所畏惧，亦无所信仰，它以解构的姿态宣布传统形而上学话语在今天的失效，它使正统主流意识形态失控于它，它以迥异于传统的语言策略消解以往诗歌既成范式——尤其是"朦胧诗"话语中心和"现代主义"诗歌艺术范式……总之，它以自己独特的方式，为我们的现代，贡献了许多难能可贵的全新的东西。

自然，从"两报现代诗大展"到今天，"第三代诗歌"走过了一段极为艰难曲折、复杂微妙的道路。它的"反叛"和"解构"，曾因意识形态的某种变化，陷入格外的落寞和衰竭。及至稍微恢复元气，商品经济的大潮又席卷而来，使其在与诗歌中的"汪国真热"等现象的对比中，倍觉落寞和可怜兮兮。

鉴于此，"第三代诗歌"自身"后现代性"的增长也愈显示出其所有的复杂性。进入90年代，已经有一些批评家指出"精英文学"的回返现象：小说中的"先锋派",诗歌中的"第三代",似乎都日益丧失其激进的解构颠覆的反叛精神,而回返一种传统的温情和保守。

这就某些现象看是大致可以成立的。但若以偏概全,以此推及一切则未免有失偏颇。我以为,"第三代诗歌"似乎是很难商品化,也很难完全回返温情和保守的。后现代主义往往派生出两种各行其是的文学:一种是完全的商品化和大众化的"通俗文学",一种是解构颠覆愈益精深和自我游戏娱乐化的"精英文学",它们以不同的方式表达了不同的后现代性,"第三代诗歌"正属于后一种,它的反叛姿态和反文化精神,毋宁更使其具备先锋性、革命性和精英性。结合我们身处其中的几千年政治本位文化传统和超稳定的社会文化结构,"非非"的意义是不言自明的。而作为诗歌中通俗文学之代表的"汪国真现象"早已以其自身的发展证明了它与真正的后现代主义精神互不两立,"汪国真现象"中凸现了"商品化"的一面,并标示了它与大众传媒的共谋关系,它是以"后现代"商品流通的包装方式出现的地道的传统道德宣谕和意识形态话语。

而在中国,既然时代不断趋于进步,社会进一步纳入市场经济和商品化的轨道,则我以为继"现代主义"之后的"后现代主义阶段"就是无法逾越的。历史也许曾经使得"现代主义"未曾发展饱和就被匆匆地"后"掉,但在今天,则恐不至于如此匆匆更迭了。潜行着的后现代主义文学潮涌当属指日可待。

继续"非非"? !

1993年10月二稿于北大——知春里

注释:

①详见周伦佑、蓝马《非非主义诗歌方法》,载《非非》创刊号(1986)。

②《莽汉主义大步走进流浪的路上》,载西安《创世纪》创刊号。

③周伦佑致笔者信。

④柳九鸣编《新小说研究》第298页。

⑤转引自王岳川《后现代主义文化研究》第134页。

⑥伊哈布·哈桑:《后现代景观中的多元论》,见《后现代主义文化与美学》第129—130页。

原载《当代作家评论》1999年第1期

论第三代诗的语言策略

魏　慧

　　"第三代诗"是一场以解构为主要特征的诗歌运动。其解构行为的全面性和情绪性，急于用一种浪潮覆盖前一种浪潮的"运动"思路，以及理论宣言与诗歌宣言的严重脱节等等现象，都使得"第三代诗"与其说是一场诗歌的革新与建设，还不如说是一场以偏激的形式展开的精神运动。可以说，其精神上予人的影响远远大于它在艺术上的成就。但是，"第三代诗"对语言本体的关注以及由此进行的语言意识的革新，却触及了诗的核心，并为一种新的诗学观的产生指明了方向，也许正是由于这一点，第三代诗才能以独特姿态站立在诗坛上。

　　"第三代诗"的语言策略，首先从"反意象"开始。

　　传统诗的"意象／意境"表现方式在经过前期朦胧诗的重构和文化诗的深化这两个阶段后，一方面，它的特征已被勾勒和表现得非常突出，诗歌语言"二度规范"程度也非常高，深层结构的生成已成了诗歌艺术表现的主要途径；另一方面，意象及意象经营的模式化，追求"言外之意""诗外之旨"的诗歌运思使诗歌在生成深度结构的同时，走向晦涩和繁复。在现象背后设置一道本质，并以本质的发现为目的。在表层心理后发掘深层心理，并以此为价值所在；在现实与历史之间架起桥梁，使二者产生互渗作用；如此等等，使诗歌结构因象征、变形、暗喻等手法的超负荷运用而负重累累，导致读者阅读疲惫。于是，以深度结构和意蕴世界的生成为指归的意象经营，作为朦胧诗苦心经营的诗学核心，与"崇高"一起成为"第三代诗"的攻击目标。

　　"不喜欢那些精密得使人头昏的内部结构或奥涩的象征体系，而对现实生活进行最为直接的揳入。"（《莽汉主义宣言》）"我们关心的是作为个人深入到这个世界中去的感受、体会和经验", "我们不想也不可能用这些观念去代替我们和世界的关系"(《他们宣言》)……

这是他们的理由,也是他们进行创作实践的目的。"现代派诗歌采用的意象、通感等艺术手法,流行8年后已有点儿泛滥成灾。至于他们的总体艺术观,现在看来也太狭窄了"(大学生诗派观点),消解这一套"有点泛滥成灾"的艺术手法和"太狭窄了"的艺术观念,便成了"第三代诗"崛起的主要基石。

"反意象"的艺术表现形式的改革,主要体现在对朦胧诗深度模式的解构上,"第三代诗"以"存在"为起点和终点,建立起诗的平面结构模式。

1. 意象:在符号的自指与他指之间

深度模式首先产生于索绪尔的符号学所区分的所指与能指之间。通常情况下,一个符号至少由两个互相关联的部分即能指和所指组成,能指偏向于可感知的事物,所指则是指未出场的事物或概念。

既然符号是用能指指明所指,所指才是符号过程的目标,因此,似乎能指只是手段,所指才是最重要的。尤其在中国古典诗歌里,所指被极大地突出。运思过程中的遣词择句,苦心经营,实质是寻求和创造语言符号灵动的所指的过程。而意象与典故的运用,更是所指优势的典型体现。也正因为如此,在意象符号的能指和所指之间,形成了以能指为端点的散射型关系结构,而所指的定位也往往依赖诗中的具体情境。

然而,现代诗不同,它追求能指与所指的单纯关系,使符号的能指只与所指的第一义(即在生活中使用最多的意义)发生联系。如"杨柳"这一音形符号,只与我们常见到的那种枝条飘垂的乔木发生关系,而不在此意义上产生更多的带有文化、社会等因素的所指义。甚至,连能指与所指的这一层单纯关系也不需,符号的能指不指向所指,而指向自身,这就是雅柯布逊所说的符号的自指功用,而"诗性即符号的自指性"。

于是,在能指优势和所指优势之间,诗歌究竟以何者为重,形成了诗性的现代定义和传统定义之间的界限。诗必求言外之意,象外之象,这几乎成了传统诗歌毋庸置疑的公理。朦胧诗产生的特殊的政治气候,使当时的诗人在表达自己和隐瞒自己的特殊格局中，不自觉地重构了古典诗这种通过意象的经营产生"立象尽意"效果的传统诗歌艺术。

一个普遍的现象是，在朦胧诗中，几乎每个意象都有一个以上的所指，太阳既是悬在空中发光发热的那个物体，又有温暖、领袖、正义、光明等等多种所指。这样一来，意象便显得有些高深莫测了。如果读者把阅读热情停留在语言符号本身的基本所指义的话，那么，诗人们的巧妙构思你根本无法触及。尤其无法明白像"红波浪／浸透孤独的桨"，"戴孝的帆船／缓缓走过／展开了暗黄的尸布"这一类的诗句。难怪当朦胧诗刚刚跨入诗坛时，习惯于"文革"直抒胸臆表达方式的阅读习惯开始不适应了，章明在《令人气闷的"朦胧"》中所表现的不解和不适应，实际上是当时人们对刚出笼的朦胧诗的一种普遍的阅读感受，这种不适应的原因就是，已成习惯的单线阅读习惯，只习惯对符号的能指和所指作单线的而且是约定俗成了的解读，而没有想到符号除了它的基本所指外，还可以有多种所指义。在这一点上，从艺术观念到艺术方法，朦胧诗都体现了对传统诗性的传承。

而现代诗在对待符号的能指和所指的态度中，与传统诗不同，越来越倾向于诗歌语言符号的能指功能，强调符号的自指性，把符号的自指性提升出来，"诗性即符号的自指性"，"诗性功能并不是语言艺术的唯一功能，但却是它的主导性的、决定性的功能"（雅柯布逊）。在文学中，应是能指功能占优势，而不是所指。表现为图式，传统诗所追求的是：

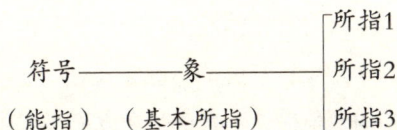

$$\text{符号}\text{————}\text{象}\text{————}\begin{cases}\text{所指}1\\\text{所指}2\\\text{所指}3\end{cases}$$

（能指）　（基本所指）

象是多重所指的中介，因而也是工具。而现代诗所追求的是：

符号（能指）——象（基本所指），或者仅仅是指向基本所指，比如"太阳"这一符号，就基本停留于"悬在空中的一个发光发热物体"的基本所指；或者符号不指向任何所指义，而以符号本身为终点，即停留于"太阳"这个由两个象形文字组成的，读音为tai yang的符码上，不作任何意义推进。

由此而来的，便是语言符号的地位被凸现了，现代诗中很多图像诗的出现，就是这种诗性观念的一种体现。如果了解了这个理论前提，那么"第三代诗"所提出的"消灭意象""诗歌以语言为目的，诗到语言为止"，"追求诗的语感"就相对容易明白一些。在我看来，"第三代诗"这种用反传统意象经营方式的语言实践体现"诗到语言为止"的主张，可以从以下两个方面加以理解：

第一，就是诗歌中的语言符号停留在基本所指义上，而不再以此为基点，寻求更多更深刻的所指义。如韩东的《有关大雁塔》便是对这种语言观点的实践，它作为一种可以与杨炼声噪一时的《大雁塔》进行对照阅读的互文性文本，展现了语言在摆脱了意象设置后的面貌："有关大雁塔／我们又能知道些什么／有很多人从很远赶来／为了爬上去／做一次英雄……然后下来／走进这条大街／转眼不见了。"诗中，"大雁塔"这个符号，只停留在它的基本所指义即西安那座作为名胜古迹的古塔这一点上，是现实中我们看到的那个样子。而杨炼《大雁塔》中的"大雁塔"，"西安那座作为名胜古迹的古塔"这一基本所指被忽略了，它不是我们眼中的那个塔，而是在一个富于诗情和历史沧桑感的才情诗人心目中创伤累累的民族和民众的化身。

同样，韩东的另一首诗《你见过大海》，也是针对朦胧诗中意蕴重重的被充分拟人化的"大海"意象所做的互文性文本。在诗中，"大海"一直停留于一种自然物象的基本所指义上，诗人有意抽离了长期以来形成的人们对"大海"的人文想象和情感，使"见过大海"停止于一种经验动作，不作拓展和延伸，造成一种对寓意和想象的刻意冲淡。"大海"意象在这里只有象，而似乎失去了"意味"。难怪有人说，在第三代诗中，意象消失了，要有，也只剩下单独的象了。于是，意象在对符号的能指和所指的反传统处理中，似乎消失了，至少是传统意义上的"意象"消失了。也有人对此进行解释，说不是意象消失了，是意象从朦胧诗的"象征性"意象转变成了"描述式"意象。

由象征性意象转化成描述性意象，这种转变，应该说是世界性的趋势。在现代美国诗歌中，强调描述性语象已成为其占优势的诗学要求。自从本世纪的意象派强调"直接处理"，强调"视觉上的具体"，"阻止滑到抽象过程中去"之后，大半个世纪以来，美国诗人反复强调这种以"临即感"为主导的诗学主张。威廉斯的"客体主义"有口号云："要事物不要思想"，麦克利许有名句云："诗不应当隐有所指，诗应当直接就是"；一直到当代诗人如金斯堡反对使用"象征主义调味品"，要求写"当时现在见到的样子"。这已经成为一种新崛起的诗学观念。第三代诗在追求"要事物不要思想"上与西方现代诗相似，但西方现代意象派还强调"视觉的真体"，表现出描述性意象的生动，第三代诗则往往更多地抛弃意象表现而趋向事件的平白叙述，离传统诗性更远。

这是"第三代诗""诗到语言为止"的语言实验的一个方面，它通过对"意象"多重所指义的回避，停止于符号的基本所指义上，形成一种单纯的日常生活化的语言风格，这种诗的语言同日常语言并没多大的差别了。

"诗到语言为止"的第二个方面，是诗歌中语言符号不产生任何所指，而停留于符号的能指上，诗人关心的是语言符号作为符号的东西。通常来说符号的能指包括音符和形符两个部分，停留于符号的能指不指向所指也就是停留于音、形符层面，不作任何深度探寻。"图像诗"的实验便是诗歌语言凸现"形符"的一个例证。相形之下，"第三代诗"更偏重符号的音响节奏，因此就有了"语感"一说。追求语言音调尤其是音调流动过程中给人的感觉，这种感觉就是第三代诗人所说的"语感"。对语言表情达意功能的不信任似乎是人类文化发展到一定阶段后的共同现象，而声音却以其与人体生命活动的原始联系，越来越引起人们对它的重视。"第三代诗"的"语感"实验也正是这种意图的体现。"我们关心的是诗歌本身，是诗歌成其为诗歌，是这种由语言和语言的运动所产生美感的生命形式"，"这些诗再次回到语言本身。它不是某种意义的载体。它是一种流动的语感"，"语感是生命的有意味的形式，读者在诗中所触动的也正是语感，而不是别的"。

"语感"也许真有一种非正常的语言表达系统所能传达的生命内容，那种可以越过语言的意义层面直接与生命接通的东西。遗憾的是，如同第三代诗人对"语感"的发现只是处于一种"可感而不可说"的模糊状态一样，他们的诗歌实践也没有达到凸现语感的理想状态，以致很难找到一首可以体现这种观点的诗作。因此，对"语感"的把握和运用以使诗与生命达到同构，在今天还只是种理想。它要求语言能直接化成诗人的感觉细胞，直接用语言感知而不是使语言成为表达感知的工具。也许两种方式可以达到这个目的，一种是理性还未树立，语言尚处于原始状态的时候，如原始人或幼童，哪怕是一串无目的的呢喃，也常会令人触摸到生命的律动。另一种是对语言的精到纯熟的把握，那是需要能指语言烂熟于心化为自己身上的某一器官的功能。宋词的音韵结构，在某种程度上，便是古人对语感进行模式化处理的结果。

在符号的能指优势和所指优势之间，第三代诗人出于对朦胧诗能指活动中意象经营的繁复性的反映，同时也可能受一些西方现当代诗学理论的影响，开始重视语言符号的能指优势，提出"诗到语言为止"的"反意象"语言策略，这种语言策略也是他们企图构建现代意义上的诗学大厦的基石，遗憾的是，迄今为止，这种构想还没从蓝图上建立起来。理论与实践的脱节，使他们只能破坏大于建设。然而这种企图毕竟标明了一种指向，即语言符号由追求深度的象征意义到呈现符号的单纯性、平面性的可能。

2. 结构：在横组合和纵聚合之间

如果说，前面所论述的"反意象"的诗歌实验着重于意象作为语言符号本身的层面，那么接下去所论述的则是意象与意象组合而形成的结构的变化、着重于语言组合的层面。

通常的文学文本，在其结构的形成过程中，必然有两种运作方式，一是横组合，二是纵聚合，由此在文本中形成两种结构层面，即横组合结构和纵聚合结构，这两种结构层面又相应地生成表层意义和深层意义。

横组合是语言在词与词、句与句的组合过程中所体现的一种关系，这种组合关系往往是横向展开的，因此称横组合。任何语言的组成都体现出横组合这一关系特点。横组合是普遍的，而且是显现的。纵聚合是横组合段上的每一个成分后面所隐藏的、未得到显露的、可以在这个位置上替代它的一切成分，它们构成了一连串的"纵聚合系"，但这个"纵聚合系"却是隐藏的，很少为人所发觉。以多多的诗句为例，"巨蟒在卵石上摔打肉体"，这个诗句，首先体现出一种合乎语法规范和逻辑秩序的横组合关系，但是在这种看似顺理成章的组合下，却隐含着一组组的纵聚合系列。如"巨蟒"这个词的定位，是作者在众多的相近词语中进行自觉不自觉选择的结果，为什么是巨蟒，而不是巨虎、巨树，为什么是巨蟒而不是大蟒、大虫、巨蛇等等，正如为什么是"卵石"而不是"沙子""石块"等等。于是，"巨虎""巨树""大蟒""大虫""巨蛇"等就构成了"巨蟒"的纵聚合系，"沙子""石块"等构成了"卵石"的纵聚合系。对这两个纵聚合系的比较，就容易发现这两个意象的本质联系，从而感觉到作者作此安排的用意所在，即巨蟒的庞大体积在与哗啦作响的卵石接触时更易发出震耳的声响。因此，横组合过程中的巧妙构思，往往能将视线引向纵聚合过程，尽管这在很大程度上更接近诗歌创作的运思过程而非语言结构的组成，但是，语言通过横组合形成的横组合结构往往直接影响到纵聚合结构的形成，从而影响深层结构的产生。尤其是作者有意为之的变形组合结构，更是能激发读者的阅读能力，导致作品深层结构的形成。如那首引起一场旷日持久的"朦胧诗论争"的《夜》："于是，一个青椰子掉进海里 / 静悄悄地，溅起 / 一片绿色的月光 / 十片绿色的月光 / 一百片绿色的月光 / 在这样的夜晚 / 使所有的心荡漾…… / 隐隐地，轻雷在天边滚过 / 讲述着热带的地方 / 绿的家乡。"正如章明在《令人气闷的"朦胧"》中所说的："一个椰子掉进海里，不管你给予它什么样的想象或感情的重量，恐怕也不能'使所有的心荡漾'起来吧？'轻雷'指的是什么？椰子落水的声音能和雷声（哪怕是'轻雷'）相比拟吗？海南岛并非热带，椰子也没有离开故土，它为什么要，又向谁去讲述'绿的家乡'？讲述的目的和意义又何在呢？"产生这种阅读疑问的原因是，这首诗的横组合是反事物内在性质和逻辑的，因此它的横组合结构相对于正常的事物结构来说是一种变形了的结构，是一种语义层面上的变形组合。然而也正是这种变形，将读者的阅读视线引向深层，导致了另一种结构即情感逻辑结构的产生，诗味也就由此而产生。在朦胧诗中，另一种变形组合也相当突出，那就是语法层面上的变形组合，前者体现为反正常的语义规范，后者则体现为反惯常的语法秩序，将正常的语法秩序打乱，在句与句之间没有语气上的顺接性，造成句子、语段甚至整个文本的多处断裂。这两种情形常常交叉使用，使整首诗不能令人"一见钟情"、顺畅晓白地为人所接受；这样，人们就不得不在每一断裂变形处停顿下来，寻找能顺利地跨越过去的方式，于是，纵聚合结构及深层意蕴便在读者的联想和寻味中形成，而这，也正是传统诗歌及朦胧诗所惯用的方式。

与此相反，"第三代诗"拒绝这种隐含的深层结构的产生，提倡没有深度的平面结构。首先，他们通过使横组合层面与日常生活的现象、语言、逻辑等全方位的贴近，形成一种类似"照相"酷似自然的亚现实结构，其目的是使读者在一顺到底的阅读快感中感觉不到任何阻碍和断裂，于是读者的视点就会驻留在横组合层面，而不对纵聚合作积极的探寻，其目的也就是杜绝深度结构及其意蕴的产生，杜绝对现象之下的本质的探寻。这类实验在"第三代诗"中为数不少，于坚的《送朱小羊去新疆》就是一个例子，这首诗的最大特点在于，它通过对事件过程的忠实"记录",使诗形成一个自足的语义空间,在某种程度上这首诗更像现实主义风格的小说而不是诗。其次,是用横组合中的过程结构来替代精心组织的意象结构,以西川的《体验》为例,"火车轰隆隆地从铁路桥上开过来 / 我感到桥身在战栗 / 因为这里是郊区,并且是在子夜 / 我想除了我,不会再有什么人 / 打算从这桥下穿过",没有深层意义,当然也没有形成深层结构,体验的过程也就是体验的内容,"感到桥身在战栗",仅此而已。这些诗用过程化的感觉替代了意象化的感觉和意蕴表达方式,因而目的就混合于过程中,过程就是目的,而不存在现象与本质的分离。再次,给零散、杂乱的非理性感觉赋予一个非逻辑、非确定的非理性结构,也是"第三代诗"消解深度结构的策略之一。这种特殊的表达使诗歌扑朔迷离、缺乏可读性,即造成另一种阅读效果。何小竹的《菖蒲》,就是这样一首呈现另一种神秘的秩序的诗。诗中有三个人,"看雨"的"那人","采菖蒲的孩子"和"洗澡"的女人;诗中还有"羊""牛""菖蒲"三个主物象。问题是,人与人,物与物,没有任何可以发生关系的环节,但诗人将他们框于"菖蒲"这一题目下,于是,一种非逻辑也非语义化的结构就神秘地产生了。"菖蒲"是民间一种带有巫术气氛的驱邪物,正是由于它,诗中毫无因果关系的事物,在传达功能失落的同时,却弥漫出一种由"菖蒲"而引发的神秘感,将读者的阅读思路从常规阅读的落空引入另一种阅读空间,那就是放弃对诗中人与人、物与物间逻辑关系的查找,从巫术超自然逻辑的角度,感受他们之间那种结合的神秘。诗人的目的也许正在于,用非理性来表现非理性,结构和语言只产生一种氛围而不输送任何现实内容和意义。

通过以上的分析,我们可以看到,"反意象"的目的——解构以意象经营为主的诗艺形式,消解以深度结构和意蕴世界的生成为指归的诗学观念,似乎在"第三代诗""平面化"的努力中基本达到了。但是,"平面化"的意义只限于实验的范围之内,作为一种新的诗学大厦矗起的前提,它却是有悖于诗的本质属性的。也正是在这一点上,"第三代诗"更多的是一场以解构为主要特征的诗歌运动,而不是一场成功的诗性建构活动,这也许正是"第三代诗"最引以为憾的地方。

原载《诗探索》1995年第2期

抵达本真几近自动的言说

——"第三代诗歌"的语感诗学

陈仲义

（一）

选择语感抑或语言作为论题，着实让我踌躇一阵。按规范，语言诗学坐上正宗交椅当仁不让，因为它包括的面更广泛也更科学，然而语感，毕竟是80年代中期以降，大陆诗界一个最具活力的诗歌术语，一个凝聚着新生代梦想的语言事实，一道"牵一而动百"的神秘话语机关。在现代诗大展帷幕拉开不久，它突然间从老生常谈的语言诗学中，鬼使神差般旁逸出来，掠过星空，人们迅速地捕捉它，指认它，竟始终贯穿于第三代整个诗歌流程，真是最先提出者料想未及的奇迹。它全面抗击了传统语言诗学的规范守则，唤醒第三代诗人意识深处的语言活泉，它和生命体验互为本体互为同构，使诗歌抵达本真成为可能。

表面上看，语感出台十分偶然，仿佛只是1986年，杨黎与周伦佑一次对谈中的"脱口而出"。其实早在1984年，杨黎凭恃直感"发现"有一个发声的"宇宙"，与人的宇宙相对称，他甚至推演到声音是宇宙的本源或纯粹的前文化界域；声音先于生命，声音产生生命，声音表现生命，声音还将超越生命。[①]"声音——生命——语言"的同构性构成了语感的基础，进而扩展出语言的全部意义就是声音的意义，语言是声与音的诗化。这样，语言的流速，波幅，音质，就越过传统语言以义为主要构成层面，上升为语言的新统帅了。突出音质的做法，大大复苏语言的声音功能，所有与之相关的"邻里"，包括语调语势语流语气，还有音节，脚韵，节奏，都被大大调度激发起来，纷纷服从并围绕着语感，共同掀起一种不大不小的以音感音质为流行色的语言阅兵式，这就是语感最初的源起。

1987年，周伦佑从语义学角度对语感做了"修订"，"语感先于语义，语感高于语义，故而语感指诗歌语言中的超语义成分"。②1988年于坚、韩东在太原一次谈话中，共同肯定语感与生命的关系。于坚认为，生命被表现为语感，语感是生命有意味的形式。韩东认为，诗人的语感一定和生命有关，而且全部的存在根据就是生命。③至此，语感完成了从声音源起到与生命同构的线路。必须再次强调的是，语感决不能从字面上去理解，以为语感就是对语言的感觉，敏感，感受，如一位资深批评家在1994年一本专著中写道"语感就是要传达出说话人的心理情感"。④他只道出了语感传达的一般性，却没有窥破其传达的独特品质。类似这样的误区尚不在少数，以这种情感传达的陈旧框定，何能准确把握先锋诗人生命体验与话语现实的奥秘呢？

7年后，笔者曾界定语感，即语言与生命同构的自动。今日再增补一点：语感，即抵达本真与生命同构的几近自动的言说。两种提法，基本上都是同一个意思：（1）强调语感出自生命，与生命同构的本真状态。（2）强调语感流动的自动或半自动性质。

笔者不想花篇幅去探究20世纪西方语言学转向，对第三代语感星云图究竟产生什么辐射，那种复杂纠缠的语言学理论是另外的专题，而一"考据"起来，反而容易窒息语感自身的生机。我只想立足于这10年活生生的语言现实指出：80年代大陆生命意识的全面觉醒，直接启动语感的迅猛布。生命意识的觉醒就是全面显现生命的本真状态，对生命的原初、过程的瞬间把握，对"自在"生命种种情状的重新揭示，发现，命名，尤其对生命负面、黑箱状态深入探寻。被主流话语权力、既定秩序、现存律令、伦理规范，压迫多年的生命，被焦虑、迷惘、危机团团围困的"此在"，被各种人格面具套牢的灵魂，经过挣扎浮沉，在朦胧诗潮对自我全面确证后，于更个人化的生命隐秘处，开始寻找喷泻口和同化的新路径。第三代诗人从前辈赖以生存的理性经验层面，发现生命的原态，包括此前几不涉及的原始欲望、本能、内驱力、情结、意念、潜意识、下意识，还有生死、命运、劫数、性等方方面面。此时，多么需要一种能"迅速还原"并"胶合"生命本然状态，同时释放出其非理性的心理能量的"中介"，来充任它的形式化；多么需要一种更为自然自在的深度呼吸来传达灵魂的隐秘颤动。生命体验顺理成章地"看中"了语感，语感水到渠成地与之达成耦合。与此同时，第三代诗人亦从本世纪语言学转向中猛悟到语言作为工具理性的神话破灭，看清它的误区、乌托邦和暴力。他们怀着对文化化了的语言的极度不信任和蔑视，一方面抗击沿袭性文化价值，一方面寻找新的言说空间、语感，就在理性工具思维与前文化思维的空当，被灵感式地挖掘出来，迅速扩张为直截自显的几近半自动乃至全自动的言说，它在"胶合"生命本体与媒体过程中，以十分透明、清微、原生、自然的"黏性"，将双方同一同构于诗本体，并自觉清除人工化语质和修辞行为。这样生命与语感在互相寻找，互相发现，互相照耀中达到深刻的契合，达到双向同构的互动；语感终于成为解决生命与语言耦合的最出色的途径之一。

有趣的是，并没有太多理论武装的语感，就这么从广阔的诗歌实验场腾飞而起，它没有染指什么西文一大套语言学原理，反以质朴的生命活力——外表上一个轻巧的"转身"，就完成了诗歌语言一次巨大的革命性转型，不能说不是第三代创建的一个诗歌神迹。

语感在本质上是源自诗人内在生命的冲动，充溢着诗人生命力的蓬勃灌注，它是发生在生命深处和语言同步的心灵旋律。10年来，语感的演化使它的外延获得伸展与丰富，它至少在两个层面上拥有相对独立的意义。第一个层面：语感可以代表诗的声音。它是充满本真原始音响音质的一种"天籁"，是在直觉心理状态下，意识或无意识的自然流动，是情绪感觉思维自由流动有声或无声的节奏，它外化成一种以音质为主导特征的"语流"。第二个层面：语感又可以表现出由客观语义共组的整体性语境。语境是由语言上下左右关系构成的具体语言"处所"，不管是表层语境或深层语境，都出自客观语义或超语义的引领推进，延展。其纯净、冷态、自在的整体效应，都指涉了语境的透明和创生性意向。

据此推衍，我们可以轻松地给出语感两大主要构成类型，一种是以声音为主要体现的音流语感，另一种是以客观语义或超语义为主要体现的语境语感。毫无疑问，杨黎和韩东是各自的代表。

杨黎一向秉持他的音流语感，《大雨》"雨打着我的烂雨披 / 风吹着我的烂雨披 / 我的烂雨披哗哗地响着 / 使我置身其中的耳朵 / 逃不出去"。那些或舒或缓或徐或急的单纯语音，淡化着语义，只以音感浸润着你，还有《高处》，通过A或B的代码回旋，让你听到一种声音飘浮在你耳根，钻入你的心底游漫在你四周，一种无语义的声音世界就这样被他奏响，又比如《红灯亮了》，他反复在亮与熄之间，富有节奏地总共13次揿响"开关"，制造出一种清晰的口唇翕合。急促的声音漂流，语感引导"反复同义"式的语调语势，完成了一种生命音响的"自发功"。《声音》也可以作如是观，在间隔的"打雷了，下雨了"的复沓回荡中，杨黎甩出了一排排罗布-格里耶式的客观叙事语态。不过我们在这样的"冷风景"里听到的是串联性声音，穿过视觉画面形象，语音至高无上地驾驭于语义之上。《A之三》甚至达到极端：

> 现在 / 我们一起来念 / 我们念：安 / 多动听 / 我们念：麻 / 一片片长在地上 / 风一吹 / 就动 / 我们念：力 / 看不见 / 只是感到 / 它的大小 / 方向和 / 害怕 / 我们念：八 / 一张纸从楼上 / 飘了下来 / 我们念：米 / 有时候 / 我们也念 / 咪 / 我们念：哞 / 鸟飞下来 / 不留下痕迹 / 我们念 / 我们念 / 安麻力 / 八咪哞……

极端的"念音"结果，音质消解淡化了语义，音质规定了语义。声音决定主体的感想、思绪、想象和幻象，声音和生命的内在体验一起粘贴，抖搅，揉搓；一起拌动，滚动，流动。这样，语言在声音层面上获得绝对的独立意义，语感自由地引领生命与音流的共同交响。

设若说，杨黎坚持原初语感的音质音流特性，坚持他最早的"专利"本义，那么韩东则以整体语境语感，促成其第二层面的发展，虽然韩东偶尔有《我听见杯子》的声音，以声音引发语感，但更多时候是制造诸如《明月临窗》《在玄武湖划船》《雨衣，烟盒，自行车》《拖鞋》之类的语境，信手拈来早期的《写作》语境：

> 晴朗的日子 / 我的窗外 / 有一个人爬到电线杆上 / 他一边干活 / 一边向房间里张望 / 我用微笑回答他 / 然后埋下头去继续工作 // 这中间有两次我抬起头来 / 伸手去书架摸索香烟 / 中午以前，他一直在那儿 / 象只停在空中的小鸟 / 已经忘记了飞翔

这一帧颇为晴朗的淡彩画，作者描述我与他处在共同作业的环境里，表面没有太多交涉。其实主人翁内心潜藏着一股亲和湿润的暖流，就是这股出自生命体验的潜在暖流推涌着语感在貌似客观、冷静叙述中，创生出一种整体性透明清纯的语境，它少了浓彩重墨的氛围，浓缩凝铸的意象，以此在体验与语感近乎同步关系，出示了一个平凡普遍工作日，人与人之间的关联实存，给人一种深刻的真实和不动声色的感动。

《下棋的男人》干脆让"我"缺场，用更加纯客观的"眼光"带动语感来展示场景（语境）：

> 两个下棋的男人／在电灯下／这情景我经常见着／他们专心下棋／从不吵嘴／任凭那灯泡儿轻轻摇晃

类似这种整体性语境语感，整整影响了一代人，许多人争相"模仿"，它一方面推动了口语诗的广泛流传，另一方面亦造成了口语化的泛滥。虽然稍后的韩东，有意识克服语感向其危险负面浅白滑坡，加入较多"玄思"，像《渡河的队伍》《一种黑暗》《从自然石头间穿过》《一面大墙下的一个人》等，已经不是单纯语感对瞬间体验的达成，而是间杂主观情思与评判性东西，从平面的语感透出哲思的深幽。然而语感造成大面积负面不可低估（后述）。比较其功过是非，笔者依然肯定语感对于当代新诗的建设性贡献，在于重构了诗歌语言学的一个重要尺度，与另外一种尺度的"陌生化"遥相对峙而又呼应。

（二）

陌生化源自俄国形式主义文论，什克洛夫斯基首先提出，他认为，日常语言向艺术语言转换，关键要抵抗庸常因袭的习性，追求异常反常的"疏离"，即增加感觉的难度和时间长度，教形式获得困难的阻拒。陌生化用于现代诗学，鲜明地体现为巨大的语言张力，它多采用人为方式来结构诗歌语言，如畸联、变形、隐喻、蒙太奇、空白、跳脱、断裂、错位，使诗歌充满高度紧张性，诗歌在语言的内敛与膨胀中体现了典雅、高贵、精致的光彩一面，但同时也因其人为结构——当人为因素大大掩盖超过其自然本质倾向，势必染上雕琢造作的匠气，语感在与陌生化对峙又遥相呼应的另一向度上，则完全放弃紧张的人工结构方式，而主要以瞬间的生命体验同构于言说的自动或半自动。言说的自动或半自动呈现出一种生命的感觉状态，借此抵达存在的本真与敞亮。

10年来，大陆现代诗的语言向度大概就是围绕着陌生化和语感两大轴心，展开互动的格局。我一向坚持，双方各有自己的优势长处和局限，谁也无法吃掉谁，况且在诗歌竞技场上，双方还存在着大量你中有我，我中有你，互相渗透的事实。谁敢断言，消除了人工化痕迹的陌生化的张力，不能成为诗性语言的典范？而貌似平淡的语感，只能是一种白开水？

我所担忧的倒在其外：这些年来，语感有效地遏止朦胧诗过于人为的结构张力，解除了思想载体的重荷，使语言在本体论意义上取得决定性进步，但是语感又天然地与口语结伴而行，这就导致语感在推行本真、透明、纯净之际，稍不经意就被口语化严重沙化。

口语毕竟是非诗性语言，它的原生粗陋状态要从日常生活的外在附粘，上升为闪光的语感，少不了要经过潜在的"内加工"。由生活原型挥发而出的口语表面上与语感相似，都是一种率直的原生体现，但语感诗是瞬间体验与内在言说的合一，它在潜意识、半意识层面，实际上已完成了无形中的"整合"，它主要通过诗人的"内觉"机制，自觉主动滤除粗鄙成分，保留了生气葱茏的纯然状态；口语则大多是对生活原型本身的现象罗列，甚至有意挥霍某些感官排泄物。诚然，两者太相似了，好比白开水和矿泉水。表面上都是透明无色的液体，但后者却内蕴着众多的微量元素，内蕴着不动声色的潜在艺术魅力。由语感引发的口语诗运动，自然成了第三代一个重要的"下游"产品。对口语争论迄今仍烽火未熄，与其笼统地大谈口语诗好与坏，莫如区分有语感的口语诗和不具备语感的口语诗。有语感的口语诗借助口头语，粉碎那些思辨理性，那些远离生命，远离生态的矫情饰情，活脱脱、原本伴随生命能量的自然释放，它作为诗本体一种内在呼吸，与生命早已通融合一，达成相互溶解的默契，一旦遇到触发，便哗啦啦水到渠成地流涌出来。而不具备语感的口语诗不过是生活表层的涂抹，感官的发泄物，常以"上口"和"生活气息"为表征。无节制的唇舌快感，粗鄙的原生语象，轻佻的即兴演出，把诗引向生命体验的伪劣模仿。语感除了得到来自口语方面死心塌地的拥戴，又受到它亲切的无所不在的伤害，近年来，它又遭到来自语言诗派——语言诗的强力挑战。

语言诗派系指美国肇始于50年代，流通于80、90年代非主流诗歌的一种形式主义诗歌流派，他们对语言所指意义采取轻视乃至否定态度，极端突出能指功能，尤其喜欢采用打破常规语法，逻辑和混淆体裁的创作方法，诸如大量的拼贴，黏性，拆散，内爆，资料剪裁，个人方言，离合机缘都指向了语言的拆解嬉戏。⑤

　　美国语言诗多少影响了大陆第三代，1990年以周亚军、车前子为首的《原样》拿出颇有分量的语言派诗歌选本，1993年，以周俊为主的《对话》推出《中国语言诗选》，开始新一轮的语言冒险，他们不再倚重语感，而是紧紧抓住汉字象形、指事、会意的结构特征。认为汉字本身隐含着整部的人与世界的关系史，以及丰富的哲学意味和美学价值，故而坚持从文字出发，诗到文字为止，坚持从文字书写形式中生发汉诗的魅力。⑥相应而来的就是对文字的重新解码，编码操作程序，其具体手法不少与解构诗学的手法相通，如互文，嵌镶，博议，谐音，戏拟，插入，视觉图像，异质材料混用，印刷符合排列变化，等等。由于本质上，语言诗实验属于形式主义的解构，它自然会对语感——那种生命与语言"场"状态进行颠覆。尤其是对整体性语境语感进行全面爆破。当然在局部上，例如在声音层面上，它又可能与音质音流的语感同谋。但总体上语言诗的兴起，完全抛弃生命的基点，单从字词的基本结构出发，阻抗着生命与语感的同构形式。

　　语言诗首先严防人们从意符层面进入诗歌，"先验"式的进行是非价值收割，而宁可沉溺于指符层面的尽兴玩赏。他们认定形式大于内容，形式先于内容，形式优于内容。当诗脱离所指之后，语言文字固有的因果锁链中止了，话语所呈现的就是文字自身，此时话语作为一个重新独立开放形态，预示了各种向度。一旦获得形式的完全独立，话语就会在话语活动中显示超验呈现的可能。因此，在积极意义上说，语言诗摆脱具体意义的指认，并不一定成为空洞无物的躯壳，相反，诗从文字开始"牵出世界，吁请那个看不见的存在出场"⑦。但不可否认，极端的语言诗实验，格式夸大语言结构形式，在过度的纯语言嬉戏中，难免要陷入形式的泥潭，断送了诗歌重要的生命素质。罗兰·巴特曾批判道：诗符号功能的质变，特别是对字词的饥渴，使诗的语言变成一种可怕的非人的言语；语言本身的自足体爆发性地摧毁了一切意义。人们不再把它们归结为一种精神行为或心灵活动，而仅仅是符号功能的形式开掘；这就很容易使诗歌失去真正的写作。⑧

面对语言诗弃置生命意识而发自结构方面的"地震"，幸好语感依然我行我素显得底气十足，继续保持早期高涨的意识，它一边凭恃与生命胶紧的能量，抵御怪诞的形式旋涡，另一边继续防范外在形态——口语化的表面乱真，同时自它的内部，也悄悄萌生新一轮的语感"革命"。

（三）

或许遵循一种固有的艺术周期，新一轮的语感在发现形式和形态双重威胁时，为提高自身"成活率"和扩大"年轮"，开始对"旧"有语感进行某种程度修订与整合。它体现在不再追随杨黎们对音感音质的绝对强调，也不像韩东们整体性的语境经营，而是在语感与陌生化两个向度的摩擦中，寻找一个新的平衡。悄悄地变化，悄悄地滋长，它带着第四代诗人新的体验，在细微的反差不大的变化中，我们可以感受到它更多直觉的下意识的"意识流"的自显光点。

1994年秋天，笔者在本省第三届书市邂逅一名女作者（笔名安祺，属第四代？），匆忙中她让我看手抄本，当我看到《红苹果》开头一句，我意识到，我希望中的语感找到了。

红苹果／长在高处（枝）就淡了

红苹果，一种普通水果的指称，一个极自然的语象，当它出现在作者的视野，被作者的心灵之眼直觉之后，便掂出各种状态。在瞬间中，红苹果呈现出既悖理又入情，既古怪又新奇的"表现"：为什么长在高处不是变青变绿变黄，或者变大变小变肥变瘦，而是"淡"了呢？轻轻一个淡字，摆脱了口语水平上欠缺意味的平白直白浅白，也谢绝了陌生化的浓彩重墨，显得异常合乎生命状态之本之真。从色彩到味道，从外形至内里，直觉的穿透，挟带淡的意蕴，一反语音型直线式的语流，二反大面积铺垫的语境型平面块状，显得淡中之味透明而醇厚，试看语感从大面积语境中"浓缩"到了单个句子、若干句子，这不能说是扭曲改变语感的自然属性，而应该说是语感的一种可喜的发展，语感从单纯语音的串联型，即从纯形式中重返直觉的意味，更是二种迁跃提升。

任性的点／在大师双肩跳来跳去／叫着！转动它灵活的眼珠／像文字／又像高过夏天的草帽／天真和粮食（《任性的点》）

作者沉耽于符号的想象，联想、幻觉，那些闪闪烁烁的点阵排列，有如任性的小鸟转动的眼珠，由诗人之口任性而出，在鲜明幻象跳跃中经由诗情凝结的文字呈现高贵，天真，深邃，和无限精神旨趣。如同欣赏上述"红苹果"，我也欣赏"高过夏天的草帽"这样的句子，它流淌着标致语感意味。夏天的草帽，是朴素鲜明的来自典型日常生活的具象，代表着日常世界，作者信手拈来，似乎并无意识，草帽前头一个"高"字，轻轻压过它，却丝毫没有因较虚较抽象而削弱浓厚的感性，从而突显出代表文字的精神，超越（高过）物质性的日常性的东西，紧接着又以"天真"与"粮食"相连接，加强文字——精神的含量，整个语感过程让人觉得是在下意识的流动中饱含流动的率真和自然。

十二月的光亮，银针小小的闪现／那银针带出的往事安葬了我／和我的半个黎明——（《银针》）

是十二月冬日，阳光从云隙间透出的刺眼？是拂晓，眼睑突然接到第一缕晨曦的痛感？"光亮"很巧妙和"银针小小的闪现"联系在一起，形成一次有疼痛感的生命体验，第一句是一个很具感性的语感，连读几遍，可以让人感受某种旋律，在"光亮""闪现"这种相互"镶嵌"的带有昂扬色彩的"江阳""先天"韵中，显现一种透明与清澈。

类似这样的语感，在这位女作者诗中还可以举出不少：

他穿过我。手中的一把红色／停在手上（《失控》）
一片递水的天空／水是你的家（《感到》）
蟋蟀的洞窟里叫一声的是灯人／没来得及回应梦就开了《（灯人》）
变轻的花就卡在空中／鸟睡熟了，美也是灰尘的一种／变轻的花要等待多少年（《空中花园》）

这类语感，好比作者在其《文化医院》中所写"要含住一种语言，一种伸手推出的语言"。笔者认为"含"与"推"颇为准确形象地道出诗人对语感的感觉和操作。"含"是将语感溶化于生命感觉之中，是水与盐之溶解的了无痕迹，是充分浸润了生命原汁的感性，其丰沛，湿润，晶莹，鲜活乃如咀含玉津一般。而"推"是指不经意的顺水推舟似的推，水到渠成似的推，一伸手就可以轻易完成了的动作，它带着半自动的性质。这类语感，同样不是靠思辨理性所能强行获致的，而经常是无意识下意识，冥想遐想，出神状态的"意识流"产物，它与韩东式的整体性大面积语感有所区别，似乎更注意"浓缩"，即在此前过于稀释铺垫的语感中适当加入陌生化成分，使单个或若干句子得以在透明语境中生成自己独立的张力，而无须等待最后整体铺张的结果。语言自身的律动，轻捷，生气，神秘，同样表明语言仍然出自生命之河的流淌。这该是"陌生化"对口语的强有力的"改造"？是跨世纪诗人们对语感可能"沙化"的"挽救"，也是诗歌语言学两种语言向度对撞后的妥协？陌生化适度渗透语感，应该说是可行的。过于纯粹的原生言说很容易在表层形态上怂恿单纯的物理滑行，消退某些必要的隐喻象征暗示单元，在缓解意象张力的同时也填平了诗的深度。现代诗语言这两种向度之间的对峙、矛盾及其渗透转换的微妙复杂性关系，给现代诗人语言起跳提出了更高的双重标准。谁能在这两极之间巧妙驾驭，谁就是出色的语言高手。

语感，经过10年来各种曲解、繁衍、挑战和自身调节，显得比以往丰满成熟多了，它为第三代诗歌写作结晶出一条颇为成功的"捷径"。哪怕当下或未来，它还要遭到类似语言诗流的形式主义冲击，遭到非语感的口语化覆盖，但笔者坚信：既然它的根基已牢扎于生命意识深处，既然它与生命体验已结成同呼吸共命运的莫逆之交，它必须随生命体验的消长而消长。必须再次强调，语感是生命体验透明的中介和外化形式，生命体验是语感的"内在组织"，两者具有高度和谐的同构性。因此当生命体验为核心的生命诗学，作为一门诗学获得认可时，语感至少能从单纯的术语范畴发展成有章有节的现代诗语言学的"基本课程"。笔者深信，语感，不仅是十年来大陆第三代诗人独特的语言"专利"，它还将作为现代诗本体一种基本属性持久地影响第四代、第五代，以及未来的诗歌！

中国当代

文学史
资料丛书

语感，是诗人生命本质的自由展示，是诗人精神本能的运动形式，它是一种合目的的无目的实现。它"先在"潜伏在诗人生命深处，以隐形的状态溶解于诗人的下意识，散布于诗人潜感觉、知觉、直觉和悟性里（犹似血红蛋白之于血浆，氧气之于空气的关系），语感一旦被生命某一契机触发，便随同生命能量完成迅速自显，语感是一种近乎人体内在化了的"身体语言"，一种和眼神，手势，面部肌肉具有相似功能的"生命表情"，一种早已被"内觉"机制潜在加工了的自性语言。它拒绝经由长期积淀下来固化了的文化编码，尽可能将它们悬置起来，代之以同生命体验、生命感悟一起谐振的原生话语。它的创生性魅力就在于，同构性传达出生命体验和生命感悟的本真透明，用几近自动的言说，逼近生命的最高真实。

　　语感，目前已十分成功地树立起诗歌语言学——与"陌生化"遥相呼应又对峙的另一语言向度和尺度，显示其独特的美学价值规律和相当广阔的包容性。由语感而生发而辐射的种种关于现代诗的语调语势语流语块语境语质，其实都可以纳入其"势力范围"。本文仅仅对其源起，内涵，外延，类型，与口语关系，新型语感诗及其面临的挑战做一点"开场白"。它在生命流程中的奥秘，它与各种心理图式的关系，它与另一语言向度"陌生化"的互相转换，还有待进一步揭示。正因为它无比丰富的生命活力，和大大迥异于古典、浪漫、前现代诗歌的语言规范，笔者才冒着量裁不当的风险，硬把它从标准学科的语言中剥离出来，独立阐述，并斗胆在它后面，加上"诗学"的分量。

注释：

① 见《非非》总第四期。

② 见《非非年鉴》理论卷。

③ 于坚、韩东：《太原谈话》，《作家》1988年第4期。

④ 石天河：《广场诗学》第201页，西南师范大学出版社，1994年版。

⑤ 张子清：《美国语言诗特色与现代探析》，《诗探索》1994年第4期。

⑥ 《中国语言诗选》第61页，南京大学1993年版。

⑦ 崔建军：《诗化语言：对无限存在的呈现》，《青年诗人》1994年第6期。

⑧ 罗兰·巴特：《写作的零度》见《符合学原理》。

原载《诗探索》1995年第4期

理解与感悟

——说"第三代"诗

李振声

　　"第三代"诗,又称"新生代"诗,"后新诗潮"和"后朦胧诗"等等,对同一诗歌现象的不同命名,表明了命名者在思想、文化、价值和美学等取向上各自不同的侧重面。我选取"第三代"这一命名,只是顺从了一部分身临其境、直接置身其间的诗人们的意愿。

　　从宽泛的意义上说,离开"朦胧"诗之后的杨炼和江河所开启的"文化寻根"诗,也应当包括在"第三代"这一范围之内,然而,由于"文化寻根"诗实际上与在其之后相继涌流的、实验意欲远为激进的诗歌现象之间,在对待诸如文化、价值、意义以及个性的态度上,以及具体的诗思方式和抒写手段上,存在着十分明显的歧异,因而,严格地说来,"文化寻根"诗其实只是介于"朦胧"诗和"第三代"诗之间的一个过渡层,也就是说,"文化寻根"诗之后的各种实验性诗歌现象,才是我想着力论述的对象和内容。在本能的、无意识层面上,"第三代"诗的各种激进意向,实际上都是直接针对"文化寻根"诗的价值取向和抒写方式所作出的反拨和拒绝,但是在有意识的层面上,"第三代"诗却更多地对"朦胧"诗耿耿于怀、频频发难并采取一种强烈的对抗姿态,这其中的原因则是基于一种自我认同上的压抑以及试图努力摆脱这种压抑,由此构成了中国当代文化心理现象中一种耐人寻味的现象。

　　虽然"第三代"诗最先是以"朦胧诗"时代和"北岛现象"的反叛者和终结者的姿态出现的,但我们仍需注意的是,这种反叛和所要说终结的对象,仅仅是作为一种特定文化和文学现象的"朦胧诗"和"北岛现象",作为诗人,北岛们至今仍在做着诗的深入和转换的努力,继续着诗的实验性抒写,即,他们自己也已经纷纷走出了"朦胧诗"时代，这种情况构成了中国当代诗歌复杂、并存而又意味深长的格局，就此而言，现在要来宣布他们中间谁谁谁已经与诗的当代性无缘，或者反过来，宣称当代诗的自觉意识和抒写只是属于某些人的专利，都不能不显得为时过早和证据不足。诗以简洁有力而又激动人心的词语、观念表述自己的时候，它能够感动每一个人，但是，对诗的那种自觉的、深入的，更为简洁有力、切入真实的企求却是永不会完结的，因而诗永远需要重新开始，永远需要把它当作一个持续不断的智慧的成长去企求。这一事实已经不断为那些具备真正精神创造力的诗人所证实，并且也为稍次一些的诗人所仿效。对"朦胧诗"，北岛、舒婷一代是如此，对晚起新进的"第三代"诗作者来说，情况依然如此。

如果说"朦胧诗"面对的是作为极左政治文化附庸物存在的一种诗的废墟，那么"第三代"所面对的，却是中国新史诗上具有里程碑意义，并且直接构成"第三代"精神智慧启导人的"朦胧诗"，以及"朦胧诗"人苦心经营建构而成一整套完整、稳定的诗思规范。比起它的启蒙者和反叛对象，这种境况要求"第三代"拥有更为强有力地撞击传统和陈规的冲力，更为彻底地吸收现实生活的欲望，以及更为严峻地面对并应答诗的创造性问题。而由此导致的过于激进的变更姿态和过于强烈的震撼度，便注定了这段诗歌的命运：它们被接受、被认同，以及获得积极反应，要远比"朦胧诗"来得困难。

另一种情况则表明，思想文化的生存背景，又对"第三代"诗格外恩惠有加。"朦胧诗"的生成环境是一个充满了忧患和压抑的思想文化空间，"第三代"遇到的却是相对开放宽松的思想文化氛围。"第三代"诗人的相同之处，是在于他们都受到了当时普遍的时代思潮的鼓动和推拥，而他们弃绝权威的躁动，同时又构成和强化了这个时代的思潮氛围。他们的不同之处，则在于他们每个人对待共同面临的时代思潮时，各自不相同的诗思素质、心理准备和特殊的处理手段。与"朦胧"诗人生成于忧患、压抑的环境之下的那种深幽、拘谨的文化性格截然不同，"第三代"诗人普遍地为一种自由感所鼓舞，为数甚众者还身不由己地将这种自由感推向极端，由此导致了一种过于繁杂并且多变的精神生存形态，即企图从世界的各种（而不是一种或几种）角度和层面上理解和处置世界的意欲，在他们身上表现得格外强烈和充分。而诗歌的表现形式总是与诗人的精神生存形态呈同构关系，与精神生存形态的繁杂多变相对应，在诗歌形式的建构上，他们深信无疑，自己业已摆脱了旧的观念和手法的限制，无须再受那些束缚前代诗人的东西的束缚，因而尽可以自由地使用他兴之所至想用的任何方法和材料，谁也无权干涉他的意愿，只要他想，他就能设法做到，他甚至拥有不受可能性限制的实验特权。1985、1986、1987这些年头，恨不得一夜之间穷尽诗歌形式的所有可能性，曾经成为一种相当普遍的风气。

这样，通常的研究惯例，很容易在它面前搁浅，因为这种惯例要求研究者始终清醒地意识到对象的整体精神特征及其风范等等，然而，想在"第三代"身上概括整体精神特征及其风范的做法，某种程度上近于想象性虚构，因为这一想法从根本上背离了这一实验性诗现象的初衷和本意。被笼统纳入这一范围的诗人及其作品，在开拓诗的言辞模式，诗的感觉、想象、情感、理智等诸多状态的可能性上，拥有几乎无法加以归纳、梳理的众多向度，彼此少有衔接、贯通，甚至自身也很少保持一贯性，他们从根性上就拒绝以一种给世界以秩序的思想体系作为诗的支撑点的做法，一切听命于有意为之的反叛和独创，向迄今为止包括同代人在内的所有中国诗歌宣告自己的独立，以致一种前后一贯的相对完整和稳定的诗歌表达模式，往往与他们无缘。

干脆点说吧，不确定或晦涩难解，构成了"第三代"诗的基本品格。人们究竟应该采用哪种合适的读解方式，才能走近它呢？这至今仍是一个远未解决的问题。事实上，"第三代"诗还从来没有能够确立起一套可以为人们所公认或普遍接受的认知规范，以便供人们得心应手地处理它所提供的那个众声喧哗的世界，它还远远没有成熟到那个份上，这似乎是它的一个弱点，因为这样一来，无疑给人们阅读、交流和明察其作为整体和过程的意义，带来了种种障碍和不便，但从另一个意义上说，这可能又是它的一个长处，正因为这样，"第三代"诗得以保全了自己无限开放的实验精神，并且有可能成为不断刺激诗学研究和批评有所拓展的动力之源，因为它不再是那种只需研究者凭借现成的思路、范畴和概念，就可以轻而易举地作出概括和得出结论的那种诗了。在很大的程度上，对它们的阅读，同时也变成了一种阅读者自我理解的行为，因为阅读者自身专心关注的耐力，他面对诗作所可能引发和唤起的复杂感悟能力，他的想象力，以及参透内核的阐释能力，都将在这里一一接受测试和重新评价。

极端的个人意识，以个人的取向作为价值的直接根据，诸如此类的世界观，加上五花八门令人眼花缭乱的诗学追求和私人性很强的诗风，使得"第三代”从根本上缺乏一个可以整合、统摄群伦的具有权威性的中心，有的只是各自为政、自以为是和分立割据的局面。他们在诗学和文化情绪等各个方面存在着矛盾和差异，只是在反叛既成秩序、逃离既成权力话语这一不约而同的精神冲动之下，暂时纠合成一种松散的伙伴关系。考虑到“第三代”诗人对精神个体性有着顽强得甚至走向极端的坚持，因而，即使在对“第三代”中某种有群体性状的诗现象和诗经验作出勾勒和综合性阐释、评述的时候，我也宁可优先考虑对诗人个体性实验轨迹的关注和追踪，侧重诗作者个体性抒写的用意及其效应。

与此前的诗歌现象相比较，还有一个不小的差异，那就是，“第三代”诗人大多善言好辩，相当普遍地在抒写诗作的同时，急不可待地向外人张露他们的理论构想和目标设定，这种自觉制作诗学理论的勇气，一半也许的确是出于思考和探讨的纯正冲动，一半则显然是出于哗众取宠和自我夸大的功利打算，旨在使反对者大惑不解，以及吸引追随者。因此，适当的选择、描述和叙论，只能坚持以诗作本身，而不是诗论、宣言所标榜的它能代表的目标，来作为基本和最终的依据，也就是说，是以它们的实际存在状况来判断，而不是把评论寓于预定假说的完善之中。在探讨和处理设想和行动或言词和现实之间的关系时，我宁肯把兴趣的重心偏向这两组关系的后半部分因子身上，因为我更看重的是“第三代”诗在这两对组合因子中不同程度地表现出来的裂缝。

为了急于摆脱传统和已有的经验框架给自己造成的无所不在的心理压力，“第三代”诗人们努力鼓吹原创性和独特性的绝对意义，断然否认经验和实验存在任何边界。他们向他们之前的诗提出的最难加以反驳的质词是：这是否就是一切？如果是，那么这些诗就足够了吗？我们完全可以这样说，征服这种青年实验诗现象的，不再是他们的前代所熟悉和亲验过的政治和意识形态的独断专行，而是不断“创新”这一标牌和口号，“创新”为全体“第三代”诗人所慑服，力量之大，致使他们中间没有一个人会有勇气和胆量去对它提出怀疑乃至弃绝，这样，异化的迹象便出现了，一种本来是追求生命自由舒展的初衷或愿望，在无形之中，悄悄变质为一种你不得不循守的行为规范。与此同时，刷新意识、寻觅新奇的骚动激情，导致了不稳定的思想观念和生活方式的到处泛滥，一种新形成的东西往往还等不到固定下来或沉淀一下，就马上陈旧了，有如沙滩上的足印，浪涛过后便荡然无存。昨日还被尊奉为“先锋”的感受和思维方式，说不定睡了一夜之后就成了过时的历史陈迹。独创和实验的轴心原则就是要砍断、丢弃过去的经验，再造自我。今日之我不复昨日之我，明日之我又非今日之我。自我失去了连贯、接续和统一的人格整体性质，一时间成了彼此断裂、分离、脱节，丧失了自信和自持，听任无休无止的偶然和随机所驱役的存在物。身不由己地听任内在连续性遭受破坏，悍然断弃自己走过来的路，不允许已有的经验接近自己、支持和拯救自己，这一切需要承受多么大的心理痛苦呵，事实上，资质一般的人最终是承受不了这种痛苦的，即使你可以承受一阵子，那时间也不可能坚持得太长。

人类处境的有限性，这恐怕是现代思想家和文学家们谈论得最多的话题之一了，"第三代"诗人的想象力、精神能量以及可供他使用的经验、意象总是有一定限度的，这个事实对于他们在创新实验欲望上的无限制的、无休止的冲动，构成了一道宿命的障壁，由此产生的生存中的无能为力感，又将导致厌烦和倦怠这种心理状态的与日俱增。在日常生活中，我们遭遇到这种情况难道还少吗，既然一个人不能改变任何事物，他就自然而然会放弃当初的预期和设计。

了解了诸如此类的情况之后，我们就大可不必对"第三代"诗在不多的几年工夫之后就显得难以为继和力不从心，以及"第三代"诗人的纷纷销声匿迹或改道更辙，感到难以理喻了。

我们还不难看到，常常有人非常自信地将诸如"消解深度"的"口语化""平民化"（实际上是平庸和庸俗化）或"后现代"一类标签贴到"第三代"诗的脸上，我对这种做法一向不以为然，我不想否认当代诗坛有过这种浮沫性现象的存在，但我始终不认为这种浮沫性现象可以概括乃至代表"第三代"诗的诗性特征，因为这不仅与事实，而且也与我的阅读经验相去甚远，情况毋宁说是恰恰相反，因而在我的研究视野里，我始终告诫自己对这种轻率的做法应该敬而远之。

"第三代"诗无疑是现时代借以表达自身的作品之一，因而是我们所无法回避的文学和文化现象之一。"第三代"诗的难读也同样是出了名的，人们对它几乎是普遍地啧有烦言，在相当大的程度上，这是因为它超出了人们的想象力和阅读经验的范围，同时，也由于这些诗人有意无意之中喜欢流露出来的那种自傲和挑衅姿态，使得读者由于感受到了某种蔑视而经受着巨大的心理压力。"第三代"诗的难以纳入正常的阅读和交流范围，可以使人想到一连串关于文学批评和文学本身的问题，想起一般的美学问题，以及想起人类理解能力和人性本身的局限性等系列问题来。

在最直接的意义上，人们与"第三代"诗之间的隔阂，显然与现时代的某种"无深度"趋向有关。当浮露于生存浅层的大众娱乐文化，越来越主要地成为终日忙碌于物质事务的人们疲惫心灵的缓解物和代偿品的时候，诗便注定要成为一种孤独的、不可理喻的、不易接近的东西，以致有兴致关注它、能和它发生亲切关系的人，将退缩到不能再退缩的范围，这是事情的一个方面。另一方面，极度突出诗的孤立处境，也成为诗人维系其生命存在的一种顽强努力，他们不约而同地寄希望于精神的形式建构，以便拒绝为物性很强的"社会性格"所同化，因而，采取一种深奥玄秘的姿态，一种有意与公众间隔疏离的姿态，对他们而言，就成了对抗"无深度"的生存现实，坚持诗在现时代的自足地位以及它那不可替代的精神价值的一种策略，（说老实话，我们也不希望看到一个诗人在文学市场上"飞黄腾达"，因为这种所谓的成功，往往是以转移人们对诗性的注意力为代价的）。这样，原本就无可回避的诗与社会的隔阂，又由于诗人这种有意为之的努力而更趋加剧。

"第三代"不约而同所致力的诗歌语言秩序的独创，自然不仅仅是出自上述社会学意义上的考虑，它其实还基于诗的本性。

对诗的革新的动力源，习惯性的解释是，在世界和人处在变动之中时，诗也不得不作出相应变动，换句话说，诗人必须运用前所未有的表现手段来表达以往的表达模式所难以表达的前所未有的经验，这种解释把表达的对象与表达者之间的关系，看作一种主从关系，动力源来自外部，即诗之外的世界的改变，导致了诗的改变。其实，对诗说来，也许另一种解释更为要紧，它把动力源归结到诗歌自身的创造性能量和冲动，也就是说，即使世界并未出现什么根本性的变更迹象，诗歌也同样可以期待一种实验性变更，同样需要寻求表达模式的新途径和新的可能，并借助这种新途径，对原先的表达模式下所熟识的世界构成新的审视和理解。

诗是这样一种言词模式，它是从没有穷尽的实验中，从善于重新思考习俗中，来获得新意和快感的，来获得对世界的独特感悟并由此引发出独特的精神魅力的。从绝对的意义上说，新的未必是好的，但相对而言，求新总要比屈从陈规要显得有出息些。由于诗的这种好动易变的不安分性格在"第三代"身上表现得尤其地突出甚至极端化，因而特别容易使阅读者陷于被动和受窘之境，请设想一下，"朦胧诗"变得不那么朦胧还没几天工夫，人们才刚刚因为适应了"朦胧诗"的表达模式，好不容易安下心来，喘两口气，转眼之间，这刚刚建立起来的阅读规范又被冲撞得个七零八落，你又不得不胆战心惊地再次大作调整，人们为此产生"疲于奔命"的不悦之感也就情有可原了。

如果说这些主要还是客观方面的原因，而不是"第三代"诗本身所能承担责任的原因所造成的麻烦，那么，接下来我们所要谈的，则是主要来自主观上的，必须由"第三代"诗自己来负责的麻烦，属于它自作自受的情形。一种情况是由诗人的自我放纵所引起的。我对"第三代"诗人实际生活中的事知道得不多，不便作出推测，我只想说，在诗中，他们往往是激进的个性至上者：不承认人类共同的心理基础，没有必须为所有人遵循的法则，人与人之间没有可靠的交流手段，每一种行为方式和感情经验都是单独的，因而需要言词表达形式也是私人性很强的、暂时性的。在当代小说，残雪小说的头绪是够乱的，或者可以说无头绪可言，但当我们这样说的时候，其实仍是有保留余地的，因为人们隐隐约约感觉到，如果能找到某种线索，残雪小说中的许多呓语般的叙述还是可以理解的，不少聪明的小说批评家实际也这么做过。但在读"第三代"诗时，去寻找线索往往纯属徒劳。诗自然是一种个体性比其他文体要强得多的文学样式，但如果想当然地、随心所欲地将有关主体的一切当作诗，就有可能使抒写变为一种对隐私和自恋情结的过度耽溺。

另一种麻烦则源自诗作者的自我伪饰。诗歌的至上律令固然是真正拥有个人的精神立场，并从这个立场出发去理解世界和自己，从中领悟到自己独特的艺术使命，获得冲决种种精神障碍的创造性激情，然而并不是所有的人都能拥有这种精神立场，它需要具有广度和深度的心智，通过现有世界对另一个世界的洞见，以及真正出于才情的高超技巧，甚至有时为了心灵的抱负，还需要放弃常人拥有的许多人性享受等等，只有屈指可数的人才能不负此任，于是，更多的人则体现为一种乖巧的虚张声势，这种虚张声势总是大大掩盖了所欲获取的功利目的，而夸耀其所付出的努力，再涂抹些貌似博学的奇谈怪论，以猎取惊世骇俗的效果，而实际上，这样的东西只会把人带进浮浅甚至虚假的天地，只要头脑清醒的人稍加追问，其意义便荡然无存，因为这些东西原本就空洞无物，从而让明眼人不由得为之黯然神丧，因为其成就的微屑与其背景之复杂之间，竟是如此地不成比例。

　　不管怎么说，"第三代"诗业已构成了中国当代（八十年代中期至九十年代初）一段感性历史的不可忽略的部分，既然文学批评注定要担当起人类感性和情绪记忆以及不断反刍和回味这种记忆的职责，那么，它就应当义不容辞地承担起这样一份责任，把往事理出个头绪来，重溯"第三代"诗的流程，仔细探讨一种诗学趣味发生、形成以及几经流变所需要的内在原因和外部条件，弄清楚作为一段时代的感性和精神生活见证的"第三代"诗，在精神、心理和感知方式等诸多方面，所表现出来的应变能力和承受能力，从而为观察一段历史、文化的变迁，理解社会和个人的想象感知方式和经验特性，提供一种角度。

　　水落石出，山高月小，随时间的自然推移，当初充满喧哗和骚动的潮汐涌动已经渐归平静，一种激荡之余的沉淀已经形成，在浮躁和虚妄纷纷剥落之后，"第三代"中那些有着坚实内在性的诗人和显出某种内在精神智慧的诗作，正在开始得以清晰显现出来，这正是批评和研究开始自己的工作的好时机，我想，我错过的东西已经够多的了，我不想再错过这样的机会了。

原载《诗探索》1996年第1期

既成言路的中断

——"第三代"诗的语言策略，兼论钟鸣

李振声

因而对于诗人说来，写，意味着打破一层隔墙，在它背后的阴影
中，隐藏着某种不动的东西（《诗》）。因此，（借助这令人吃惊的突然
的揭示），诗在我们面前出现时首先给人一片眼花缭乱。

——米兰·昆德拉《在那后面某个地方》

……写作帮助他挣脱了物质的外壳而考究精美的内核，成全了他
超凡脱俗，靠敏锐嗅觉行事的怪癖行为。在急速的写作中，他像一只带
着青铜坠饰的大鸟凭虚凌空，俯瞰着大地所有互施强暴、敌对两半的市
镇……。

——钟鸣《中间地带》

笼统地说，整个"第三代"诗人比起其前辈诗人来，他们所共同拥有的
特征之一，就是普遍特别强烈地对诗的文本意识的自觉，对诗的语词表达的
可能性表现出来的那种空前的关注热情和旺盛的实验意欲。如此资质各异的诗
作者，会如此投入地倾心于诗的文本革命，这在中国历史上也并不多见。诗在
他们的手里，已经成为一种对语言的沉思，一种与语言面对面的相遇。杨炼、
"整体主义"、"新传统主义"诗人对古典汉语的现代变格所作的强力组合，
韩东等人对日常性"口语"及"语感"的重视，"非非诗"人所作的那种有建
造巴比塔的"超越语义"的努力，而张枣、陈东东、西川、柏桦等对语言的幽
秘性和透明性的耽嗜和恢复，则可以追想到"朦胧诗"对典雅汉语的现代表达

功能所作出的某些开拓……在某种意义上，我们甚至有理由把"第三代"诗看作一次文本化的发难。这场普遍的、给人以强烈冲击的语言实验，与其说是对一种古怪的个人风格追求的结果，不如说是由于他们对世界本身以及人在其中的地位所作的重新定位。其外部原因，则是由于相对开放的文化视域以及结构主义以降的世界语言学的长足进展，有可能为他们提供出远比为他们的前辈所能提供的要优厚、慷慨得多的语言理论背景。

不过，由于具体思想背景和操作方式的不同，致使这场普遍的语言实验，实际上存在着某些根本性的分歧和差异。杨炼和廖亦武等人的语汇里很少有一个词是按照习惯性用法来预先安排的，它们通常是在一种特殊的情形里，概括诗人对主题顺序的特殊理解而被作了特殊驱遣，因而会给按习惯语词编码系统读诗的人们，带来一种处处受到猝不及防的袭击一样的惊恐和不安的感觉，不过，杨炼他们所擅长的对语词的施暴性组合，与其说是对语言本身的兴趣，即出于追问古典性词语的现代性变格的可能限度的考虑，还不如说是为了最大限量地整合和包容原始文化素材及其深蕴其间的"终极"性生存智慧，这基本上属于将语言归之于一种工具性载体或容器的语言观。

韩东、于坚坚持把诗诉诸从生命本能出发到语言的过程，并将之概括为一句曾经流行一时的名言："诗到语言为止。"但这一表述却从一开始就作出了这样一种置表达者于尴尬之境的假设：诗的根本不在语言之中，而在某种非语言性的事物里，语言不过是诗所要抵达的某种目标，而不是诗的内部构成，不是诗本身，从而表面看来是抬高了语言的品位，实际上依然是一种载体或容器，稍不同的只是，这一回承载的不再是政治，也不再是文化，而是所谓直接的个体生命的感觉之类。

即使在语言实验上走得更远些的一批写诗者中间，这种工具意识的影子依然时隐时显地笼罩其上。杨小滨的《关于东罗马帝国的七种隐喻》的抒写动机，可能脱胎于史蒂文斯《观察黑鸟的十三种方式》，但它描述经验和事件的语象十分琐碎，从而对罗马帝国衰亡这一历史事件所具有的重大意义，构成了很强的反讽和消解的力量。另一方面，这首诗展示了一种把不同时间里所发生的事情并置在一起的"时间集结"的技巧，强调了转换角度的观点，这种视角转换的合理根据是，事件本身就是多层面的，意义是多维的，由此表达了写诗者的这样一种心机：抛弃以探讨必然性为唯一正当任务的黑格尔式的历史决定论，对偶然性所包含的历史功能和意义予以重视和关注。事情正像维特根斯坦所看到的那样：描述实在的可能性不计其数，没有哪一种话语享有绝对的优先地位。此外，由七组不同的能指符，导向一个共同的所指对象，又使得分散的语象群获得了一种彼此不同而又互相关涉的文化寓意。不同的人之间，存在着对目标的追求、倾向和需要的不同，孤立来看，它们彼此自足，互不相关，甚至矛盾，但它们却构成了事件意义的整体。这首诗可能是杨小滨为数不多的可读性较强的诗作之一。他的其他作品，则在语言上往往执意表现出一种较为高傲和激进的"先锋"姿态。不过，稍加观察，即可发现，这种语言姿态的关注重心其实也并不在语言自身，而是在于对语言之外的关心，它更主要地体现为一种社会批判激情。

首先它是作为同"媚俗"文化倾向保持批判性间距的一种策略，是对那种与时代的全面商品化和传播模式的大众化呈刺激—反应关系的"平民化"语感的一度泛滥，所表示的一种反感，它认定，以"平民化"效果作为诗的追求，将导致一种沉沦于凡俗事务而丧失独创性人格和精神的超越性功能的后果，其偏激的神情，使人不由得追想到《文化偏至论》和《摩罗诗力说》时代的鲁迅的一些观点。

其次，它还表现出一种明显的政治学冲动。在它看来，一种语言程式从来就不是中性的、自然的，或理所当然的。事实上，词语及词语表达模式总是被人为"生产"出来的，它们往往是"生产者"主体登上或占据历史舞台的道具和布景，它们的背后总有着某种不便直说的历史情境，一种历史意图。一种语言成规也总是体现着与意识形态之间的审慎的契合，因而事实上没有一种话语可以自我指认为具有天启般法力，是唯一理所当然的最高话语原则。那种看似不证自明、天经地义的话语模式，不过是意识形态一手制造的幻觉，因而也是一个有待分析和揭露的"神话"，而真正的诗则必然意味着要向那种与支配着当下现实的权力隐秘契合的语词成规提出疑问。如果一个诗人用现时占正统地位的词语模式来抒写，这就意味着他拥有对支配现时政治和文化格局的权力矢志不渝的信仰，或者意味着他不得不屈从于这种语言的强势，不得不在进入思考、感悟之间，事先接受这种词语模式中所隐含的意识形态。如果一个诗人是出于他的自由意志在抒写，如果他能够以个人的感受而不是以某种语言极权作为抒写的依据，那么，他就会不惜抛开一般人所遵循的语言常规。在他的心中，就该存有某种桀骜不驯的力量，就会坚信不疑，诗是从敢于重新思考习俗中获得新意和快感的一种方式，从而有可能通过他的抒写，拆除生活的幻觉，放弃虚假的期待和承诺，更加真实地对待自己的处境。这样一来，诗就在无形中重新学会看，学会专注，成为一种新的认识立场，一种力图恢复世界的多样性，避免经验的日益萎缩和想象力的日益瘫痪的有效方法。

因而，在这样一批"第三代"诗人那里，一系列的所作所为，诸如采取随意武断的句式，来有意悖违约定俗成的规整句法、逻辑关系、字词含义，把生存当作许多偶然事件和碎片的杂乱堆砌来理解，甚至制造一片妄语之乡，就具有了一种十分明确的意义：颠覆一体化的语词极权，剥除其不可侵犯的神圣性和神秘性，将人的心灵从某种习惯中解脱出来，敦促人们注意到并不是现存的想法和说法都是理所当然的。或者说，没有一种表达可以是永恒和安适的，而当人们不再被习惯和成见妨碍视听时，存在的奇特、真切之处，就有可能像被置于光天化日之下那样，为我们所直视。于是，诗的抒写和阅读，就有可能不断成为一种发现，一种把存在的一切真正作为美加以发现的心智活动，一种对我们自身迄今为止蛰伏着的各种非凡的心智的被唤醒，所产生的难以自抑的惊喜。

很显然，采取这样极端的书写方式的诗作者，是一批拥有这样一种信念的人：诗具有改变知觉和感性，乃至整个思想体系的能量，最终可以影响和引导人的文化行为甚至政治行为。从这种指向外部的并且要求介入现实世界的语言冲动中，我们不难察觉到"朦胧诗"所信奉和坚持的积极介入社会事务的诗学理想的流风、延续和回声。思想和诗学的影响和延续力量是那样顽强，它简直可以不以人的意志为转移，即使你无所不用其极，下了多大的狠心，想摆脱它们，但到头来却会发现，你与它们之间仍会存在着千丝万缕的瓜葛。

人类对待语言的方式，迄今大致可以区分为两大类型，一种是文本方式，倾向于使语言与人的存在"疏离"开来，语言本身构成一个独立自足的世界，走到极端，宣称"语言之外无世界"，索绪尔、结构主义，包括俄国形式主义，大体属于这一路数。另一种文本方式倾向于把语言放置到人的存在这一根基上来追问，认定语言正是人的存在方式，语言是人存在的"家园"，进入语言，并不意味着进入一个与人疏离的世界，而恰恰是更本真地返回到人本身，海德格尔、拉康、伽达默尔大致属于这一路。

"四川君子"之一的钟鸣，也许是"第三代"诗人中坚持在语言内部写作、偏爱文本式抒写路子的少数几个人之一。他的组诗《画面上的怪鸟》，极端个人化的经验与超验性幻想氤氲化生，充满由词语的险怪所构成的不安定感。他似乎不再是事先想好了要写什么，然后再把它们转换成语言，书写始终是由语言本身的直接引导，纯任语言的自然性"历险"，来不断开启未知的领域，以语言自身来洞开和生成一个诗的世界。或者说，经验、思想、想象不再是先于语言的、事先准备好的东西，它们正是随同语言表达的产生而产生的，就像那只"画面上的怪鸟"，先是自乌黑的地层和树冠，在达到最高和最富丽的境界后，又俯冲下来袭击人类，然后再飞越于两个星球之间，以来去没有影踪的诡秘飞翔和漂移，展开一片片诡秘的景观。

钟鸣的《树巢》，这部庞大芜杂的作品，对诸种基本文体所作的极端性书写实验，在某种意义上可以和歌德差不多同时代的施莱格尔写作《雅典娜神殿》时的那份抱负和野心相媲美。据钟鸣自述，《树巢》由四个独立的篇章组成，除第一章《裸国》为诗体外，其余各章分别为"阐释体"（第二章《狐媚的形而上疏证》）、"小说体"（第三章《梓木王》）和"随笔体"（第四章《走向树》）。我们现在所能窥测到的仅是它的第一章：《裸国》。按作者的提示性按语，《裸国》的"语义类型为［逆施］，是追述汉族的自我攻讦性，也就是隐蔽在第一个灵魂中的'杀人妖精'，从而涉及人类从植物崇拜到毁灭自然生态这一最为广义的屠戮主题"。然而，实际的抒写过程却将抒写者的动机和初衷迅速淹没得无影无踪。我们惊奇不已地看到的是，在这个庞大的文本中，词语如风，随意穿行于街巷和回陌，它们太密集繁杂了，相互间的组合随意得几乎毫无规律可言，仿佛它们的指事表意功能显得不再重要，要紧的是它们之间的自发碰撞和自由播散及其产生的连锁效果。也就是说，词语在穿行中被着力砍落去现实指涉的迹象，断绝了与真实的人和物的接触和联系，被投进抽象之中，像一片蝗虫纷纷落下，它们既非叙述现实，也不是心灵独语，而仅仅是一种词语的事实，一种漫无边际的词语的飞翔和跋涉，一次迷失了目的的词语的纵欲和狂欢。试引第十六节为例：

风吹过草原，我们两眼茫茫。血，在碑额上停止无用的奔流。羊群在最后一线烛光中遭到女巫炽烈的语言放逐。光明，无畏黑暗者最初的光明。树巅上神秘的叶子在头顶消失，牙在阴影里恢复，石麒麟和玉蟾蜍，优美的乱伦，人类的俗气，得到完美的恢复，而灵魂，荡秋千的影戏，Moving Picture，则变成傀儡。看到人民相食，就象看到天和地，在他掌中圆梦。那些披日月星辰的人，以布衣取天下的人，眩人，掷倒枝者，蹴鞠者，惋惜月光的圣人，秋冬弋猎，在宫闱里耕织和调笑，连脚跟也不着地。一根树枝划掉临空的燕子。蚂蚁和柔软的斧钺。鱼鸟各有各的卵，各自的统治，各有各的巢，无论是庭前植的玉树，还是在死者身上找到的没有光泽的徽章，或者仁义为剑，或道德为胄，这些都无法使他摆脱死者。一根硕长的金指甲，以鸡鸣树巅上，在火苗里，在采采服饰上为他徒劳地讲授庸俗的地缘学。

　　在这里，词语的双重性功能被剥离去了一重，它的所指符层面实际上是不存在的，存在的只是词语的能指符层面。文本变得至高无上，而作为支撑文本世界立柱的人类现实生存经验，反而变得空渺和无迹可寻。词，仅仅是词，它不再指代什么，它与物之间的隙缝大得几乎无法填补，词语几乎完全放弃了它的及物性，而这些地方本来正是其他我们所熟知的诗人向我们提供激动和美学欢愉的地方。就这样，《裸国》实际上成了一所名符其实的由词语的能指符单方面构筑而成的房子，里边，词语除了出示自己的能指符功能，基本上与具体事实不发生什么关系。在这里，似乎词语的意义就在于它们没有意义，或者说它们只是自我指称，自我娱乐，自己赋予自己的意义，从而对语言的再现性本质，即认定能指与所指之间必定存在一种"意指链"关系这一习惯性观念，流露出一种否认的态度。

　　就像一个对珍馐永远不会感到厌腻的老饕一样，对词语美食的贪婪和吞食的欲望以及占有冲动，似乎成了钟鸣身上一种主导性的也是唯一的激情。钟鸣对词语的唯美主义和享乐主义的耽迷，使人忍不住要向地域历史文化传统上去寻找原因。四川曾是汉大赋的主要发祥地。汉赋大师司马相如与卓文君当垆涤器是一段为历代文人津津乐道的故事。司马相如的代表作《子虚赋》，驱使和堆积了大量无论在听觉上还是在视觉上都极尽瑰丽之能事的词语，用以叙述出聘齐国的楚使者子虚、齐国的乌有先生和亡是公三人之间的一场其实十分简单的对话，从词与物的对称性上考量，其词语的过剩现象是十分明显的，并且从人物取名所体现的"子虚乌有"性质来看,词语在赋中的具体指称性其实也是无关紧要或微不足道的。司马迁在替司马相如写的列传中,曾为相如担当的"虚辞滥说"的责难加以辩解。这"虚辞滥说",如果转写为现代语,那就是词语一味沉溺于能指层,而置所指于不顾的意思,或者说,对词语本身的修辞性的兴趣要远远大于对它指称性的兴趣。

那么,是不是可以将钟鸣对词语削去所指层面的偏执性驱使,看作是一种地域性文化的产物呢,看作是汉大赋的流风余韵呢?不妨聊备一说。

钟鸣的组诗《坐的艺术》的抒写动机直接来自于德语作家卡内蒂的两个词根:坐和站。其实这位德语作家对钟鸣的影响,似乎更集中和系统地体现在钟鸣的系列散文作品中,这些作品中的一部分已结集为《寓言的城堡》,1991年由花城出版社出版。钟鸣在写作这些作品的过程中,套用雅柯布逊的话讲,似乎非常有意识地将词语的相似性,对应性添加于邻接性之上,也就是说,他似乎十分不情愿像通常散文家所做的那样,让词语的可能性沿横向组合的道路疾行,而是更热心于与他所能想象到的各种纵向聚合可能性联袂登场。为此,他甚至常常不顾横向组合的滑动,让其停顿下来,或者干脆将其排挤出局,从而利用各种不同的场合去逐一攀爬穷尽纵向聚合的链子。这一书写特点,照雅柯布逊的看法,恰好就是诗的根本特点,因而我们似乎可以理直气壮地将钟鸣的这一路散文作品当诗作来对待,而它们确实也和钟鸣其他被直接称为作诗的作品一样,通篇散发着散逸的、泛神的、梦幻的气息。以下是随手从《鼠王》中摘取的两节文字:

> 麝鼠经过人类的社区或住宅时,一股麝香味会扑鼻而来,触及它们的茸毛,手指会染上令人昏迷的香精,但气味并不具有权势。人类自己就在为迟钝的鼻子不断生产香精。那么鼹鼠呢。具有可怕杀伤力的鼹鼠,在参天大树上等老虎经过时,一边怒吼,一边拔下身上的鼠毛投向老虎,这些锋利的标枪,完成投刺达到老虎身体时,又猝然变成柔软的虫子,使防不胜防的猛兽腐朽致死。再看看火鼠,在永久燃烧的树林里自由徜徉着,要么,它们所具有的寒性能经受任何高温。加斯卡尔提到过一种突然从大地干裂的唇中冒出来的老鼠,是蝾螈的亲属。这无疑是火鼠了。蝾螈也是火焰呈永生的动物。普林纳斯在《自然史》第10卷写过:"蝾螈所具寒性

是如此之寒，只要它碰到火，火便象碰到了冰立即熄灭。"奥古斯丁《上帝之城》第21卷论述这种不朽的生物。亚里斯多德关于火焰动物也有过阐述。达·芬奇认为蝾螈以火焰为食，是为了脱换自己的皮肤。这所谓皮肤就是使博尔赫斯迷惑的布料。欧洲十二世纪中叶流传着蝾螈在火里结茧，然后人们缫丝制成可以在火里洗涤的布料是无法考信的纺织，要么就是石绵。事实上，这种叫火浣布的织品是高温老鼠的产物，而非蝾螈。《事物原会》载："火浣布出西域南炎山，用火鼠毛织者，如染污垢腻，入火烧之，则洁白如故。"《神异经》：精细的火鼠毛在火焰里呈红色，出来后却是晶莹纯洁的白色。在火里永生的还有凤凰。这些在火焰里复活的动物，促成了人类关于死亡、寂灭和寒冷可以转为永恒热能的观念。

鼠王的出现，一方面使人类迷恋猫眼。猫眼能替代人的眼珠负隅顽抗。猫眼能审时度势，象探照灯一样使老鼠原形毕露。警惕的猫眼和柔软逡巡的步子，在老鼠看来是具有攻击性的，但人类却由此而安然入睡，加缪写到："鼠疫期间，禁止向猫儿吐唾沫。"他的意思是，人类应该防止猫的雾状。一切对猫眼明亮有害的对人类也有害。桑德堡著名的《雾》（Fog），表达的就是人类对这种雾状的担心：雾来了、小小的猫脚。／它坐下俯瞰／港口和城市／默默地躬腰／然后移动。雾猫的出现，意味着猫眼的明晰性在减弱，意味着它的扩散、解体、消失的可能，同时也令人担忧地暗示了耗子的实在性与聚拢。人们担心猫的失灵，甚至在指头、耳根上缀满了沉甸甸的、象征性的猫眼石，把移置到脖颈、胸脯、手臂、腹部、鼻端的珠宝，看作是猫眼固定的硬化效果。另一方面，食人眼鼠王的出现，完善了人类的厚葬。东方的两大裹尸技术便是埃及的木乃伊和中国的厚棺。人们越害怕老鼠，憎恨薄土，便越是想通过木头或其它涤料来加强自己的宽厚度，在中国，棺椁的厚度标志着地位的高低，厚厚的楸木棺材，加上周围无边的泥土。这样，老鼠要食死人眼便会更加困难，但这仅仅只是形式上增加了一点难度而已。因为这种厚葬反过来又唤起了鼠类强烈的穿凿欲。

在这类名曰散文而实则为诗的作品中，书写者给我们留下的鲜明印象是，一个耽于词语的自我臆想者，他的头脑里塞满了早已与生活分离的语象，以及早已与经验相分离的想象，那些随处可见而又不动声色地暗布在字里行间的典故，辞源，煞有介事的考证和引证，就像不食人间烟火的幽灵一样，是本身自足的，自我悬浮的，因而这些作品的每一篇，都显得词语精致、纤巧和不食人间烟火的独创，浓艳而又缠绕，它们似乎是在向世人表明，书写者与生俱来就有一种对字词的敬畏和一种对词语组织的信仰，他的全部书写也正是植根于对这一组织秩序的信仰之中，书写对他而言，成了一种接受词语绝对法则统治的谦卑之心的表露，反过来，书写又成了词语对自身绝对骄傲的夸耀，成了它的凯旋和它的洋洋得意。

这种回避现实、隐居于词语虚构之中的书写方式，无疑与80年代中期渐渐养成的一种风气有关。这种风气认定，社会层面的因素是非诗的，与诗的艺术属性无关的，至少不能在美学方面有益于诗。出于一种记忆犹新的理由，这种记忆当然是指中国当代诗的前四十年的负面的事实，人们似乎很自然地、无可抵抗地，甚至有点像逃瘟疫似的，急急忙忙逃避诗对社会现实的承载，而毫不犹豫地接受了这一风气。

钟鸣倾心于文本性很强的书写方式的另一个正当理由是，他的初衷，并非是要与现实决绝和作别，而仅仅是为了逃避那种流行于世的、词语对现实的拙劣模拟和奴从的风气，这种风气致使语词沦为一堆毫无创意的俗滥之物，以及同样俗滥的文学趣味，从而根本无法用它们来表达出现实的生动和有力来。

从这个意义讲，词与物在钟鸣那里的分离，实质上是为了重新谋求它们之间的一种真正的契合，或者说，词与物的真正相契，在钟鸣手里是指望通过一种分离的形式来展开和实现的，也许，按照钟鸣的设想，当词与物放弃旧的关联形式时，便意味着它们将在新的形式中重新关联。但意愿和意愿的实行并不总是一回事，相反，事与愿违却常常会成为生活的常态。在实际的抒写中，钟鸣似乎完全为他的分离手段迷住了，他乐此不疲地在这上面投注了他几乎所有的精力，至于促成词与物在新的形式中的真正关联这一初衷、同时也是最终的目的，则在他和抒写过程中被整个儿忘失在了脑后。本来应该是得鱼忘筌，但结果却成了得筌即忘鱼，目的和手段被整个儿作了颠倒和置换，或者说，目的完全为手段所遮蔽和取消了。

词／物结构的平衡一旦被打破，写作兴趣一旦只落到词之上，那么诗便随之失去了海德格尔所说的那种"命名"的功能，因为"命名"必须基于词／物

中国当代文学史资料丛书

的均衡、对等，它只能是对词／物真实关联情景的一种揭示。诗的"命名"功能的丧失，也就意味着诗人的全面消极性处境：他把写诗仅仅当作一种词语技艺的表演，在词语的游戏性结撰中，炫技自娱，获取个人心智上的快感，而对自己所处的社会现实和自己周围的人的生活状况则了无兴趣，心灵变得对善与恶、真实与虚伪、事实与欲望的区分漠不关心，因而语象越是活跃，心灵就越显得漠然，在这种情况下，诗的精神使命让位于词语繁复的排列组合，精神体验被改装为一种貌似意味深长、实际空洞无物的玄思，一种词语在原地打转的智性玄思，至于诗对永恒的追问，只留下一具空洞而又滑稽的姿势。我想这样的结局，恐怕也是钟鸣始料所不及的，也肯定是他所不想也不情愿看到的，但却是事实。

正像关于世界的思想与世界本身不是一回事一样，关于世界的词语只不过是语词，而不等于世界。词语的物化，即把语言文本同实存世界混为一谈，其虚妄与荒谬自不待言。但语言毕竟又包含有对经验和生存的积淀、聚合和控制的一面，也就是说，语词、语象固然一方面是一种自律性的"意义系列"，是词与词、话语与话语的自足性的组合运动，但另一方面，正像维特根斯坦所言，"想象一种语言就意味着想象一种生活方式"，它还无可回避地是有关世界的具体情态和存在意义的领会和蕴含。语言指向自身，又同时显示着自身之外的东西，兼具及物和非及物的双重性质。因此，我们谈论钟鸣诗文本中语言的自我指涉性和自律现象，仅仅是基于一种相对的意义，是就其侧重开发语词的自我指涉功能层面这一特定意义而言，而这一点在以往则为人们对语言的再现性本质的过度重视所忽略。

组诗《坐的艺术》的文本性动机是非常明显和突出的，但与此同时，在一种象征的格局中，它与历史和社会实存状况之间所建立起来的一种生动有力的联系，也同样十分明显，从而给人以富于历史感和现实感的暗示和联想。由椅子速度中心语象所派生出来的种种特定情景，如排座次、论交椅等等，以及椅子本身所显示的安定和安逸的意义，相对于劳碌奔忙，落座为安是人们普遍所向往和期望的，由此喻示了权力机构在中国的超稳定特性：重安定，轻变革，秩序井然、不容僭越，以及权力对人的广泛魅力、人们趋骛于权力的心理动机，等等。《硬椅子》描述的是一场杂技场景：人们从险象环生中寻求和制造出生活的乐趣，显然是与上述超稳定生活方式迥然相异的生存方式。《空椅子》出示了林肯的木匠出身，林肯死于剧院的座椅以及林肯纪念堂中放置着一把空椅这三个颇具寓意的历史事象，既概括了伟人的一生，又表明了伟人本质上的平凡，至于林肯纪念堂中那把无主的空椅，既意味着历史巨子的早逝给世界留下的那份永难补救的缺失，又意味着救世主在这个世界上的永久缺席。[①]（"没有一个救世主，人的堕落就没有意义。"帕斯卡尔如是说。）

　　钟鸣还有不少诗作，只要细加寻索，语言、字词对自身之外的世界的指涉和揭示意向，也是可以比较确切地把捉得到的。《满屋子的傻话》写了这么一种情况，话语本来是人类用以表达行动意志的，但它同样可以延迟或消解这种表达，一切要看现实生存的需要而定。《射手》关注到，对残酷的竞技最为仇恨的，或者说仇恨得最为内在和深刻的，恰恰是最精娴于竞技的人。《所见（1987，一个女子的口述）》中，一起流血不止的暴力性事件的参与者反被忽视。人们惋惜的却是她掉在地上的衣衫。它们不约而同地表达了对深蕴于世间事物内部的互否性的洞察和悲悯。词语组合所带有的某种反常性，则是出于使这种洞察和揭示显得警醒和"诗化"的考虑。

　　组诗《没有时态的女人》，以没有时态为名义，将不同时态的女人并置于一种共时态中加以关注，在互相影射中揭示其反差和构成一种反讽。《红剑儿》中寓言化了的女侠，拥有完足的生命元气和对意志自由的主动、绝对的支配权（"当剑在它们的口语中比速度时／她的韧性在谁眼里？她炭火红衣／在她一跃时就成了剑的精粹和封喉之血"），而出现在《房间》和《着急的蝴蝶》里的现代女子，则呈现出一种现代社会不断增长的被动性：精神空间异常窘迫，生存意志日渐衰退，或者是精神人格遭遇到拥挤不堪的物质世界的挤压和肢解而不复完整（"由于人体在房间和家具中／局部与局部地休息／我不知该怎样成全她们"）。或者因精神"耗尽"而显得内里空洞（"当我进去时发出光明／并把一柱蜡烛放进她内部的光线"），或者是只能在一种与自然世界远远疏离的"大的玻璃匣"（指高层楼房）中展开种种情感历险（"像集邮似的收集风光"），问题是她们既不打算也不可能干预和改变这种被动性，不但不能控制事态，反而只能被无可奈何地同化。不过，这种共时态的并置、影射，还不仅仅是为了简单地表达一种古今断裂和今不如昔之感，它还暗示了过去时态和现时态之间的衔接和延伸，也就是说，组诗实际上把不同时态的女人当作同一个整体，从而关注其在不同处境中的不同遭遇，女人在现时态中的种种勉为其难的感情历险以及意识到窘迫之后的"忧怨"之色，毕竟与她被抒写者寓言化和理想化了的过去时态中的那份洒脱自在的生命状态之间，存在着一丝半缕的渊源关系。

诗人恐怕是这个世界上精神个性的棱角最为毕露无遗的人了，这就注定了在他们那里，隔代之间的服膺和称道也许还不足为奇，但在同代之间，这种情景绝对稀少得凤毛麟角。可是，我们在不同的场合，在一些不同类型的"第三代"诗人写下的各种文字中，却意外地发现他们对钟鸣主编的诗刊，那些从取诗标准到版本款式都完美体现了钟鸣那种唯美和形式主义趣味的诗刊，都是不约而同地赞不绝口，这确实是一种十分难得的事。这些诗刊包括早年的《次森林》（1982）和较为晚近的《象阁》等等。

《庑廊》《观马》《蜘蛛》《献诗》这几首诗，从显而易见的几个方面一以贯之地坚持了钟鸣奇幻、幽美、柔韧以及趣味高雅的词语风格，但它们又不约而同地弥散出一种对现状有所不满、一种思变、一种见异思迁之前的两难之感和犹豫踌躇的心情。这在某种程度上喻示了钟鸣对于自己偏重文本特性的抒写方式，在内心态度上已经开始发生动摇。

《庑廊》写到了避雨廊下者在凝视壁龛中的木雕时，心情变得十分矛盾：坚持信念，对生命冲动则意味着一种囚禁和窒扼，而听命于生命创化，则又意味着偏偏从此被弃、无所依托（"壁龛里成群的野兽／嚣张的木头，多么腐朽／这不是对生命充满的敌意吗／也是以对信念的一种默许"）。《观马》和《蜘蛛》的意向正好成悖反状：前者表明抒写者厌倦了由乌木屏风、胭脂和画卷、绣帷所象征的那种精致却封闭的生活，歆羡于马驹一意孤行、浪迹天涯的身姿，后者却从独守自筑的宫堡的蜘蛛身上，觅见"一种古代精神"，并引以为同道。《献诗》直截了当地宣布了一种对实实在在而非徒具虚表的生活的渴望：狼就该活得像狼，就该凶狠，狡猾，嚎叫，否则"就会是一张庸俗的画皮"而已。

看来，继续执意坚持那种词与物相分离的纯粹写作信念，那种使词高高悬浮于物之上的思路，在钟鸣那里正在开始成为问题，至少不再像先前那样显得毋庸置疑、理所当然，它似乎让钟鸣感到了某种不实在，那么，如何使诗成为一种实实在在的生命存在的表达呢？这份关注现在开始替换先前的词语兴趣，正待占据钟鸣诗学兴起的中心位置。

钟鸣的晚近诗作《匪酋之歌》，抒写动机、写作题材、诗人感兴趣的主题以及文体，都表现了某种较为明显的转换迹象，从词／物关系的角度而言，它们似乎在抒写中达到某种前所未有的直接和密切相关的程度。由于词语的指实功能大幅上扬，以致反过来给人对"物"强"词"弱、"物"胜于"词"之感，留下了一种矫枉过正的印象。《匪酋之歌》把"匪"这个词所可能指称到的历史细节和情景，几乎全部搜罗、钩沉和梳理了一遍，旨在穷尽这个词的整个语义范围。

"匪"是远离由"王"所代表的国家权力中心的一种边缘性存在者，与中心世界的虚伪、腐败、不公而又凶险、奸诈相对照，这个边缘世界的豪爽、守信和仁义，它的闯荡江湖，啸聚山林，打家劫舍，杀富济贫，大碗喝酒，大块吃肉，等等，充满了民间自然法力和生命自由的传奇性魅力，因而千百年来一直是民间百姓津津乐道的话题，而且此风至今不衰。最有力的证据便是武侠小说和匪风小说在近年的十分走俏，成为书商最抢手的经营项目之一。但人们往往忽略了这一点，其实"匪首"世界和"王者"世界在本质上的同一性，要远远超出我们的意料之外，而他们之间形成天涯之别的历史原因则大多仅仅出于偶然。"成者为王，败者为寇"，在我看来，这句成语便是迄今为止对这个问题所作的最为通俗又最为权威的解释。

注释：

①此处的读解，很大程度上受惠于欧阳江河《对抗与对称：中国当代实验诗歌》一文中的有关分析，特致谢忱。欧阳江河文收入《磁场与魔方》一书，北京师范大学出版社1993年版。

原载《文艺争鸣》1996年第1期

迷踪后的沉寂

——朦胧诗后第三代诗的命运反思

罗振亚

无论诗坛怎样派别林立，新星迭涌，无论诗坛怎样众声鼎沸，热闹喧腾；缪斯与读者日渐滑向双向疏离状态却恐怕是不可否认的痛苦现实。群星闪烁的背后是没有太阳，多元并举的同义语是失却规范，经过"盛唐"状态的风流，第三代诗正一步步堕入繁而不荣的疲软低谷。它虚弱的呐喊与潇洒的宣言非但没结出丰满绚烂的果实，相反倒使诗坛陷入了平庸混乱的尴尬困境或境地；第三代已远难与翘楚文坛的新潮小说比肩，甚至连与曾一向寂寞的散文热潮也无法抗衡。如今，丰饶阔达的诗歌原野上大手笔的拳头诗人与力透纸背的拳头诗作寥若晨星，屈指可数；几年前为构建新生代抒情群落摇旗呐喊的才子才女们已云散星消，不再关心派的名分，渐成散兵游勇的沉寂。尤为严重的是失却了接受层面——读者群，人们不再读诗、谈诗，写诗的人也不再关心自身以外的诗，若干年前人们拥挤着争购《双桅船》，为《将军，不能这样做》《小草在歌唱》频频撼动的动人场景，作为一段荣光已幻化成明日黄花，永久地定凝在遥远的历史梦幻中了。一句话，第三代已走向了迷踪后的沉寂，昔日的灵光与魅力在迅疾地隐退，平淡业已成为最基本的特征，第三代精灵们的鸣唱再也获得不了太多的青睐和掌声。

面对如此逆转与突变，人们的心底暗暗滋生起一种沉重而巨大的疑惑。第三代是否能构成真正意义的强劲流派？若有，它能维持长久，冲向世界吗？第三代灵光沉隐的原因何在？浪奔浪流，第三代诗的命运将流向何方？当我们对诗坛的第三代诗进行一番冷静而深切地打量后，猛然发现实际上这种疲软与困惑并非一日积成，而有着深远内在的发生背景与发生动因。即它来自多种因素

第三代诗歌研究资料

的消极辐射。影视业的高度发达强劲地占据着人们兴趣热点，牵扯着无数年轻或不年轻的视线；文凭潮流的冲击使一些青年不得不忍痛放弃神往倾心的诗世界，而强迫自己捧起不太喜欢的教科书；最重要最本质的是商品经济大潮的激荡，使缪斯的钟情者们渐渐失去青春的浪漫，含泪向诗之女神挥手告别，趋向实际与孔方兄……但我们固执地认为，上述一切还都只是外在而浮面的条件，不足以促成第三代的最后转型。透析把脉的结论使病因逐渐清晰起来，它根本的症结在于诗歌本质的失重与倾斜。

精神贫血：内在生命的孱弱

处于二元对立消失后杂陈态的第三代诗，是人间气味与形而上学同构，艰涩意象诗与平淡事态诗并存，大体上呈现出两大趋向的分流：一类是文化诗，包括带有寻根意味的史诗和某些新古典主义诗歌。如江河、杨炼、岛子、廖亦武、欧阳江河、石光华、宋渠、宋炜、海子、骆一禾、柏桦、韩东等是其出色的歌手；另一类为反文化诗，包括生活流派与体验诗，主要代表有非非主义、莽汉主义、伊蕾、唐亚平等诗歌分子。这两类诗在近几年都有过精彩表演，只是负累也相当惊人。

1. 文化诗的杀手锏是文化意识。它企图将诗上升到文化高度，成为历史、民族、心灵混凝的思辨晶体，以东方古老文化传统因素的掘进，达到东方相对思维与现代意识的交结，构筑诗的文化、哲学感。这一意识早在提出史诗主张的八〇年代就已开始萌动，杨炼与江河卓然前行，而后四川的整体主义与新传统主义则使之酿成了一股同小说界遥相呼应的寻根大潮。顺应这一大潮的流向，诗人的触角纷纷回归足下的视野，用本土的自然景观、文化背景承载心灵的多元情绪与精神意向。因为如此普泛操作契合了沈从文的湘西魂，孙犁的白洋淀系列，周涛、杨牧的西部鸣唱等众多成功范式，所以开拓了文学走向辉煌的最佳途径，演奏了一曲曲动人的美妙乐章。江河的《太阳和他的反光》组诗以心灵与神话世界观照，表现出东方文化的气韵生动和浑然悠远空灵的境界；以中华民族生生不息生命强力的寻找，为炎黄国家腾飞获得了坚实依托，气势磅礴令人心动。庞壮国的《关东第十二月》与莫尔根组诗在地方特有风景风情风俗织就的画境中，折射着黑土地绵绵悠长的东方智慧与生命情调，豪健而达观，贴切地凸现了北方坦诚热情粗犷的灵魂。王家新的《中国画》触摸到了东方文化虚静特质的根。整体主义诗人群在老庄和易学的基础上创建的文化诗则拓入了民族文化心理的深层结构。宋氏兄弟的赋体诗已初具儒佛文化合流的仙风道骨与老庄风范。这种种努力都成功地浓化了诗歌的文化氛围，铸成了深邃幽远审美指向与品格，在历史—文化空间内较好地表现了民族文化精神与东方智慧，为第三代诗炸响诗坛迈出了潇洒而关键的一步。

但是事物的发展总充满着物极必反的悖论。第三代以寻根构建史诗的明智选择，铸成了当代诗坛不可复代的绝妙音响与奇异景观。可是由于对文化意识的极度高扬与扩张则使处于精神遨游中的诗人把"愈是民族的，愈是世界的"（鲁迅语）理论尊为神明视若圭臬，甚至作为探索的唯一取向，渐渐地审美观念便不可逆转地发生了偏狭。在文化热论的隐性统摄下，有的一头扑向野性大森林（如雪村），有的踏上了对古墓、陶罐的迢遥奔古路（如江河与杨炼），有的则迷失于魔鬼荒原的沼泽地与大盆地（如廖亦武、庞壮国）……充斥感官的意象是驿站古道、《易经》悬棺；是古遗迹旁沉闷的劳作号子，是亘古江边的化石传说；是野性与神秘交混，是粗犷与荒凉共在。仿佛文化仅仅存留于历史古迹中，这种向传统洪荒深掘的寻根意向使曾于诗中绵延的现实风景线悄然退却，风化为岁月烟尘；尤其大量诗人政治敏感度低弱，对驳杂隔阂的世界既没有深入的情感体验，又缺乏充分的理性认识，所以便只能匍匐于寻根地面的兽之状态，忽儿敦煌半坡，忽儿《易经》恐龙蛋，罗列大量地名、景观、风俗，犹如块块石头堆在一起呼风唤雨，天玄地黄，缺少生气灌注，只是东方的而非现代的，只是生态的而非心态的。这样不可避免地疏离淡化了社会现实，失落了时代制高点，失落了文学的价值所在，很让读者嚼了一通儿倒胃的传统文化的中药丸。"落日之下，山中绕过无舟的圆溪／流来一些枯老的暮色／倦客闻欲归　人家悠远／几点琵音从断弦处散去／／霜桥仍在／晚蝉只说今夜烟雨……"（石光华《疏影》）"从大地洞穴中醒来的陶罐／找到果实，酿成酒／又碎了　红红的脚步在草丛里搁浅／我们究竟为什么要复活？"（杨炼《祭祀》）深远视野空间与不无故作神秘的境界里，现实气息、民族精神拂动十分微弱。一种简单无为的透视，一种思古幽情的传达，已驱使诗仅仅为文化与传统画像，蜕化为民俗演绎，事象罗列，沉入了民间文学的泥淖。面对如此蒙昧久远的境界，任你使出浑身解数也难以谛听到时代风雨潮汐的脉音，捕捉到抒情主体灵魂深处的使命意识，当然引起诗坛反响也就无从谈起了。其实，掉书袋子与凭吊古迹能创造史诗只是一个自欺欺人的时髦神话，最好的史诗应从现实中直接生发，观照历史如果没有现代意识的烛照只能陷入泥古的死路。由于过分依附于文化意识，加之表达上的障碍，大量的所谓民族史诗成了文化荒原的堆积物与故作高深的说教，所指的沟通性被彻底毁灭，最终沦落为无法阅读的文本，虚无缥缈，加重了诗坛的危机，成为诗坛昙花一现的佛光，中国诗人东方式的沉静与个人经验、承受力、客观环境制约，不允许他们过分深入《荒原》似的领地，他们只能处于史诗的探索阶段，而难以企及史诗的辉煌与成熟。也正是在这个意义上，我认为说中国的寻根是文学的灭顶之灾绝非耸人听闻。

2. 反文化诗的看家法宝是生命意识。第三代诗人大都经历过缪斯从抽象虚假向情感真实的复归，所以在诗歌观念上便一致认为，诗是情绪，诗是心灵的感性显现；并在这种观念笼罩下涌现出许多心灵表现能手：韩东、于坚、何小竹、郭力家……可以列出一大排熟悉和陌生的名字。抒情主体个体心理体验的投入，从感性接近诗的"向内转"追求，某种程度上契合了诗的本质，提高了普遍精神象征的宽度与高度，彻底矫正了以往诗歌一般化诗意形容与公共化泛性传达弊端。这些诗人常以艺术与自然的全方位对应，将情思调弄得潇洒自如，得心应手。如《六月，我们看海去》（潘洗尘），一代青年烦恼甜蜜乃至调皮的青春期心理骚动在诗人笔下表现得异常娴熟、细腻与优美；那种一往直前的进取意识真的催人感奋。《恋爱时节》（毛毛）把纯个人的秘而不宣的恋爱情绪渲染得那么姣好甜蜜，充满诱惑力，慌乱、羞怯、惊恐、渴盼、幻想多重综合的体验，生发于个体，但却承担了人类生命的深层及其凝聚。这种内倾化意向昭示了诗歌本体意识的觉醒，显现出一幅朦胧神秘的纯粹性绚丽景观。

但是个体经验的极端强调却放纵为琐屑的自恋情结，助长出大面积的浅薄与平庸，付出了低层次的体验淡化社会意识的惨痛代价。真诚的使命感与宝贵的艺术良知消逝得无影无踪，诗完全蜕化为纯个人隐私的喋喋不休的器皿，泪水与血斑病态的叠合复印，除了嘲弄、无奈、野性、媚俗之外，剩下的就是未来世界的空头支票和小打小闹的空洞自娱、缺乏恢宏强力钙质的本能疲软。个人欲望的暴露与宣泄把诗搞得面目皆非，反文化成了无价值的下意识潜意识缠绕，中国诗歌传统的忧患意识被远远地放逐到并不存在的天国。首先，我们面对的是一片死亡与绝望的汪洋大海。"绝望是我的全部诗学"，这与其说是一位诗人的独白，毋宁说是一代诗人灵魂的自画像。看看海子《思念前生》与卧轨自尽的情怀，想想贝玲《死亡是我们的一个事实》，听听欧阳江河的《肖斯塔科维奇：等待枪杀》的声音，就会触摸到第三代诗人阴暗无望的心灵脉动。这种西方存在主义哲学的翻版移植，并不能在热爱、钟情人生的中国读者间觅得天然市场。"我们不时地倒问尘埃式奔来奔去 / 托着词典 翻到死亡这一面我们剪贴这个词 刺乡这个字眼 / 拆开它的九个笔画再装上"（陆忆敏《美国妇女杂志》），故作洒脱无谓的玩味，蛰伏着刻骨铭心的焦灼与苦痛。读着这样的诗，何人会不悚然万分。其次我们感受到的是一股黄色浪潮的汹涌。缪斯一向与纯洁、美相伴左右，可目下却渐趋放荡下流。尤为令人不解的是这股性文学黄水在女性诗人的天地中泛滥得最严重。翟永明《年轻的褐色植物》题目本身就充满肉欲气息，把人引向交欢骚腥的夜晚。曾写过美妙动人的《黄果树大瀑布》的孙桂贞，不知为何突然摇身一变叫作伊蕾，写下《独身女人的卧室》这样令人难以理解的诗篇，全诗十四段每段结尾都以"你不来与我同居"作结，将一个独身女人精神与肉体的双重欲望铺染得淋漓酣畅、刺激性极强。唐亚平旋起的"黑色风暴"更大胆骇人，"找一个男人来折磨 / 长虎牙的美女在微笑"（《黑色石头》）。"妇人发情的步履浪荡黑夜 / 只有欲望猩红""在女人的洞穴里浇铸钟乳石"（《黑色沙漠》）。这些诗篇除了挥洒现代女人的病态隐私，展露性压抑、性意识、性行为淫荡令人作呕的污言秽语，又能给人什么美的感受？中华民族乃有几千年历史的礼仪之邦，尤其是男女之爱上历来都讲究含蓄之美，讲究发乎情止乎礼的中和之妙，广大读者对这种背离东方传统、淫荡骚乱、与动物无异的隐私宣泄，并不买账也就不足为怪了。再次，我们面对的是一个浅俗无聊的世界。由于平民意识的觉醒强化，诗愈来愈多真实的人间烟火味儿，可发展到极致则浮化为纯自然主义的毫无诗意与深层的展览，生活流的指向是身边的琐碎与平庸。"你把我的身体 / 整齐地叠起来 / 装在箱子里 锁上 / 送到行李寄存处 / 你就走了 // 很久以后 人们撬开这个没人领的箱子时 / 发现里面我已经 / 成为一件漂亮的工艺品"（大仙《工艺品》）。"七灯齐亮 / 惊动十一月旗帜片片 / 身后的钥匙喑哑 / 身后是丰站……"（宁可《重庆诗歌讨论会》），诗已无异于毫无意义的"无病呻吟"，没有本质的东西，没有气质和思想，只是市民主义的无可奈何与流水账，苍白而萎缩，随意而飘忽。这种生活流因内容、手法、语言的过度随意散漫、轻松无序，取消了自己，时时沉滞得流动不起来，实际上取消了评论性，成了一次性消费文本，失去了共感效应。一个诗人脸上长个疙瘩，走路吃一块冰淇淋与读者又有什么关系呢？

生命意识在诗中的流转是使诗成了孤零零的个人抒唱，超越外世界成了回避外世界，淡化时代同时淡化了自己，诗魂自然就趋于孱弱。其实诗人只有把自我与时代、社会之间的大墙推倒，才会有广阔的发展空间；生命意识只有与社会、现实意识沟通，才会获得读者的认同。

文化意识、生命意识名号本身并非错误，只是诗人们走过头了。要知道任何事物的极端化都会成为悲剧的导火索。文化诗与反文化诗有时成了没有生命的史诗、卦诗、发情诗、垃圾诗，都不同程度地隔绝了与时代、现实的联系，社会忧患、人性尊严已荡然无存，这种畸形的怪胎无疑构成了对缪斯的亵渎，使之精神极度贫血，就似一副苍白瘦弱的生命躯壳，失去人们的青睐实乃必然。对于他们人们只会有兴趣，而不会"来劲儿"。

无根的漂泊：误入形式迷津

第三代的目的之一是希冀突破传统学的僵化古道，可给人的感觉却是愈来愈偏离了诗歌文本的核心属性。文化意识、生命意识的提出仅仅解决了表现对象的嬗变，诗的问题远远没有完成；尤其是诗人艺术素质与心智的不成熟、精神内蕴的匮乏贫弱，使它无法提供出一种新的精神向度。所以从八七年文学形势急转直下开始，第三代诗人们便往往走形式极端，以纯粹的技术主义操作替代诗歌本身，显露出艺术至上的端倪。"诗到语言为止""语感至上"，"技巧就是一切""诗除诗之外没有目的"等被高度张扬并被贯彻于艺术实践过程中，这促成了第三代诗在形式上获得了前所未有的建树，但也把诗导入了灾难性的绝境，脱离意味的唯形式探求与技术层面本身的迷失更使缪斯开始了"无根漂泊"生涯，成为各式各样的竞技实验场。

这种背离民族艺术审美传统的表现是多向度的，择其要有以下几点：

1. 缺乏理性意识的支撑

非理性是第三代对于人的本体论回答，他们或表现偶然无谓、不确定无意义的琐事，或表现片断生活印象与不可捉摸的感觉，这形下范畴的题材选择使诗人们在每一次显象过程中大都顺其自然，"跟着感觉走"，而少受到理性对诗歌规律性认识的控制，从而使鸣唱变为一种情思的随意漫游，生产缺少智性的自娱诗，表现上没头没脑，信马由缰，使诗沦为情思放纵，意蕴平面浅白、一目了然或云山雾罩，不知所言。如《电话机》（镂克）、《读一九二六年旧杂志》（西川）等大量诗篇思想简单得令人吃惊，单是题目本身便丧失了诗意的朦胧，又严重背离了中国诗蕴藉含蓄的传统品格。"应该听爸爸的话／不应老长头发而不长胡子／我喜欢的那个女孩／就因为没胡子她不理我……"（诸学伟《理发故事》）意蕴已萎缩到琐屑生活的本身的程度。而有的则更看不出诗人想说些什么，"一个城市有一个人／两个城市有一个向度／寂寞的外壳无声地等待……器官突然枯萎 ／李贺痛苦／唐代的手再不回来"（《悬崖》见《当代诗歌》1986年3期）。三个行家有三种解释，且都是虚拟态的猜谜，没有任何理性的内敛与约束，一切都无机而飘忽。诗写到这个份儿上，我认为：这不能不说是艺术的悲哀。这种非理性的诗之肌体失去了理性的筋骨，自然也就失去了深刻度与穿透力，事实上第三代远远落后于朦胧诗，关键不在艺术技巧的好坏，而在诗本身所包含的哲学意识强弱上，其实，诗的提高应该是情绪与思想的共同丰富、智慧与具象的相应延伸，缺少理性的支撑，难以造成大手笔崛起的契机，只能被轻而易举地遗忘。令人欣慰的是个别诗作正在突破这种定式，如骆一禾的《突破风雪》、海子的《秋》、杨川庆的《开江》等已整体上实现了心与物的双向同化、感性与理性的平衡，以具有潜在深厚力量的智性空间建构，传递出落寞寡合的孤独音响。

2. 意象的暴力铸合与极度疏淡

意象是朦胧诗挪移腾飞的拐杖，也是传统诗美的主要保障，可在第三代诗人手中却发生了意想不到的变异，它一方面带来了新奇与清新，一方面也扩大了负面效应的弥漫。在文化诗那里它猛轰乱炸、稠密得透不过气，无机的堆砌滞阻了情思的自由舒放，增加了理解障碍与困惑，让人摸不着头脑。"已在墙头散乱为雨／静舟如岸 惟远者长寂∥踏霜归来的青石板上／小径幽婉而深碧／乱藤浇水 自暗影以外／一片老叶滴落最后一声暮语……"（石光华《月墟》）诸多的联想方向铸成的局部清晰整体晦涩，真是"朦胧"得"无迹可求"无所适从了。如今读者都渴望着瞬间升华的精神愉悦，谁还愿玩这种爬高游戏，诗的档次阶梯太"高"人们也就放弃了攀登的愿望，诗对读者冷淡的结果自然是读者对诗的冷淡。而在反文化诗那里呢？口语化的事态结构崛起有许多妙处，这在上文已有所论述，可它也煽动了诗的冗长、随意与粗俗、浅白，意象疏淡到几近没有的程度，如《关于大学生诗报的出版及其它》（尚仲敏）、《今年多雨、我很瘦》等洋洋洒洒啰里啰唆，我们以为，若这样表达事态，还不如小说或散文来得痛快彻底，也就是说，它在减损诗的凝练含蓄的艺术本性。

意象艺术的真正妙处应在隐与显、入与出、似与不似之间，既明朗又含蓄，既清晰又朦胧，可第三代诗的两类诗都未找到恰适的结合部，都走了一个极端，所以无法给人美的享受。

3. 充满似曾相识的重复感

人们似乎永远也走不出悲剧的怪圈。"文革"时期诗歌创作的十足风派，如今又重新抬头，重复自己与过去，追踪别人的现象在许多所谓的诗人那里渐成愈演愈烈之势。大量泛泛工作都流露出浓烈的"学院"风气，思想一律，形象一律、语言一律、味道一律，这无形中削弱了诗的情绪容量与情绪宽度，影响了诗的声誉。一叶知秋，举一个例子便完全能够证实这一点。譬如海子的"麦地"诗歌一出笼，呼应模仿者竟数以百计，一时间水、玻璃鱼、麦穗的光芒、叶子、骨头、阳光等词语身价倍增，被众多人们抢夺不已，批量生产，大量诗人动辄就生命意识、文化意识。我们深知，写诗是纯个人化的孤独行为，这种个体的模仿重复，无疑酿成了创造力的萎钝乃至丧失；面对纷纭流转的人生现实，仍承袭他人固有的思维方式、艺术技巧与形象系统，做踏步原地运动，自然就不可避免地发生错位与冲突，表现上出现误差趋于贫困，与新潮艺术的流向拉开距离，失去生机生气；陷于停滞恐怕也是一种必然。

4. 语言刀刃上的游戏

"不是诗人创造语言，而是语言创造诗人"的高度强调，为诗提供一定的形式美感，增殖效应；尤其是语感、语势与生命本体的同构契合更为优卓。但是在这条形式主义道路上的探索冒险时而也会栽跟斗、误入不甚严肃的歧途，使不少诗充满玩诗、玩语言的聪明才子气与投机取巧的工匠气，没有生命的灌注，没有情思的真诚，更没有严谨的逻辑与规范。下面这种诗随处可见，"扛阳光扛自己都能让我们趴下／趴下就趴下吧／你的温情我的温情狗屎透顶／我们也能坐在一起//在真理的浇灌下/我们茁壮成长/长得很臭很臭/事态也不严重真理都臭"（男爵《和京不特谈真理狗屎》）。这哪是哪呀，驴唇不对马嘴，面对这茫然的诗得到的依旧是一片茫然，除了像气球一样轻飘做作的辞藻与肮脏矫情的语感流动以外，还有什么？说它是一个精神病患者的白日呓语恐怕再恰当不过。尤其无法让人理解与原谅的是所谓图案诗（黑龙江的韩非子是典型代表）。根本无法与台湾现代派的图案诗相提并论，它少相应意象，无深刻含蕴，文字本身的排列的花招与游戏也丝毫看不出高明之处，似乎来不得儿童搭积木的新颖稔熟。我们以急功近利的投机与游戏是对艺术的一种亵渎，只为解闷而写，只为玩玩而写，是诗人的悲哀，更是诗的不幸。文学是严肃而神圣的，文学是一种宗教，真正的诗人应该用生命去写作，只有这样才能保持文学的健康与尊严。第三代诗人们先建立起完善的人格吧，否则完善的文格永远也不会降落在你们的头上，"玩"的行为应尽早停止。

形式犹如风筝，挣脱内容之线的牵拉，必然堕入毁灭的命运。第三代诗人悟出这个道理，才能从形式迷津中走出，使无根的漂泊告一段落。

沉寂现实与合题期待

我们再也没有理由盲目乐观。潮涨潮消，花开花落，第三代诗在人生与艺术上的双重迷失，正使自己日渐走向沉寂与衰退，华而不实，繁而不荣已上升为它的核心特征。

真正的艺术繁荣，总有相对稳定的偶像时期与天才代表。郭沫若、徐志摩之于二十年代，戴望舒、艾青之于三十年代，郭小川、贺敬之于五六十年代，舒婷、北岛之于七十年代，无不有力地印证着这一点。而第三代呢？旌旗纷飞、山头众多，谁都自诩为观念更新、诗坛正宗，各不相让，互相攻讦，空前混乱。十足才子气后面大手笔虚位，群星闪烁而无太阳，多元并举但少规范，无论从哪种意义上说都无法递进出一个真正繁荣的艺术时代。第三代诗人们是屈原李白不肖子孙，他们既没有体验过横刀立马的伟大感受，又没经历过人生盛宴的蓬勃情境，所以只能与黄钟大吕、恢宏警策失之交臂；并且这群生来就忧郁苦痛者后天又畸形发展，误入形式迷津，先天不足与后天失调使诗的太阳在他们手中开始沉落，黯淡下去了。也正是这种诗之窘境的延迭，肤浅媚俗的塑料诗文本才乘虚而入，以一种虚假的热闹使本已十分虚弱的诗坛愈加苍白、愈加荒芜，一切的主义与流派转瞬间成为过眼烟云。

　　清代诗人赵翼曾感叹过"江山代有才人出，各领风骚数百年"，而今由于艺术周期更迭节奏加快，由于中国式运动症的作祟，各领风骚三五年乃至三五天已成为诗人们无法回避的命运，并且达到这一点也属相当不易。但是不少人由此便断定第三代诗或现代主义诗已走入绝路，那倒毫无必要毫无道理，因为艺术的频繁转换只能说是充满活力与生机的象征，若有一种或几种思潮总死气沉沉地赖在诗坛不退那才是艺术的真正悲哀；更何况任何诗潮都无法永恒，它只能以断代的名义加入并丰富诗歌历史。我倒认为我们不必担心，困惑往往是生机与成熟孕育的前奏，沉寂往往是净化与冷静的机会，目前的困惑与沉寂只是跋涉途中的暂时停滞与必要调整。我们坚信：只要第三代诗在朦胧诗正题阶段的使命意识与自身反题阶段的生命意识综合的基础上，重新确立抒情位置，接通个体情思与群体意向，达到文化意识与时代精神的同步共振，寻找自身向时代、民族的入世化开放；在艺术上求得自娱性与使命感的双向平衡，走出形式误区。注意创造饱具情思与哲学意味的智性空间，那么重建诗歌理想的实现便指日可待；一个真正繁荣的诗的春天即将在中国大地降临，是的，我们已经谛听到远方的萌动。

　　在无暇顾及艺术的中国和今天，为诗占卜命运无疑于一种愚蠢和冒险；但是我仍要说：新潮诗歌没有终结，诗人会一天天衰老，诗歌却是永不死去的常青树，让一切都重新开始。

第三代诗歌反文化的两种表现形式

温宗军

1986年是中国当代诗坛具有特殊意义的一年。由《诗歌报》和《深圳青年报》主办的"1986中国现代诗群体大展"，一次性推出几十个诗歌团体。这是中国当代诗坛一次大规模的"农民暴动"，一时间各种流派破土而出，各种宣言旗号满天飞舞，中国当代诗歌由此进入新的发展时期。由于这次诗歌运动的混乱和无序，对它的命名也就五花八门。有人称之为"朦胧诗后""后朦胧诗""后崛起派""后新诗潮"，这是与朦胧诗联系起来，根据它们发展的先后顺序来界定这次诗歌运动的。也有的人称之为"第三次浪潮"，因为这些人将北岛、舒婷、顾城等人的创作称为"第一次浪潮"，将杨炼、江河等人的创造称为"第二次浪潮"，那么将1986年以后的诗歌运动称为"第三次浪潮"就是顺理成章的事了。还有的人称之为"第三代诗歌"。这种划分是以40多年来的中国当代诗歌发展为背景的：从建国初到70年代末为第一代，从70年代末到80年代中期为第二代，从80年代中期到80年代末为第三代。第一代以艾青、贺敬之等人为代表，第二代以北岛、舒婷、顾城、江河、杨炼等人为代表，第三代以"他们"诗社、非非诗派、莽汉诗派、四川五君子、都市诗派等为代表。此外，还有"新生代""实验诗""探索诗"等名称。笔者认为，从政治气候、社会观念、美学原则、表现手段和语言风格几个方面考虑，将中国当代诗歌的发展划为三个阶段，是比较科学的划分，所以，对1986以后的诗歌创作的命名，笔者倾向于用"第三代诗歌"这一概念。

第三代诗歌的出现，是中国当代诗歌发展的内部要求与外来文化影响合力作用的结果。朦胧诗掀起了新时期诗歌创作的第一次高潮，对政治进行的冷峻反思，对历史所作的充满悲剧意味的体验，还有光荣与苦难的交织，殉道者般的忠诚与普罗米修斯式的精神力量，这一切都在新时期初期引起过巨大的轰动。随着社会的进一步发展，诗歌创造也发生了相应的变化。从1984年至1986年之间，韩东、周伦佑、欧阳江河、陆忆敏、王寅、吕德安、于坚、丁当、孟浪等人开始引起诗坛的注意。在他们的艺术主张和诗歌创作中，传导出了一种全新的声音：朦胧诗一统天下的格局被逐渐打破。在1986年上海的"中国当代文学国际讨论会"上，舒婷就说道："这两年，朦胧诗刚刚绣球在手，不防一阵骚乱，又是两手空空。第三代诗人的出现是对朦胧诗鼎盛时期的反动。所有新生事物都要面对选择，或者与已有的权威妥协，或者与其决裂。去年提出的：'北岛、舒婷的时代已经pass！'还算比较温和，今年开始就不客气地亮出了手术刀。"①舒婷清醒地意识到了第三代诗人是通过与朦胧诗决裂来树立自己的形象的，但她并未准确地指出"决裂"的原因。朦胧诗在80年代最初的二三年就已发展到了顶峰，在其后几年里，"风云人物如北岛、顾城、舒婷、江河、杨炼等人的艺术指向趋于明朗、稳定和圆熟，艺术革新的锐气也就日趋消失了"。正因为如此，就出现了"社会学批评家们慨叹'诗坛平静'的危机"。②另外，按朦胧诗的样式制作的"准朦胧诗""伪朦胧诗"也充斥当时的诗坛，引起了人们的厌恶和抵制。第三代诗人正是在这样的情况下以反朦胧诗的形象登上诗坛的。当然，第三代诗歌的出现与外来文化的影响也有很大关系。改革开放以后，大量西方理论学说被译介到中国，这些理论学说有效地帮助了第三代诗人超越朦胧诗而开辟一条新的道路。特别值得注意的是，后现代主义的文化理论构成了第三代诗人文化素养极重要的方面。存在主义、现象学、结构主义、后解构主义、符号学，感觉派、黑色幽默、荒诞派、波普艺术等哲学和艺术方面的后现代主义影响，在第三代诗歌中留下了明显的痕迹。第三代诗人追求对诗人与诗、诗人与现实、诗人与未来关系的不同的理解和演绎，这种追求在1986年之前尚未形成全国性的潮流，但到了1986年《诗歌报》与《深圳青年报》举办中国现代诗群体大展时，第三代诗人的追求就合乎逻辑地演化为震动中国当代诗坛的诗歌运动。

第三代诗歌的特征是在反抗朦胧诗的过程中凸现出来的。朦胧诗重在高扬责任感和使命感，表现公民意识和忧患意识，歌颂人的个性和尊严；第三代诗人则力图超越价值规范和理性要求，超越人的主体自觉和道德超升。朦胧诗是文化意识在长时间中断后的继续和发展；第三代诗歌则是对文化意识的反叛和颠覆。朦胧诗追求崇高和优美，这使它有一种君临现实之上的气概，达到了难以企及的精神高度。第三代诗歌则走出了艺术圣殿，不再充当传达先知的圣谕，而是认真地体验世俗的趣味和平凡的人生。朦胧诗注重表现本民族在特殊历史时期的心灵变化的轨迹；第三代诗歌则追求与全人类的生命作同步的律动和呼吸。总的看来，第三代诗歌表现出强烈的叛逆和解构的倾向。在这种倾向中，反文化是第三代诗歌的一个重要特征。

先来看第三代诗歌对感觉和现象的还原。第三代诗人认为，世界无真理性可言，艺术创作的目的就是要清除以往诗歌中的"伪真理""伪本质"；要做到这一点，就必须超越历史、超越现实。唯其如此，诗才能够实现对事物真正本质的还原。非非主义就明确地表达了这一思想："非非乃前文化思维之对象、形式、内容、方法、过程、途径、结果的总的原则性的称谓。也是对宇宙的本来面目的'本质性'描述。""将事物与人的精神作'前文化还原'之后，这宇宙所拥有的一切无一不是非非。"[③]莽汉诗派也宣称要建立"真人文学"，这种"真人"完全摆脱了人类科学文化的"非真理性桎梏"，"真人"根本不承认"历史文化的逻辑指向性"。[④]对历史、文化的拒绝否定态度，导致对传统诗歌内涵在价值构成方面的破坏。在非非主义看来，进行还原的途径之一，就是逃避知识、逃避思想、逃避意义。这种"逃避"的结果，使第三代诗歌的某些作品在内容上几乎处于"真空状态"。西川有一首名为《体验》的诗："火车轰隆隆地从铁路桥上开过来。／我走到桥下。／我感到桥身在颤栗。／／因为／这里是郊区，并且是在子夜。／我想除了我，不会再有什么人／打算从这桥下穿过。"这首诗表现的只是主体与客体发生关系时最初的感觉，作者排除了价值判断和情感抒发，只给读者提供了一种无须任何理念活动介入就可以获得的"最原始的真实"。步三秋的《致F》有物象的描写，但却不露一丝一毫情绪的痕迹："叠起的影子／寄居在瞌睡的邮筒里／站台上空无一人／瓜子壳正追风而去／烟灭了／火柴依旧燃着。"这与传统的借景抒情是大异其趣的。全诗只重实写而不在虚处落笔，有实无虚，虚实无法相生，造成了此诗感觉上一片空白（这也是第三代诗歌还原后给人的感觉之一）。这类诗歌文本典型地表现了"感觉还原"的特征。为了更有效地还原感觉，不少第三代诗人主张使用简单明白的语言；他们认为，比喻、象征等修辞手法只会妨碍对感觉的还原，只有简单明白的语言才能直达感觉，接近事物本质。虽然有的第三代诗人依然使用了一些修辞手法，但他们的目的也依然在于追求感觉的纯净无杂质。边城的《日落·感觉》一诗就使用了比喻和拟人的手法，这里的比喻和拟人加强了由"日落"获得的"感觉"："玻璃碴从瞳孔中溅出／溅在每一条／红裙子上／闹钟敲打着墙／发出碎骨的声音／有人从悬崖上跳水／被路过的季候鸟／一箭射穿／山南的花在同时一齐／喘息／太阳脱下红裙子走了／太阳有几条红裙子。"此诗中比喻和拟人的运用，使诗作具有了陌生化的效果，但这种效果则更加突出了视觉的鲜艳和听觉的清晰。而在车前子的《静物》一诗中，作者力图把语言变成线条和色彩。古人的"诗中有画"用到车前子《静物》一诗上，可换为"以诗为画"。诗中晶莹的玻璃杯、粉红的鲜花、青绿的水果等物体，充满了可视性和质感。作者虽然也运用了一些想象，使诗作有了一点飞动之气，但作者的真正意图，则是表现玻璃杯、鲜花、水果这些"静物"的玲珑剔透。另外，朱凌波的《静物》、杨松杰的《秋水》亦属此种类型的诗作。显而易见，不少第三代诗人把自己的人生经历和艺术个性凝聚为直觉的表现，诗歌创作就是他们直觉地把握世界的一种方式，这使他们笔下的主题常常表现为纯粹的主观内向化的过程。这种非实践性的诗歌主题，其实仅仅是一些感觉，它缺乏具体的指称内容，既不切入历史也不指向现实；它经过了高度的过滤和抽象，在本质上只能感觉而无法言传。从表面上看，"感觉还原"依然是以"人"作为诗歌的主体，但这与同样是以"人"为主体的朦胧诗则有明显的区别。朦胧诗中的"人"刚从仇恨、猜忌、自私、冷酷的"文革"十年中解放出来，他经历了从愚昧失落到觉醒振作的心灵历程，因而他一出现在诗中，便以呼唤温情与信任、尊严与价值为己任。这种主体以其合乎理性的、高尚的形象出现在公众面前。但第三代诗歌在还原感觉时，虽也以"人"为主体，但这个主体则从公众的视野中消失了，他只沉迷于自己的主观感觉，这种感觉往往是下意识的、模糊的和非理性的。

如果说"感觉还原"依然确保了"人"在诗歌中的主体地位，那么"现象还原"则走向了另一个极端："人"不再是世界的中心，他只是与万事万物平等共存的客观之物。关于这个问题，阿吾就说过："直接描写人与物交往的共存状态，本身就是人的最基本的状态。在直接描写下来的人与物共有的状态中，人是人，物是物，人与物平行，没有所谓肤浅与深刻、低贱与高贵、渺小与伟大的区别。"⑤由于"人"在诗歌中失去了至高无上的地位，他就只能

中国当代文学史资料丛书

"以物观物"或"以物观我"，这就导致了某些第三代诗歌情感的"零度状态"。

第三代诗歌表现出来的重返事物本真状态的现象学倾向，其哲学依据，显然是来源于胡塞尔和海德格尔。胡塞尔主张按照现象自身所呈现的样子去观察现象，排除人的主观介入，排除价值规范的理性判断的干扰，以期达到纯粹的客观之境。而海德格尔则强调，诗人应具备看到原初世界的能力，他应毫不犹豫地摆脱概念的束缚、打碎意义的枷锁。这种西方的哲学观念，在第三代诗歌理论中得到了明确的表述："现象世界是这样一种存在：它是非理性的，因而摒弃逻辑推理；它是无意义的，因而排斥价值判断；它是无秩序的，因而拒绝各种人为规定的向度；它无所谓真实性，因而任何语言都是虚假的谎言；它以无形式作为自己的形式，因而任何有形式都不过是一种囚笼；它是超验的，因而只能凭直觉的感应而无法以观念确实地把握；它包容人又远离人而存在着……"⑥这种抽象的理论在第三代诗歌中得到了形象化的表现。不妨先看于坚《对一只乌鸦的命名》一诗："正像当年／我从未在鸦巢中抓出过一只鸽子／从童年到今天我的双手已长满语言的老茧／但作为诗人我还没有说出过一只乌鸦……／它不是鸟　它是乌鸦／充满恶意的世界　每一秒钟／都有一万个借口以光明或美的名义／朝这个代表黑暗势力的活靶开枪……／它是一只快乐的大嘴巴的乌鸦／在它的外面　世界只是臆造。"作者把关于乌鸦的各种比喻的或象征的意义全部剔除，留下来的只是乌鸦作为纯粹的"物"的存在。此诗与其说是对乌鸦进行"命名"，不如说是对乌鸦进行"还原"：乌鸦在那里存在着，它显现着自身，如此而已。客观事物的"自在性"观念在这首诗中得到了充分的表现。欧阳江河有一首《手枪》，也属于现象还原的代表作。此诗一开头便出语惊人："手枪可拆开／拆作两件不相关的东西／一件是手；一件是枪"，在貌似平凡的叙写中，将"手枪"这一完整而明确的概念一分为二。但作者并未到此为止，"而东西本身可以再拆／直到成为相反的向度／世界在无穷的拆字法中分离……"，正是借助于对"手枪"的不断"拆卸"，作者完成了对"手枪"的一些约定俗成观念的层层剥离，力图使之呈现由分解而还原后的最初面目。理墨在《使用杯子》一诗中，也从不同的角度去谈论人皆熟悉的杯子："一只装满东西的杯子／不再是杯子／一只不能装东西的杯子／也不再是杯子／……一只真正的杯子／是空空的……"。这或许是关于"杯子"的最

"客观"的见解了；与其说这是关于杯子的诗，不如说这是关于杯子的哲学。这方面的作品还有不少，如小安的《从上边垂下来一根绳子》，描写了一条绳子的存在状态：一条"用棉麻做成的绳子"，"从上边垂下来"，"左右摇摆"。何小竹有一首《看着桌上的土豆》，描写的是桌上的土豆随着光线的变化，在不同的时刻呈现出不同的色泽。这里的土豆已丧失了文化的意义，它从人类的支配中挣脱了出来，在自然光线中静静地显现着自己。第三代诗人这种追求向度，虽然得益于胡塞尔和海德格尔的理论启示，但更深层更内在的原因，则是源于对朦胧诗中受到了强化的自我意识的叛逆心理。这也是第三代诗人追求现象还原的现实理由。朦胧诗人的自我意识，是新时期诗歌主体意识的第一次真正觉醒，它是在对十年"文革"进行批判的基础上，于诗中实现的一次人道主义的恢复和张扬。朦胧诗中的这种主题内涵，既是一种历史文化的积淀，也是一种现实愿望的构成。但第三代诗人则嘲笑这种人道主义的虚妄，嘲笑由这种人道主义孕育的英雄主义激情。在他们看来，所有关于人的形而上的思考和赞美，都不足以改变人在现实生存中的渺小和无力。正因为如此，以"还原"为特征的第三代诗歌，虽然有着某种审美上的突破和新颖之处，但它对消解真假的区别、善恶的对立、美丑的差异，形成了这种追求带来的不可忽视的负面效应。

第三代诗人消除诗歌中的二元对立和深度模式，既表现为对感觉和现象进行还原，也表现为"走向过程"。这二者是相辅相成、互为补充的。对感觉和现象进行还原涉及事物的"自在性"，而"走向过程"则与事物的"此在性"有关。第三代诗歌的一位代表人物韩东曾说："哪怕是你经过的时间，它一旦过去，也就成了从来没有存在过的东西了……"[7]历史的"'根'是没有的。它是对往事的幻觉，一种解释方式。对未来，我们真的一无所有"。[8]这些话已流露出强烈的双重超越的倾向：既超越对过去的回顾与反思，又超越对未来的幻觉和梦想；诗歌不再是对传统时空观和历史观的演绎，它只是生命作为过程的本体显现。从外部因素的影响来看，萨特的存在主义哲学无疑为这种转变提供了理论武器。从某种意义上说，存在主义就是关于生命过程的哲学，它把过程视为生命的本质。而从内部因素来分析，第三代诗人强调"过程"，显然是对以杨炼、江河等人为代表的后期朦胧诗的反拨。杨炼、江河等人借助陶罐、石斧、雕塑、墓地等的遗迹，追寻民族的文化之根，重构人类永恒的生命模式。第三代诗人正是从"过程"入手，捣毁了后期朦胧诗人建造起来的文化诗歌之塔。在第三代诗人看来，超验而永恒的生命形式只是自欺欺人的神话，生命的意义只存在于无数瞬间即逝的过程。何鑫业的《木工操作过程》一诗，就表现了对"过程"的浓厚兴趣。"木工把工具安置停当／开始操作／他在刨的底部抹上油／绷紧锯弓／脚踩在地上／手握一利凿／恢恢乎／他找准一种方式／游刃有余／一通到底／永不反悔……"。作者在这里写了木工的一连串动作，其目的只在于按先后顺序把木工的操作过程表现出来。在何鑫业的笔下，工作的过程就是生命的过程。而于坚的《在旅途中不要错过机会》一诗，则从另一角度强调过程：抓住旅途中的每一时刻，或静静地躺在树林里，或漫无目的地遥望天空，或轻松随意地与生人闲聊；充分体验"此时此地"的人生之旅。朱文的《四个兄弟和午餐肉》一诗，则把笔墨花在几个兄弟吃午餐肉的过程上。这些诗作的一个重要特点，就是把体验集中在"现在"这一刻上，从过去通往未来的连续性断裂了，因果关系也随之消失，这就导致了对知识、对历史、对文化的深刻怀疑和否定。

　　总的看来，第三代诗人的"反文化"有其积极和合理的一面。第三代诗人通过还原和走向过程来反文化，从诗歌创作上来说，这种做法拓宽了新时期诗歌内容的表现范围，更新了诗歌的审美趣味，避免了诗歌因对社会学主题的绝对依附而沦为政治和历史的附庸。但第三代诗人在任何一种追求向度都热衷于走极端，这就使他们在反文化上陷入了两难之境：必须反对文化，特别是反对文化中非理性的因素和对人的异化，只有这样才能真正揭示人的存在、揭示事物的本质；但第三代诗人在这方面的追求又使他们陷入了非理性的泥潭，因为他们所揭示出来的人或事物的本质，是无法规定无法判断无法准确言传的，是非知识非思想非情感的。这样一来，第三代诗人从反对非理性起步，最后又回到了非理性这一点上。这就使他们陷入了以己之矛攻己之盾的困境。而反文化本身就是一种文化态度，通过与文化的决裂来建构一种新的诗学，这只能是不切实际的幻想。

注释：

①舒婷：《潮水已漫到脚下》，载《当代文艺探索》1987年第2期。
②阿拉法特：《巴蜀现代主义思潮》，载《诗歌报》1986年8月21日。

③《非非主义宣言》，载《深圳青年报》1986年10月21日。

④《真人文学宣言》，载《诗歌报》1986年12月21日。

⑤阿吾：《从变形到不变形》，载《艺术广角》1988年3月号。

⑥野渡：《逃离自我与现象还原》，载《艺术广角》1987年3月号。

⑦《诗刊·青春诗话》，1985年第9期。

⑧转引自孙基林：《中国第三代诗歌后现代倾向的观察》，载《文史哲》1994年第4期。

原载《学术研究》1996年第8期

"平民"与"贵族"的分化
——"第三代"诗人的心理文化特征

陈旭光　谭五昌

　　"第三代"诗人作为一种群体的特殊性是相对于"朦胧诗"群体而言的。从社会地位来看，"第三代"诗人总体上属于平民阶层，他们中绝大多数出身于普通的市民家庭，不像"朦胧诗"群体中的许多成员出身于"高知"或"高干"的家庭，这也决定了"第三代"诗人身上普遍缺乏"朦胧诗"群体（尤其是早期成员）那样的贵族气息。对应于自身的阶层属性，"第三代"诗人天然具有一种崇尚亲切、追求平等的内在愿望，反感并蔑视任何的贵族气息与权威面孔。而当时市民阶层在经济方面的逐步兴起，则为"第三代"诗人身上的这种平等意识提供了有力的支持与保障。"莽汉主义"代表诗人李亚伟公然发出"为打铁匠与大脚农妇写诗"的创作宣言，便是这种平等意识（平民意识）的强烈流露与粗俗化表述，其鲜明的针对性是不言而喻的。在一定程度上，我们可以说正是"平民意识"与"贵族意识"的分化在"第三代"诗人与"朦胧诗"群体之间划开了一道心理文化上的鸿沟。

代际意识与"影响的焦虑"

　　继"朦胧诗"群体而崛起的"第三代"诗人，从一开始就有一种清醒而强烈的代际意识，他们清醒地意识到自身与"朦胧诗"群体在人生经历、情感意识，以及诗歌观念上都存在着巨大的差异。"撒娇派"诗人是这样表达自己的人生态度与诗歌态度的："活在这个世界上，就常常看不惯。看不惯就愤怒，愤怒得死去活来就碰壁。头破血流，想想别的办法。光愤怒不行。想超脱又舍不得世界。我们就撒娇……写诗就是因为好受和不好受。"这种人生态度与诗歌态度在"朦胧"诗人那里是不可想象的。"第三代"诗人重要成员于坚在一篇名为《诗歌精神的重建》的文章中，明确地谈到了"第三代诗人"的特定生存处境与精神状态："这些诗人（指"第三代诗人"——引者注）中大多数人的生存背景，往往缺乏传奇式的人生阅历，某种程度上他们是过去时代社会、政治生活的局外人。十年动乱那种无法无天的气氛，使他们惯于漠视权威，由于长期被忽视，而变得心平气和，耽于内心生活。""第三代"诗人之间这种彼此相通（而不是相同）的生活经验与思想趣味，自然使他们内部之间产生强烈的认同意愿，表现在诗歌领域里，自然会使他们提出完全有别于"朦胧诗"群体的诗学主张与审美原则。"第三代诗人"的概念最早是在1983年7月由四川成都几所大学的诗歌爱好者提出来的。他们编印了一本名为《第三代人》的内部诗刊，其"第三代"的含义具有强烈的政治色彩，因为它是从毛泽东语录中直接借用过来的。到1985年5月，四川省青年诗人协会编印了两本《现代诗内部交流资料》，再次提出"第三代人"的概念，并有意取消其政治含义，恢复其诗歌史分期上的含义——

> 随共和国旗帜升起的为第一代
> 十年铸造了第二代
> 在大时代的广阔背景下，诞生了我们
> 第三代人

这实质是他们标示自己身份的一种自我命名。出于想获得社会认同的强大冲动，他们内部之间结成了一个规模庞大的同盟集团军，联合起来向"朦胧诗"群体发起了全面的挑战与进攻。1986年《诗歌报》与《深圳青年报》为他们提供的公开亮相机会，在某种程度上象征着"第三代"诗人"成人仪式"的正式完成。

其次，从艺术的角度来看，"第三代"诗人对于"朦胧诗"的反叛源于一种巨大而无形的"影响的焦虑"。因为中国当代诗歌的发展在经历过"朦胧诗"的"复兴"之后，已经获得了社会乃至意识形态的认可，在历经毁誉不一的磨难之后获得了"正统"与"权威"的地位，而且"朦胧诗"的诗歌艺术发展到了一种近乎经典般的完美程度，经由"朦胧诗"而确立的一系列艺术原则和创作方法也成了一种占据合法地位的"权力话语"。随后而来的"第三代"诗人只能处于相对模仿的被动境地，似乎并不存在超越"朦胧诗"群体的现实可能性，于是只能从"朦胧诗"内部寻找裂隙进行突破，以便寻找到摆脱"影响的焦虑"的有效途径。当时文坛上马原、洪峰、孙甘露等一批青年小说家热衷于新异的形式实验，着力反抗传统现实主义的小说模式。可以说，这两类青年创作群体的艺术反叛行为源于大致相同的心理背景。

"文革记忆"与"造反情结"

前面我们间接提到过，"第三代"诗人没有"朦胧诗"群体那样值得炫耀的历史。他们因为迟到一步而没有资格进入"文革"时期那种充满戏剧性的历史场景，然而他们却普遍保留了一份"文革记忆"。因为"第三代"诗人中绝大多数出生于五十年代末六十年代初，因此他们虽然成为不了"文革"这场历史剧中的主角，却"有幸"成为这场历史剧的观众。"莽汉"代表诗人李亚伟在《流浪途中的"莽汉主义"》一文中谈论过自己的"文革经历"与"文革记忆"："一九六八年，毛泽东在天安门广场检阅三百万红卫兵，万夏（另一位"莽汉"诗人——引者注）六岁，我五岁，两个小男孩，被革命的光辉照得红彤彤。我们没有得到主席的检阅，大串联的列车中没有我们，武斗的时候我们在哈着腰捡子弹壳，我们当时目不识丁，但能背语录，从大人的腋下和胯裆下往前挤，从而出席各种批斗会。"在当时他们对那场充满悖谬革命意图的"文化运动"的内在动机虽无法理解，但那种充满狂暴激情的红卫兵表演图景与群众运动场面给他们烙下了难以磨灭的"文革记忆"。从准确的意义上说，这种"文革记忆"实际上是他们关于"文革"历史的"形式记忆"与"情绪记忆"。这两类记忆常常纠结在一起，深深植入了"第三代"诗人们的童年经验之中。"站在餐桌旁的一代"（于坚语）是从另外一个角度对于"第三代"诗人童年经验的形象表述。

回顾并审视"第三代"诗人的崛起过程，我们会惊讶地发现他们对于"文革记忆"的大胆调用。在"登台亮相"之前，他们即竖旗称派，公开或秘密串联，群体内部成员之间常闹哥们义气，为了反对"朦胧诗"群体，各流派与团体之间又结成广泛的临时性联盟联合行动。这种诗歌运动方式显然带有强烈的"红卫兵"色彩，相当程度上偏离了艺术革新的正常情形，流行在"第三代"诗人中的"打倒北岛"的诗歌口号也流露出浓厚的政治"造反情结"。在意识与潜意识的层面上，"第三代"诗人都把自己对于"文革"历史的"形式记忆"或"情绪记忆"，当作了一种合法性的文化资源进行调用。这种现象深刻地反映了"第三代"诗人身上比较普遍地存在着的非艺术心态，这也能部分地解释"第三代诗歌"中存在的排斥艺术乃至反艺术的倾向。"莽汉主义"诗人在作品中表现出来的肆无忌惮的粗暴叫骂、摧毁一切的破坏欲望与狂暴情绪，都折射出强烈的"红卫兵"心态（如李亚伟的《二十岁》《硬汉们》等）。李亚伟在那篇名为《流浪途中的"莽汉主义"》的介绍性文章中明白地谈及这一点并坦率地承认这一事实。"非非主义"诗人同样保留着鲜明的"文革记忆"，但他们以反抗、消解的姿态作出反应，在作品中进行对于"文革"语汇的拆解活动，与"莽汉主义"诗人对于"文革形式"直接仿效的做法大相径庭，但内在的原因基本一致。"非非主义"重要成员杨黎在他的一首名为《对话》的诗篇下，加有"凡是敌人反对的，我们就要拥护；凡是敌人拥护的，我们就要反对的"的"文革"语录副标题，周伦佑在诗中也直接引用"毛主席语录"，这些都是"非非主义"诗人热衷于消解"文革"词语暴力、进行语言游戏的创作态度的生动说明。

成为历史主体的内在愿望

处于社会转型期的"第三代"诗人普遍陷入一种躁动不安的心态中。一方面，意识形态淡化之后相对宽松的社会政治氛围，为他们的个性与精神的进一步发展提供了可能的条件；另一方面，商品经济的持续发展引发起的物质主义与实用主义思潮，又把他们拉向平庸的生存状态之中。处于这种尴尬境地的"第三代"诗人们普遍具有一种害怕被"庸常"现实生活湮没的心态。这种心态实际上反映出他们想从历史边缘走向历史中心，从而成为历史主体的内在愿望。不过这种情况在"他们"那里却有意外的表现。"他们"中的成员似乎甘愿投入"庸常"的怀抱，其实这是那一部分诗人甘于平淡的人生态度、诗歌观念，以及个人气质的综合反应，实属例外，不具有广泛的代表性。

比起"朦胧诗"群体来，"第三代"诗人进入历史的愿望显得更为强烈，因为个人与国家进行意识形态对话的历史语境已经不复存在，他们很难成为"朦胧诗"群体那样的文化英雄。因而他们唯一的出路便是在艺术方面彻底反叛"朦胧诗"群体，企望在艺术方面获得全面成功，从而取代"朦胧诗"群体，成为另一类意义上的"文化英雄"。在由《诗歌报》《深圳青年报》联合举办的第一次"第三代"诗群大展中，从有影响的"非非主义""莽汉主义"等流派，到不大为人知的团体（如"撒娇派""色彩派"等）都竞相发表理论宣言或创作主张，内容上五花八门，标新立异，实质上宣说的只是一套私人话语。不少"流派"只由个人创建（如"生活方式""悲愤诗人""特种兵""太极诗""后客观""四方盒子""迷宗诗""情绪诗""霹雳诗"等等），反映了"第三代"诗人们强烈的话语冲动与话语欲望。他们都尽量使自己的这套话语制造得与众不同（至于是否与他们的创作相称，是否站得住脚，是否合乎情理规范，则是他们无暇或不屑考虑的），以便使自己占据优势的话语位置，从而实现自己进入历史的内在目标。

进入历史的愿望在"第三代"诗人身上普遍存在，而在政治、文化环境乃至交通方面处于落后与不利位置的诗人与诗人群体身上这种愿望显得尤其强烈，因为他们被历史湮没的可能性要比别人大得多。从这种角度也就能够理解为什么地处偏僻的四川盆地的那一批青年诗人如此激烈地反对以北京为中心的"朦胧诗"群体，而且首先是由他们领导并发起了一场充满"异端"色彩的"第三代"诗歌运动。在某种意义上说，四川盆地就是"第三代"诗人的大本营。这也能够说明为什么在四川出现了那么多有影响的"第三代"诗歌流派。在这些有影响的诗歌流派当中，最能说明问题的当属"莽汉主义"。"莽汉主义"诗人在写作中有意抹杀诗歌与日常生活行为的区别，把诗的面貌弄得粗俗不堪，甚至不惜进行大胆妄为、惊世骇俗的自我亵渎（如李亚伟公然宣称自己就是"腰间挂着诗篇的豪猪"），这实际上传达了"莽汉们"担心被历史抛弃的某种绝望心态。

李亚伟曾在一首诗中发出过这样的吁求："也许，历史是不断建造的长城 / 我以砖头的身份，一张严峻的方脸 / 加入进去，若干年后 / 我将用低沉的声音从苔藓里说：'我们需要研究'"（《低音变奏》）。这种诗性表述的"研究"吁求，实际上在相当程度上表征了"第三代"诗人心理结构及精神面貌本身所具有的复杂程度。这种复杂程度通过他们的作品文本（即"第三代"诗歌）全面地反映出来。无论怎么说，"第三代诗歌"都是特定时代语境中政治、经济、文化、群体心理综合作用的精神产物，是一代心灵敏感的青年人精神状态的时代标志。

原载《中国青年研究》1997年第1期

论第三代诗的非诗化倾向

吕周聚

继朦胧诗之后，当代诗坛出现了一股更具反叛精神的第三代诗潮，它们以一九八六年的中国诗坛现代诗群体大展为突破口，以集团冲锋的方式，打着"反对现代派"的旗号，喊着"打倒朦胧诗"的口号，铺天盖地，汹涌而来，它们无论是在诗歌观念上，还是在诗的语言形式、艺术风格、表达方式上，都表现出对以往诗歌的极大反叛，很难把它们纳入传统诗歌的范式和框架，表现出一种鲜明而又强烈的"非诗化"倾向。

第三代诗的产生，有着深厚的社会历史背景。"文革"结束后，随着偶像崇拜的消解，随着伟人们走下圣坛，人们惊异地发现：上帝原来只是人自己造出来的神，伟人也只是有血有肉、有七情六欲的凡夫俗子。在神像倒塌的废墟上，他们发现了人，发现了自我。这时，他们原来的信仰产生了危机，价值观念发生了倾斜，他们不再崇拜，不再迷信，对现存的现实（包括已存的诗歌）的合理性产生了怀疑，并进而对传统的道德教义和艺术规范进行反叛。第三代诗人大部分出生在六十年代，他们受"文革"的毒害较浅，内心崇拜偶像的板结层较薄，具有较强的主体性，因此他们能够在朦胧诗人提倡表现自我的基础上，大胆地提出崇拜自己的主张，他们认为，对"过往年代的大师"，在内心深处"我们对他感激不尽，并充满了无限的敬仰，但重复和仿制他们，整天在他们的光芒阴影下疲于奔命，这对他们正是最大的不恭，对自己则是一种衰退和堕落。对一个伟大天才的回敬，最好的办法只能是，使自己也成为伟大"①，他们不甘于在前人的阴影下亦步亦趋，不满于现实生活中大小诗人的论资排辈，他们要求艺术上的平等竞争，要求在诗坛上充分表现自我、崇拜自我的权利。

第三代诗作为一种新生诗体，在整体上表现出极大的随意性、无序性、驳杂性，因而也就不可避免地鱼龙相混、良莠掺杂，加上他们那种标新立异、目空一切的宣言，就更易引起人们的争议和不满，这就对"非诗"的生存带来了危机。固然，不加分辨地一味地肯定这些作品，认为它们是十全十美的，承认"凡是存在的都是合理的"未免过于乐观和简单化；但无视这种客观现实的存在，不加分析地予以全面否定，则未免过于虚无和武断。对这种"非诗"，我们应采取客观的、事实求是的态度，对其加以辩证、全面的分析，才能明确其优劣，然后才能确定其应有的社会价值和艺术地位，并进而从中窥测、把握当代新诗发展的艺术规律。

诗歌作为一种艺术形式，它要在无情的时间长河里生存下来，就必须不断地加以更新、发展，实现文体递变、新陈代谢，只有这样，它才能保持鲜活、旺盛的生命力。反观几千年的诗歌发展史，五四新诗之对于古典诗词、元曲之对于宋词、宋词之对于古诗与近体诗、乐府之对于三百篇——都是以前者对后者的改造、创新为前提，都是以一种"非诗"的形式存在着。就拿现在已广为承认的新诗来说，在五四时期，在满脑子格律、声韵、骈偶、典故的正统诗人眼里，新诗无疑是个怪胎，因此拥护它的人寥寥无几。在当时提倡白话已是非圣非法，何况提倡白话诗，然而新诗并不以某些人的意志为转移，它抵住了来自各方面的压力和攻击，顽强地生存下来。因此，从这个角度讲，中国诗歌史又是一部"非诗"的历史，在每一次文艺繁荣时期，都留下"非诗"的印迹。可以说，"非诗"是诗歌实现发展、嬗变的一种手段，是催动诗歌发展的一种内在动力。

新诗已走过将近一个世纪的艰难历程，其间产生了许多优秀的诗篇，也产生了像郭沫若、艾青、闻一多、戴望舒、穆旦等许多著名诗人，但这并不意味着新诗已达到了至善至美的程度。作为一种新生的艺术形式，它仍存在着这样或那样的弊端，有待于进一步的发展和完善，这一重任无疑便落到了当代诗人身上。当代新诗已极大可能地继承了现代新诗的"自由体裁""白话语言"及"现代人格"等优良传统，但与此同时，它又采取了一些"非诗化"手段来促进新诗的发展和演变。如果说五四新诗是对传统诗词的一次较彻底的"非诗"革命，朦胧诗潮通过对政治口号诗的"非诗"使新时期的诗歌创作恢复了五四新诗的优良传统并使之与二三十年代的现代派诗歌接轨，那么第三代诗则是对现代新诗（朦胧诗）在某些领域进行了"非诗"的改革和创新。第三代诗的这种改革和创新主要表现在以下几个方面：

一、反诗、泛诗、生命——"非诗"的诗歌观念

"诗言志""诗缘情""含蓄为美""诗是现实生活的反映"等诗歌观念，已作为一种文化心理积淀，深深地植根于我们的大脑里，并成了我们写诗、读诗、评诗的行为准则和价值尺度。可以说，它们最集中地体现了中华民族几千年来的审美观念。然而，这些传家宝到了第三代诗人手上，却被无情地拒绝了，他们就像扔掉一张废纸一样把它们随手抛弃了，而将那些过去被视为精神垃圾、严禁进入诗国的"破烂"加上诗的冠冕，堂而皇之地拥戴它们登入诗的殿堂，试看下面的宣言：

> 你们说，诗要美；我们说，诗要丑；你们说，诗要抒情；我们说，诗无情可抒；你们说诗要丰满，我们说诗要干瘪；你们说诗要写星星和花朵，我们说可以写撒尿和臭水沟；你们说诗要真实，我们说全世界都在撒谎。
>
> ——《大学生诗派宣言》[②]

> 什么都可能是诗，日常琐事，虚幻怪诞的胡思乱想，门外一个人的叹息，明天蚂蚁搬家等等。
>
> ——《新口语诗派》[③]

> 诗从属于生命过程，是对生命内涵的体验和深刻内省，只有潜入内在的心灵世界与人生对话的灵魂，才能获得诗美的升华。
>
> ——《关于诗的表白》[④]

这三段文字是众多的诗派宣言中主张"非诗"论的代表。它们好像是有志青年思考、探索、追求的箴言，又好像是玩世不恭的嬉皮士们闲聊、乱侃、不负责任的胡说八道。然而无论如何，这就是他们头脑中的诗的标准、诗的观念。他们从"反诗""泛诗"的角度来否定以往的诗歌，并进而构筑自己的诗歌王国，于是成批成批的"非诗"便应运而生。"反诗"论者站在一个完全对

立的角度来与传统诗歌进行分庭抗礼，他们提倡"反艺术""反文化""反崇高""反优美""反传统""反理性"的"非诗"主张，带有一种强烈的创造欲和近乎变态的破坏欲。这种审丑的诗歌观念，反映了在当前改革开放的大潮中部分青年诗人在人生观、价值观、艺术观上所发生的巨大变化。它的目的，就是"捣碎！打破！砸乱！"覆盖中国当代诗坛的朦胧诗，它"所有的魅力就在于它的粗暴、肤浅和胡说八道"，它反对贵族式的高深和博学，而将"那些流落街头、卖苦力、被勒令退学、无所作为的小人物一股脑儿地抓住，狠狠地抹在纸上，唱他们的赞歌或打击他们"⑤，尚仲敏的《关于大学生诗报的出版及其它》表现了一群没有成名的小人物对诗歌艺术的执着追求及其所遭遇的磨难，他们天真幼稚，感情激烈，可爱而又可恨，整首诗格调明快，幽默诙谐，这首诗本身就是对"反诗论"的标本注解。"反诗"理论的这种不负责任的狂轰乱炸，在文化理论上起到了解构的作用，但从其创作成果来看，有能力足以与传统诗歌（包括朦胧诗）相抗衡的诗歌作品至今尚不多见。

"泛诗"论认为一切都可能是诗，认为一切人都可能是诗人，这无疑取消了诗的圣洁、神秘色彩，取消了诗的深度模式，在诗歌与生活现象之间画等号，将诗歌推进到一个广泛的、普遍的"非诗"领域。但与此同时，它也给人们带来了一种新的困惑，它似乎蕴含了这样一个背反命题：什么都可能是诗，什么又都可能不是诗。这种观念虽然拓宽了诗的表现领域，但它混淆了生活与诗及好诗与坏诗的界限，给诗坛带来了部分庸俗、无聊、失败的赝品，同时它又重复了五四时期对这一问题的争论。

"生命论"一反生活反映论，将诗与生命联系在一起。诗人们不再满足于对外界生活的熟悉和体验，而将诗的触角从外在客观世界收缩进自己的内在宇宙、体验、倾听内在生命的孤独和节律。生命作为一种生存状态，与世界万物保持着一种非常微妙的关系，同时它也与外在宇宙一样伟大、博深，充满神秘感和诱惑力。诗人们像哥伦布发现新大陆一样发现了它，他们或超越时间和空间的限制，沉迷于生与死的玄思冥想（如欧阳江河的《悬棺》）；或乐道于人的生存状态的关注与思考，追求宇宙、人、艺术三者在整体上的同构与认同（如刘太亨的《生物》）；或内视原始生命的骚动与喧哗，将生理快感与艺术陶醉融为一体（如唐亚平的《黑色沙漠》）。从目前来看，以生命为突破口来对新诗进行切入和创新，确实取得了前所未有的成果，但同时它也带来一种满

中国当代文学史资料丛书

足于纯粹生理快感的性诗和一种狭窄的、封闭的"自我"的小诗，缺乏哲理内涵和艺术价值。可见，如何使内在生命处于一种开放的、流动的、与外在世界密切相连的状态并使之能转化成艺术作品，仍是个有待解决的问题。

反观历史，以往的诗界革命大都是诗人经过长期的实践探索，渐渐悟出其中的道理并进而概括成艺术理论，从而引起某一时期的诗歌观念及审美趣味的变化。然而，第三代诗人正好走了一条与此相反的道路，他们大多是先有自己的理论宣言，然后再按照这些理论框架去写诗，其结果便常常是理论与实践相脱节，形成了雷声大雨点小的尴尬局面。因为读者看重的是诗而非理论，理论与诗之间终究隔着一层；对于诗人来讲，眼高手低也毕竟是一种缺憾。况且，在这些理论宣言中，也并非所有的理论都有价值、都有指导意义，有许多理论本身就似是而非，缺乏系统性、完整性与开创性。这种现象如果继续下去，就又会产生另一种形式的口号诗或宣言诗。

二、口语、非诗、返古——"非诗"的语言

贝森特认为，"一首诗的时代特征不应去诗人那里寻找，而应去诗的语言中去寻找。我相信，真正的诗歌史是语言的变化史，诗歌正是从这种不断变化的语言中产生的，而语言的变化是社会和文化的各种倾向产生的压力造成的"⑥。由此可见，语言不仅是一种诗歌媒介和载体，而且也是诗歌的一种内在本质。一方面没有语言就不可能有诗歌存在；另一方面有了什么样的语言也便有了什么样的诗歌。新诗与旧诗的根本区别之一，就在于"白话"与"文言"的区别；诗与散文（广义上的散文）的区别之一，便是诗的语言与散文语言的区别。在第三代诗中，诗人们对于语言的追求已由自发阶段上升到自觉阶段。这种语言的自觉，具体地表现为对几种"非诗"语言的试验与确认：

1. 对"口语"的重新认同

口语，即日常生活的口头语言，它轻松、自然、清新、透明，有别于精练、华丽、雕琢的诗的语言。它根本上是一种"杂乱无章的胚胎元素，低于一切字辞和文句，隐于所有诗歌后的，确是一种四季长生的繁枝茂叶，是语言之中的新枝成分"⑦，当代的部分年轻诗人，正是在这个层面上选译认同了口语的这种衍生性和"非诗"性，以此来反对朦胧、雕琢、博深、虚伪、造作的

语言风格，他们主张"诗应该像呼吸一样自然，像流水一样轻松，有则有，无则无"，诗应该脱去富丽堂皇、涂脂抹粉的贵族气，还它一个清秀质朴的自然味；诗应该走出贵族的沙龙，步入民间的庭院，因为"语言不是博学之士或字典编者的抽象构造，而是起源于工作、需要、关系、欢乐、深情、趣味，历经世世代代的人类，它具有宽而低的基础，靠近地面。它的最后决定者是大众，是接近具体生活，和真正的陆地和海洋关系最密切的人们"⑧。

主张以"口语"入诗，这在中国诗歌史上并不是开天辟地的第一次，也不可能是轰然作响的最后一次。第三代诗对"口语"的主张和见解，基本上继承了"五四"时期"口语"诗的优良传统，并在原来的基础上有所创新和发展。不可否认，"口语"诗固然产生了部分优良作品，但也确实存在着一些无法卒读的次品，这就提醒人们要注意吸收历史的经验教训，在实现"口语化"的过程中，不要从一个极端走向另一个极端，完全追求"话怎么说，就怎么写"的白话原则。因为这样会使诗歌语言失去弹性和美感，并且令人产生怀疑，即白话语言不经选择、提炼、加工，是否都能成为诗歌？如果这种怀疑能够成立，那么我们的诗人也就失去了存在的价值，而五十年代后期"全民皆诗人"的无稽荒唐就又成了艺术真理。

2. "前文化语言"的还原

对于我们来说，翻开字典查阅某个字的各种定义注释，是阅读写作的必要手段，一旦离开了这些定义和注释，我们便会觉得茫然无措，因为我们已经习惯了这种"文化语言"。然而"非非"主义正是在这一点上拿"文化语言"开刀，力图捣毁"文化语言"再重建他们的"前文化语言"体系。他们认为"文化语言都有僵死的语义，只适合文化性的确定运算，它无力承担前文化经验之表现。我们要捣碎语言的板结层，在非运算地使用语言时，废除它们的确定性；在非文化地使用语言时，最大限度地解放语言"⑨，这种还原"前文化语言"的主张，无疑与有着几千年优良传统的诗歌语言有着本质的区别，与那种"无一字无来历"的刻意追求更是相去甚远。它旨在消除诗歌语言的板结层，在能指与所指的动态转换中最大限度地创造语言的张力。

"非非"就是要超越"是"与"非"的二元对立价值判断，非确定化、非抽象化地处置语言，这种语言方式对新的思维方式的产生、对摆脱诗歌的单一化倾向及拓宽诗歌新的表现领域，都有一定的催生作用。从他们的部分作品来看，有的作品（如杨黎的《冷风景》）确实在某种程度上消除了僵硬的语义板结层，使诗歌语言富有弹性和活力。但大部分作品仍显得粗糙、僵硬，缺乏活性，与理论主张相去甚远。

还原"前文化语言"的主张从理论上看似乎是能够站住脚的，但实际上这种理论却面临着这样一种困境，即前文化语言是一种先人类而存在的自然语言（如光、色、形、质及其运动）和人类自身的神秘的人体语言（如内在的神经过程和激素过程），而这种语言与文化语言分属于两个不同的语言体系。现在诗人所面临的问题是能否在文化语言之外新创一种前文化语言，能否脱离现有的文化语言来进行诗歌创作，很明显这条道路是走不通的，因为他们仍是用具有几千年心理积淀的文化语言来进行创作，这样他们就只能深陷于如何把前文化语言转化成文化语言，或者说如何用文化语言来表现那种神秘的前文化体验的语言怪圈之中。如果这个问题解决不了，那么这种语言自身也就岌岌可危了。

3. "返古"语言现象

众所周知，新诗以"自由白话"为基本语言特征，以"时代精神"为其根本的内在特质，如果一种诗歌不具备这两个特征，那么它相对于新诗来说就是一种"非诗"了。部分第三代诗人正是从这一角度切入，力图通过语言的"返古"来创造出一种别具一格的诗歌作品。他们与文坛上的"寻根派"一起，将触角伸进东方古老文化的故纸堆里，用新的感觉和顿悟咀嚼、阐释着《易经》、八卦和古老的神话故事，于是"太极诗""求道诗""卦诗"便应运而生；在语言上他们也一反白话而趋文言，抛弃通俗易懂的口语而选择佶屈聱牙的僻字古语，诸如岛子的《极地》、渠炜的《大曰是》，它们或是引经据典，或是用半文言、半白话的句子来表现那种神秘、怪异的感觉和氛围，使人产生一种远离现实、扑朔迷离的感觉。更有甚者，直接以八卦符号入诗，如黎阳的《现状》，这首诗将八卦符号、象形符号和语言符号排列组合在一起，表明我们的生存现状是一个有山、有水、有天、有岸、有白昼、有黑夜、有土地的有机整体。然而这种表达方式本身却类似于一种语言游戏，具有不可重复性，缺乏可操作性，与凝练、传神的诗歌语言有着本质上的区别。这样的诗歌恐怕很难被视为诗的同类，与好诗之间的距离就更大了。

对于诗人来说语言是一个怪圈，一方面诗人可以随心所欲地驾驭它、运用它；另一方面诗人又必须老老实实地服从它、听从它。可以说，诗人的生命就在与语言这头怪兽的搏斗中度过，它既可以使诗人一举成名、光辉灿烂，也可以使诗人默默无闻、暗淡无光。以上三种"非诗"语言现象，表明了第三代诗歌语言的自觉，表明了诗人们对语言的探索与追求的新趋向。

三、反讽，变形——"非诗"的表现手段

诗歌作为一种艺术形式，自有其相应的、独特的表现方式。这种方式对于诗歌来讲，既是一种手段，又是一种目的。不难理解，古典诗歌与赋、比、兴，现代诗歌（包括朦胧诗）与象征、通感、移情、蒙太奇等，几者之间都表现出一种手段与目的的自然协调。而到了第三代诗人手里，以往的表现方式都不足以表现他们在当代社会氛围中的所感、所思、所悟，也就是说以往的与手段之间产生了不相融的矛盾。为表现新的内在感受，反讽、变形等新的表现手段就应运而生了。这些新的表现方式的运用，又带来了诗歌观念、语言及风格上的变化，"非诗化"的倾向也就愈加鲜明。

反讽作为一种现代的艺术表现方式，与传统的表现方式"讽刺"之间有着本质的区别。反讽是对讽刺的讽刺，是对"讽刺"的更高层次的超越；传统的讽刺主要是客观性的（即某些社会现象本身具有讽刺效应），而现代的反讽主要是主观性的（即作家主体所创造出来的讽刺效应）；传统的讽刺表现出对社会的强烈关注和浓郁的忧患意识和参与意识，而现代的反讽则表现出对社会的极端冷漠和浓重的无可奈何感；前者是庄重的、严肃的，后者则是谐虐的、讥嘲的；前者是一种正常的倒错，后者则是一种理智的反常；前者主要通过"冷嘲热讽"的途径来实现自己的艺术功能，后者主要通过"自我亵渎"的途径来达到自己的艺术目的。因此反讽是现代意识的载体，是现代艺术的表现方式。

第三代诗人在运用反讽这种表达方式时，对现实持一种玩世不恭的态度。他们对现实的不满不再表现为激昂慷慨的愤世态度，而是表现为放荡不羁的傲世态度；他们放弃了朦胧诗人苦心孤诣追求的意象艺术而采用无逻辑、非理性的具有黑色幽默意味的艺术形式——反讽，来对抗当代诗坛中与那种谦虚得有点虚伪、朦胧得有点神秘、高贵得有点可怕的艺术形式。李亚伟在《硬汉们》诗中写到：

我们走过忆秦娥娄山关／走出了中文系，用头／用牙齿走进生活，用武断／用气功顶撞爱情之门／用不明飞行物进攻／朝她们的头上砸下一两个校长，主任／砸下陌生的嘴脸／逼迫她们交出怀抱得死死的爱情／／我们骄傲地辍学／把爸爸妈妈朝该死的课本砸去／和贫穷约会，把手表徘徊进当铺／让大街莫名其妙地看我／／用厮混超越厮混／用悲愤消灭悲愤／然后骄傲地做人

　　诗中描写了当代一些大学生荒唐的生活方式，诗人根据生活的现实创造出一个可恶而又可笑的艺术世界，呈现出反常、辛辣、玩世不恭的情调。在他的笔下，"忆秦娥""娄山关""爱情""爸爸""妈妈"等含有崇高、优美、神圣之意的意象被消解而成为滑稽、嘲笑的对象，而那些过去一直为社会所不容的行为（诸如辍学、厮混）则成为引以为骄傲的生活准则。诗人把幽默的风格建立在冷漠的、无可奈何的基础之上，用超越常情、不合常理的细节，用逗笑的嘲讽和自我嘲讽来渲染主题，他们通过一种过激的行为方式，通过对自我的残酷解剖，借以表现他们变形的心态，表现他们对现代生活规则的反叛之情，使"硬汉"沦落为流浪街头的嬉皮士，使昔日带着神圣光圈的诗人成为今天"腰间挂着诗篇的豪猪"。

　　变形作为一种表现手段，与传统的夸张手法是根本不同的。夸张是经由创作主体想象的渠道而将数量加大，只是外形的变异，其本质没有发生变化，如"白发三千丈""燕山雪花大如席"就是夸张的产物。而变形则是由于诗人内在主体的变异而产生一种强大的张力，并进而导致了与之相对应的客观外形发生变异，这时诗人的内在主体与客观物象之间达到本质上的同构，二者融为一体，组合成一个新的意象。如廖亦武的长诗《黄城》创造了一种隐喻式的整体氛围，表现了诗人对社会人生的深沉思考。然而经过艰苦的上下求索，他痛苦地发现："我注定是一条虫子"，"你们注定是条虫子"。"我""你们"与"虫子"之间的这种对等变形，表明了在现实社会状态下社会对人的异化及人对自身的异化；吕德安的《蟋蟀之王》、孟浪的《时间就只是解放我的那个人》等也都成功地运用了变形手法。变形手法的运用往往产生一种怪诞离奇的艺术氛围，并带有一种荒诞、悖谬的哲理倾向。

第三代诗人打着"反诗""非诗"的旗号，是否表明他们已步出了诗国的领地踏上了漫漫不归路？非也。不管他们多么富于反叛精神，不管他们流浪多远，他们最终仍要回归诗国，尽管这显得有点荒谬。就目前来说，不管第三代诗人对于诗的理解有多大差别，也不管读者对于"非诗"的看法有多大分歧和争议，但有一点是相同的，即诗人们在写这些东西时是把它们当"诗"来写的，读者在阅读它们时是把它当"诗"来读的。如此看来"非诗"与诗之间尽管有那么多的差别，但它们之间还是有一种内在的联系。那么这种内在的联系是什么呢？也就是我们把"非诗"看作诗的根据是什么呢？要回答这个问题，我们有必要来研究一下文体演变的内在规律。

一种文体作为一个有机系统，它总是由各种因素（语言、形式、技巧、内容等）组合而成的，但这些要素在一种文体中并不是平等地起作用，而是其中的某一种要素起主要作用（即支配性要素），一部作品正是依靠这个要素被归入某一特定的文体。因此"我们不是根据诗歌作品的所有特点，而只是根据作品的一些特点而把它归于诗的范畴而不是归于散文的范畴"⑩。那么第三代诗人在解构了诗的观念、语言及表现形式后，还有什么没被解构呢？通过分析他们的理论宣言及其作品我们可以发现两点，一是作为诗的内核的主体的"情"依然存在，第三代诗人毁灭性的利刃在它面前变得愚钝，对它无可奈何，尽管有的诗人公开宣布拒绝"抒情"。这种"情"的延续与存在是第三代诗之所以为诗的主要原因之所在；此正所谓"诗情诗体，本非一事"，"盖吟体百变，而吟情一贯"⑪。当然我们也应看到，第三代诗人所表现的主观感情与以前诗人的主观感情之间有着非常大的差别，它不再是优美的、神圣的、崇高的、含蓄的，而是非美的、卑贱的、宣泄的。如果把情感看作一个整体世界，那么前人只发现、表现了它的一半面目，而第三代诗人则发现、完了它的另一半，从而完善、恢复了情感世界的本真面目。其次，诗的一些外在特征（如分行、分节、篇幅短小等）也被继承、保留下来，正是这两个传统色彩较浓的要素，将第三代诗归入了诗的范畴。

通过上述分析可以看出，"非诗"并不是诗歌之外的其他什么东西，而只是诗歌的一种新的存在形式，是此前诗歌的一种变体，只是逻辑意义上的否定之否定。"非诗"本身既是一种手段，又是一种目的，因此诗人在进行"非诗化"的同时，一种新的"诗化"建构也随之开始，"非诗化"与"诗化"处于一种双向的、互相转化的状态之中。对诗人来说，要突破超越已有的"旧我"，使以后的每首诗都成为一个"新我"，就必须采用这种"非诗化"的手段。"少陵知诗之为诗，未知不诗之为诗，及昌黎以古文浑灏，溢而为诗，而古今之变尽。"⑫这句话说明了"以文为诗"给诗歌发展所带来的巨大变化，同时也使我们参悟到了诗体变革的一个内在艺术规律，即不但要"知诗之为诗"，而且要"知不诗之为诗"。

作为人类最古老的艺术形式，诗之河要想奔流不息，永不枯竭，它就必须像大海一样敞开宽广的胸膛，容纳百川，"向所谓不入文之事物，今则取为文料；向所谓不雅之字句，今则组织而斐然成章。谓为诗文境域之扩充，可也；谓为不入诗文名物之侵入，亦可也"⑬，这段话给我们提供了认识"非诗"的更高远、更广阔的视野，也给我们指出了一条诗歌演变发展的必然途径。

综上所述，第三代诗在诗歌观念、语言形式及表现方式等方面都打破了传统的诗歌模式，并提出了自己富于创新意识的理论主张，实现了对朦胧诗的"非诗"化变革。尽管他们在创作上尚未拿出足以与自己的理论主张相媲美的杰作，但它在审美观念、语言表达方式等方面的实验探索，开启了中国现代主义文学向后现代主义文学转变的先河，也为九十年代先锋文学的发展开辟了道路。

注释：

①尚仲敏《反对现代派》，谢冕、唐晓渡主编《磁场与魔方》，232页，北京师范大学出版社，1993。

②③⑤转引自白行《有感于诗坛的"反理性"》，《当代文坛》，1990（3）。

④《中国诗坛1986'现代诗群体大展》，见《深圳青年报》，1986年10月24日。

⑥转引韦勒克、沃伦著《文学理论》，刘象愚等译，186页，三联书店，1984。

⑦⑧［美］惠特曼《俚语在美国》。

⑨周伦佑《非非主义宣言》，见《中国现代主义诗群大观》，33—34页，同济大学出版社，1988。

⑩［俄］蒂尼亚诺夫《论文学的进化》，转引自陶东风《文体演变及其文化意味》，18页，云南人民出版社，1994。

⑪⑬钱锺书《谈艺录》，30页，中华书局，1984。

⑫赵闲闲《滏水集》卷十九，《与李孟英书》。

原载《首都师范大学学报（社会科学版）》1997年第4期

论"第三代诗歌"的新历史主义意识

张清华

作为理论形态的"新历史主义"的引入是90年代以来的事，而第三代诗的发生和集中冲击的时间则是在80年代中期至后期，那么何以言"第三代诗歌的新历史主义意识"？笔者以为，虽然理论的自觉植入在后，但新的历史观念在事实上的渗透却要早得多，新历史主义是反拨并容纳了结构—后结构主义的一种历史热情与历史观念，它是传统历史价值与历史尺度的复活和新的变体，它的表征是一种"重构历史"的运动与氛围。而八九十年代中期，这些条件都已基本具备。如早在1982年出版的《现代西方史学流派文选》中就已收入了狄尔泰、雅斯贝斯、汤因比、克罗齐等影响了新历史主义理论的重要的史学哲学家的论著[1]，他们的史学观念融合了存在主义、精神分析学、结构主义、计量统计学等各种理论，成为以富科等人为代表的当代新历史主义理论的前引和基础，这些理论在影响当代中国史学观念的变化的同时，也进而影响到当代作家的历史意识。另一方面，结构主义思想也出人意料地首先反映在诗歌领域，如"非非主义"诗人，他们对结构主义语言学和文化学的理解深度甚至远远超出了同时期语言学领域的学者。因此，毫不奇怪在80年代中期，由寻根文学所延伸出来的历史热情已由于其同结构主义、存在主义和其他各种现代主义史学观念的结合，而具有了种种新历史主义的因素与性质。

一

在80年代中期许多诗人的意识中，"历史"是他们的"宏大叙事"所赖以凭借的载体和价值依附的神性本体。正像杨炼所笃信的："倘若屈原只是直接

当
代
中
国
·
·
·
·
·
·
·
·

88
·
·
·
·
·
·
·
·

文
学
史
资
料
丛
书

表达出他在当代社会条件下的追求和悲愤，而没有在《离骚》、《天问》等诗中叩问历史、自然乃至宇宙的起源，他就不足以作为一个中国诗人最伟大的代表和民族精神的象征。"②基于这样一种观念，诗歌的历史主题、文化寻根主题在这个时期得到了高扬。

但是，历史文化主题的热度中同时也包含着危机和转机。首先，诗歌本身的形式已经决定它不可能像小说那样去演义历史，而只能去面对历史的"碎片"和那些"积淀"着历史内涵的文化遗迹与象征物；其次，就杨炼等人所描写的历史文化的对象物来看，它们本身作为传统象征所具有的善与恶、文明与愚昧、价值与悲剧等等内部的复杂而分裂的二元特性又是矛盾的，除了具有某种认知和审美意义，不可能对于80年代"重铸灿烂的民族文化"的历史命题构成实践效用。因此，从杨炼等人的主张来看，他们又更加看重历史的"原素性"及其与今天的关系，杨炼说，"传统，一个永远的现在时"，而我们的任务就在于"发掘其'内在因素'并使之融合于我们的诗"③，这样一种历史观念，实际上已相当"新"，"新"得同克罗齐的名言"一切历史都是当代史"毫无二致。但是，从杨炼的诗来看，他却往往被历史的客观表象所框定和局限，半坡、敦煌、西藏（宗教文化风俗），依次写完这些又写古代文化，直至以《周易》入诗（如《自在者说》《与死亡对称》等），同时，江河对于古代神话的重释也陷于复述的空泛（《太阳和他的反光》），其他诗人也存在一哄而上、互为模仿，咏历史必借遗迹、写文化必有"陶罐"的问题。

较早意识到这些问题，并试图对之有所改变的是成立于1984年的四川的"整体主义"。他们对于杨炼江河们的发展和超越表现在较为自觉地越出了历史表象遗存的拘囿，而从古老的东方智慧和现代"全息宇宙生物律"中获得了启示，"整体一元论的东方意识使他们忽然高纯起来，透明起来"④。他们"接受了荣格的'原型'说，主张对影响民族的'旧的感觉方式'加以探寻。于是他们正在触动一个要点：离开了对传统道德、观念即内容的批判，已进入到对中国人特定的情感结构、语言结构、思维结构的追逐之中"⑤。整体主义的倡导者之一石光华也说，他们的目的是要重新发掘民族的"集体意识""文化心理结构"，他一方面盛赞了杨炼的努力和贡献，认为他的意义在于对传统"不是被动的继承，依靠民族心理的默无声息的遗传来获得某种民族习惯"，而是"积极地加入，带着我们这一代人新鲜的生命力，使传统的河流更加广阔深沉";另一方面,他又更加越出杨炼所凭借的那些历史表象,"在一弯月亮、一脉清风、一片青草、一声蝉鸣中,感受和发现了无限和永恒"。看到了中国人历史传统中的"神韵","把有限与无限、静止与运动、时间与空间等诸多宇宙基本矛盾统一起来趋向合二而一的极致"。他还强调了"带着个人的独创性加入传统"的方法。⑥上述这些历史观念与方法如果稍加概括,不外乎这样几个方面,即:一、寻找历史的"原素",越过历时表象,重视共时本质,所谓"整体论""全息观""文化心理结构""集体无意识""原型"等,即是原素所在;二、结构主义的历史方法,所谓从一弯月亮一脉清风……中感受无限和永恒,即闪现着来自结构主义符号学、结构主义文化学和历史学的启示;三、历史的个人化视角、个人(现代)与历史的对话,在杨炼和石光华等人那里也都明显地强调了这一点。这三个方面正是"新历史主义"主要的历史方法。美国最重要的新历史主义理论家海登·怀特曾引述著名的原型理论创立者诺思鲁普·弗莱(Northrop Frye)的话说,"当一个历史学家的规划达到一种全面综合性(指对历史的各种表象事实予以总结——引者按)时,他的规划就在形式上变成神话,因此接近结构上的诗歌"⑦。海登·怀特认为,即使是在历史文本中,也同样存在"文学虚构"的问题,因为任何历史的文本形式,都离不开从材料到结论的文字的结构方式,因为这样,"历史"同"神话"(虚构)之间就形成了一种剪割不断的联系。这不但揭示了历史学自身的某种"可疑性",同时也指出了诗歌同历史结合的可能。不过,海登·怀特是出于结构主义视点对历史本体的探究和质询,但它正好反证了诗歌写作中"新历史主义"方法的合理性。的确,诗歌不可能像历史学那样以完全"求真"的态度去面对历史(即使对历史学而言,这也仍是一个"神话"),从这个意义上说,诗歌中的历史已天然地近乎"虚构",因为它是诗性的言说。不过,古代的史诗又的确是曾试图达到"信史"的境地(如《荷马史诗》);之后的文人史诗(如维吉尔的《变形记》、弥尔顿的《失乐园》等)就变成了一种"仿写",他们对历史的解释实际上已安于象征或隐喻的方式;再后来,历史在诗中逐渐化成了共时态的东西,生死、人性、道德、战争(如但丁的《神曲》、莎士比亚的悲剧、歌德的《浮士德》、拜伦的《唐璜》等)。在中国,由于史学的发达而使得诗歌同历史分了家,因此80年代初的许多诗人都如梦初醒地意识到中国缺少史诗,这种遗憾在这个年代日渐高涨的民族自省意识中,在几乎遍及全民的历史民俗热、宗教文化热、文化人类学方法热中，在杨炼等人一度轰动的"现代史诗"的写作实验的热闹场景中，当然会成为梦想创造"辉煌史诗"的动力。但是，在当代文化条件下，当代的诗人们将用怎样的姿态介入历史？这更是他们苦思冥想的命题。由于汇合了结构主义方法的符号学、心理学、民俗学和文化人类学的启示，他们的历史观念与方法也必然地带上了时代的特征，具有了某些"新历史主义"意识倾向。

但是，"整体主义"未免又走进了"东方文化"的泥淖和陷阱，文化的可怕性从来都是源其结构性，东方文化是一个结构性的巨大黑洞，一旦认同它的观念和价值，很容易便又陷入一种虚化和神秘的玄学陷阱。石光华、欧阳江河、宋渠、宋炜等人所作的那些"现代大赋"，正像有的评论者所说的，令读者"看到的更多的是意图，而不是才气，不是清澈的诗流，而是用手拧开的自来水，连绵不绝，夹杂着半消化的词语与古典。这些都令人感到诗人们没有达到生命的纯净，对自身的体验尚不能游刃有余"⑧。它们仿佛是一篇篇还未理清思路的关于文化思考的论文，黏稠、臃肿、浑浊，在言说中难以回避尴尬的自我遮蔽。如宋渠宋炜兄弟的《大佛》，他们仿佛是要通过对世俗苦难轮回的抒写表达对佛教某些观念的体验与认同，但这一主题却并未获得深邃有力而精湛澄明的呈现，它的充满叙事意味的长句子拖沓乏味，令人难以卒读：

> 中国人一个空洞而抽象的面容吸引了每一个南方人潮湿的目光　太阳化了／北方　东方　西方的平原和大洋和荒漠　被一个神秘的名字晕眩了头抬起来又终于垂埋下去／因为他有一个唯一上升着的名字　他是大佛一个坐着的宁静坐着的永恒／一千年一万年注定都会宁静而永恒地坐着同时又仿佛有什么形而上在上升／……

"体验"以及体验中对传统的认同甚至崇拜敬畏，实际上成了阻挡"整体主义"前进的内部惰性。与此相比，出现于1986年"现代主义诗歌群体大展"中的"新传统主义"则迈出了新的步伐。

"新传统主义"是以对杨炼所引导的寻根诗歌以及与"整体主义"伴随出现的"民族主义"诗歌的反对者的姿态出现的，它对这种倾向的批评非常激烈：

> 我们注释神话，演绎《易经》，追求当代诗歌的历史感，竭力夸大文学的作用，貌似忧国忧民，骨子里却渴望复古。渴望进则鸟瞰诗坛，万声归一；退则仙风道骨，弹篾于桃花源中。用现代派手法表达封建的怀旧意识，是当前所谓"民族主义"诗歌的显著特征之一。

反对倾倒在历史和古代文明的脚下，"反对艺术情感导向任何宗教和伦理"，主张对"民族的集体潜意识"的"破坏"，张扬原始的野性生命力量，成了"新传统主义"者的艺术主张，他们宣称："新传统主义诗人与探险者、偏执狂、醉酒汉、臆想病人和现代寓言制造家共命运。"⑨这种主张，我们不难看出它们同1986年前后的小说，尤其是莫言在《红高粱》系列小说中所展现的那种为感性生命和酒神精神所映耀的历史意识的内在一致与呼应。在廖亦武的《情侣》中，我们会看到这种重新向历史中寻找野性生命力和精神家园的努力：

> 儿子嗷！／从人的村庄回来／从铁的囚笼回来／这儿是你的家／我会用狼奶喂你／我会用皮毛暖你／我会把你驯成能杀死野牛的英雄／你是未来的荒山之王

"……当我老了／葬身你的空腹是我的荣幸／从此再分不清妈妈和儿子／／儿子嗷！从人的躯壳里回来／从理性的枷锁里回来／你是我的……"；回到传统，不是回到那些理性的枷锁之中，古老的文化陷阱之中，而是回到蓬勃强健充满原始力量和本真意味的生存状态，这才是新传统主义探寻历史的根本目的。这里充满了关于历史的激情、焦虑与想象，正像弗雷德里克·杰姆逊所描述的那种"精神分裂症式的历史主义"一样，"不只是美学热情，或是尼采式的剩余与兴奋，也加上了完全不同的感觉范围，晕眩、厌恶、忧郁、恶心和弗洛伊德式的非净化过程这些是在接触过去的文化时所产生的'真正'可能发生的模式"⑩。

相比之下，另外的一些诗人在面对历史时则更加冷静，历史变成一种透射着古老寓言的时间陈迹，它映现着今天，映现着人类和种族生存的沧桑和永恒，它们是"今天与历史的对话"，或者说，"历史"实际上只为写作者提供了一个"修辞想象"的空间，这很像是苏童等小说家在写《1934年的逃亡》那一类作品时的情形。试读西川的《读1926年的旧杂志》：

> 一页一页翻过，疏散的枪声／远远越过枯竭的河流／我无忧无虑地看夕阳陨落／／一九二六年会有一个青年／翻阅更破旧的杂志／嘴里嚼着宝石般的花生米／在太平洋西岸／荒芜的花生地里，季风／吹得诗人的草帽歪斜

"很多事物需要慢慢咀嚼／甚至很多年，那些事物／依然新鲜／完全是我们身边的／昼与夜，我们脚下的／地板头上的屋顶／我在初春的窗下／读一本旧杂志直到黎明"。1986年以"新古典主义又一派"自称的西川在这首诗中，的确如他自己所说，是"复活了一种回声"，他是在一种充满着时光陈迹、古旧气息和生存飘忽的感伤中"讲述家园"的⑪，从格调上看，的确同1987年以后苏童等人的新历史小说有相似之处。

在寻根诗人那里，历史主要是被理解为一种二元对立和复合的状态，其博大与渺小、玄奥和愚昧、悲剧与价值都是以对立与依存的形式出现的，在杨炼的所有诗篇中，几乎都贯穿了这一思想。这是他笔下的"陶罐"："……哦，黄土的儿女，无垠之梦的儿女呵，胸前纹绣着／解脱阴影的鸟，和一头徘徊在悬崖绝壁上的饥饿的野兽／越过狂暴的沙砾，黑麦田后面，期待／而流血的手只能深深挖掘自己始终被抛弃的命运／……而流血的手却紧紧摸住自己贫瘠又珍贵的命运"（《半坡组诗·陶罐》），作为种族徽记和命运的象征，陶罐的质地、形态、境遇和历史完整地再现了一部华夏民族的生存历史，负载了它全部的辉煌与苦难。这显然是一种带有严肃的启蒙意识的历史情感。而如果我们再看看一些更年轻的诗人笔下的陶罐，感觉就完全不同了，在他们的诗中，由

陶罐所负载的民族历史与生存内涵已完全呈现为一种"杂碎"状态。如阿吾的一首《写写东方·一只黑色陶罐容积无限》，在这首诗的前半部分，作者基本上还贯穿了与杨炼相似的主题，用陶醉在"黑色暴雨"与"黑色烈火"中定形凝固的过程隐喻了民族历史与文化的形成过程，以及最终成为陶醉一样的"黑洞"的结果；但在诗的后半部分，则一转这种严肃的阐释为戏谑性的"拆解"，使历史由一种整一的景象被打碎为散落的碎片，并因此折射出多种不同的答案和结果：

> 说世界就装在一只黑色陶罐里 / 真不是什么吹牛皮的话 / 她以不变的姿态满足你常变的要求 / 你感到异性的呼吸吗 / 请绕陶罐走上一周 / 你感到胜利的喜悦吗 / 请绕陶罐走上一周 / 你感到背井离乡的孤单吗 / 请绕陶罐走上一周 / 你感到人情世事的冷漠吗 / 请绕陶罐走上一周 / 你感到走上一周疲倦了吗 / 请绕陶罐走上一周 / 结果在墓穴中人与陶罐同葬

在内容的真实和富有启示方面，我不能不说它超过了前者，在这里，历史呈现为一种多棱体和放射性的景观，它内部的复杂结构在富有戏剧性张力的"修辞想象"中得以揭示和暴露，历史本来就蕴含了无数的指向与可能，新历史主义者正是意识到这一点，才试图通过更加丰富的形式去揭示它的内涵，海登·怀特等人把新历史主义描述为一种"文化诗学"和"历史诗学"[12]，其用意也在于此。第三代人在介入历史时所持的这种"解构"姿态，极巧妙地暗合了此时还并未以理论形式引进的新历史主义方法。

在拆除主流历史观念，打碎传统的历史文化幻象和重现历史的边缘景观方面，廖亦武是做得比较多的诗人。在他的长诗《巨匠》中，他用刻意敲碎逻辑与秩序的语言出入历史与现存、真实与幻境，制作了一幕幕斑驳陆离、异彩纷呈令人目不暇接的"交叉文化蒙太奇"的骇人景观，由此折射出历史与现实丰富复杂的存在状态。尤其是在其第五部《天问》中，他用上百个问号和"洗牌"一样的破坏性、拆解性的修辞方式营造了一个"杂乱无章"无头无尾无始无终无正无反的历史与存在空间，让历史的各种因素与各种景象都处在"骚乱"的被激活状态：

请问国家怎样开始？怎样结束？存亡兴衰，其间奥妙何在？阴谋是治国之本，弥天大谎被写进教科书，供孩子们天天朗读，请问谁是衣衫褴褛的君王？谁是主宰天下的小丑……//请问你居住的房间，曾经是哪个朝代的驿站？……你是否见过炎帝、神农、大禹、商鞅、项羽、虞姬、唐太宗、孙中山、鲁迅、蒋介石、李金发从凝固的波涛中上岸？//……太监是古中国的特产，请问是谁发明了现代精神阉割术？请问李白为什么失意？沈从文为什么隐居？文字狱缘何而起？儒道互补自何时被奉为枭主？请问为什么在正史之外有野史，在野史之外，还有手抄本流传民间？//请问我们的想象力为什么如此贫乏？神话的巨瓮，为什么只剩下些辉煌的碎片？……

在这首诗里，修辞方式最大限度地以混合和交错的形式调集了来自历史与现存的各个角落里的事物，使它们成为映现历史的无边而无序的复杂与充满偶然性质的内涵的材料与隐喻。其中，"野史""碎片"等都是富有"字眼"意义的词语，它们也可以透示出作者刻意抵抗和"解构"正史的修辞策略与历史意识。从结构主义的角度看，"伟大的历史叙事"必须依靠那些富有逻辑关系和神话色彩的庄严而崇高的语词（如杨炼的诗中经常出现的"神殿""颂歌""英雄""真理""死亡"等频率最高的语词）来实现，而在廖亦武的诗中，则大量出现着"侏儒""妓女""白痴""交尾""肛门""厕所"等等充满"恶意"的词语，以此构成边缘化、卑贱化和溃败式的历史叙事。这同海登·怀特在评论新历史主义时所指出的他们那种对于"在特定的历史时空中占优势的社会、政治、文化、心理及其他符码进行破解、修正和削弱"，而对那些"历史记载中的零散插曲、轶闻轶事、偶然事件、异乎寻常的外来事物、卑微甚或简直是不可思议的情形等许多方面表现出特别的兴趣"[13]的特征，以及朱迪丝·劳德·牛顿所形容的所谓"交叉文化蒙太奇"[14]的方法可谓十分相似。对于后者，我们还可以在廖亦武的另一首长诗《黄城》中得到印证，这首诗差不多正是以纷乱的电影蒙太奇的手法汇集了众多不可同日而语的事物和景观，从而对不断重复的历史、现实与未来作出隐喻式的描述："……不准通行。这里正拍摄历史片//……岁月蹉跎。往事如烟飘逝。我趔进电影院重温旧梦。……//红墙垮了一段又一段。万众奔命。汨罗贵族屈原披头散发。跪饮护城河嚎诵《国

95

第三代诗歌研究资料

荡》。第三代皇家秘探混迹人群。伺机捉拿间谍头子白鸟。殡仪馆老板徐敬亚趁机抛售黑纱。发动国际嚎丧运动。乌云颠狂。揉弄浩浩无际的脑袋。每一张嘴却发出乌鸦的叫唤。我捂住耳朵我受不了我喊妈妈妈妈妈妈……"这种对不同的"文化符码"和"文化本文的并置"同新历史主义的某些结构策略将"广告、性手册、大众文化、日记、政治宣言、文学、政治运动及事件"等通常认为互不相关的个别符码拼接在一起所产生的"蒙太奇"效果⑮，则会出人意料地起到对历史的丰富性、动态性的隐喻作用。

三

在许多情况下，上述这种并置的隐喻性的历史符码有时也会演变成一种纵向历史景观的被"提取"之后的横向展开。事实上，诗歌对历史的叙述不可能完全按照历史的时间顺序来展开，它更多地是通过某些形象的喻体去归纳历史的某些特征，这也正是许多先哲看重艺术对于历史表现作用的原因，比如泰纳就说过，"一首伟大的诗，一部优美的小说，一个高尚人物的忏悔录，要比许多历史学家和他的历史著作对我们更有教益"⑯。因为它们的形象中涵纳了更多的历史现象与原素。正是基于这一点，新历史主义理论家路易斯·蒙特鲁斯提出了"用一种文化系统的共时性文本代替一种独立存在的……历史性文本"的理论⑰。在第三代诗人的作品中，我们经常能够看到他们对历史的这种"共时归纳"和"历史拆解"。如西川的长诗《近景和远景》实际上就是通过许多互不相关的喻体对历史的"切碎"和重新编排，历史在这里已散落并被"编辑"成五光十色斑驳陆离的"成串的鳞片"，所有的表象事实都已被"经验化"了被抽取为共时性的"原素"，比如它的末章《海市蜃楼》就是对一部人类精神历史的"压缩"式的概括：

大气中由于光线的折射作用而形成海市蜃楼。那是物质变成精神的最好例证，精神的房屋、精神的广场、精神的野百合、一百零八条好汉、贾宝玉的三十六个女朋友。……换一种说法：空中楼阁置世俗律令于不顾，置人类于被挑选的境地。它既不属于现在，也不属于过去，也不属于未来。作为我们关于家园和乌托邦的隐喻，它游离于时间之外。其神学意义在于：瞬间即成永恒；其美学意义在于：远方是一种境界；其伦理学意义在于：幸福即是在苦闷彷徨中对于幸福的关注。任何一幅画、一首诗、一本书，都与海市蜃楼有关。

如果说西川的诗还因其带有过重的理智、平静、形上和书生气的意味而使其历史感被过分虚化的话，那么我们从钟鸣的长诗《树巢》则更能够充分地感到历史的撞击力，这首巨型的作品（仅第一章就长达近1200行）以四个"原型"主题对民族的历史作了个性化的理解和归纳。在题记中，作者作了这样的题解："《树巢》分为四个独立的篇章：第一章《裸园》（诗体），语义类型为［逆施］，是追述汉族的自我攻讦性，也就是隐蔽在每一个灵魂中的'杀人妖精'，从而涉及人类从植物崇拜到毁灭自然生态这一最为广义的屠戮主题；第二章《狐媚的形而上疏证》（阐释体），语义类型为［歧义］，它将描述'狐媚'的神话隐喻，涉及'文字狐媚'在本体意义上的四种形态；第三章《梓木王》（小说体），语义类型为［情境］，主要描写人类对待植物的三种态度，也是三种情况；第四章《走向树》（随笔体），语义类型为［还魂］，它关联到我们世俗生活中的'物相'和'术'的终极观念。"⑱从这般阐释中我们不难看出作者从结构主义语义学和人类学那里所受到的方法论启示。也许过重的语言情结所导致的修辞上的极限化倾向（如第一章第22节的第二部分是一段根本未分标点的文字，一个长达1000余字的"句子"），在一定程度上反而"遮蔽"了他所要表现的思想，但透过其他的文字我们仍可见出作者对于人类漫长生存历史，特别是暴力思想和专制倾向的不断发育的历史的追溯与思考，在这里，历史的渊源与当代命运不断互为印证，更强化了一种把握本质的力量。这首诗和杨炼江河等人的一些巨制相比较，虽然都试图切入一些民族的原型主题，但钟鸣已经充分地越出了历史流程中客观历史载体的时空框定，而达到了相当自由的境地，并且由于这种自由而更加获得了历史的穿透力。

曾标举"莽汉主义"旗号的诗人李亚伟也写过有关历史的主题，但他"不喜欢那些精密得使人头昏的内部结构或奥涩的象征体系"，而主张以"破坏、捣乱"的姿态"炸毁"原有的"文化心理结构"，所以他笔下的历史主题也就具有了几分"解构主义"的意味，在长诗《旗语》中，他对历史和现实按照个人的经验形式进行了一次瓦解性的"旗语"式的编码，"我不说一段历史，因为那段历史有错误"，"因为历史只是时间而已，政变和发财！"在这首诗中，上一个红色暴力年代的景象通过被颠倒、拆散和施虐般的挥舞驱遣而获得一次反讽语境中的再现："我看见一个被学问做出来的美女在田间劳动／用轻巧的双手把未来编织成公社／在里面学习、敬礼和散步／北方的油灯照见了哲学和战斗的场面／她用水库中的脸护守画报上的禾苗／用树边的嘴唇吻城里那个勤奋的青年"。这是充分个人化了的历史经验，但它却是更具有概括性和穿透力的活的历史，它描画了历史在某一时刻特有的风景，使它作为影子和闪回的画面真实生动地再现了一次。

四

　　最后一个需要提及的诗人是海子。在海子的诗中，历史既不是作为事实，也不是作为观念，而是神话。是海子使当代诗歌重新获得了同古代先人那样用神话叙述历史的方法，这是最古老的，同时也是最新的方法。在海子的历史神话主题中有两个基本要素，这就是"民间"和"大地"，"民间"使他笔下的历史主题得以接近最原始的经验形式；"大地"则使这种原始的经验内容与存在的"本源"接通并因而获得神性。从本质上说，海子并不是一个执着于历史的诗人而是执着于"存在"的诗人，但他的"存在"实际上又是历史的提炼和抽取。在他的一则诗论中，他这样描述了他所执着的"民间主题"：

　　　　在隐隐约约的远方，有我们的源头，大鹏鸟和腥日白光。……回忆和遗忘都是久远的。对着这块千百年来始终沉默的天空，我们不回答，磨难中句子变得简洁而短促。那些平静淡泊的山林在绢纸上闪烁出灯火与古道。西望长安，我们一起活过了这么长的年头，有时真想问一声：亲人啊，你们是怎么过来的。……那些民间主题无数次在梦中凸现。为你们的生存作证，是他的义务，是诗的良心。[19]

海子心中的历史，是一部民间的和土地上的生存史，他让我们越过了英雄、王政、战乱的传统历史模式，而看见了另一部横向展开的永恒的、充满着原始的存在真理的历史：

一盏真理的灯／使我从原始存在中涌起，涌起／我感到自己又在收缩，广阔的土地收缩为火／给众神奠定了居住地

"我从原始的王中涌起，涌现／在幻象和流放中创造了伟大的诗歌／……我被原始原素所持有／他对我的囚禁、瓦解，他的阴郁／羊群 干草车 马 秋天／都在他的囚车上颠簸／／现代人一只焦黄的老虎／我们已丧失了土地／代替土地的 是一种短暂而抽搐的欲望／肤浅的积木 玩具般的欲望……"对于人类的"文明"，海子抱着深深的绝望，一部历史是一场误入深渊和歧途的悲剧，它在进化中丧失了最古老的居所、最本真的体验和最原始的语言，因此，海子这样执迷于对这些丧失之物的苦苦寻索。表面看来，海子的经验形式与语言方式带着极端的"个人化"倾向，因而显得飘忽、迷离、晦奥、破碎，有时恍若臆语，人或将此指责为梦呓，甚或"皇帝的新衣"，而事实上，海子所努力体现的，正是对固有的历史感觉方式和固有历史文本模式的穿越，寻找最原始的那些联通着大地和神祇的、弥漫和流淌在"民间"世界的心象和语言，这是否也是一种"新历史主义"？只有理解了这一点，才等于找到了解读海子诗歌的钥匙。正如海子在他的诗论中所说的，他的诗歌的出现是某些"巨大的原素和伟大的材料"的"涨破"，而这些最原始的人类精神正因"文明"而丧失，"从老子、孔子和苏格拉底开始，原始的海退去，大地裸露……我们睁开眼睛其实是陷入失明状态，原生的生命涌动蜕化为文明形式和文明类型"[20]。从这里可以看出，也许只是海子才最清醒地最彻底地发出了这个疑问："历史上究竟发生了什么？"而他的宏伟长诗《土地》，正是以属于他自己的方式回答了这个问题。

注释：

① 田汝康、金重远：《现代西方史学流派文选》，上海人民出版社1982年版。

② 杨炼：《智力的空间》，见《磁场与魔方》第125页，北京师范大学出版社1993年版。

③ 杨炼：《传统与我们》，《青年诗人谈诗》第73页，北京大学五四文学社1985年版。

④ 徐敬亚：《圭臬之死》（上），《文学研究参考》（内部）1988年6期。

⑤⑧徐敬亚：《圭臬之死》（下），《文学研究参考》（内部）1988年7期。

⑥石光华：《企及磁心·代序》，见《磁场与魔方》第127—134页，北京师范大学出版社1993年版。

⑦《作为文学虚构的历史本文》，《新历史主义与文学批评》第161页，张京媛编，北京大学出版社1993年版。

⑨⑪《1986年中国现代主义诗歌群体展览》，《诗选刊》1987年1期。

⑩《马克思主义与历史主义》，《新历史主义与文学批评》第32页，北京大学出版社1993年版。

⑫⑬《评新历史主义》，《新历史主义与文学批评》第106页，北京大学出版社1993年版。

⑭⑮《历史一如既往？女性主义和新历史主义》，《新历史主义与文学批评》第203页，北京大学出版社1993年版。

⑯伍蠡甫主编：《西方文论选》（下）第241页，上海译文出版社1979年版。

⑰王逢振等编：《最新西方文论选》第496页，漓江出版社1991年版。

⑱万夏、潇潇主编《后朦胧诗全集》下卷，第324页，四川教育出版社1993年版。

⑲《青年诗人谈诗》第175页，北京大学五四文学社1985年版。

⑳《诗学：一份提纲》，见《磁场与魔方》，第186—187页，北京师范大学出版社1993年版。

原载《诗探索》1998年第2期

"第三代"诗学的思想形态

孙基林

如果说一切文学均在于表现人的状况，那么第三代诗也不例外，只是在它这里，"人"已经死了，生命却得以复活；主体死了，客体得以还原；自我死了，本我得以呈现……我们无须追问这是为什么？也无须问它从何而来？因为这是自古以来形而上学追问人的一种方式；而在第三代诗这里，形而上学的人已经死了，只有生命、客体和本我在那里存在着，这就是人的基本事实。海德格尔曾说：哲学随着尼采的形而上学而完成（终结）了。这说的是，哲学已穷尽了昭示出来的可能性。……但是，思想并不随着哲学的终结也终结了，而是转向了另外一种开始。在这里，我们可以转换一下话题这样说：人的哲学随着新诗潮的形而上学而完成了，终结了，但思想并没有随着人的哲学的终结而终结，而是转向了另外一种开始。第三代诗学正是在新诗潮人的哲学的终结处展开另一种思想形态的。

在70年代末的历史语境中崛起的新诗潮，无疑地迎合了那个时代普遍滋长而又呼之欲出的一股启蒙主义思想的需要。在人的普遍沉沦的深渊呼唤人，在自我寂灭之处寻找自我，恐怕这是那个时代最敞亮最醒目的标志。所谓表现自我，寻找自我，寻找和表现人的价值、人的尊严，人的个性、自由、人性、人情以及人作为宇宙的主宰、万物的灵长所应享有的一切权力、地位，这是新诗潮的最强烈的诉求。显然，这个"人"是以主体性原则为前提的启蒙人道主义之人，是笛卡尔式的形而上学之人。作为主体，他拥有一切，他有始终围绕着他转的世界客体，也即拥有客体世界中的万事万物。因为它是万物的尺度，所以一切都内在于主体的意志，并成为它的表现形式。这种主体的话语权力，必然使诗歌成为一种"向我而生"的理性世界。正如杨炼所说：他的诗就是一个智力的空间，是诗人按照内在的逻辑重新安排的一个世界。这种充分主体性的诗歌形态，就是以自我为中心、以理性为中心的思想方法的必然结果。

问题是，当新一代诗人再度面临主体性时，他们似乎觉得真正的自己被遮蔽了，启蒙理性在追问人的存在时，却恰恰遗落了人的真正的生存，而导向一种逻辑的虚构，而真正的生存本身却恰恰是另一番情景。因而，新一代诗人纷纷从一个逻辑的世界抽身出来，返回到实存的生活和所置身的现象之中。回到生命或事物本身，这是新一代诗人的思想基础。这种类乎现象学还原的方法，是由充分的现实语境作背景的。所谓"现象"，自然是与"本质"相对的，从语源学的角度说，它在希腊语中的意思就是"显示自身本相者"。在一个过分崇尚本质主义、抽象理性和形而上学的世界里，人的生命存在的本相和事物的原样是在别处被虚妄的迷障隐藏着的，"生活在别处"几乎可以描述几代人真实的生存情态。犹如每一个中国人都曾经在普遍的政治假面中生活一样，历史、文化也曾一度内在地成为中国文人的一种生活方式，但在这种生活中生命的原初本相有多少是能够自由地呈现出来的，这在第三代诗人看来是值得怀疑的。所以韩东说，中国人只有在告别了三个形而上的世俗角色之后，才能真正地回到人的真实的生活和自身。于坚在谈到历史对生活的遮蔽时也说："历史的方向是形而上的。而生活则遵循着形而下的方向前进。"相对于无意义的生活现象，历史"只择取那些所谓本质的部分，来构成我们的意识形态和知识结构。历史的形而上方向遮蔽着人们对活生生的生活的意识"。[①]非非主义更是对文化的遮蔽性给予激烈地拒绝和消解，正如蓝马所说："我们的生命，业已被开发成了活生生的文化软件。我们的生命工作着，努力运转着，耗用着精力以及生命自身。但这种工作的性质揭穿了却是——我们的生命执行着文化，我们的生命成了传统的生物性替身。……那个'真我'的丧失，就是'创造者'的丧失。保留下来的'假我'，恰恰只是一个'执行者'。"[②]他认为，必须对文化的遮蔽性进行一场"自我澄清"，甚至对心跳方式、呼吸方式、感觉方式和体验方式等进行审理，才能"迎接只属于自己的那个'真我'复活式地到来"。[③]

显然，第三代诗的生命诗学和返回生命或事物本身的理论，借鉴、吸纳或者说表现了与柏格森的生命哲学、胡塞尔及海德格尔的现象学还原相类似的思想倾向。柏格森的生命哲学认为，宇宙中的一切都在流动着、生成着和创化

当代中国

文学史资料丛书

着，没有静止固定的事物，也没有相同的事物。这种生生不息流动、生成和创化着的原因在于生命的冲动，宇宙即是一个无限的生命冲动之流，其存在状态是绵延，并表现为不断生成着、创化着的过程，而这种生命之流的冲动、创化只有靠直觉才能认识。这种非理性的生命哲学反对将理性视为人的本质，重视人的本能、感觉、体验、意志等生命质素，认为只有直觉才能直观到事物的真理。第三代诗人在不同场景中言说的"生命"，事实上就是这种感性生命意识的一种话语形式，而这种生命形式的呈现，在很大程度上植根于诗人对生命现实的强烈渴望，并最终在生命或事物现象的还原过程中而获得的。正如于坚所说："诗人们终于勇敢地面对自己的生命体验，哪怕它是压抑的，卑俗的甚或变态的。个人生命不再藏在人格面具之后，它暴露在世界面前，和千千万万的生命相见。……一首诗就是一次生命的体验，一首诗就是一个活的灵魂，一首诗就是一次生命的具象。"④

"回到事物本身"，是胡塞尔、海德格尔现象学的基本思想方法。现象学者认为，以往的哲学研究过分关心抽象的东西，以致忽视了日常生活的具体细节。而"哲学应当成为一种揭露具体物的东西，要把物自身向我们显示自己的方式揭露出来"⑤。胡塞尔则把这种使哲学回到物自身的方法称为现象学。现象学的分析过程及方法，是按照现象实际显现在我们眼前的样子来观察现象，而不像以往根据传统的主体——对象认识论将各种现象归入认识的范畴、概念之中，即观察者首先要将所谓有关事物现象的观念、价值判断、事物的本质等用括弧悬搁起来，以便排除主体与对象的等级分别，让事物在其体验或经验中真实地显露其自身。第三代诗学的思想出发点即是拒绝任何观念意图的预设或进入，而直接面对世界本身，将生命或事物现象作为直接感觉、经验和描述的对象。韩东曾说："'诗到语言为止'仅是一种说法，它的意向是排斥性的，和'第一次抒情'相同，它要求诗人们在抽空以后重新考虑、直接面临，……在这个文化垃圾堆积如山的环境里我们必须有清除的信念。"⑥《他们》在艺术自释中也这样说："我们关心的是作为个人深入到这个世界中去的感受、体会和经验，……虽然在我们的身上投射着各种各样观念的光辉，但是我们不想，也不可能用这些观念去代替我们和世界（包括诗歌）的关系，世界就在我们的面前，伸手可及，我们不会因为某种理论的认可而自信起来，认为这个世界就是真实的世界，如果这个世界不在我们手中，即使有千万条理由我们也不会相信它，相反，如果这个世界已经在我们的手中，又有什么理由让我们觉得这是不真实的呢？"⑦关键是，这个伸手可及的世界，是否在我们的感觉经验中？由此可见出，第三代诗人拒绝观念，直接深入生命或事物之中去感受、体会和经验事物现象的一种思想倾向。所以在第三代诗中，也大都是日常而此在的生命或事物现象的呈现。它存在于那里，仅仅是一种现象，既不表达某种意图，又不指向另外的事物。它是平面的，没有深度；它是日常而此在的，因为我们天天都在经历着而又遗忘着这样一种生活，如今当它直面眼前时，却顿然感觉到如重新打开的生命一样鲜活而陌生。

第三代诗歌生命或事物的呈现，具有某种在场性，也即此在性。此在存在着，但它不是什么，它只是其自身，这是生命或事物在此存在的基本属性或本真属性。生命或事物的此在是自证自明的本真存在状态，它存在着，但肯定不是"什么"，它是不能用某种"什么"或说不能用另一事物来说明的，因为一切是"什么"的存在方式都不适合于此在。正如于坚所说："我关心的是如何是，如何在，不是是什么，什么在。"⑧韩东也曾说过，他的思想方法常常是"不是什么"，而不是"是什么"，如说"诗就是诗""生命就是生命"，即是"不是什么"的另外一种言说方式。这与朦胧诗人的思想指向及表述方式是判然不同的，比如类同舒婷《祖国啊，我亲爱的祖国》一诗的表述形式"我是××"，即朦胧诗"是什么"的基本表述范型。"我是水车""我是矿灯""我是理想""我是希望"……在这里，"我"已不再是生命的此在，而成为一个游离于此在之外"生活在别处"的"他者"，在形式上"我"是象征或隐喻的"本体"，而实质上却是理式设计的另一种"在别处"的存在或理想乌托邦的幻型存在形态。而生命或事物则是将"什么"悬置起来的当下的存在形式，它既不"在别处"，也不指向另一物，它是内倾的、自在的。这种差别应该是显而易见的。

生命或事物的此在是与语言一同涌入当下的存在的，要追问存在，事实上就是把存在带入言词，"言词本身即是关联，因为它把每一物拥入存在并保持在那里"⑨。"语言的命运奠基于一个民族对存在的当下牵连之中，所以，存在问题将把我们最内在地牵引到语言问题中去。"⑩在《诗人何为》中，海德格尔更是将语言视为"存在的家"："存在亲自遍测自己的畿域。它现身在言词中，于是这畿域得以划分成畿域，语言是存在的畿域，即存在的家。……

因为存在是语言的家，所以我们能随时随刻从这家宅穿来穿去……我们走向井台，我们穿过树林，我们也就穿过了'井'这词，'树林'这词，哪怕我们没有说出这些词，哪怕我们想也没有去想语言这样的东西。"⑪因而，生命或事物的此在与语言一同涌入当下，它以语词为存在者的存在命名，就像第三代诗人们所谓的"第一次抒情""第一次命名"那样，它不是将一个约定的字符加到一个已知的事物上去，相反，它是令存在者以此在的原样显现出来的一种方式。事物只有通过命名才使自己开始成为自己所是的样子。"诗从语言开始，到语言为止"，即是说语言是生命或事物存在的家，只有在诗的语言之中，生命或事物的原样才能显现出来。第三代诗人所追求的语言的日常口语化，正是生命或事物日常平凡样态的最直接而又最本源贴切的显现形式。西方日常语言学派把日常语言关于世界的陈述当作最基本的陈述方式，他们认为日常语言"是最适宜的表达的储存库，就好像是在各种相互竞争的话语之间的斗争中，只有表述最好的、最适应的才留存下来。它也意味着，正是在日常语言中人的人性才最为明显"⑫。韩东也认为，"口语是一块原土地，就像地球上的生命早期"一样，诗人们只有像依附大地一样依附其上，才能使生命或事物的原样显现出来，"忽略口语，即是忽略了根本"。⑬当然，这种口语不是日常消息性语言，而是原生态的纯粹语言，正是这种语言的日常性、在场性、当下性、本真性和无遮蔽状态，成了生命或事物原样的基本呈现形式。

生命或事物的此在，即是生命或事物在时间中的存在。形而上学的人从根本上说是以遗忘时间为前提的，要克服形而上学，回到存在本身，就必须首先回到形而上学从中抽身出来的时间。在海德格尔看来，时间作为此在时间性的到时（Zeitigen），既是存在归属于人，向人显现的界域，同时也是人归属于存在，向存在敞开（Offnen）的道路⑭。而时间作为物理时间，它是现成而自在的时光流程，是一个一面在消逝一面又在来临的现在之流。正如亚里士多德所说："没有时间就没有'现在'，同样，没有'现在'也就没有时间。"⑮对此，海德格尔作了这样的描述："现在逝去着，已逝去的现在构成了过去；现在来临着，而未来的现在界定着将来。"⑯但是，过去已经逝去了，将来也还不再，因此，在这时间之流中，在场存在的只有现在。当然，时间既是一种物理时间，又是一种心理时间，对此，奥古斯丁曾说"时间存在于我们心中，别处找不到"，时间不是"什么"，而只是"思想的伸展"⑰。在他看来，过去的现在和将来的现在只存在于人们现在的心灵中："过去事物的现在便是记忆，现在事物的现在便是直接感觉，将来事物的现在便是期望。"[18]第三代诗歌在现实的物理学时间和心理时间的基础上，确立了自己具有现代意义的时间观念，即"现在意识"。的确，在三维时间的绵延中，只有现在才是现实的、存在着的。过去永远地消逝了，而未来又是永远地缺席，我们既不能生存在过去之中，也不能生存在未来之中，人的生命只能是永远的现在时。正如韩东所说："哪怕是你经历过的时间，它一旦过去，也就成了从来没有存在过的东西了。我们无法判断哪些东西是出于梦境，哪些东西是实际发生了的。但对于一个人的此时此地，二者并无区分的必要。"诗人还说："'根'是没有的。它是对往事的幻觉，一种解释方式。对未来，我们真的一无所有。"[19]于坚在谈到具体的形而下的写作活动时说，"必须进入被历史遗忘的时间中去。它必须回到那个失去的'现在'。过去像现在一样，不是一个已经完成的目的地，它是写作的'现在'"[20]。"伟大的诗歌是呈现，是引领人返回到存在的现场中。伟大的健康的诗歌将引领我们，逃离乌托邦的精神地狱，健康、自由地回到人的'现场''当下''手边'。"[21]由此，第三代诗歌真正地返回到"现在"的感觉和行动中，诸如《下棋的男人》《我听见杯子》《你的手》（韩东）、《这个夜晚暴雨将至》《避雨的鸟》（于坚）、《日落时分》（小海）、《冷风景》（杨黎）等一些诗，均真实细腻地描述了当下的体验、感觉、欲望、行为、物态、事态……呈现出生命或事物本真存在的现实情势和原样状态。

由现在时间的绵延而形成的过程意识，是第三代诗学所表现的一种新的思想要素，它把某一生命状态、行动或事物在此时此地的存在均看作变化发展中的一个过程和阶段，并注重当下每一时刻的感觉、体验和行为踪迹，在过程与目的、感性与理性、此在与彼在、现实与理想、现象与本质等二元对立的格局中，第三代诗歌将过程、感性、此在、现实、现象这些当下存在纳入自己生存的绵延之中，而拒绝对彼岸乌托邦世界的无望的叩问和等待。而目的论者恰恰是在这一点上走入歧途的，他们将生命寄托在不在场的幻型存在之中，从而遗落了对当下生命或事物的体验和把握。第三代诗歌注重过程的倾向正是对目的论和乌托邦终极价值指涉的一种反拨和矫正。正如于坚《在旅途中不要错过机会》所告诫的，只有把握住眼下每一个可供体验、寄居的时刻，才能真正体味到生命旅途中小小驿站的动人之处。这些年轻的诗人们不仅注重当下生命过程的体验、感受，而且把诗本身也看作是使生命或事物在语感中重返真实、得以澄明的过程。比如于坚《对一只乌鸦的命名》，即是把人的对乌鸦的先验观念悬置消解掉，并通过重新命名，使其得以澄明，还原到本身的过程。而韩东笔下的"大雁塔"同样是将大雁塔从杨炼赋予的历史、文化的存在，还原到了"自身"的存在。就如海德格尔所说：诗"是在途中"，途中就是过程，就是指称或命名呈现，即生命或事物得以澄明的过程。

注释：

① 于坚：《回忆》，见《棕皮手记》第37页，东方出版中心1997年版。

②③ 蓝马：《走向迷失——先锋诗歌运动的反省》。

④ 于坚：《棕皮手记·诗歌精神的重建》，见《棕皮手记》第231页。

⑤ L．J．宾克莱：《理想的冲突》，商务印书馆1984年版，第209页。

⑥ 韩东、朱文：《古闸笔谈》，见《发言》1992。

⑦ 见《他们》第3期。

⑧ 于坚：《棕皮手记．1996》，见《棕皮手记》第302页。

⑨⑩ 海德格尔语。引自徐友渔等《语言与哲学》，第153、154页，三联书店1996年版。

⑪ 海德格尔：《诗人何为》，见《语言与哲学》第154、155页。

⑫ 保罗·利科主编：《哲学主要趋势》，商务印书馆1988年版，第491页。

⑬ 《韩东访谈录》，见《他们》第7期。

⑭ 参见黄裕生《时间与永恒》，社会科学文献出版社1997年版，第13页。

⑮ 亚里士多德：《物理学》，见黄裕生《时间与永恒》。

⑯ 海德格尔：《存在与时间》，商务印书馆。

⑰⑱ 奥古斯丁：《忏悔录》，周士良译，商务印书馆1981年版，第247、253页，第247页。

⑲ 参阅吴开晋主编《新时期诗潮论》，济南出版社1991年版，第220、221页。

⑳ 于坚：《回忆》，见《棕皮手记》第37页。

㉑ 于坚：《诗人何为》，见《棕皮手记》第238页。

原载《诗探索》1998年第3期

"后新诗潮"

王光明

　　作为诗歌思潮的"后新诗潮"远非一个令人满意的命名。实际上，与此相近的提法还有"新生代诗""后朦胧诗""第三代诗""实验诗"等。特别是，沿袭约定俗成的称呼，当把"今天"派为代表的诗歌称为"朦胧诗"的时候，"新诗潮"这个逐渐被诗界认同的概括就处于一种被悬置状态。而没有"新诗潮"，何"后"之有？因此，在"当代文学关键词"的使用上，我更认同《新诗潮诗集》所体现的包容精神和谢冕先生《新诗潮的检阅——〈新诗潮诗集〉序》所作的描述和概括，把"新诗潮"看成是一个既包容了"今天"派为主的"朦胧诗"，也包容后一代以"他们""非非"为代表的"新生代"诗歌变革思潮的整体性命名，而在具体区分这两种诗歌现象的时候，把前者称作"朦胧诗"，将后者称为"新生代诗"或"第三代诗"。这样，本文中"后新诗潮"述说的范畴，便是"新生代诗"或"第三代诗"，指称的是80年代中国大陆不同于"朦胧诗"写作倾向与美学风格的一种诗歌实验潮流。在当代中国诗歌格局中，以政治抒情诗为主流的五、六十年代诗歌是国家意识形态化的诗歌；而"朦胧诗"与它有一种以抗衡方式结成的"亲眷"关系；"后新诗潮"则较少如上的因袭负担，以个人化写作和广泛的语言实验为基本特色。

　　"后新诗潮"是与"朦胧诗"相关联，接受过"朦胧诗"的影响，又基于新的个人体验与现实感受，提出了新的艺术要求的诗歌思潮。它出现在"朦胧诗"处于生存的焦虑（"三个崛起"受到严峻的批评，意象化和象征手法日益体制化）、影响的焦虑（在西方现代主义诗歌中认出了个人经验的"远亲"后重临新的艺术选择）、自我的焦虑（如何面对新的个人经验、文化语境完成抗衡心态的自我超越）三重焦虑交织下，"重聚自身的光芒"的调整阶段。1986

中国当代文学史资料丛书

108

年10月由《深圳青年报》《诗歌报》联合举办的"现代诗群体大展",是这种新的诗歌潮流阵容与观念的集体亮相。当然,这种诗潮的源头应该追溯到更早:譬如,1982年上半年,成都编印过不同于"朦胧诗"风格的油印诗集《次生林》,不仅具有明显的"次代"意识,而且像翟永明、欧阳江河、柏桦等后来都成了有影响的"后新诗潮"诗人。也是在这一年,上海诗人王小龙敏感地意识到"朦胧诗"日益走向体制化所产生的不良影响,尖锐嘲讽了诗歌领域中的拙劣复制现象,倡导疏离传统现实主义诗歌和"朦胧诗"的"第三者"诗歌,"用地道的中国口语写作,朴素、有力,有一点孩子气的口语;强调自发的形象和幽默,但不过分强调自动作用,赋予日常生活以奇妙的、不可思议的色彩"①。这种疏离"朦胧诗"的倾向,在1984年渐成一股有影响的诗潮,并开始在民间诗刊上集结,其中最有影响的是《他们》和《非非》。《他们》于1985年3月创刊于南京;《非非》则于1986年5月在成都出版。

80年代初以来就有一些"后新诗潮"风格的作品出现在公开出版的文学刊物上,但早于"现代诗群体大展",较集中地发表了这种倾向的作品的公开刊物是牛汉主持的《中国》。1986年初开始,《中国》持续推出了一批不同于"朦胧诗"风格的诗作,牛汉自己也在第3期发了《诗的新生代——读稿随想》给予介绍,认为"今天这一代新诗人,不是十个、八个、几十个(像'五四'白话诗时期和'四五'运动之后那一段时期),而是成百上千的奔涌进了坑坑洼洼的诗歌领域,即使头脑迟钝的人也会承认这是我国新诗有史以来最为壮观的势态。这个新生代的诗潮,……撼动了我几十年来不知不觉形成了框架的一些诗的观念,使它们在摇晃中错了位(这个比喻并不恰当),且很难复归原位"②。

如果从诗歌发展而不是从个人的角度看,说"后新诗潮"撼动了几十年形成的一些诗歌观念的框架,不如使用"后新诗潮"代表诗人之一韩东一篇文章所称的"第二次背叛"更为恰当,假如我们同意"朦胧诗"是对以政治抒情诗为主流的当代诗歌美学原则的第一次背叛的话。"后新诗潮"作为诗潮存在的理由跟"朦胧诗"不一样。"朦胧诗"是在民族的空前浩劫和忧患中产生的,是曾经轻信过的某种理想价值秩序瓦解崩塌过程中留下的诗歌化石,是一代人情绪、意识的"纪念碑"和"墓志铭"。其诗歌中的话语主体,是一种集体的经验主体,即为时代的外在暴力所规定的、带有社会公共性和普遍性的东西,拿舒婷的话说，是："我们经历了那段特定的历史时期，因而表现为更多的历史感、使命感、责任感，我们是沉重的，带有更多的社会批判意识，群体意识和人道主义色彩。"③而"后新诗潮"中的话语主体，带有更多个人体验的性质：历史的噩梦过去之后，虽然解冻是一个过程，但"四个现代化"政治经济目标的设定，开放格局的逐渐形成，每天都在擦去与书写新的经验，促使着新的心性—文化型构的变化。这种变化最显明的表现，是"人"的意识的迁移。相对于当代诗歌人在"人民"中消失，"朦胧诗"昭示了"一代人"的存在和作为人的尊严。但无论是顾城"黑夜给了我黑色的眼睛 / 我却用它来寻找光明"，还是北岛"我站在这里 / 代替另一个被杀害的人"的诗句，都昭示着话语主体经验的被规定性和可替换性。然而，"后新诗潮"尽管在抗争上也以群体的方式出现，但在诗歌中却是对"集体共同性存在"的背叛。实际上，"回到个人"是《他们》最响亮的口号，并且认为："生命的形式或方式就是一切艺术（包括诗歌）的依据。生命的具体性、自足性、一次性、现时性和不可替代性必须得到理解。"④而"非非主义"的"反文化"和"还原"理论，本质上也是一种回返前文化的个人理论。因为从理论上说，人类是以"误识"为基础建立起象征文化的，象征文化的建立也使人类从此丧失了真实世界，只有意识到文化秩序和规范的人为性，人才能在具体经验中重返真实，——《非非主义宣言》正是这么认为的："我们自己带着自己，把立足点插进了前文化的世界。那是一个非文化的世界，它比文化更丰厚更辽阔更远大；充满了创化之可能。"⑤

经验与体验的不同，正在于被动与主动的区别，而回到个人，无疑是体验的前提。当然这个前提还应包括他们与"朦胧诗"共同拥有的一些因素："第一，他们都强调诗的独立和创造自由。第二，疏离、自我定义和心灵世界的探索是几个共同的母题。第三，他们都意识到自身的边缘地位，并从这个角度批判僵化教条式的社会层面。"⑥但"后新诗潮"诗人多半没有"朦胧诗"诗人那种痛苦不堪的历史记忆和难以挣脱的时代梦魇，他们要辨认与想象的是个人体验到的当下生存状态。因此，他们悬搁历史的文化铭刻，"有关大雁塔 / 我们又能知道什么"（韩东《有关大雁塔》），主张以"我"为楔子介入世界，像"腰间挂着诗篇的豪猪"（李亚伟《硬汉们》）横冲直闯，矛盾又虚妄地宣称要"像市民一样生活，像上帝一样思考"（这群诗人流行的一句口号）。他们大大咧咧，把诗写得随随便便、恣意杂陈，或以调侃、自嘲、恶作剧的方式亵渎"神圣"，或以现代蛮性对答崇高和优雅，当然也有相当一部分作品，面对现代人孤立无援的生存境遇，在敞开生命的贫乏的同时，看重生命的现时，认同平凡人生命的本真部分，肯定真实、自由、具体的人性，不让整个悖谬、荒诞、矛盾的背景摧垮人的精神。总体上看，经由"后新诗潮"个人体验的强调与放大，人们会强烈感受到个人意识的进程，这时的个人已不复具有统一性和完整性，他们的自我是矛盾的、分裂的，不能承受之轻的。在这个意义上，"后新诗潮"作品是新一代的精神自画像，是窘迫现代生存中不断破碎的心灵碎片。

如果说，在思想立场上，"后新诗潮"是以自由、分裂的个人主义与"朦胧诗"英雄或感伤的人道主义相对抗；那么，在诗学追求和艺术风格上，则是企图通过对"朦胧诗"深度模式的拆除，体现诗歌的感受力和文本的开放性。大体上看，"朦胧诗"的形态主要是个性话语对空洞的国家话语的疏离，是自我与社会，人性与国家权力的冲突。在诗歌表现策略上，主要是通过语言符号的巧妙编码，形成一种矛盾紧张的悲剧性文本结构。这是一种为痛苦的内心经验所驱役，在结构中冲突的痛苦语言，具有较大的张力和象征性。这种诗歌的语言，诗人往往是通过象征和意象化的追求来达到的，他们把现象转化为观念，又把观念转化为意象，通过象征结构的整合，把经验上升为精神的寓言形式。这本质上是从浪漫主义流行模式中苦苦挣扎、"成长"起来，"让位给现代社会已经丧失了人性的机械世界"的现代主义"非人格"（impersonality）美学，伊格尔顿（Terry Eagleton）认为，这里"同样隐藏着一种政治观点：中产阶级自由主义已经完结，必须以某种更加强硬、更加富有男子气概的纪律取而代之——这是后来庞德在法西斯主义那里找到的纪律"[⑦]。而"后新诗潮"致力反抗的主要就是这种"非个人化"的文本的"纪律"，他们摒弃了"朦胧诗"对应深度精神的象征世界，不强调内心意识对万物的笼罩，而重视诗歌原创的、语言的意义，并追求直述的、生活流和口语化的语言效果。其主要特点有三：（一）主张用口语化、生活化的语言代替人工"陌生化"的知性语言，不强求暗示性、张力、弹性、音乐性等语言效果，否定诗歌语言与日常语言的界限；（二）追求结构的"自然"、灵活，反对"朦胧诗"式的"高层建筑"；（三）拒绝隐喻、象征等复杂技巧，反抗诗歌抒情的暴力，看重语言的自身繁殖力量，或以"纯粹"、任性的语言携带冗繁、纠缠不清、意义矛盾的细节，造成文本戏剧性或戏谑效果。

　　这一切都是在"回到诗歌"的名义下进行的。其中最引人注目也最为"后新诗潮"诗人津津乐道的，是对诗歌语言的看重。"他们"明确提出了"诗到语言为止"的主张，"非非主义"强调"诗从语言开始"，"海上诗群"认为"语言发出的呼吸比生命发出的更亲切、更安详"。由此繁衍出一系列诸如"语感""语晕"理论。以至于直到1998年，于坚在为《1998中国新诗年鉴》写序时，还认为"其意义只有胡适们当年的白话诗运动可以相提并论"，他说："第三代诗歌的历史功绩在于，它重新收复了'汉语'一词一度被普通话所取缔的辽阔领域，它与从语言解放出发的五四白话诗运动是一致的，是对胡适们开先河的白话诗运动的承接和深化。……它是白话文运动之后的第二次汉语解放运动，是对普通话写作的整体反叛。"⑧的确，许多"后新诗潮"诗人看到了以往诗歌语言沉重的文化负担，一方面，注意从较少文化惰性的口语、俗语、日常用语中寻求语言的活力；另一方面，竭力反抗"朦胧诗"以往的修辞习惯和编码方式，体现文字自在、自由的样子。不过，"后新诗潮"的语言实验不同于五四的白话诗运动，后者具有"启蒙"的功利主义要求，因此强调及物性（即胡适提倡的"具体性"），语法上总体趋于散文的严谨；而"后新诗潮"，重视的是语言的不及物性或"能指"性，它们成了索绪尔和罗兰·巴尔特语言符号学理论生动的脚注。这样，如果人们在"后新诗潮"中看到了崇高的放逐和文本的解构性，看到了语言优美的滑翔或语言的超级消费，也就不奇怪了。臧棣一篇文章指出"后新诗潮"有一种"写作大于诗歌"的倾向⑨，是深中肯綮的。相当多的诗人只看重话语主体的感受力和语言本身的繁殖力，迷恋于言说的解放和欢悦感。在这种情况下，80年代后期，有些诗人从诗潮中游离出来，倡导"新古典主义"和"纯诗"写作，也是顺理成章的。

　　没有理由认为"后新诗潮"加剧了当代诗歌发展的危机，虽然这种诗潮的确有把自由个人主义和语言实验推向极端的倾向。但从总体上看，它有力地推进了集体经验向个人体验的转变，极大地解放了诗歌的感受力，催生了包括女性主义诗歌在内的崭新诗歌现象；同时，高度的语言意识也促进诗歌写作更深地进入了它的可能性的探索，也更深地发现了语言与现实、语言与主体亲和与分裂的辩证，从而让人们深入思考语言、文本中历史、社会、个人意识的踪迹，思考诗歌践行语言的方式与策略。

作为诗潮的"后新诗潮"在《他们》和《非非》停刊前就已解体⑩，但诗歌写作的个人性和语言探索却在九十年代诗歌中得到了反思性的展开。

注释：

①王小龙：《远帆》，《青年诗人谈诗》，北京大学五四文学社，1985年，第108—109页。

②牛汉：《诗的新生代——读稿随想》，《中国》1986年3月号。

③舒婷：《潮水已经漫到脚下》，《当代文艺探索》1987年第2期。

④韩东：《〈他们〉，人和事》，《今天》1992年第1期。

⑤《非非主义宣言》，《中国现代主义诗群大观1986-1988》，同济大学出版社，1988年，第35页。

⑥奚密：《从边缘出发》，《今天》1991年3、4期合刊。

⑦伊格尔顿：《文学原理引论》，文化艺术出版社，1987年，第52页。

⑧于坚：《穿越汉语的诗歌之光（代序）》，《1998中国新诗年鉴》，花城出版社，1999年。

⑨臧棣：《后朦胧诗：作为一种写作的诗歌》，《文艺争鸣》1996年第1期。

⑩虽然《他们》终刊于1995年，《非非》终刊于1992年，但90年代这两个民间诗刊的作者队伍基本上是先锋诗人的集合，而不再具有明显的流派意义，同时在艺术观念上也有了明显的修正。

附："后新诗潮"主要作品

1.《中国现代主义诗群大观1986-1988》，同济大学出版社，1988年。

2.《中国当代实验诗选》，春风文艺出版社，1987年。

3.《以梦为马——新生代诗卷》，北京师范大学出版社，1993年。

4.《灯心绒幸福的舞蹈——后朦胧诗选萃》，北京师范大学出版社，1992年。

5.《后朦胧诗全集》，四川教育出版社，1993年。

6.《他们》，漓江出版社，1998年。

7.《苹果上的豹——女性诗卷》，北京师范大学出版社，1993年。

原载《南方文坛》1999年第3期

可疑的反思及反思话语的可能性

姜　涛

随着市场尺度的深深介入和人文学科建制的不断细腻完善，90年代，尤其是世纪末的文化语境较之往昔，已变得更为多姿多彩、复杂难辨了，在诸多经过市场涂抹的世纪末话语中，一种所谓的"反思"论述近来走势强劲，似乎作为物理时间的"世纪末"的到来，真的提供了某种历史审判的可能，有关人等或难辞其咎，或功德圆满。论功行赏也罢，座次重排也罢，一方面，"反思"论述中不乏严肃的、卓有成效的实践；另一方面，它也为文化传媒和畅销书提供了难得的"热点"（"卖点"）。在这种趣味盎然的气候里，"边缘中的边缘"的诗坛也有点寂寞难耐，对此作出了一定的反应。首先是一本竭力标举"对现存诗歌秩序的反省"的诗歌年鉴的问世、热销，继而是一次会议上爆发的论战。在这一"反省"的旗号下，一系列文章相互呼应，纷纷出台，对当下的诗歌现状、人事关系以及诗坛旧事进行了一次铺张的清理、检讨和甄别，简单地说就是"秋后算账"。"反省"也好，"秋后算账"也好，出于表述的便利，在这里我姑且将其笼统地通称为"反思"论述。

这次"反思"是否触到痛处暂且不论，即就其间表露的市井叫骂战略和泼皮智慧而言，就已令人十分失望。有人惊呼"诗坛终于憋不住了"，有人乐得隔岸观火，将其看作无聊的"诗坛争霸"。但无论执何种态度，有一个似乎昭然若揭的前提构成了旁观者们的共识，即：较之80年代那些鲁莽但动机相对单纯的诗歌运动，这次与出版、学术均有所挂钩的"反思"论战背后，运作的是诗歌象征资本和话语权力的争夺。这种时下被普遍接受的看法不能说是空穴来风，某种对诗歌霸权的向往的确构成了这次"反思"的内在驱动。但是，需要探讨的是，幸灾乐祸或做简单的表态，都可能忽略这次并不严肃的"反思"中暴露出的一些需要严肃对待的历史症候，而恰恰是这些症候有可能成为真正的历史质询的起点。

其实，从一种完全的功利主义角度看待诗歌，与从那种天真的完全超功利眼光出发一样，都是十分空洞的，不仅无法洞悉诗歌乃至人性的复杂与暧昧，也无助于分析写作的乌托邦气质和其社会历史条件之间的隐秘关系。受周遭及自身的"场域"关系所制约的诗歌写作，其利益取舍、方位考虑等外在因素与文化理想、写作观念、价值预设等内在因素是相互缠绕的，无法简单区分的，即如布尔迪厄所言："若无对某项游戏、赌赛、幻象、承诺的投入，也就没有行动。"①这种格局既令人迷惑也令人着迷。因而，在对诗歌写作采取一种"去魅"态度的同时，也应给予所谓的"以诗争霸"以更深入的理解，因为它涉及的不仅是什么诗坛恩怨，更重要的是，微妙的"诗歌政治"也暗示出当代诗歌进程的某种结构性矛盾以及诗歌自我想象的分歧。采取一种既介入又有所疏离的姿态，对相关的"反思"论述背后的想象方式、修辞策略进行必要知识清理（即使"知识"在这次论战中已成为一个颇具风险的词），应该是一条可以考虑的思路。

一

"90年代诗歌"，可以说是当下被谈论得最多的一个话题，但与其将它看作是一种"事后追溯"性的理论概述，毋宁将其理解为对写作与历史关系的再度发现和对前景的不断建构，它不是一个首尾一致、具有自明性的概念，其本身便包含着自相矛盾之处和无法化解的隐痛，只能从一种"话语型构"的意义上去接受。换而言之，在持续不断的命名热情中，阐释与实践、困惑与洞察是密不可分的。就是这样一个尚待澄清的话题在这次"反思"论述中，被翻转为两种写作趋向的对立以及"究竟谁是90年代大陆诗歌中'最为坚实、成熟的那部分'"②的问题："知识分子写作"还是以"他们""非非"为代表的民间写作？这个问题的是真是伪姑且不论，但发问者敏感的文学史意识首先凸显出来，其潜台词无疑是，当下写作合法性的判定，取决于当代诗歌的历史阐释。

表面上看，"90年代诗歌"或"知识分子写作"的发生是依赖于一种时间的断裂性神话的，即它是在与80年代的区分与反差中组织起了自我想象。欧阳江河那一段被反复引用的文字最生动地说明了这一点："就像手中的望远镜被颠倒过来，以往的写作一下子变得格外遥远，几乎成为隔世之作。"③而程光炜那篇备受谩骂和肢解的文章提供了更为学理化的描述："它们之间不是连续性的时间和历史的关系，而是福柯所谓的'非连续性的历史关系'。"④这些表述是有其具体的所指和语境的，如果把它们从这些前提中抽离出来作为一个"全称判断"，并不是完全准确的。想象力的迂回、盘曲往往会抗拒一厢情愿的历史叙述，80年代的部分诗学理想、抱负和主题经过不断的修订和改写依旧渗透到当下的写作当中，并保有着一定的活力，这一点许多论者（包括"90年代诗歌"积极宣言者）都已作出过有力的补充。而"反思"一方出于对其历史合法性的溯求，表面上维护的正是作为对断裂神话反拨的连续性神话。

　　一个有趣的现象值得注意，那就是无论持什么观点，不同论者对80年代的论述都无意中以某种分类学话语为基础：譬如还是在欧阳江河那里，与他自己曾贯彻的"乡村知识分子写作"一同失效的还有80年代风行的"城市平民口语写作"与"种种花样翻新的波普写作"。⑤而在于坚这里，这种区分被简化为"第三代诗歌"与"后朦胧诗"之间的对立，而且，这一区分包含着某种总结性和强烈的复仇欲望："中国诗坛一直在抹杀第三代诗歌运动的实绩。"从这一判断出发，一个连贯流畅的历史叙述被建立起来了，其中朦胧—后朦胧一脉单传，"在80年代张扬的是'文化诗'，到了90年代摇身一变，成为'知识分子写作'"；而另外一脉则是"由日常语言证实的个人生命的经验、体验、写作中的天才和原创力总是第一位的"的第三代诗歌，它在90年代备受压抑，但坚持了所谓"好诗在民间"的传统。⑥

　　很显然，上述两种谱系的建立提供了一种历史连续性，即90年代诗歌非但不是对80年代的超越和断裂，而恰恰是80年代两种诗歌走向之间的冲突的再度延续，只不过在"反思"一方看来，其中一方（"知识分子写作"）借助非正义的手段（文化霸权）蓄意遮蔽了另一方的存在。通过适当的形容词的润色，对这一基本矛盾的辨析便被提升为一套似乎由正义／非正义、进步／反动、敌／我等两大阵营彼此消长的历史辩证法，其立论的果断和视界的宏大在公共阅读的期待里无疑具有很大的鼓动性。这种历史阐释带来的是历史真相的大揭秘还是大混乱（以便乱中取胜）呢？对这个问题的追问必须还原为对其历史依据与修辞基础的考察。

中国当代文学史资料丛书

这个"连续性"神话的建立，无疑是以如下的假设为前提的，即在所谓后朦胧的"文化诗"与90年代"知识分子写作"间有一种传递性和一致性，都是"将诗歌理解为历史—文化—知识的阐释工具"。如果稍加检讨，这个假设是不能成立的，因为一个重要的事实被有意忽略了。且不说后朦胧诗本身错综复杂，并不存在那种虚构的同一性，单就90年代"知识分子写作"而言，它恰恰是在对80年代某种与历史现实脱节的古典情趣、纯诗口味以及文化方案的拒斥中浮出水面的，其所尝试的正是对具体生活世界和多种诗歌资源的开掘（这里也包括对日常生活、口语表现力的尊重），它与所谓"文化诗"的关系不是连续性的，而恰恰是某种自觉的批判和超越。忽略这种流变不居的动态现实，否认90年代诗歌对既往轨道的偏移和重设，很明显是缺乏说服力的，而且也是别有用心的。将活泼的诗歌探索"冻结"在某一阶段，其目的无非是制造一个"假想敌"，以便拳脚相加，而其所诉诸的连续性也就很难成为"断裂性"的有效反思，只能流于一种廉价的历史盲见。

由杜撰的连续性出发，90年代乃至整个当代诗歌都被化约为两大阵营的对立，这种化约本身已使其后的一系列推论的真实性大打折扣。正像任何时代都不可能用贴标签的方式轻易打发掉一样，当代诗歌的进程也不能为某种静态的二元对立所穷尽，"反思"一方频频借助的一系列对立，诸如普通话／口语、原生的／文化的、日常的／知识的、北方／南方等等，其虚构性十分明显。如果按照这些人为的对立去思考和写作，那么诗歌的疆域将被粗暴地缩减。其实，在具体的诗歌现实中，上述紧张关系如果真的存在，那么双方并非泾渭分明地彼此对峙，而是以不断缠绕、论辩、渗透的方式拓展着写作的边界，即便是于坚自己的写作，也并非可以简单地被"原生的、日常的、人性的"这样抽象的词语所概括，他那首十分著名的《0档案》正是以某种零度写作的知识方案为前提的。与虚构的历史连续性一样，虚构的"二元对立"背后潜藏的是一种市场看好的历史简约主义，它将历史看作是某一单一逻辑的不断重演，借此策略，写作内部多种因素的交织被一笔勾销，需要做的仅仅剩下了立场、队伍的抉择和对抉择鼓吹。

有一种说法十分流行，那就是诗歌写作在90年代已丧失了它在80年代曾经拥有的文化野心和历史激情，其内在的发生契机不再源自对"运动""革命"以及"青春神话"的百年期许。而这次"反思"论战的出现，在某种意义上恰好表明了这一说法的天真，因为在"反思"一方建立的历史叙述中，某种"运动"情结没有消除，仍是一个关键的话语生长点，只是其背后依附的是一个更为夸张的"时间排场"："第三代诗歌"，"是对胡适们开先河的白话诗运动的承接和深化"，"它是白话文运动之后的第二次汉语解放运动"，"第三代诗歌将名垂青史"。在这些惊人的陈述中，第三代诗歌的光辉身份是以百年汉语新诗的历程为参照的，它被放到与白话文运动同样的历史高度上去评价（与此相关的论述者也可升至胡适们同样的级别，"名垂青史"）。虽然在今天看来，第三代诗歌的历史地位是的确不容抹杀的，它对世俗生活的关注、对口语的标榜构成了当代诗歌发展的极为重要的一环，但它因此便可以与"五四"神话相提并论，实在令人百思不得其解。然而，最重要的还不是如何评价第三代诗歌，最重要的是应该看到，"民间起义"如何被转述为"文艺复兴"，连续性（承接白话文）与断裂性（对普通话的造反）如何被巧妙组接。借助这些历史修辞，一个具有充分历史合法性、时间起点，以及相关口号、偶像的"传统"被制造出来，但因其过于堂皇而漏洞百出。

如果做进一步的分析，我们还会发现，表面上申诉历史连续性的"反思"话语其实更深深地迷恋于时间的"断裂性"神话，与"90年代诗歌"表述的审慎的历史意识不同的是，第三代诗歌的出现被夸大为一个具有救赎意味的历史起点，以往的岁月似乎在"第三代"面前只能是一种堕落的存在（当然，不包括被追认的白话文），相关的口语写作在那一刻也被颁布为律令和神话，而不断抛掷的辉煌辞藻也强化着这一"断裂"的"千禧年"性质（抑或"秋后算账"性质）。

据说历史是一个可以任人打扮的小姑娘，诗人的发言也不能为普通的经验理性所规范，但这并不等于说诗人享有实施语言暴力的特权，在宽恕某种由文化野心驱动的历史"易容术"的同时，也应质问这种施暴的正当性何在。诚然，没有本体论意义上的真实历史，有的只是不同的历史叙述，但历史叙述的正当性还是应受到检验，有效的、独特的、清晰的洞察力和恰当的表述能力是最起码的标准。而在"反思"论述建立的历史阐释中，我们确实很难发现这些品质，我们见到的更多的是一种在20世纪人人都耳熟能详的"运动"套话：划分阵线、凸显主流逆流、冻结历史、挪用时间神话。对"运动"话语的念念不忘、对历史简约主义的偏爱，或许出于发言者立论的粗暴和动机的不纯，但更为重要的是，这一现象是与20世纪中国某种作为宿命存在的现代性遗产密不可分的，本文第三部分会对此作出具体论述。

二

除了争夺当代诗歌的历史阐述，"反思"一方实施的另一战略便是"立场"的确立。

"立场"一词无疑是高度意识形态化的，在20世纪的中国，它引发的是一种极为紧张的、甚至是生死攸关的自我关注。有关"立场"的申诉一直不绝于耳，并在某种程度上构成了20世纪中国人文想象的一个奠基性模式。在这方面，诗歌也不会享有治外法权，引发这次"反思"的诗歌年鉴封面上就赫然印着："艺术上我们秉承：真正的永恒的民间立场。"那么，这个"民间"是何物呢？

"民间"立场其实不是个新鲜的玩意儿，作为与陈腐僵化的官方诗歌权威相对立的民间身份曾为一代中国诗人提供了道德和艺术的双重自信，哺育也凝聚了当代诗歌的艰苦努力。然而，当90年代市场时代的君临以及众多因素的渗入，对抗主题已耗尽了其历史可能性并以另外的方式潜入当下的写作，官方与民间的划分也无力描述今天更为复杂的政治—经济—文化现实，民间本身变得有点面目全非了。在这种情况下，重新树起民间的大旗意味着什么呢？难道"纯正诗歌阵营"中确有一部分人背叛了自己的传统，接受招安，成为新的霸权？仔细阅读有关文字，民间立场的倡导者除了重复"对抗主题"之外，对民间立场为何物也语焉不详，似乎出于迫不得已，才勉为其难地将其等同为"诗人写作"——"一切写作之上的写作""神性的写作""它仅仅为诗歌本身目的而存在"。这种论述不过重复了"纯诗"主义的陈词，结果只是加剧了民间的含糊其词，其目的倒好像是为了逃避对这一立场的严肃说明。

但这是否意味着"民间"仅仅是"反思者"随意动用的一个大而无当，缺乏具体内涵的词语呢？我想事情未必这样简单，要理解这一空洞的立场，应该将目光从诗歌问题上稍稍挪开片刻。其实，在本世纪，"民间"一直是不同的政治策略、文化野心和现代性筹划争夺的对象，它的内涵及外延不停地处在被操纵和涂写的过程中。进入90年代，有关民间的论述也是层出不穷：有人建立了"民间"与"庙堂""广场"的区分，表明了知识分子对官方、启蒙两种话语疏离之后的一种身份的确立，有趣的是这里的"民间"立场恰好就是一种知识分子的立场——维护专业品质和思想自由的立场，此"民间"显然非彼"民间"；还有人将"民间"与市民社会及公共空间等时兴的理论相结合，或暗中铺垫一个崭新的市场时代的乌托邦，或在"海派"文化中体味世俗生活的万种风情。简而言之，在暧昧不清的旁敲侧击中，世纪末的"民间股"行情看涨，在90年代的价值空场中，"民间"似乎扮演了一个代理人的角色，而其真实语义或许就是为市场时代的世俗价值理想进行辩护的立场。在这种意义上，鼓吹民间，便不是对所谓"庞然大物"的舍弃，不是对诗歌独立品质的追求，而正是在市场时代的主流想象互相呼应中迎接了另一个"庞然大物"，而且它被打扮成一位新神。西渡在一篇文章中同样使用了暴露"某某内在真相"的论述原型，他把民间立场还原为"书商的立场"[⑦]，此话不幸而言中。

"民间"立场表面上空洞混乱而实质上有所指归，这种悖谬的现象说明一方面"反思"论述出于立场的需要过于匆忙地搬弄了这个大而无当的概念；另一方面，这一"非法"使用又无意道出了民间立场的历史方位，即对市场时代的世俗神话的暗中顺应。其实，考虑到该立场自己建立的诗歌谱系，这一点不难理解。在80年代，第三代诗歌所呼唤的日常、平民、口语写作的确显示了一种屡遭压抑的世俗生活的呼声，而当这一价值吁求在90年代美梦成真时，继续平面化地固守这一立场非但丧失了其初始的革命意义反而有碍于诗歌的生长，邵建先生准确地指出："在没有民间的时代，强调诗的民间立场是对体制的一种疏离；在民间逐级形成的时代，诗倒需要对民间本身的疏离"[⑧]。因此，"反思"一方集中火力猛攻的"知识分子写作"，在这种意义上，或许并不止是一个"假想敌"。

很多论者已经指出，"反思"者们是如何将"知识分子写作"这个个人提法从其具体的上下文关系中抽离出来，歪曲成"知识写作"，在对它没有任何起码分析的情况下，扣上"贩卖知识""凌空蹈虚"的罪名，而这些断章取义的理解与"知识分子写作"的真实内涵相去甚远，这一点自然不假。然而，倘若进一步分析，我们会发现在上述批判招牌下掩藏的可能还有另外一种不满。那就是，在"知识分子写作"的多重内涵中，其中一种便是坚持在写作与现实间保持一种紧张的、相互修正的关系，并坚持了某种对意义深度、经验广度和文化重建的信念，而恰恰是这一点，在骨子里冒犯了"民间"立场所崇尚的文化虚无主义、平面化的世俗口味以及顺应时代生活的简单想象。这种冲突内含在此次论战中，说明当代诗歌的某些基本问题还有待进一步清理。

如果仅仅作为一种口号，空洞也罢，遮遮掩掩也罢，本无大碍，只是"立场"的申诉中一种有关诗歌权力的渴望太过强烈。在权力意识的鼓动下，为了获取方便易行的身份识别术，为了获取历史的终审权，"立场"话语往往伴随着对"纯粹性"的要求，而为了获得这种"纯粹性"，不惜隐瞒、擦抹自身经验构成的历史踪迹。譬如，为了指责"知识分子写作"是殖民写作，"民间"立场标举的纯粹的汉语性便是其中一例。有不少论者都从汉语写作与西方资源的互文性角度澄清了"纯粹汉语"的空想性，但我认为更准确的说法是，由于作为既成事实的中国现代性进程的塑造，不仅汉语写作，而且包括"中国经验"、种族记忆以及我们的主体身份在某种意义上都是由"杂交性"和"中间性"派生出来的。这并不是一个丑闻，也不是一个多么隐晦的秘密。在这种情境中，抛出纯粹"汉语性"，拒绝承认经验的混杂性，迎合当下蒙昧的民族主义热潮，只能是"立场"话语的需要。而这种"汉语性"恰恰背离了、压抑了汉语的真实命运。值得一提的是，"汉语性"的强调无疑模仿了后殖民主义的腔调，而这表露了"反思"者与那些进入了第一世界学术界的第三世界知识分子多少有些类似的心态，即"后殖民话语与其说是痛苦地寻求认同的表现，就像它每每显示的那样，不如说是苦心经营新的权力的表现"⑨。

其他如"中国经验""原生性"等说法，都不同程度地借助了还原主义的修辞庇护，写作异质混成大特征被合法勾销了，剩下的只有一元决定的写作神话，而其内在动机除了体制化冲动以外，还有就是想象力的惰性：拒绝将写作当成是在历史、语言和心灵之间艰苦溯求的劳动。

其实，拥有"立场"本身并不是值得嗔怪的事，没有立场的中立位置相反可能是更为精致的意识形态诡计，重要的不是立场的有无（"立场"的确立可以说是当代诗歌完成自我想象的必要起点），而是它能否建立在坦率、诚恳又智慧的自我觉悟的基础之上，即在借助"立场"时也能不断追问"立场"本身的来源、限度和有效性；需要强调的也不是立场的所谓"永恒"，好像它可以不受历史的磨损，而是要警惕"立场"话语中滋生的"众数的暴力"。如果只搬弄空洞的立场，关注煽动性修辞，隐瞒立场的构造性，"反思"所完成的自我想象只能是乏力的，展示的只能是真正立场的缺乏。

三

作为当代诗歌的实践者和见证人，这次"反思"行动的具体发言者，对复杂的诗歌现实未必没有觉悟，但为何会有时"明白人说糊涂话"？这其实也并不奇怪，因为一切可能只是论述的策略，能否形成有力的、深入的历史想象并不重要，关键在于强烈的修辞效果的获得。

在一篇题为《诗歌之舌的硬与软》的文章中，于坚建立了两种语言向度的对立：硬与软。前者指的是以普通话为代表的一种"广场式的、升华的更适用于形而上思维、规范而不是丰富它的表现力的"体制性话语；后者指的是以外省方言口语为代表的具体在场的、具有丰富细节和私人倾向的未经升华的表达。这种区分虽然同样是建立在某种牵强的、经不起推敲的谱系学构造之上，其"话里有话"的说法也源出于诗坛上的个人宿怨，但作为诗人的个体表述，未尝没有局部的洞见。如今，这篇文章被重新刊印在"反思版"的《年鉴》上，显得颇有意味。解构或指摘"硬与软"的区分并不重要，有意味的是它恰恰从内部触及了整个"反思"论述的弊病。

"硬与软"，抛开其开列的长长清单不谈，起码提供了这样一种见解，即在20世纪中国的文化想象和语言成规中，一直存在着一种压抑机制，某种公共—权力话语在不断削删控制着自由言说的权利（但这决不是想当然的普通话对口语的压制）。这种话语是伴随着紧迫的国家想象和现代性一体化制度的建立而产生的，它不仅是一个压抑的机制同时还是一个学习和增殖的机制，教育了一代甚至几代中国人，塑造了在今天仍记忆犹新的某种集体性言说方式，处于该话语支配下的中国就曾被形象地比喻为一个大课堂。这种话语已深深地渗入了20世纪中国的文化想象和历史阐述中，构成了记忆、习惯和挥之不去的遗产。而在此次"反思"论述中，无论是夸张的历史叙述，还是对"立场"的粗暴使用、闪烁其词，我们看到的正是上述公共—权力话语的滥用。一些回敬者已辨认出其中的意识形态语法和操作程序：化约历史、制造对立、区分阵营以及非此即彼的"站队"逻辑，并揭示出这种修辞的基础是权力欲的恶性膨胀[⑩]。由此，我们或许可以说，"反思"一方邀请的"庞然大物"除了以市场时代为衬底的民间立场之外，还有就是这种体制化的权力话语，这样一来，"反思"绕了一圈，结果恰恰落入了"硬"的圈套中。

"硬"，自有硬的好处，它也许正是一种特殊的发言技巧。一方面，在缺乏有效的反思的尴尬中，一整套公共语法算得上是手边的便利武器，一种明快的叙述风格虽无助于理解但却有助于煽动，既可以掩人耳目，又可借助其声势颐指气使，征讨杀伐；另一方面，这一宏大叙事仍拥有市场潜质，在不少读者那里博得同情和赞许（因为好懂又好看，不会"头晕"）。坦率地说，"反思"话语诉诸的历史遗留的公共想象不仅掩盖了反思的乏力，而且加剧了它与市场时代的共谋关系，其调用的堂皇修辞最后也只是对公共—权力话语的贩卖和模仿。

然而，对"反思"的反思不应简单指向具体个人的人格和智慧，从中引发的应该是对世纪末文化逻辑的思考。在一个更大的历史视野里，上述提及的公共—权力话语不仅是共和国的产物，对它的追溯还应与20世纪中国文化的现代性追求联系起来。时下，人文学界关于现代性的检讨颇为盛行，中国的现代性的种种特征，如危机意识下产生的时间焦虑，对"新"、革命、运动的不断追求，使命迫切感决定的弥赛亚意识，非此即彼的二元对立思维，强烈民族主义气息等等都得到了深入的检讨。而在某种意义上，共和国权力话语正是这种"反现代性的现代性"的一种制度化延伸，它既是20世纪的一笔难忘的遗产，也是一种难以摆脱的羁绊。面对这一"庞然大物"，在作深入的反省的同时，我们还应意识到它至今还在暗地里左右着我们的想象，构成了历史期待、自我认知的一部分，而这也正是当下文化表述的两难性所在。

在这种境地中，一种清醒的、审慎的态度才尤为重要，在质询某种现代性神话的同时，比如"运动"神话、"断裂性"神话，还要理解它的历史合理性和宿命性。最重要的不是态度的鲜明，而是对这样一种态度的拒绝：在多种话语的交错中，一种与时代共谋的历史机会主义心态。

四

如果单纯作为一次反驳，这篇有些冗赘的文章虽然只触及问题的某几个方面，但也应该收尾了。然而，对论战中相关话题的检讨的目的并不在于判定

"孰胜孰负"。按照市场的逻辑，可能的结局是没有真正的输家也没有真正的赢家。在反驳和辩护等表态性姿态之外，另一种可能的选择是将"被迫迎战"转换为质询诗歌现实和自身方位的一次难得的契机，因为许多耐人寻味的线索都暗示了世纪末历史阐述和文化想象犹疑不定的艰难。具体而言，"反思"论述内包含的权力欲求、粗暴修辞以及与时代的共谋关系，除了反映出反思能力的匮乏和投机心态之外，还说明当下诗学发言的复杂性，许多表述已不能仅仅从诗歌自身的角度去理解，因为它们已深深地卷入与外部话语分布、利益格局和文化游戏规则的重要纠葛之中。

相比之下，80年代诗歌运动的压抑／抗拒关系，它背后的野心和权谋还是容易识别的（这次"反思"一方还是不明智地调动了这一运动记忆，因而漏洞百出），而在90年代，诗集出版、文学史撰写、学术会议、朗诵会、媒体关注等等活动的交织使得某种权力的流通变得更为微观和曲折了。而这种"边缘中的热闹"并不是什么诗歌的堕落所致，它恰恰是诗歌写作的"场域"关系的体现。对此应持的态度不是否认或惶惶不安，而应是做出冷静的省察。换而言之，如果按照一种简朴的道德眼光来看，权力关系的暴露颇让人灰心丧气；但更为成熟健康的说法是，任何一种立场、观点都不是天真无辜的，任何话语都不具有天然的免疫力，它们都是由特定的角度、方位和历史机缘所鼓励，都具有某种建构或虚构的特征，所谓超越性的批判位置可能只是一种良好的期待。因此，喋喋不休的感怀既浪费精力又混淆视线，更重要的态度是在对"可疑的反思"的盘问中，在诸多因素的相互补充和改写中，探询反思如何可能，探询真正的诗歌探索如何能够及时闪避自身的陷阱或雷区。这样一来，反驳就可变做自我追问，而作为屡遭曲解的90年代诗歌、知识分子写作等话题，也不是一个"不可以被诘问的对象"，一些内在的论辩和限度有必要得到说明。

"90年代诗歌"是一个有些含混的说法，它引申出的相关论述，比如知识分子写作、个人写作、叙事性等，并不针对整个90年代这个历史时段有效，也没有穷尽当下写作的全部现实。当下诗歌现实仍是"巴尔干化"的，不同的地区、不同的诗人群落占有着不同的知识结构，秉承的不同的观念和理想，甚至是在不同的时代里写作，当然其中也存在着雷同、模仿和偏执倾向掩盖下的浪费。不仅如此，"90年代诗歌"旗下的代表性诗人，虽然分享着某些共同的写作理念，但随着"个人诗歌谱系"（唐晓渡语）的建立，其间的差异和分歧远远要超过假想的一致性。因此，"90年代诗歌"并不是一个包揽全局的大命题，它更应看作是个体写作与历史关系重新确立之后的及时的总结，以及对现有困惑的思考。它应是一个开放的、流变的说法，因为不断分解衍生，零散而奥妙的想象力也在不断地挑战着我们的叙述能力。"90年代诗歌"的提法如果能够成为当下一个有效的发言，那也不在于它与任何权力隐喻无干，而在于它能否继续保持一种对困境和限度敏感。它不是一个毫无风险、无可挑剔的概念，关键对风险有所觉悟。

首先，虽然出于对权力话语的历史记忆，大多数"90年代诗歌"的论述者都有意识地采取了一种弹性的语法，而且还经过了"个人写作"的保险。但不用否认的是一些以特殊主义话语方式建立的表述仍具有普遍主义的倾向，"个人写作"的强调也不保证其中没有集体主义的要求（单纯的、没有附加条件的"个人"是抽象的，至多也是"佯装的个人"）。其实，在当代诗歌写作的纷争中，对某种写作秩序、经典性和标准的向往一直存在，这本身并不是消极的，但关键在于这种向往很难与一种体制化的潜在冲动绝缘，尤其是当诗歌写作已愈来愈深地介入出版、学术等多重环节之中。如何在话语生产的公共化与体制化之间作出区分，正是当代文化想象的难题所在。在具体的诗学表述中维护一种对话性质的商谈伦理，而对某种写作群体的教团意志坚决回避，应该是可能的出路。

其次，"90年代诗歌"的一个突出特征在于对"非历史化倾向"的拒绝，写作恢复了面对历史现实的处理能力。对复杂性、多义性、反讽性的青睐，对某些写作资源的重视，如个人经验史、日常生活现场等，一度使貌似大手大脚实则手脚拘谨的中国诗人大开眼界，增强了介入历史的面积和深度。但这些写作策略或主题不能由自身来保证其悠久性，随着时间的磨损和写作可能性的消耗，它们有可能成为新的障碍，从而降低了写作新鲜的活力，其自身也可能被"非历史化"。更严峻的后果是，它只成为一种心安理得的价值姿态，或是一笔利息高额的储蓄。在这种情况下，写作中出现的对往昔的回溯和前途不明的无政府主义因素，更值得关注。

再次，诚如上文所述，写作对某种"立场"的依赖是不可避免的，90年代出现的"知识分子写作"也是一种"立场"的体现，在它的多重内涵中，一种与历史现实保持紧张关系的人文批判尺度无疑在被重申。但有一点是难于否认的，随着社会的转型和人文学界"知识考掘"活动的深入，很多曾一度被深信不疑的"立场"都纷纷失效，一些风行一时的口号也显得十分空洞，这时任何"立场"似乎都不拥有道德上的优势和理论上的合法性，准确地说，任何"立场"都丧失了先验的自明性，它们的有效性应接受历史的考验和戏弄。因此，"知识分子写作"的人文主义批判立场也是需要具体分析的，自我陶醉、自我英雄化（承受历史苦难和荒谬的英雄）的危险也是潜在的，它也有可能成为一个托词，回避了与历史建立多向度关系的重任，掩饰对写作崭新机遇的迟钝。也正是在这个意义上，我接受这样的说法，"知识分子写作"仍是一个未完成的话题。

在以上论述的前提下，重温一下福柯的一段话也许不无裨益：

> 一方面，我一直在试图强调一种哲学质疑的类型在什么程度上根植于启蒙——这种质询同时使得人与现时的关系、人的存在的历史模式和作为自主性的自我的构成成为问题。另一方面，我一直试图强调，可以连接我们与启蒙的绳索不是忠于某些教条，而是一种态度的复活——这种态度是一种哲学的气质，她可以被描述为对我们的历史时代的永恒的批判。[⑪]

因此，当代诗歌的前途是与它能否建立起自身的反思机制息息相关的，它所面对的主要敌人应该不是那些以"反思"名义进行的谩骂，而恰恰应该是自身。在它被无条件的追随者所环绕和体制化的学术生产所看中时，这一点尤为重要。

注释：

①转引自华康德：《实验与反思——反思社会学导引》前言。
②沈奇：《秋后算账——1998：中国诗坛备忘录》，见杨克主编：《1998中国新诗年鉴》第389页，花城出版社1999年版。
③⑤欧阳江河：《89后国内诗歌写作》。
④程光炜：《不知所终的旅行》，见《岁月的遗照》第2页，社会科学文献出版社1998年版。
⑥于坚：《穿越汉语的诗歌之光》，见杨克主编：《1998中国新诗年鉴》第7页，花城出版社1999年版。

⑦西渡：《民间立场的真相》。

⑧邵建：《你到底要求诗人干什么》，见杨克主编：《1998中国新诗年鉴》第407页，花城出版社1999年版。

⑨阿里夫·德里克：《后殖民气息：全球资本主义时代的第三世界批评》。

⑩唐晓渡：《致谢有顺君的公开信》，见《北京文学》1999年第7期。

⑪福柯：《什么是启蒙》。

原载《诗探索》1999年第3期

超越悲剧，胜走麦城

——从门外进去的是王强，从门里走出来的是麦城

钟　鸣

记得儿时最爱玩印花卡片，许多图案中，最喜欢的恐怕还是那《三国演义》中的关羽，俗语又叫关公，有时，我们又称作红脸关公，像喝了大量酒似的，阔脸长耳，一手捋美髯，一手竖大刀片子，煞是威风，深得孩子们的羡慕和垂涎。因为，我们把他视为理所当然的英雄，桃园结义的英雄，百战不殆的英雄，纵使刮骨疗毒也依然谈笑风生的英雄……但那毕竟是小说啊，想必多少和历史都有些出入。孩子喜爱，一方面固然是因为有口皆碑，而最要紧的却是，人小心大，天然向上，倔强而不肯认输，也不甘失败，而民族的集体无意识，阶级神话，文化教育，庸俗唯物主义，和现在的生存竞争，也都是暗暗助长此种情绪的，或许，一定要到星转斗移，现实迫人，一个个跌得龇牙咧嘴头破血流之时，才能恍然大悟，但也未必人人都能识得悲剧和失败的真相。

这就是为什么我一触摸到像王强这样的人生经历，这样的性格和其诗作，就不免感佩，同病相怜。前不久，在大连过年，一日，酒酣耳热之际，朋友间难免夸大其词，说话便生出毛病来。而任何事，我是一向听任自然的，该到化解处，就自会化解，化解之后，席终人散，两人默然相对，惺惺相惜，明处看着明白人的热心与苦衷，暗处觑着人与人之间固有的裂隙，难以圆满的陌生和距离，情不自禁，黯然泪下……反倒让受了委屈的他不好意思起来，也不知为什么。其实，也只因为抽象的感伤突如其来，也只因为岁月中，那莫名的语境，已将我们笼罩，可恶到了非改不可，非革除不可的地步！

或许，久经磨难，生活中的委屈，对他来说，已是小菜一碟了。但这并不能说他不敏感。其实，明眼人心知肚明，他显然是那种明察秋毫者，也是率性

之人，擅辨道貌岸然而作伪善之事者，无须书本上的聪明。但性格如此，没办法，故凡人琐事，是不难体味他宽厚处的，除非事情太离谱，太脱开常轨，逼着你反常地消受那大家都不愿看到的尴尬局面，因为那样一来，失望与伤害，便会一日深似一日，自我戒律严格的人，久而久之，便会自生冷漠，不知不觉与活泼泼的人生隔了许多层，用我们四川俗话说就是：我惹不起总逃得起吧！而这世界，却也可恨，它偏偏又造些油滑而没头脑，没胆色，又没常识，还自作聪明的人来烦恼众生，只是消极的逃避，哪有神灵守护呢，爱的忘忧谷，也只是期待罢了，因为，我们置身在一个比想象更广漠复杂的世界，也因为，光明黑暗，善恶就是冲突的，也因为有美的逃避者，就有恶的追猎者，就有鲁迅所谓的"取彼者"，即使你剪掉美髯，折戟沉沙，像关羽似的，自甘败走麦城，他也可能会想尽办法，打上门来寂灭你羽毛上一点可怜的光辉，所以识大体者的敏感，单纯，刚直，和坦诚行事，总要折射另外的光芒来应付人生，也所以，在生活中，各种人性道理的直觉透视，也多属于那种无用的发现：

> 两个永远的孩子
> 取出储满光辉的电池
> 设计种种幸福
> 和许多意外的微笑
>
> 据说，这样的一切
> 属于无用的发现
>
> ——麦城《直觉场》

上面随意摘出的几句，是很能代表阿强风格的，抛出简单的比喻关系，一语却道出悲剧的要害。有时我们得担心这种心直口快的风格，这种永葆童心和悲观失望不太谐调的气质，为时代那占上风的狡智者所伤害。

前些年读书，若说风格，对本人影响最深的应是卡夫卡，博尔赫斯，卡内堤，罗兰·巴尔特一类；要说观念，印象最深的除了麦克鲁汉（传播学革命性的观念），曼德尔斯塔姆（他所代表的"阿克梅"派的"对世界文化的怀念"）等，恐怕还有就是卡尔·亚斯培斯（Karl Jaspers）的悲剧哲学了。而每一道哲学的光辉，都缘于我们生存的经验折射而出。在亚斯培斯的悲剧观念中，悲剧的意识，并不单单是对痛楚、死亡、时光流逝、生命枯槁或一切虚幻之事的感慨和知觉，是这些人生常态，成为这里所说的悲剧因素，是人必然行动，人一行动，则必进入将其摧毁的悲剧范域——悲剧正好显现出来。

在亚斯培斯看来，死亡是悲剧所要对付的最高范畴，因为，这方面，人无可奈何表现出彻底失败的一面，而也正因为如此，超升的渴求则带来悲剧的情态，勇气、认知、真理、美的追求、创造、战胜苦闷和忧郁等等，这都不是什么发现，因为，它只是悲剧的伴随物，简单说，也是一种知识，死亡轻而易举就能使它们变得无用（麦城上述诗句正好涉及这点），问题是，在死亡的限制下，人仍是行动的，没有任何拯救的保证，但他若能时时体认到自我，并表现出自己的人格尊严，悲剧之超越也就附着在实际的意义上。这就是何以人越大放异彩，就越招来灾难。在此时，或此面，他或为胜者，而彼时，或另一面，他则可能是牺牲品。故所谓悲剧，不在其事，而在两种互不相涉真实的潜力彼此冲突之时。哈姆雷特和伊狄帕斯就是这样的悲剧形象，因认知（真相）而受罚。若放到现实人生来看，我们所追求的任何知识形式的完善与和谐，都无不在这一情境之中。有了这基础，要理解麦城（一种类型），他写也好，搁笔不写也好，也都不是什么难事，因为我最感兴趣的恰恰不是他如何进入诗歌写作，这固然也重要，而是他的逃遁，和循民族的精神疾病从文学殿堂的一种逃遁。因这"放弃"的问题，在诗界范围，并非个人现象或选择，而是一个时代的烙印，正因如此，对根深蒂固植于我们心内习惯的文化残基来说，那有时会相当惨烈。对这个问题，在我和"第三代"许多杰出诗人的接触中，有过许多感慨，每个时代自有每个时代的兴奋点，退与进，都是不能以通常意义的价值来论断的，关于这点，麦城许多年前有过一番独白：

　　　我，王强，身材并不如名字所希望的那样茁壮，所以以一种方式反抗失败的可能性，故此取笔名麦城。

　　　从文化意义和生命哲学上来说，诗使我更直接地领悟到接受世界以及同时被世界接受的种种可能。我自知自己常常处于多种偶然的临界状态，恐惧成功、失败、发疯或这世界的种种。因之，我的逃遁便是诗。

　　　诗的最后意义，就是使我更出色的做一个人。

这段话，虽为个人的写作立场，但却表明了现代生活一种无可追踪的局势，人在时代的更迭之中，时刻面临着冲突和选择，甚至是悲剧性的选择（鲁迅"一求温饱，二求生存，三求发展"的箴言，不能不看作是人在工业社会分裂的先兆），而这还不在于你最后选择了什么，而在于我们可怕的内在的分裂，一种远比世俗的痛苦、忧伤和不适更为深邃的颤动，人的同一性遭到了来自人类文化吊诡的胁迫（自由和生存之间的张力），这点，麦城作为敏感的诗人，和世上所有优秀的诗人一样，立即把握了这分裂的特征，它在我们农业结构的文化语境中，表现为一种双重的饥饿，肉身的，道德的，而两者又来源于传统和现代、内省外聚或内圣外王的冲突：

　　……
　　可饥饿却在农业的内心遭到暗算
　　脸，掉进更深的饥饿里

　　好时光被少数忧伤动用以后
　　我不得不更深地居住在别人的命运里
　　不得不把笑容
　　时刻揣在兜里
　　一有机会就戴在脸上
　　而现在这枯瘦的身影
　　供不出我的一生
　　　　——麦城《旧情绪》

　　若这种关于"饥饿"的见解，为现在所表达，那或许不会有多少惊人之处，因为，现代社会集体表现的"饥饿症"（金钱的、时尚的、电子的、美学的诸如此类），已深刻地影响了我们的思维和语言表达，"饥饿"一词，在贫瘠的哲学和诗歌里频繁出现，但这是来自八十年代的震颤，也就不能不归于诗人那隐秘的经验和敏锐了。
　　这是一个很深的话题，尽管作者浮光掠影在自我的层面上作了浏览，一划而过，但仍暗示了阴影不同的知面。

　　首先，这里有个大的前提，那就是我们每个人所熟悉的自己的历史禀性，在更大的世界工业化的背景下，以顽固的农业化气质，表现出它未得长足发展而呈完形的一面，被动，怀旧，本能，一浪未舒，一浪又来，在文化行为的表现上，往往以过火也就是饱食来整饰过去的饥饿，我们每个人在不同的方面，也都有不同的经验，包括写作，而又不幸地常遭反弹和惨败，这就是"更深的饥饿"的语境。我必须强调的是，这种疾病从鸦片战争后的新文化运动开始，就已埋下了伏笔，比如白话文诗歌运动，在对世界文化的仰慕上，就表现过一种"第三世界"似的饥饿，这种本能反应，是我们历史禀性中给人印象最深的东西，使得那场运动，以庸俗唯物主义和进化论为杠杆，激化了对传统的遗忘，由此保守和激进的胶着（像以胡适等为代表的"白话派"和以吴宓等为代表的"学衡派"以及更深邃的历史主义），便一直延续下来。尽管不同的时期，有不同的话题（包括四十年代至七十年代意识形态话题，八十年代到九十年代的现代主义话题，以及现在的都市主义和中产阶级文化话题等），但在两极寻找支撑点和透视角度这一内瓤，却没多少改变，这都为诗人个人的选择提供了一种比文化和地理意义更复杂的经纬线。

　　在这样的氛围中，诗人自然会深感失落和忧伤，就大的方面看，社会的发展显然不利于诗歌，这点，斯宾格勒在《西方的没落》中已明确了一种看法，那就是人类社会经由两个阶段而求得的发展形式，在文化阶段，人类各类学科作为认识人、社会和自然的手段（包括诗歌），都会充分地发展而得以繁荣；而在技术社会，人文学科，尤其文学艺术，因工业技术延伸人的功能，改变了人和外界的各种比例和尺度，也就必然会被削弱，甚至式微；就小的方面看，诗之式微，给诗人带来了前所未有的困惑，英雄主义似的重提人文价值，浪漫主义似的感伤，或不抱野心而优游于各种冲突以外抱别趣，都不免寻觅途径和个性的融会处，社会世俗化日甚，诗人在题材、意念或技术风格上的强化也就日甚，不同的协调关系遂见分晓。

　　就这个意义而言，诗人谁个不是悲剧似的哈姆雷特呢！想想这幕悲剧的线索，就会明白这点。整个悲剧的真相，其实在父王的鬼魂出现时就已明了，哈姆雷特的觉醒，是被印证的过程，一个心理行为在混沌之中寻找临界的过程（就像王强在那段自述中所意识的），也就是不断知觉"无用的发现"的过程，因为他的行动不断地受阻，也不断地超越，得到解释和印证，最终证明一劳永逸解决问题的无用性（诗歌在这点上正好表明了自己以人道为依据的立场），生存，还是毁灭，要永远问下去的，因为两种互不干涉的潜力会时时将人束缚。

再想想哈姆雷特，在跨入寻求真相之途时最先作出的选择，孤独无援的处境中，人思考而必有所行动，便由一个正常的人变为说"疯话"的人。若作为话题，我相信，在当代诗人，任拿一位作个案剖析，都有这样一个"变"的契机，只是依靠的事件和中心词不同而已。那种红脸白脸浅俗的流派划分，实际上是没有什么意义的。语言就是交流，就是说话，也就是变化，每个人的气质和说话方式，决定着这种变化。从另一个角度来看，这恰恰是为了保持语言可交流的延续性，还有就是自己的个性和同一性（这不正是"现在这枯瘦的影子供不出我的一生"的反语吗），这便是"遁"的意义所在，深藏笑脸的意义所在。在现代诗歌中，关于人格分裂的指涉与暗示，表现得相当充分，像T. S. 艾略特在《荒原》里描述的那个忒瑞西斯（Tiresias），就是比较典型的一个："我忒瑞西斯，在两条生命间颤动，老男人有对女孩皱巴巴的乳房。"其实，忒瑞西斯这个形象指称的意义范畴，远远要比这宽泛得多，那不光是两性的逆转，我以为，它还包含着农业气质和工业气质之间的逆转，精神和生存之间的逆转。那就真像哈姆雷特的悲剧，经常日常生活化后，更见出现代的含义。而且，诗人对此，较一般人更为敏感，都自不在话下，所以，我完全能够理解，麦城为什么会说自己是"悲剧"似的人物，人有所不得已时，便说明遇上了那命运不明的两股力量。

有了这样的出发点，再来看他曾经历过的写作（这对许多人来说，都是种难忘的经验）便会发现，在中国文化缓慢转型的期间，那是许多人，甚至是所有人都几乎要经历的一种悲壮气氛（前面我已讲过悲在何处）和经验，不在于你写还是不写。它既和英雄主义似的夸张无涉，也和物质社会挤压的那种腹泻似的气馁无关，美在人那里是困惑的，而且，不言而喻"有一天／我要死去／像一条鱼／优美地死在一个人的心里"（麦城《想像》），我们完全可以不把它看作是诗，但却不能不把它看作一个具有方向感的表情。就像诗人在另一首诗里写到的："你们各自的生活表情／好像在夜晚里被人动过。"究竟被什么动过呢，当然不是风，也不是夜，不是月光，或电影虚拟的道具或气氛……因为这一切也不过是时代变化中一次小小的呈现。我们当然知道是被什么秘密地动过，一种历史上演的忧伤，或被历史上演的忧伤，构成了特殊的感伤方式。秦始皇不会在电影院为庸俗的细节落泪，因为秦始皇没有电影。这点很重要，人感受事物，就不能不对事物有所表示，向它的客观性致意，最终是向人致意，向人的成熟致意，因为那一切引我们感伤的又无不都是人之所为，正是它的综合效应，使得深受浪漫主义之害的一代，来到了工业社会的门口，入其道者，无不为撤退者。王强诗中常常出现的失败主题，既有个人的缘由，也有着很深的文化背景：

> 后来，你从失败的成就里退下来
>
> 可爱地坐在工业的某一个门口
>
> 看　一个孩子
>
> 跟随树上醒来的果实
>
> 在树下一遍一遍地成熟

这几句，最能代表麦城的写作视线和修辞特色，那就是工业社会的来临和它与"纯真年代"（农业？）许多心态的种种错落，很像王尔德的一个童话《自私的巨人》。巨人有座花园，却不喜欢孩子玩耍，孩子们见了他就跑，园里十二棵树不再开花，花园也永远为冬天笼罩。只有一个奇特的孩子却不怕他，后来不仅爬上了树，还吻了巨人，于是春天重新来临，孩子却消失了，巨人怀念孩子，倒在树下，死亡悄然来临，孩子出现了，白色花朵将他覆盖，孩子说了这样话，你曾让我在你的花园里玩，今天你将到我的花园里来，天堂的花园……这个故事是可以拆解来看麦城诗歌的，工业社会就像那孩子，你是欢迎它成熟到来呢，还是拒绝它呢？它固然带来美，但也带来绝望和毁灭，用它看不见的力量。"成熟"是双向的，因为作者在这里显然扮演的是忒瑞西斯，客观世界如何不论，而诗人最终要回到人的问题上来。所谓"诗的最后意义便是做人"，是可以从个人和文化两方面讲起的。这对写诗不做人的并非鞭挞，而对写诗做人的也并非廉价的酬劳，因为关键在于诗和人的位置。

王强是六十年代出生的诗人，和我较熟悉的许多当代诗人陈东东、张枣、西川、陆忆敏、杨黎、韩东、臧棣等同属一代。若非用什么术语来称呼，或许可以笼统归到所谓"第三代"麾下。在这一断层上的诗人，虽生活方式、语境、转型深浅、写作态度和水准及风格渊源不尽相同，但整体而言，却是那声势浩大而且很成功的"朦胧诗"后一个很重要的衔接点。不光是因为较之从七十年代末到八十年代中期这段诗歌局面，它更显丰富，流派纷呈，风格多样化，迅速把诗歌从意识形态的简单对峙中挽救出来，放回到人间，导致诗人和语言和社会的双重关系发生了深刻的变化，诗歌的参照物已远远不纯在美学领域了。正是这代诗人（自然也包括五十年代出生的部分诗人），彻底结束了那种以农业社会的抒情气质和欧洲浪漫主义及革命英雄主义混合而成的美文诗歌，而最重要的是，诗歌的对应位置，十分准确地回到了自己的"三位一体"（物、精神、个体），甚至可以说是"俗本位"（从本体意义来探讨这个问题已迫在眉睫）。正像我在一篇短文里说的："诗歌写作，一旦放到物质水平线上去加以考察，才更见其神话性。"

问题还不是这么简单的，为了帮助读者看清"第三代"的基本脉络，理解我这里通过王强的写作背景和意识涉及的问题，我宁肯啰唆点，重述一下"第三代"的某些特征：

第三代诗歌研究资料

第三代诗人，几乎可以说是在南北"朦胧诗"的反作用下滋生而出的（并非完全是时间先后性的）……关于"第三代"的学术含义，即使在最先使用它的人那里，在四个标准中（其中第一款里，又含了甲乙丙丁戊五个特征），除了大致年龄时间这点外（"十年动乱"后生长起来的一代），其他都界定的较含混，如早熟，注重行动，不知前进的道路，时代的主人，垮掉，迷惘，思索，沉默，痛苦等等……最早的使用者，是一群以四川大学为主的青年学生（办有《第三代》杂志），这群"早熟的向日葵"，恋爱，逃课，倾诉，喝汽水，朗诵，漫长地写信，比赛谁敢跳楼，把恋爱游戏中的自我牺牲称作"洪堡的礼物"。但有一个区别十分重要，那就是，他们不再把文学当作惟一的追求，至少是今后惟一高尚的职业，而只是一只要使一代人承担起"复兴民族重托"的号角。最后，这只号角，把许多人吹进了茫茫商海，同时，也吹进了普通人的生活。朦胧派的崇高感，在他们那里，逐步转换成了平凡和责任或不负任何责任。

在《第三代人》的宣言中，他们其实把"动乱后生长起来的一代，是最为悲惨的一代"理解偏了，因为，这里没有包含着这样一个事实：第三代尚在年龄、时间上占有优势，他们随时可作出新的选择，而老一代朦胧诗人，却没有了这种可能，背水一战，就文学而言，会有许多力不从心，自我欺骗，或耍手腕。而第三代，却无需这样（不完全是个体意义的），纯粹可以从混乱污秽痛苦的生活沉思得来，也可以从一个天然纯粹的时代得来。虽然，文学作为生活富裕后一种闲暇考虑，会折磨他们许久，但那已不成什么问题。或许，这才是明智的，因为，在他们之前，有一代畸形的产物——朦胧诗人，以阴郁的光芒和天时地利人和的成就在那里耸立着，盲目写下去，可能会毫无指望，而物质化的生活，也已悄然抬头，这便形成了双重危险。第三代诗人，就是在这双重的危险中分化着：一部分人，把泼出去的水收回来，然后再准确地泼出去，回到生活；而另一部分，则融会到更社会化的文学圈子里去了。第三代于是有了新义。①

这是几年前草就的文章，现在看来，自然不甚完备，问题比想象的要复杂得多，严峻得多。因为，自七十年代末朦胧诗绽露到八十年代中期朦胧诗鼎盛凝滞后，诗歌很快就抛弃了那种统一的视线，那种群众化的写作，那种陈腐的美学基础和反叛意识，依附于新的背景那就是都市主义的背景，改变了整个方向，而真正地和白话文诗歌运动的积极因素（如果它在世纪初提供的都市主义背景，是未正常展开的传统的话）有所连接。在这里重温爱默生的话是值得的："每场革命，最初都是一个人心灵里的一种思想，一旦同一种思想在另一个人的心灵里出现，那对于这个时代就至关重要了。"

那明显而隐蔽的思想究竟是什么呢，或许就是当一个诗人突然发现，他和以前所有诗人的感觉不一样了，他发现他所期望的人群，这样的人群在城市总是存在的，而且成为判断个人的无名坐标，成为一种状态，一种着魔的状态，一种困惑，他们并不意味着人的整合的实际力量，某种真实性，而相反却意味着离弃和孤独。这是一个人在城市里必须面临的，并为基本的感觉。上述关系，在麦城早期诗作《视觉心理》和《视觉广场》，几乎以一种近似散文甚至小说的笔调表达出来："在胡同的拐角／有人被一群黑暗堵住／另一部分新的黑暗也蹲在那里……"覆盖或折射关系只有在物和城市的挤压之下才会闪烁其词，就像理论家们在把握"现代性"时概括的"不是反映就是幻想，不是镜像就是梦像"，即使像人民这样的熟词也会产生新的知面："面对墙上的镜子／你也可以亲自鼓励自己微笑／甚至可以想入非非／当然，你早晚要从镜子里下来／一笔一画做一次人民。"这里没有那种意识形态意义上的期待，而只是一种人称表达意义上的转换，比如英雄转为常人，这和"非非主义"的"可替换性"相近。这种转换，不仅出现在诗里，像杨黎《怪客》里的人物②，也出现在生活中，前不久在小翟的酒吧里，杨黎就邀请我玩过那种角色转换，他扮演追求者，我扮演捧场者。生活的变化远远大于诗歌的变化，这点毫无疑问。

为城市和人群包围的诗人，就不免要时时调整和社会的各种关系，诗人无视实际的神话并非是一种健康的神话，这种调整也自然会影响到写作方式，并因人而异。比如朦胧诗的一代，是寻求一种不可能的人文主义的整合关系，个人和人群常常互换，表示某种期待，但那几乎是浪漫主义的。而在第三代，则表现出了一种客观性，因为技术社会的进步，因为先天不足，也因为世俗社会的客观化，"投鼠忌器，诗人便客观到局部地看待一切，从一个极端到另一个极端，创造了动人的世俗之美，本能冲动和写实风格比比皆是"……但有一点，个人和人群的互换大致是忒瑞西斯似的，而非凌越。

这就相反激起了另一种中古似的英雄主义作风，海子可说是这方面的代表，他和克莱恩、马雅可夫斯基几乎一样，是那种"把诗歌的革命力量和预示历史时间终止的天启混合为一谈"，并以自杀证明都市主义的失败和悲剧中人的失败，结果为悲剧性格所征服。而更多诗人，则对都市主义那毫无诗意的生活、那种混乱、那种偶然组合的价值观念采取了和解的态度，现代主义那无形的社会风格（很多理论家忘记了这点）更偏向诗歌分析的形式风格、技巧和空间感，尽管它不时地置自己于矛盾冲突甚至绝望的形式挣扎之中。

麦城的写作显然属于后者。他和多数第三代诗人一样，逐渐抛弃了传统的在浪漫主义和自然主义创作中突出的过多的人性因素和自然的因素。他们的视线是城市，不是自然风光，是城市里各种各样的角色和角色的转换，而不是计划经济中标准化的人，是农业社会在工业文明的都市遗留的各种痕迹，而不是意识形态意义上的正义和非正义，故在想象思考中给我们留有更多的空间感和自由度。注意，传统的"英雄主义"诗歌强调的是一种所谓的"个性"，就像表演艺术中的亮相定格，是单性繁殖的产物，而第三代诗歌注意的则是"通性"，不是事物固化在表面的特征，想来想去，法国新小说派那种使用"没个性的""中立的"词汇的特征，阿兰·罗布－格里耶的小说那种无名者或目击者的方法（像《橡皮》和《窥视者》中的人物），轻轻松松就进入了第三代的诗歌，并非事出无因。因为在工业社会，叙事性的加强，成为潮流，就像小说只有在工业化和都市化的气氛中才成为可能，遂使事物"性质"的递进成为首要因素。小说在这点上远甚于诗歌，自不必说，但这并不是说诗歌就不能改造，"第三代"的作品在这点上是有过之而无不及的。麦城《现代枪手"阿多"》中的阿多，就是那样一个显示"通性"的人物，尽管，他来自一个真实的故事，要不我怎会在读到这样真实的感受时而不浮想联翩呢：

> 现在，你该伸出被风暴
> 摸过的双手
> 交出今夜涂上口红的企图
> 该很正面地给世界留下
> 一组情意了
> 该转过你人格的上半身
> 感受枪手的传奇子弹
> 在爱情一走出巷子就下落不明的年代
> 救出的不用点燃蜡烛
> 就可以找回往事的生活
> 否则，阿多会拉动枪栓
> 指出你身上的种种罪恶

这些着重号都是我打的，以引起读者注意，里面有许多词都改变了最初的意义，在不同的都市流行着，比如，有回摄影师萧全在电话中说："钟哥，子弹打完了。"于是，我知道了，"钱用光了"可以这样说。关键是，在都市和人群中，因为阿多的出现，我们便要常常把自己交出去，当个人被交出去时，也涉及他，或你，或我，阿多成了无名者，这就是社会学意义的正面人物，不是被定义的，而是被发现的，其真实性是不断地和现实相互实验的结果，英雄消失了。这就是都市的镜像。"反英雄化"的倾向，是第三代诗歌最重要的特色之一，它不光表现在观念上，也体现在构造的诸种因素上。这点，麦城写于

1987年的《后来的文化》具有相当的代表性：

几个月之后
我成功地坐了下来
坐在旧社会的一种药方里
阅读外公昨天夜里的病情

读到一半的时候
病情开始恶化
你退到一切里对我说
下一页就是死亡

若干年后
有人在刚刚开业的坟墓附近
大唱革命现代样板戏
从二胡拉出的悲剧选段里
我京剧般地把外公找了回来

遗憾的是至今
也没找到李玉和的世界观
和阿庆嫂借老舍《茶馆》里的茶杯
倒掉的那一代的命运

　　看得出，作者在这里运用了一种反讽的语调，把现实和历史镶在了一条近似花边新闻的危险刀刃上，这种构造，和朦胧诗一路不大相同，不同就在于它对感伤的浪漫主义的"连贯性不再持赞扬的态度"③，因为，照弗莱的看法，"断裂"和"奔跑的节奏"是现代诗歌和艺术的主要特征，和艾略特所描述的间歇性相似，那是工业技术社会特有的一种节奏。
　　更有意思的是，这首诗（其实他多数作品都是如此）具有一种很明显的反修辞的倾向，它一方面给过去政治社会学意义上的"修辞"予以修正，一方面又提供了一种背反现象，就是说，它更表现为一种情绪和气氛，它的表达"往往只是一句隽语、双关语，一个模棱两可的命题，或一个听上去像猥亵笑话那样的歪打正着，譬如女巫对麦克白斯的那种话说半截似的预言。批评的意识提高了，对不协调因素更敏感了，诗歌中的巧智因素也就相应提高了"。这段话说来对麦城的风格甚至第三代诗人的整体风格，也都是很贴切的。

我一向认为，新的风格和新的一代性格有着非常密切的关系。从大的氛围看，麦城的语言风格，在八十年代是和现代诗保持在一条轴线上的，那就是对以修辞代替思想的"机械性言语"保持高度的警惕性，个性和自言自语放在首位，对行动能力的自觉战胜了所谓虚无的灵魂反省和谴责，口语直白削弱了书面语……多疑，自责，抑郁寡欢，优柔寡断，"哈姆雷特"似的不一而论，都自觉地站在现代文化的门口，在"抵御轰轰然向我们头脑袭来的敌人时，设置了一系列如同反坦克陷阱那样的障碍"④，其主动性和传统的自我保护大不相同。

在我熟悉的风格流派中，南方这方面走的较早，而产生了相当影响的是"非非"一派，尽管"非非"到现在，已不限于原来的那种范围和气氛了，理论实际多有脱节，但它毕竟是一种像雀巢奶粉那样的营养品，滋生了不少团伙。这种文学的集体性，即使现在也在所难免。它在现代文化中的作用，欧洲超现实主义的阐释者们早就有过议论："为什么要有一个团体？'这是关键所在。一个团体是一切事情的开端。孤零零一个人什么事都办不成。一个领导恰当的团体就能干很多事情，并且能有良好的机会获得一个人决不可能获得的成果。你们不了解自己的处境。你们都陷身囹圄之中。你们所需要的一切，如果你们头脑清醒的话，就是逃出去。但是我们怎样才能逃出去呢？我们必须冲出四围的墙壁，挖一条地道。一个人干不成任何事情。但是如果有十个或者二十个人，大家轮着干，他们联合行动，就能挖出一条地道逃出去'。"⑤

故就我的视线所及，麦城和已故去的胡宽便是两个很独特的现象。他们共同的特点就是都无流派可言，故都未在自己创作相对的丰盛期大肆登场，毕竟这对写作并非重要的，如果诗歌更多是一种对我们个人无害的治疗（这个观点，麦城在许多诗里都表达过），那它最多也只有精神道义和语言支撑的意义，而且也仅仅是就语言的交流而言，就寻求知音和意识的漂流传递而言，故文学的孤军奋战，犹如大漠之水，更见其艰难和勇气，但也确实带来了形式探

中国当代文学史资料丛书

讨和相互折射的不便。

　　麦城八十年代末暂时搁笔，和我所熟悉的许多第三代诗人渐离墨池一样，和诗在时代夹缝中生长有关。选择诗歌不亦乐乎，放弃写作不亦悲乎？诗歌是语言交流，凡交流便又都有水涨船高的特征，八十年代诗歌的运作，正因为处在一个前所未有的文化断层上，还有全球性的群众反叛中，故多有狂欢和粗鄙的表现，既表现在文明和野蛮、最先进的技术和最落后的技术的对比上，表现在对工业文明的逃避或和解上，也表现在冒渎不敬的态度，性和脏话，以及对神圣文字和箴言的戏谑和滑稽模仿上。近赤者红，近墨者黑，有利有弊，这是第三代诗歌的现实基础，也是朦胧诗和它之后"非非主义"的基础。这些对麦城并非没有影响，但是，他更喜欢的是才气而非风格，因为前者较之后者更为客观，也更用不着自圆其说，他更看重的是镜像而不是反应，故看重事物的性质而非名称，所以并非无缘无故写了这样的诗句："这个乱哄哄的祖国／把一个民族领进非非主义的诗歌"（《现代枪手"阿多"》），它既说明传统的民间作坊和诗歌团伙在高度定义社会中反作用的有效性，每个诗人在大于自己的氛围中呼吸，并提供个体经验和风格，而最终为技术社会所瓦解，跟电视机消解电影院一样，而又表明一种局限，他毕竟是个很理性的诗人，就必然对一切新的混乱表示怀疑，文学的也好，社会的也好，这就是麦城诗歌经验较为复杂的地方和秘密所在。一方面因为他是一个在矛盾冲突之中寻求和谐的精美主义者，二来，也因为诗歌从来就没有在这个自称为诗歌大国的历史中胜利过。

　　这里很明显地有种"反常化"的东西，无论是意义还是句法关系，而这也正是他的构造特色，像"阿多早年的孤独和现有的不幸／使一个国家的哲学／跪在另一个国家非哲学的观念里"；"桌子上放着一个伟人的地址／却不见伟人从地址里出来"；"当然，现代没有办法／用唐诗的格律把敲门声译成美妙的宋词"；"查阅悲剧和喜剧的下落／在莎士比亚约好的人生现场里／认领了一份过期的悲伤"……我已用不着再举更多的例子来说明，社会的反常化，性格的反常化，是如何形成麦城生活经验的特征，和诗歌反常化的风格特征的，它和时代有关，和都市中人的孤独有关，和大连的地理位置有关，从它到日本比到我所在的成都更近，它的历史话语和殖民话语休戚与共，别忘了，大清帝国的兵舰曾在它的附近沉没，将军阿列克谢耶夫和那些到京畿去镇压义和团的哥萨克枪手⑥，也早成朽骨……而如今，满目却是文明的精致和眼花缭乱的消费，正是这座城市，用它的造船工业和彻底的现代化，把他的诗挤压在北方那凛冽而冷峻，那规则而又不规则的语系之中，使他成了自己笔下的阿多，用内省的枪法，将农业社会的灾难射击，也将工业社会的弊端搜出来打昏，而且，这是他一个人在外省用诗歌干的："我总认为／该轮到我们自己提枪反抗我们自己了／或者一百个地面向阿多的枪口。"这就是作者的高明之处，首先，他从大海的反光和都市的折射关系，朝向自己的饥饿和可能的失败。他的成熟里有一种孩子的任性和拒绝成熟，团伙在客观上起着语言支撑的意义，在他那里却成了反常化的东西。这就是都市的辩证法。

纵观而论，他的作品，提供的是一个都市主义者孤独写作的经验，是集体的，又是个人的。在今天的现实中，是一种宝贵的经验，人人失而复得，人人都可以理解，因为它不是农业精神素质中那种非此不可绝对胜利的经验，故"农业"作为一种文化背景，不时出现在他的诗中，它既是现实，又是和现实冲突的秘密，不说，就不会有人知道，而一说，大家却偏偏都知道，因为他既是普通的，又是双重的，在作者生活的城市，几乎就是这样，有人知道商业的王强，但却很少有人知道诗人的麦城，但这有什么关系呢，如果，你的邻居因为听到你在听帕瓦罗蒂而说你是个音乐家，那又有什么关系呢。它不是反具有了一种个人秘密，而有了秘密只是更美丽些罢了。这种平淡无奇的感觉，隐身于都市的感觉，就像"阿多"所起的作用一样，对英雄主义的历史情结是一次谋杀。因为，它不是人为强制的，而是社会自然形成的。多元的选择，生活因冲突而带来内省，正是第三代的本色，身份忒瑞西斯似的转换，带来更丰富也更冒险的体验，也带来亦悲亦喜的活力。

古哲人说过，你不能两次踏入同一条河流，就像麦城诗里表达的，人不能两次推开同一扇门，所以，悲也好，喜也好，你都得有所选择，时事转换不已，谁又说得清得与失呢。但过于理性，事情看得太透，就写诗本身而言，是有所阻碍的，因为诗歌毕竟是脆弱的，因无穷尽的美丽而更见消耗。它只存在就够人受的了，对孤注一掷的写作，放弃它是一种逃遁，而对多元性的社会，或许是一种自由。那首《麦城：一九八八年孤独成果》很潜在地表达了这之间的互动关系。作者通过新闻镜头似的移动和主观剖析，看到了历史的一种延续性，那就是深植于我们生存意识之中广义的文学宿弊，它既不是从白话文开始的，也不是从朦胧诗开始的，而是从一种忧伤开始，归根结底来自人固有的悲剧，想想诗的启示作用和现实的阻隔就会明白悲剧所在，下面两句诗多少泄露了创造者的秘密：

> 他学会了坐在椅子上
> 面对伟人的死整夜整夜的愤怒
> 和大笔大笔地占用古人的忧伤

　　这种忧伤，不是挂一漏万的东西，而是记忆渗透，就像哈姆雷特或俄底修斯，远在汉字的辐射之外要不我们怎么理解"世界突然开始回收汉字"的内在含义。语言的报复，常常表现为我们不明智之时的重蹈覆辙和不同的文化吊诡，而写作最容易深陷其中，尤其是在技术社会把现代化的大门打开之际，我们看到更丰富的生活。关于这点，麦城就写作的伦理和行动来说，是想给予反抗的，就像其笔名所显示的意义，"反抗失败的可能"。尽管现在想来，他未必没有一种后怕，但理性毕竟帮了他的大忙。所以，我不难理解他的诗中为什么会不断地出现反英雄的主题，那不是因为人需要合理地去说服自己，而是因为它是我们战胜忧伤和个人悲剧通向现代人心灵和谐的必经之路，这就是反复出现的"门"的象征意义：

> 门正面形容了　你
> 你却反面理解了　我
> ……
> 门，或许就是阴谋

可还没等你牢牢把握住，门的意义或许就变了：

> 木匠
> 把门钉在墙上
> 躲在另一种门的门后
> 看从门里走出来的
> 人口和制度

门，使我们相识

关于这门，麦城或许还会有许多解释，比如建筑中门的正派性，于是，我知道了，如果我们从诗歌的窗口爬进去，我们就会中自己的计，我还可以推出许多相似的生存之道……

说到门，记得许多年前，为了编本外国诗选给大家看，曾请人译得奥登一组诗，而其中一首《门》最让我难忘⑦，顺便录在这里，好看看门在现代诗中的通性：

贫穷的未来在门外迈开它的脚步，
暧昧不明的语言，残忍的刽子手和强权统治，
还有暴躁的囚徒或
愚弄笨蛋们的红鼻子白痴。

晨昏朦影下，巨人看见门为了怀旧
如此轻率地放进了
一个咧着嘴传教的寡妇
和泛沫怒号的洪水。

人们害怕时，把一切堆起来阻挡这门，
然而当人们死去，又大声敲打这门，
门开了，在一次偶然的机会中，
丑陋的阿尼斯看见了
在阳光下等待她的一片仙境，
那微弱的朴实使她哭泣。

我想，在被迫放弃写作十年后的麦城，即使现在也未见过这首诗，但那时他就已经反反复复地在诗里描写着门了，跟《圣经》的阐释者不断地解释经文中的"窄门"一样，凡读过他诗的人，立即就会发现，门这个词的使用频

率是相当高的，抛开主题细节不论，显然，他和奥登一样，把门当作了一种临界点，这个临界点究竟是什么呢，其实很简单，就是一切矛盾对立的事物，诸如悲剧和喜剧，比如胜利和失败，比如光明和黑暗，个人和众人……这是种古老的对称法，在广漠而毫无秩序的茫茫人海，人是很容易运用其尺度的，尤其在今天匆匆忙忙很容易失去方向感的生活里，敏感的诗人必最先运用心灵的尺度，比如柏桦的："一个城市有一个人／两个城市有一个向度"（《悬崖》），正因为这个道理，麦城在中国北方一座城市描述的门，就和奥登在伦敦描写的门重合了。

1999年3月24日于成都

注释：

①引自我的旧作《天狗吠日》，曾发表在美国《倾向》，香港《素叶》等刊物上。
②杨黎是"非非"最具代表性的人物。
③④诺斯洛普·弗莱：《现代百年》，盛宁译，辽宁教育出版社。
⑤西·康诺利：《告别超现实主义》，汤永宽译，《外国文艺》1988年第4期。
⑥俄国1898年占领辽东半岛及旅顺口要塞和大连湾后，将军阿列克谢耶夫曾被任命为关东总督。
⑦奥登（W. H. Auden, 1907—1973），英国现代诗人，《门》是他的组诗《求索》中的一首。

原载《当代文学评论》1999年第5期

返回本体与语感实验："他们"诗派论

罗振亚

　　狂欢的"第三代诗歌"运动喧闹非凡,流派或社团纷纭流转,繁复亮相;但多数群落是旋生旋灭,迅疾枯败为明日黄花,能经得住时间的淘洗与筛选者屈指可数。在诗坛这种庄严而痛苦的裂变中,非非主义、整体主义、新传统主义、莽汉主义、"他们"诗社等抒情群落,渐臻成熟的艺术佳境,次第浮现在读者的阅读视野里。尤其是反文化的"他们"诗群,更像年轻伟岸的山峰一样,出落成了一帧耀眼的艺术风景,一任社会与自然的风雨变幻、侵蚀,始终焕发着郁郁生机,并把影响的光束投向了先锋诗歌未来发展的道路。

　　"他们"能否构成严格意义上的诗歌流派?这并非一些人所说的学术疑团。虽然贺弈认为"有过《他们》,并不等于有过所谓的'他们'诗派"[①];"他们"的灵魂人物韩东也始终坚信"《他们》仅是一本刊物,而非任何文学流派或诗歌团体"[②],"它不是一种倾向,而是一种状态","一种写作可能"[③]。可是判定一个流派存在与否的尺度与标准,是不应该仅仅看其创作主体表明什么,更要看其作品表现了什么。事实上,作为一份具有同人性质的民间刊物,《他们》在1985年至1995年的历史时段里,不但作者构成相对稳定,而且诸多的抒情分子在创作视野、情调、技巧与言语形态等方面,都存在着惊人的相似性,"始终保持一贯的风格和品位"[④];因此称"他们"为由刊物引发的流派"他们"诗派恐怕是不会错的。据刊物发起者韩东介绍,他们"早就对自己不满了,它的外在方式就是反对曾经激励过我们的那些'朦胧'诗人"[⑤],1983年在西安编印第一期《老家》时已经进入《他们》的筹备期。

　　《他们》于1985年3月7日在南京正式创刊,印数约二百册,其目录前有"他们文学社交流资料之一"字样,诗派初具雏形;第二辑于1985年"五四"

前后出版，因经费充足印数高达三千册，诗派处于亢奋状态；第三辑于1987年出版，只印了一百册，诗派走向低谷喘息；第四辑于1988年出版，诗派再获新生，进入生命力的巅峰状态；第五辑于1989年出版（为避免在特定文化语境中出麻烦，封底故意标上1988年出刊），诗派又重入步履维艰之境。由于办刊艰难，第三代诗歌运动的消歇，加之编辑队伍或转向或搁笔的变故和相继离开南京，《他们》在1989—1992年间整整休刊五年。虽然它在1993年复刊，到1995年又出版了四期，试图东山再起；但却繁华已去，影响日衰，直到1998年，杨克、小海编辑的《〈他们〉十年诗歌选》，由诗人黎明鹏出资赞助在漓江出版社出版，《他们》才画上了一个比较完美的句号。梳理《他们》的历史时可以发现，1989年似乎是一个界碑，把《他们》分为前后两个时期。前期并非纯粹的诗歌刊物，除韩东、于坚、小君、丁当、吕德安、王寅、陆忆敏、小海、普珉、于小韦、封新城、贺弈、陈东东、雷吉等基本诗歌作者活动外，上面还有马原、苏童、张慈、乃顾、李苇的小说。确切说是从第五辑开始，《他们》不再发表小说，而成为一份真正纯粹的民间诗刊了。后期的诗歌阵营中，又增加了朱文、吴晨骏、任辉、刘立杆、朱朱、欧宁、侯马、伊沙、徐江、杨健、杜马兰、李冯、杨克、鲁羊、皮皮、马非、唐丹红、非亚、吕约等一批年轻者。

作为南方诗人群，"他们"的成员大多蛰居于南京、上海、昆明和福州等相对富庶的消费性都市，相互间独立又联合。那里静谧优美的湖光山色，和懒散、琐碎又淡泊的生活遇合，使他们这群少人生阅历的"都市的老鼠"自命为"站在餐桌旁的一代"（于坚语）。边缘的位置和立场，决定他们既不会像置身巴蜀盆地、充满出川情结的非非主义与莽汉主义群落那样，浮躁狂暴，反叛的野心十足，更无力承担舒婷、北岛们的博大深邃和沉重；于是他们自觉地疏离主流文学，避重就轻，以简约的消解法和把握力，在题材、主旨和传达层面突围，抒写"生命中不能承受之轻"。并且因这种冷静超脱的做人和写诗态度，气度上能海纳百川，包容海内外众多优秀的汉语诗歌与诗人，虽缺少大红大紫于当时的荣耀辉煌，但也没有大起大落的坎坷颠踬：在将自身从喧闹骚乱、诗情涣散的现代主义文化语境中剥离开来同时，又凝结成了一种潇洒从容、独立自由的艺术风度。

返归诗歌本体。第三代诗歌最显豁的特征是宣言大于文本，理论超前而创作滞后，在这一点上"他们"似乎有些鹤立鸡群。除却韩东的《三个世俗角色之后》和小海的《诗内诗外》等少量的理论文章，"他们"从不像同时期的某些群体那样，去经营各式各样的主义，甚至没有宣言；而是开宗明义地倡言"回到诗歌自身"⑥"我们的诗歌就是我们最好的发言"⑦，相信诗人的全部职责就是打磨作品，靠文本说话。在他们看来，以往的中国诗歌实在负载得太多，其实诗歌的全部目的就是诗歌自身，它应该绝对避免被意识形态化为某种东西的附庸与点缀，诗人的责任感只是审美上的，他应该以个人化姿态完成生命个体的咆哮或沉寂、发现或确认，不能利用诗歌的形式以达到他个人的政治的、社会的、道德的或其他价值判断方面的目的；所以诗歌要返归本体的关键，就必须摆脱卓越的政治动物、稀奇的文化动物和深刻的历史动物三个世俗角色的扮相⑧，靠诗自己纯粹的力量安身立命，并在实践中以许多文本印证了他们的理论。如"北方开始结冰／你我无缘再喝咖啡／炉火边你守着妻子／偶尔念叨旧友开心／这一年你流落他乡／一头长发满脸凄凉／普通话说得又酸又咸／怕洗衣服穿上了人造皮革／有时上大街逛逛……这些事大概还会记得／只有我知道——你的狐狸尾巴／它将和你的英雄业绩有关。"（丁当《收到一位朋友的信怀旧又感伤》）诗人已经回到"一个人的写作"，他不再从国家、民族、时代的宏大视角出发，也不再承载历史、政治、现实或道德的严肃命题，而完全是以自己的个人身份发现并书写着80年代的个人生存处境，叨念着市民生活的琐碎记忆和联想。行吟诗人样的铿锵节奏和句式里，单纯而忧伤的体验、情怀被幽默地弹出，温情诗意的舒缓运动，完成了世俗生命形式的塑造。韩东的《一切安排就绪》、于小韦的《那个人，不再敲门》、小海的《脱发》等大量诗歌都呈现着这种状态。这种强调个人的诗歌感知和思想方式，休说和过去那些代言时代和现实的诗歌不可同日而语，就是与凸现理性、集团意识的大写之我的朦胧诗也有着本质的区别。"他们"诗歌的返归诗歌本体，从本质上看就是返归人的生命本体。因为"生命的形式或发生就是一切艺术（包括诗歌）的依据"⑨，一切诗歌说穿了都是诗人生命的一种运动形式，都是诗人生命根部生长出来的语言流，都是诗人生命与语言的同构体，写诗不单关乎技巧和心智，更是生命力的起伏与呼吸、奔涌与外化。从这种意义上说，"他们"诗歌的返归诗歌本体根本上乃是源于人的生命本体意识的确认与张扬。

语感实验。"他们"诗人关心的是诗歌本身，是诗歌这种在语言世界里产生的美感生命形式，主张回到诗歌自身，表明"'形式主义'和'诗到语言为止'是这一主张的不同提法"⑩，把语言因素提升到本体论的高度加以认识。从诗是一种语言现象、一种话语形式的观念出发，"他们"逆流立论，呼唤出诗从语言开始、诗到语言为止等极端性的声音，引发了口语化的集体性诉求；并且身体力行，大面积地展开了回到诗歌自身的纯语言实验，堪称使口语化在当代诗歌领域得以注册、畅销无阻的主力军。但是这些在第三代诗歌运动的各个阵营里并不鲜见，此点前文已有所论述。"他们"殊于他人之处，是极力强调、推崇作为生命感觉自然呈现形态的语言——语感。于坚认为"在诗歌中，生命被表现为语感，语感是生命有意味的形式，读者被感动的正是语感，而不是别的什么"，韩东也说"诗人的语感一定和生命有关，而且全部的存在根据就是生命"，语言与生命的"天然结合就是语感，就是诗"⑪。"他们"将语感和诗歌等量齐观，默认语感即诗，甚至不无形式主义的偏执之嫌。为了弱化语义，于坚把许多作品像无标题音乐一样编为"作品××号"，而不给它以命名的标题；"他们"的其他成员也都纷纷搞这种语感实验。"这么多年了／我望着天空／云来云往／千百种声响／起自草丛与树林中／起自灰色的路上／可我无法讲述风／这么多年我坐在广场／或身在密室／耳朵追寻着／令人绝望的声响／最后却渴望一场暴雨／或一次死亡／把我覆盖／因为我无法想像风……"（普珉《丧失于风》）无须去向诗索求什么意图，它整个儿就是充满生命意味的语感，从中似乎能够听到诗人生命中有节奏的呼吸和起伏，看到了他那日常生命的模样和姿态，这语感既是诗感，也是生命感。"伤心的姨妈／在厨房里走／朝大门外看／手指和舌尖／轻盈又谨慎。"（小海《小谎言》）语言和人不再是利用和被利用的关系，而是相互砥砺渗透地合作，获得了同构，不需设置什么属于自己的句式或旋律，从灵魂里喷涌而出的才情，已使语言固有的因素获得了对事物直接抵达的能量。"他们"诗派语感意识的觉悟和追求，在某种程度上具有突出语言自足性的文体意义。它既是对传统语言意识的抗衡，又是自身民间立场的最好诠释：既契合了世界范围内文学研究的"语言论转向"趋势，又是诗人们回归原初冲动的最佳途径。当然"他们"诗派强调语感并非仅仅搞纯粹的口语化运动，而是为更恰切有力地表达诗人的生命，因为诗人们深知"如果诗歌没有灵魂，那么即使满纸口语，也是白搭"⑫。

世俗生命哲学的客观化表现。对《他们》刊物的名称，一位研究者理解得比较深透，"所谓'他们'的自我命名就已经表现出对'自我'，'我们'

这些'不仅是一个语法上的主语',而且还是'一个主动的中心,它的行为以发起者和承担者'的称谓的反感。按他们自己的解释,'他们'这一名称透露出'那种被隔绝又相对自立的情绪',意味着对自我对象化……表明位于主流之外"⑬。也就是说,《他们》这个以第三人称的复数为刊物命名的行为本身,就体现了创作主体们一种共同的审美趣味、立场与风格追求,宣显出诗人们对自我的叛逆解构,和对平凡化的刻意强调。不同于谋求先验、固定和永恒存在的朦胧诗人,主流之外的边缘立场使"他们"更倾心世俗化的生命哲学,坚信"伟大的健康的诗歌将引领我们,逃离乌托邦的精神地狱,健康、自由地回到人的'现场'、'当下'、'手边'"⑭;并受这种观念驱动,在具体的诗歌文本中将自己交给世俗世界,取境时常常瞩目琐屑平庸的形而下日常生活和小人物的灰色心理,踯躅于不含抽象、彼岸意蕴的当下此"在",氤氲着扑鼻的生活气味。为与世俗化的观照对象应和,"他们"承惠于歌德的客观化思想,在抒情策略上选择了还原法,回到事物中去,召唤"在"之物到场,直接呈现,拒绝再现;有时在做记录当下生活之"在"的观察者同时,兼做讨论、评价"在"之现象的研究家。"旷地里的那列火车/不断向前/它走着/像一列火车那样。"(于小韦《火车》)整首诗是干着为文化去蔽的活儿,不能再具体的凡俗物态细节,不能再客观的直接呈现,没有任何文化的干扰,没有任何象征隐喻技法的介入,令世界以其本来面目准确而清晰地呈现在读者面前,可在实实在在的世界本相视觉恢复中,却神奇自然地完成了诗人生涯象征性预言的传达。于坚《独白》《对一只乌鸦的命名》《下午一位在阴影中走过的同事》,韩东的《大雁塔》《你见过大海》,丁当的《背时的爱情》,吕德安的《父亲和我》,王寅的《英国人》等诗,也都以零度独白、零度对话或零度叙述,赋予了表现对象一种明显的具象性,将自我欲几乎降低到没有的程度。对隐喻的拒绝,对语言的物性使用,使世俗世界裸露出没被艺术干扰过的本来样子,使诗歌褪去了意味着过分修饰、歪曲和掩盖的文化色彩,使意识形态附加在世俗世界中的意义和价值被悬置、消除了。"他们"诗派世俗化的价值取向和客观化的艺术表现,反驳了传统诗歌远离世俗的贵族化偏向,打破了精英话语构筑的文学历史秩序,在敦促诗歌走出艺术世界"象征的森林"过程中,也为人们返归世俗世界提供了一片自在的客观风景启迪。

一个诗派深入人心并产生影响的关键,是必须有一批优秀诗歌和诗人作支

中国当代文学史资料丛书

撑，"他们"中有许多输送出经典文本的诗人，最具影响力和知名度的当属韩东和于坚。

　　韩东，1982年毕业于山东大学哲学系。是《他们》刊物的实际主编、流派的灵魂和领袖，80年代后期开始移换战场，摇身一变为小说家。追随朦胧诗的大学毕业之前，写过怀念张志新、遇罗克的热情而有力度的《昂起不屈的头颅》等诗，但他认为那些都是深受刺激的模仿之作。所以毕业后诗风很快就急转直下，写出平民意识和口语化强劲的《山民》《你见过大海》《有关大雁塔》，尤其是《我们的朋友》《明月降临》等典范之作，一下子贴近了生活和个人，奠定了在诗坛的地位和声名。他成熟期的创作"从矫情回到源头、回到表意抒情的初始状态"，其"直指人心的语言魔力、独到的个人节奏，强悍的意志力和社会学的批评意识，使之成为一代诗人反抗的象征"⑮，那些世俗化的作品，更加关注生存状况和世界的流转，致力于诗和日常生活对位关系的建立，艺术上拒绝深度、夸张、矫饰与象征，讲究情感的节制和分寸感，以不事雕琢的口语写作，摒弃个别词语的表现力，有不可句摘的总体效果。如："你见过大海 / 你想像过 / 大海 / 你想像过大海 / 然后见到它 / 就是这样 / 你见过了大海 / 并想像过大海 / 可你不是 / 一个水手 / 就是这样 / 你想像过大海 / 你见过大海 / 也许你还喜欢大海 / 顶多是这样 / 你见过大海 / 你也想像过大海 / 你不情愿 / 让海水给淹死 / 就是这样 / 人人都这样。"（《你见过大海》）原本充满神秘、辽阔、崇高抑或深沉等审美意味的大海，还原为没有任何人为思想强加的普通物件，它不仅颠覆了美的内涵，抽空了大海意象的全部文化意义，而且具体可感到了赤裸的程度。当然，韩东的世俗化并不彻底，而有一定的限度，虽世俗化却仍然纯净，它常常选取大雁塔、老渔夫、大海、明月等和传统诗意相去不远的对象加以观照，口语和语感运用也相对流畅规范，所以诗里还不时包孕哲理和明悟，有反讽意味，或者指向艺术的邈远、空灵与澄澈。这在某种程度上影响了诗歌对复杂的生活与美的容纳，节制单纯得有失厚重。韩东口口声声地要解构传统，反对观念图解；但在把矛头针对什么、反意识形态化过程中还是浸渍了一定的意识形态色泽。他提出的"诗到语言为止"理论倒是振聋发聩，不仅在第三代诗歌运动中影响广远，而且也引发了理论界对诗歌本质持久的再审视与再探讨。

　　于坚是贯穿新时期先锋诗歌几个发展阶段的重要诗人，创作经历和色调相对驳杂。他1984年毕业于云南大学中文系，同年和韩东等人创办《他们》，成为诗派的核心人物和主要代表后，一改原来山地歌者的姿态。与同样注意捕捉都市日常生活细节及心态的韩东相比，于坚更加生活化，他把折磨人的细节与焦虑无聊因素都写进了诗歌，他的诗以"在结构现代城市社区形态史和心理史上表现的材料意识与情节性的叙述特征"最为显著，"具有与机智空灵相反的从容与大度，并含有特殊的小说因素"⑯。"习惯于被时代和有经历的人们所忽视"的"局外人"遭遇，和"我们一辈子的奋斗 / 就是想装得像个人"的低调写作姿态，使于坚从根本上漠视中心，无视任何什么诗意的存在，从而确立了对人生有某种距离的观照视角，即以芸芸众生之一员的身份对俗事俗物凝眸，对平淡的生活絮絮叨叨，用口语书写以昆明为模型的都市街道、社区场景中小人物的平民生活，有点新写实小说味道，《远方的朋友》《尚义街六号》《作品第39号》《罗家生》等都是这样的诗篇。"大街拥挤的年代 / 你一个人去了新疆 / 到开阔地走走也好 / 在人群中你其貌不扬 / 牛仔裤到底牢不牢 / 现在可以试一试 / 穿了三年还很新。"（《作品第39号》）在诗人看来朋友去新疆是再普通不过的事情，朋友做得再"伟大"的写作功绩，也不过就是凡俗而真实的生活而已，在这里一切诗意都被荡涤一空。"尚义街六号 / 法国式的黄房子 / 老吴的裤子晾在二楼 / 喊一声脚下就钻出戴眼镜的脑袋 / 隔壁的大厕所 / 天天清晨排着长队。"（《尚义街六号》）读着这样现场感极强的诗，你会感到在事件、事象、事态构成的具象性挤压下，玄奥的意义与语言的意指、能指渐趋消失，直接呈现生活的语符移动，统一了写诗和说话的节奏，完全可视为生命节奏的流动，隐喻和想象的放逐，消除了主体意志对客体界的干预和扩张，客观之至。只是于坚过于喜欢罗列混在一起的各种类型的驳杂事物，常常显得材料和结构不那么简约明朗，过于客观地牺牲自我也难免弱化了诗歌的感动力。进入90年代后的《0档案》《感谢父亲》《事件：铺路》等作品，因观察角度的复杂化更富有包孕力，但似乎发展廓大了"他们"时期诗歌的缺点，愈加琐屑芜杂。如此说来，也就难怪它们不再像80年代那么受人关注了。

注释：

①贺弈：《"诗到语言为止"一辨》，《诗探索》1994年第1期。

②韩东：《他们·刊首语》1989年第5期。

③⑥⑨⑩韩东：《〈他们〉略说》，见《诗探索》1994年第1期。

④杨克、小海编：《〈他们〉十年诗歌选·后记》，漓江出版社1998年版。

⑤韩东：《有关〈大雁塔〉》，《韩东散文》，中国广播电视出版社1998年版，第156—157页。

⑦徐敬亚等编：《中国现代主义诗群大观1986-1988》，同济大学出版社1988年版，第52页。

⑧韩东：《三个世俗角色之后》，《百家》1989年第4期。

⑪⑫于坚、韩东：《现代诗歌二人谈》，《云南文艺通讯》1986年第9期。

⑬陈旭光：《主体、自我和作为话语的象征》，《诗探索》1995年第4期。

⑭于坚：《棕皮手记》，东方出版中心1998年版，第238页。

⑮小海：《关于韩东》，《诗探索》1996年第1期。

⑯燎原：《东方智慧的"口语诗"冲和》，《星星》1998年第3期。

原载《创作评谭》2004年第12期

第三代诗歌研究资料

朦胧诗以后：词与物

刘 春

Pass北岛

据诗人西川的《民刊：中国诗歌小传统》一文介绍，"Pass北岛"一词出自一个"初出茅庐的青年诗人"之口。在20世纪80年代中期北京基督教青年会的一次文学聚会上，这个年轻人指着北岛的鼻子说："我们这一代人就是要打倒你，Pass你！"之后"Pass北岛"的说法不胫而走，风靡全国。

在英语里，"Pass"为度过、过去、超过之意，而中国更年轻的一拨诗人多以"打倒"来理解，因此，当时也有"打倒北岛"一说。一个"初出茅庐的青年诗人"竟敢在当时声望如日中天的北岛面前如此狂妄，其无知和盲目与自信的胆识都令人不得不钦佩。是的，年轻一代未必不如前人。然而问题是，如果没有真正的本领，这"Pass"也不过是过过嘴瘾而已，初生牛犊不怕虎，敢在老虎面前耍威风，但到头来仍逃不了被吃的结果。所以，我愿意把"Pass北岛"理解为更年轻的一代在表达他们渴望超越前人而出人头地的良好愿望。至于是否能够真正地超越，我持保留态度——你可以在嘴皮子上"Pass"，但你在诗艺上"Pass"不了；你可以在诗艺上"Pass"，但你的灵魂还不够强大。

第三代

1986年10月，《深圳青年报》和《诗歌报》联合举办"中国诗坛1986现代诗群体大展"，推出了大约100家民间诗歌团体。可想而知，在最短的时间聚集起来的数百个青年诗人，其作品及人品必定是良莠不齐，于是种种呐喊、叫嚣此起彼伏，不绝于耳。大多数参展的诗人有一个共同的特点，就是希望从"朦胧诗"的重压中突围出来。他们中的大部分都重口语、重直觉、重日常生活而反崇高、反文化，这一审美特征使他们与"朦胧诗人"有了明显的区别，在这样的情况下，"命名"成为可能，"后崛起""先锋诗""新生代""朦胧诗后""后朦胧诗""第三代""后新诗潮""第三次浪潮"等名词应运而生。其中又以"第三代"和"后朦胧诗"流传最广。

"后朦胧诗"从字面上就可以理解，而何为"第三代"呢？据西川说，中国诗坛关于"代"的划分有几种说法，其中一种指的是北岛之前为第一代，北岛为第二代，北岛之后为"第三代"。（西川：《民刊：中国诗歌小传统》）但无论这一群体如何命名，都指向了与"朦胧诗""断裂"这一目标。

"第三代"之后的诗人对"第三代"的理解也各不相同，有的把参加"两报大展"的除"朦胧诗人"之外的所有诗人都归为"第三代"，有的则只认为"非非""他们""莽汉"等以日常口语入诗的诗人才算"第三代"。我赞同前一种划分法。

如今，这一代诗人的优秀者如于坚、翟永明、西川、韩东、柏桦、杨克等人经受住了时间的淘洗，功成名就，成为诗坛"大哥"，领受着后来者的仰慕与尊敬，他们的许多作品——如于坚的"事件"系列，翟永明的"女人"系列，杨克的《1967年的自画像》《天河城广场》等——已经成为年轻者的营养，而更多的"第三代"只是昙花一现，像戏台上的走过场者，出来敲打一番就不知所终。

民刊

"民刊"这一称呼究竟从何时开始出现已不可考，1985年以后，这一称呼被普遍使用，但作为事实，它早已存在，只不过此前它更多地被称为"地下刊物"，与"公开刊物"相对应。《今天》是最早的民刊之一，如果上溯到"文革"时期，手抄本也可以归入民刊之列。也许是人们觉得"地下"不大光彩，有一种"地下工作者"之嫌——事实上，在很长一段时间以来，民刊编辑者的确可算某种意义上的"地下工作者"——因此才改为比较中性的"民刊"，全称"民间刊物",与"官方刊物"相对应。

　　1985年以来,具有影响的民刊有《他们》《倾向》《非非》《诗参考》《诗人报》《南方诗志》《自行车》《北回归线》《锋刃》《诗镜》《东北亚》《面影》《扬子鳄》《阵地》等。由于经济状况以及印刷方式的局限,早期的民刊印制质量大多相当粗糙,许多刊物甚至是手工刻字、油印和手工装订。90年代,不少民刊告别了刀耕火种,铅印的民刊逐渐增多,随后有了激光照排,胶版印刷。新世纪以后,数种印制极其精美的民刊如《诗文本》(后更名为《诗江湖》)、《诗歌与人》、《审视》等陆续出现。《诗文本》曾经创下过彩色制版印刷的纪录,被誉为"中国民刊之花"。

　　按照有关法规,大多数没有取得合法出版手续的民刊属于被禁止印刷和传播的"非法出版物",诗坛也不乏诗人因办民刊被传讯或被处分的事件。随着政治的开明,有关部门对民刊的管理比90年代初期相对宽松,大量官方刊物也开始从民刊上选取稿件。安徽的《诗歌报》甚至从80年代中期开始,就每年用一整期的篇幅编选"民刊诗歌专号",在诗坛颇具号召力。现在,民刊与网络、公开刊物一起,形成了"三足鼎立"的局面。已经极少诗人想当然地轻视民刊了,许多诗人甚至认为,中国最优秀、最有活力的诗歌只能出现在民刊上。考虑到"官刊"所受到的种种制约,这一说法也不是没有道理。

自印诗集

　　自印诗集和民刊有许多相似之处,都没有正规出版手续,甚至比民刊做得更"绝":某些民刊还向有关部门申请了内部准印号,而自印诗集基本上连这道手续都省略掉了。自印诗集与公开出版的诗集除了在出版手续上的区别,还有内容、质量、装帧水平上的差别。众所周知,对于公开出版物的印刷质量,国家是有一定的标准的。自然,自印诗集对这些标准不会在意,手抄复印的、油印的、铅印的、激光照排的,林林总总。在我收到的自印诗集中,制作粗糙者多而精美者少,印数多则一两百册,少则数十册甚至数册。据说十多年前,四川诗人翟永明曾表达过这样的意思:如果要她出版诗集,那么她只印两册,一册留给自己,另一册"献给无限的少数人"。从翟永明诗集的印数看来,她也只是开开玩笑而已。

2001年冬天的金华诗会上，浙江诗人沈娟蕾给我送了一本她的诗集《冬天的品质》，全书十分简洁，除了白纸就是黑字，为打字然后复印，68个页码，自己用白线装订。按照书末"版权页"的介绍，这本诗集"首印"7册，"第二次印刷"12册，共19册。这是我最钟爱的个人诗集之一，虽然薄，分量却比大多数正规出版的诗集厚重得多。从它极少的印数，我们可以看得出作者是如何的自珍与自爱——因为少，所以不可能漫天散发而只赠送给值得赠送的人。我想，每一个获赠此书的诗人都不会轻视这一份信任。

诗人自印个人作品集的主要原因，可能还是当今诗集出版难的一个缩影。除了那些"著名诗人"和能够通过各种方式缴纳出版经费者，普通诗人要出版一部作品集难如登天。那么，既希望自己的作品能被更多的朋友系统地读到，又没有足够的钱财与出版社"合作出版"，找一家小厂悄悄印刷未尝不是一个相对适宜的办法。还有的诗集无法正式出版与作品的内容有关，比如题材比较敏感、质量比较低劣等，前者只能自印，而后者是以此抚慰自己过于旺盛的名利欲。

撇开出版手续是否合法这一因素，公开出版的诗集和自印的诗集没有优劣，公开出版物中有大量垃圾，自印诗集中也不乏金子。公开出版的不一定比自印的流传更广更长久，说到底还是以品质来说话。何况那些目前公开出版的诗集多是自费，印数极少且由作者包销。不知道是否有宁愿自印而不愿意将自己的作品公开出版的诗人，鉴于"有钱能使鬼推磨"的出版方式盛行于出版界，我相信一定有这样的值得我们尊敬的人。

民间立场

"民间立场"是1999年10月"盘峰诗会"后曝光度极高的词语。杨克主编的《1998中国新诗年鉴》的封面最上方打上一行字——"艺术上我们秉承真正的永恒的民间立场"，这行字在以后数年的"年鉴"中无一例外地出现在封面上，但4年来我一直弄不清它的含义。在我的印象中，诗坛公认的"民间立场"诗人代表于坚、韩东、杨黎等人对这个词的理解似乎颇有差异，有的强调身份，有的强调原创性，有的强调独立的创作意识，有的强调原生态的生命力，有的强调对主流的疏离和对边缘的亲近。各有所指，莫衷一是。

为了弄清楚"民间立场"的意思，我查阅了《现代汉语词典》。在词典里，"民间"有两种含义：1. 人民中间；2. 非官方的。那么，"民间立场"所指的是否是人民的立场，或非官方立场？应该没有那么简单，因为如此一来，它的含义就会狭窄许多，变成身份的界定，置于诗歌写作中并不能说明多少问题。难道我们可以这样推论——"人民"是大多数的，因此以"民间"为立场的诗歌其读者也是大多数的？如果"知识分子写作"与"民间立场"是对立面，那么知识分子就不属于"人民"的一员，他们属于什么？知识分子不属于广大人民，虽然看起来有些可笑，不过倒是挺适合中国的文化传统的。

知识分子写作

按照对"民间立场"的切入方式，我再次打开了《现代汉语词典》。"知识分子"在词典上的解释为"具有较高文化水平、从事脑力劳动的人。如科学工作者、教师、医生、记者、工程师等"。问题出现了——"民间立场"的诗人也多为"科学工作者、教师、医生、记者、工程师"，他们的写作为什么就不是"知识分子写作"？看来事情同样没那么简单。据说"知识分子写作"强调的是"智性"以及一种自觉的反思和批判精神，然而你不能说只有你具有批判精神而别人没有。从这个意义上来说，我觉得"民间立场"的代表人物于坚就挺"知识分子"的。

前些日子读到一篇短文，增进了我对"知识分子"的了解："很长一段时期内，知识分子一词始终有着介入社会的独立思想家的意思，依照这层定义行事的知识分子不断涌现于人类思想史中，比如号称'出现在所有思想战线上的守夜人'的萨特就堪称典范。然而，'知识分子'的含义在20世纪四五十年代的美国悄无声息地变化着。雅各比发现，不知不觉中，知识分子们形成了所谓的新阶级，他们依附于各种社会机构，忙于使自己符合机构提出的种种条件，更看重被社会认可，为此甘愿放弃针砭时弊的独立旁观者身份。昔日的大学教授是'游荡于社会中'的环境不适者，今天的教授们却'渴望得到一大笔钱，开上好车，贪求各种职位，并为得到爱情、奢华和名誉而奔赴一个又一个会议'。"（周晓阳：《当知识分子遁入"学院"以后》，见《文汇读书周报》）如果谁自命"知识分子"，那么我觉得他首先有必要按照这段文字来检点自己的内心。如果避开担当"思想战线上的守夜人"这一神圣义务，仅仅是欧化的词语和句式，这样的"知识分子诗人"被人嘲讽是理所当然的事。值得庆幸的是，在中国，人们还能够读到欧阳江河《傍晚穿过广场》、王家新《帕斯捷尔纳克》等能够代表知识分子良知的优秀诗篇。

1999年后，我也随大流地使用"民间立场"和"知识分子写作"两个词语，但我仍然无法对它们的含义以及两种写作之间的争论心领神会。我读到过"知识分子"们的很多好诗，也读到了"民间"的大量佳作，我尊敬每一首好诗和每一个能写出好诗的人。这个态度自然难以避免招致"中庸""没有立场"的指责。对此我从不分辩，我永远做不了那种由不喜欢别人的诗歌到连诗人也恨上的读者。

一句话：在"知识分子写作"和"民间立场"的夹缝中，我希望能够为自己找到一个"中间地带"。

"下半身"

不管你承不承认、同不同意，"下半身"诗群在2000年夏天的横空出世已是不争的事实。这群分布于全国各地的年轻诗人以"诗江湖"网站和纸版诗刊《下半身》为主要集结地，辐射全国多家民刊和具有先锋性的正规刊物。

"下半身"的出现，使得一部分读者对"70后"诗人的定义有了新的解释，他们认为"下半身"是"70后"的代表，甚至"下半身"就是"70后"的代名词，"下半身"写作是当前最具先锋性的写作，"下半身"的倾向是最有前途的倾向。而另一些读者则认为"下半身"的诗歌是"黄色诗歌"，令人厌恶。还有读者认为"下半身"只是拾口语诗的牙慧，这种写作并不新鲜，毫无价值。其实，"下半身"诗人大多各有特点，他们的作品也在不断地调整和变化。许多批评者没读或者只读过他们的少量作品就指责他们堕落，或者专挑质量一般的诗歌作为靶子以证明这个群体是乌合之众，而忽视了他们也写出过好作品这一事实。

在我看来，"下半身"诗人的目标不单是人体"下半身"，而更多的是一种立场，一种反叛，一种对优雅诗风的"拨乱反正"。当然，也不排除有些诗人纯粹为了追求感官上的快感而创作。所以，诗人秦巴子有过精辟的论断：下半身的问题需要上半身解决。

相对于"下半身"群体的作品，我更欣赏他们的勇气，他们的断裂精神。无论如何，这一群有着比较相似的艺术追求和审美倾向的诗人所带给诗坛的冲击令人无法回避。

"70后"

曾经，在一些诗人和评论家那里，"70后"诗人是以写口语诗为主的部分诗人的代名词，或者只是几个"知识分子写作后备军"，或者干脆就是"下半身"诗人。随着这一代人的整体亮相，这些观念已悄然改变。"70后"是一个统称，指的是所有在20世纪70年代出生的诗人。诚然，这种大杂烩式的命名十分不科学，但从另外的角度看，这个称谓也有其存在的意义，它至少表达了年轻一代诗人努力在众声喧哗中发出自己的声音的愿望。

"70后"诗人的出场，与民刊《黑蓝》《诗歌与人》密切相关。由陈卫等人在常州印刷的《黑蓝》是最早提出"70后"命名的刊物，早在1996年春天出版的《黑蓝》创刊号上，就在醒目位置打上了"《黑蓝》：70年代出生的中国写作人（简称"70后"）的聚集地"字样。比后来以卫慧、棉棉为主的小说"70后"要早两年。《黑蓝》仅仅出版了一期就没了下文，这种创刊号也是终刊号的特征使得《黑蓝》在民间诗歌圈子珍贵异常，许多民刊收藏者都渴望拥有一本。

由安石榴和潘漠子等人在深圳编辑的《外遇》诗报于1999年以3张大报12个版面的大篇幅隆重推出"中国诗坛70后诗歌版图"，活跃于诗坛的数十位"70后"均以大型组诗出现。这是中国"70后"诗人的第一次大规模集结，使这一群体"终成正果"加快了速度。因此，尽管《外遇》在这一期之后因故没能继续出版，但人们在回顾"70后"走过的历程时，仍无法绕过这一事件。

如果说《黑蓝》是"70后"的首倡者，《外遇》在途中推波助澜，那么广东诗人黄礼孩编的《诗歌与人》则使这一群体全方位地展露在世人面前。《诗歌与人》以整整两期的篇幅推出"70后诗人"的大量作品，在诗坛引起强烈反响，这些作品被许多权威的公开刊物转载。可以说，《诗歌与人》的出版，标志着"70后"诗人全面走到前台。

由于与"70后"有关的民间刊物的出现和这一代出生诗人越来越突出的创作实力，许多官方刊物也逐渐接受了这个称呼，纷纷开辟专版甚至用整本刊物来发表他们的作品，福建海风出版社还于2001年夏天出版了《70后诗人诗选》（黄礼孩编），集结了全国各地百余名70年代出生的诗人。

经过2000、2001年的喧哗与骚动，2002年以后，"70后"这一命名逐渐淡出文坛，取而代之的是个体的出场。少数70年代出生诗人中的佼佼者越来越清晰地发出了自己的声音。不过这一代诗人的写作在不断地成熟中，现在被认为是代表作的作品经过一段时间后，也许已不再意义重大；现在的"70后"的中坚，也许一两年后已经掉队甚至停笔，而另一些并不冒尖的诗人却脱颖而出。因此，对于正在成长中的一代诗人来说，来自读者和批评界的宽容也许是他们最需要的。

"网络诗歌"

人们对"网络诗歌"有两种意见——"网络诗歌""网络上的诗歌"。

"网络诗歌"范围较小，它表示的是题材涉及网络，或在具体技巧使用中大量借助于电脑内部功能的诗歌，比如大量地运用复制、粘贴功能而形成诗句的回旋反复。但即使作出如此狭窄的界定，把这样的诗歌称为"网络诗歌"也值得推敲——我们是否也要把用毛笔写的诗歌称为"毛笔诗歌"，而把用硬笔创作的诗歌称为"硬笔诗歌"呢？当然，以描写对象来命名也是中国文学的一大特色，比如写工业的诗歌叫"工业诗歌"，写知青生活的作品叫"知青文学"，写农村生活的作品叫"乡土文学"。事实上，它们只是文学，没有这些急功近利的命名，它们仍然是文学。至于使用电脑的复制、粘贴功能而形成诗句的回旋反复，不过是减轻了诗人的劳动量而已，与诗歌本身关系不大。

"网络上的诗歌"的这一概念要比前面描述的"网络诗歌"宽泛得多，它泛指张贴在网络上的所有诗歌，不管是古诗还是新诗，不管是中国诗还是外国诗，只要张贴在网络上，都属于这一范畴。这自然是一种比较令人舒服的分类法，然而人们马上就会发现，这个名词无论有无，都无关紧要。诗歌被移到了网络中，同样是它本身，难道李白到了网上会成为杜甫？

事实上，假如站得高远些，"网络诗歌"解释成"网络时代的诗歌"更为贴切，这样，诗歌诗人与时代的关系这一重要命题才会凸显出来。

我一直认为，作为一种形式的"网络诗歌"并不存在，网络上的诗歌写作与我们在没有互联网时的诗歌写作没有什么不同。要研究网络上的诗歌，侧重点不是诗歌，而是网络，诗歌在网络上存在所沾染上的互联网的一些重要特性值得注意。退一步说，即使我们假定有"网络诗歌"，那么它与传统诗歌的区别不在于创作手法和内涵价值取向的不同，而在于它的生存环境的好坏、发表的难易、受众的多寡、传播速度的快慢等方面。我们打开任何一个文学网站，都会发现诗歌作品的数量要比其他体裁的作品多得多，这与诗歌在字数、写作和阅读时间上的"短平快"密切相关。一首诗从写作到在网上发表，可能仅仅是几分钟十几分钟的过程。就读者的反馈而言，一首诗发表在比较著名的诗歌网站，一天的点击数量可能就有数百次，传统文学期刊根本无法望其项背。

但是，作为一种在飞速旋转着的时代下的产物，"网络诗歌"也不可避免地具有这个时代的共同弊病——对反映心灵的事物浮光掠影式的接触，以浮光掠影的印象发出浮光掠影的感受，并自以为新潮、"跟得上时代的步伐"。曾经深入、细致、尽职的阅读和讨论越来越罕见。而"发表"的容易将使人忧虑：网络的出现会不会使一些诗歌更快地滑向非诗？这不是杞人忧天。目前，即使是十分著名的诗歌网站，"口水诗"也数不胜数。以上优势与弊端的存在，还将衍生出种种不利于诗歌发展的创作态度。时常光顾网络的诗歌写手，必须警惕可能出现的"拉帮结派式写作""追风赶潮式写作""自以为是式写作"。

网络诗人

在某些人那里，"网络诗歌"和"网络诗人"已经成为遮羞布，写得差的、写得怪的、口语的、简单的……就是"网络诗歌"，总在各个论坛上闲逛却拿不出一首有说服力的诗歌的就是"网络诗人"。有的网络爱好者过于关注事件而忽视了自身的创作，结果成了一个"混个脸熟"的网络活动家而不是诗人。有人喜欢把网络与传统对立开来，殊不知它们是相辅相成、相互渗透、相互影响的。传统诗人因为有了网络而开阔了视野，从网上开始写诗的人可以从传统诗人那里得到诗歌的深度，看到诗歌的广度。不过至今为止，我还没有看到几个优秀的真正在网上崛起的"网络诗人",但看到了由于传统诗人的介入使得网络上的诗歌变得更成熟、更有活力,而不再是那种打闹式、玩儿式的写作。其实说到底,我们的写作不是为了"网络",而是"诗歌"。

"中间代"

2001年秋天,《诗歌与人》第三期"中国大陆中间代诗人诗选"出版,因为被收入这一期的所有诗人都被编者命名为"中间代",所以诗坛普遍将此期刊物称为《中间代诗选》。诗选出版后,"中间代"三个字随之进入世人的视野。现在看来,"中间代"受到关注除了这一拨诗人本身具有的实力,命名提出者安琪、黄礼孩的大力宣传更是功不可没。

命名者给"中间代"的定位是:凡是20世纪60年代出生在80年代没有获得名声的诗人都在此列,而在80年代成名的"第三代"诗人尽管也大多生于60年代,但与此无关。

"中间代"的命名和定位遭到过不少批评。有人说它笼统,过于强调整体而忽视了诗人的个性;有人指出,某些60年代出生的诗人,本来就是90年代才开始写诗,且素质平平,与那些80年代写诗但由于种种原因未获重视的实力诗人完全不同,但这些诗人却因为年龄问题也被列入"中间代"阵营,显得很不科学。更多的批评是对以出生年代命名写作群体进行质疑。有人举例说:一对双胞胎,老大出生在1969年12月31日深夜11点59分,老二出生在1970年元月1日凌晨,要是他们都写诗,那么老大就是"中间代",老二就是"70后"。还有一种批评来自50年代出生80年代开始写诗但又未被列入"第三代"阵营的诗人。他们质问道,我们诗人既不是"朦胧诗派",又不是"第三代",还不是"中间代",更不可能是"70后",难道我们从诗坛"蒸发"了?

与此相反,"中间代"命名也得到了一些评论家和大学中文系教师的支持,认为它为教学解决了某些问题。在当代文学的诗歌部分,几乎所有的教材只写到80年代中期,即"第三代"诗人,然后就断裂了,教师们因此不知道接下去教什么内容。"中间代"的提出,给了他们一个提醒,也给了他们一条沟通"第三代"和"70后"的纽带。据说,有些高校老师已经用《中间代诗选》来上课了。

自然，赞同者和批评者都各有道理。有什么命名是天衣无缝的呢？没有。你提出"朦胧诗"，我则说顾城舒婷根本不"朦胧"；你说于坚是"第三代"，我说他为什么不是第一代第二代？其实，文坛上的事情向来众说纷纭，感兴趣者就跟着说几句，不感兴趣者也没人妨碍你埋头撰写大作。最终如何，还得由时间老人说话。如此而已。

存目

有一些词语是我无法把握或者过于熟悉而无法下笔的，具体而言是以下这些：先锋、探索、语感、沈韩论争、反传统、80后、主编（具体指某些毫无质量可言的民刊和选本的"主编"）……这些词语80年代以来曾经流行于诗坛，有的正在流行。但流行的并不一定是有价值的。除了这个原因，我没有对它们进行阐释的另一个原因是它们中有些过于为我所熟悉，借用汪国真先生的"格言"来说，是"熟悉的地方没有风景"，所以无法发言。至于那些为我的学识所无法把握的词语，我只好识相地缄默，以免露丑了。

原载《海南师范学院学报（社会科学版）》2005年第2期

"先锋"的变迁与在当下诗歌写作中的意义

钱文亮

一

作为对当代文学发展中一种探索性、实验性诗歌实践的命名与评价，"先锋诗歌"这一概念最早出现于1985年四川西南师范大学等校创办的《大学生诗报》，几乎与1980年代中期兴起的青年诗歌运动同时。其最初生成就源自这一场诗歌运动参与者的自我命名与自我指称——为了与当时日益"经典化"、权威化的"朦胧诗"相"决裂"。从这一点看，"先锋诗歌"最初就是特指"朦胧诗"之后所出现的中国青年诗歌运动。恰如残星、义海在《先锋派诗》"小引"中指认的："'先锋诗'是许多个具前卫意识的诗歌流派、诗人的一个笼统性称谓，在1980年代中后期的中国诗坛，以其特异多姿的个性色彩、精神特质、美学趣味显示其独立存在，成为诗坛多元化建设中重要的一支。"[①]这样一种狭义的"先锋诗歌"概念，后来也为一些诗论家所沿用。例如在程光炜那里，就是按照"朦胧诗"／"先锋诗"／"九十年代诗歌"这样的叙述线索，将"先锋诗"定位于"朦胧诗"与"九十年代诗歌"之间出现的一个新诗发展中的"转换期"，一个以"他们"诗群、"非非"诗群等为代表的"价值多元、诗体多样的生气勃勃局面"[1]（P291—318）。

不过，在语言策略花样翻新的1980年代中后期，这样一种狭义的"先锋诗歌"概念并没有在诗坛流行。事实上，作为对当时青年诗歌运动的命名与指称，倒是四川青年诗人提出的"第三代诗"[②]，和王家新、唐晓渡等使用的"实验诗"[2, 3]的概念更为青年诗人们所认同。

1980年代最早在文章中使用"先锋诗歌"并使之成为一个富有阐释力的概念的，是朱大可的《燃烧的迷津——缅怀先锋诗歌运动》[4]。这篇纵览1970年代以后的现代前卫诗歌现象并将它们统统命名为"先锋诗歌运动"的文章，虽然将"今天派""寻根派""市民派"和"仿写派"毫不留情地归结为"通向先锋实体或中心的陡峭台阶"，同时推举"抒情诗人""强力诗人"和"玄学诗人"为"先锋运动的核心"，但到底还是考虑到当代中国历史文化语境的特殊性，在坚持特定诗歌理念与诗歌立场的同时，保持了先锋诗歌概念的历史性。种种迹象表明，朱大可的这篇文章对"先锋诗歌"概念在1990年代的流行具有直接的启动作用。而且，从"运动"的角度描述1970年代以来的现代前卫诗歌现象，也成为很多后来者采用的基本叙述思路③，进而形成了中国先锋诗歌历经朦胧诗、后朦胧诗（或曰第三代）与1990年代个人写作的诗歌史叙述框架。

与1980年代青年诗人对"先锋诗"概念的游离不同，1990年代以来，"先锋诗歌"概念似乎突然成为升值的概念股、一个更高层级上诗歌实践的命名，其本身在使用者那里似乎具有不言而喻的价值等级上的优位性，占据"先锋诗歌"概念的阐释权的确"就意味着攻取了某一话语的制高点"[5]，具有一定的自我加冕的意味。否则，无法解释近几年来出现的编选标准、"诗歌立场"与入选对象大相径庭的几种不同的"先锋诗歌"选本的接连出版④。也无法解释进入新世纪以来，为何以"先锋诗歌"为名的诗歌活动的明显增加⑤。

实际上，伴随这些以"先锋诗歌"为名的诗歌活动与诗歌出版物而来的，就是对"先锋诗歌"概念阐释权的抢占，这种现象一定程度上与发生在世纪末的诗歌论争有关，说这种现象为那场论争的延续都未尝不可[1]（P352-357）。

不过，也应该看到，1990年代以来，在许多批评家那里，对"先锋诗歌"概念的使用动机是出于反思1980年代的青年诗歌运动，重新寻找并确认现代诗歌的内在品质，调整其发展方向。所以，他们的"先锋诗歌"概念就成为对1980年代中后期以来具有特定倾向的诗歌实践的特指。例如，唐晓渡所使用的"九十年代先锋诗歌"[5]概念，就将1980年代中后期的"实验诗"中的一部分作为其源头，将个人写作、综合意识、反讽、叙事性等作为这种"先锋诗歌"的基本特征。在周瓒的博士论文《当代中国先锋诗歌论纲》中，作者也认为，先锋诗歌是指1980年代中后期以来，少数意识到并仍然坚持一种以个人性的立场写作的诗人的诗歌实践，是那些始终重视和保持着纯粹的精神价值关怀的诗人的写作。在当代中国的文学发展中，先锋诗歌体现了介入现实生存和把握个体经验相结合的综合意识。为强调这种"先锋诗歌"概念的特指性，周瓒对"共存于八九十年代的另外倾向的诗歌现象"作了排除。这些诗歌现象包括：1980年代以前保留下来的紧密结合政治现实需要而缺乏艺术独立性的"意识形态写作"、标举反意识形态写作而落入集体性的抒情或发布宣言的"集体写作"、声称关注日常生活而不幸堕入价值平庸和风格狭窄状态的"大众化写作"，以及部分标榜"民间写作"和"后口语写作"的文本。

不难看出，唐晓渡、周瓒对"先锋诗歌"概念的使用主要还是属于诗歌批评的范围，带有阐述特定诗歌理念与诗歌立场、从理论上呼应某种新的诗歌实践的背景与特点。他们对"先锋诗歌"的理解实际上代表了相当一部分诗人、诗论家对于1990年代以来仍然具有艺术探索精神与创造意识的一批现代诗歌的肯定与张扬。

当然，考虑到当代中国历史文化语境的特殊性，仅仅将"先锋诗歌"当作一个批评概念，也是不够的。它在一定程度上会妨碍人们对当代中国诗歌变革历史的复杂性与特殊性的整体认识。因此，有必要同时将"先锋诗歌"当作诗歌史的概念，在当代特殊的历史文化背景下来谈论并跟踪它在特定历史文化语境中的变形与现身。因为，在当代中国诗歌变革历史中，现代汉语诗歌"现代"品质的获取与其说是一种"断裂"式的跨越，不如说是一种"扬弃性"的递进过程。换一种说法，作为一种符号，"先锋诗歌"的能指是确定的，"探索精神与独立品格"是其内核，而其所指则是滑动的，主要取决于历史文化语境的变化。由此，才能在纷纭复杂的诗歌探索潮流中甄别出"先锋诗歌"在不同时期的脉络与意义。

在20多年来的文学研究中，人们多看重"先锋诗歌"在文化和意识形态层面上的对抗性、反叛性（甚至直接将触犯传统道德禁忌的文字冒险简单地等同于先锋精神）。当然，因为这种对抗与反叛往往以群体性的"运动"形式参与到特定时代整体性的精神变革之中，在特定时期以其激进的文化精神，至少在

第三代诗歌研究资料

青年公众中间引起普遍的关注、参与、对话和讨论，造成了一定范围的"轰动效应"，起到了打破禁锢、解放思想的文化先锋作用，这种理解有其合理性。但随之而来的问题是，这种在特定历史文化语境中发生的特殊的"先锋诗歌运动"极易迷惑当时以及后来的诗歌从业人员，使得他们进入1990年代以后，更容易在一种文化惯性中持续1980年代"先锋"的姿态，而忽视赋予"先锋"以新的精神内涵与意义向度。

实际上，在当代中国特殊的历史文化语境中生成并演变的"先锋诗歌"，其内部的差异是显而易见的，即便对同属于"先锋诗歌"谱系的"朦胧诗"与"后朦胧诗"而言，二者之间的差异早已被人以现代主义与后现代主义、启蒙主义与存在主义的不同性质归属所确认[6]；至于社会文化境遇、心态、写作态度、审美观念、修辞策略和文体特征等等方面的不同，更是不难拉出长长一串清单⑥。这种情况表明，当我们把"先锋诗歌"作为一种开放性、阐释性的概念来谈论时，不能不考虑当代中国20多年来变动不居的历史文化语境问题，也就是说，1980年代的"先锋"在1990年代以后的历史文化语境中有可能已经不再具有先锋的意义与价值，面对一个更加复杂、矛盾的相对主义时代，对"先锋"的理解与张扬有一个如何重新开始的问题。

如果按照朦胧诗（1970年代末到1980年代中期）、后朦胧诗（或曰"第三代诗歌"——1980年代中期到1990年代初）、1990年代以来的个人写作这样的诗歌史叙述框架来表述当代中国先锋诗歌运动的话，那么，如前所述，"第三代诗歌"与朦胧诗的差异是一目了然的，对二者之间种种差异的认知在大多数诗人和诗论家那里已经形成共识，在此无须赘述。相比之下，1990年代的"先锋诗歌"与"第三代诗歌"之间的关系就显得复杂得多了。正如程波所指出的，一方面，1990年代先锋诗歌与"第三代诗歌"同源，均来自当代诗歌"叛逆"的、"否定"的"现代性"的冲动，只不过是处于现代性冲动的不同阶段；第二个方面：先锋诗歌在1990年代获取现代性的这一次冲动，不再是脱离诗歌写作、刻意求新的现代性焦虑。所以，虽然1990年代先锋诗歌与第三代诗歌在"诗歌理念"的原型上并不相同，二者之间实质性的差别业已显露出来，但实际上，1990年代诗歌既有对第三代诗歌本身的继承也有对它的超越，两者关系呈现出中断与延续微妙地结合⑦。

在辨识1990年代的"先锋诗歌"与"第三代诗歌"之间差异性时，先锋诗歌写作的"有效性"一度成为人们反复讨论的重要问题[7]。如果联系"先锋诗歌"的概念，这一问题所触及的就是1980年代的"先锋诗歌"在1990年代以后的历史文化语境中是否仍然具有"先锋"的意义与价值。可以说，"有效性"无异于"先锋性"。因为"先锋"的本义——"先锋性"并非固定的某一流派或群体的写作倾向和风格，而是一种写作精神，一种足以表达现代人普遍精神处境，并与时代命运、艺术的未来构成对话，具有积极的文化建构／解构力量的创造精神。

人们一般认为，1980年代是文学特别是诗歌的"黄金期"，在1980年代的文化语境中，先锋诗歌运动因其扮演的文化先锋的角色而处于文化的中心。而且，诗歌与作为语境的1980年代文化之间的关系似乎远比1990年代显得简单、明晰。

在1980年代，诗歌与当时各种文化实践之间的关系的确属于很特殊的情况。诗歌，主要是先锋诗歌在当时的辉煌其实是通过它与当时各种文化实践之间的"共谋"关系而获得的。从当时的情况看，刚刚从极左的、一体化的文化专制中走出的中国，整个国家与社会在意识形态方面有一种强烈的除旧布新的文化诉求，但又因为既有的国家主导意识形态的过于强大而顽固，使得新的意识形态的建构分外艰难，屡遭反复。在这种特殊的语境下，各种文化力量——表达并且满足大众俗世欲望与本能冲动的大众文化、坚持启蒙理性与价值关怀的精英文化、出于实用理性的国家意识形态，面对共同的对手相互借重，形成短暂却紧密的联盟，以颠覆、消解既定的僵死的意识形态文化[8]。当然，这种短暂却紧密的联盟拥有一面共同的旗帜——"思想解放"。而先锋诗歌充当的正是"思想解放"运动的文化镜像。在这场"思想解放"运动中，来自西方现代人文思潮的非理性主义因其具有对旧意识形态文化釜底抽薪般的解构力，而成为知识分子的主导话语，在当时的社会文化中甚至成为精英的表征与旗帜。不过，这种非理性主义思潮在解构旧意识形态文化的同时，也对坚持启蒙理性与价值关怀的精英文化自身构成了质疑与反对；而与此形成对照的是，它与大众文化中的那种非理性的快乐原则却一拍即合。歌颂原始生命强力的电影《红高粱》就是体现1980年代大众文化与精英文化和衷共济的语境特征的范例。它的"先锋性"在当时是十分突出的。在1980年代，可以说，以先锋诗歌、先锋小说、前卫艺术为代表的精英文化甚至在相当大的程度上借用了大众文化的精神资源和艺术资源，甚至直接以大众文化的姿态显示其"先锋性"。正因为这样，秉持启蒙信念与人道关怀的朦胧诗很快被"pass"，以主张"平民意识""口语化"的"他们"诗群和鼓吹"前文化还原""反崇高、反文化和反修辞"的"非非"诗人群为代表，强调生命直觉、生命体验和原始天赋、日常生活的"第三代诗歌"运动成为"后新诗潮"勃然兴起，"许多实验诗人在不丧失诗歌要素的形而上特色的同时，将大量直接的、感性的、肉体的因素引入其内，用现实生活和人类经验的真实来压迫文本的真实"[8]。对这样一场新的先锋诗歌运动，人们的肯定是毫不保留的，它被认为是诗界革命性的"第三次生命的体验"[9]。

当然，将先锋诗歌对大众文化精神立场和艺术资源的借用进行简单化的理解是危险的，我们只能说二者在1980年代的文化语境中的确都具有破除专制文化禁忌、解放久被压抑的个性与人性的感性内容这么一种"先锋性"。实际上，朦胧诗之后兴起的先锋诗歌与大众文化，本来就是以"自然人性"为哲学根据的精英文化所"启蒙"出的必然结果：是精英文化"启蒙"出了自身与大众的感性的本能欲望，恢复了对于人性的全面理解。只不过在这种"启蒙"之后，其自身却又受到了大众文化的强力挤压和来自自我内部异质性力量的强烈分解，造成它在1990年代的失语的焦虑与危机。

据此考察，我们可以将1980年代特别是其中后期的文化嬗变既视作大众文化／"市民意识形态的胜利"（朱大可语），又可以看成先锋诗歌的凯旋。是在消除了"以父权为基本组织原则的社会总体控制"之后，知识分子对现代日常生活的正视与体验，是另一种"现代性"的出场[10]。

在此基础上，我们才能解释，为什么"记录了大量与市民促膝谈心的口语片断，对市民禅宗（从匮乏无聊的市民生活中搜寻生命乐趣）的建构，有特别重大的意义"的《他们》杂志，以及以"个体生命体验"（涉及生命力、本能、潜意识、自动写作等）为诗歌的主题、素材和焦点的"莽汉""非非"诗歌，能够引发关注日常生活、个体生命的平民化、"大众化写作"和"口语写作"的新浪潮，并"被惊奇的批评家所误读，疑为一个先锋诗学时代的降临"[4]。

问题正在这里。当新的国家意识形态建构尚处于不确定的阶段，以先锋诗歌等为代表的精英文化与大众文化的短暂联盟也迅速解体。在以经济体制改革为先导的国家发展战略的支持下，长期以来倍受压抑的大众文化日益壮大，迅速挤开精英文化而成为占主导地位的文化力量。1980年代中期以后，社会世俗化进程加速，"九十年代的民众彻底弃绝了一切能够使他们回想起那个骚动的革命时代的文化可能。美学抵抗变得无限可疑，世俗化使得精神的、以未来乌托邦为目标的现代性变异为追求即时愉悦性的、以经济发展为唯一动力的现代性"[11]。与市场经济大潮伴随而来的，大众文化中的反智情绪、痞子化倾向、消费主义与物化原则日益成为新的压抑性力量，以前"被看做权威的对立面"的"大众，一体化的大众"，"已经变成了另一种权威"，他们反抗高品位的文化，很快就与曾经并肩作战的先锋诗歌反目成仇，向后者提出了严峻挑战。正如苏珊·桑塔格所指出的，"从文化的角度讲，资本主义消费社会比专制主义统治更具有毁灭性。资本主义在很深的程度上真正改变人们的思想和行为。它摧毁过去。它带有深刻的虚无主义价值观念"[11]。

正因为如此，面对文化语境在1990年代以后所发生的巨大变化，赋予"先锋"的概念以新的内涵就成为1990年代的价值承担。那么，厘定自己的理论立场或价值立场，疏离大众文化所表达的社会时尚与大众市场所力图凝固的"现实"，强调个人自由而独立的思考与体验，从自己的人生经验中抽象、提升出来另一种"现实"，一种经过诗人重新理解与改造的"现实"⑨，以此打破大众经验中那种现实幻觉，就成为先锋诗歌的题中应有之义。因为，"大众文化的出现其实正是建立在个体的衰微之上的"。正是在这种意义上，一批倡导"知识分子写作""个人写作"，在1990年代复杂的文化语境中强调"复杂"和"综合"的诗歌理念的诗人们的写作实践，就成为现代诗歌"先锋性"的体现，影响了1990年代以来诗歌发展的总体流向。而在1980年代颇具"先锋性"的那种回到诗歌自身、回到个体的"日常生活"与"生命意识"的诗歌趣味、诗歌观念，要么被中断，要么在新的文化语境中得到新的理解与改造。

第三代诗歌研究资料

三

然而，并不是所有的诗人都能意识到作为语境的八九十年代文化所发生的重大转变，从而作出必要的调整与有效的应对。在1980年代青年诗歌运动的文化惯性下，人们不难发现，以1980年代式的外显的"先锋"姿态或"运动"方式来诠释现代诗歌的先锋性，依赖人的身体属性以获取诗歌的现代性意义的宣言口号，以一种与经典和传统决裂的反叛方式表明自己的"先锋性"的激进诗歌实践，仍然迷惑着一些诗歌从业人员。只不过，在世俗化甚至肉体化已经成为时代表征的1990年代以来的文化语境中，将那些在1980年代"早已被颠覆掉了"的东西再颠覆一次或几次，已经不是先锋不先锋的问题，而是一种诗学上的无知与倒退了。正如苏珊·桑塔格所指出的，"越来越多的所谓先锋派不过是时尚文化、商业文化和广告文化的一个分支"[11]，是将"先锋诗歌"当作时髦招牌来向喜新厌旧的大众讨好、献媚。从这一点来看进入新世纪以来的一些"先锋诗歌"招贴，其"先锋性"是颇为可疑的。

如果说，在当代诗歌场域里，1980年代的先锋性指涉，主要来源于它对种种诗歌禁忌的突破与摧毁⑩，重在"破"的话——甚至借用大众文化的精神资源和艺术资源来打破成规，开拓诗歌写作的可能性，那么，面对1990年代以来大众文化占据主导地位的文化语境，仅仅靠单一的文化姿态来推论"先锋性"，甚至将其夸大为决定诗歌"先锋性"方向的唯一因素，就只能算作是一种哗众取宠、故弄玄虚的理论聒噪。在当下这个充满矛盾的、意义匮乏的相对主义时代，现代诗歌的先锋性的建立实际变得非常困难，勉强言之，也只能指望那些不惮寂寞、具有深刻反省意识的诗人，能够通过特殊的感知力、想象力与叙述能力，通过必需的诗歌技艺，将自身从渗透力极强的大众文化中剥离，将日常生活经验转变成诗歌经验，从而建构一个与现实的生存世界相驳诘的诗歌空间，在诗歌写作之中保持对意义的探索。这，也许才是先锋诗歌的自救之道，也是它在新的时代语境中所能提供的唯一价值。同时还是它必须克服的困难。

注释：

①见《先锋派诗》（残星、义海编选），花城出版社1990年版。在"小引"中，编者声明这是一本"第三代"诗歌的选本，并认为"那种关于每一时代都有自己的'实验诗'、'先锋诗'的说法，显得大而无当，没有多少实际意义"；不过，编者同时也意识到在诗歌的发展史上，"先锋诗"概念还是有其广义的一面，注意到了"在人类感性生命的递进过程中，先锋诗的阶段性"问题。

②参见四川省东方文化研究学会、整体主义研究学会主办的《现代诗内部交流资料》1985年的《第三代诗会》题记；周伦佑《"第三代"诗论》，《艺术广角》1989（1）。

③如张清华的《从启蒙主义到存在主义：中国当代先锋文学思潮论》（载《中国社会科学》1997年第6期）；黄梁《大陆先锋诗歌的语言之路》（见"诗生活"网站）；程波《"个人写作"与"个人话语场"——九十年代先锋诗歌的一种阐释》（见《一行》网刊第6期）等。

④例如符马活主编的《诗江湖——先锋诗歌档案》（青海人民出版社2002年5月出版）与西渡、郭骅编选的《先锋诗歌档案》（重庆出版社2004年1月出版）、梁晓明、南野、刘翔主编的《中国先锋诗歌档案》（浙江文艺出版社2004年8月出版）、刘希全编选的《先锋诗歌2002》（光明日报出版社2003年1月版）。

⑤例如河北的《诗选刊》设立了"中国年度最佳诗歌奖"和"中国年度先锋诗歌奖"，梁晓明、南野和梁健等主创了《中国先锋诗歌》电视专题片，等等。

⑥周伦佑：《"第三代浪潮"与第三代人》，载《磁场与魔方》，北京师范大学出版社，1993年版；唐晓渡：《选编者序》，载《灯心绒幸福的舞蹈——后朦胧诗选萃》，北京师范大学出版社，1992年版；臧棣《后朦胧诗：作为一种写作的诗歌》，载《中国诗选》第一辑，成都科技大学出版社，1994；程光炜著《中国当代诗歌史》，中国人民大学出版社2003年12月版等。

⑦程波：《"个人写作"与"个人话语场"——九十年代先锋诗歌的一种阐释》，见《一行》网刊。

⑧关于国家意识形态、精英文化和大众文化三者之间关系的讨论，参见载于《长江文艺》1995年第5期钱文亮、昌切、邓晓芒、王又平、周晓明的对话。

⑨对此，臧棣有过这样的表述："我愿意想象诗歌的本质是不及物的。假如我的诗歌在本文上看起来像是及物的话，那是因为我觉得及物会引发一种风格上的富于变化。认为诗歌必须要反映或回应现实的观念，其实是一种极为专断的美学主张。我的诗歌会触及现实，但那不会是他们的现实。"

⑩杨小滨《从咏叹调到宣叙调》。引自"诗生活"网站。

参考文献：

［1］程光炜.中国当代诗歌史［M］.北京：中国人民大学出版社，2003.

［2］唐晓渡，王家新.中国当代实验诗选［M］.沈阳：春风文艺出版社，1987.

［3］程光炜.朦胧诗实验诗艺术论［M］.武汉：长江文艺出版社，1990.

［4］朱大可.燃烧的迷津——缅怀先锋诗歌运动［J］.上海文论，1989，（4）.

［5］唐晓渡.90年代先锋诗的几个问题［J］.山花，1998，（8）.

［6］张清华.从启蒙主义到存在主义：中国当代先锋文学思潮论［J］.中国社会科学，1997，（6）.

［7］欧阳江河.'89后国内诗歌写作——本土气质、中年特征与知识分子身份［J］.今天，1993，（3）.

［8］欧阳江河.对抗与对称：中国当代实验诗歌［J］.艺术广角，1989，（1）.

［9］徐敬亚.第三次生命体验［N］.诗歌报，1986—10—21.

［10］唐小兵.《千万不要忘记》的历史意义［A］∥王晓明.二十世纪中国文学史
论：第3卷［M］.北京：东方出版社，1997.

［11］杨小滨，贝岭.苏珊·桑塔格访谈录［J］.天涯，1998，（5）.

原载《江汉大学学报（人文科学版）》2005年第4期

时代的弃婴与缪斯的宠儿

——试论1960年代出生的诗人

西 渡

一

在朦胧诗之后的诗歌格局中，1960年代出生的诗人一直是一支核心力量。无论是在1980年代中期轰轰烈烈的第三代诗歌运动中，还是在取得了坚实成绩的1990年代诗歌中，这一代诗人都担当着主要的角色。在新诗史上，还从未像在这代人中那样涌现出这么多才华卓异的诗人。联系到这代人精神生活上普遍简陋的起点，我们不得不承认这是当代精神生活史上一个巨大的奇迹。但是存在的逻辑在世纪末再一次显示出其吊诡的一面：这一代诗人还没有来得及作为一个整体登台亮相（第三代诗歌虽然以"代"命名，但也只吸引了这代人中的一部分诗人），许多优秀的诗人仍旧处于默默无闻的状态，迫不及待的一代新人已准备将他们送入历史的冷冻箱。进入1990年代中期以后，"70后"迅速成为文坛新宠，并以一种咄咄逼人的姿态占据了人们的视线。当这些比他们晚了整整一个年代的新人在文化市场上一夜闯红，不少1960年代出生、已有十多年写作经历的诗人甚至还来不及将自己的第一本诗集付梓。

批评面对这代人的精神创造时的失语，既有这一代人的文化姿态方面的原因——他们的精神气质更多地倾向于内敛而非张扬，他们的文化策略与其说是功利的，不如说是超功利的——但更深层的原因在于这代人"精神本质上拒绝被'命名'"（张新颖语）。对这代人的命名似乎只有参照他们前后几代人的关系才能勉为其难地进行。"第三代"是他们中一部分人的自我命名，但并未得到广泛认可；在一本最近的诗选中，他们被称为"中间代"；而有人干脆将他们称为"无名的一代"。与他们的前后几代人相比，这一代人都显示了某种特殊的性质。

不像他们的上几代人，我们很难给这一代人指明一个公认的共同特征。他们的价值理想从一开始就深深打上了个人烙印。他们也从未获得一种能够使他们互相认同的共同经历。不妨说，缺少共同特征正是他们最大的共同特征。对他们来说，个人的价值不是依附于"代"或集体的价值，而是由自我创造的。这正是他们自信的理由，也是他们成年后着迷于艺术创造的重要原因。这一代人不但拒绝被"命名"，而且也拒绝彼此之间的认同。他们不允许自我冰释于这种盲目的认同。他们的上几代人大多走了一个水流归海的过程，他们却努力挣脱大海的怀抱，还原为一滴水。对此，张新颖得出的结论是悲观的，他认为由于这一代人"没有旗帜，不能为某一目标聚集成一种力量"，因而"很难形成一种自己的话语系统，在文化上的自我认同，自我表达就极其困难，往往需要'借用'其他几代人的方式来勉强凑合，常常言不及义"①。

正如有人指出的，这代人身上"都有一种幻想的气质，漫游的气质，甚至梦游的气质"，"有着天生的、永恒的距离感"，从而使他们成了"历史的观看者"[1]。在他们前后的几辈人中，这代人似乎最缺少行动的渴望和热情。与其在盲目行动中耗尽精力，他们宁愿将激情挥霍在唯美的享乐中。这一切使得这一代人天然地具有诗人的气质。颇具反讽意味的是，小学课本中的几篇毛泽东诗词，竟唤醒了那个沉睡在这代人身上的诗歌灵魂，成为不少1960年代出生的诗人写作生涯的起点。早期教育中的这种欠缺，固然对这一代诗人的文学修养产生了某种不利影响，但也给他们带来了一个特殊的好处：在他们对文学的认识中没有混入任何先入为主、模棱两可的成见。当这代人第一次与文学遭遇时，他们已经具备了一定的自我判断的能力，中外古今的斑斓的文学成果几乎同时地显现在他们面前，而他们空白的心灵状态使他们可以以一种开放的心态平等地对待这些截然不同的文学传统。他们日后全面的兼收并蓄的文学修养便起源于这样一种看似偶然的契机。让我感到欣慰和骄傲的是，这一代人的文学修养几乎完全是自我教育的结果，而这一过程紧密联系着他们追寻自我的精神历程。

这批诗人无须成为一代人的代言人，他只要成为他自己、完成他自己就行了。这一代人的精神特质最易于催化诗歌的创造力。这就是会从这一代人中涌现出那么多优秀诗人的原因。肖开愚、陈东东、韩东、吕德安、臧棣、西川、海子、骆一禾、张枣、黄灿然、桑克、王寅、哑石、清平、麦芒、潘维、黑大春、朱朱、周瓒、叶辉、丁丽英……个个名字都是那么掷地有声。

二

这代诗人开始其写作生涯之际，正是中国大陆自1949年以来思想、意识空前活跃的时期。他们身历了开始于1970年代末的思想解放运动，目睹了各种思想的交锋和激战。这样一种社会氛围，激发了他们日后对精神领域进行探索的潜在勇气，并提供了最初的动力。在文学上，那时正好是朦胧诗开始广泛传播并确立其文学史地位的时候。从中国当代文学和社会意识演化的过程来看，朦胧诗有两大功绩：在社会意识形态的层面上，它唤醒了人的自觉；在文学层面上，它还是文学的自觉的起点。正是在这两个方面，1960年代出生的诗人继承并大大发展了朦胧诗的传统，把一种从朦胧诗萌芽的写作的可能性，变成了一种灿烂的写作局面。

这一开始于朦胧诗的人的自觉化运动，通过这一代诗人的努力，演变成了一个推动当代诗歌发展的不断深入的文学的个人化进程。韩东通常被视为一场旨在颠覆朦胧诗的诗歌运动的领军人物，然而，他穿越八九十年代的文学旅行还是起步于朦胧诗的历史的终点。在一篇早年的文字里，韩东写道："只有作为人的真实的东西才是我们追求的对象……人在艺术中具有无可比的意义。作为人的真实是永恒的。"[②]这种对人在艺术中的意义的反复强调，恰恰是对北岛"想做一个人"的愿望的有力的呼应。当然，韩东在这里所指认的人，与北岛所呼唤的人，已有很大不同。韩东的人是一个强烈的关注着自身感受和经验的普通人，一个其社会归属模糊不清而对自我有着极其强烈的意识的人，他甚至就是这种极端的自我意识本身。而在北岛那里，人只有在一种明确的社会关系中才能确认他自身。与韩东所指认的人相反，这个人的社会归属十分清晰而自我意识却相当模糊和暧昧。显然，北岛并不关注人的具体的日常的生存状态，他更关心的是人的社会权利和一种被压抑的社会意识。为了与北岛的人相区别，韩东把他的那个人叫作平民，而平民在韩东那里的意思其实就是从其社会属性逃逸出来，回到自身的人。这样，在朦胧诗那里着力加以渲染的人的问题，在韩东这里转化成了自我的问题。而这可以视为这一代诗人一切艺术思考的起点。在第三代诗人那里，这个自我表现为夸张的大喊大叫，带着自我发现的歇斯底里的狂喜，也承受着疏离了社会意识的自我的无穷烦恼。在海子那里，他体现为与人类原始生命力的深刻关联。而对更多的诗人来说，他是"另一个我""另一种生活"。到了1990年代成熟的个人化的写作意识中，他变得安静、坦然，日益专注于自身的意识。而在更年轻的诗人那里，已没有人谈论自我或个人化，因为个人化已经是他们写作的前提。这是一个关于人的日益自觉化的意识不断内化为写作意识的过程。

这个文学个人化的进程为当代诗歌的发展注入了巨大的活力，使这一代诗人的写作呈现出异彩纷呈的面貌。然而，由于缺少严密的理论阐释，这一自发的文学进程也裹挟着一些负面的不良影响。对什么是文学的"个人化"存在着一些想当然的误解。譬如，把"个人化"等同于"个性化"，把"个人性"简化为自我暴露。当代诗坛的浮躁气氛，与这种误解存在密切的联系。当代诗歌中存在的一些问题，如自我膜拜和暴力修辞的泛滥，对技艺和普遍性的轻视等等，也都根源于此。对上述问题，一些敏感的写作者早已有所觉察，并在他们的写作中有效地抵制了这些不良因素的侵蚀。而理论上的纠正方案，是由诗人兼批评家臧棣提供的。

在一次书面采访中回答有关诗歌中如何使用个人经验的问题时，臧棣提出了一个"人类独有的生命意识"的概念，并把它和荣格的"集体无意识"概念联系起来。他阐述道："……诗歌对我来说是一种人类能力的体现，也就是说，诗歌的意义不取决于个人，甚至不取决于个人的才能……我现在意识到，诗歌所依赖的最本质的东西并不是个人经验；当然，也不是一种简单意义上的集体经验，而是一种为人类所独有的生命意识，荣格曾称之为'集体无意识'。"[2] 我认为，臧棣这里的阐述并不是对文学个人化进程的否定，而恰恰是对它的深化和生发，因为在文学的个人化要求中，本身就包含着一个对人类普遍经验的诉求。而臧棣以其深刻的艺术洞察力，将这一诉求一语道破了。文学的"个人化"并非"个性化"。"个性化"更多地表现为风格、趣味、语调、形式等可以辨认的文本标记，而"个人化"却是文本生命力的最后依据。从概念上说，"个性"是与"共性"相对而言的，它总是以差异来显示其自身。而"个人化"的标记却不是差异，而是人类经验的普遍性。"个人化"的最终目的不是发现自我的个性，而是追寻到我们内部，发现另一个在我们身上深藏不露的内化的自我。这个内化的自我，正是臧棣所指认的"人类所独有的生命意识"，它是人类生命最深层的秘密。因此，"个人化"并不是对"个性"的盲目的崇奉，某种程度上恰恰是对个性的逃避。所谓"个人化"，就是不断地一层层揭去我们身上的社会身份、个性、意识的外衣，直到这个"集体无意识"——人类全体的生命奥秘，完全裸露、呈现出来。可以说，臧棣提出的这个"人类独有的生命意识"的概念为我们揭示了文学个人化进程最深层的目标，把诗人的触角引向了人类生命意识的内核，从而把体现于诗歌中的人的自觉推进到了一个更深入的层次。

对于从朦胧诗那里开始的文学自觉化运动的继承，表现得更为戏剧化。朦胧诗获得的崇高的文学史地位和其美学成就的不对称，给年轻一代诗人造成了"彼可取而代之"的心理暗示。为了尽快确立自身的文学史形象，也为了有效地获取世俗名声，一些诗人机巧地采取了反朦胧诗的写作策略。这是第三代诗人的一个基本的写作动机。第三代诗歌运动中的标举的一些口号，韩东的"口语化""诗到语言为止"，于坚的"反崇高"，非非的"反文化"，都与这种策略有一种暧昧的联系。然而真正通过这种写作策略确立了自身的文学形象的只有少数诗人，最突出的是韩东和吕德安。而多数诗人由于文学态度的简陋和极端化，由于急切的文学野心裹挟的心理急躁，降低了文学敏感，窒息了自身美学空间的生长。而韩、吕二位的写作才能、平衡意识足以使他们避免那种口号式写作，为第三代诗歌运动留下了最经得起检验和挑剔的诗歌文本。而韩东至今仍对年轻一代的诗歌取向发生着影响。

在文学的自觉化方面，真正继承和发展了朦胧诗传统的，是一批在第三代诗歌运动中处于边缘，专注于构建自我美学空间的诗人。这些诗人包括写作倾向颇不相同的张枣、陈东东、王寅、肖开愚、西川、海子、骆一禾、黑大春等等。这些诗人对自身与朦胧诗的差异有充分的意识，但他们不想通过颠覆来确立自身的文学史形象，而更希望通过自我的完成自然地凸现这种差异。因此，他们与朦胧诗的关系，不体现为正与反的、取彼而代之的关系，而是体现为一种建设性的关系——他们自觉地把朦胧诗的终点当成了他们探索的起点。骆一禾、海子在写作的激情方式上回应着第三代诗人的激进姿态，但他们的文化抱负和强烈的人文精神，又使他们避免堕入第三代诗人的文学虚无主义，在文本样态上显现出与第三代诗人极为不同的面貌。

这一文学的自觉化进程在1990年代由于另一些才华出众的诗人的加入而得到深化。他们至少该包括这样一些名字：臧棣、清平、麦芒、哑石、余怒、丁丽英、叶辉、森子、小海、朱文、鲁西西、周瓒、桑克……至此，文学的自觉成了这一代诗人广泛的共识，当代诗歌写作进入了一个以文本为中心的稳定、持续、内敛、深入的新的阶段。

三

文学的自觉化在诗歌美学上体现为这一代诗人在诗歌方式、美学趣味、语言和文体意识诸方面的全面自觉。这种自觉，在第三代诗人那里因主体意识的过度膨胀而有所遮蔽，但为一些第三代诗歌运动的边缘性诗人，如陈东东、张枣、肖开愚、王寅等所坚持（韩东、吕德安的写作也在这条线索之内）。1990年代以后，由于臧棣、黄灿然、清平、余怒、桑克、叶辉等诗人的加入，这条线变得更加清晰可辨，蔚为壮观。

1980年代的诗人们，主要是第三代诗歌运动的诗人，对诗歌仍表现出一种天真的态度。也许不能把这种态度简单地称作浪漫主义，因为在他们的态度中混入了较多的现代主义的因素以及基于实利的盘算，但他们的诗歌方式与浪漫主义确实有很多共通之处。譬如，对情感和个性的迷信，对新奇和怪诞的癖好，艺术上的过分，对形式的虚无主义态度等等。他们把诗歌当成一种纯自发的行为，相信激情的自我表现，把诗歌的美学品质寄托于诗人的个性。结果是，第三代诗歌运动期间产生的大量诗作并不具备浪漫主义诗歌固有的一些优点，而它的种种缺点却借运动的风潮得到了夸张的表现。第三代诗人中能够避免自发性诗歌在艺术上的娇弱症的，我以为只有韩东和吕德安。韩东虽然说过诗歌是望天收，但在他的诗歌意识中还有一些因素，平衡了这一态度的被动性。他甚至说，"这种平衡就是生命，就是一切" [3] (P286)。韩东也相信灵感，但他同样强调对灵感的理解和控制，是一个"懂得如何控制和运用灵感，懂得灵感特殊的敏感性和娇弱性的作家" [3] (P294—295)。而在大多数第三代诗人那里，灵感不过是迟钝和无能的饰词。韩东的主要愿望是想通过口语化把诗歌带入一种经验的直接性之中。在韩东那里，这种直接性是对朦胧诗的故作高深和虚张声势的流弊的一种矫正。但在第三代诗歌运动的主流中，这种直接性仅仅导致了一种美学上的虚无主义。很多诗人并不具备在诗歌中使用口语的能力，却把口语视为诗歌的护法神，在一个莫须有的神案前大叩其响头。结果是，他们的诗几乎全都成了韩东的不得体的盗版本，有论者戏称为"口水诗"，诚不为过。

　　1980年代主要的诗歌成就体现在第三代诗歌运动的一些边缘性人物，如陈东东、西川、肖开愚、张枣等诗人身上。是他们而不是那些第三代诗歌运动中的风云人物继承并发展了开始于朦胧诗的文学的自觉化进程。在这些诗人身上，文体意识和语言意识的觉醒，扭转了第三代诗歌的自发性倾向，把写作变成一种自觉的、深思熟虑的行为。他们对诗歌的态度是实验主义的。他们拒绝为诗歌预设某种文学标准，而把文学的效果视为检验诗歌的最终标准。在他们那里，一切都必须在文学效果的范围内加以精密而审慎的考虑。他们把第三代诗人"怎么写都行"的文学幻觉，转变成了"应该怎么写"的问题意识，完成了这一代诗人的诗歌态度从天真到经验的转变。另外两位诗人，骆一禾、海子以一种激情写作的方式回应着第三代诗人天真的诗歌态度，但他们的文化抱负和人文气质使他们摆脱了"第三代"诗人的文学虚无主义。不过，对待诗歌的这种天真态度，也在他们的写作中打下了醒目的烙印，妨碍他们取得更大的成就。海子很多时候是在乱写。他的长诗只有某些片断闪耀着天才的光芒，大多数诗节混乱不堪，对语言缺乏起码的控制。海子并不缺乏天分，但却明显缺少驯服甚至理解这天分的能力，结果反而被这天分所拖累。从这个角度来看，他的死确实具有悲剧的性质。

　　1990年代以来，这种文学的自觉已成为大多数诗人的写作意识。它得益于第三代诗歌运动的落潮，水落而石出，一些在第三代诗歌运动期间处于边缘的诗人，在1990年代逐渐成为引导诗歌进程的中坚人物，而壮大于一批才华出众的新诗人的加入。这些诗人在1980年代第三代诗歌运动的高潮期已进入扎实的具有个人意味的写作，但由于各种原因迟至1990年代才逐渐为诗坛注目。其中，臧棣的贡献尤为突出。臧棣在1984年就写出了定下其个人基调的名篇《房屋与梅树》，而那时海子刚刚写出他的《亚洲铜》，西川则要到一年以后才写出《起风》和《在哈尔盖仰望星空》。事实上，臧棣的身影在1990年代覆盖了

181

第三代诗歌研究资料

一大批诗人的写作。臧棣是属于那种源头性的诗人，他的写作注定将哺育众多的诗人。

第三代诗人自发性的诗歌方式决定了他们的美学意识的贫乏。与其说他们的美学趣味是恶劣的，毋宁说他们根本没有什么确定的美学趣味。这里显示出例外的，还是韩东和吕德安。韩东是第三代诗歌运动的领袖，但他的美学趣味又使他独立于潮流之外，成为他所发起的这一运动的异己分子。韩东以一种挑剔的眼光对进入诗歌的经验进行严格的挑拣。他还有一种唯美的倾向。他相信艺术，对第三代诗歌运动的非艺术色彩有足够的警惕。他在1980年代末就说过"第三代诗歌中真正有意义的诗人正是那些对'第三代诗歌'这一概念进行背叛的人"[3]（P128）。不同于第三代诗人心态上普遍的自我膨胀和自发性的写作态度，韩东认为"诗是诗人们放弃自我的结果"，为了保证诗歌的质地，诗人需要进行"去粗取精，提炼、舍弃"的艰苦、耐心的工作[3]（P168—169）。他的文本浓缩、精确、细腻，外表单纯然而却是高度提纯的。吕德安的分寸感和语词意识，造就了当代诗歌中最安静、透彻、自足的文本，他和他使用的词语保持了一种最切身的关系。

另一些诗人的美学趣味带有更多的个人标记。西川1980年代的美学趣味带有古典主义倾向，充满自制而不乏感性的魅力；陈东东则是超现实主义和东方趣味的混合，早期的诗犹如一个超现实主义的杜牧；肖开愚则是一个驳杂的现代感性的容器，各种不同的美学倾向在这一容器中进行着热烈的反应，显示了奇特的活力和融合力；海子和骆一禾既有浓厚的浪漫主义倾向，也不乏敏锐的现代感性。

在美学趣味上，1960年代中后期出生的一批诗人显示了一种更加自觉的文学意识。他们大多受过象征主义美学的洗礼，天性中有一点唯美倾向，同时对西方现代主义诗歌有广泛的接触，心仪现代感性，对智性和感性的融合怀有浓厚的实验兴趣。他们追求文本的完整，讲究语言的质地，深爱节制的美德，反对感伤和滥情，把感情视为诗歌处理的素材，而不是诗歌的发动机。一种特殊的个人语调成为他们风格的一个显著标记。而过去中国诗人的声音模式往往是借用的。格律体诗人借用格律模式，自由体诗人也不得不借用他人的模式，如郭沫若对惠特曼的借用，贺敬之对马雅可夫斯基的借用。这种情况直到这一代诗人手上才得到彻底改观。他们的自信和个人价值观，使他们敢于在诗歌中采用一种完全个人化的语调发言，并使它成为其诗歌美学品质的最突出的特征。这种个人化的语调也带来文体上的一系列变化。这一时期最普遍的诗体还是自由诗。但是，自由诗的自由其实是外行的一个误解，在内行人看来，自由诗是最不自由的，它的每一个词语都是按照文学效果的要求，综合考虑形声义各方面的因素严格拣选的结果。在自由诗中，经验与每一首诗的特殊形式之间必须完全和谐一致。正因为它在形式上是"自由"的，所以它的任何败笔都是不可原谅的。无韵体诗的普遍采用是这一时期的另一显著特征。这也是诗歌声音模式个人化的一个结果。这种形式对个人语调的形成干扰最少，同时又拦蓄了自由的过分泛滥。它体现了这一时期节制和准确的美学要求。

这种个人化语调带来的另一个后果是诗歌风格上的"轻化"。虽然，韩东已经指出"诗歌在本质上就是轻的"[3] (P288)，但在第三代诗歌运动中，它并未成为一种普遍的美学品质。相反，那时的诗人们普遍染上了对"重"、对"大"、对洪亮的声音的狂热症。由此也可见出，韩东与他所影响的第三代诗歌运动之间的隔膜。"轻"成为一种共同的美学特征，主要体现在1960年代中后期出生的一批诗人的身上，如臧棣、黄灿然、朱朱、清平、杨键、叶辉等。对臧棣诗歌风格上的轻，王敖、胡续冬等批评者已作了很好的论述。由此带来的一个次要的后果便是所谓对大词的警惕。由此可见，这一代诗人不再自缚于某种主义的律条，而显示了一种把各种主义融进自身特殊的个性的能力。如果按照瓦雷里的定义，古典主义的特征就是心头带着一位批评家，那么这一代诗人的美学趣味中还有浓厚的古典主义成分，因为这些诗人写作中显现出来的批评意识可谓昭然若揭。因此，我们不能笼统地把他们的美学趣味称为象征主义的或现代主义的。某种程度上，他们是古典主义、象征主义、现代主义加个人趣味的四位一体的融合，显示了一种穿透文学史的意识和综合的倾向。就我的阅读范围所及，体现了上述美学特征的诗人名单至少应该包括像臧棣、戈麦、黄灿然、清平、麦芒、桑克、余怒、叶辉、哑石、朱朱等一批诗人。

四

这一代诗人对文学的自觉化的追求，还表现为语言意识的觉醒。这个过程开始于韩东的口号："诗到语言为止。"这个说法后来经常受到质疑，不少论者指责它把文学的效果仅限于文本的表面意味。但是韩东这一主张是针对朦胧诗过于注重诗的主题深度而无视文本的表观效果而言的，它至少有助于将文本的表观效果置于诗人的视野之内。第三代诗歌运动对活力的信仰，带来了语言的开放性，打破了诗歌语言和非诗歌语言的界限，口语、俗语、方言土语一股脑儿涌进了诗歌的疆域。诗人们放肆地废弃了语法，诗行中随处可见任意割裂的句子、随意并置的意象和词语的非法婚姻。这一时期的诗歌语言就像一个还处于草创期的强大帝国，四方的部落纷纷前来投奔，每天膨胀的版图把边界变得模糊不清——这时，土地还没有丈量，边界还有待勘察，法律还没有公布。这种情况到了1990年代有了重大的改变。

活力的重要性仍是共识，语言的开放性也得到了坚持，但是帝国的法律颁布了，各省的边界确立了，公民的权利和义务也得到了清楚的阐释。这种变化首先体现在诗歌的特殊句法向散文的正常句法的回归。特殊的诗歌句法仍在被使用，但它必须经受文学效果的严格的检验，否则，诗人将首选正常的散文句法。在此，诗人们再次申明了自己的自由：诗歌并非只能采用几种特殊的诗歌句法，而有权调用包括散文在内的全部句法。其次，它体现为对语言的精确性的追求。我认为这是这一代诗人语言意识中最具普遍性的东西。当然，这里仍然不得不排除某些第三代诗人。在某种程度上，对语言的精确性的追求已成为这一代诗人最基本的语言伦理或文学道德，并用它了结了上几代诗人普遍的道德强迫症。语言的精确性包含了几方面的综合要求：表达的简洁，语言的质地、敏感性、力度感的平衡，音节、语调的和谐，结构（句法和体式）的完整。这种对精确性的追求，要求诗人从效果出发，综合地考虑词语的形、声、义在诗歌表达中的特殊功能，不顾此而失彼。第三是肖开愚所说的语言的民主意识，它表现为一种把词汇当作材料使用的倾向。这一代诗人在拆除了诗歌语言和非诗歌语言的界碑的同时，开始学会平等地对待他们所使用的每一个词语。他们懂得美和诗意只存在于词语之间的关系中，而不在词语本身。他们学会了朴素的表达，摒弃了华丽的辞藻和那种言不及义的表达方法，使每一个词语的出现最大程度地服务于文学的效果。有趣的是，这种对待词语的民主态度，反而帮助他们驯服了语言这匹野马，使它在他们手下变得安静、耐心。这种意识也使得诗人和语言之间的一种新型的关系脱颖而出。

我认为这是这一代诗人的语言意识中另一个值得注意的现象，即把语言当作一个有生命的事物的意识。关于这一点，我觉得臧棣的蝴蝶论表达得极为精彩。我们不妨引用一下："语言和蝴蝶，有许多相似之处。至少把语言比作蝴蝶，会让我时常警醒语言是有自主生命的。蝴蝶在我眼里非常具有灵性。在野外捕捉蝴蝶，你就会发现蝴蝶具有一种幽灵般的能力，它能在你伸手触及它的刹那间，腾空翩翩飞起……"这种语言意识的一个结果便是这一代诗人开始学会尊重语言。对他们而言，语言的问题主要的不是一个如何驾驭它的问题，而是如何倾听和顺从的问题。这一代诗人由此建立了一种语言的发现观，即通过对语言的倾听、观察和揣摩，去发现事物之间被日常的经验和逻辑所遮蔽的关系，揭示事物潜藏的诗意。清平将之总结为语言与诗人互相发现、互相教育的关系。而在余怒那里，它表现为"不言说""让语言自语"的戒条。哑石则把诗歌视为"语言、灵魂同一的呼吸中具有自主性的生长之物"。吕德安认为在与语言的关系中，诗人既是主宰也是奴隶，"像春天的屋顶，承受着雪，同时也感到自己的消融"。我认为这种语言观在这一代诗人的写作中，产生了非常积极的后果，使得最近20年成为新诗史上最为活跃的诗歌发现的时代。诗歌的题材、主题丰富了，诗意的范围大大开阔了，形式更加花样百出了，技艺愈加精密了，诗人的意识日趋活跃……

先锋或先锋性，是贯串并深刻影响了当代诗歌进程的一个重要诗学概念。对这个概念的不同阐述，是当代诗歌中种种冲突、对立和融合的根源。在第三代诗歌运动中，它是一张人人想据为己有、可以立决胜负的王牌。1980年代诗歌的先锋性主要体现为一种盲目的、破坏性的力量，它的目标主要是涤荡以往的诗歌史加诸诗歌和诗人意识的种种限制，把一种原生性的生命力交还给诗歌。1990年代以后，诗人们的先锋意识也出现了微妙的变化，他们不再把诗歌的先锋性寄托于颠覆性、破坏性的革命原则上，而把它与一种理性的深谋远虑联系起来。它继承了1980年代诗歌所拓展的疆土，同时着手在这疆土上进行恢复和建设的工作。这个被继承下来的疆土主要是经验的开放性和实验倾向，同时利用秩序的力量驯服它们的破坏性。

在这一代诗人的诗歌实践中，直觉、感觉、想象、意识、日常经验以至历史事件，统统成为诗歌经验的来源，并在处理和转化上述材料的过程中显示出惊人的诗歌能力。一言以蔽之，这一代诗人的写作是基于经验的可能性，而不是经验的现实性。对诗歌经验的这种开放性态度，将当代诗歌引进了一个综合性和个人性的新境界。实验倾向曾经被概括为这一代诗人写作的一个本质性特征。这一代诗人以一种对待诗歌的实验主义态度取代了诗歌的本体论。在他们看来，没有任何先验或预设的东西可以保证一首诗的成功。这种实验倾向把诗歌带入了灵魂的冒险行动中。对这一代诗人而言，实验不仅是激发诗歌活力的需要，而且也是不断丰富我们的诗歌的意识的需要。这代人确实是幸运的：只有他们才有可能充分享受写作的快乐，把写作为一个自在、自为的事情。这也是这一代诗人特别高产的原因之一。

但是，经验的开放性和实验倾向都是双刃剑，它们在拓展诗歌的疆域的同时，也在悄悄耗损诗歌的美学品质。到1980年代末期，大多数的诗人们开始意识到这个问题，并对秩序的恢复和建设给予了巨大的热情。强烈的实验倾向并没有在这一代诗人身上引发文学的虚无主义，而是赋予了他们一种建设者的自信。与臧棣的诗的定义应该从未来寻找这一观点相反，陈东东有一个关于诗歌的说法："没有一个'诗的理念'，没有所谓'本质的诗'，诗又从何说起呢？……欠缺这样一个'纯诗'的概念，无法写诗，也无从谈诗。"如果我们不拘泥于从字面去理解臧棣和陈东东的说法，就不会得出他们的说法彼此矛盾的结论。事实上，两位诗人的说法是互为前提、互相补充的，它们相反而相成。照我理解，臧棣的定义是在强调诗歌对创新的要求，而陈东东则强调了这种创新与诗歌的理想秩序的关系。而臧棣也同样说过，诗歌的新很大程度上取决于它的"不新"。结合我们这里所说的两个特点，我们可以给出一个这一代诗人关于先锋的定义：从文学的历史所提供的关于诗歌和美的知识出发，通过灵魂的冒险，努力扩大我们关于诗歌和美的认识的边界。这个先锋性区别于第三代诗人的先锋性之处，在于它是建设性的，而不是破坏性的。

在新诗历史上，这一代诗人非常幸运地处在一个继往开来的位置上。从当代诗歌的进程来看，他们继承和发展了萌芽于朦胧诗的人的自觉化和文学的自觉化的进程。放在整个新诗史上来考察，他们则是处在一个近百年新诗史的总结者的位置上。现代汉语作为一种文学语言的日趋成熟、文学意识的丰富、历史对人的压抑机制的失效以及这一代人突出的诗歌才能，这一切都促使他们把新诗推上了一个前所未有的巅峰。与"继往"的特征相比，这一代诗人在"开来"方面的突出贡献更令人难忘。现代汉语诗歌的许多可能性是从这一代诗人开始的。他们开辟了新诗的诸多新领域。我相信他们已经取得的文学成就必将作为一个重要的文学传统，对新诗的未来产生深远的影响。这些都使我对新诗的前途充满信心。我认为，随着20世纪的逝去，新诗的学徒期已正式宣告结束了，我们再用不着在西方现代诗歌的深厚传统面前妄自菲薄，因为我们自己正在参与一个伟大诗歌传统的建设。

注释：

①张新颖的有关论述，转引自《"60年代"气质》（许晖主编），中央编译出版社2001年第2版，第30页。

②韩东：《关于诗的两段信》，载《青年诗人谈诗》，北京大学五四文学社，1985年，第124页。

③陈东东：《它们只是诗歌，现代汉语的诗歌——陈东东访谈录》（未刊稿）。

参考文献：

[1] 李皖.这么早就回忆了 [A].许晖."60年代"气质 [M].北京：中央编译出版社，2001：83.

[2] 臧棣.假如我们真的不知道我们在写些什么…… [A].肖开愚，臧棣，孙文波，等.从最小的可能性开始 [C].北京：人民文学出版社，2000：268—269.

[3] 韩东.韩东散文 [M].北京：中国广播电视出版社，1998.

原载《江汉大学学报（人文科学版）》2005年第5期

第三代诗歌中的文革隐迹书写

李建立

　　作为新时期文学的肇始，伤痕文学和反思文学所依凭的话语资源来自对"文革"创伤经验的书写和转化。今天来看，不管书写和转化的实绩与这场人类巨大悲剧所带给人们的伤痛多么地不对称，这曲挽歌队伍的主体——解放前就开始写作的"重放的鲜花"、归来者及红卫兵（知青）们——还是以文学的形式描述了一个荒唐的年代，并由于他们对身受创痛的诉说契合了主流意识形态在某个时段的需要，从而为他们赢得了在20世纪70年代末和80年代初发言的合法化地位。还有一些人，他们同样身受"文革"之害，但是由于年龄所限，在历史给定的控诉空间只能被他们的父兄虚构成一种微弱的声音成为他们经验的旁证，或者模拟为成人的声音淹没在他们父兄的合唱中，使得这种独特的创伤经验很少被历史打捞而没有得到足够的注视和尊重。他们大多出生在50年代后期到60年代后期，在"一个充满神话叙事的氛围"①中，他们被历史直接抛进了这个革命的洪流，他们同样聆听了无数革命前辈的英雄故事，父兄的言传身教成为他们成长过程的启蒙读本。由于年龄的限制和心智的不成熟，他们在离革命宏大叙事场景的最切近的看台或者就是在舞台的边缘，观看着甚至是模仿着他们亲近的父母兄姐的表演。但是，这并不足以成为抹杀他们"文革"经验独特性的根据，这种旁观者的童年经验极大地影响了他们的思想观念和话语实践。他们的历史（童年）创伤经验被遮蔽本身就显示了历史进行集体发言时整合能力的缺失和这种经验的异质性。

　　单就诗歌这一样式来说，他们面对的是朦胧诗的第三代诗人。要把属于自己的独特经验标举出来的第三代诗人，就需要对先在的写作策略"成规"进行调整。著名的第三代诗人丁当的《回忆》可以看作对自身写作视角转换的隐喻。在诗中，丁当处理了这样一种经验：回忆少年时从楼梯上摔下后的全部过程。"我玩味着疼痛、流血、摔倒的全部过程／哭泣的时间很长到天黑／直到遍地月色改变了我的处境"。到这里，读者以为作者将会有怎样一番抒情，结果没有，"直到我用心解了一天的大便／才安然无恙，动身回家"，到此，丁当并没有收手，"此时，轻佻地想起那伤心的一跤／幸灾乐祸直到天明／我用下流的腔调抚弄这桩往事／像摆弄一只捉到手的麻雀"。回忆的过程就是一个圈套，"轻佻""幸灾乐祸""下流""抚弄"这些词语已经透射出作者对事件本身的判断，可是诗的一开始他使用的是"伤心""悲哀""月色""处境"这些诗歌传统中可以好好煽情的词语，让读者的审美期待伤心地摔了一跤。不过，作者似乎也通过这种自然主义的笔触告诉读者：所谓回忆，在普通人那里，很可能就没有那么多矫情造作的感受，有的只是疼痛和哭泣本身，也就是这些体会在时间之流中不期而至的荡漾，就足以引逗着一个人进入回忆的"光晕"。用巴赫金的话，就是这些"比较粗陋"，"绝对欢快的，无所畏惧的，无拘无束和坦白直率的言语"，"都具有对世界进行滑稽改编、贬低、物质化和肉体化的强大力量"②。

很显然，少年在楼梯上摔下来的经历并非是一个致命的遭遇，也带来了足够的疼痛，由于没有其他人在场，或是其他人根本不认为这是一种值得长久为之动容的行为，而且过度的抚摸让这种疼痛突然显得虚假起来。但是，这的确是一种实实在在的痛感。只不过在现有的叙事模式里，处于较低的叙述层级（相对于主流的伤痕文学和反思文学），甚至根本就不在现有的文学视域之内，任何突出、放大只能被人认为矫情可笑。因此，"少年"必须对原有叙事模式进行整体篡改，比如运用更加原生态的语言进行逼真的"小叙事"。这涉及叙述语调、材质选择、语气转换和修辞调整等一系列的文本实践。

但是，作为旁观"文革"的一代人，第三代诗人似乎很少直接写作和"文革"相关的作品。其中一个重要原因是由于"影响的焦虑"和时代语境的转换，第三代诗人在获取话语权时采取了一种题材上的洁癖——对上一代（即朦胧诗）赚取大笔"象征资本"的"文革"经验噤声，他们直接对"文革"的书写就被延搁起来。或者通过极为隐秘的方式——而不是朦胧诗的写作姿态和言说语调——把"文革"对他们的影响泄露出来。同时，这种童年经验的影响更多地表现为一种心理的无意识，行为和文本是其在相应社会语境中找到的一个出口。弗洛姆曾提出，语言是文化的产物，总是与意识相联系，凡是表现为语言的，必是社会意识；由于通行语言无法提供表达人民内心体验的语词，因而必然压抑社会无意识；语言还通过语法、句法等压抑无意识；"整个语言包含了对生活的一种态度，从某一方面讲，语言乃是经验生活的一种僵化的表达"③。寻绎"文革"在旁观者身上的投射，可以进入其没有直接书写"文革"却同样体现为这种影响的其他典型文本。

一、抒情主体的在场和旁观④

在一个完整的冲突中，至少需要两种以上的力量才能产生背反，从而拉动故事的框架，使之成为一个动态的景观。也唯有如此，连贯的书写才成为可能。在这个意义上，被写下的历史就是由一个个值得被观看的冲突场景组成。但是，原生态的历史应该是一个不间断的、被大量繁文缛节填塞的绵延的河流，选择哪一部分作为叙述的材质往往取决于叙述者的价值观念和美学趣味。这种价值观念和美学趣味并不难在叙述者那里发现。比如他们的自我表白，作品中他们对诸种意识形态的好恶标准。遗憾的是前者往往不很可靠，理论与创作背道而驰者时有所闻，而后者多在那种冲突双方泾渭分明的文本中现身。在抒情作品中，需要一种更为便捷的视角：抒情主人公在文本中的美学姿态。

对旁观者来说，他们不是在场者。所谓旁观，就是置身于事件的中心之外，这一外围境地决定了观看者的视线、取舍、盲点与在场者的巨大差异。他看到的事件注定是不完整的，也可能是琐屑的，所以，除了自己所在的群体外，很难被别人信任。即使在所属群体，由于彼此观看角度各个不同，也会带来内容不同甚至是大相径庭的观察记录。他的发言至多是一种插入语。如果觉得必要，他将成为推波助澜者、幸灾乐祸者或者煽风点火者。由于利害并非直接相关（相对于在场者来说），所以他偶尔的插话可能是无关痛痒的，也可能是一语中的。

从这个角度看，韩东的名作《你见过大海》其实就是一个繁复的插入语。文学史学家往往被韩东对于朦胧诗精英化主题的拆解所吸引，其实这首第三代诗的开山之作也同样从美学姿态上为其后的反叛发出了第一声呼哨。⑤这首诗的一个特征是抒情主人公形象的消隐，一个潜在的发言者游走于诗行之间。他

中国当代文学史资料丛书

有着对生活现象的清醒认识：

　　　　就是这样／你见过了大海／并想象过它／可你不是／一个水手／就
　　是这样

　　诗中"你"始终是无处不在的（出现10次），且处于主语的位置，是
和大海有着语义或者文化情结上勾连的人。可无论你和大海有着怎样的关系
（"见""想象""喜欢"）都无法逃离潜在的"我"的探视。对"你"和大
海相关的可能，却未作过多的价值判断，只是一直在嘟囔"就是这样"（在总
共21个句子中，"就是这样"和稍加变形的"顶多是这样""人人都这样"
出现5次），把"你"的所有行为和愿望都置换成一个语义不确定的"这样"
（作为代词，"这样"是一个需要上下文才能确认其意义的语言符号）。由此
一来，潜隐的"我"就成为由"你"和"大海"所构成世界的旁观者，一个缺
乏判断立场的"发言者"和一个不打算提出任何法则的聒噪者。大海由于其始
终处于宾语的位置同时受到他和"你"的注视，也仅仅是被旁观而已，无法与
二者发生主动的关系，甚至其存在都是可有可无的，仅仅是一个没有外在形
象的观念之物：作者对它没有使用任何惯常的修饰词。正是由于这个生活的
旁观角色使其成了生活的隐秘和其虚伪性的洞悉者，他这种嘲讽的声音始终
在"你"——大海的向往者和既往的抒情者——左右回荡。读者只能从"你"
和"它"的运用中推知这是一个第一人称的使用者——"我"，也就是诗人自
己。可以看出，全诗表达效果的取得，也与因为缺乏介入意识的旁观而使用的
更具随意性的口语有着因果关系。五四新诗的源头，入诗的就是当时认为浅白
的口语，只是当时强烈的社会参与意识把语言视为一种被人们自由操纵的工
具。这首诗使用的口语当然不仅是一种工具，它就是意义本身，与诗人的审美
视角共同组成了对现实的旁观姿态。按照索绪尔的观点，言语是高于语言并先
于语言的，具有在场性、直接性、稳定性和生发性。只是在韩东这里，使用言
语获得的在场只是观望，直接但没有因之带来意义，像一个幽灵徘徊在朦胧诗
人——诗歌新规范的立法者、历史充满激情的代言人——的头顶。
　　表面看来，"文革"的在场者在"文革"后写了"介入"的诗，充分展示
了知识分子的社会批判功能。对当时的文学场域进行考察，很容易发现，未加

反思的"介入"和启蒙形成了一种新的权利。而且在这张网络上，知识分子也一直为隐形的权利所制约。他对社会的发言在很大程度上并没有超出主流意识形态的许可范围。当然，并不能因此对写作者所承担的道义上的责任进行过多的批评，应该把视角转向写作者究竟与作为客体的世界建立了怎样的现象学关系，从而跳出道德和美学的二元对立立场，充分考虑写作的难度，并在此意义上理解写作者的处境和他们必要的取舍。

到此处，可以面对旁观者作为在场者的一面了。俗语中历来有"当局者迷、旁观者清"的说法，就是指旁观者虽然不足以影响事件的进程，但是，的确出现在历史的现场。他观看了事件的全部过程，也曾作为"池鱼"被殃及，因此，他洞若观火，知晓当事人不知道或者没有来得及知道的权力隐秘。但是，他又不可能建立新的权力体系，因为他见过各种权力和威严，也目睹其崩塌（在某种意义上，"文革"的前前后后就是各种权威的此消彼长）。因此，他对所有既成的象征体系始终表示质疑，尤其是种种象征物背后潜藏的观念，都将被他弃置不用，他试图每一次抒情时都在词与物之间建立"第一次"的关联。丁当有一首写到开封的诗。可以猜想：之所以要把开封写进一首诗，很明显就是诗人在与这个城市的交往中产生了一种对话关系，是作为七朝古都的开封所蕴藏的丰厚文化让诗人有了抒怀的冲动，还是要对昔日都城的繁华不再发出感慨？很显然，这是面对历史遗迹时的两种惯常姿态。丁当却是这样经过开封的：

> 列车经过开封／我动手削一只苹果／这只苹果小得可怜／经过开封十分难堪／／车窗外的开封是一堵砖墙／一个铁路工人背朝我两手背剪／我的目光在他和墙之间游离不定／同时谨防小刀将手指划破
>
> ——丁当：《经过开封》

由于丁当在这首诗中没有直接提及开封的文化物象，似乎是丁当"不负责任"地让诗歌与城市擦肩而过，不免让人失望。其实，那些怀古凭吊的抒情套路正是丁当要规避的。他很明白开封之"大"，这从"这只苹果小得可怜／经过开封十分难堪"可以看到，所以丁当的打量落在了车站的一堵砖墙和铁路工人这些他实实在在的看到的情景上，与此同时"谨防小刀将手指划破"，这就是他经过开封时留下的记忆底片：一种杂糅着微小痛感的个人体验。同时，这也是一首自我指涉的元诗：那只苹果是对文本的隐喻，削苹果就是写作本身。为了不让自己在削苹果时因为走神伤及自己，乘客小心谨慎，提醒自己不要耽于看风景。而处于写作状态的诗人则告诫自己不要受既有的观照方式的魅惑，从而陷身庸常的审美习惯。他及时调整了自己的写作姿态，为开封留下了这只清凉真实的苹果。

二、作为另一种旁观的乌托邦

尽管在上文曾提到旁观者由于童年经验的作用很难去相信某种外在的价值系统，但这并不意味着他们没有写作上的野心。或者说，在现有的观念系统提供的多种可能性中出走，从根本上改换现有选项的分类标准，从而建立更为内在的价值取向。从这一点，可以部分地解释在80年代这样一个继"五四"之后再次崇尚思想"启蒙"的时段里，为什么在各种文类中都有相当一部分人对"纯文学"青眼有加。对诗人来说，向诗歌内缩，就是在这样一个语言空间里构筑新的乌托邦——一种反主流意识形态乌托邦的乌托邦。

以海子为例。海子的诗歌理想就是写作一种"伟大的诗歌"，即"伟大的诗歌，不是感性的诗歌，也不是抒情的诗歌，不是原始材料的片段流动，而是主体人类在某一瞬间突入自身的宏伟——是主体人类在原始力量中的一次性诗歌行动"[⑥]。提起海子不能不提起朦胧诗后期的史诗写作。因为海子毫不讳言他的伟大的诗歌与杨炼、江河的关系。[⑦]学界也常常从此处对这些鸿篇巨制进行归类。但是，本文认为，和朦胧诗的史诗写作相比，有着旁观者经历的海子不可能简单地重复这一形迹可疑而且注定行之不远的写作路向。后者的写作冲动先天性地决定了其在诗歌中对人类蒙昧状态的追索不是一种客观考古学式的记录，而是一种带有叙述人强烈主观好恶和明显价值判断的文学夸饰。由于反思无法更深层次地进行下去，至少不能直接对现实层面发言，更重要的是开创的狂想让作家们深深着迷于整体的甚至是民族根部的开掘，企求在这种开掘中发现生生不息的生命原动力，从而以一种先验的或者说更为简捷的方式解说启蒙的可能性，当然，也要发现历史被羁绊的根源。杨炼的《诺日朗》《半坡组诗》《敦煌组诗》《西藏组诗》等，江河《太阳和它的反光》等都是这类作品。江河在1980年左右就曾呼唤史诗："为什么史诗的时代过去了，却没有留下史诗"⑧，"我要写这个古老大陆的神话，写中国的史诗"⑨。史诗写作出现了一大批跟进者，如欧阳江河、石光华、廖亦武、宋渠、宋炜等。尽管这些探索者是以现代人的意识去重新释读先民远古的遗迹和古老的文化典籍，但他们一厢情愿地认为源头的活力可以注入现代人的文化基因之中产生新的生命力。这种生"根"或"根"除的热望让他们深深迷恋，一种重拙艰涩的现代大赋成了他们言说自身立场的依凭，他们在今天作者群的写作资源耗尽后，做出了积极探索，可是，这仍然是一种独白的声音，诗人的主体仍然建构在一个庞然大物上。

在海子的诗作里，用语言建造了一个天地。在那里，人类诗意地栖居，他们劳作、生育、睡眠，而这些都是一种自然的歌唱：即具有韵律感的语言使人类的生活具有了诗意的美感。

　　秋天深了　神的家中鹰在集合／神的故乡鹰在言语／秋天深了，王在写诗／在这个世界秋天深了／该得到的尚未得到／该丧失的早已丧失
——海子：《秋》

在这首诗里，一切都发生在"神的家中"，一切都在神性的烛照下共在。正如海德格尔所认为的那样，诗是对神性尺度的采纳。惯常文化语境中凶猛的鹰在神性的护佑下，它的行为方式是说话。这里的王却不是俗世中的专制的统治者，他维持世界秩序的方式是写诗。秋天是收获的季节，同时也是大地走向贫瘠的开始。此时，要使大地重获意义，就只有用咒语一样的语言，对万物进行"原初命名"，"当万物被命名而首次彰显出来，人的生存便被带入了一个确定的关系，便获得了一个基础"。同时，"此自由不是无原则的随意专断和随心所欲，而是最高的必然"。⑩也就是"该得到的尚未得到／该丧失的早已丧失"。这个写诗的王其实就是诗人，他在这个世界里称王，是诗歌"皇帝"，而读者正在以自己的写作和阅读进入这个世界。这也是对人的一种隐喻，人在大地上的存在是有限的，这种有限性限制了他对世界的认知。生活在这个语言乌托邦里要学会意识到自身的限度，从而以神性的尺度来度量自身才

能避免因自身狂妄造成的过失。此外，人与自然的关系是这样的：人的肉体性存在注定了他归属于自然大地。因此，他必须与自然万物共在，自然大地才是他真正的家园。因此，人在本质上不应是自然万物的征服者而是看护者，人在本质上不是生存于世界而是栖居于大地。在这种情况下，诗意的栖居意味着与神共在，接近于万物的本质。这里的王即诗人通过自己的写作使大地意义化。他是"自然之家"的朋友，他深切地看护着"自然的自然性"。很显然，这是一个驱逐了暴力和权利的澄明之境。和"史诗写作"的区别在于这种乌托邦狂想并非着意于对人类缺陷的修补，而是从根本上构造了一个别样的世界。

　　然而，人的存在是一种先行关联到他者的存在，乌托邦也不能删除绝对的他者。这很像海德格尔提出的人在大地上诗意的栖居绝不是一种浪漫诗化的栖居，而是在神缺席的境地里，所不得不艰难抗争的本真栖居。和史诗写作者对自我营造的乌托邦种种潜在或显在的期许不同，海子尽管已经向着世界背过脸去，狂热地颂赞这个语言的世界，甚至"走到了人类的尽头"，可是他知道：

　　语言的本身／像母亲　总有话说，在河畔／在经验之河的两岸／在现象之河的两岸／花朵像柔美的妻子／倾听耳朵和诗歌／长满一地／倾听受难的水／／水落在远方

——《给母亲5：语言和井》

　　而所谓远方："除了遥远一无所有"（《远方》）；所谓"诗歌皇帝"："当众人齐集河畔　高声歌唱生活／我定会孤独返回空无一人的山峦"（《汉俳9：诗歌皇帝》）。海子一直在诗歌中渴望的飞翔一点也不轻盈，相反，是在承受不能承受之重后的挣脱和对宿命的逃逸："和所有以梦为马的诗人一样／我也愿将牢底坐穿"（《祖国［或以梦为马］》）。与当时主流意识形态所规划的乌托邦和史诗写作强烈的济世理想的最大不同，在于海子所追寻的只是语言的乌托邦，是对前者完全失望后的另一种精神抚慰，只是其悲剧性在于他在出发时就已经知其不可，而不是喜剧性地制造新的冲动。

三、对自身喜剧化的自觉反省

或者可以说，海子这种反乌托邦的乌托邦不仅是作为一种个人的希望而存在，更多的是一种超验的信仰，所以在强势的理性逻辑面前，显得异常地虚弱。日常生活是琐屑和庸常的，昔日的立法者要接受生活法则的切割，这不是一个振臂一呼应者云集的革命年代，诗人知道努力挺进的虚幻性。无论是否出于自愿，他们的姿态只能是不断地后撤。此时，如何将自己在当下获得的经验进入诗歌成为一个重要的问题。先来看看旁观者的爱情：

> 你看看，这就是我，天生的人物／生在中国，住在二十世纪／我和以往的祖宗们一样，吃着、喝着／梦想做名人，并为爱情而哭／／我夜夜梦见那些古代的美人／西施、貂蝉，还有出浴的杨贵妃／用不着军队，我一个人杀入情场／拿一支无声手枪，或者一张电影票／把她们周围的帝王一一打败／就得到了她们，用不着一滴忧伤的眼泪／／我把她珍藏在家，用一台电视机拴住／对她讲科学，讲电灯的发明／我给她买手表，买玩具汽车／当然还有牛仔裤、超短裙、法国的香水／／我说这是玉皇大帝的外孙／偷偷下凡，和她共享天伦之乐／我说外面每天都打仗、车祸、煤气爆炸／你要呆在家里，千万不要出门／／我每天照常上班，对当代姑娘不屑一顾／人们议论纷纷，这家伙怎么突然变样／我下班匆忙回家，和貂蝉或西施接吻／坐在破沙发上，犹如赫赫帝王
>
> ——丁当：《背时的爱情》

杰姆逊曾经提出，在这个世界里，果树是从贫瘠土壤里长出的古老枯竭的枝条；村里的人被折磨得疲惫不堪，成了一些关于人类基本面貌特征的最怪异类型的漫画。那么何以在凡·高的画里，像苹果树这样的东西会爆发成引起幻觉的色彩，而他的村庄原型又被涂上了鲜艳夺目的红红绿绿的色彩？旁观者的生活是灰色的，可是在他们的书写中，却把自己写成了不可能的"帝王"，他和朋友讨论国家大事，自己却无所事事；在诗歌里像一个饕餮之徒享用文明的所有成果，自己却穷困潦倒。这也如同凡·高"把一种无生命的农民的客体世界主观和粗暴地转变为最灿烂，纯油彩的形式，应该被看作是一种乌托邦的姿

态，一种补偿行为，它停止生产一种全新的乌托邦感觉领域"⑪。他们将自身生活情景戏剧化，同时以对自身的反讽获得了自身向世界的开放性，也就是借助自我封闭的在场的墨汁，写下的却是对自己事实上不在场的揶揄。

这种带有喜剧色彩的自我审视也表现在对自己所属群体的审视中。在50—80年代的诗歌作品中，适应于对集体主义的赞颂和群体力量的崇敬，"我们"是一个出现频率很高的人称，如果其中出现个人形象，一般也是对某个阶级类型化的产物。如伐木工人、纺织厂女工等。朦胧诗中由于对这种集体精神的不信任，很少出现复数形象。第三代诗人没有这种人称上的洁癖，旁观的经历让他们看透了一切：群体会转化为压制力量，由强大的个体（英雄）堆积而成的群体同样会形成话语霸权。在李亚伟的代表作《硬汉们》中，反复使用"我们"这个人称，只不过在"我们"自己看来是这只是一群"腰间挂着诗篇的豪猪"，抒情主体对自己的形象进行了粗鄙化的处理。在我们眼里，"生活不过是绿棋和红棋的冲杀／生活就是太阳和月亮"，而"我们仍在看着太阳／我们仍在看着月亮／兴奋于这对冒号"，通常诗歌题材处理的自然伟力或政治寓意的象征体在"我们"的眼里变得渺小和庸常。出现这种变化的原因是我们看的方式："用悲愤消灭悲愤／用厮混超脱厮混／在白天骄傲地做人之后／就冲进电影院／让银幕反过来看我们"，正因为是银幕看我们，我们成为一个被观看的人群，被别人旁观，于是行为就有可能幻化为表演。不同的是，我们明白这种表演本身的虚幻性："我们成了教师／我们把语文教成数学／我们都是猎人／而被狼围猎，因此／朝自己开枪 成为一条悲壮的狼"，我们成了我们自己的旁观者，对自己处于舞台或讲坛中心的形象大加挖苦。在第三代诗人的诗作里，常常有对自己生存状态的反省："在别的地方／我们常常提到尚义街六号／说是很多年后的一天／孩子们要来参观"（于坚《尚义街六号》）好像对自己的生活场所和日常行为有着某种类似于将来成为伟人从而被纪念的期许，可作者一旦把这种小人物的奢望直白地写出来——期望有一天接受后来者的旁观，再和前面描述的世俗化场景结合起来，就具有了反讽的意味——旁观者对在场后的有所期待同时又明了在场后被喜剧化的后果。"'抒情的主体'在文学的交流体系中具有某种社会伦理功能；一个诗人的抒情自我是一个在语言中逐步被构成的过程；这个过程可以作为一个自觉的社会学批评过程被加以认知。"⑫从第三代诗人对自我身份的指认可以看出，这个旁观者形象不屑于成为立法者和代言人，同时他对某个庞大话语主体抱有足够的警惕：一种小心谨慎的介入，并对自身的话语实践有着必要的自嘲和自省。

于坚在最近的谈话中称，"这一代作为特殊的身份很少被谈论到，我恐怕是中国少数几个意识到这一代人的存在的人之一"，"作为文学艺术，他们或许成就辉煌，但作为普通人，他们已经完全消失了。红卫兵老知青可以以明确的身份特征继续存在，例如出版可歌可泣的'青春万岁'系列丛书、张罗各式各样的'老知青饭馆'、联谊会等等。70后也有许多鲜明的身份符号，卡通、网络、麦当劳什么的。而这些人夹在总是光荣正确的红卫兵和舍我其谁的'70后'、'飘一代'之间，不老不小、一群灰色的小人物，没有标志、总是赶不上时代的快车"。⑬但是，文学研究不能因此放弃对之进行整体观照的可能。同时，在对诗人行为和文学文本的解读中，可以充分认识历史事件相互间的纠结，因为在这里"每一个词……都是一个小小的竞技场，不同倾向的社会声音在这里展开冲突和交流。一个人口中的词是各种社会力量活生生的交流互动的产物"⑭。

还应指出，在这里对第三代诗人出场时的话语实践进行阐释并非通过发现它与"文革"的复杂关系来对他们进行不洁指认，知识考古的目的只是为了通过深入事件发生的历史语境和产生的历史文本，更好地理解历史当事人选择的策略性。

注释：

①包亚明：《关于我们这一代人》，《"60年代"气质》，中央编译出版社，2001年，第260页。

②巴赫金：《拉伯雷研究》，李兆林等译，河北教育出版社，1998年，第224页。

③弗洛姆：《在幻想锁链的彼岸》，张燕译，湖南人民出版社，1986年，第93、123页。

④必须指出，作为80年代自朦胧诗之后最重要的新诗写作现象，第三代诗歌运动由于自身的复杂性为多种阐释的展开提供了可能。本文从旁观者的角度所做的分析，只是多种阐释可能性之"一种"。

⑤王一川曾从语音和修辞方面对这首诗有过较为深入地分析，见王一川《从"大海"回到"海"》，《诗探索》1997年第1辑。在这里笔者将从人称的角度提出看法。

⑥海子：《诗学：一份提纲》，《海子诗全编》，三联书店，1997年，第896页。

⑦海子：《伟大的诗歌》，《海子诗全编》，三联书店，1997年，第898页。

⑧江河：《青年诗人谈诗》，老木编，北京大学五四文学社，1985年，第23页。

⑨肖驰：《〈太阳和它的反光〉的反光》，《文学评论》1985年第5期。

⑩海德格尔：《荷尔德林诗的阐释》，孙周兴译，商务印书馆，2000年，第44—45页。

⑪杰姆逊：《后现代主义，或后期资本主义的文化逻辑》，《二十世纪西方文论选》，朱立元等编，高等教育出版社，2002年，第455页。

⑫耿占春：《作为自传的昌耀诗歌——抒情作品的社会学分析》，《今天》（海外民刊）第66期。

⑬见笔者于2004年11月11日对于坚的访谈：《我的写作开始就是结束》，《星星》2005年第1期。

⑭巴赫金：《语言创作美学》，转引自克拉克、霍奎斯特《米哈伊尔·巴赫金》，语冰译，中国人民大学出版社，1992年，第269页。

原载《中州学刊》2006年第1期

第三代诗歌研究资料

《尚义街六号》的意识形态

杨庆祥

作为已经被纳入文学史经典的第三代诗歌的代表作《尚义街六号》（以下简称《尚》）自它在1986年发表以来已经引起了广泛的关注，据粗略统计，关于它的研究文章有近50篇[1]，这些文章基于80年代初确立的批评方式，要么是围绕"语言"和"形式"进行文本细读分析，要么以宽泛的整体化研究代替细致的文学史梳理[2]，虽然这些研究对《尚》的意义之阐释和文学史地位之确立功不可没，但由于缺乏一种比较开阔、全面的历史（文学史）眼光，许多的问题并没有得到廓清，并在一定程度上引起了认识上的混淆。在近20年后的今天来重新谈论《尚》，置身于完全不同的历史语境和知识气候之中，我们或许要更加谨慎地追问这些问题：在语言与形式的背后，《尚》与朦胧诗的意识形态观念究竟有何区别？这种区别是因为哪些历史因素和个人气质造成的？意识形态的差异是否意味着"新诗潮"的起源、发生存在着"多元化"的可能？等等。本文将围绕这些问题展开论述，并试图在一定的范围内展示80年代初新诗潮本身所具有的差异性和它与历史之间的复杂纠缠。

一

1978年，新诗潮的核心刊物《今天》在北京创刊。从刊物名字和它的"致读者"中，我们可以看出一代诗人对一个时间概念——"今天"的突出强调。在"致读者"中有这样一段话："四五运动标志着一个新时代的开始，这一时代必将确立每个人生存的意义，并进一步加深人们对自由精神的理解；我们的文学艺术，则必须反映出这一深刻的本质来。""我们的今天，植根于过去古老的沃土里，植根于为之而生、为之而死的信念中。过去的已经过去，未来尚且遥远，对于我们这代人来讲，今天，只有今天。"[1]对"今天"的强调并非出于一种简单的要求文学与当下拥抱的渴望，实际上，这一"口号"的提出有着深刻的文学史背景。日本学者竹内实在1971年的一篇研究中国50—70年代文学的文章中曾经谈到："在我看来，社会主义文学中写明天的指向，其本身强调着眼于未来这一关注点，实际上是关于禁止写今天的一种借口，或者是要使人们模糊对写今天的关注。"[2]竹内实由此得出一个结论，中国的"社会主义文学"实际上是一种"写明天"的文学，在昨天—今天—明天这一三维时间向度中，"今天"被搁置或者说被"取消"了。所以，当1978年《今天》刊物大声呼吁"今天，只有今天"时，它实际上是在试图提出一个"新"的文学写作原则或者说试图引导一种不同于前此的文学写作方向。

在《今天》刊物的"致读者"中，有这样一段话："过去，老一代作家们曾以血和笔写下了不少优秀的作品。但是，在今天，作为一代人来讲，他们落伍了，而反映新时代精神的艰巨任务，已经落在我们这代人的肩上。"[1]这段话不仅可以看出"今天"诗人要求与"历史"实现断裂的决心，更重要的是，它透露出了他们所理解的"今天"的含义，即：新时代的精神。这一所谓"新时代的精神"在后文中得到了更具体的阐释——"确立每个人生存的意义"和"加深人们对自由精神的理解"。将"今天"与生存意义之确立以及自由精神之理解联系起来，必然使"今天"诗人的作品中呈现出比较"宏大"的抒情叙事。我们可以分析下列"经典"诗句："新的转机和闪闪的星斗，正在缀满没有遮拦的天空。那是五千年的象形文字，那是未来人们凝视的眼睛"（北岛《回答》）；"黑夜给了我黑色的眼睛，我却用它寻找光明"（顾城《一代人》）；"一切的现在都孕育着未来，未来的一切都生长于它的昨天。希望，而且为它斗争，请把这一切放在你的肩上"（舒婷《这也是一切》）。在这些诗句里，"今天"并不是作为一个具体可感的个人生活时间来出现的，它一方面联系着"五千年的象形文字"和苦难深重的"黑夜"，另一头又指向"新的转机""光明""希望"和"未来"。实际上，北岛、顾城、舒婷的"今天"是一个抽象的时间观念，它依然处于昨天—今天—明天的三维历史进化中，并在对过去的"苦难叙述"和对未来的"热切渴望"中被"搁置"了。因此在这一点看来，我认为朦胧诗并没有超越"社会主义文学"如竹内实所概括的"写明天"的逻辑,它在内在气质和历史意识上与"社会主义文学"维系着一种血肉模糊的剪不断理还乱的关系。

虽然《今天》诗人群在1985、1986年左右就奠定了其在文学史上的经典地位,但"今天"诗人们所想象和写作的"今天"并不能代表80年代初诗歌写作界对"今天"的全部认识,也就是说,对"今天"的认识在80年代初就呈现出了很大的差异性。这种差异性至少在1982年的写作中就完全显示出来了,并在随后的写作中继续扩大。1982年,于坚写作了《罗家生》,1983年写作《尚》,这两首诗歌所叙述的"今天"与北岛、顾城、舒婷等诗歌中的"今天"截然不同。

在《罗家生》里,罗家生作为一个普通工人的生老病死似乎和历史并没有发生多么尖锐而痛苦的纠缠,"文化大革命,他被赶出厂",这是唯一暗示了历史暴虐的地方,但是作为一个具体的个人,罗家生并没有在这种历史的暴虐中成为一个朦胧诗式的"英雄"或"战士",他回避了与历史发生冲突的可能,以一种卑微的姿态生活下去。"今天"对于罗家生来说,意味着工作、结婚、生子和死亡。于坚没有叙述罗家生的"过去",又以突然死亡的方式宣告了他"明天"的不可存在。在《尚》里,于坚给我们呈现了一群小知识分子的"浮世绘":老吴在尚义街六号的二楼晾裤子,老卡在翻黄色书刊,李勃在讲文坛内幕,朱小羊的手稿乱七八糟,于坚一心想着成名。"尚义街六号"这样一个具体的地点把他们牢牢地固定在日常生活的层面。在这样一个具体的"地点"里,"历史"消失了,"今天"变成一个既无过去亦无未来的具体"存在"。老吴、朱小羊、老卡、于坚的职业是什么?有过什么样的经历?他们对于未来有什么规划?《尚》对这些都没有作非常清楚的交代。《尚》中的这群人既无"苦难"的过去(如北岛式的),也没有"童话"般的未来(如顾城式的),当"今天"从一种线性进化的矢量中抽离出来时,"历史"似乎告别了朦胧诗提供的关于"确立个体生存的意义"和对"自由精神追求"的宏大抱负。"一些人结婚了/一些人成名了/一些人要到西部","恩恩怨怨/吵吵嚷嚷"。[3]这是一幅琐碎的、物质化的,甚至有些庸俗和自我调侃的"今天"图像。

对"今天"认识的差异实际上也就是新时期伊始人们对中国社会历史认识的差异。文学史叙述和教育往往使我们认为新时期开始人们对历史的认知和体验都是一致的，这种一致又被文学史从两个方面予以强化，一方面是将像"伤痕文学""朦胧诗""改革文学"这样的文学概念予以经典化③，另一方面，就是对作家进行严格的代际划分。这种种的努力都在一定程度上造成了历史叙述声音的"单一化"，抹杀了历史应有的复杂性。比如，将于坚及其作品纳入"第三代诗歌"或"第三代人"就在一定程度上"取消"了对新诗潮进行多元叙述的可能。这是下一节我们要讨论的问题。

二

新时期以来，文学界对代际的划分非常热衷，小说界的所谓复出作家、右派作家、先锋作家，诗歌界的复出诗人、朦胧诗人、第三代诗人等等都是这种划分的直接结果。与划分结果的明确相比是划分的标准一直相当模糊。以诗人为例，于坚是第三代诗人的"代表诗人"，而他的年龄实际上要比其他的第三代诗人要大一些，他出生于1954年，在第三代诗人中，于坚被戏称为"老于坚"，实际上他的年龄更接近顾城（1956年）、舒婷（1952年）等朦胧诗人，也就是说，如果以出生年龄来划分代际，于坚应该和舒婷等朦胧诗人属于"同代人"，实际上不仅他们的出生年龄比较接近，他们开始写作的时间也基本一致，大约都在1970年④，这样一来，于坚和朦胧诗人的"今天观念"的不同似乎就不是一个"代际"就能解释得了的问题，而是一个历史在其起源时刻就存在的差异性问题。

在对朦胧诗最早的推荐以及后来的争论中，对朦胧诗无论是正面还是反面的批评文章都注意到朦胧诗歌中存在着一个"潜文本"，这一"潜文本"就是"文革"十年对一代人的生活写作造成的巨大影响。在《新的课题》这篇文章中，公刘认为："而不幸客观存在着的，却是被林彪、四人帮所代表的极左路线把这一切都搞乱了、破坏了的痛心的事实。有一部分青年由此在政治上得出了不正确的结论，……其中满怀激越，发而为声的，便是目前引起人们注意的某些非正式出版物上的新诗。"[4]公刘的这段话不仅指出了朦胧诗产生的历史背景和时代动因，实际上也暗示了朦胧诗的写作上的一个基本特征，正是在和"文革"这样一段历史的辩驳、诘难、抗争和纠缠中，朦胧诗歌才获得了其丰富的社会学含义，可以这么说，没有对"文革"历史的升华、发挥也就不可能有激动人心的朦胧诗歌。顾城在一次访谈中非常自信地说："为什么许多读者并不是很多的青年，会通过所谓的朦胧诗在遥远的地方共振？完全是超现实的直觉吗？不，更重要的，是一代青年的共同遭遇，共同面临的现实，共同的理想追求。"[5]480这种所谓的共同的遭遇、现实和理想追求用吴俊在一篇文章中分析的话来说就是："完整地经历过文革的人更有一种历史使命感和担当意识，更具有历史的庄严感和严肃性。"[6]

但是，问题果真如此吗？如此统一的关于"文革"的体认和书写没有例外吗？在1998年的一篇文章中，于坚说"在四十岁之前，我至少经历了四个时期……五十年代，文化大革命年代，思想解放的年代和市场经济的年代。但是在另一方面，时代的变化却很少影响到我的生活，我的生活平淡无奇。"对于"平淡无奇"他在下文中有更具体的解释："并没有那种九死一生的际遇，我没有被流放、坐牢。"[7]朦胧诗人所反复书写的苦难似乎在于坚的"文革"中并没有出现，相反，他的"文革"还有很多很有趣的故事发生。在另一篇文章中，于坚回忆了1970年发生在他们家大院里的一件"大事"，那就是一个干部买了一台电视机，然后每天全院的孩子（于坚其时已经14岁）都搬着小板凳到他家去看电视，并受到了那个干部的热烈欢迎。虽然这种其乐融融的场景没有持续太长时间，但其原因并非来自政治方面，而是那个干部难以忍受孩子们的吵闹。[8]在此我们看到的是一个很平静，生活气息十足的70年代，它确实如于坚所言，相当"平淡无奇"。虽然有人再三提醒于坚关于"文革"恐怖和苦难的记忆⑤，但于坚以没有"看到"过拒绝了关于这方面的书写，他更乐于回忆的是他脸上的疯长的青春痘给他带来的烦恼和自卑。[8]在他的记忆和书写中，"文革"虽然也有恐怖，压力，但更多的是一幅日常生活图景。⑥

这样一种平淡无奇的"文革"体验和记忆使一个高度一致化的关于"文革"的叙述在《尚》里面遭到了"拒绝"，我们注意到在《罗家生》里有这样一句："文化大革命，他被赶出厂。"在《尚》中也有这样一句话："有一人大家都很怕他，他在某某处工作。"这两句都可以认为是关于那段"暴虐"历史的阴影。这是我们注意到这种书写和朦胧诗的书写非常不同，不仅在篇幅上只是一笔带过，更重要的是在情绪上这种"文革"的记忆和书写并没有带来感情上的升华和叙述上的"戏剧效果"，实际情况是，这种书写即使不是可有可无的，也仅仅在诗歌中享有同其他故事、人物、感情平等的地位。正是由于

中国当代文学史资料丛书

这段"历史"的缺席，于坚的"今天"才摆脱了在线性历史中的"升华"，在《尚》里面得到了"空间化"和"具体化"。套用柄谷行人在《日本现代文学起源》中的一个名词，对"文革"的这样一种体认是《尚》"今天"观念得以形成的一个"认识的装置"。

对"文革"的认识和体验固然对于坚历史观和现实观（今天观念）的形成产生了重要的作用，但这并不是问题的全部。毕竟，对于一个具有高度自觉性的诗人而言，其"观念"之形成不仅依赖于具体的经验和实践，也会受到来自包括文本、阅读等以"知识"形态出现的东西的形塑。

吴俊在一篇讨论60、70年代出生作家的文章中曾经指出，大学图书馆的开放与否，对这些作家的阅读和写作产生了很重要的影响[6]，而贺桂梅在《先锋作家的知识谱系和意识形态》一文中，干脆就把"阅读书目"作为考察先锋作家的一个重要的参照系[9]。由此可见，阅读哪些作家，阅读哪些书籍所构成的"阅读接受史"也在一定程度上构成了"历史"的一部分。

由于受到资料的限制，讨论于坚的"阅读书目"是一个比较困难的话题，到目前为止，于坚仅仅在1998年的一篇访谈录中比较简略地提及了他的阅读情况，为了便于分析，将这段话抄录如下：

> 早期有惠特曼、罗曼·罗兰、雨果、泰戈尔、莱蒙托夫、普希金、屠格涅夫和托尔斯泰等，契诃夫我非常喜欢。这些作家在文化大革命期间对我影响非常大，教我如何看待世界，如何人道地对人，对我的人生观有所影响。[7]

仔细分析这样一段话会发现一些比较有意思的信息。虽然于坚列出的作家有近10位之多，但基本上是以惠特曼为代表的19世纪的所谓"浪漫主义"作家群体，从这一点可以看出于坚作为顾城、舒婷的同代人的一致性，比如顾城就在一篇访谈录中谈到惠特曼对他影响至深，[5]473对自由的渴望，对人性的呼求，使那一代人基本上选择了19世纪作家作为阅读的"典范"。但有一点显示了于坚和他们之间的区别，那就是于坚特别强调了"契诃夫我非常喜欢"，如果仅仅是从"人道主义""人性"这个角度，于坚没有必要非得强调契诃夫，契诃夫与上述那些19世纪的"浪漫"作家之间的区别，可能正是对日常生活的关注，卑谦的小人物眼光，冷静而低调的叙述，而这些，正好比较对于坚的"胃口"。

在同一篇文章中，于坚还提到：

> 到了八十年代，我看的外国书更多了，是跟存在主义、语言学派有关的，如萨特、海德格尔、波普尔等，还有卡夫卡、加缪、罗布—格里耶、乔伊斯、拉金、奥登，这些写作与日常生活关系密切的诗人对我的影响最大。我不大喜欢浪漫主义的、乌托邦式的、玄学派的诗人。

从这样一段话中，我们可以看到作为拥有"学院"身份的于坚与朦胧诗人的不同。于坚1980年考入云南大学中文系汉语言文学专业学习，大学教育的"系统化"和"专业化"使于坚对自己的阅读有更为自觉的选择。在某种专业的"眼光"下，于坚在纷繁复杂的书籍中选择了"写作与日常关系密切的诗人"。这种选择既有早期契诃夫潜在的影响，也有80年代"文化热"的时代驱动。正是从自己的体验（对"文革"的体验和对80年代的体验）出发，于坚将自己的阅读和写作牢牢锁定在"日常生活诗人"这一块，并直接表达了对浪漫主义、乌托邦等所谓"二十世纪精神倾向"⑦的反感和拒绝。虽然不能确定于坚的这些事后"追认"的"阅读史"是否有诗学策略的成分，但从于坚在《尚》等作品中的写作来看，这种"观念"确实一直在深刻地影响着他的写作。

也许可以这么说，对历史实践本身的体认（尤其是对"文革"历史的体验）或隐或现地影响着于坚的"阅读"选择，而另一方面，这种"阅读"一旦开始，就逐渐构成一种"知识"，一种"经验"，又反过来强化了其对历史和现实的看法和态度。正是在历史体认和知识型构等种种合力之中，《尚》的意识形态才得以建构生成，并与朦胧诗人本质区别开来。

三

在讨论第三代诗歌和朦胧诗的关系时，一直以来有两种"不同"的观点：在一部分第三代诗歌的参与者，尤其是第三代诗人看来，"第三代"是在和朦胧诗歌的彻底的"决裂"中获得其诗学合法性的；而在一些更谨慎的评论家和文学史家眼里，第三代诗歌或许对朦胧诗有着更多的"延续"。"断裂"和"延续"从表面看是两种截然不同的观点，但将第三代诗歌的合法性建立在对"朦胧诗"的联系或区别的基础之上却是它们一致的出发点。这一出发点的背后实际上隐藏着新诗诞生以来的两个挥之不去的"问题"。首先是"影响的焦虑"。在一个没有稳固的"经典"可以提供写作范式的历史语境中，每一次诗歌写作都被"叙述"成一种潮流或者范式，其他的写作只有在与它发生"关系"时才能被纳入诗歌谱系中。其次是"发展的焦虑"。出于对更"规范"、更"经典"的诗歌范式的追求，新诗的"当下"总是会遭到质疑甚至反对，只有把新诗叙述成线性进化的矢量过程，这种发展的焦虑才会得到暂时的释放，一种更完美的诗歌图景也得以想象。可能是在这种种历史和非历史的因素影响下，80年代新诗潮的起源被大大简化了，朦胧诗作为唯一起源的地位被"经典化"，在这样的视野之中，"第三代诗歌"只可能对它"延续"或者与之"断裂"。

　　但是否有另一种可能的叙述存在呢？是否在"延续"和"断裂"之外还有一种更贴近文学史"真相"的叙述呢？对《尚》的意识形态分析（历史观和现实观）正是企图为我们提供这样一种叙述。既然如上文所分析的，认识的差异一开始就存在，并在朦胧诗尚未经典化的1982年就成为写作的实践（如《罗家生》），那么，我们是否可以这么说，以《尚义街六号》为代表的"第三代诗歌"和朦胧诗并不构成一个"等级化"的、前后延续或断裂的诗歌进化链，而实际上是一种"平行"的关系，它们源于1980年代不同的意识形态和现实体验，因此"平等"地构成1980年代新诗潮多元化的起源。

　　需要指出的是，试图"颠覆"已经成为"定论"的第三代诗歌发生学，并重新提出一种新的叙述（"平行"论），仅仅依靠对《尚》的意识形态分析或者是对于坚这样一位诗人的历史考察是远远不够的。我们知道，在朦胧诗经典地位的厘定中，有一项工作是起到了关键性的作用的，那就是对朦胧诗的"史前史"的发掘和整理⑧。在一系列的研究工作中，"白洋淀诗歌群"和诗人食指被"发掘"并叙述成为朦胧诗的先声和起源。在"食指—白洋淀诗歌群—朦胧诗"这样一个诗歌谱系中，朦胧诗的经典地位得到了"理所当然"的巩固。因此，如果要对《尚》以及"第三代诗歌"进行一种新的叙述，对其"史前

第三代诗歌研究资料

史"的认定和追溯就是相当重要的，虽然我们能从一些著作中得到一些相关信息，比如诗人钟鸣在他的《旁观者》中就认为很多"第三代诗人"完全没有受到朦胧诗影响，其写作是"自成体系的"⑨。但是这些"言论"是否成立却有待考证。它们仅仅为我们的工作提供了一个"起点"，要真正确立一种新的文学史叙述，将一种"意见"转化为"知识"，必须借助更翔实的"考古学"研究。也许，这种研究会为"第三代"诗歌的研究现状注入新的活力。

注释：

①在中国知网（http://www.edu.cnki.net）中国期刊全文数据库里，输入关键词"于坚"，选择时间范围1986—2006，可得到125条记录，其中涉及《尚义街6号》的文章近一半，这还不包括数量庞大的中文系硕士论文和博士论文。

②罗振亚2006年的两篇文章可以说还保持了这样一种研究思路，见罗振亚：《1980—2004先锋诗歌整体观》《"复调"意向与"交流"诗学：论翟永明的诗》，《当代作家评论》2006年第3期。

③实际上，历史在其起源的时候是非常丰富复杂的，其差异性也是比较明显的。以伤痕文学为例，程光炜在2005年的一篇文章中对礼平的《晚霞消失的时候》进行了分析，并认为它对新时期的"想象"和"叙述"与《班主任》等伤痕"经典"作品有非常大的差异。参见程光炜：《文学"成规"的建立》，《当代作家评论》，2006年第2期。

④见北岛：《失败之书》之《北岛创作年表》；于坚：《于坚的诗》之《于坚文学年表》等。

⑤于坚在《人间笔记》中提到一个老干部要求他多写写"文革"中的"惨痛"，但于坚以"没有看到"为由拒绝了这个要求。

⑥2005年12月诗人西渡在中国人民大学的一次座谈中说到"文革"给他留下的主要回忆是"自由""没有压迫感"，并说这种体验对他的写作影响很大。笔者当时为座谈者之一。

⑦于坚说："我实际上更愿意读者把我看成一个后退的诗人，我一直试图在诗歌上从二十世纪的精神倾向中后退……（二十世纪的精神倾向）其基本特征就是升华，用解放者的眼光看待旧世界，看待大地，把日常生活、传统、大地统统视为解放的对象。以抽象的终极关怀否定具体的存在，否定日常关怀。"见于坚、陶乃侃：《抱着一块石头沉到底》。

⑧有关这方面的论述参见程光炜的《一个被发掘的诗人》，《新诗评论》2005年第2辑，北京：北京大学出版社；洪子诚的《当代诗歌史的写作问题》，见《文学与历史叙述》，开封：河南大学出版社，2005年。

⑨参见钟鸣：《旁观者》，第685—695，879—881页，海口：海南出版社，1998年。

参考文献：

［1］洪子诚.中国当代文学史　史料选［M］.武汉：长江文艺出版社，2002：573.

［2］竹内实.政治、文学与生活［M］//中国现代文学评说.北京：中国文联出版社，2002：157.

［3］于坚.尚义街六号［M］//于坚的诗.北京：人民文学出版社，2000：253.

［4］公刘.新的课题［M］//洪子诚.中国当代文学史　史料选.武汉：长江文艺出版社，2002：611.

［5］顾城.关于朦胧诗的问答［M］//廖亦武.沉沦的圣殿.乌鲁木齐：新疆青少年出版社，1999.

［6］吴俊.九十年代诞生的新一代作家——关于六十年代中后期出生的作家现象分析［J］.当代作家评论，1999（3）.

［7］于坚，陶乃侃.抱着一块石头沉到底［J］.当代作家评论，1999（3）.

［8］于坚.住房记［M］//人间笔记.昆明：云南人民出版社，2004：55.

［9］贺桂梅.先锋小说的知识谱系和意识形态［J］.文艺研究，2005（10）.

原载《海南师范学院学报（社会科学版）》2007年第1期

"反诗"与"返诗"

——论于坚诗歌别样的历史意识和语言态度

陈 超

一

于坚是在"朦胧诗"的表意模式之后出现的"第三代诗"最重要的代表之一。反观他历时近三十年来的写作，其创造力形态有着鲜明的连贯性或整体性。他的诗歌是有"根"的，这个根，既扎在我们生活的自然意义上的大地上，同时也扎在具体的时代历史生存的"土壤"里，还扎在诗人个人自觉的语言方式中。这种根性，在于坚那里，不仅是基于简单的生存经验、情感和素材认同，还与他对"诗歌写作"本身的思考紧密相关。由此，于坚的诗歌一般地说会有两个平行的视角和意向：一是"诗所言"，一是"写作本身"。只有将这两个平行的视角和意向同时纳入阅读，我们才会从于坚诗中既体会出丰富的生存和生命意味，又会体会出明显的"元诗"（关于诗的诗）意味。特别是九十年代以来，后者益发明显，写作过程的自觉成为于坚探询语言性质及"词与物"关系的最佳时刻。

对于现代主义诗歌得到普遍认同的"间接化"的表达方式（暗示性、隐喻性）而言，于坚诗歌语言的"直接化"表达方式，在特定的写作语境中有着"反诗"性质。但如果我们超出"现代主义"的写作语境来看，于坚的"反诗"毋宁说是"返诗"。返回诗歌古老而常新的发生学、创作论和效果史，返回语言的来路甚至源头，返回人与自然和诗歌的素朴而亲昵的关系。当然，"反诗"也好，"返诗"也罢，都不会自动带来诗歌的优劣。今天我们眼见着不少于坚诗风的追摹者，"反诗"，只剩下"反对"的姿态和干瘪无趣的分行文字；"返诗"，又只剩下对过往已成的诗品的卑屈服从。于坚却成功地逃离了这些陷阱，他的诗新异而又亲切，粗犷而又精审，本土化而又能同步于"后现代"诗歌某一文脉的旨趣。

在我眼中，于坚是少数的那种深悟为诗之道及当下语境中，有效写作"限度"的人。这使他八十年代的写作，一直保持着恰如其分的敏感和适度：个人主义和自然主义——即日常生活题材和云南高原地缘／文化题材——的结合。于坚的自明之处在于，他从不低仰从风，他知道当下写作语境的有效"限度"应在哪里，自己该写什么和应怎样写，他要把自觉到的语言去蔽的任务完成得更为彻底，而不屑于去满足那些唯"文化"是举的读者的好奇心。对自身素质及写作"限度"的准确把握，也使于坚的诗呈现出一种素朴、源于本真生命的口语的状态，没有"文艺腔"的矫揉造作。我想，他是通过严格的语言修正，将自己的文本提升到"朴素"高度的，这与那些由于修辞才能不济而不得不"朴素"的诗人完全不同。

1984年，于坚和韩东、丁当等发起《他们》。从表面的诗歌情调上看，这像是一个温和、明快的日常还原主义集团。但是，敏锐的读者可以发现，恰恰在于坚他们这里，而不是在感伤主义诗人那里，表现出更刻骨的清醒、决绝和镇定。满不在乎，目不斜视，存心抹杀现象与"本质"的界限，均表现了诗人对浪漫主义价值立场的怀疑。对这种醒悟，于坚没有虚假地制造"超越"姿势，他使生存的境况变得具体真切。而不是像某些新潮诗人那样从既成的现代西方哲学命题中，假借穿越力量。《尚义街六号》《感谢父亲》《作品100号》《作品第52号》《参观纪念堂》《心灵的寓所》《世界啊你进来吧》等，就是这样的佳作。于坚当时的一些诗歌，由于具体历史语境的后制阅读作用力，致使如上因素得以以社会学方式阐释，虽然这对他不凡的诗艺是不公正的，但也为他赢得了比别人更大量的普通读者。他使生命中俗不可耐和孤傲健康完美地结为一体，他认定自己属于"餐桌边上"的一个"局外人"，由此，对这时代是毋庸施出自作多情的能量的。这使其诗作区别于酸腐学究的大谈道德文化要旨，而呈现出一种准客观的描述和个人的语言兴趣。于坚借此避免装神弄鬼。在于坚的揭示中，本真的庸常生活成为对浪漫升华的反讽。但也许他真正想说的是，这就是每个人自然命定的、正常的生存现实，它不应一再啮蚀我们企望"在别处"的内心了。比起这种立足当下的镇定自若的言述姿态来，那种在"高处"空洞呐喊的意识形态和无限制的浪漫升华吁请，有时会像是发自思想规训营瞭望塔楼的叫声。

八十年代于坚诗歌的另一种向度是对自然的咏述（这条文脉延续至今）。特别是他描述云南高原舒放明媚凝恒的风光的诗，比如《河流》《高山》《苍山清碧溪》《滇池》《在云南省西部荒原上所见的两棵树》《阳光下的棕榈树》，既写出了景色的细部纹理，又写出了景色的灵魂，尤其感人至深。他喜欢在平静、透明中，潜含现代因素，力避强暴的隐喻、夸张、变形。或许在他笔下，人类先在的根，不是什么后天的逻各斯，而是永恒的大自然。他力图重铸此念。自然主义的写作，超越一般意义上的"有神论"，却又体现出一种奇妙的类似于大地"宗教"的情感态度。那么，于坚的诗是自然泛神论的吗？也不是。在他那里，自然就是自然，它的神奇博大，并不依赖于人的图腾才得以树立。一般的读者往往忽略于坚这类诗歌，因为它们在审美方式上不够激进和任性。但正是在这点上，也表现出于坚的特殊价值。他以平静的诚实的写作态度，提供了当时不为多数人所能理解的先锋意义。

于坚生于1954年。但粗略的划分，他的精神类型却更属于六十年代出生的个人主义者、自由主义者。他的知识积累或阅读范围也与北岛一代相去甚远。特别是从九十年代初起，他将语言哲学和自然主义，波普尔的"批判理性主义"和海德格尔的"去蔽"，古典诗学中的"原在"感与后现代的解构，如此等等，"蛮横"地焊为一体，写出了个人化的新异的诗歌。毫无疑问，于坚的诗也常常体现出对类的关注；但他本不想也无力代表"一代人"的良心。他对自我体验和话语反思更感兴趣，他知道，通过对自我意识和历史话语的探究、展示，客观上会更有效地引发读者对类群和历史文化的批判思考。在这个阶段于坚更多专注于对"语言作为存在之现象"的探询。他在"拒绝隐喻"的理念下，反对僵化的文化系统和所指系统，写出《对一只乌鸦的命名》、《鱼》、《避雨之树》、《下午，一位在阴影中走过的同事》、《事件》系列、《啤酒瓶盖》、《塑料袋》、《往事二三》系列、《过海关》，特别是长诗《0档案》、《飞行》等佳作。在这类诗中，于坚更像一个执迷于语言批判和原在事象的研究家。时而深度反讽，时而分厘不差、精细、冷静、沉溺，有如在显微镜下工作。这使他更彻底地变为"局外人"和对语言作为存在现象的分析者。

诗人避免主观评判，在语言和事象面前，似乎成为忠实的"镜头"，但真正值得我们重视的却是——他打开的是更为敏感的穿越知识与权力的通道，并持续对诗坛发生着难以替代的影响。

以上是笔者对于坚诗歌道路的约略勾画。先做此勾画是必要的，在下文里，我不打算再全面论述于坚诗歌，而是主要围绕于坚诗歌中个人化的"历史意识"和"拒绝隐喻"的语言态度这两个问题来论述。因为直到今天，文学史写作及批评界仍普遍认为，于坚诗歌的意蕴特征就是"非历史意识"，话语特征就是"平面化口语"。笔者认为，这不仅关系到对诗人的准确评价，还关涉到今后当代文学史建构应具有的可靠的起点。

二

二十世纪八十年代，于坚诗歌以与"朦胧诗"从意识背景到语言态度上的鲜明不同而引人瞩目。约略地说，从意识背景上，他回避了朦胧诗鲜明的社会批判意识和道义承担色彩，而强调对个体生命日常经验的准确表达。从语言态度上，他回避了朦胧诗整体修辞基础的"隐喻—暗示"方式，而追求口语的直接、诙谐、自然，语境透明，陈述句型中个人化的语感。从情感状态上说，他的诗与朦胧诗相比，大致体现出非崇高化、非文化，平和地面对本真的世俗生活，并发掘其意义和意趣的特征。将这些特点综合起来看，它们都指向了对"朦胧诗"中"说话人"姿态的偏离。但"偏离"不是"反对"，认识到这一点非常重要。因为诸多误解由此产生，下面我将围绕对"历史意识"的不同处理，谈于坚诗歌与朦胧诗的差异性。

让我们从朦胧诗的发生讲起。毋庸置疑，就诗歌语境与当时（二十世纪六十年代中期至七十年代中后期）具体历史语境的难以分离的关系看，朦胧诗中的"说话人"及其方式是恰切而有力的。概括地说，朦胧诗中，一个重要意旨就是恢复"人"的尊严、权利、自由。具体历史语境决定了这个"人"，首先是与蒙昧主义、现代迷信和文化专制相对立的觉醒着的"一代人"。因为他们是最早从文化专制中觉醒，面对整体性的人道失落，故不得不"整体性"地施救。在这里，我们可以看出朦胧诗与五四启蒙精神的同构之处。因此，限于时代条件，朦胧诗中的主体，是一个从红色选本文化中刚走出，尚带有这种文化遗痕的，由启蒙主义宣谕者，人道和人性地位被"沉潭"后及时赶到的打捞者，话语系谱上的忧患的浪漫主义、意象派和象征派……混编而成的多重矛盾主体。在他们的"隐喻—象征，社会批判"想象力模式内部，却纠结着个体性和类群性，个人话语和整体话语间的价值龃龉。这种自我的矛盾性也正是朦胧诗的真实性所在。在社会整体意义上"人"的尊严和权利被剥夺后，首先要做的一步就是为"人"正名。把工具顺役式的"非人"，变为主体的"人"。所以，朦胧诗作为特定阶段的诗歌现象，其意义是不应被贬低的。第二步必须在第一步之后，"穿过"而不是"绕过"，这才是诚实的写作立场。诚如第三代诗人韩东以"长兄为父"道出了自己与朦胧诗人的关系，在精神上既有承接也有断裂，二者都是必然的。

否定朦胧诗是浅薄的，但穿过它的阶段，去继续探询诗歌中"人"的问题，则是有巨大意义的。朦胧诗中，严峻宏大的"人"的形象，是在整体社会历史语境的严寒季节中，冻结、雕凿而成的，是那个历史季节准确的反映；当八十年代历史的季节温度转换时，"它"的融解和柔软化变化就是题中应有之义。问题很明显，诗有诗的命运或宿命，只有经过前代诗人"整体性"地对整体历史的反思、批判、否决"之后"，后起诗人才可靠地赢得了他们进一步反思历史生活细部的权利。再进一步说，在获得了这一权利"之后"，他们的视野才可能也必然会延伸至对朦胧诗与其所反对的整体话语的"异质同构"方面的再反思。是"……之后"，而绝不是获得这个权利之前，这是对此问题最基本、诚实而真实的叙述方法。

二十世纪八十年代中期，社会共同的想象关系制导的"整体话语"开始破裂。"话语"，在思想、哲学、历史、艺术理论的有效使用中，主要不是指由语言构成的一系列完整的单位语段，一些记录符号，或表面的修辞特征，而是指一种历史生成的存在，是历史的"集体无意识型构"的产物。这一型构有自己的时间模式，有自己的限度。"从话语讲述的年代到讲述话语的年代"的转型，就含有话语本身就是历史，而不仅仅是记录历史的符号或工具的意思。那么，作为历史生成的有条件的存在，当条件变化了，话语的形式也会发生变化。第三代诗的代表人物于坚的诗歌话语，相对于朦胧诗的偏移甚至叛离，也应被编织进历史（话语）自然演进的链条中。

于坚诗中的"说话人"与朦胧诗不同，其诗歌所处理的"材料"也有别于朦胧诗。但这并不能说于坚的诗歌没有"历史意识"。我认为他是将"历史意识个人化"了,以求在历史的深层褶皱中,发掘被忽视的生存和生命细节。请看北岛在"文革"时代写下的《结局或开始》中的句子:"悲哀的雾/覆盖着补丁般错落的屋顶/在房子与房子之间/烟囱喷吐着灰烬般的人群/温暖从明亮的树梢吹散/逗留在贫困的烟头上/一只只疲惫的手中/升起低沉的乌云//以太阳的名义/黑暗在公开地掠夺/沉默依然是东方的故事/人民在褪色的壁画上/默默地永生/默默地死去。"这里的"叙述话语"无疑是宏大的。不用说下节中,"太阳""黑暗""东方""人民"这些具有整体历史指涉的大词,就是上节中,那个较为具体的场景描叙,实际上让我们体味到的也是"文革"期间以"人民大众""无产阶级"的名义,实现的对人民大众的基本利益和权利的剥夺。人们会感到这些描叙都超越了具体场景,成为对那个时代的整体隐喻的"大叙述"。

再比较于坚写于1982年的《罗家生》中,的诗句:"谁也不知道他是谁/谁也不问他是谁/全厂都叫他罗家生//工人常常去敲他的小屋/找他修手表修电表/找他修收音机//文化大革命/他被赶出厂/在他的箱子里/搜出一条领带//……就在这一年/他死了/电炉把他的头/炸开一大条口/真可怕//埋他的那天/他老婆没有来/几个工人把他抬到山上/他们说 他个头小/抬着不重/从前他修的表/比新的还好……"这首诗同样书写了特定历史时代中人的际遇,但诗人没有采用"宏大叙述",而是通过对自己在工厂的同事、一个具体的小人物"罗家生"来叙述的。于坚说过,罗家生确有其人。这个人几乎没有什么重要性甚至是特殊性,个头小,人也十分平凡、木讷,"谁也不知道他是谁/谁也不问他是谁"。但这样的人,在"文革"期间竟也被赶出了工厂,原因是在他的箱子里搜出一条领带。在那个"革命"整肃一切角落的年代,一条"'领带'隐喻西方生活"①。这个叙述细节并无夸张之处。罗家生四十二岁刚当上父亲,就死于工伤事故。诗人对以上事情的叙述是克制的,但克制叙述却有效地引发了别样沉重的悲悯。一个小人物默默地出现,又悄悄凄楚地消失。"他个头小/抬着不重",但我们的心却是沉重的。我们仿佛能看到一个屈辱的渺小亡灵,在无告而固执地掀起至今历史叙述的遮掩布;并非像精英主流话语所描述的,"文革"的受难者只是所谓"老干部""知识分子",他们"受难而崇高";其实至今仍处于暗哑之地而没有话语表达权利的草芥般的人们的悲郁的命运，更吁求着别样的具体"历史意识"的表达。

很明显，与北岛们的宏观的俯瞰不同，诗人采取的是细部的平视角，"罗家生""并不以某种异质凸出来或凹下去，他是平的"，诗人准确地写出了他的"在着"，同时就写出了"围绕着这个人生存状态的某种语境"②。这首诗纹理清晰得有着现场"目击感"，普通人的日常生活方式，为人处世风格，时代暴力强行闯入后带来的命运颠踬，都于波澜不惊中得到显现。运用平视角和小视点，于坚同样成功地写出了生存"褶皱"中包含着的历史真实性。由此可见，诗人对朦胧诗整体话语的回避，并非是拒绝诗与历史语境的联系，而是揭示出被整体话语的大结构所忽略的，日常生存细碎角落里的沉默或喑哑的生存"原子"，这是一种将"历史具体细节化"的努力。因此，于坚谈此诗时说道："我甚至敢说这是一首史诗，至少我理解的史诗是如此。史诗并不仅是虚构或回忆某种神话，史诗也是对存在的档案式记录，对缺乏史诗传统的中国诗歌来说，史诗往往被误解为神话式的英雄故事。"③同样，诗人韩东也这样理解于坚的这类诗作："于坚写出了第三代诗歌中，可称之为史诗的东西……在我看来，史诗至少要符合以下两个条件：一定的历史实录性质（物质的和精神的现象性存在，或统称为文化存在）和绝对的非个人化。至于规模的宏大和不朽的预期则在其次。……于坚从一个观察者变成了研究家。他记录并讨论了历史，于坚的品质规定了他是当代精神的研究家，而非代言人。"④于坚的《女同学》、《感谢父亲》、《心灵的寓所》、《纯棉的母亲》、《作品100号》、《往事二三》系列，如此等等，都有特殊的小叙述的"历史"载力，他将早期朦胧诗语境中的时代、人民，转向了具体生活和具体的人。这是一种既放松又聚焦的方式，它具有双重内在反省的陈述性质，既反省了具体历史症候，又反省了早期朦胧诗整体话语带来的与具体生活境况的某种间隔。

再如《感谢父亲》中的"父亲"，也是一个具体的个人。他是一个特定历史语境中生活着的"正常的人"。这个"特定历史语境"，诗人选取的主要是二十世纪五十至七十年代。诗人写了许多细节，日常生活中物资的匮乏，使父亲为家庭付出了更多的拼争；政治生活的险峻，使父亲要做安全的"好人"于是去"交代揭发检举告密""检查儿子的日记"，如此等等。在"这一个"父亲身上，同样折射出历史的某些本质方面，诗人不但于此反思了那段践踏常识（基本人性和道德底线）的历史，而且还质询了何为"芸芸众生—人民"？从

216

来就没有抽象的铁板一块的意味着"真善美"的"人民"，人民就是每一个具体的个人，他（她）既是历史压迫的客体，又很可能是历史权力主动的载体或工具，他们会为了生存自保或隐蔽的人性之恶而相互倾轧，自我压迫，对他人冷漠，甚至庆幸灾难没有降临到自己头上……如果说前面诗中北岛笔下的"人民"，是被整体话语自动地赋予了"善良的受难者"的身份，那么于坚的"芸芸众生——人民"，则是更为本真而复杂的纠结体。于坚声称自己使用的是"局外人"视角，其实这个"局外人"不是与历史生存境况无关的旁观者，而是与事态拉开距离，得以更冷静的观照者、剖析者、命名者。

　　而将诗歌中的历史反思、语言批判、生存境况探勘综合起来处理，发挥得淋漓尽致的，还是于坚1992年写出的长诗《0档案》。这部长诗，诗人以"客观"的生活陈述（记述），间以档案语体的冷酷而机械的"定性"，以及对意识形态和主流文化熟语的戏拟，写出了"一个"出生于二十世纪五十年代中期，成长于意识形态全面宰制的特殊年代的中国城市男人的前半生。诗中的主人公是个无名者"他"，而关于他的档案是个"0"，一方面说明"无名"其实也是一代人的"共名"，另一方面则昭示出体制化的"统一意志、统一思想、统一语言、统一行动"，对个体生命的漠视、压抑乃至删除。长诗《0档案》，既可视为一部深度的语言批判作品，同时也是深入具体历史语境，犀利地澄清时代生存真相的作品。诗中有不少段落，甚至是刻意地以"非诗"的、社会体制"习语"或"关键词"的形式出现，诗人写出它们对个人生存的影响，激活了我们的历史记忆：

　　思想汇报：他想喊反对口号　他想违法乱纪　他想丧心病狂　他想堕落／他想强奸　他想裸体　他想杀掉一批人　他想抢银行／他想当大富翁　大地主　大资本家　想当国王　总统／他想花天酒地　荒淫无度　独霸一方　作威作福　骑在人民头上／他想投降　他想叛变　他想自首　他想变节　他想反戈一击／他想暴乱　频繁活动　骚动　造反　推翻一个阶级　一组隐藏在阴暗思想中的动词：砸烂　勃起　插入　收拾　陷害　诬告　落井下石／干　整　声嘶力竭　捣毁　揭发／打倒　枪决　踏上一只铁脚　冲啊　上啊……

这些故意"干涩"的诗行，反而是诗人具有丰沛的历史想象力的表征，所谓内容是完成的形式，形式是达到了目的的内容。它深刻地反思和揭示了一代人的成长史。他们是昆德拉所说的"儿童暴力"的产品，既是单纯的也是可怕的，既受到"理想教育"又受到"仇恨教育"既顺役于禁欲主义又将性/政治宣泄结为一体。特别是"文革"中，社会总体性的施暴结构已深深植入了他们（我们）无意识深处。诗人迫使我们反思，当伪善和彼此监视成为一个人表现"忠贞""光明""崇高"的必须方式，那么我们的历史和精神型构发生了怎样的史无前例的灾变？同时，这首诗更深刻的意义还是其"语言批判"。它表达了"档案语体"对个体生命的歪曲压抑。在一个以僵化的正确性、统一性取代差异性和复杂经验的时代，诸如"文革"时代，公共书写方式成为消除任何歧见，对人统一管理、统一控制的怪物；人在减缩化旋涡中，成为一个个僵滞的政治符码，一个可以类聚化的无足轻重的工具，一个庞大的机器群落中的一颗螺丝钉。在此，"个人档案"竟然导致了个人的消失，这难道不是具有"极限悖谬"特征的历史体验吗？所以，与其说诗人在质询将人变为"0"的档案本身，不如说更是在以此来"转喻"一种普遍的权力话语方式。它不尊重个人的尊严，并自认为具有绝对的控制、惩罚大权。如果说人类就是通过语言去辨认存在的，那么减缩和控制语言，就是减缩和控制人的精神能力。正如奥威尔所揭示过的体制化的书写，就体现在将一切"中心化""整体化""顺役化"的企图中，而当它深入我们每个具体的个人的话语方式中时，专制主义和蒙昧主义就同时产生了。批评家贺奕说："作者探索的是文革公共书写和个人话语的关系。很显然，在我国文学生活中，档案代表着一种最具效力的公共书写方式。对于个人话语的有力箝制，既是它的天性，也属它的职能。……长诗的结构来自对文革书写的戏拟，而长诗的意旨却在于对这种公共书写的背弃和反动……作者极力避免主观情感介入，他想使每一个词，每一个句子，都仅仅呈现出纯粹语义学层面上的意思……有一点不容否认，这一还原词语的努力相对诗作产生的实效，始终构成尖锐的矛盾冲突。因为在读者（尤其当他恰好是一个中国人）看来，诗作的题材具有无可置疑的历史内涵。"⑤

所谓"历史内涵"，的确是这部长诗的主要意旨之一。而同样值得指出的是，这部长诗还有着超越某个阶段性历史的内涵。再次细读这首诗，我感到在诗人笔下，形形色色的权力话语与人们的关系，并非是单纯的"控制/反控制"，"压抑／反压抑"关系。被权力主义整体话语所囚禁的人们，本身也是这种权力话语的合格载体或导体。特别是在一个蒙昧主义时代，权力话语不仅是自上而下的控制，在相当多的情况下还是自下而上的呼应乃至吁求。权力会从数不清的角度发生着内在的相互作用关系，在生活中，它甚至是由许多"无权者"、卑屈者、智识者、父母、邻居、同僚体现的。于坚在这首诗中，没有忽略这一点特别是在卷二《成长史》，卷三《恋爱史》，卷五《表格》中，诗人的目光不是仅投向上层的制度性权力话语，而同时更犀利也更有难度地投向了普通民众与权力相互选择相互配合的运作关系。正是这层内涵，才使得于坚此诗在极端地模拟—反讽权力主义整体话语时，没有落入后来时兴的另一意义和意向上的整体话语："我们是无辜的受难者。"他保持了深刻的批判性，在人们的情感和理智无法承受的时候，语言批判还在继续着……这保证了《0档案》在时过境迁之后依然有足够的思想承载力和艺术魔力。

　　以上，笔者更多是从于坚诗歌的重要向度之一——个人化的"历史意识"——来展开论述的。因为于坚的这一向度完全被忽视，提到于坚就只是"非历史化""日常生活"，所以有必要突出强调。众所周知，于坚还有许多自觉隐化历史因素、社会学因素乃至"文化"因素，而致力于以世俗精神来表达本土日常生活中个体的"自然"人的生命存在状态、情感经验的作品。他说，"每个诗人的背后都有一张具体的地图。故乡、母语、人生场景。某种程度上，写作的冲动就是来自对此地图的回忆、去蔽的努力，或者理想主义化、升华、遮蔽……有些人总是对他的与生俱来的地图、他的'被抛性'自惭形秽，他中了教育的毒。千方百计要把这张地图涂抹掉，涂抹到不留痕迹"⑥。于坚这类作品就是有"具体地图"的写作。它们有丰盈的本土、故乡经验，普通人心灵细腻的纹理，自然而明朗，冷静而诙谐，坦诚而大方，几乎没有人格面具，与普通读者达成了平等的沟通和对话。尽管一些诗中，不时出现嘲谑和反讽，但它们的"总词根"又是以饱满的兴趣来陈说、欣赏这个本来就是由凡人组成的世界。就个人兴趣而言，这类诗作中的以下篇目给我留下了愉快的阅读记忆：《尚义街六号》、《纯棉的母亲》、《外婆》、《女同学》、《作品××号》系列、《有朋从远方来》、《邻居》、《世界啊你进来吧》、《上教堂》、《外婆》、《寄小杏》、《礼拜日的昆明翠湖公园》、《在牙科诊所》、《宿命》、《成都行》、《伊沙小像》、《便条集》系列等等。这些诗同样回避了"巨型想象""理想化升华",将诗歌的重心"收缩"到个人日常经验本身。这种"收缩"是一种奇妙的收缩,它反而扩大了"个人"的体验尺度,"我"的情感、经验、本能、意识和身体得以彰显。对于这一类诗作笔者不再多说,普通读者完全可以无碍地进入并喜欢上它们。

三

于坚的诗歌语言具有鲜明的个人特色,从修辞学角度看,就是他在1991年一篇短文中倡言的"拒绝隐喻"[⑦]。这篇文章发表后,有人认同,有人质疑。在我当时的记忆中,那些认同的声音里,其实几乎没有人真正准确理解了于坚所表达的理念究竟意指什么。他们只将这个理念当作"平民诗歌"的语言应"明白如话"的口号来看,并以此为工具来反对"晦涩难懂"的隐喻诗歌。而那些质疑的声音中,也多是围绕"何为隐喻? 隐喻怎么可能真正被拒绝?"这类语言学角度展开。的确,用"拒绝"来表达自己对"隐喻"语型的态度,且不说从语义上漏洞太大,就是从姿态上说也显得有些做作和夸张。两年后,于坚在此文的基础上修订补充了自己的观点,更名为《从隐喻后退》。从"拒绝"到"后退",动词的方向和限度显得更清楚了,它不仅是语气的修正,更重要的是它准确、实事求是、以自成一理而服人了。诗歌写作为什么要"从隐喻后退"? 弄明白这种语言态度有助于深切体味于坚的诗,否则会导致简化于坚作品内涵。

让我们先看看于坚的说法,并略做批语:"最初,世界的隐喻是一种元隐喻。这种隐喻是命名式的。它和后来那种'言此意彼'的本体和喻体无关。"于坚是从原初命名功能的角度进入语言并进而考察诗歌语言的。在此我们只要想到海德格尔在《诗·语言·思》的表述,就可以了然:正是诗使语言成为可能,诗是人的原初语言,所以应该这样颠倒表述:语言的本质必得通过诗的本质来理解。元隐喻是命名,而"今天我们所谓的隐喻,是隐喻后,是正名的结果。文明导致了理解力和想象力的发达,创造的年代结束了,命名终止。诗成为阐释意义的工具。这是创造后"。在于坚看来,今天大量诗中的隐喻,只是类聚化、僵滞化的文化所指,是缺少原创力的复制。这个语言批判应当说是有的放矢。"元诗被遮蔽在所指中,遮蔽在隐喻中,成为被遮蔽在隐喻之下的

'在场'。……诗被遗忘了，它成为隐喻的奴隶，它成为后诗偷运精神或文化鸦片的工具。"我们的确看到了许多诗，隐喻非但没有激活新的未知的感觉，反而成为看图识字式的固定对应，它们的确是以诗的"行话"遏制了诗本身的活力和魔力。正如于坚举例道，几千年的诗歌关于秋天的隐喻积淀在这个词中，当人们说秋天，他表述的不是对自然的感受，而是关于秋天的文化。命名是在"所指"的层面上进行，"所指生所指，意义生意义，意义又负载着人们的价值判断，它和世界的关系已不是命名的关系，而是一套隐喻价值系统。能指早已被文化所遮蔽，它远离存在。人说不出他的存在，他只能说出他的文化"。

于坚的忧心显然是有必要的，如果我们不拘泥于他在细节词语表述上的粗放，而从整体意向上看，这种忧心其实也应是每一位真正的诗人的忧心。面对这种僵化的所指系统，于坚提出了自己的写作策略："如果一个诗人不是在解构中使用汉语，他就无法逃脱这个封闭的隐喻系统。……在后退中，重建能指和所指的关系的游戏；诗是从既成的意义、隐喻系统的自觉地后退。"我以为，于坚这里的"后退"，在理想的理论语境中应该是明确的，有前提的，即让诗摆脱本质主义、形而上学，逃离既成意义"深度"的桎梏，逃离已成共识而可以仿写的"高雅"套话和固定的联想模式，如此等等，回到诗语创造的源头，建立语言与存在的本真关系。总之，有效的"后退"应是基于对诗的本体和功能的双重关注，这样做"意味着使诗重新具有命名的功能。这种命名和最初的命名不同，它是对已有的名进行去蔽的过程。在这一过程中，诗显现"⑧。

除去于坚在《从隐喻后退》一文中明确表达的个人认识外，从"知识型"上看，我以为这个理念是语言分析学中的"语言批判"意识，在诗学中的"借挪使用"。或许正是受其影响，在于坚及某些第三代诗人看来，语言是表达本真的个人生命经验事实的，而"隐喻"预设了本体和喻体（现象／本质）的分裂，它具有明显的形而上学指向，和建立总体性认知体系的企图。这与新一代诗人主张的"具体的、局部的、判断的、细节的、稗史和档案式的描述和0度的"⑨诗歌话语方式，构成根本的矛盾。按照语言分析学家维特根斯坦的表述就是："全部哲学就是语言批判。"如果在诗人限定的想象力范畴中，语言应该表述经验事实的话，那么超验的题旨，既无法被经验证明，又无法为之"证伪"，那就当属"沉默"的部分，可以在写作中删除了。但值得我们注意的还有，对常规意义上现代诗"隐喻"的抑制，有时反而可能会激发扩大了读者对"语言本身"的想象力尺度。在这点上，恰如对法国"新小说"的阅读效果史，它们回避了对所谓的"本质""整体"和"基础"的探询，但这种回避不是简单的"无关"，它设置了自己独特的"按钮"，撤开它后，我们看到的是景深陡然加大的新一代写作者与既成的语言模式的对抗（所谓"正是巴尔扎克们，成就了格里耶的重要性"）。在对抗中，一个简洁的文本同样会吸附意向不同的解读维度，"每个读者面对的不像是同一首诗"。这是于坚诗歌与八十年代同步出现的"南方生活流"诗歌的不同之处。后者仅指向"现实主义"，而于坚却由"反诗"达到"返诗"的先锋实验。

这里需要多说几句。无论是从理论常识还是写作事实看，就"隐喻"本身而言，并不一定天然地等于通向僵化的文化所指系统（正如"口语"也不一定天然通向"原创力"一样）。现代意义上的"隐喻"，反而恰是为消除这种僵化系统而运作的，它更注重揭示神秘与未知，展现和激活生存和生命乃至潜意识内部种种复杂纠葛的向度。这一点，我们只要随意提及近半个世纪以来的诗人，如狄兰·托马斯、毕肖普、策兰、洛厄尔、普拉斯、休斯、夏尔、萨克斯、特朗斯特罗姆、赫鲁伯、帕拉、帕斯、阿米亥……的作品就清楚了。于坚使用全称判断来否弃隐喻，将其本质化地定性为"创造力的敌人""隐喻垃圾"，这个全称否弃式的论点，显然经不住反驳。于坚为何要使用绝对化本质化的全称判断？诗人姜涛的看法为我们提供了一个有效且有趣方向："大概当时他提出'拒绝隐喻'的时候，他基本上针对的是具体的问题，并不是泛指。他要拒绝的这个隐喻，指的是我们陈旧的、对于诗歌、对于语言的理解，并不是说对所有隐喻的回避。他后来没有做一个区分，是造成他自己体制化的一个重要原因……于坚在某种程度已经把拒绝隐喻之类的命题当成自己的发明，他其实是朝向文学史的。"[10]说到底，无论"隐喻"，还是"拒绝隐喻"，都不是我们写诗的目的，我们的目的是写出有个人创造力的诗。于坚写出这等显得独断的理论话语，可能受到诗歌"论战"氛围的影响，而我认为，任何时候我们应该记住的都是诗歌本身自有目的。

这里，我更有兴趣做的或许是，在排除掉于坚对隐喻的全称式的否定后，再看看他是否有力击中了大量文化隐喻式诗歌的致命的病灶？结论是，于坚的确击中了。隐喻本身无须一概否弃，"垃圾"却必须清除，无论它是隐喻的，还是口语的。前面说过，于坚许多诗可称为"以诗言诗"（ars poetica）或"元诗"，在此，"诗所言"和"写作本身"两个意旨是平行出现的。这一点体现得最为显豁和精彩的作品是：《对一只乌鸦的命名》、《啤酒瓶盖》、《塑料袋》、《第一课："爱巢"》、《金鱼》、《赞美海鸥》、《在丹麦遇见天鹅》、《关于玫瑰》、《被暗示的玫瑰》、《无法适应的房间》、《在诗人的范围以外对一个雨点一生的观察》、《事件》（系列诗）、《便条集》（系列诗）等等。这些作品或致力于正面清除既成的文化隐喻积淀，或致力于从反面对这些"文化积淀"进行滑稽模仿、反讽，最终，诗人力求在"原在"的意义上救出这些已被文化隐喻焊死在所指上的名词，恢复它们本真而鲜润的自在生机。诗人经由从批评的距离对创作过程的自觉掌握，将这些死"名词"变成了活"动词"。

《对一只乌鸦的命名》是鲜明地体现于坚从既成的文化隐喻后退，清除已死掉的伪名，显现现代诗中词与物"崭新"（同时也是"原初"）关系的作品："乌鸦就是从黑透的开始飞向黑透的结局 / 黑透　就是从诞生就进入永远的孤独和偏见 / 进入无所不在的迫害和追捕 / 它不是鸟　它是乌鸦 / 充满恶意的世界　每一秒钟 / 都有一万个借口　以光明或美的名义 / 朝这个代表黑暗势力的活靶　开枪 / 它不会因此逃到乌鸦之外……"让我们扪心自问，真可怕，光是一个动物学名词——"乌鸦"——就已经自带了对一切坏人坏事的隐喻想象。诗人说要"对一只乌鸦命名"，但是这首诗写的却是对伪命名的困惑和消解。"乌鸦"在中外诗歌——其实何止诗歌，它甚至是一个跨文化语境的意识形态、宗教、寓言、民俗乃至口语中的——通用的隐喻"熟语"里，只能表示黑暗势力、诡异、不祥、"充满恶意的世界"。它是被牢不可破的巨大文化隐喻所"迫害和追捕"，在"永恒的孤独和偏见"中飞翔的词语，任何新的命名都会马上被它们覆盖、淹没。所以，诗人并没为这只乌鸦进行新的命名，而是清除既成的隐喻，回到原初语言的来处，让乌鸦作为乌鸦而存在。诗人力求写出一只更实体更直观的原在的乌鸦，让这只大嘴巴的黑鸟以它本然的存在去与词语发生关系，让人们学会面对乌鸦本身，看，听，摸和嗅。当然，这更主要是一首"关于诗的诗"，正像于坚说"当它在飞翔 / 就是我在飞翔"。诗人想表达的其实是应如何看待写作的性质，他是在为写作"命名"。诗人显然主张应该回到人的基本感觉，回到感官，回到事实的写作态度。

是的，把尽人皆知的文化隐喻在诗歌中，再大抒一通情，是和创造性写作的基本性质正相反的。我们是否想到，在我们连篇累牍的写作当中，将世上多少东西都仅仅变成了我们手边的工具来使唤。诗人希望让事与物在诗中出场，让它们和词都活在本然的"在"中。于坚通过命名的困惑，还揭示出诗歌写作中过度膨胀的"以人易物"的意识带来的枯燥无趣。在好多时候，当"泛人"的视点得以收敛时，世界万物在文学中或许更会重新焕发出素朴而神奇的光芒。类似的手段，还有于坚对"海鸥"作为勇敢的革命者，"玫瑰"作为姑娘、罗曼蒂克的爱情、高贵典雅的生活方式、基督教中的仁慈之美……的消解。由于此类隐喻套语是人们耳熟能详的，诗人的消解也自动地具备了广大的压力面积。但他的"压强"却并未受损，原因是诗人特别注重于"怎么说"的过程，他的"说法"诙谐自如，舒放有致，可谓诱人。

除了有针对性的反面"消解"外，于坚还正面处理了那些历来被认为是"非诗"的、"无意义"的、不能建立隐喻关系的日常材料。比如那首著名的《啤酒瓶盖》。再比如《铁路附近的一堆油桶》："堆积在铁道线旁　组成了一个表面／深褐色的大轮廓　与天空和地面清楚地区分／'周围'与'附近'都成了背景／红色油漆的字母　似乎是无产者的手迹／A　B　X和M　像是些形而上的蜘蛛／代表着表面之后　内部的什么／看不见任何内部　火车途经此地／只是十多秒　目击一个表面的时间／在此之前　我的眼睛正像火车一样盲目／沿着固定的路线　向着已知的车站／后面的那一节　是闷罐子车厢／一群前往汉口的猪　与我同行／在京汉铁路干线的附近　我的视觉被某种表面挽救……"油桶，是现代社会常见的东西，作为与人们的生活息息相关的工业社会的产物，它天然地被排斥在"大自然或农耕式吟述"，或"形而上观照"式的诗意之外。在我们的艺术感知里，似乎它完全没有可观照的"价值"，更没有形成文化想象的"隐喻"的积淀。对这些在诗中"无名"的事物，诗人想要为之"命名"。但老套方式的命名是乏味而矫情的，它不过是"沿着固定的路线向着已知的车站"而已——"红色油漆的字母似乎是无产者的手迹／A　B　X和M　像是些形而上的蜘蛛／代表着表面之后　内部的什么"。这里，被于坚戏仿的无产者、形而上、字母、内部，不但没能写出油桶的意味，连它作为物理存在的空间构形和质感都遮蔽起来，它完全不见了。其实它没有什么"内部深度"，但也没什么"肤浅"，它"在"着，如此而已。最后，诗人说他意识到这些"深度"的做作，"是在后来"。他的感知不是被"内部的什么"所激活，而是"我的视觉被某种表面挽救"。这些堆积在铁道线旁的"深褐色的大轮廓"，在诗人凝注中本身就有线条与质感带给人的视觉喜悦，像凡·高那些表现阿尔农民日常什物的画，无情不无情，无意味又不无意味。

任何自觉的写作者都知晓，词与物永远不是一回事。所以被于坚所批判的"你写下的并非你触及的"，本来是一个真相或真理（除了支票和判决书之类，一笑），它并不该得到批判。但是我们或许用不着深文周纳，其实于坚真正想说的是，"为一束花命名时也暗示一个女人／当你说秃鹰　人家却以为你赞美权力"（《事件：写作》），当语言被退化为公共的、可以批量生产的滥俗隐喻的固定反应时，这样的"诗家语"就成为创造力的敌人了。在许多诗中，于坚选择了这类早已退化、层层蒙垢的固定隐喻，如"乌鸦""海鸥""玫瑰""春天""鹰""风暴""老虎""停电""黑夜""钉子""爱巢""教堂""避雨之树"如此等等，进行了令人解颐的消解还原，他不仅让人们恢复了单纯清明的视线，"看"到了事物去蔽后的生动姿容，而且也给予那些对文化遮蔽懵懂无察的为诗者以猛击一掌的启示。

"让我的舌头获救"，应是指要恢复诗歌鲜润的生命元气，命名的活力。因此，我们拒绝僵化隐喻是要拒绝意义的"预设"，同样我们也要拒绝将"拒绝隐喻"僵化成为诗歌的"预设主题"。而无论是隐喻还是口语，只要用得好都应是创造性而非预设性的。1997年写成的《飞行》，与《0档案》是于坚作品中最有分量的两部长诗。诗评家沈奇在谈到《飞行》时说："飞行具有整合性的效应。……很明显的语调，包括语调下潜藏的文化心态，已不再如于坚以往诗作中那样纯粹和单一，而呈现纯驳互见、多元共生的样貌。"⑪我认为这个评价是中肯的。反对"预设"的理论藩篱，寻求创造活动中的"增补"的自由，将异质语型综合使用，不但不会中断我们诗歌中已有的敏识和个人特征，反而会使我们的诗歌变得更为丰富，于坚的《飞行》有力地体现了这一点。《飞行》冲淡了明显的"拒绝隐喻"的实验指向，诗人专注于心灵状态从宏观到细枝末节的波动，专注于自身以及时代的语言状况，专注于对生存和生命全息表达的自由和诸多诗歌修辞技艺的整合。这既是一次从中国到比利时的真实的跨国飞行，也是一次带有转喻色彩的对当下个人心灵体验的乱云飞渡的飞行。在这首诗里，叙述和抒情，细节和幻象，口语和隐喻，打破古今中外时空的博物志般的知识性互文和当下此在的故乡朴素的人与事，对现代性"时间神话"的质疑和对生命中缓慢的心灵涵泳的赞许，对世界统一性（"统一"到西方）"现代—后现代"霸权的忧心，和对传统文化近乎疼爱般的深情……全都融为一体。读这首长诗令我感慨不已，在"说什么"和"怎么说"上它均令人满意。当然，《飞行》的主题意蕴是极为丰富的，但在我心中，诗人笔下的"飞行"与"原在"的刺目对照这条线索，却最有力最能冲击人心。

于坚通过"反诗"的策略，目的是"返回"真正的诗歌创造之源。的确，当文化隐喻的措辞方式被"神圣化合法化"、被过度开采后，它们体现出了某种意义的单调和活力不足。但是，今天值得我们注意的是，同样也不能将"拒绝隐喻"、口语写作、反文化写作"神圣化"和"体制化"。我认为将之"神圣化"的不良后果，近几年更明显暴露出来了，它造成了新的压抑机制——当然这不能由于坚负责。当代日常主义诗歌（网络诗为甚）已走进一个进一步反智、自恋地玩味琐屑、陈旧的个人欲望的贫乏世界，对平面化的自觉追求已经严重伤害了底蕴原来就不深厚的当代诗歌，它用所谓"后口语""废话"制造的艺术，比它欲毁掉的更无价值。并且，它"经常散发出委员会进行指责和审查的气氛。知识分子被喊去受训。当你说……的时候你的意思是什么？难道你没隐瞒什么？你讲的是一种可疑的语言。你不像我们中的其他人那样讲话，不像街头上的人那样讲话，而是像不属于这儿的外来人那样讲话。我们必须还你本来面目，揭穿你的诡计，使你得到净化。我们要教你说你心里所想的，说'清楚'、'把牌摊开'。……你可以朗诵诗歌——那是正常的。我们热爱诗歌。但我们要懂得你的诗，而且只有当我们能够按照日常语言来解释你的符号、隐喻和形象时，我们才能懂得你的诗。……多向度语言被转变成单向度语言，在这个过程中，不同的、对立的意义不再互相渗透，而是相互隔离；意义的容易引起争议的历史向度都被迫保持缄默"[12]。

——毋庸我再饶舌，马尔库塞的话真像是对今天说的。

注释：

① ② ③ ⑧ 于坚：《棕皮手记》，171、173、169、171、239—246页，东方出版中心，1997年。

④ 韩东：《第二次背叛》，载《百家》1990年第1期。

⑤贺奕：《九十年代的诗歌事故》，载《大家》1994年第1期。

⑥《于坚集》第四卷，337 页，云南人民出版社，2004年。

⑦《拒绝隐喻》被收入吴思敬编《磁场与魔方》，北京师范大学出版社，1993年。

⑨于坚：《拒绝隐喻》，载吴思敬：《磁场与魔方》。

⑩《在北大课堂读诗》，332、339 页，长江文艺出版社，2002年。

⑪《沈奇诗学论集》，9、16、17 页，中国社会科学出版社，2005年。

⑫马尔库塞：《单向度的人》，172、178页，上海译文出版社，1984年。

原载《南方文坛》2007年第3期

"口语写作"：由来和归宿

张桃洲

谈到"口语写作"，人们总会把它的发端追溯至处于1980年代中期"第三代"诗歌运动醒目位置的于坚、韩东等人的诗歌。事实上，"口语写作"有着更久远的源头。毋宁说中国新诗的出现，在一定意义上就是一场口语写作运动推动的结果。在晚清"诗界革命"便有"我手写我口"的倡议。而当胡适发起白话文运动并"尝试"用白话写诗时，作为现代汉语之奠基的白话文运动的发生，很大程度上是借助了口语的力量，其"言文一致"的目标其实是为了消弭口语与书面语（言语与文字）的差异。胡适曾归纳"白话"的语言特点——"白话的'白'，是戏台上'说白'的'白'，是俗语'土白'的'白'"[①]，更显示了五四白话同口语的渊源关系。

当然，白话与口语终究不是同一的，并且白话文运动从文学及一切文章体式的变革要求出发，将所用的语言（文言）置换为白话，表明它在性质上是一次汉语的书面语系统的改造，运动对口语（包括它的词汇和句法）的借用，同对其他语言成分如文言、外来语的汲取一样，是出于建设以口语为基础的汉语书面语的考虑。[②]因此，以口语化为重要动力的现代白话文运动，其书面语性质表明它并不是一场真正的口语化运动。正由于此，有人在比较1980年代中期的"口语写作"同五四白话文运动中胡适等人的口语主张时，认为："从表面上看，当代诗歌中的口语化实验似乎是胡适等人主张的延续，其实不然。胡适他们提倡诗歌口语化是出于启蒙的需要，带有浓厚的精英主义色彩，而在当代口语派诗人那里，这种历史的动机和合理性已然消失。"[③]这种分析也许有一定道理。不过，值得注意的是"口语写作"的"口语"内涵在不同历史时期发生的迁变。

"口语写作"总是暗含着与之相对的另一极写作——书面语写作。"口语写作"对诗歌语言的态度，有几分"语音中心主义"性质，即认为口语是对心灵世界的直接摹写，因口语的当下性（在场性）、鲜活性和书面语（文字）的滞后性、凝固性，而显出对后者的贬抑和对前者的褒扬。这与那种认为书面语比口语更能记载文化的深层内涵和多种层次的看法完全相反。在现代汉语的语境中，书面语与口语究竟孰优孰劣？这实际上是一个诉讼不清的公案，其背后潜藏着复杂的语言和诗学的问题。

　　一方面，从现代汉语的特性来看，现代汉语的形成以"言文一致"为目标和特征，但这并不意味着它已经消除了书面语与口语之间的差别，既然它同样包含了书面语和口语。1930年代瞿秋白所说的口语与书面语完全同一的现代汉语——"书本上写的言语应当就是整理好的嘴里讲的言语，因此，他可以比较复杂些，句子比较的长些，字眼比较的细腻些。然而他不应当比较嘴里讲的言语起来是另外一种语言"④——是不存在的。按照朱光潜的说法，"无论在哪一国，'说的语言'（口语）和'写的语言'（书面语）都有很大的分别"，"说的是流动的，写的就成为固定的。'写的语言'常有不肯放弃陈规的倾向，这是一种毛病，也是一种方便。它是一种毛病，因为它容易僵硬化，失去语言的活性；它也是一种便利，因为它在流动变化中抓住一个固定的基础"；而人们历来对语言的这种"分别"态度不一：一派"总想保持'写的语言'的特性，维持它和'说的语言'的距离"，另一派"看重'写的语言'守旧的毛病，竭力拿'说的语言'来活化'写的语言'，使它们的距离尽量缩短"。⑤

　　另一方面，就诗歌写作而言，它涉及的不仅是书面语与口语的一般差别，而且还有诗歌作为一种特殊书面语形式对口语的过滤。虽然，从某些方面来说，口语与诗歌语言具有某种"类似性"；口语的特点，如它的灵活性带来不断变换的句式可能性，它的随意性导致新的语义的不断生成，显然迎合了诗歌语言的要求；而诗歌语言作为书面语对普通（规范）语言的颠覆性和反常化，同口语以鲜活和流动对书面语之凝滞和强制的松动十分"相似"。然而，口语无论语汇还是句式，都毕竟具有许多"反诗性"的因素，比如它的啰唆、驳杂和粗鄙化倾向等，使它一下子难以进入诗语世界；尤其是，它的交际功能导致语句的流动和散漫，使诗意的展开和保留变得十分困难。因此，对口语的警惕和剔除是必要的；诗歌语言总在吸收口语的同时也在纠正口语。

而就新诗的历史情形来说，它的特殊性在于其所用语言为现代汉语。因沾染西方语法而在整体上显出外彰化特点的现代汉语，在诗歌语言运用上如何重归内敛和含蓄，这是关键的问题。由于现代汉语（书面语）在生成上与口语的趋近，它在语音、词汇和句式结构上都同口语保持某些相似性，这使得新诗在借鉴口语优点的同时不可避免地带上了口语的杂芜。再加上现代汉语口语和书面语毕竟有着不完全相同的语法规则，口语向书面语转化和内在体验转化为诗形时必然发生的变易，这双重裂痕导致新诗语言运用上的难以调适。新诗语言无论在语词还是句式上，已经均不能同口语保持完全一致，这是由新诗语言趋于复杂化和精细化的内在需要决定的；这种需要同时要求着新诗语言对现代汉语（特别是日常口语）的"锤炼"和"提纯"。

　　在汉语诗歌中，书面语与口语的纷争由来已久。新诗诞生后，由于其所用的语言——现代汉语在来源上的驳杂，诗歌语言取向上的各执一端也就在所难免。这种争执是新诗诞生之初就遭遇并在后来的成长岁月中相伴始终的语言纠葛；新诗草创期间，胡适、康白情等人强调作诗如说话，大力提倡方言俗语入诗，显然倾向于口语化写作；这种倾向在1920—1930年代遭到了众口一词的指责，"象征派"诗人、《现代》诗人主张运用含蓄的"雅言"入诗，以至一度出现"晚唐诗"风潮；在1940年代，特定的历史情势要求新诗采用通俗易懂的语言和形式，很多诗歌又渐趋明朗化，虽然也还有坚持诗艺和语言的深度探索的……这种交替出现的情形几乎未曾间歇，其间争论的范围和激烈程度时大时小。1980年代中期的"口语写作"，不过是一次更为集中的表现。

　　"口语写作"在1980年代中期再次被提出时，主要是针对"朦胧诗"深度模式写作而采取的一种反叛和拆解姿态。"口语写作"诗人重视对生活中庸常、琐屑一面的抒写，大量口语（乃至俚语）入诗成为他们抵抗僵化和拓展诗域的手段。他们将诗歌中的口语同平民化、现时性、亲近感等诗学特征对应起来，对书面语所代表的精英化、恒久性和距离感进行冲击，这既是一种诗学策略又是一种写作模式。

　　从表面上看，"口语写作"作为一种诗学观念，似乎是对不同语言（种类）进行择取的结果，即在或偏于坚硬的书面语写作或偏于柔软的口语写作的权衡中选择了后者。但严格地说，新诗中的书面语与口语之争，只是现代汉语资源（普通白话、方言土语等）分歧在新诗中的体现，也就是说它并不是选择何种诗歌语言的问题，而是对同一种语言材料（现代汉语）的不同运用即诗歌的语用问题，归根结底是诗歌语言的不同风格的问题。可以看到，在新诗进程中，每当人们感到诗歌以其"晦涩""朦胧"（风格）远离了现实生活，或阻碍多数读者群的接受时，诗歌语言首先被要求进行改造；以浅显易懂的取代艰涩深奥的，以简洁明快的替代迂回曲折的，以大范围使用的统辖小范围使用的……然后是形式的相应改变。各个时代的要求动机和纷争的表现不大一样（比如1930年代就出现了对"俗言俚语"和各种"民间"形式的极端强调），书面语与口语之争只是一种。

一直到今天，现代汉语书面语与口语的差异仍然是新诗的一个话题。不过，将口语和书面语各执一端的看法已经渐渐被摒弃，书面语与口语的不同特点使人们认识到："书面语无论它如何追求潜文本的丰富，都应当不断地从口语中吸收生活的新鲜的资料以焕新自身的生命力，而口语无论它如何富于生活气息，贴近生活，都应当不断地依靠书写来加深它的潜文本。"[6]应当说，这种辩证态度将有助于充分发挥书面语和口语的各自优势。也就是，如何通过对一般的书面语与口语差异的探讨，在二者的调适中寻求恰切的新诗语言。

注释：

① 胡适致钱玄同，载《新青年》4卷1号（1918年）。

② 汪晖认为，"'五四'白话文运动的基本方面不是召唤用真正的口语（即方言）来进行文学创作，而是以白话书面语录为基础、利用部分口语的资源形成统一的现代书面语"。见《汪晖自选集》，第359页，广西师范大学出版社1997年版。

③ 王晓明等《"戈多"究竟什么时候来？》，载《花城》1994年第6期。

④ 瞿秋白《鬼门关以外的战争》，见《瞿秋白文集》（二），人民文学出版社1954年版。

⑤ 朱光潜《诗论》，第90—91页，安徽教育出版社1997年版。

⑥ 郑敏《结构—解构视角：语言·文化·评论》，第124页，清华大学出版社1998年版。

原载《星星诗刊（上半月刊）》2007年第5期

有一种被遗忘的时间形式仍在召唤我们

——以"第三代诗人"赵野为例

敬文东

一

　　作为土地的基本元素和构成单位，泥土遍布大地，支撑着尘世间所有苦难的生灵，大千世界因它的仁慈和慷慨而绚烂多姿。泥土意味着生育，已是大地子宫的卵细胞，直接呈现在土地之表，以便于受孕。虽然泥土未能给中国古人孕育出似乎更为管用的一神教，以收纳无数孤苦无告的痛苦灵魂[①]，但它生育了众多灾难迭出、含辛茹苦在土中刨食的中国人，以及跟他们的身份相匹配的动作行为；尽管泥土不能生育时间——已归根到底只是时间的产物——但它能够生育一个古老的农耕民族对时间的理解，这种特殊的理解刚好从一个隐秘的角度，修复了一神教的缺失对灵魂产生的可能性伤害。"时间是我们的生命，却是一些看不见的生长和死亡，看不见的敞开和关闭，看不见的擦肩而过和蓦然回首，除了在现场留下一些黑乎乎的枯叶，不会留下任何痕迹。"[②]但春耕、夏种、秋收、冬藏，这种依照季节转换而来的农耕模式，是泥土馈赠给中国古人的永恒的时间形式——不断循环、不断向起点回归的时间形式，一种农业性的、带着泥腥味的时间形式。毫无疑问，起点意味着源头，意味着种子；向起点回归，就是向源头返进，向种子的方向回返。这种特殊的时间形式有能力提醒所有的中国古人：在那个神秘的起点处，埋藏着一个质地优异的黄金时代，埋藏着永远不会消逝的美好事物，并且是世间所有美好事物的集合。

　　无论是在最为隐蔽的意义上还是在最为彰显的角度上，诗歌最重要的主题都应该非时间莫属，其他一切主题——比如死亡、爱情等等——都是时间主题的派生物，就像加缪（Albert Camus）一本正经地说，只有自杀才是唯一值得关注的哲学问题。因为时间，只有时间，才是人类最难以战胜和克服的终极敌手。尽管时间始终在敦促万物生长，但它也在不断催促万物的消逝。这样的说法也许对时间并不公正，因为相对于时间，我们并不拥有公正的能力。在它的场域中生长，在它的场域中消逝，又有什么不合理的呢？但诗歌有能力化解我们对时间的抱怨，也能让时间理解到：我们对它的不公心态其实具有相当大的合理性。同其他所有艺术形式一样，诗歌也是人类追寻消逝之物的工具，是收集消逝之物的器皿，而一切消逝了的，才是我们最不愿意放手的美好事物——这不仅仅是个心理问题，更是一个心理事实。美好的事物之所以会消逝，端在于时间的不可逆转性，端在于我们面对时间油然而生的巨大的无力感；而在时间的怂恿下，一切事物都倾向于消逝殆尽。这就是寄放在人类骨质深处的最大悲哀和最大宿命：我们想要的早已被时光没收，我们不想要的却始终在胁持我们。因此，作为一种昂贵的人造物，"所有的诗篇都必须是关于消逝之物的，所有伟大的诗篇都是对消逝之物的悲壮寻找"③。诗歌之所以被人类器重，仰仗的就是它具有这样的功能。尽管这个功能是人类有意识地赋予它的，但它确实既能缓解我们对时间的抱怨，也为我们的抱怨收获了难得的合理性。时间因此有义务原谅我们对它的不公正，宽恕我们的忘恩负义。

　　同古典中国固有的时间形式相比，今天的时间流逝得实在是太快了，远远超过了正常的物理时间和我们对它的心理承受能力，但现代人还在变本加厉地追逐速度，为时间的加速流逝鼓掌、喝彩和叫好，希图从时间更快地流逝中敲诈出更多的利润和利益。而对这种典型的、强行挤压时间按钮的现代疾病，诗歌对消逝之物的挽留、对时间的呵斥就显得尤为急迫。但挽留消逝之物并不是让时间坐在椅子上或蹲在地上静止不动，以让它的翅膀停息下来；所谓挽留，不过是动用回忆唤醒消逝已久的美好事物。它们全被囚禁在记忆的闸门之内。唤醒它们就是解放它们，这显然是一种善意的举止，但它也趁机安慰了我们："如今它们都消逝了，那些我们以为不会降落到自己身上的日子已经来临。"（They are all gone now, the days / We thought would not come for us are here.）④而唤醒过去的最极端、最终极的目标，不是让今天重返祖先的居住地，重返被祖先不断肯定却消逝于时间之冥河的美好之物，而是要让过于快速的今天回返祖先曾经器重的时间形式——一种源自于泥土的时间形式，以便让它拯救今天过于变态的时间的流逝，进而让祖先朴素的情致、祖传的风度和古旧的氛围以细节为方式，溶解在今天的生活之中，在分子的水平上重新整合我们的生活。尽管这一切只能发生在想象领域，但它的重要性显而易见。无论现代汉语诗歌的体式、腰围和相貌在未来的岁月里怎样千变万化，它最重要的任务在理论上应该永远不会发生任何偏移：按其本意，诗歌总是倾向于"改变工程，但不更动计划"。

伴随着一维的、线性的现代性时间形式而来的，是进步和发展的神话⑤。它有能力诱惑越来越多的人集合在它的麾下，因为自诞生的那一刻起，它就在矢志不渝地向我们许诺：将来会有一个黄金时代，一定会有一个黄金时代。同祖先们信奉的不断轮回的时间形式截然相反，未来代替过去，成为我们获取生活意义的最重要的保证与理由。它是我们生活意义的集散地和发源地。在现实生活中，向祖先的方向回归、对消逝之物的唤醒、朝美好事物的稠密地带返进，有充足的理由被认为是绝对荒谬的事情：在"未来神话"的逼视下，泥土终不免暴露出它腐朽和自我污染的特性。顺应着寄居于现代性时间形式内部的逻辑要求，自20世纪90年代以来，诗歌的本意并没有得到善待，就像在"破四旧"运动中所有古旧的事物没有得到善待一样；在"崽卖爷田不心疼"的众多诗人那里，诗歌的本意被故意扭曲了，以介入现实、书写当下、反刍日常生活为借口，诗歌充当着欢呼时间不断向前滚动之集团军的孱弱组成部分。在对诗歌之本意一无所知的"便条集"诗人、拉罐诗人和卫生巾诗人的眼中，唯有成为集团军的组成部分——哪怕是最孱弱的一部分——汉语诗歌才可能得到人民的重视，语言性的诗歌和诗人才有可能从绝对的边缘之地，走向万众瞩目的、视觉性的电视和广场。这样的异想天开注定要自取其辱，上个世纪90年代以来没有必要提及的众多诗歌丑闻，绝好地证明了这点。在现代性时间形式劫持了所有人和所有行当拼命奔向未来的情况下，诗歌和其他艺术一道，更应该遵从自己的本意，说服驱使它的人响应自己的号召，向种子的方向大幅度返进，在美好事物的稠密地带采摘已经消逝了的花朵，就像"飞鸟在地上行走也让人感到有翅翼在身"⑥一样。事实上，现代汉语诗歌并不缺乏这样的传统；远在民国年间的事情不必说了，肇始于20世纪80年代的第三代诗歌运动，已经部分性地给出了例证。

二

　　我要讲述一件可能已经被人遗忘了的事情，要提及一位差不多快被遗忘的诗人。1982年国庆节，来自四川成都、南充一些高校的在读大学生，在重庆西南师范大学举行集会，讨论现代汉语诗歌何去何从。美丽的缙云山以它的满山秋风，接纳了这伙热血沸腾的愣头青。在共和国短暂的历史上，20世纪80年代是一个奢侈、豪华的时代；诗歌作为过于市侩的今天一个不值一提的渺小问题，在那时却是关乎灵魂、左右文化路向和格局的大问题⑦。一群少不更事却心比天高的年轻人，裹挟着青春和热情，面对普遍的废墟，自认为已经肩负起了历史的重任，"仿佛一切都是真的，没有怀疑／没有犹豫……"（赵野《1982年10月，第三代人》）⑧这群人中，就有那位如今快被遗忘的诗人赵野。整整20年后，赵野在自述中，对那场热烈的、狂欢式的讨论有过十分朴实的描写：

　　　　这场精神狂欢的高峰是在一个黄昏，大家在嘉陵江边点燃篝火，热血沸腾，青春呼啸，真有风云际会的感觉。此前我们已一致决定要成立一个联合的诗社，要办一份刊物，要形成一个新的流派，以区别于当时对我们有着绝对影响的朦胧诗，也提出了很多新的主张。那晚聚会的主旨是命名，一次革命的命名，一代人的命名。我们都自觉是开路先锋，在淘汰了一批各色各样奇奇怪怪的名字后，"第三代人"这个注定要进入历史的名词，得到了与会所有人的首肯。我们的分代简单却格局宏大，1949年前的不算，1949年到"文革"前是第一代，北岛们的朦胧诗是第二代，而我们是第三代。⑨

　　代际划分只是一个象征性的事件，不免沾染了那个年代特有的革命意识形态的余绪和余唾，打倒前两代人才是它的潜台词："一群斯文的暴徒，在词语的专政之下／孤立得太久，终于在这一年揭竿而起"（周伦佑《第三代诗人》）；"这就是胡冬、万夏或赵野们／铁路和长途汽车的革命者／诗歌阴谋家，生活的螺丝钉……"（赵野《1982年10月，第三代人》）。代际划分发布的只是独立、弑父或弑兄的宣言，展示的是一种决绝的姿态，渴望对诗歌艺术作出超凡的贡献，却并不表明第三代人在汉语诗歌的立场上真的拥有多少一致性⑩。对一致性的设想忽略了中国广袤的土地、不同的地理和气候塑造出的不同秉性。那是以一己之力对河流与山川的彻底否定。实际上，在更多的第三代诗人响应现代性时间形式而聒噪不止的三岔路口，赵野却悄悄地同祖先们器重的时间形式接上了头，朴素、腼腆，却又"像一个小气的暴发户和守财奴，对自己的突然发迹秘而不宣"⑪："我读书、散步、冥想古代／古老的故事使我感动不已。"（赵野《冬天》）虽然明面上的和暗中的同道并不多——或许柏桦、张枣、宋炜、万夏和早期的欧阳江河算是罕有的例外，在20世纪80年代中期的某个黄昏或半夜，赵野似乎决心已定，因为"一些我们执著的话题／会更温柔地待我们，更深情地／款款而来，像黄昏的雨／淋湿我们却并不感到寒冷……"（赵野《十四行诗》）执着于什么呢？执着地向祖先们大为称道的时间形式致敬，它历尽时光的砥砺，却仍然以鲜活的面目出现在我们面前，土地仍然是新鲜的，仍然具有生育能力，就像第一次受孕一样；执着于"古老而温馨的话题"，因为它古老，但它温馨，因为它古老而温馨，所以我们面对的话题和祖先们面对的仍然是同一个话题，它无视时间的流逝，抹去未来的召唤，它躲在过去却不是躲在暗处，始终在希图被现代性时间形式绑架的人重新回家，走上通往种子的道路，同美好的事物拥抱，以便添加土地的生育能力——诗歌的目的之一，就是催促作为土地之元素的泥土快快生育。在诗歌写作上几经周折的赵野，在80年代的某一个拐弯处，听懂了古旧的话题向诗人和诗歌发出的吁请：

> 我这样理解：过去在时间里
>
> 会变成永远，像一棵树
>
> 褪尽叶子和水分，像一个
>
> 纯粹的玄学命题，因此
>
> 无论坚持或扬弃，罪恶的事
>
> 可以成为历史，不再血腥
>
> 像三世纪的屠戮，十世纪的饥饿
>
> 我们充满好奇而不是愤怒
>
> 我们缅怀而不是仇恨

因为时间会使血冷却……

——赵野《时间·1990》

　　一切消逝了的事物之所以有资格充任美好之物，就是"因为时间会使血冷却"，进而抹去血腥，删除血腥所表征的罪恶。在人类的心理作用中，时间是一个高明的魔术师，它能把丑恶封存在自己的暗室，或者交付给未来的人们去享用——这就是我们天天生活在丑恶之中的部分缘由——只把最精华的部分扣留在过去，坚决不予放行，以供少数有心的后人前来瞻仰或缅怀，就像博尔赫斯说的："黑夜有一种神秘赠与和取舍的习性，将事物的一半放弃，一半扣留，那是黑夜半球的快乐。"⑫依照这一心理转换而来的结果，依照对美好事物的心理性定义，赵野在他的同行们咆哮着分泌诗行的当口，有胆量抛弃线性的、不可回返的时间形式，在一个看起来加速流逝的、完全不可能有所作为的时代，重新捡起早已被遗忘的祖传的时间形式。他迄今为止的全部作品，都在为这种时间形式和它所包纳的精彩内容讴歌，平易、节制、中庸和彬彬有礼，鲜有第三代诗人在里比多的指引下因高潮而发出的嚎叫⑬；通过对时间主题的反复陈述，遵从诗歌的本意，利用通过心理转换而来的成果，赵野在想象中——而不是在现实中——成功地将自己送回了古代，同祖先们生活在一起，跟最美好的事物身心交融，细心查看泥土的生育过程，甘心充当不断轮回的时间形式的俘虏，由此引发了他作品中浓郁的古典性。"赵野的意义，远远不止像一切优秀诗人那样，是较早地独立于'朦胧诗'和'第三代诗'，进入到个人写作的空间，更是以一种独特的个人天赋找到了适合于现代诗人的古典抒情模式。他的努力不仅接通了中国古典抒情传统，而且启示了更多未来的诗人寻找到有效的当下抒情模式。"⑭在认领过不断轮回的时间形式之后，所谓诗歌，就是热烈响应远古发出的召唤，甚至直接就是来自前朝的阳光和阳光中的树木。在《诗的隐喻》中，赵野明确地写道："趟过冰冷的河水，我走向／一棵树，观察它的生长／／这树干沐浴过前朝的阳光／树叶刚刚发绿，态度恳切。"不仅仅是树干、树叶构成了诗的隐喻，上述几个句子共同营造出的氛围，更有能力影射诗歌的牙齿：祖先投过来的目光，态度尤为恳切。所谓古典性，不过是一种浓郁的氛围；不断轮回的时间形式炮制了氛围，氛围则从气场的角度回报、显现和呼应了不断轮回的时间形式。这就是在泥土的帮助下，

《诗的隐喻》生产出的另一个隐喻，关于诗歌古典性的隐喻。

1984年夏天的江南之行很可能对赵野有一些"神秘的影响"。2008年，赵野对此有过坦诚地申说："在无锡太湖边，在苏州园林，在杭州西湖，我都能感到一种古意。单'江南'这个词就能给我一种幻觉，'春水碧于天，画船听雨眠'的美和柔情。"[15]但仅有"前朝""古代""前世""皇帝"或"恰似一轮明月照东风"（赵野《时间·1990》）一类充满古趣的语词或诗句，还不足以构成诗歌的古典性的来历，因为古典性"必须是个人内在延续着的、体验着的、永无结束的神秘经验……它和历史事件一样，在日历时间上是不可重复的，但在内在结构上，它却可以重复，具有原型的意味，既生疏又必需"[16]。多亏了赵野拥有的和讴歌着的时间形式，让他从一开始就不曾以"仿古崇高"为工具，去锻造他的诗歌的古典性，也不曾像余光中那样，在诗中公开叫卖古典意境。

数学的参天大树长成后，少数敏感的数学家才意识到，这棵大树的根基可能是有问题的——那么多的假说和祈求支撑着越长越高的树木，它会不会因为假设的弱不禁风、祈求的渴望性质轰然倒下呢？[17]尽管踏上回归种子、寻找消逝之物的路途是在响应诗歌的本意，但在上世纪80年代，赵野依然面临着必须要回答的问题：通过怎样的渠道回返？仅仅避免仿古崇高就足够了么？回归是不是一种虚构或想象？写作者唯一的现实就是纸和笔，在写作者和他的现实之间，唯一可以通约的只有语言和文字。赵野敏锐地将解决问题的方案聚焦于文字和语言显然是正确的，因为古老的汉语和汉字，为后人奇迹般地保存了奇特的时间形式、素朴的生活氛围：

> 在这些矜持而没有重量的符号里
> 我发现了自己的来历
> 在这些秩序而威严的方块中
> 我看到了汉族的命运
> ……
>
> 每个词都被锤炼千年，犹如
> 每片树叶每天改变质地
> 它们在笔下，在火焰和纸上

仿佛刀锋在孩子的手中……

——赵野《汉语》

　　但奇特的时间形式、素朴的生活氛围早已被死死冻结，尽管它们仍在替祖先向后人发出吁请，替渴望生育的泥土向诗歌发出吁请，但那是凝固了的嘴唇和传递到半路上就已经结冰的声音。经过现代性时间形式的高度挤压，它们都收缩着身子，泥土的生育能力被迫降到了最低点，它自我污染的特性倒是越来越明显。这样的态势让一个回返者倍感痛心。激活被冻结的时间形式和素朴的生活氛围，是回返之人必须要做的工作，哪怕这是异常艰难的工作——事实上，在这条路途上倒下的又何止余光中；在迈上回返之途不多时，赵野就明白激活的极端重要性。但古老的汉字要求作为一种特殊动作的激活拥有正确的姿势：饿虎扑食会吓坏汉字，腼腆胆小地抚摸又激不起汉字的冲动。和许多有同样欲求的人大不一样，赵野凭借天赋和直觉，采用了居中的姿势即默想："整整一个冬季，我研读了这些文字／默想他们的构成和愿望。"（赵野《字的研究》）关键是古老的汉字的"构成"，关键是古老的汉字的"愿望"，更关键的是汉字的构成和愿望在按怎样的偏旁部首相互搭配，部首、偏旁和构成愿望在按怎样的比例相互融合。这是默想必须直接面对的任务。作为一种和古老的汉字配合默契的动作与姿势，默想是完成激活的必经之路，正如"研磨是一种机械手段，我们立刻就能理解它的性质"⑱。用"整整一个冬季"完成这道必不可少的工序后，汉字的门被成功地打开了，被凝固的记忆涌动着，美好之物扑面而来。赵野惊讶地发现，古老的汉字在他面前焕发出了奇异的容光："它们放出了一道道光华，我的眼前／升起长剑、水波和摇曳的梅花／蓝色的血管，纤美的脉络／每一次暗示都指向真实。"（《字的研究》）默想带来了匪夷所思的结果，但又是最正确的结果。这些令人"炫目的字"、异常"生动的字"、"准确的字"、"规范的字"、"沉着的字"，"哦，这些花萼，这些云岫"（《字的研究》），它们根本不是字而是古老的生活氛围，不是语言的记号而是古老的时间形式，是消逝之物的聚集地，是时间在变幻魔术时扣留在过去时段中的事物的精华。默想是激活的前奏，但被激活了的凝固之物、冻结之物，从此对遵从诗歌本意的人具有致命性的影响：

我自问，一个古老的字

历尽劫难，怎样坚持理想

现在它质朴、优雅、气息如兰

决定了我的复活与死亡

——赵野《字的研究》

字的光华完全值得信赖，因为它"历尽劫难"却仍然"质朴、优雅、气息如兰"，即使在被凝固、被冻结时也"坚持理想"，它因此有能力决定回返者的"复活与死亡"；作为一个以禀赋和才情成功解了汉字之外衣的回返者，赵野心甘情愿地把自己的命运托付给裸身的汉字，托付给汉字开辟出来的回返之途：道路承载着意欲回家的人从容地走回过去，浓郁的氛围出现，古典性因汉字的门被打开，水到渠成地来到了纸张之上，成为快乐或平静的诗行。很显然，《字的研究》展示了回返者在激活汉字的过程中，同古老的汉字（它是汉语的记号）展开的无声搏斗——"我的白昼的敌人，黑夜的密友／整整一个冬季，我们钟爱又猜忌／我们衣袖或心灵的纯洁。"而当回返者终于胜利，或者说，当汉语和汉字中包纳的时间形式、素朴的生活氛围终于认可了回返者的诚意，那些"被锤炼千年"的字词接纳了向祖先致敬的回归之人，愿意决定他的复活与死亡。这是汉语和汉字对回返者的仁慈，带有泥土的体温和泥土因生育而来的胎液，在那里，"每根小草都不断生长，幸福异常！"[19]

通过《字的研究》《汉语》，赵野为自己踏上回归之路采摘美好的事物找到了坚实的根基，他二十多年漫长的诗歌写作中呈现出的古典性才有了基础，他遵从诗歌的本意，奋力展现时间主题，虽然这一切都发生在他同祖先接头之后的若干年里——就像数学长成参天大树，人们才想到去查看它的根基一样。一边是来自远古发出的吁请，一边是遵照诗歌的本意试图回返的人，两者之间的联系源自汉语和汉字的宽宏大量、深仁厚爱，被消逝之物重新接纳的人是幸运的，被遗忘了的时间形式再度认领的人是有福之人，能和祖先打成一片是一件幸运的事情。作为一个小小的例证，赵野的写作为诗歌的本意给出了看似腼腆实则勇敢的说明，这是他的幸运，他因此比许多所谓的第三代诗人更有资格成为诗歌的说明书。

三

就像现代性时间形式强调的那样，时光确实在加速流逝，而且永不回头，这是现实生活中无法更改的事实，具有浓厚的强迫性质。"我知道这个世界是以加速度变化着，我们所有的经验和价值观都缘于我们农业时代的趣味和标准，这眼花缭乱的一切，与我们根本没有关系。好多东西都一去不复返了——童年时清澈的天空和河流，年轻时纯粹的友谊和情怀，也包括那些优雅理想和伟大志向……"⑳仅仅记录时光加速流逝这个事实的不是诗歌，承受这个事实的也不是诗歌，让时光减缓速度最多只是诗歌的一半，逆着时光回返才有可能是诗歌的整体：诗歌就是对时间的反抗，就像"诸神被发明出来为的就是惩治秘密的罪行"㉑。自作为诗歌运动的"第三代诗人"烟消云散以来，更多的汉语诗歌在记录时光的加速流逝（比如"便条集"诗人）、在书写自己对时光加速流逝的隐忍承受（比如拉罐诗人和卫生巾诗人），还有少部分人在拼命拽着时光的尾巴，细细咀嚼时光的瞬间含义。这是诗歌被现代性时间形式绑架之后生产出的必然后果。在这种形式的时间面前，汉语诗歌溃不成军，尽管诗歌江湖上仍然在不断冒出大佬、舵手和帮主，关于他们制造出伟大诗篇的消息不断敲击着我们早已结痂的耳膜。

　　"如此间接的原动力、如此模糊的回忆和如此众多的中继站，会让人迷失在一个由错综复杂的规定和关系构成的网中。"㉒事实上，最近十余年来的汉语诗歌对消逝之物普遍采取了漠视的态度，主动呼应被遗忘的时间形式的诗人不多，自觉接受这种时间形式的统领的诗人少之又少，现实生活的巨大引力吸引诗歌的眼球，迷乱诗人的心智，人们仅仅是在抱怨新诗没有自己的传统，接不上古典的源头㉓，却违背诗歌的本意胡乱把脉，乱开药方。这样的局面实在令人难以接受。诗歌医生到处都是，因为发生癌变的诗歌确实大规模地存在着；诗歌道德家如同"环滁皆山也"一样到处都是，因为穿开裆裤露出下体的诗歌确实在四处横行，但汉语诗歌并没有因为医生和道德家的存在有所好转。

　　不过，这样的局面不值得悲观，因为令人欣喜的诗人依然存在，主动向被遗忘的时间形式靠拢的诗人并没有消逝殆尽。不需要号召，不需要打招呼，更年轻的一批诗人（比如臧棣、西渡、桑克、朱朱、清平、蒋浩、森子、姜涛、林木等）已经悄悄叩响了古典的门扉，怀着惊讶的目光打量农耕时代遗留下来的传统。他们同多年前的赵野一样，需要新的默想、新的激活，需要新的语言、新的氛围。古典性并不是余光中理解的那样，只是肤浅地使用现代汉语卖弄古物和古趣，因为它关注的目光依然是当下和当下的生存。但当下的生存需要祖先和泥土的护佑。尽管更年轻一辈的诗人是当今汉语诗人中的少数，但他们是汉语诗歌真正的希望——相对于诗歌的本意，只有少数人的存在才是它的希望之所在；剩下的人只需要"群众"一词就可以将之彻底打发。和第三代诗人中的少数人（比如张枣、柏桦、宋炜等）一道，他们是诗歌的地下工作者而不是革命者，他们暗语联络，共同相信还有一种被遗忘的时间形式仍然在召唤他们；他们因此有希望把斯蒂文斯（Wallace Stevens）多年前的预言化为现实："所有人类是同一个诗人。"[24]当他们作为回返者重访故地，会发现一切消逝了的事物都重新包围了他们，他们有机会看见自己的前世和来生，而泥土将会在他们的欣喜中辛勤地生育：

　　看，我们的泥土是怀孕了！

　　　　　　　　　　　（杜谷《泥土的梦》）

注释：

①对这个问题李零有十分精辟的分析，参阅李零《中国方术续考》，中华书局2006年版，第5—8页。

②⑪韩少功：《山南水北》，作家出版社2006年版，第262页，第311页。

③敬文东：《一切消逝的东西都不会重来吗？》，《新诗评论》，北京大学出版社，2008年第1期。

④Kenneth Rexroth,Collecd Shorter Poem,New York:New Directions,1967,pl54.

⑤本文不涉及对进步、发展观念的评判，拉瑞·劳丹（Larry Laudan）早就对这些问题展开过别具特色的批判（参阅拉瑞·劳丹《进步及其问题》，刘新民译，华夏出版社1999年版）。

⑥勒米埃尔（Lemierre）语，转引自普鲁斯特（Marcel Proust）《驳圣伯夫》，王道乾译，百花文艺出版社1992年版，第103页。

⑦查建英：《八十年代访谈录》，三联书店2006年版，第67—84页。

⑧本文中所有引述赵野的诗句都出自赵野的诗集《逝者如斯》，作家出版社2003年版。

⑨⑮⑳\《赵野自述》（2008年），未刊稿。

⑩1986年的地下诗歌大展算是第三代诗人的一次集体公开亮相，在展出中，出现了

上百个所谓的流派，诗歌观念无奇不有，表明一致性从一开始就是缺席之物（参阅徐敬亚、孟浪主编《中国现代主义诗群大观1986-1988》，同济大学出版社，1989年版）。

⑫《博尔赫斯文集·诗歌随笔卷》，陈东飚等译，海南国际新闻出版中心1996年版，第57页。

⑬第三代诗人在嚎叫和大嗓门方面最典型要数所谓的莽汉主义（参阅敬文东《回忆八十年代或光头与青春》，《莽原》，2001年第6期）。

⑭颜红：《白雪掩埋的火焰——论赵野的古典抒情》，《当代作家评论》，2005年第2期。

⑯钟鸣：《秋天的戏剧》，学林出版社2002年版，第50—51页。

⑰关于这个有趣的问题，请参阅王浩在《哥德尔》（康宏逵译，上海译文出版社2002年版）一书中的论述。

⑱巴什拉（Gaston Bachelard）：《科学精神的形成》，钱培鑫译，江苏教育出版社2006年版，第130页。

⑲陀思妥耶夫斯基：《白痴》，耿济之译，人民文学出版社1982年版，第524页。

㉑㉒瓦莱里（Paul Valéry）：《文艺杂谈》，段映虹译，百花文艺出版社2002年版，第65页，第63页。

㉓参阅郑敏：《关于诗歌传统》，《文艺争鸣》，2004年第3期。

㉔斯蒂文斯：《词语造成的人》，孟猛译，《外国现代诗选》，油印本，1983年，成都。

原载《当代文坛》2008年第6期

当前诗歌写作的语言源流

——梁小斌诗学的若干意义

杨四平

当前诗歌写作又一次呈现出"无主脑"的状态，不同于1980年代中后期众声喧哗的"哗"，这次是无流派的"写"，于是，新诗的动词性、呈现性和叙事性再一次表现得很突出。同时，与新诗草创期的轰轰烈烈不同，当下的这一切几乎都是静悄悄地发生的（除了些微的人为噪音外）。让我更为关心的是，这种"写"的背景和"写"的痕迹是什么？不少人习惯地将头探向域外，似乎很轻易地从西方后现代那里找到了它们的母亲。我却并不那么认为！我赞同白话新诗的母亲是西洋风格的，而认为当下新诗写作的主要传统就在中国现当代诗歌近一百年积累起来的"新传统"中。我不希望人们据此给我冠以什么民粹主义者的称谓。

不说别的，单以梁小斌为例，他的诗歌和诗论，就已经构成了1980年代中期以后，中国当代诗歌写作的一种新传统。

记得，梁小斌《断裂》的发表，在《星星》诗刊曾引发过一次诗学论争。因为其中展示了丑恶，所以有人惊呼梁小斌的写作发生转向了，梁小斌与他的朦胧诗式英雄主义、乐观主义的写作"断裂"开了。这都是从事象上看问题而得到的粗浅认识。殊不知，《断裂》是梁小斌根据1974年至1984年的日记整理而成的诗篇。梁小斌是一贯的。他始终对生活有着美好的期待及其对它所进行的雅致的诗艺处理；还有反叛精神，反叛，也是梁小斌一贯的姿态；他连自己的过去也时时在反叛着；目的是通过反叛来认清真实的自己并对新诗写作做出切实的贡献。如我在另文《梁小斌：诗意地思考》和《骑墙者梁小斌》里所讲到过的：梁小斌始终是一个笨拙者、构思者和挖掘者。梁小斌的诗歌写作，对当时来说具有现实意义，而对当下来说则具有指向性意义。它们是当下诗歌写作的"词根"、源头。所以，我在这里要特别提及不被时人所注意的1988年出版的一本相当重要的诗集《少女军鼓队》。它是一本仅仅收诗80多首的薄薄的诗集；当年还是冠以"未名丛书"出版的；而就是在几十首诗里，就有收入各种选本和教材的《中国，我的钥匙丢了》《雪白的墙》和《我热爱秋天的风光》等名诗。而我认为它的重要还远不止这些。我要重新挖掘的是，以下我要谈到的由它构成的中国当下诗歌写作的传统和资源。

比如，前几年出现的所谓"生活流""口语派"的诗歌及诗论和当前出现的热心细节的诗及诗论在梁小斌那里就早已存在着，只不过总是被他的"朦胧诗人"的光芒所遮蔽罢了。可以说，梁小斌的一些诗观是构成孙绍振《新的美学原则在崛起》里所说的"新的美学原则"的重要支柱。孙多处直接引用了梁的一些说法。孙还在给梁的一封信里风趣地说："我没有勾引评论家，是你，是你们勾引了评论家。"我想这绝非逢场作戏的戏言。该文引用了梁小斌的这样一句在当前诗论里也常常能看到的类似的话："意义重大不是由所谓重大政治事件来表现的。一块蓝手绢，从晒台上落下来，同样也是意义重大的。"比如梁小斌在1982年写的《为做了一件小小的事情甜蜜》就写到了诗人帮助一个女孩子在夜间打开楼道里的电灯而产生的幸福感觉。1982、1983年他还写了《集邮迷心思》和《裤兜内的分币》等。而他1986年写的《片刻》也是这样的诗篇："她手握满把带根须和枯叶的葱苗／要靠在我旁边说话／我想单独坐一会／我抽完烟／你再来／／过了一会／她又靠到我旁边／我低头／她手里还是那把葱苗／再注意看时／葱苗已经洗过／正往下滴水／黄叶子也没有了／／她的面容与以前略有不同／／只有我／／她两次看见我仍在对付／那支其实没有点燃的香烟／只不过一会儿／女人却能变幻出一种清新"。诗里写到了诗人在片刻以静观动、以不变应万变地感受着女性心理。可见，像一件小事、一张邮票、一把硬币或一种情景等都能触发梁小斌的灵感、推动梁小斌的思想。值得提醒大家注意的是，梁小斌的这样一些关注日常生活细节的诗歌写作发表的年份。毋庸讳言，随着时代的变迁，梁小斌日益感到真实生活的悄然逼近和"日常生活的锋利逆转"；因而相应地部分地调整了诗歌写作的策略，但根本的东西未变。

现在，在谈"朦胧诗后"时，受"断裂"表象认识的影响，人们总是习惯地在朦胧诗人之外去另寻代言人，仿佛随着这一口号的提出，朦胧诗人及其诗歌一下子就从地面上销声匿迹了；其实不然。起码对梁小斌来说，这类想当然的做法是失效的。比如，他在1986年写的《洁癖》和在1985年写的《重新羞涩》等也可以说是"后现代诗歌""第三代诗歌""后朦胧诗歌""后新诗潮"诸如此类说法的代表诗歌。而在理论上，梁小斌早在1984年就说："必须怀疑美化自我的朦胧诗的存在价值与道德价值。""必须识破法则！面对冷酷！历经真实！"这些话一直都没有引起人们的足够重视，其实，它们就是"第三代诗歌"理论的先声。

请读《洁癖》："我想洗干净／因为白栅栏上油漆未干／蹭上了名牌油漆的那块脊背／／我有洁癖／我的手怎么也摸不到／我曾经被逼到午后的墙角／沾上了干燥牛粪的那块脊背／／你们，看见我这么长久地沉浸在水里／我已经把脖颈洗得发白／／我有洁癖／凡是我的手能触摸到的地方我都要洗干净／没有被遗忘的脊背／呈现出忧戚"。诗里写到，"我"在过去被政治强行污染，而在现在却又被时尚强行弄脏；但是，"我"却要拒绝被污染、被时尚、被消化、被命名、被遮蔽；"我"始终对外界保持着高度的警觉。诗里写出了中国当代人在当代真实的生存状态以及诗人敏锐的批判触角。梁小斌曾说："凶悍：我的诗歌立场。"而当下不少诗歌放弃了诗人的言说立场，沉溺在对生活事象的叙事里面，难免有琐碎之嫌。现在，不少诗人和小说家都喜欢写"洗"。我想，这种精神自洁的象喻传统也在梁小斌这里。

又比如，当前所谓的"写隐秘""写性"的诗歌，仍然可以在梁小斌这里找到它们的当代渊源。请读《断裂》之"2"里的两节："我蜷缩在这里，／蜷缩在仿兽皮的衣领里。／装着打量月台；／往嘴里偷偷摸摸塞进桔瓣的女孩，／我正闭上目光在欣赏你。／／当你俯向茶几／你肯定是把橘子藏在膝盖间，／你把桔核吐在手上，／这潮湿的小玩意，／在茶几上被排列得整整齐齐。"同样是写于1986年的《真实的亲吻》则更加逼近生活本质。全诗如下："真实的亲吻并不像传说中的那么精彩／不过是一块粗糙肥皂碰那另一块柔软一点的肥皂／／下午三点钟，是她规定的亲吻时间／我们拥抱，我是她身上的大肿瘤／她出去上班，大肿瘤就被她切下来用毯子包好／我唯一的缺点就是我在亲吻时心思散漫／她发现在她背后，埋在黑暗丛中的手腕在转动／'你们男人，亲嘴时还看手表'／／真实的亲吻，并不像想象中的那么富有味道／神话重叠，亲吻自然黯然失色"。用时髦的词来说，这首诗也是在"解构"，在呈现亲吻的真实样子。在这些思想的背后，诗人是依赖"我"与"她"亲吻的细节来推动诗情的。梁小斌说"唯有细节的描述能够改变形象本来的意义，能改变原来的命运属性"。看来，现实生活和精神生活的细节是导致梁小斌思想产生的基本单元和基础力量。生活的丰富性和鲜活性就潜伏在这些细节里。而时人一味去追求所谓的本质和意义，最终导致了在日常生活里的魂不附体！所以，梁小斌希望人们应该学会去"重新羞涩"。他说："一旦涉及某些真实的心态往往都与一种羞涩感有关。"他又说："我也发现了诗歌语言的内在对峙。"而不像时下有些艺术表现拙劣的诗人，在他们写出来的文字里，到处只能看到分裂的"鸡零狗杂"，尽是些僵硬的、棺木气息的东西；梁小斌在他的这些生活流的诗歌里依然追求着"诗歌中的和谐构图"，因而具有鲜活的生活气息。显然，它是有警世意义的。这就是真诗和伪诗的分界线；或者说，这就是优秀诗歌与拙劣诗歌的分水岭。

此外，梁小斌对于中国新诗的贡献，还在于他以他的诗歌创作实践一贯地推进着新诗的散文美和口语美的进程。换言之，梁小斌接过了郭沫若、戴望舒和艾青等人的新诗语言变革传统并使之深化。比如，他的"中国，我的钥匙丢了"和郭沫若的"我是一条天狗呀／我把月来吞了"、戴望舒的"我底记忆是忠实于我的／忠实得甚于我最好的友人"、艾青的"雪落在中国的土地上，／寒冷在封锁着中国呀"等一样都是中国新诗经典的感人肺腑的诗句。我感佩于它们被诗人们"第一次"说了出来及其说出来的话语方式。从本源上讲，从大的背景上讲，梁小斌的确是很好地发扬了五四以来新诗的口语传统。口语并非通俗易懂的代名词。一个时代有一个时代的口语。它们包含着那个特定时代人们的行动、意义和信仰。它们富有革命、参与性和社会性。如果，在新诗写作中，你能很好地掌握了你所处的时代的口语方式／语法；那么，你的诗歌写作就会标示出你那个时代的高度，并能作为那个时代的人文标志被流传下来。我想，我们的诗人都要认真地思考这个口语传统的问题。

鲁迅说过，在进化的链子上，一切都是中间物。梁小斌的诗歌及其诗论就是中国新诗发展进程中的中间物。它们承续了五四以来中国新诗的伟大传统，同时，也使自己成为新时期以来新诗的一份新传统。

原载《诗歌月刊》2009年第2期

第三代诗歌的认同焦虑

——以"1986现代诗群体大展"为中心

李建周

　　"中国诗坛1986现代诗群体大展"（以下简称"大展"）是20世纪80年代一场声势浩大的诗歌运动。通过仪式化的方式，第三代诗歌作为一个整体强行登上历史舞台。对于"大展"的评价，无论是当时还是现在一直众说纷纭。就第三代诗人来说，"大展"是一把双刃剑：一方面，它把运动型写作发挥到了极致，成就了诗人"英雄出演"的渴望；另一方面，这一诗歌方式尽管一定时期非常有效，却留下了巨大的"革命"后遗症，人们对诗歌行动的关注超过了诗歌文本。从更为广阔的文化场域来看，"大展"的轰动本身正预示着一种内在的匮乏。这种匮乏与青春期的狂热相互纠缠，使第三代诗人处于一种悖论性情境，既出现了一批有影响的诗作，又呈现为鱼龙混杂的局面。之所以会造成这一局面，在笔者看来，与80年代城市改革所带来的整个社会文化结构转型有重要关系。从这一角度切入反观"大展"，对于理解其后直至今天的先锋诗歌都有启示意义。

一、"大展"的特定文化空间

　　表面看，似乎"大展"的出现非常偶然。策划者徐敬亚到《深圳青年报》副刊部任职，该刊顺理成章成了诗歌活动的策源地。考虑到该报并非专业诗歌报纸，徐敬亚又联合安徽的《诗歌报》，共同推出了这次大展。整个过程，已经声名远播的徐敬亚在组织、策划、宣传、鼓动方面无疑起了决定性作用。

　　实际上，"大展"之所以出现，与围绕《深圳青年报》周围所形成的文化

中国当代文学史资料丛书

248

空间有密切关系。从1984年到1986年，该报在思想文化界产生了持续震荡，成为"开明派"的一个重要宣传阵地。诗歌大展正是得益于这一异常活跃的特殊文化场。

随着1984年城市改革的兴起，整个社会结构转型的进程骤然加速。在结构重组过程中，各个阶层的利益冲突成为一个无法回避的社会问题。这在率先进行改革的沿海地区表现得尤为明显。各种亚文化群体趁机浮出历史地表。作为改革开放桥头堡的深圳，这时形成了一个异常活跃的特殊文化场。《深圳青年报》积极呼应了这一社会思潮，极大调动了各个阶层的社会参与意识，精英与大众共同出演了一场文化的盛会。

在这一特定文化空间中，从1985年开始，特别是在1986年，精英文化思潮涌动、异常活跃。一方面是国外各种文化思潮的大规模涌入。该报分别介绍过第三次浪潮、新个人主义、女权主义等等思潮。另一方面是面对改革中出现的新问题，知识分子的呼声非常强烈。大量激进的话题成为谈论对象：真心实意搞"四化"与民主，集体主义价值观正在经受挑战等等。这些在今天看来都非常尖锐的声音的出现，确实让我们看到了当时知识分子的激进姿态。

由于历史时段的特殊性，知识分子在当时扮演着重要的社会角色。他们对西方文化有着比一般民众更为深入的了解，同时又必须直面"文革"遗产，这就决定了他们所具有的双重作用。一方面，他们担负着启蒙者的责任。另一方面，经由对"文革"的深入反思，他们产生了很强的怀疑性和批判性的思想，这种思想和远离现实的乌托邦冲动相结合，常常会成为"社会动荡的母胎与催化剂"。加上现代化构想的逐步推进，改革过程中暴露了大量问题，随之增加了进一步深入改革的难度。知识分子面对现实困境的忧患意识不断加强。此时，思想界保守与激进的冲突就异常强烈。从该报展示的文化景观中，我们看到的异常强烈甚至尖锐的激进表情，显示了当时思想界最为激进的一面。

与知识分子的精英文化相对，民众的大众文化也显得异常活跃。在改革的推进下，民众的热情被广泛地调动了起来。无论是哪个阶层，都有强烈的对平等的渴望和积极参与社会实践的意识。"由于各类群体被纳入社会的中心制度之中，平等便不再是一种抽象的理想，而成为一个最强烈的要求：所有的群体都有权日益具体地参与一切生活领域。"①对平等的渴望和参与的热情在文化领域就表现为文化的大众化。这种文化大众化的潮流是一把双刃剑。一方面它自身的亚文化色彩使人们逐渐获得更为宽广的文化活动空间。同时为精英文化争取更多的群体认同提供了可能性。另一方面，大众化对平等的追求意味着文化民主化，这种民主性在一定程度上取消了精英文化的深度模式，破除了精英的神话。

随着对香港、台湾和海外社会百态的介绍，与老百姓日常生活息息相关的大众通俗文化在悄悄地进行着一场革命。在文学领域，通俗文学以连载的形式多次在该报出现，如《碧血剑》《影后蝴蝶与军统头子戴笠》等。在"大展"前后连载的报告文学《阴阳大裂变》也吸引了很多读者的目光。同时，从该报所展示的文化景观中，我们可以看到一个更加宽泛的大众通俗文化的潮流。时髦发型、化妆艺术、展销会、国际新潮服装展、气功、减肥、泳装变革、女子健美班、时装表演等等粉墨登场，引领着青年一代"自由化"的生活方式。和"大展"预告同期刊出的一篇谈健美赛的文章认为："三点装"首次登上中国舞台点燃了一次"心理大爆炸"，冲破了中国几千年的封建文化禁区，它给我们的最大启示是"具有现代意识的人们有否敢为天下先，敢冒传统弊习之大不韪的勇气"。[②]可见，在当时人们的想象中，大众通俗文化和精英文化在功能上是同构的，它们都意味着和传统相对立的"现代"。

值得注意的是，这种大众文化潮流具有某种集体狂欢色彩。一方面，这种集体狂欢表现在日常生活中，比如，该报曾多次报道了深圳青年业余时间组织的化装舞会。在一些重大场合集体狂欢的性质更加明显，如1984年五四青年节的化装舞会吸引了五六百人，而参加国庆狂欢舞会的青年则多达两万多人。这种以群体形式出现的舞会将一代青年人推向了社会的前台。在激情展览中标示着自己的一种文化身份，在大众心里这无疑具有很大的冲击力。另一方面，这种集体狂欢表现在文化的展览上，如该报报道的"青春'85深圳青年美术作品展"，副刊开辟的深圳小说专版、诗歌专版、深圳女诗人专号、小小说大赛等专版，这种群体展览造成了一种颇有声势的运动。诗歌"大展"无疑是这种文化展览的自然延续。

考察这份报纸和第三代诗歌的特殊关系，将使我们更加清晰地看到当时的文化生态对诗歌运动的影响。在特定的时代历史语境中，围绕这份报纸，形成了一个以现代文化建构为核心的文化场，多种文化要素的并置使得这一特定文化空间充满活力。在这一充满张力的文化结构中，大众通俗文化和精英文化两者在当时具有同等重要的价值，不断挑战禁区成为他们的共同特征。在这种文化生态的变异中，第三代诗歌的出现实际是一种"场效应"，是历史合力作用的结果，而不是在理想的纯粹的条件下发展起来的。从这份报纸所展示的文化景观来看，"大展"的出现是顺理成章的，其价值取向代表的就是这一舆论空间的公共意识，根本没有任何横空出世的感觉。

借助大众通俗文化策略并不能否认第三代诗歌的先锋性。对于第三代诗人来说，精英文化和大众通俗文化在功能上是同构的。两种文化形态在他们身上恰恰是交融在一起的，它甚至就是当时前卫青年真实的生活方式。山头林立的大众狂欢景观，恰恰在精神上与文化激进主义的精英意识是一致的。

二、占位与出演：诗歌场域的重新设定

新时期先锋诗歌场域的建构经历了曲折的历程。早在70年代前期，白洋淀地下诗歌就在知青群落中造成了一定影响。"文革"结束后，随着《今天》的创刊和广泛传播，先锋诗歌的阅读空间迅速扩展。到了80年代，在意识形态压力下，经过激烈的论争与对话，朦胧诗对整个社会产生了重大影响。虽然这一过程非常艰难，但正是由于反对声音的异常强大，朦胧诗才迅速赢得了激进青年的广泛支持，很快获得巨大的象征资本。对于"种族的触角""历史和良心的双重负重者"的诗人而言，"敌对和重负往往是他们创造力的直接源头"。③朦胧诗的意识形态对抗色彩几乎集中了一个时代想象力的极致，成为人们久被压抑的情感得以宣泄的突破口。

对抗姿态给朦胧诗人披上了一层"文化英雄"的外衣。他们经过长期艰难的地下探索，对历史困境有更为清醒的体验和审视。历史的巨大压力使他们不可能直接宣扬自己的诗歌观念，他们的声誉是通过长期以文本召唤读者的艰苦努力获得的。正如西川所言，"中国诗歌有限的光明习惯性地依附于广大的黑暗，它的成功和确立是对于普通失败情绪的一种补偿"④。另外，随着社会改革的深入，朦胧诗开始逐渐被主流诗坛有选择地接受。这就更增添了朦胧诗的社会影响力。在80年代中期，由《拉萨晚报》和《星星》分别组织的两次十大中青年诗人评选活动中，朦胧诗人都以绝对优势入选，⑤可见其在诗歌界和读者群中开始占有重要地位。虽然从总体上看，朦胧诗的社会影响力不一定如后人想象得那么大，但在诗歌爱好者那里，朦胧诗人受到如同今日影星歌星一般的追捧。

第三代诗歌出场首先遇到的问题就是如何面对已经获得巨大象征资本的朦胧诗。当朦胧诗被社会逐渐接受的时候，实际上朦胧诗人创作的高峰期已经过去。他们的创作都出现了一定程度的停滞，所以第三代诗人对朦胧诗的反抗，隐含着取而代之的内在渴望。特定的时代氛围造就了第三代诗人运动主义的诗歌方式，将一种放大的理想主义抒情精神发挥到了极致。作为"非非"领袖的周伦佑就曾在1985年进行过全国漫游和演讲，诗人柏桦生动描述过周伦佑在西南师范大学进行演讲的一幕："在一个月夜，在一间灯火通明的阶梯教室，黑压压的学生抬起苍白、焦渴的脸朝向一个很有经验的雄浑的声音，他正讲到'象征'或'超现实'。一个热血汹涌的抒情战士现在驾驶着非非的船启航了。"⑥柏桦的回忆给第三代的"英雄出演"提供了几乎完美的注脚，尽管没有证据怀疑这个回忆的可靠性，但实际上，第三代诗歌根本没有获得朦胧诗那样的巨大影响。

　　第三代诗歌对朦胧诗的反动还有一个重要原因是对"先锋读者"的争夺。即使在朦胧诗的全盛期，它的接受者相比当时较为庞大的读者群依然是少数，先锋诗歌的接受空间依然非常有限。1986年初《当代诗歌》对"诗爱者"（向该刊投稿者）进行了一次民意测验，在诗爱者对诗歌内容所表示的欣赏兴趣一项中，喜爱"朦胧诗"的仅占7.79％。⑦尽管这次调查的权威性有待甄别，但至少可以说明诗歌爱好者接受状况的多元化。朦胧诗的情形尚且如此，更遑论很难在正式刊物上发表的第三代诗歌。这种情形对于在小圈子内被看好的诗人自然是一种巨大的压力。查尔斯·泰勒在分析多民族社会之所以可能分裂时，指出其"主要原因是某个群体不能得到其他群体对其平等价值的（可以感觉到的）承认"⑧。诗歌同样如此，发表空间和公共阅读空间的普遍缺失，对第三代诗人造成的巨大心理压力是可想而知的。面对这种读者接受状况，来分析他们纷纷加入"大展"的行动，我们有理由相信，这种运动的兴起体现的是他们急于进入历史的强烈渴望。

　　为了让诗人们的出场更有气势，该报在"大展"前还专门向诗坛放出了一枚重炮弹——《诗的贫困和贫困的诗人》。作者在文章中声称：乏味、无聊、贫困的诗坛一直让自己处于"悔恨、屈辱和不可言状的怒火"之中，诗坛的热闹只是一个虚假的表面现象，而实质上诗坛不过"是一座贫困的荒山，上面孤零零地只长着几根草"。"几乎所有的诗歌刊物都不同程度和争先恐后地被一种莫名其妙的观念所奴化，而相当数目的诗人都是骗子、可怜虫和坏蛋。"⑨
正是这种激进的姿态和急于获得盛名的渴望，使第三代诗人和当时的诗坛主流包括朦胧诗人断然决裂。这在舒婷标明写于1986年的一篇文章中有过很到位的描述："朦胧诗刚刚绣球在手，不防一阵骚乱，又是两手空空。第三代人的出现是对朦胧诗鼎盛时期的反动。所有新生事物都要面对选择，或者与已有的权威妥协，或者与其决裂。去年提出的：'北岛、舒婷的时代已经Pass！'还算比较温和，今年开始就不客气地亮出了手术刀。"⑩

诗歌场域的重新划分，遮蔽了第三代诗人和朦胧诗之间很深的渊源关系。其实，民刊的兴起本身就是直接受朦胧诗影响的结果。《他们》的负责人韩东大学期间就曾经因为传阅《今天》被隔离审查，差点儿被学校开除。如果仔细比较一下《他们》和《今天》创刊号，就会发现它们存在很大的相似性。在栏目设置上，两刊都是既包括小说又包括诗歌，而且都是小说在前，诗歌在后。甚至在诗人的排序上，韩东和北岛都排在第四位，需要说明的是韩东是《他们》的实际主编，该刊标明的主编付立是虚拟的，并不存在。在刊物的命名问题上，韩东一方面强调是直觉上的喜欢，另一方面又强调受美国女作家奥茨的同名小说的影响。但是仔细阅读一下《今天》创刊号的卷首语《致读者》，就会发现其中反复出现十多次的"我们"和韩东的"他们"似乎有某种内在的呼应。种种迹象表明《他们》深受《今天》的影响。

在诗歌创作上，对《今天》的阅读也成了韩东写作的动力源："直接激起我写作欲望的就是《今天》，北岛。应该说这些人是我文学上的父亲，也不过分。"⑪当然开始阶段的模仿是必然的。由模仿进而走向反抗也是一个诗人获得个体独立性的重要标志。无论是模仿还是反抗，我们都可以看出这种深刻的历史关联。有意思的是韩东的代表作《有关大雁塔》后来就是经北岛推荐在《中国》上正式发表的。但是，第三代诗人急于登上历史舞台的愿望使他们逐步走向了极端，以断裂的方式对待朦胧诗也就不可避免。韩东对此有过清晰的表述："我以非常刻薄的言辞谈到北岛，说他已'江郎才尽'。实际上，这不过是我的一种愿望，愿意他'完蛋'，以标榜自己的成长。"⑫

为了在新的诗歌场域中占据更为有利的位置，第三代诗人越来越强化自己作为文化反抗者的角色。在文学场域的重新分化与重设中，"非非"显得快速果断、干脆利落。为了在文学场中获得最佳位置，"非非"使用的基本策略是在整体批判的基础上进行重新划分。据蓝马回忆，当年周伦佑曾计划搞一本《第三次浪潮诗选》，诗选的范围主要是"放在北岛以后（包括杨炼、北岛在内）的一些正在倾向于成名的青年作者方面"。⑬此时的划分并不十分明确。这一设想在"非非"创刊时演变成了具体的场域划分原则。这一原则突出强调了"非非主义"对诗坛的巨大冲击力："一方面，使许多写第二浪潮诗的人彻底迷惑；一方面对第三浪潮中大众化、平庸化倾向也是一个冲击。"⑭在这里，"非非"同仁不仅将自己和前两次浪潮区分开来，而且也将自己和一般的第三浪潮区分出来，强化了自己的先锋形象和独特价值，而且宣称自己一开始就拥有一个广大的作者群和读者群。

在此之后，为了制造声势，"非非"还自编了"中国诗界1986年十大新闻"。其中之一是《非非》创刊，而且声称"非非主义"理论和创作引起国内外诗界的高度关注。随后，"非非"以义无反顾的精神阔步迈向了极端反抗的不归路，一种革命后遗症式的文化造反姿态成为其显著的标识。在创刊号上，他们还认为"非非艺术，不是反文化的。恰恰相反，它致力于凿通文化所以由来的道道源泉"⑮。而到了《非非主义第二号宣言》中，则毅然否决了这一设想，明确提出"反世界"的文化构想，认为世界是"空前绝后的第一大案"，"我们将集结一切阳光，来对世界进行宣判"。这当然是在文化领域进行的，具体操作方式是"废除形容制度""废除动词制度""废除数词制度""废除名词制度"⑯等等。周伦佑也在自己的文章中宣称必须"从反文化开始"，而且"反文化是一场屁股对抗脑袋的运动"。⑰极力张扬非理性对理性的反动。难怪"非非主义"被人认为"可能是最早喊出'下半身'口号的诗派"。⑱

然而，历史情境已经发生了重大变化，以凡人化为标志的第三代诗歌毕竟无法成为朦胧诗式的"英雄"，他们盲目走向极端的背后隐藏着复杂的文化内涵。

三、结构性空位与认同焦虑

"大展"前后正处于新时期文学的一个转折点上。经历了十年不同寻常的发展历程，一系列矛盾和问题呈现出来，文学进入一个深化转型期，出现了结构性的空位。"新时期文学十年学术研讨会"就是在这种背景下召开的。刘再复所作的带有总结性的报告，体现了文学规划者中"开明派"对新时期文学的基本想象。⑲报告以人道主义的恢复和深化概括自1976年以来的文学潮流，认为新时期文学经历了从政治性反思到文化性反思的转变，并且越来越走向艺术的自觉和批评的自觉。同时，也强调了新时期文学存在的两方面不足：个体的主体意识还未完全觉醒，自审意识的缺乏。基于以上认识，刘再复在对第二个十年进行展望时，在总体乐观的基础上表达了自己的隐忧，那就是作家在综合性文化素养、人格气魄和艺术气魄以及长期艰苦劳动的准备上存在欠缺，认为有些作家可能要经过一段"休眠期"。这种看法虽然是粗放型的宏观概括，但是带有很大的现实针对性，体现了一种较为稳健的文化态度。

可是在充满理想主义激情的80年代，这种文化态度遭到了一些激进青年的强烈反对。就在这次会议上，刘晓波对文学发展提出了完全不同的看法。他以西方文学为参照，认为新时期文学的危机在于"不是五·四文学的继续，而是古典文学拙劣的翻版"。一方面表现在"以'寻根'文学为代表表现出一种向后看的意识，有一种观念上的倒退趋势"，另一方面表现为"大多数作家作品受理性束缚太甚，呈现出艺术想象力的贫弱，缺乏发自生命本体冲动的艺术创造力"。刘晓波认为问题的症结在于"不打破传统、不像'五四'时期那样彻底否定传统的古典文化，不摆脱理性化教条化的束缚，便摆脱不了危机"。所以合理的解决方案就是"在和传统文化对话的时候，就是得把这样一些东西强调到极点：感性、非理性、本能、肉"⑳。正是对感性解放的极端强调，这个发言一时间成了"非理性"文学的纲领。

刘晓波和刘再复的论争隐含着现实层面文化认同的巨大焦虑。在基本点上，他们都认同西方文化，并且将这一身份认同纳入了对现代化的认同这一知识谱系。这一认同带来了一个十分棘手的问题，那就是在世界文化格局中我们的民族身份问题。寻根文学之后，文化身份认同的焦虑成为一个无法回避的问题，只是在激情式理想主义的覆盖之下，人们对这一问题并没有展开深入思考，而是仅仅以宣言式的方式表明了自己的立场。刘再复试图通过渐进的方式，以艺术的自觉实现文化认同焦虑的转移，而刘晓波则在反传统上走向了极端，一切文化认同以西方为准绳。

第三代诗人和刘晓波在这一问题上立场非常接近。早在刘晓波发言之前一个月召开的"新诗理论研讨会"（因在兰州召开，以下称"兰州会议"）上，第三代诗人就开始阐明自己的立场。兰州会议尽管也是一个总结性的会议，但是并没有被冠以"十年"的头衔，对新时期文学的想象也不同于刘再复。会后的总结则声称"与会者认为，从79年到现在，新诗发展经过了两次聚焦，焦点就是使诗回到自身"㉑。这是一个大胆的判断，它没有承认1976年作为新时期诗歌的起点，而是将新时期诗歌的起点后移至1979年。也就是说这次会议以朦胧诗从地下走上地上作为新诗发展的一个重要标志。这样，通过起点的移动，一条以现代主义诗歌发展为主导的发展线索获得了历史合法性。

在对诗歌发展历程进行划分时，这条线索获得了更为明确的阐释。会议认为新时期第一次聚焦是社会的焦点把诗人的目光聚在一起，艺术上最主要的特点是反对虚假，追求真实和真诚，使诗从政治工具回复到表达诗人的感受。在朦胧诗之后，文化的焦点把诗人的目光聚在一起。诗歌不满足于正面的歌颂或反面的否定，而要寻求深层次的文化思考。这种划分和周伦佑对三次浪潮的划分是一致的。会议进而追踪了现代主义思潮在当代诗歌中的发展线索，认为以北岛为代表的一代只是拿来了现代派的形式，内容仍是介入时代、写英雄悲剧的。他们的贡献在于连接了三四十年代的现代派诗歌传统，使诗的自身和主体地位受到了重视。同时，这次会议已经对第三代诗歌给予了足够的重视。在会议总结中认为近年来的"第三代"、大学生诗对"凡人化"的追求更为远离现代诗的形式，有可能是真正的现代派。

这个结论是大胆的，其明确的现代主义倾向和激进的姿态无疑对第三代诗人是一剂强心剂。这对于当时参加这次会议，同时正在筹划"大展"的徐敬亚无疑是莫大的鼓舞。而徐敬亚草拟发出的大展邀请发出后，得到了全国各诗歌群体的强烈反馈，这一事实可能也促使这次会议对第三代诗表示了极大的兴趣与关注。当时作为第三代诗人出席此次会议的只有尚仲敏一人。本来会议议程并没有准备让他发言。但是他带去的《中国当代诗歌报》的广泛散发，促使第三代诗歌成为出席会议者讨论的重要话题。后由徐敬亚等人极力帮他争取了一个发言机会。据尚仲敏回忆，他在发言中大讲第三代诗歌，并且在会上旗帜鲜明地提出了第三代的概念。而他的发言对与会者产生了巨大的冲击力，以至于后来这次会议"实际上变成了第三代诗歌研讨会"。㉒通过当事人的回忆，以及会议的总结报告，可以看出这次会议确实对第三代诗歌走向历史前台起了很大的作用。同时这次会议自觉不自觉为新时期现代主义诗歌勾勒了一个较为完整的发展轮廓。

在80年代中期文化场域分化中，现代主义的叙述线索的构建异常显眼。这一线索是随着现代化构想的逐步展开，通过一系列关于现代主义知识的迅速累积完成的。从文学自身来看，这也是诗歌自身追求场域自主性的必然结果。这一结果的取得是通过朦胧诗论争，历经一系列内部的严格筛选，特别是通过"对文革地下诗歌的遗忘与转化"逐步建立起来的。[23]所以，在朦胧诗场域自主性的建构中，关于现代主义的知识经过一系列变形和转换，逐步被叙述为一种追求艺术纯粹性的诗歌形式。这样，人们对现代主义的认识开始逐步剥离它的丰富内涵，"在很大程度上也被美学化了，抽象成了一种价值符号，成为文学自主性的最高代表"[24]。通过淡化激烈的意识形态对抗，强调审美性内涵这一过程的转化，使得最初以反抗者的姿态崛起的朦胧诗，具备了接受的可能。这种对艺术纯粹性的强调和朦胧诗的最初追求发生了巨大错位，并没有给朦胧诗人带来创作的转机，但是在朦胧诗论争中确立起来的文学"自主性"成规必然会支配其后的诗歌。

对于第三代诗人而言，这也是他们必然的历史起点。但是艺术自主性的要求和当时社会的剧烈升沉存在着巨大的冲突。对自主性的强调会有脱离艺术场域的危险。布尔迪厄认为"一旦艺术家试图实施一种超越艺术场分配给他们的职能时，即实施一种非社会功能（为艺术而艺术）的职能时，他们立刻就会重新发现他们的自主性，其实是很有限的"[25]。但是多数第三代诗人并没有意识到这一点，他们很快进入了语言的狂欢。在许多第三代诗人那里，对语言的强调到了无以复加的地步。如杨黎的"语感"、韩东的"诗到语言为止"。这样，对诗歌审美性、纯粹性的探求直到走向反对的一面在所难免。"继续深入的必要和困难甚至导致了生命—文化—语言领域内更趋极端的反叛以至暴乱。"[26]这种反叛和暴乱由于和具体历史语境的脱离，带有很大程度的文化乌托邦色彩。他们极端的语言试验也阻挡了一般读者进入文本的可能性。所以，在第三代诗歌运动中的文本问题就会成为一个十分棘手的问题。对于文学史来说，运动到最后，必然要靠文本说话。理论和文本的脱节似乎成了很多第三代诗人的一个重要把柄。

另一方面，他们又要和朦胧诗断裂，以彰显自己的存在价值。这就需要造文学"自主性"的反，同时他们又不可能重回50年代诗歌的老路。这就注定了第三代诗人走向极端，对所有诗歌成规的全面否弃。这一要求虽然和第三代诗人"英雄出演"的内在渴望是一致的，但是他们面对的对抗性压力要比朦胧诗小得多。历史岩层的错动使得第三代诗人的装扮英雄变得多少有些面目可疑。而且，第三代诗人出于文化认同的焦虑而对自己的假想敌朦胧诗进行反抗，根本没有意识到中国现代文化结构上的复杂性。如邹谠所言，"中国现代文化在整体、内容、价值观念、目标以及显而易见的方针、政策、指导思想等方面基本上是外来的，而部分内容与形式、具体的生活方式、方法（尤其是权术、人际关系）以及潜在的有利和无利条件则大都是从传统中来的"[27]。正是这种文化内部的复杂性，使得对西方文化仅仅浅层次上以概念化的方式持有的第三代诗人，必然会遭遇文化身份的迷失。诗人越来越个人化的生命体验失去了引起社会轰动的心理基础。

应该说，作为对历史压力的回应，第三代诗人"去政治的政治化"有特定时代的合理性，但是面对文化结构性空位的历史境况，多数人缺乏足够的诗歌经验和文化资源来平衡文化认同的焦虑。于是伴随着"英雄出演"的渴望，加入了文化激进主义者的行列，在80年代文学对"十七年"文学的扬弃过程中，选择了后现代主义式的反叛立场。这一立场作为"推销"第三代诗歌的战略选择，无疑是非常成功的。遗憾的是多数第三代诗人在享受"成果"之时，并没有显示出足够的回应历史压力的耐心，创作难以为继。在"大展"中呈现出的文化认同的悖论和复杂性关涉到整个先锋诗歌场域的建构，与其后整个先锋诗歌的发展密切相关，也是我们今天反思先锋诗歌建构过程时必须要面对的。

注释：

①［以］艾森斯塔德：《现代化：抗拒与变迁》，张旅平等译，中国人民大学出版社，1988年4月。

②见《东莞女子"三点装"健美赛的冲击联想》，《深圳青年报》1986年9月30日。

③欧阳江河：《对抗与对称：中国当代实验诗歌》，吴思敬编选：《磁场与魔方》，北京师范大学出版社，1993年10月，第256页。

④西川：《诗歌发展的自律》，同上，第313页。

⑤1985年9月29日《拉萨晚报》刊出"你最喜欢的中国十大青年诗人"评选结果：舒婷、顾城、北岛、杨炼、傅天琳、徐敬亚、江河、马丽华、李钢、王小妮和杨牧并列。1986年10月号《星星》刊出"我最喜爱的当代中青年诗人"评选结果：舒婷、北岛、傅天琳、杨牧、顾城、李钢、杨炼、叶延滨、江河、叶文福。

中国当代文学史资料丛书

⑥柏桦：《左边——毛泽东时代的抒情诗人》，牛津大学出版社，2001年，第164页。

⑦杨冬南：《诗爱者的自然结构与审美动向》，《当代诗歌》1986年第3期。

⑧[加]查尔斯·泰勒：《承认的政治》，汪晖、陈燕谷主编：《文化与公共性》，北京：生活·读书·新知三联书店，2005年3月，第322页。

⑨尚仲敏：《诗的贫困和贫困的诗人》，《深圳青年报》1986年10月14日。

⑩舒婷：《潮水已经漫到脚下》，《当代文艺探索》1987年第2期。

⑪韩东：《韩东访谈》，杨黎：《灿烂》，青海人民出版社，2004年1月，第296页。

⑫韩东：《长兄为父》，《作家杂志》2003年第8期。

⑬见蓝马的书面访谈，引自杨黎：《灿烂》，青海人民出版社，第584页。

⑭杨黎：《编后五人谈》，《非非》创刊号1986年5月。

⑮蓝马：《非非主义宣言》，《非非》创刊号1986年5月。

⑯蓝马：《非非主义第二号宣言》，《非非》1988年理论卷。

⑰周伦佑：《反价值》，《非非》1988年理论卷。

⑱朱大可：《流氓的盛宴：当代中国的流氓叙事》，新星出版社，2006年11月，第200页。

⑲刘再复：《新时期文学主潮》，分三次刊登于《文汇报》1986年9月8日、9月10日、10月7日。

⑳刘晓波：《新时期文学面临危机》，《深圳青年报》1986年10月3日。

㉑董希武：《"全国新诗理论研讨会"就诗歌理论建设问题展开争鸣》，《当代文艺探索》1986年第6期。

㉒尚仲敏：《尚仲敏访谈》，杨黎：《灿烂》，青海人民出版社，第507页。

㉓赵寻：《八十年代诗歌"场域自主性"重建》，臧棣等编：《激情与责任》，人民文学出版社，2002年9月，第330页。

㉔姜涛：《"中国式"的现代主义诗歌：该如何讲述自己的"身世"》，《新诗评论》2006年第1辑，北京大学出版社，2006年4月，第59页。

㉕[法]布尔迪厄：《文化资本与社会炼金术——布尔迪厄访谈录》，包亚明译，上海人民出版社，1997年1月，第156页。

㉖唐晓渡：《纯诗：虚妄与真实之间——与公刘先生商榷兼论当代诗歌的价值取向》，《文学评论》1989年第2期。

㉗邹谠：《二十世纪中国政治——从宏观历史与微观行动的角度看》，牛津大学出版社，1994年，第44页。

80年代诗歌运动中的非非主义

董 辑

　　自1986年出现至今，"非非"诞生已经25年了，25年，在时光的横无际涯中，只是沧海一粟，但是对人类社会尤其是个体的人来说，25年，不可谓不长，对中国当代诗歌来说，25年，也堪称波翻浪卷，花开花落，至少五代诗人出现、成长和壮大，并持续性地活跃于中国诗坛之中。"非非"自1986年横空出世后，很快就得到了公认，只是这种公认一直都是某种程度上的公认，这25年来，太多的误解、错解和谬见、偏见围绕着非非，太多无意识的模糊和有意识的构陷围绕着非非，偏偏"非非"又含蕴众多，偏偏"非非"又不是一句话几句话能够说清的，所以，集中地谈论一下非非，对非非进行一下历史的回顾和比较，尤其以非非诞生和成长的1980年代诗歌运动为背景，加以足够分量的历史回望，全面考察一下非非主义的方方面面，对目前的中国诗坛和未来的中国诗歌来说，也许并不是一件可有可无的事情。

　　毋庸置疑，中国当代诗歌的老祖宗当然是源远流长的中国诗歌历史，只是这个祖宗虽阔，但是只是个虚拟的阔祖宗，中国当代诗歌老祖宗的良田千顷和万贯家财，与中国当代诗歌关系并不大，或者说先人和后代之间没能很好地完成"财富交接"。中国当代诗歌的父亲是肇始于五四时期的白话新诗，除此之外，以现代汉语为基本语体的翻译诗歌一直是中国当代诗歌的养父，没有这个持续至今的养父，中国当代诗歌的成长将大受限制。中国当代诗歌在上世纪80年代终于获得了足够的发展，长成了可以回望光荣祖辈的新人。这个新人，可能还无法获得祖宗那样的丰富的自足性，但是已经拥有了足够的潜能和向度，前途充满了难以预计的光明。而我们目前的诗歌，与1980年代诗歌密不可分。1980年代诗歌相比于今天的当代诗，是"作为源头与传统的1980年代中国诗歌",目前的中国当代诗要获得足够的发展空间和态势,与其去外国和历史中四处攀亲戚拉关系,还不如一猛子回到1980年代,研究和重拾1980年代诗歌的长处和优势,找到1980年代诗歌的不足和弊病,把1980年代诗歌尚未完成的向度变成脚下的道路。

1980年代诗歌运动(这是一个母概念,1980年代诗歌运动由多种诗歌运动构成,母概念下还有众多的子概念)虽然有一个明确的时间定语——1980年代——但是其起点却是1978年末的《今天》,北岛和芒克主编的综合文学性民刊《今天》的诞生,宣布中国当代诗歌的新时期开始了。《今天》拉开了当代中国诗歌运动的大幕,中国诗歌在80年代的惊艳演出,应该是从《今天》开始的。而1980年代诗歌运动结束于何时,目前为止,并无绝对权威的界定。一种看法是1980年代诗歌运动结束于1989年,以海子之死和这一年的波翻浪卷为界。中国文化和社会就此进入了新的时期,中国诗歌也理应进入新的阶段。还有一种看法是,1980年代诗歌运动就是开始于1980年,结束于1989年,自1990年开始,当代汉诗的90年代写作时期即开始了。可如果把1980年代诗歌的写作和活动当成是一场运动的话,如果从运动的角度出发看待这个问题的话,我个人则倾向于:1980年代诗歌运动开始于1978年《今天》出刊,而结束于1993年《非非》第六、七卷合刊出版(1993年10月5日,兰州出刊),自此,一个运动从开始到结束,当代汉诗的一个黄金阶段结束了。

为什么做出了这样一个判断呢?为什么是1978到1993年?这是因为对一场文学运动来说,不单单只有运动本身,还应该包括运动的准备期,而一场文学运动,在高潮和衰退期之后,往往还要有一个结束期。只有将一个文学运动自准备期到结束期的全部时间段都纳入研究和评价的视野,才能对之做出准确的判断和结论。

那么,我们可以据此时间(1978年末到1993年末)对1980年代诗歌运动做一个大致上的阶段划分。

准备阶段:1978年末《今天》创刊到1980年《今天》停刊和转为研究会。这一阶段,《今天》不但展现了前"文革"和"文革"期间中国地下诗歌的整体面貌,而且重点呈现了白洋淀诗群、北京地下诗歌十几年间的成绩。当然,准备阶段还应该包括贵州、上海、四川等地诗人们前"文革"和"文革"期间的创作,比如四川的周伦佑、周伦佐在西昌的诗歌和理论、文论写作;黄翔、哑默等在贵州贵阳的诗歌、散文、随笔写作；陈建华等在上海的诗歌、翻译写作等等。这些写作，因为当时并没有得到集束性的呈现，所以在这个准备阶段并不具备全国性的影响。

开始阶段：以官刊有选择地发表北岛、舒婷、顾城、杨炼、江河、昌耀、七月诗人、九叶诗人、右派诗人等的作品开始，经由朦胧诗论争等，最后形成史称朦胧诗阶段的中国当代诗歌发展阶段。这一阶段的主体成员是朦胧诗人（含《今天》派诗人）们和一部分大学生诗人们。这一阶段的影响主要以作者和作品的方式产生，其作品主要局限于诗歌。这些诗人及其作品的思想、文学和美学特征表现为启蒙和泛政治、历史反思等。其诗学和美学特征体现为某种程度的象征主义、重视意象等，和西方现代文学阶段的某些诗歌基本合拍。可以称之为中国当代诗歌的现代文学和准现代文学阶段。

高潮阶段：随着朦胧诗运动的深入，大约在1982年左右起，一批更为民间、更为年轻、更具备探索性、实验性、先锋性、民间性和行动性的诗人们开始出现，并在感情和写作上拉开了与朦胧诗一代诗人的距离。这就是第三代诗歌运动。其主要成员由后来被称为第三代诗人的诗人们（也含一部分理论家、评论家、批评家等）构成。这一阶段中国诗歌的影响以运动、民刊、团体、流派、作品、实验等为主，在这一阶段的诗歌运动中，不单单出现了大量的作者和作品，作品也不单单只局限于诗歌本身，还包括了大量的理论和评论等作品。后现代性开始全面登陆中国诗坛，这一阶段的中国诗歌，现代性和后现代性交融混杂，写作和运动交融混杂，个人和集体交融混杂，共同构成了辉煌的1980年代诗歌运动的高潮阶段。

衰退阶段：以1989年3月海子自杀为起点，多米诺骨牌被推倒，1980年代诗歌运动开始走向衰退和结束。同时，伟大的1980年代也被画上了句号，这个中华民族在五四运动文化大启蒙时期后的文化小启蒙时期结束了。1980年代诗歌运动走向衰退和结束，具体表现就是：第一，有别于1980年代的诗写方式、作品和理念开始出现；第二，带有强烈1980年代特点的诗人运动、活动、刊物等方式逐渐稀少并退出了历史舞台；第三，一批在1980年代有影响的诗人们先后停笔或者转向、出国；第四，一批从1980年代走过来的重要诗人开始主动与1980年代拉开距离，这批诗人包括西川、王家新、欧阳江河、陈东东、孙文波、肖开愚等等，后来成为1990年代诗歌尤其是知识分子写作的代表诗人。

结束阶段：任何事物或者事情，有开始就要有结束，诗歌运动自然也要符合这一自然规律。自1989年衰退期开始到1993年，1980年代诗歌运动经由大约4年的时间，耗散掉了它最后的能量。我为什么把1993年10月出刊的《非非》（六、七卷合刊）看作是1980年代诗歌运动结束的标志呢？这是因为，在1989到1993年之间，虽然出现了一系列的新杂志（民刊），诗人们也开始寻找新的写作向度，但是不论是办刊还是写作，80年代的强大惯性还在，诗人们还在80年代的强大动力下写作和行动，新的一代诗人、新的写作向度、新的方式和方法、新的诗学和美学，还没有完全破土而出。《非非》（六、七卷合刊），就是伟大的80年代诗歌精神的最后一次综合性体现，80年代的热力和精神气质，弥散在这些作品之中。而那一时间段（1989到1993）出现的刊物和诗歌，现在回望的话，没有能在重要性和全面性上胜过这卷《非非》的；另外，自这卷《非非》后，非非主义进入了一个相对来说较长的停刊阶段，直到2000年特刊出刊，后非非阶段开始强有力地展开（周伦佑认证"后非非阶段"自1989年开始，也就是说后非非在1980年代就已经开始了）。所以，从《今天》开始，结束于《非非》，应该是对1980年代诗歌运动的最为醒目、简洁而有效的概括。巧合的是，1993年，顾城也于这一年自缢于新西兰激流岛，由海子所推倒的诗人之死多米诺骨牌，也完成了一个黑暗的阶段。而欧阳江河的重要论文，被看成是中国诗歌自1980年代诗歌转向90年代写作的标志性论文之一，《89后国内诗歌写作：本土气质、中年特征与知识分子身份》也是在该年初动笔写作并完成的。另外，对1980年代诗歌运动（主要是朦胧诗后的诗歌和诗人）具有总结意义的两部重要选本，万夏、潇潇编选的《后朦胧诗全集》（上、下两卷）；陈超编选的《以梦为马——新生代诗卷》，也是在这一年出版的，这一切都使1993年具有了某种时间节点的意味，伟大的1980年代诗歌运动，在这一年走完了其热力四射、星光熠熠的里程。

按照这五个阶段回望和审视1980年代诗歌运动，我们能够清晰地看见，1980年代诗歌运动，主要由《今天》、朦胧诗运动、大学生诗歌、第三代诗歌运动、1980年代各地民间写作、原有潜在诗歌作者的写作等构成，其主体线索是《今天》—朦胧诗—第三代。

在这个序列中，非非主义出现于1980年代诗歌运动的高潮阶段：第三代诗歌运动阶段。在这个阶段，非非的出现也不是最早的，第三代诗歌运动大约在

1982年后就已经在全国各地开始，1984、1985年时已经获得了一定的成绩和声势，非非主义的出现却是在1986年，以1986年5月《非非》创刊号为起点，非非主义的历史开始。这说明什么呢？这说明非非主义是高潮中的高潮，是1980年代诗歌运动高潮阶段中的高潮。其后的事实和众多的评论、理论、学术也证明，非非主义是第三代诗歌运动的核心成果，不论是徐敬亚的两报大展及其随后出版的《中国现代主义诗群大观1986-1988》，还是洪子诚、程光炜等的诗歌史作品以及新编作品选；不论是李振声、朱大可、尹国均、陈仲义、陈超等的学术、理论、评论文章还是著作，以及更多的难以计数的学术、评论、理论文章，非非主义都是其中的重要组成部分，标志着1980年代诗歌运动的某种特征、成绩、高度和向度。我觉得，非非主义能获得这样的重要性，并不是因为非非主义先天地获得和登上了历史的制高点，拥有了命运的青睐，而是因为非非主义确实标志着1980年代诗歌运动的某种高度和成就，非非主义自身拥有足够的厚度和深度，可以接受学术和历史的反复检验与探查而拥有意义。对1980年代诗歌运动来说，非非主义是木秀于林的，在1980年代诗歌运动的广袤森林中，非非主义是一棵长得太高太秀丽的大树。

除了历史已经做出的明确结论外，在以下四个向度对非非主义做一个简单的考察，可以坚定我们得出以下结论：自1980年代诗歌至今，在中国当代诗歌的阈限中，非非主义是"从木秀于林到一枝独秀"的。

作为流派。非非主义一出现就以流派的方式登场于中国诗坛。而且，它最像流派，它是自觉流派化的，它有自己的领袖、宣言、理论、人员、刊物、作品，最重要的，它一直持续至今。翻开文学史，我们不难发现，文学流派的出现是一个阶段文学成熟的标志，文学史就是由大大小小的文学流派构成的，没有文学流派的文学史是难以想象的；现代主义文学中，更是充满了大大小小的流派，这些流派的生生灭灭互相碰撞构成了波澜壮阔的现代主义文学。非非主义是自觉流派的，而且坚持流派，这不能不说是中国当代诗歌成熟的一个标志。

作为诗歌和诗人。非非主义在1980年代就为中国当代诗歌贡献了足够多的力作，这些作品，至今仍是中国当代诗歌的首选作品，很难缺席于任何一种重要选本。其中，周伦佑的《狼谷》《白狼》《自由方块》《头像》《想象大鸟》等；杨黎的《冷风景》《小镇》《高处》《对话》；蓝马的《世的界》；何小竹的《鬼城》；尚仲敏的《深渊》；刘涛（《手写体》）、小安（《从上边垂下来一根绳子》《种烟叶的女人》）、陈小蘩（《嚼玻璃的两类人》）的女性写作等等，都是1980年代诗歌的重要作品。

作为理论。非非主义自出现始，就是一个拥有理论自觉的诗歌流派，非非诗人、批评家龚盖雄曾以"造天意识"予以概括。非非重理论的特点也在朱大可、徐敬亚、程光炜、陈仲义、陈晓明等的笔下得到程度不一的强调、评论和确认。非非主义的创始人周伦佑，不但是中国当代诗歌界的重要诗人，更是中国当代文学界的重要理论家，周伦佑身兼诗人、理论家、批评家、活动家等众多身份，这些身份对中国当代文学来说，哪一个都非常重要，不可或缺。周伦佑的《反价值》《变构：当代艺术启示录》《红色写作》《第三代诗论》等理论文章，至今都是中国诗歌在理论方面的重要收获。此外，蓝马的《前文化导言》以及周伦佑等撰写的"非非宣言""非非主义小辞典""非非主义诗歌方法"等，都是非非主义在1980年代的重要理论收获，这些文章，至今为止，代表着中国当代诗歌所取得的理论成绩和1980年代中国诗歌的理论高度。

作为刊物。从第一期开始，非非主义就具有超出于一般民刊做法的刊物意识，第一期刊物无论就刊本（铅印，79页）还是文本（作品、理论兼有）以及编组（人员覆盖全国，一开始就不是圈子意识的，栏目意识很强，有些栏目一直延续到现在，比如非非风度、编后记等）来说，都是那个时代首屈一指的民刊。至今为止，《非非》已经出刊12本，时间持续23年（1986年第一期到2009年底第十二期），而且，就刊本和文本来说，堪称越来越好，《非非》已由第一期的铅印79页发展到现在的铅印香港版511页，容量扩大了将近7倍。

以下更为宽泛的比较，也许更能彰显非非在中国当代诗歌中的一枝独秀性。

《今天》的出现改变了中国当代诗歌的走向，让其后的朦胧诗、第三代诗歌等获得了起飞的跑道，《今天》和"今天派诗人"（其核心由白洋淀诗群诗人和北京地下诗人、福建的舒婷等构成）对中国诗歌的影响绝非"起点""开始""方向"那么简单，它还是成绩，是成就本身。同时，《今天》开启了中国诗歌的民刊方式，该方式已经成为中国当代诗歌的传统。非非主义和《今天》相比，主要体现在非非主义是一个自觉的诗歌流派，这个流派对中国现代文学来说，对中国诗歌史来说，填补了有关空白；另外，非非的理论意识和理论贡献，也是今天派诗人所不具备的；此外，非非主义的诗写已经涵括了复杂的现代主义和后现代主义，在2000年以后，在周伦佑的提倡和身体力行下，又具备了本土化、介入性、体制外等后非非特质，可以说在理念和方式上，已经全面地超越了今天派诗人们的诗写境界。最后，非非主义已经存在和持续发展25年了，至今为止出刊12卷，而《今天》只存在不到两年，其核心也在大约合作四年后宣告解散，这也是非非主义与《今天》的不同。

与朦胧诗一代诗人相比，非非主义在更高层面展开了诗歌的角逐，非非主义的诗写包容了现代主义和后现代主义的诸多方向，尤其在后现代主义的开启方面，非非主义做出了突出的本土化原创性贡献。可以这么说，与朦胧诗相比，非非主义是更高层阶的写作。

至今为止，从历史回望的角度看，第三代诗歌常被提起的方面主要有：作为流派的非非、莽汉、他们，此外巴蜀现代诗群中的整体主义、成都五君、新古典主义，北京以海子、西川、骆一禾等为主的一批后朦胧诗人，江浙尤其是杭州、南京诗人还有上海的"海上诗群"，另外还可以包括大学生诗派以及贵州、东北等地的民间诗歌写作等，这些部分构成了辉煌的第三代诗歌运动的主体。在这个序列中，莽汉只是一种写作倾向和文本成就，和李亚伟、胡东等的天才性的阶段写作有关，但是持续时间很短；和作为流派的他们还有作为刊物的《他们》相比，非非更具有流派学的价值、更成其为一种刊物，而且，他们早在上世纪90年代就已经基本结束，其领袖韩东更是转向小说写作，而非非主义一直推进到现在。从作品和理论的角度看，他们主要在推进口语诗歌和平民化写作方面做出了突出的贡献，理论方面，他们只有一些观点和发言，谈不上有什么理论，而非非主义的理论成就已经成为中国当代诗歌的重要成绩。作为一种写作倾向，整体主义在80年代中，也曾经被反复提起，但是其风光不过两年，很快，其理论（严格说是一种说法和想法）不着边际和作品散漫无边的弊病就彰显无遗，并很快退出了中国诗歌的竞技场。从本质上来说，整体主义是一种有悖于现代主义和后现代主义的诗写方向，其对传统、本土资源没有进行现代化的有效转化，所以其诗写注定不会前行太久。而当时的江浙诗人还有海上诗群等，大多呈现为个体写作方式，上海虽有《海上》《大陆》等重要民刊出现，但是着眼点都不是流派，属于一种针对全国地下诗歌写作的集结行为，后来上海出现的撒娇派，也只是贡献了一个名字，并没有在诗写、理论、流派方面得到延续。而非非主义的自觉的流派化、集团化、理论色彩，在整个第三代中，都独一无二，就是到现在，也没有一个流派可以超越。

中国当代文学史资料丛书

非非主义能够"木秀于林并一枝独秀",原因当然很多,我个人因为,以下三个方面,也许是非非成功的主要原因,而这对当下中国诗歌来说,更具有一定程度的借鉴作用。

第一,非非主义有一个与众不同的领袖。领袖对流派来说至关重要,流派的展开有赖于领袖的个人作用和做法,这在现代主义以来的诸多文学流派中,都有所体现,超现实主义没有布勒东,也许就不会是后来的超现实主义。作为非非主义的领袖,周伦佑不但以自己的诗歌和理论、评论作品身先士卒,建构了非非主义至今为止主要的文本成就;而且团结全国各地持相同诗歌见解者,在中国当代诗坛上形成了声势不小、阵容庞大的"非非系"诗人集团;同时多次粉碎了分裂、弱化非非主义的行为和做法,在内部纯洁和坚持了非非主义。可以不夸张地说,非非主义能够获得如今的成就,与周伦佑的把舵须臾不可离分。是周伦佑以其才能、学术、人格、做法、感情和策略驾驶着非非这艘大船,在历史的洪流中,平稳航行至今。

第二,非非主义拥有很高的起点,基础是雄厚的。首先,非非主义是第三代的核心成果,理所当然是站在第三代诗歌运动的高阶上的。前非非主义的主要成员,周伦佑、杨黎、蓝马、何小竹、尚仲敏、梁晓明、余刚、刘涛、小安等等都是朦胧诗后各地的重要诗人,在《非非》创刊号之前,都有比较漫长的诗写经历和各自的特点、长处;第三代诗歌时期各地风起云涌的民间诗写活动和民刊、资料的出场行为,也为非非主义的出现搭建了平台。在《非非》创刊之前,早在1972年,周伦佑已经开始地下诗歌写作,并写出一批重要的能够立于时代前列的诗作,80年代初,周伦佑已是川中重要青年诗人,在其后的第三代诗歌和整个朦胧诗后阶段,周伦佑在诗歌、理论、批评、评论等多个方面展现才华,是川中诗人中的佼佼者。另外,他还参与了四川省青年诗人协会的有关工作,以及在《非非》创刊之前筹组《狼们》等杂志,这一切都使周伦佑获得了必要的经验和虚拟资本,为《非非》的顺利出场创造了条件。

第三,非非主义一出现,就拥有足够的诗歌的自觉和创造历史的使命感、神圣感,相比于1980年代尤其是第三代诗歌时期各地众多的民间诗歌行为,非非主义的严肃、学术,以运动为方式而不同于运动,非非主义的自觉、理性、历史追求,使非非主义能够做到一枝独秀。

最后,25年来,非非主义不但有核心的非非系诗人,更有大量外围的准非非系诗人，而且，非非不单单是非非诗人，更是中国持个人艺术见解者、诗人、作家发表作品的园地，25年来，太多的诗人、作家、学者、理论家、评论家等在《非非》露面，进而成为诗歌史的一部分。下面罗列的人员和作品，只是12卷《非非》的一小部分而已（名字后边接作品。考虑到没必要一一对位，所以只根据自己的记忆罗列了若干）。前非非时期的周伦佑（诗歌《自由方块》《头像》等；理论《反价值》《变构：中国当代艺术启示录》）、蓝马（诗歌《世的界》等；理论《前文化导言》等）、杨黎（诗歌《冷风景》《高处》《小镇》等等）、何小竹（诗歌《鬼城》等）、尚仲敏（诗歌《深渊》等）、刘涛（《手写体》等）、小安（诗歌《种烟叶的女人》等）、梁晓明、余刚、敬晓东；后非非时期的周伦佑（诗歌《刀锋20首》《反暴力修辞》《遁辞》《变形蛋》《象形虎》等；理论《宣布西方价值尺度无效》《体制外写作：命名与正名》《红色写作》等）、蒋蓝（随笔《黑暗之书》及大量诗歌、评论）、陈小繁（组诗《精神镜像》《正午的黑暗》等）、龚盖雄（大量评论文章和诗歌）、邱正伦、雨田、余刚、袁勇、陈亚平、二丫、孟原、梁雪波、董辑等等。此外，作为一本以诗人为重点、以诗歌为重点内容的大型人文民刊，自第一期起到第十二期，《非非》先后发表过李亚伟、万夏、二毛、梁晓明、余刚、邵春光、宁可、丁当、李瑶、孟浪、郁郁、海男、喻强、杜乔、沈天虹、朱凌波、京不特、叶舟、南野、刘翔、杨远宏、欧阳江河、于坚、王小妮、翟永明、唐亚平、芒克、杨炼、西川、潘维、阿坚、胡途、文群、王家新、邹静之、杨春光、陈超、阿吾、默默、刘漫流、陈东东、黎正光、孟浪、非亚、大解、杨平、杨克、曾宏、马永波、安琪、林忠成、阿翔、鲁布革、发星、原散羊等诗人的诗作，从朦胧诗之前的重要诗人，一直到80后新锐诗人，都在《非非》上刊载过诗歌作品，而且这个队伍目前还在壮大中，作为一本大型人文民刊，《非非》刊发过林贤治、周伦佐、姚新勇、钟鸣、廖亦武、李震、唐晓渡、耿占春、陈仲义、徐敬亚、谢冕、张颐武、田晋川、毛喻原、徐友渔、沈奇、严力、敬文东、张闳、余杰、摩罗、刘泽球等学者、理论家、评论家、诗人的各类文章。

非非主义的重要性和不可或缺于1980年代以来的中国诗歌史，从这个名中可见一斑。

至此，我们可以总结一下非非主义作为流派、刊物、诗写向度和诗人集团的特点了。总的来说，非非主义具有重理论、重组织、重刊物，多大作品，有集团优势、成员相对稳定的特点；它自成一派而又不脱离于诗坛，敢于对体制内和体制外诗歌中的不良倾向和做法发言，充满某种程度的现实介入性；另外，它是与时俱进的，是发展壮大中的非非主义。最后，它先天地获得了它卓越的领袖——周伦佑，这对它来说至关重要。

考察非非主义，离不开1980年代诗歌运动，那么1980年代诗歌运动的总的特点又是什么呢？通过上文的综述，以及对有关节点——节点性的诗人、节点性的时间、节点性的杂志、节点性的作品——进行的针对性考察，我们得出了我们需要的答案。

1980年代诗歌运动总的特点大致如下：

1. 人员和构成上的民间性也就是体制外性。

2. 写作上的原创、实验、探索、先锋性。

3. 群体性、运动性、本土性（有时候体现为地域性）。

4. 强烈的创造性。

5. 文化、美学意义上的现代和后现代性。

根据这五点，我们发现，非非主义几乎全部占有这些共性的特征，并且几乎都把这些特征推向了某种极致，这不能不说是非非主义的一大特征和巨大贡献。回到当下，中国诗歌欠缺或者不足的又是什么，我觉得，和这五点也不无关系，所以，非非主义的意义就再一次得到了强化性的确认和彰显：坚持1980年代诗歌运动为中国诗歌找到的正确方向并将之推向更高，这正是非非主义的使命和价值所在，这正是非非主义的现在和未来。

非非主义是1980年代诗歌运动的产物，是1980年代诗歌运动的核心成果和最强体现，至今为止，它的一切，也许还没有得到有效的研究、整理和发扬。站在今天回望历史，我们能够发现，非非主义是最符合80年代诗歌精神的诗歌流派，代表着中国现代主义诗歌、现代主义转向后现代主义阶段诗歌的某种高度和难度。

诞生于运动却能超越运动，进而获得新生，这难道不是非非主义带给中国诗歌的某种启示吗？

原载《扬子江评论》2011年第1期

从"校园"到"学院"

——对1980至1990年代中国诗歌的一种观察

李慧明

一、大学校园与"第三代诗歌"

朦胧诗落潮之后，一大批更为年轻的诗人以反叛的姿态开始了新的诗歌艺术的探索，并在短短几年时间之内，掀起一股声势浩大、众声喧哗的诗歌浪潮。这一场席卷1980年代大学校园的诗歌浪潮就是被很多诗歌界人士所津津乐道的"第三代诗歌"。以今天的眼光回头重审这一先锋诗歌现象，有一个重要的事实一直被人们所忽略，这就是：引领"第三代诗歌"潮流的领军人物，大多出自大学校园，参与到"第三代诗歌"运动的大学生诗人有十几万人之众。虽然当时并没有人以"大学生诗歌"来命名这一诗歌潮流，但以"大学生"来命名的诗歌团体和诗歌刊物却并不算少，例如：潘洗尘创办和主编的《中学生诗坛》《中国当代大学生诗选》，以尚仲敏、于坚为代表的"大学生诗派"，以及专门刊发大学生诗歌的《飞天·大学生诗苑》等。而名载史册的"1986两报诗歌大展"其实是大学生诗歌社团在1980年代的首次集中亮相。由一百多名诗人分别组成的六十多个社团从"地下"喷涌而出，且不说这些诗歌团体是否都具有必要的水准，其壮观的群体景象就足以令人叹为观止，在诗坛乃至整个文学界的影响既广大又深远。

自从1977年高考制度恢复以后，整个1980年代，高等教育的发展一直保持着狂热的劲头，高等院校的大量、急速涌现，带动的是整个中国社会对教育的重视。在中国社会经历了一场旷日持久的浩劫之后，更多的年轻人得以重返大学校园这个知识的殿堂。整个社会的文化精英迅速聚集到大学校园里，"学院"在中国的文化和精神领域得以重生。与当时"思想解放""改革开放"的时代背景相适应，当时的大学校园所呈现的同样是一种开放的姿态。"自有新诗以来，历史上像目前这样艺术的创造拥有如此广阔的自由天地，艺术创造者尽管感到一定的拘束，但却最大限度地消除了潜藏的压迫感的情景，似还不曾有过"[1]。就当时的情形而言，整个民族，处于一种特殊的历史情结中，极端封闭的社会环境又使得可供释放这种情绪的选择变得十分有限，而诗歌恰恰是其中有力的方式之一。[2] 随着各种新鲜的外国文学思潮和哲学思潮大量涌入，中国人的心理经历过长期的封闭和压抑之后，似乎找到了释放的突破口。尤其是大学生，身处"学院"的他们拥有更多接受西方知识的便利渠道，这对于"文化贫血"的一代青年来说，不啻是一剂兴奋剂。由于历史的灾变、社会心理的紊乱，青年们普遍缺乏从事各种文化事业的知识准备和才能，面对处于急剧变革中的中国现实，这些青年既缺乏冷静学习的耐心又不甘心默默无闻，于是，他们以诗歌——这种似乎最不需要训练、活动难度最小的，也是文化变革中最敏感的文学形式为武器，投身到当代历史之中，显示自身的存在。身为社会精英的优越感让他们迫不及待地想要发出自己的声音。

但是发声的渠道并不是那么畅通，在还没有电视、网络等现代媒体出现的时代，想要在公众之中发出自己的声音，文学作品只有在报纸刊物上发表，但是官方文学刊物基于严厉的话语管制，限制先锋诗歌的发布，虽然当时《诗刊》《飞天》《诗歌报》等官方杂志已经向先锋诗歌开启了一道透光的门缝，但是远远不能满足"话语革命"的需求。于是，大学校园的相对自由的"民间形态"为先锋诗歌的成长提供了肥沃的土壤，成为"第三代诗歌"的主战场。诗歌活动成为当时校园里最重要的文化活动，几乎所有的大学都有自己的学生社团和刊物。大学生诗歌社团的成立有其独特的文化内涵：首先，它的成立得到了学校的支持，由学院机制赋予了自身存在的合法性，从而打破了集中统一的文化模式。其次，大学生诗歌的繁荣，呼应了作为"知识分子"的个人的解放和个体价值的重新确立。从1950年代开始，知识分子被纳入集体化制度中，个体的独立性被削弱，文学创作简单化，校园文化的活跃带动了对自我价值的追求，并通过作品传播了个性解放的思想。第三，诗歌社团活动以"同人"的方式聚集了一批文化精英，他们通过交流，促使彼此之间关注作品的艺术品质，提高了自身的诗歌创作能力，也促进了新诗整体水平的提高和汉语言表达潜能的发掘。

不可否认的是，官方话语的威慑力是众多诗人"拉帮结派"的外在原因，更为重要的原因则来自民族心理最疲软的部分：缺乏独创性和独立的力量，因此总是以群体的形式来进行活动。一部分年青的诗人们在还未来得及完全吸收那些思想上的西方"舶来品"的时候，就急忙地通过运动和宣言建立自己的价值尺度，努力建构有主体意识的新的诗歌理论，这种理论对旧体系而言是新的，对创作而言则是超前的。看似在文学观念的更新方面，诗歌走在前面。但是理论大于创作，诗人在扮演理论家和哲学家角色的同时，丧失了根源于诗歌自身的艺术特性。当然，一个民族在重建自身文化的历史进程中，免不了会出现一些急躁和动荡，这是进入成熟阶段的准备期，是化身为蝶的涅槃。众声喧哗的时代结束后，被沙砾掩埋的黄金才会发出耀眼的光芒，中国诗歌才有可能"通过一批先锋诗人深刻而成熟的创造，进入到贡献大师和真有价值的经典作品的伟大时期"[3]。

二、不成立的命名

"学院"为第三代诗人提供了写作资源和合法的生存空间，但是几乎没有人用"学院诗"来命名1980年代大学校园风起云涌的诗歌运动。西渡说过，他在1990年代前后编选《太阳日记》时，曾考虑过将北大诗歌命名为"学院诗"，但出于慎重还是放弃了。[2] 234西渡是出于怎样的"慎重考虑"而放弃这一命名呢？"学院"的环境与广阔的社会比较起来，确实是相对狭窄、封闭的，在大众的认知范围单，"学院"被视为僵化、机械、缺乏创造力和脱离实践的"象牙塔"，很多诗人很怕沾学院的边儿，一些诗人把"学院"作为诗歌创作讥讽和反抗的对象。这种负面的认知与左翼文学"激进派"思潮对大学体制的怀疑和否定有着密切的关系，也是"第三代诗歌""弑父情结"的体现之一。"反叛"是"第三代诗歌"的重要特征，第三代诗人反对一切经典，这经典包括：传统文学、过早被"经典化"的朦胧诗、"学院"等。如果以"学院诗"来命名这些诗歌，不仅不会得到诗人和论者的认同，而且还会成为众矢之的。

另一方面，这一时期的校园先锋诗歌缺乏规范化和严格性，支持他们诗歌创作的更多的是生命的初始经验，缺乏技艺的磨炼，在许多方面表现出浓重的"青春期"特征，这些与"学院"这个词所蕴含的成熟、文雅是矛盾的，因此也不够资格被称为"学院诗"。"第三代诗歌"虽然在诗歌的先锋性变革上迈出了探索的步伐，但是他们普遍具有浮躁和急功近利的焦虑心态；他们对于具有一定写作难度的语言、结构和意识方式，因其不能便常采取不屑的态度。这样的诗歌是不可能具有长久的生命力的。从这种意义上来看，1980年代波澜壮阔的诗歌运动在变革上进行得并不彻底。从"诗人"这一身份对诗歌建设所要担当的方面来说，1980年代的诗人做的远远不够。

进入1990年代以后，改革开放的成效明显地体现出来，经济的发展使得人们的物质生活得到改善，媒体的影响力在民众之中的重要性日趋上升，文学也更加大众化，甚至世俗化、庸俗化。诗歌自身也正发生着深刻的变化，这种变化是"由在八十年代普遍存在的对抗式意识形态写作、集体反叛或炒作的流派写作，非历史化的带有模仿性质的'纯诗'写作等等，到一种独立、沉潜的具有知识分子精神和文化责任感的个人化写作的转变"[4]。发生在诗歌内部的转变不仅体现了诗人与1980年代相应的焦虑心态逐渐褪去，也体现了创作上的指向成熟的趋势，从而把新诗推进到一个更具建设性的阶段。不可避免的是诗歌与大众的关系在根本上发生改变，当然诗歌的"纯文学"和"精英文学"的特质也决定了它不可能随波逐流地去娱乐大众，因此诗歌逐渐淡出大众所接受的文学视野也是历史的必然趋势。

三、虚构的对立

1980年代诗歌运动当中的一部分诗人在1990年代继续进行诗歌创作或与此相关的活动。此时，中国诗坛发生了一个大事件，使得淡出大众视野的诗歌以异样的姿态再次成为聚焦点，那就是所谓"民间立场"与"知识分子写作"的盘峰论战。在这次论战前后，一些长期在高校或研究机构从事教学研究活动的"知识分子"诗人，被纳入"学院派"的范围，并被一些持"身份决定论"逻辑的论者视为在价值上低于"民间诗歌"的写作。

要想弄清在这场论战中孰是孰非，必须首先弄清何为"知识分子""民间""学院派"。胡塞尔认为，知识分子指追求超验事物，在意义与象征的世界中，解决世界和人生的重大问题的人。托马斯·梅兹格认为，所谓知识分子指人类中最能"解蔽"的批判者。[5]西川认为，知识分子是专指富有独立和怀疑精神、道德动力，以文学为手段，向受过教育的普通读者群体讲述当代最重大问题的智力群体，其特点表现为思想的独立性。"民间"是一个向度不明的文化存在，是一个既靠近大众，又暗示了不对真正的权力中心有任何威胁的空间。它的暧昧姿态，容易被人利用于向大众和权力中心进行双重献媚，以达到排斥"他者"（知识分子写作），独享"话语霸权"的目的。"学院派"的称谓来自美国，就如同美国所有的"反学院派"都来自学院，持"民间立场"的于坚、韩东等人也是从大学校园走出的，从这一点上可以说与"知识分子诗人"一脉同出，只是他们所具备的诗学观念与"知识分子诗人"差异甚大，1980年代激进的"弑父情结"还在他们的思想意识里发挥着影响。但是与在美国的情况不同，在中国并不存在西方高校所具有的"学院"制的文化传统保守气息。所以"'学院'在我们这里并不意味着对一种既得形式的维护，而意味着对一种可能形式的实践与探索"[3]235。"学院"并不存在，"反学院"即是笑谈。

　　"知识分子写作"中最为"民间"诗人所诟病的是诗歌写作中的西方资源。这一攻击点同样站不住脚。白话诗是在西方诗歌的影响下产生的，"第三代诗歌"就是在西方文艺理论大量涌入国门之后兴起的。如此一来，是否表明新诗从诞生的第一天就沦为西方资源的"附庸"了呢？诗歌的标准是开放的，具有无限的可能性。所以并不存在谁是谁的附庸这种说法。向西方诗歌的借鉴是属于写作策略的范畴，并不是唯西方"马首是瞻"。西方资源从进入新诗开始，被消解和融合，已经成为中国新诗的有机组成部分。更何况在全球化的今天，我们应该有把人类的全部文化遗产视为传统的雄心和自信。如博尔赫斯所说：我们不必害怕，我们应当把整个宇宙当作我们的财产。

　　"学院派"诗人注重"智性""技艺""知识"；重视"叙事性"和写作的个人化；对生活进行深入、冷静的观察和思考，诗作趋于深沉、内倾和成熟。这些特点正是诗歌从"青春期"向"成熟期"迈进的体现。其实"学院派"诗人在诗歌的"黄金时代"也曾有过年少轻狂，只是热血冷静下来，他们开始对诗歌有了深入的思考。可以说这部分诗人是"知识分子写作"群体中功力更深厚，创作更严格和规范化的群体，从这个意义上来说，"学院派"的命名可谓恰如其分。但是这些风格尤其是对"技艺"的重视却被"反学院派"粗暴地予以否定。那么，诗歌写作中是否需要技巧呢？答案当然是肯定的。古今中外几乎所有诗人都注重诗歌技艺以达到更好的言说，更何况"现代汉语短暂的成长历史，迫切需要'技术主义'作为谋求诗歌进步的有效工具，否则汉语作为一种具有古老传统的语言将面临滞后甚至是被淘汰的厄运……"[6]汉语诗歌语言面临很多未完成的问题，而对这些问题的探索和解决是必须在诗歌技艺的磨炼中才能实现的。

四、任重道远的学院派

"学院"的相对封闭的环境也是造成它的恶劣文化名声的重要原因。事实上就目前的社会状况而言，大学是一个单纯的而不是封闭的环境。正如胡续冬并不认为他所接触的书斋生活和其他诗人的非书斋生活之间有什么狭窄开阔、纯净混杂的质的区别。[7]而且相比较其他的社会单元来说，大学更具有完整的"社会性"。思考"诗人何为"的问题并为诗人寻求一个适宜的空间可谓具有现实性和紧迫性。可以说这个适宜的空间就是"学院"，单纯的生活环境对诗人进行纯粹性诗歌创作是有利的。臧棣把大学比作社会上的一个"高山营地"，而不是世人所描绘的世外桃源。[8]"学院诗人"在这座"高山营地"上以全景的视角俯瞰大地，占据了丰富的写作资源，同时有着相对自由的学术交流空间，与年轻的学生接触，能吸收新鲜的创作灵感；较为稳定的收入为他们提供了比较高水平的生活保障，因此可以把更多的心力投入到研究和创作中去；作为"文化精英"的社会地位又可以让他们更彻底地摆脱传统的束缚，"可以更大胆地尝试新的主题、技巧，可以更富有冒险精神和开拓精神，这使得他们更有机会成为各种文学运动的先锋人物"[9]。

诚然，中国的高校本来就缺少西方高校完善的体系和深厚的文化传统气息，经历了"文化大革命"的扫荡之后更是如此，更没有像欧美高校里的"驻校诗人"制度，而在高校工作的诗人，他们的主要工作也大多与诗歌无关，比如西川讲授英语、王家新讲授文学理论和比较文学、蔡天新和哑石讲授数学、凌越讲授犯罪心理学……但是即便如此，只要他们仍旧进行诗歌创作，在他们的授课过程中，必然会带入诗人的思维，甚至于他们作为诗人的身份也能够对课堂和学生产生潜移默化的影响。更何况诗歌课程在高校教育中日益得到重视；北大一直有着深厚的诗歌传统自不必说，首都师范大学设立有中国诗歌研究中心，在曾经是"撒娇派"发源地的上海师范大学，诗评家兼具高校教师身份的钱文亮，在本科生和研究生的教学中均设置了新诗研究方面的相关课程。

既然当代诗歌还在走向成熟的路上行进，那么必然需要有继承者，大学诗歌教育的重要性因此凸显了出来。虽然大学教育并非诗歌写作的决定性因素，很多伟大的诗人并不都出自大学校园。但是对于校园诗人来说，很多诗歌观念以及相关的知识和方法，都是在大学课堂上和校园交流中得到和培养出来的。如何结合大学文学教育与校园文化活动，培养学生的诗歌阅读和创作能力，去除对于新诗的偏见，提供开放自由的环境以扶植校园诗歌发展、接续新诗传统，这是摆在校园诗歌教育中最亟待解决的问题。现在相当一部分人对于新诗的比较褊狭和混乱的认识，正需要在大学诗歌教育中加以修正。

事实上，"学院派"和"非学院派"的划分在当代中国确实很难确立，而且从中国大众对诗歌的漠视、中国目前的高校体制的局限、在高校工作的诗人的分身乏术和力不从心等方面来说，"学院派"所涉及的整个文化建制在中国尚未成型。但是在某一历史阶段和某一地域环境中从未存在的事物并非没有它出现的可能和必要。从1990年代以来，中国诗歌中的主导性形态，是想在这方面进行初步的积累。随着中国高校体制的逐步完善，我们有理由相信在未来的中国高校会有类似"驻校诗人"制度的建立。当然在现在文化氛围相对开放以及信息网络媒体高速发展的时代背景之下，无论是教授还是大学生，都不再"两耳不闻窗外事，一心只读圣贤书"，而学院也不是可望不可即的象牙塔。"学院"是接受信息、过滤信息、吸收信息和输出信息的通道，有大量的书籍、浓郁的文化氛围和自我思考、自由交流的学术空间，诗人正是需要这样的"学院"氛围来过滤外在环境带来的精神上的焦虑和浮躁，然后才能进行深入的思考，以一种沉静的心态进行写作。

从1980年代"校园诗人"到1990年代"学院诗人"的身上，我们看到的是中国当代诗歌的创作由青涩激情走向成熟稳重，诗歌本身在技艺风格、形式等方面向着成熟目标的推进。在此过程中生命最原初的无意识的激情，并没有消失，而是经过"学院式"的筛选后沉淀了下来，这样的诗歌才有可能具有恒久的生命力。对人类生存价值的不懈追问和现代汉语变革的未完成性注定中国"学院诗人"在诗艺探索的道路上继续摸索行进。诗歌艺术只有进入"纯粹澄明的语言与生命融为一体的境界"[3]的时候，我们才有得以"诗意地栖居在大地上"的可能。

参考文献：

[1] 谢冕. 中国的青春——评《诗刊》历届"青春诗会"的新人新作，兼论现阶段青年诗 [J]. 诗刊，1985（6）.

[2] 西渡. 面对生命的永恒困惑：一个书面访谈 [M] // 访问中国诗歌. 汕头：汕头大学出版社，2009：239.

[3] 石光华. 面对诗歌大浪潮 [J]. 诗刊. 1988（10）.

[4] 王家新. 从一场濛濛细雨开始 [M] // 访问中国诗歌. 汕头：汕头大学出版社，2009：2.

[5] 梦亦非. "知识分子写作"标准与失范 [M] // 苍茫归途：理论卷. 广州：花城出版社，2010.

[6] 桑克. 最后一个浪漫主义者 [M] // 访问中国诗歌. 汕头：汕头大学出版社，2009：262.

[7] 姜涛，胡续冬，冷霜，蒋浩. 四人谈话录 [M] // 访问中国诗歌. 汕头：汕头大学出版社，2009：307.

[8] 臧棣. 假如我们真的不知道我们在写些什么…… [M] // 访问中国诗歌. 汕头：汕头大学出版社，2009：207.

[9] 李莉. "学院派作家"——纽约派诗人肯尼思·科克初探 [J]. 当代外国文学，2007（2）.

原载《江汉大学学报（人文科学版）》2011年第2期

从西昌到成都

——对第三代诗歌杂志《非非》生产的社会学考察

罗文军

在"非非"参加"中国诗坛一九八六现代诗群体大展"并获得巨大声名之前，《非非》创刊号和《非非评论》第一期就已以"非法出版物"形式相继产生，并以寄赠方式传播到了部分诗人和学者案头，从而引起纷纷议论，获得了"追求一种新的文化价值"①之类的评价。这使得"非非"发起人周伦佑所在地西昌和纸质"非非"生产地成都，与国内读者发生了更为频繁的联系。一九八六年八月底至九月周伦佑和杨黎就"收到大量读者来信（周伦佑处平均每天收到读者来信四十封左右，此情况一直持续到一九八七年）。周伦佑和蓝马忙于给索要《非非》的读者寄赠刊物、解答读者在信中提出的与非非主义有关的各种问题"②。若稍稍注意一下"没有合法的刊号"这一前提，那么，在"读者来信"和"解答问题"这种带有鲜明二十世纪八十年代色彩的现象背后，"非非"活动的复杂、"非法"的生产方式以及这些状态和方式隐含的意义，也就很容易成为问题所在。

有关"非非"的种种物是人非，在诗人们的回忆中被不厌其烦地一再述及，这种不停的自我追忆其实也是一种有趣现象。如果暂时撇开对其原因的探析，这些回忆也就成了考察《非非》生产方式、传播方式的重要参照。埃斯卡皮指出："凡文学事实都必须有作家、书籍和读者，或者说得更普通些，总有创作者、作品和大众这三个方面。于是，产生了一种交流圈；通过一架极其复杂的，兼有艺术、工艺及商业特点的传送器，把身份明确的（甚至往往是享有盛名的）一些人跟多少有点匿名的（且范围有限的）集体联结在一起。"③若由此来关注"非非"诗群活动，那么，在西昌与成都之间隐含着什么样的交流圈，《非非》究竟有着何种独特的生产方式，它与合法刊物的运行有何差异，与彼时单位制度之间有何矛盾，也就成了从文学社会学视角来进行考察的主要问题。正如皮埃尔·弗朗卡斯泰尔在谈及艺术社会学研究方法时所说，"此种研究的直接目的并不在于发现通常支配整个人类社会的永恒的规律，而在于把握一时的，或者可以说是历史的现实"④，这里的考察也是为了更深入地认识特殊的"历史现实"。

一、从西昌到成都：《非非》的创办与印制条件

一九八六年"非非"创建时的筹谋场景，诗人吉木狼格有如此叙述："他（周伦佑）说'非非主义'不应受地域的限制，我们要约成都的杨黎、尚仲敏一起干。《非非》上作者的覆盖面要广，如重庆的何小竹、李亚伟，杭州的梁晓明、余刚等。这是一个周密的计划，实施也要周密，《非非》没有合法的刊号，蓝马建议出刊前一定要小心，知道的人越少越好。一切准备就绪，周、蓝带上稿和筹集的经费神秘地离开了西昌。"⑤周伦佑等"神秘"前往的地方是成都，他们由此展开了西昌与成都及其他城市之间的"非非"活动。但是八十年代时西昌至成都要在火车上蜷缩整整一夜，他们为什么要舍近而求远呢？

不妨先考察一番"非非"主帅周伦佑文学活动的圈子。在印刷《非非》之前，周伦佑的活动重心就已从西昌转移到了成都，后来加入"非非"圈子的许多诗人也已走马登台这座城市。八十年代初，"成都的文学氛围很浓，成立不少文学社团，经常举办各类讲座。诗人和诗歌爱好者在这样的氛围里交流彼此的诗学感悟或者华山论剑"⑥。在一九八四年四川省青年诗人协会成立前夕，盆地中具有前卫性质的诗歌圈子，也大都把活动中心放在了成都。周伦佑一九八三年借调到《星星》诗刊编辑部做见习记者，由此进入成都诗人圈并逐渐获得了发言权。他与黎正光、廖亦武一起号称成都诗人"三剑客"，"三人在一九八三年秋天召开的'四川省青年创作积极分子代表大会'上对主流文学观念的公开挑战，使盆地窒闷的空气开始流动"⑦。周伦佑接着参与四川省青年诗人协会的组建，并担任副会长兼秘书长职务。尽管诗协内部事故连发，于一九八六年四月二十八日解散，周伦佑的交往圈却由此得到扩展，并获得了一些象征性的名义和资源。在后来的"非非"活动中，他就多次借用"四川省青

年诗人协会"的介绍信，以促成刊物变为铅字。一九八五年，周伦佐、周伦佑在成都开始"走访讲学"，商定"先到川师，再去重庆，然后顺江而下去武汉、南京……随后北上安徽、北京"⑧，这种视野的形成与成都的既有氛围也不无关系。可以说，成都对周伦佑有着不可抗拒的吸引力，这使得他在筹谋"非非"之时，就有了"不受地域限制""覆盖面要广"的远见。

除开成都，周伦佑在西昌也一直有着活动圈子。其妻后来说道："他在四川及全国有了一定的影响，他的文学活动也更多地转到了成都，但也并没有疏远西昌的朋友，只要回到西昌，他仍然是朋友们的中心。"⑨早在"文革"期间，周伦佑与后来的"非非"核心人物蓝马、王世刚等人就相交莫逆，还一度准备编印刊物（《钟声》），"并为这事与周伦佐、王世刚、刘建森等多次商量，叫王世刚、刘建森想办法弄油印机；并专程为这事到成都与黄果天商谈"。事虽不成，在他妻子心目中却有着"可以看到十年以后诞生的《非非》杂志的雏形"的意义。一九八〇年周伦佑在《星星》诗刊发表《致母亲》一诗，西昌诗友就大受鼓舞，常来周家席地座谈。其妻回忆："那个时候，我们位于医院的简陋宿舍经常是高朋满座。"但是西昌毕竟偏居横断山脉南麓，距成都五百多公里，彼时仅为蕞尔小城。这个"一年中，起码有一半以上的时间，人们可以在月光下看书"的美丽"月城"，在一般人甚至本地人心目中，"是一个远离文化中心的封闭的小县城"。周伦佑妻子就有如此言说："我清楚他一个人在西昌那种偏僻封闭的环境中进行文学探索的艰难，我支持他走出西昌成就自己。"⑩一九八八年，在西昌创办民刊《女子诗报》的晓音也有类似说法："这所城市的人都把省城当作天堂。像《非非》诗刊主编周伦佑一样，我与女诗人小林带着两百张报纸乘车到成都发送。"⑪这种真实的"双城记"，可谓点画出了两个城市在文学版图中的不同位置。每当周伦佑从成都返回西昌，聚集交谈的朋友也是"更需要从他那里了解外部世界的各种信息，更希望分享他的诗作和理论思考带给他们的振奋"⑫。从诗人圈子和文化氛围来看，西昌毕竟远逊省城成都，这无疑成了周伦佑创刊《非非》时"神秘"前往成都的原因之一。

费孝通分析中国社会结构时认为，"从基层上看去，中国社会是乡土性的"，"这是一个'熟悉'的社会，没有陌生人的社会"⑬。这种观点对于单位体制中的人际关系来说，无疑也是切中肯綮。在传统单位社会中，个人生活总是处于"熟人"眼目下和"亲密无间"的邻里社区中，缺少一种隐私性的安全感和自由空间，周伦佑对此可谓深有体会。为避免被人发现，他曾将自己"文革"期间的诗稿，转来转去地藏于图书馆木楼梯之下，真是费尽心机。一九七七年因"反动言论"而被身边"朋友"检举，他又遭遇了"隔离审查"。其妻说得十分明白："我们（伦佑和我）因为思想与现实体制的冲突，再加上行为的不合时宜（我在医院就与'右派'结交并且在爱好与衣着上显得与众不同），所以无论平时怎样刻意压抑自己，在单位上总是被领导和群众视为'准敌人'，如我所工作的西昌地区医院的书记就明明白白说我'资产阶级思想严重'，这其实就是说你已被他们划到'阶级敌人'一边了。"⑭周伦佑在西昌农业专科学校做了多年图书馆管理员，身陷单位"熟人"关系和邻里罾网之中，这显然不利于他在此地大展拳脚来进行"非非"活动。可以设想，即或《非非》侥幸印刷成功，在"熟人"关系网络的控制下周伦佑也是难以遁迹。民刊《女子诗报》在西昌印刷一期后，就再也"没有一家印刷厂敢承印"，以致在绵阳印刷第二期之后回到西昌，在下火车的同时，"就收到文化局召我去谈话的通知，结果第二期《女子诗报》有一多半给没收了。回到单位，单位领导也找我谈话"⑮。晓音的如此回忆，也算是一个具体的旁证。

随着中国城市化进程加快，成都作为省会城市领跑于潮流，大幅度增加着流动人口："一九八四年日平均流量为二十七万人，一九八五年为三十五万人，一九八七年猛增到五十三万人。"⑯发展"不同类型、不同规模、不同层次的经济联合体，建立各种经济网络"，"以流通为突破口，加强城乡商品交流"，也使得脱离于传统单位的个体经商人群日益增多，成都地区几年间发展起来的城乡个体商户就达"七万五千多户"⑰。"城市生活中的各种力量，诸如汽车、混杂性等，对于邻里，对于我们的传统文化的影响总起来看，可以说是破坏性的和瓦解性的。"⑱这种走向开放化的城市格局、多层次的人群结构和多元化的经济形式，对传统意义上的"熟人社区"关系构成了强力冲击，这也为《非非》等刊物的"非法"印制提供了某种掩护和更多可能。此外，周伦佑在西昌能够利用的印刷资源也远远不及成都。一九八三年成都市"报纸、杂志、图书出版量分别达到了五点四亿份、三千七百万册、三百四十三万册"，而西昌市该时一期"报纸、刊物发行份数达一千多万份"⑲。暂时不去探讨这种差距的形成原因，也不难见出两地八十年代印刷资源的多寡。两相对照，周伦佑等人将"非非"重心从西昌移往成都,可谓因势使然,《非非》生产由此也才可以获得更大的可能。

二、成都内外:《非非》的"异端性"生产

合法刊物的运行有着相应的规定和程序,它由相关部门审批、执行、检验和管理。一九五二年《期刊登记暂行办法》指出:"各种期刊发行前,应由主要负责人具函向当地出版行政机关领取申请登记书及申请登记表,逐项据实填明,申请登记;经受理之出版行政机关呈报上级机关核准并发给登记证后,方得发刊。"刊物发行被明确归入管理。一九八五年《文化部、国家工商行政管理局、公安部关于加强报刊出版发行管理工作的通知》明示:"承印报刊的印刷厂,必须经工商行政管理机关核准登记,并领取营业执照后,方可开业。对承印未经批准登记的报刊的印刷厂,要分别情况予以查处。"这也即是说,印刷厂不能接受未经批准的报刊的印刷业务。一九八七年七月六日《关于严厉打击非法出版活动的通知》指明:"除国家批准的出版单位外,任何单位和个人不得出版在社会上公开发行的图书、报刊和音像出版物,违者属非法出版活动。"继而新闻出版署、公安部、司法部等十二个部门联合发出相关通知,再而最高人民法院、最高人民检察院发布《关于依法严惩非法出版犯罪活动的通知》,相关措施连连不止[20]。显然《非非》自问世之日,就已属于"非法出版物"。

事实上,一九八六年前的周伦佑就已失去了创办"合法出版物"的可能。周伦佐、周伦佑到成都、重庆和武汉等地"走访讲学"时,因讲演言论被认为涉及其他问题,很快遭遇了"禁令",相关部门对两人做了全面调查。周伦佐就此谈到:"省上有关方面综合我在川大讲学的反响,感到问题严重,立即传令全省高校:禁止接待我们讲学","我们已经被视为危害国家安全的嫌疑人"[21]。仅隔一年之后的《非非》,显然难以成为"合法性"刊物,也就不可能按照正常编印程序来运行。那么,《非非》究竟采用了什么样的生产方式,又关联着怎样的历史现实呢?

一九八六年,周伦佑等人在西昌决定组建流派,"名字就叫非非主义,同时编印一本铅印刊物,刊名就叫《非非》,想办法在成都印刷"[22]。到成都杨

黎家编选稿件时，周伦佑两次找诗协第三任秘书长钟鸣开具"四川省青年诗人协会"介绍信，并以此来规避印刷中的阻力。《非非》创刊号借用了"四川省青年诗人协会现代文学信息研究室"这一不存在的单位虚名，由在"印刷方面有熟人"的敬晓东持介绍信，悄然送往成都银河印刷厂排印，印数二千册。在单位代表国家意识来具体管理大部分社会资源的时期，介绍信由于象征着合法身份而显得异常重要，周伦佑显然明白此道。尽管出现了所谓"内容变故"，但在"补救"之后创刊号终于七月三日呱呱坠地[23]，且一色铅字印刷。湖北诗人南岸稍后于成都见到该期，就有如此感受："当时，地下民间的诗刊均以油印为主，而铅印是很少见的，这给我们一种新奇。"[24]在周伦佑等因经济原因先后仅提出五百本后，留在印刷厂的刊物在七月中旬"被有关方面收去"。同年三月四日国家出版局、国家工商局、公安部已"就严厉打击非法出版活动作出部署"，显然，《非非》会遭遇到不可避免的严厉打击。这种策略性的生产方式，从一开始也就带上了强烈的偶然性色彩。之后的《非非》也不可能在同一印刷厂发排，它不得不以"打游击"的方式转移地点，以便寻求印刷部门存留的缝隙。

紧随其后，周伦佑、蓝马从西昌再奔成都，紧锣密鼓地展开《非非评论》第一期的编印。周伦佑后来写到"八月十八日。《非非评论》第一期由非非诗人陈小蘩联系送往成都百花坛中学校办印刷厂排版付印，印数一万份"，"八月二十八日。《非非评论》正式出刊，形式为对开大报，共四版"[25]。在这简短的文字背后，其实有着复杂的生产过程。陈小蘩执教成都市百花坛中学，在西昌与周伦佑见面后主动应承联系印刷事务。但她当时并没意识到其中的"严重性"，她"想都没有想就说：我们学校就有印刷厂，我回去联系"。印刷厂厂长与她曾在一个办公室工作，两人之间正为熟人关系。在她"竭力担保"、诗人们有意掩盖具体内容、持有四川省青年诗人协会介绍信的情况下，厂长答应印制并"只收我们成本价"。陈小蘩后来回忆，周伦佑"非常警惕，只说印一些内部刊物"，"老周一开始就强调'保密'，只说印'评论'，'非非'两个字都是最后才叫工人找字钉补上去的，在厂里我们不大敢说关于'非非'的事"。在印刷好后周伦佑刻不容缓地运走《非非评论》，但相关部门很快就追查了此事。陈小蘩对此写到："冯厂长阴沉地对我说：'你们走后，下午主管部门的人就来了，为私印你们的东西，查我们印刷厂。'"[26]不过，该期报纸毕竟印刷成功，这在很大程度上又得益于"熟人"关系。正如李汉林所分析，"中国单位社会中的关系，直接的，是为了在相互间社会互动过程中建立起一种由熟悉到信任的基础；间接的，则是通过熟悉和信任的第三者对请托者产生的亲切和信任的情感，进而实现行为的目标"㉗，这个意义上的"单位社会"使周伦佑在西昌对"熟人"关系加以规避，在成都却又加以了利用。

鉴于已有的两次"非法出版"刚完成就遭遇了收缴和追查，诗人们决定将第二期《非非》和《非非评论》的印刷转移他处。带上编好的稿件，他们从西昌出发前往重庆，因为那里有诗人朱鹰的女友，通过"熟人"可能联系上印刷厂。但重庆最终只落实了《非非评论》第二期，《非非》第二期的印刷不得不回转成都。恰在此时，"反对资产阶级自由化"展开，"从各方面传来的信息得知：非非主义被作为'资产阶级自由化思潮'在文艺理论界的主要表现之一受到了中央有关方面的点名批评"。在一九八七年四月二十一日《红旗》杂志、《光明日报》文艺部和《文艺理论与批评》编辑部在河北召开的文艺座谈会上，以及随后以文件形式下发的一位副部长的会议发言中，"非非主义被当作'资产阶级自由化思潮'在文艺理论中的主要表现之一"受到了点名批评㉘。此前的三月二十九日中央就发出了《关于坚决、妥善地做好报纸刊物整顿工作的通知》，"这是为落实《中共中央关于当前反对资产阶级自由化若干问题的通知》的精神，端正新闻舆论阵地思想政治方面而采取的措施"㉙。西昌的民刊《山海潮》就因一篇诗论，被认为是"一九八七年西昌市文化界的资产阶级精神污染"，而不得不停刊㉚。这样一来，《非非》生产必将会遭遇更大的阻力。

不过，通过对"身份象征资源"和"熟人"关系的充分利用，《非非》又一次侥幸地获得了印刷机会。成都诗人陈亚平，"主动要求帮非非同仁解决《非非》第二期的封面锌板制作，并代为联系印刷厂"，其母亲时为《四川日报》出版部办公室主任。他利用这一"身份资源"敲开制版车间主任的大门，从而获得了《非非》封面的金属铅板，并联系上朋友所开的在野印刷厂，使得《非非》第二期于一九八七年六月二十五日完成生产。过去的某些"关系也是特殊性的（particularism），因为互动双方一旦建立起了熟悉、亲热和信任的关系，原则也就失去了它存在的意义。有了关系，大事可以化小，小事可以化了。原则只是对那些没有关系的其他人才具有至高无上的尊严和权威"㉛。

"特殊关系"在此减轻了印刷阻力，周伦佑对此也更多地加以了借用。在深夜十二点取出《非非》，并"以几何学般紊乱的线路，至次日凌晨，将《非非》二期像宝藏一样，隐匿在这座黑夜之城的某点"之后，他就有意切断了这条生产线以保证安全，以致多年后才成为非非中坚的陈亚平不无伤感地回忆："至今，我都不知道，书藏在哪个角落。"³²陈亚平对印刷厂还有如此叙述："厂长是我的一位朋友，他的印刷厂由我替他取名为'在野印刷厂'。"³³随意的私人代为取名，很难发生在传统体制形式下的印刷厂，这表明新的经济因素在八十年代中期已经出现。

这种变化，也间接促成了此后的两期《非非》生产。一九八四年《中共中央关于经济体制改革的决定》，有如此内容："在企业中实行以承包为主、权责利相结合的多种形式的经济责任制。在企业的生产指挥和经营管理上，实行厂长（经理）负责制。"在短暂的经济失衡和热烈讨论后，承包责任制在一九八七年已普遍推行，且"随着指令性计划控制范围的缩小和市场作用的扩大，各种经济主体包括地方政府、企业和个人的经济活动日益活跃起来，谋求本地区、本企业和自己个人利益的动机日益加强"³⁴。可见，随着改革的进一步推进，城市经济构成多样化，个体承包经营方式更多出现，个体承包者对经济利益的偏重也越来越明显。依凭如此大舞台，《非非》第三、四期又跃跃欲试，准备登场。

一九八七年六月二十二日，共青团四川省委发出公函，再次强调一年前撤销"四川省青年诗人协会"的事实，要求周伦佑等停止以该名义编印《非非》《非非评论》³⁵。这样，在本地印刷《非非》难度再增，诗协幌子难以再打，周伦佑、杨黎、蓝马三人一九八八年只好离开成都，取道重庆，泛舟东下宜昌，通过该地诗人南野联系上了个体承包印刷厂。该厂负责人"当时承包了葛洲坝水电工程局印刷厂，是承包人兼厂长"，于是"当即谈好价钱，将两期《非非》的稿件送检字车间检字排版"³⁶。"承包人兼厂长"无疑更青睐于经济利益，放松了对印刷物本身合法与否的审视，夔门之外的周伦佑等人，也就还可以将早已失效的"介绍信"递给印刷厂的"马虎"门卫。于此期间，周伦佑还与"武汉时代科学研究院·文化书院"院长朝晖交好，获得了盖有该处公章的介绍信，以便"前往你处组稿（四川、湖北、湖南、上海等地）"之用。尽管当时流动人口增多，单位关系松动，但在"双轨制"犬牙交错的转型时期，持有介绍信必然会获得不少便利，周伦佑自然知晓这点。第三、四期《非非》于一九八八年十一月八日同时下线，诗人们取出刊物马上寄赠各地，随后自带部分回川，将其余寄存宜昌。这个"承包人兼厂长"不久就因此被罚款，对该印刷资源的使用也只得就此打住。不过在四川印刷阻力加剧之时，《非非》通过转移地点、继续使用介绍信的方式也算是在新的经济氛围之下实现了一次墙外开花。

《非非》第五、六期的编印，在一九八九年八月至一九九一年十月期间中断。其间杨黎等人虽在成都编印两期《非非诗歌稿件集》，但都只打印四十册，影响甚小。一九九一年十月后，周伦佑在西昌积极筹划《非非》复刊号，并准备再次使用异地印刷资源。他取道重庆顺江东下，"在武汉印刷《非非》复刊号受阻"，继而辗转西北兰州得到诗人叶舟等的大力协助，在一九九二年九月十九日终于出刊。一九九三年十月五日，《非非》第六、七卷合刊号也于兰州完成，此次印刷波澜不兴，实在是与一九九二年后的社会状况相关。随着"社会主义市场经济"的明确，"姓资姓社"问题已然大大脱敏，《非非》"资产阶级自由化思潮"的帽子自然渐次褪色。在有关期刊、印刷事务的政策中，"非法出版"字样的出现频率大大下降^㊲，对《非非》这种民间文艺刊物的管理已然放宽。复刊号"非法"印刷后好几个月，诗人叶舟才"因协助周伦佑编辑和联系印刷《非非》杂志而被甘肃省兰州市有关方面询问"。此后，《非非》生产要考虑的问题更多集中在了经费方面。在诗人陈亚平等想法解决大部分经费之后，二〇〇〇年《非非·特刊号》、二〇〇一年《非非·流派主义专号》、二〇〇二年《非非·体制外写作专号》等，相继在香港新时代出版社付梓。

若返身回顾《非非》这一"非法出版物"的生产历程，其"异端"色彩十分鲜明，它既与合法刊物运行大相径庭，又与一般民刊手抄、复写等方式相去甚远。在这一"异端"背后，它既有自身的策略性、投机性、偶然性，又包含了印刷不合法、印制地点不固定、意识形态挤压等特征。此外，它体现了单位社会中"熟人"关系、"介绍信"、"身份资源"的存在和影响，而这一切背后，它还紧密联系着八十年代以来社会结构、经济形式、思想意识的诸多变化。而从文学生产这一面来看，它无疑给当代文学发展带来了新的因素和影响。正如周伦佑所说"'非非'是作为'异端'出现在中国诗坛的。不管是作为一个现代诗歌流派或一种艺术思潮它都在中国当代文学留下了印迹。当它在自我变构中再次展开自己时,检视它的过去,对于深入了解当代诗歌艺术、探索其发展历程,都是十分有益的"㊳,社会学角度审视下的《非非》生产,对于了解当代文学发展的复杂性也同样十分有益。

三、生产周边:《非非》与单位社会

若再扩展一下考察范围,一种文学事实得以发生的其他因素,如经费组成、作家身份变化等,也就会成为进一步关注的问题。其实,这些问题都隐含在《非非》生产周边且与之紧密相关。在合法刊物生产过程中,主管部门会规范刊物性质、设置编辑队伍、规定发行方式,并分配相应资金和工作场所。这些"单位社会"的条件,《非非》显然并不具备。那么在诗人们繁复动情的回忆中,《非非》生产"周边"的经费、单位矛盾等又是怎样展开的,又关联着何种"历史现实"呢?

其实,《非非》的历次生产都面临着经费的问题,这也是八十年代民刊共同的难题。在周伦佑妻子的回忆中,《非非》创刊时的经济组成大致如此:"《非非》创刊号的印刷费用,伦佑承担了大部分。我们家里因为伦佑一九八五年下半年外出稍微少一些而有了二三百元的存款,这次他又要我全部取出来给他,并去向四弟借了三百五十元凑足六百元寄给杨黎作为印刷刊物的费用。"㊴显然,《非非》启动之时采用了自家积蓄加亲友借款的经费方式。但在这种民刊常有方式之外,《非非》又巧妙地将作者圈子拉了进来。周伦佑等决定请"外地作者每人赞助六十元寄杨黎处",最后"外地作者寄到杨黎处的助刊费(共计有八百多元)"㊵。当杨黎混乱的经费管理导致无钱从印刷厂提取《非非》时,另一中坚蓝马又从后方西昌"筹集了二百五十元钱"。而《非非评论》第一期的经费来源,更有意思:"主要部分来源于读者索购《非非》创刊号收入的工本费,不足部分由周伦佑写信请西昌的一位朋友李永惠(杜乔)赞助汇来的一百元补足。"㊶当然,肯定不能把这视为商业行为,但"工本费"带来经济上的回馈并在某种程度上促进再生产,这无疑又带上了一种商业运转色彩,从而使之超越了一般意义上的民刊经费方式。

不过,这毕竟不能一劳永逸地解决经费问题。在以后的编印中,周伦佑也总是提及印刷费用，如《非非主义编年史纲》所记："一九八七年二一三月。开始筹集印刷《非非》第二期所需资金"，"一九八八年五月。一边多方努力筹集印刷《非非》第三期、第四期所需资金"，在一九九二年筹划复刊号时"西昌两位朋友……为周伦佑解决了外出的路费和部分办刊经费"等。可见经费主要还是来自非非诗人，尤其是周伦佑的筹集和朋友赞助，这一状况直到二〇〇〇年才得以改变。该年三月，陈亚平加盟四川汇城广告文化公司，并说服该处拿出经费印刷《非非》，这才相对地解决了经费问题，使后几卷《非非》在香港新时代出版社得以鱼贯而出。但不可忽视的是，这种经费来源已包含明显的商业运作成分。当时，陈亚平"建议公司拓展的方向，应专注于文化产业"，认为"只有周伦佑，只有他出面，才能驾驭这个一般人不可能实现的世界，他是中国文化界的一面先锋旗帜"^⑫，而周伦佑出面的前提是该公司提供《非非》的出版经费。《非非》于此完成了一次经费方式上的转变，尽管其本身仍以纯文学的形式断续呈现，但它凭借的"后方"已不再是"西昌"。

周伦佑因"非非"活动与单位产生矛盾，并辞职成为非单位人的身份变化，也反映了二十世纪"单位社会"与《非非》生产的关系问题。在单位体制中，"一方面，单位最早作为就业场所迅速演变为政府对社会资源进行总体性整合的组织化体制，并伴随着组织不断的扩展而制定出一系列的法规细则；另一方面社会成员随着这些法规细则的不断扩张和控制密度的加大而日益依赖于既定的狭义制度，从而使单位组织日益成为支配中国公民生活和社会活动的广义制度"^⑬。单位在八十年代担负多种功能，它既是个人生活、日常工作、福利分配的场所，又是教育、管束，甚至惩罚个人的权力体现。周伦佑创刊《非非》时，正手持西昌农业专科学校的"铁饭碗"，而"作为一个图书管理员，需要的是本本分分、规规矩矩地上好每一天班"。但在此之前，周伦佑就不属于"本分"之人，他常常被"邀约到成都参加各种讨论和聚会"，"由西昌往返成都的火车便成了他的活动走廊"。此后，更是四处奔走，甚而长时间潜伏成都、宜昌等地。其妻如是说："他需要的'时间'只能靠请病假或事假来实现。可是请假多了随便在哪里都是单位领导痛恨的事情，况且伦佑的假期还经常要超过时间，他的事情没办完不可能丢下回来，就只得我硬着头皮再去给他续假。幸好我过去在医院工作，熟人关系多，只能赖着脸求人帮忙开病假条。"^⑭这种方式自然不会一直奏效，单位规则最终难以忍受这种破坏行为。

一九八七年六月，周伦佑完成《非非》第二期印刷返回西昌，"农专党委以周伦佑未说清楚外出所为及原因为理由停发周伦佑工资"[45]。因印发"非法刊物"，他受到"单位社会"的管制也越来越严重。西昌农专党委七月召开大会，凉山州宣传部来人宣读四川省出版总社作出的停止《非非》《非非评论》的编印和发行的文件，周伦佑被学校宣布离职审查。之后，校方和图书馆多次公开拒绝批准周伦佑外出活动。他不得不面临最后的选择，要么放弃单位，要么放缓甚至放弃"非非"活动。随着企业制度改革的推进，单位人事制度也出现了一定变化，长时间离开单位者可采取"停薪留职"形式，但每个月得向单位缴纳几十元劳动保险金，这也是周伦佑经济上不堪的重负。一九八八年三月，他最终不得不以辞职方式丢掉了这个"铁饭碗"，这对于八十年代的人来说"非同小可"[46]。尽管该时期多种经济方式已出现，但单位在整个社会中的地位及其福利待遇，对于大多数人来说依然颇具吸引力。周伦佑与单位之间的冲突以"辞职"结束，他将更多时间投入了《非非》生产。"随着中国向市场经济的转型，在原有的统治结构和权力关系中出现了大量的市场化因素和自主性因素，因而，依赖性结构的机制与过去相比有了变化。市场化因素和自主性因素导致社会组织和个人相对于国家的直接统治有了一定的选择性，并且有了通过替代性资源获得独立性的可能。"[47]事实上，这一可能在八十年代初就已显露微光，杨黎于一九八四年就从单位辞职并办了一间"书店咖啡店"。这也即是说，在单位之外周伦佑通过其他方式也有可能获得生存资源。一九九四年十月他就应聘到《滇池》杂志驻成都办事处任编辑部主任，二〇〇〇年又加盟四川汇城广告文化公司。可见周伦佑前后身份的变化，其实正与社会转型、单位矛盾相互关联，这些关系也多层面地影响到了《非非》生产。

一九九二年《非非》复刊号出刊，周伦佑对此十分感慨："这次跨省大行动途经四川、湖南、湖北、河南、陕西、河北、北京、山西、内蒙古、宁夏、甘肃十省一市，历时五个月，行程超过二万五千里，其艰辛程度若非亲历是很难体会得到的。这样的办刊经历，不仅在中国新文学史上是绝无仅有的，就是在世界出版史上也是没有先例的。"[48]暂时不去评骘这里的一些用语是否准确，《非非》在当代文学历史长河中呈现出的复杂状态，在此也可以感知。韦勒克、沃伦在谈论文学外部研究时强调："倘若研究者只是想当然地把文学单纯当作生活的一面镜子、生活的一种翻版，或把文学当作一种社会文献，这类研究似乎就没有什么价值。"⑯这里的考察，也并非是将"非非"活动单纯看成社会的"镜子"或"翻版"，而且也不愿给出一个简单的因果式结论，但有一点却十分肯定：《非非》既不同于合法刊物，又不仅仅限于民刊的生产方式、经费方式、传播方式，以及它背后关联着的经济体制改革、思想意识转变、单位制度影响等，都使之多方面呈现出了八十年代以来当代文学的复杂变化，它的自身发展也在当代文学的生产中，构成了新的方式和可能。可以说从建昌古月到锦官芙蓉，从《非非》创刊到跨越世纪，"非非"活动发生的"城市"以及这一文学事实的每个阶段，都在文学社会学视角的审视下呈现着另外的丰富。

注释：

① 1986年7月13日，《诗歌报》第3版整版转载《非非》创刊号作品，编后强调："其内容、其形式、其价值在深度和广度上都已超出我们常说的诗的概念和语义范畴，而力求上升到整个人类的生存状态去追求一种新的文化价值。"

② 周伦佑：《非非主义编年史纲（下）》，见周伦佑、孟原主编《悬空的圣殿：非非主义20年图志史》第135页，拉萨：西藏人民出版社，2006。

③〔法〕埃斯卡皮：《文学社会学》第31页，王美华、于沛译，合肥：安徽文艺出版社，1987。

④〔法〕皮埃尔·弗朗卡斯泰尔：《艺术与社会学》，见张英进、于沛编《现代西方文艺社会学探索》，第130—131页，福州：海峡文艺出版社，1987。

⑤ 吉木狼格：《我与非非》，见杨黎《灿烂》，第542页，西宁：青海人民出版社，2004。

⑥ 陈小蘩：《被钉在十字架上的诗神——我的非非主义写作历程》，见《悬空的圣殿：非非主义20年图志史》，第26页。

⑦ 周伦佑：《异端之美的呈现——"非非"七年忆事》，《诗探索》1994年第2期。

⑧ 周伦佐：《穿过重重阴霾而呼啸的生命之箭——八十年代"流浪讲学"纪事》，《非非》第9卷，第420页，香港：香港新时代出版社，2001。

⑨ 周亚琴：《西昌与非非主义》，见《悬空的圣殿：非非主义20年图志史》，第61页。

⑩⑫ 周伦佑、孟原主编：《悬空的圣殿：非非主义20年图志史》，第65—66、61页。

⑪ 晓音：《在风雨中前行——女子诗报如是说》，《诗歌月刊》2007年第3期。

⑬ 费孝通：《乡土中国》，第5、7页，上海：上海人民出版社，2006。

⑭ 周伦佑、孟原主编：《悬空的圣殿：非非主义20年图志史》，第59页。

⑮ 晓音：《中间代诗人访谈系列之晓音篇》，《诗歌蓝本》2005年第1期。

⑯成都市城市科学研究会：《成都流动人口》，第7页，成都：成都出版社，1990。

⑰⑲崔新桓等编著：《四川城市经济》第79、83、86、79、356页，成都：四川科学技术出版社，1985。

⑱〔美〕E.W.伯吉斯：《邻里工作可否有个科学基础？》，见〔美〕帕克等《城市社会学》，第150页，北京：华夏出版社，1987。

⑳刘杲、石峰主编：《新中国出版五十年纪事》，第239页，北京：新华出版社，1999。

㉑周伦佐：《穿过重重阴霾而呼啸的生命之箭——八十年代"流浪讲学"纪事》，《非非》第9卷，第434页。

㉒周伦佑：《非非主义编年史纲（上）》，见《悬空的圣殿：非非主义20年图志史》，第127页。

㉓周伦佑：《高扬非非主义精神，继续非非》："《非非》的创刊时间，一般都知道是1986年5月4日……《非非》创刊号的准确出版时间应是1986年7月3日。5月4日是蓝马从'五四青年节'便于记忆这一角度信笔写上的。"

㉔南岸：《失去记忆的记忆（1984—1995）》，www. 536000.com / bbs / display. asp? title_id=138493，2009-2-12。

㉕周伦佑：《非非主义编年史纲（上）》，见《悬空的圣殿：非非主义20年图志史》，第133页。

㉖周伦佑、孟原主编：《悬空的圣殿：非非主义20年图志史》，第36 、38页。

㉗李汉林：《中国单位社会：议论、思考与研究》，第30页，上海：上海人民出版社，2004。

㉘周伦佑：《非非主义编年史纲（上）》，见《悬空的圣殿：非非主义20年图志史》，第136页。

㉙刘杲、石峰主编：《新中国出版五十年纪事》，第237页。

㉚发星：《四川民间诗歌运动简史（1963—2005）（未定残稿）》，诗家园网，www. sjycn.cn / sjycn / article_269_5740_1.shtml，2007-03-13。

㉛李汉林：《中国单位社会：议论、思考与研究》，第30—31页。

㉜陈亚平：《经历：从前非非到后非非》，见《悬空的圣殿：非非主义20年图志史》，第19页。

㉝㊱周伦佑、孟原主编：《悬空的圣殿：非非主义20年图志史》，第16、146页。

㉞马家驹主编：《中国经济改革的历史考察》，第73、80、89页，杭州：浙江人民出版社，1994。

㉟周伦佑：《非非主义编年史纲（上）》，见《悬空的圣殿：非非主义20年图志史》，第137页。

㊱刘杲、石峰主编的《新中国出版五十年纪事》，部分年份"非法出版"字样出现次数：1986年，1次；1987年，14次；1989年，3次；1991年，5次；1992年，2次；

1993年，2次；1994年，0次；1995年，0次；1996年，1次；1997年，1次。

㊳周伦佑：《异端之美的呈现——前非非写作纪事》，《诗探索》1994年第2期。

㊴周伦佑、孟原主编：《悬空的圣殿：非非主义20年图志史》，第66页。

㊵周伦佑：《非非主义编年史纲（上）》，见《悬空的圣殿：非非主义20年图志史》，第128、130页。

㊶㊷㊹周伦佑、孟原主编：《悬空的圣殿：非非主义20年图志史》，第133、20、65—67页。

㊸杨晓明、周翼虎：《中国单位制度》，第352页，北京：中国经济出版社，1999。

㊺周伦佑：《非非主义编年史纲（上）》，见《悬空的圣殿：非非主义20年图志史》，第139页。

㊻周伦佑、孟原主编：《悬空的圣殿：非非主义20年图志史》，第68页。

㊼李汉林：《中国单位社会：议论、思考与研究》，第11—12页。

㊽周伦佑：《高扬非非主义精神，继续非非》，见《非非》第9卷，第8页。

㊾勒内·韦勒克、奥斯汀·沃伦：《文学理论》（修订版），第112页，刘象愚等译，南京：江苏教育出版社，2005。

原载《当代作家评论》2011年第3期

我说"口语诗"

伊　沙

　　"口语诗"这个概念在汉语诗歌的语境中头一次富于尊严感和挑战性地被提出来，是在上世纪80年代，在风起云涌的"第三代"诗歌运动中。此前，外在勉强具备这一征候（内在追求也许南辕北辙）的作品，要么被当作"百花齐放"的最后一朵，要么备受歧视地被当作"历史个案"来对待，因此我从来都拒绝用所谓"白话诗""民歌体"或上溯王梵志的方式来搅这个严肃的局。"口语诗"是一个现代概念，是现代诗的一大分支，并非有史以来所有具有口语倾向或口语化诗歌的大杂烩。

　　"口语诗"这一概念诞生的背景正是"第三代"主体诗人所带来的第一次口语诗浪潮，它由1982—1985年诗人们的地下写作实践（我视上海诗人王小龙写于1982年的《纪念》为"口语诗"的开山之作），通过1986年"两报大展"以及在此前后主流媒体对其做出的"生活流"误读而给予的肯定从而占得舆论的上风，它的新鲜感赢得了业内同行的追逐效仿，它的可读性赢得了一般读者的喜欢，1986—1988是"口语诗"写作迅速升温终至泛滥的两年，是"口语诗"的第一次热潮。

　　1989年是个拐点。历史的大事件与诗史的小事件终结了自1978年《今天》创办以来的现代主义诗歌运动。原本处于热潮中的"口语诗"一夜失语，让位给借死亡事件而甚嚣尘上的海子式的浪漫主义和古典主义，现代汉诗的发展出现了诗学上的倒退。广西民刊《自行车》上一幅"不许倒退"的画代表着当时有识之士的心愿。

　　整个90年代，"第三代"中幸存的以及新起的"口语诗人"借理论界盛行的"后现代热"来与"死亡崇拜""历史崇拜"所带来的"知识分子写作"

做舆论上的抗衡与对峙，用文本上的不断创新来完成从现代主义到后现代主义的演进（而非倒退回浪漫主义和古典主义），1999年爆发的"盘峰论争"正是这两大潮流十年对峙所积压的矛盾外化的典型表现。此后，以"口语诗人"为实体的"民间写作"再度占得舆论的上风，"口语诗"的风格特点和"口语诗人"的存在方式也十分自然地与新世纪到来后的"网络时代"相交，由此带来了"口语诗"写作的第二次热潮，这个热潮至今方兴未艾——如果不是这样，它不会成为一大热门话题。

据说，"第三代"是80年代在对"朦胧诗"的反动中来确立自己的，可是韩东在当年就曾呼唤"朴素"和"第一次抒情"；据说，"后现代"是在90年代对"前现代"的解构中来确立自己的，可是我在当年就曾强调"要说人话"——如此表述我是试图打破人们一谈及"口语诗"时那种不走脑子的"后置"思维，似乎永远是先有什么然后我们针对什么才做了什么。今天我们所谈论的现代诗范畴内的"口语诗"从来就不是一种写作的策略，而是抱负、是精神、是文化、是身体、是灵魂和一条深入人性的宽广之路，是最富奥秘与生机的语言，是前进中的诗歌本身，是不断挑战自身的创造。迄今近30年来，现代汉诗中的"口语诗"走过了自发轫到成熟的过程：前期带有欧化译体特征的拿腔拿调的叙述已经走入后期脱口而出气血迸发的爽利表达；前期以文化观念来解构文化观念的笨拙而机械的解说已经走向后期置身于生活与生命原生现场的自由自在；前期日常主义已经走入后期的高峰体验；前期语境封闭中的软语和谐已经走向后期大开大阖的金属混响——汉语诗歌也由此获得了一个强健的"胃"，由"口语"的材料铸成的一个新器官，它的消化功能开始变得如此强劲：一条由语言的原声现场出发，增强个体的"母语"意识，通过激活"母语"的方式而将民族记忆中的光荣传统拉入到现代语境之中，从而全面复兴汉诗的道路——已经不是说说而已的事，它已在某些诗人的脚下清晰地延伸向前——这是一条诗歌发展的康庄大道，它由所谓"口语诗人"踏出，出自艺术规律的必然。

我曾发问过：既然我们"口语诗"老被"另"出来拎出来谈，那么"非口语"又是什么形态的语言？书面语么？书面语难道不是非原创的现成语言么？如果是这样的话，如果一个人的写作是无视并且回避语言的原声现场，他在语言上的趣味不是关心泉眼何在而是拧开自来水管，我起码可以说这是一种抱负低下的写作吧。理论上辩不清的反对派通常会拎出几个门都没摸着的文学青年的浅陋习作来作为对"口语诗"的攻击，此种方式堪称下流，全然无效。

　　从浪漫主义抒情诗到现代主义意象诗再到后现代主义口语诗，西方人走过了几百年的路，台湾人从50年代开始走后两个步骤，大陆人从70年代才开始走，因为是在赶，用几十年时间走人家几百年的路，所以你会在一个时间段看到这几种诗型并存的"奇观"，这就是我们的现实。从国际上来说，我感觉现代主义意象诗与后现代主义口语诗还是并行存在的，只是写意象诗的一般都是老诗人，写口语诗的一般都是中年以下的，当然还有二者杂糅的风格。浪漫主义抒情诗几乎已经绝迹，我想大家都会觉得：它很老土、已过时，这没什么可论证的。但让我感到奇怪的是：已经死亡的抒情诗，没有人骂，还常常被当作苛责其他形式的标准；濒临死亡的意象诗再难懂也没有人骂，还常常以有技术有难度自居，唯有口语诗，天天有人骂，时不时便抓住某个不入流的人物恶搞一下，但它却越活越旺，有着极强的生命力，成为世界潮流。或许是老被批评，"口语诗人"便很注重"口语诗"的完善与发展，拿我个人来说，新世纪这十来年的写作，在坚持口语大风格的同时，很注意吸纳并再造意象诗的技巧和跳跃性，这在我自《唐》已降的作品中，是不难看出的。我在编评《新世纪诗典》时发现：诸多漂亮的意象出自"口语诗人"之手，这是耐人寻味引人深思的。

原载《诗探索》2011年第7期

选本运作与"第三代诗"的文学史建构

罗执廷

一般地，诗歌界将出现在"朦胧诗"之后，活跃于上世纪80年代中后期并延续至90年代初的具有先锋色彩的青年诗歌潮流命名为"第三代诗"，也有人称为"后朦胧""新生代""后新诗潮"等等。由于公开刊物和主流诗坛对他们的冷漠，第三代诗人大多只能通过自印刊物、内部交流等方式来抱团取暖。幸运的是，他们发现并利用了选本出版这一机会，成功地集结为一个诗歌群体，并且逐步积累了文学资本，建构起了自身的文学史地位。当代文学史家洪子诚先生就曾特别指出，"若干诗歌选本"为"第三代诗"的"浮出历史地表"，起到了重要的作用。[1]事实上，第三代诗人的成功经验也不断地为后来者所效法，其后的"第四代""中间代""70后""80后"诗人群体也无不通过推出大量的选本来集结、造势，以群体的力量跻身文坛。通过选本运作与"第三代诗"关系研究这一个案也可发现：文选运作关系到文学潮流、文学运动、文学接受、文学史叙述等重要问题，不可等闲视之。

一、"第三代诗"的生存背景

"第三代诗"一开始大都不是出现在正规刊物上，而是自发地汇聚于各种民间诗刊，如四川的《大学生诗报》《现代诗内部参考资料》、南京的《他们》、上海的《海上》等，然后才引起诗歌界注意的。当时，以"归来派"为代表的老一辈诗人群体以及刚刚出名并获得承认的"朦胧"诗人占据文坛中心，他们因"文革"耽搁而积压下来的诗情大爆发，创作十分旺盛，正规文学刊物完全不足以承载这样的高产，留给未名的年轻人的发表机会自然就更少

中国当代文学史资料丛书

了。所以第三代诗人最初几乎被公开的文学流通体制排除在外，只能通过自办刊物、自印（油印或打印）诗集的方式在极小范围的青年诗歌圈子内部交流。第三代诗的一个代表群体"莽汉主义"就是在"其创作成员几乎未在公开刊物上发表任何诗歌的情况下出现、发展并且成熟的，它们几乎全是通过朗诵、复写、油印到达诗歌爱好者中间的"[2]。且看他们辛酸的自述："每人喝一碗糖水／我们慢慢走出医院／捧着蛋糕、麦乳精和钱——／我们用血换来的，我们的／诗集印刷费／我们都想哭，我们／……／／我们是一群穷写诗的，总想让我们的祖国为我们而感到骄傲／总想成为'诺贝尔奖金'的提名人／可手持火钳的编辑／总把我们夹出诗外"（邵春光：《青春的证明》）。公开刊物之所以拒绝第三代诗人，除了版面有限这一原因，还因为第三代诗离经叛道，不合正统。而这在第三代诗人看来恰恰证明了公开诗刊的保守、陈腐。直到1986年以后，国内公开刊物才较多地给予"第三代诗"发表的机会，主要的发表阵地是《中国》杂志以及《飞天》《当代诗歌》《诗歌报》《深圳青年报》《山西文学》《关东文学》这些地方性文学刊物。而《诗刊》《人民文学》《星星》这些影响较大的全国性刊物只是以"青春诗会""新人集""青春的旋律"等名目零散地发表了部分第三代诗人的诗作。这样可怜的篇幅相对于当时第三代的庞大队伍和旺盛创作力而言，显然不相称。

"第三代诗"也长期遭到主流诗坛和诗评界的漠视或否定。1986年9月，中国作协《诗刊》杂志等在兰州联合召开"全国当代诗歌理论研讨会"，与会者第一次比较多地谈到了第三代诗人的创作，但"在多数的议论中，讥讽和反对的意见仍占上风"[3]。时任《深圳青年报》编辑的徐敬亚与安徽《诗歌报》编辑决定用特别的方式对"保守"的诗坛大胆"发难"。10月，两报隆重推出"1986中国现代诗群体大展"，让"第三代诗"从自发的半地下状态跃升到诗歌的前台。即便如此，在大展的轰动效应之后，"相当长一段时间，批评界的态度仍是被动而暧昧的"[3]。直到1988年5月在扬州召开的第二届"全国当代诗歌理论讨论会"，在会议的激烈争论中，肯定"第三代诗"的声音才开始占上风。1988年底，《文艺报》邀请在京的一些评论家就"'第三代诗'与当代诗歌多元化"问题举行座谈会，才最终标志着"第三代诗"得到诗歌界承认。可以说，在第三代诗人创作最为旺盛的1984年—1987年间，主流诗坛对他们的注意是不够的，也很少有人意识到他们作为诗坛新生力量的冲击力。

"第三代诗"在发展历程中还不断遭受某种意识形态的打压。1989年10月，《文论报》刊登《不要忘了诗的使命》一文，对"第三代诗"进行了尖锐的批判，指责它们是"黑风、黄风和夹杂着沙子和酸雨的风，一味地反文化、反传统、反理性；一味地口语、方言、脏话；一味渲染青春期本能的私欲和变态心理……"[4]1990年11月17日的《文艺报》则刊登《对"新诗潮"的透视》一文，严厉指责《非非》、"大学生诗派"和徐敬亚等人编的《中国现代主义诗群大观》一书，宣称："事实上，有的'宣言'本身就是一种政治，就是一种对马列主义美学原则挑战的政治示威。""我们绝不能以写'生命本能的勃发'为借口，去歌颂流氓阿飞的暴行和描写'手淫者'的'嚓嚓之声'，以'内心历程的探险'为名，去津津乐道于变态心理的宣泄。那样做，不仅背离了社会主义诗歌的方向，也是对诗坛的亵渎。"

总之，由于种种原因，"第三代诗可以说就没有真正挤进主流诗坛，成为那片园地的某一部分的主人。'第三代'一直处于挑战者或探索者的位置，根本没有真正地获得话语权，即使以群体大展的威势震动诗界，事实上也没有成为所谓中心"[5]。

二、选本运作：呈现、集结、传播

面对逆境，第三代诗人只能自己鼓励自己，自办刊物、自印诗集之外编选本就是他们的一个重要策略，因为选本这种具有"集结"性质和文学评价性质的文学载体最容易形成较大声势从而引人注意。"选"通常意味着"选优""拔萃"之类的含义，这是容易让读者感兴趣的。因此，尽管当时的诗集出版并不景气，选本类的诗集却还是比其他诗集（比如个人诗集）销路更好。第三代诗人绝大多数都难有出版个人诗集的资格与机会，却并不妨碍他们进入各类文学选本之中。市场化的出版机制让他们借助选本这种图书类型悄悄地露面和集结。

第三代诗人自我集结的第一个选本是《新诗潮诗集》（1985），这是由第三代诗人老木编选并自费印行的一个选本。老木付出极大的热情和精力，冒着经济风险编印此书；第三代诗人们也热烈响应："来自全国的诗稿铺天盖地地冲向他。"[6]这个选本的上卷是朦胧诗选，下卷是对第三代诗人的推介，收入韩东、小君、吕德安、张枣、王家新、骆一禾、西川、王小龙、王寅、陆忆敏、张真、贝岭、陈东东、翟永明、欧阳江河、柏桦、车前子、黑大春、廖亦武、宋渠、宋炜、石光华、海子、于坚等人的诗，如韩东的《有关大雁塔》《我们的朋友》《你见过大海》，王寅的《想起了一部捷克电影想不起片名》，陆忆敏的《美国妇女杂志》，翟永明的《女人》，宋渠、宋炜的《大佛》。可以说《新诗潮诗集》是第三代诗人的首次大规模群体亮相，也是"第三代诗"代表性文本的首次集结。《新诗潮诗集》作为北大中文系的教学参考资料内部发行，对外流播也极广。此外，1985年—1986年间，第三代诗人贝岭先是编选并自费印行了《中国当代诗38首》，后又和另一位第三代诗人孟浪合编了《中国当代诗歌75首》（油印本），这两个自印选本的主体都是第三代诗人。上述自印选本初步显示了第三代诗人群体意识的觉醒和自我确认的强烈愿望。

　　紧接着这些自印选本而来的是公开出版发行的选本。1986年8月出版的《探索诗集》共收54位诗人的80余篇诗作，其中第三代诗是主体，所占篇幅最大，包括牛波、车前子、王小龙、廖亦武、于坚、韩东、海子、宋渠、宋炜等人的诗。在第三代诗人还不为主流诗坛接受之时，这个选本将他们与已获得响亮名声的北岛、顾城等"朦胧"诗人并置，都推崇为"探索"的榜样，无疑是对他们极大的鼓舞。《探索诗集》是上海文艺出版社推出的"探索书系"中的一种，诗集首印就达2.15万册，再加上"探索书系"的整体声势，对第三代诗人的推介力度很大。

　　首本专门的"第三代诗"选本则是《中国当代实验诗选》（春风文艺出版社1987年6月版）。它收31家121首，推重的诗人有陈东东、韩东、张真、柏桦、陆忆敏、孟浪、牛波、西川、海子、宋琳、张枣、欧阳江河、翟永明、于坚、南野、唐亚平、王寅、车前子等，入选了《静安庄》《美国妇女杂志》《在哈尔盖仰望星空》《远方的朋友》《黑色沙漠》《有关大雁塔》《你见过大海》等众多的"第三代诗"代表作。编者唐晓渡、王家新动机明确："我们只是想为那些更不容易受到重视的年轻诗人做点应该做的事。而把他们集中推出来，这也并非只是一、二个人的要求。"（《跋》）他们指出，这批"北岛之后的又一代诗人（即人们称谓的'新生代'）"（《跋》），其审美思想与北岛们已经发生了翻天覆地的变化，是对"朦胧诗"的进一步发展和开拓

第三代诗歌研究资料

（《序言》）。《中国当代实验诗选》首印1.95万册，对"第三代"的确认和公开传播贡献很大。随后，唐晓渡与王家新又联合编选了《中国当代实验诗选》的第二卷和第三卷，可惜的是没有机会出版。唐晓渡后来表示，这本《中国当代实验诗选》以及他1988年编选的《灯芯绒幸福的舞蹈——后朦胧诗选萃》（迟至1992年才出版）都是在为包括他自己在内的"第三代"代言，属于"争取生存权的努力"[7]。

1988年10月，由徐敬亚、孟浪等合编的《中国现代主义诗群大观1986-1988）》（同济大学出版社）面世，它以1986年10月《深圳青年报》和《诗歌报》的"大展"为基础并有所增补。选本出版后，引起巨大反响，由于封皮为红色，第三代诗人内部习惯用"诗坛红皮书"来尊称它。[8]这个选本以"第三代诗"为主体，包括非非主义、莽汉主义、整体主义、新传统主义、大学生诗派、"他们"等众多的第三代诗流派或团体。徐敬亚在选本序言《历史将收割一切》中还高调地预言了"第三代诗"在文学史上的地位，认为"中国现代诗主流仍将以此为标志"。这可能是当时对第三代诗的评价中最为高调、最为鼓动人心的。

稍后，《第三代诗人探索诗选》（溪萍编选，中国文联出版公司1988年版）、《情绪与感觉——新生代诗选》（邹进、霍用灵编选，人民文学出版社1989年版）陆续面世。《第三代诗人探索诗选》是首个以"第三代诗人"来命名的选本，但人选上显得有些庞杂，不过重要的第三代诗人还是得到了重视，而且由于编选者的女性身份，它对第三代诗人中的女诗人伊蕾、翟永明、唐亚平、小君等人给予特别的重视。《情绪与感觉——新生代诗选》收50位诗人一百七十余首作品，人选与作品都比较精当。这两个选本的编选者也属于"第三代"诗人阵营（虽然并不是其中的代表性人物）。

在初步的呈现、集结之后，第三代诗人们又急切地想将自己推介给更广泛的人群，于是面向大众的、鉴赏型的选本出现了。周俊主编的《当代青年诗人自荐代表作选》（河海大学出版社1989年版）以绝大的比重收录"新生代"诗人的自荐代表作二百余首，"力图通过诗人们的近照、签名、简历、艺术见解及力作来达到和所有文学青年进行艺术对话、沟通心灵之目的"（《内容提要》）。这个诗人自选本包括韩东、于坚、李亚伟、孟浪、小君、翟永明、唐亚平、唐晓渡、丁当、伊蕾、杨黎、王家新等人的许多重要作品。选本还附录了"非非主义"、《他们》、"海上诗派"等社团、流派的资料介绍。

此外，由诗评界编选的普及性第三代诗选本也陆续出现，表明"第三代诗"逐渐被社会关注。1988年2月，南开大学的当代文学研究者李丽中编选了《朦胧诗·新生代诗百首点评》（南开大学出版社），目的是"缩短诗与读者的距离"，以及"便于普及"（编选者自序）。这个选本当年2月出版，5月就第2次印刷，印数合计达8万册，看来是很好地发挥了普及的作用。1988年9月，李丽中又编选了《骚动的诗神——新潮诗歌选评》（花山文艺出版社），其中专门设立了"新生代诗"这一板块，选入于坚、王小龙、孙桂贞（伊蕾）、宋琳、尚仲敏、韩东、廖亦武、翟永明等32人的36首诗。编选者对"新生代诗"的意义作了较高的评价，认为："从诗歌革新意义上说，'新生代'诗是对诗的本质的又一次发现。他们将诗从社会批判意识拉向个体生命体验，从更深更广的层面上开掘人的价值。这是更接近诗歌本质的革新。"[9] 1989年，诗评家陈超推出了《中国探索诗鉴赏辞典》（河北人民出版社），其初衷就是不满于当时"对现当代诗歌史上具有现代主义倾向的诗"的"不绝于耳的严苛的责难"，试图通过对这类诗的阐释和鉴赏，为现代诗的"普及工作"出力，"告诉普通的对现代诗一往情深的读者，这些诗人在'探索'什么，是怎样'探索'的，'探索'的意义体现在哪里"（《自序》）。选本收象征派、现代派、九叶派、朦胧诗、西部诗、新生代六大诗群，共129位诗人，403首诗，其中第三代诗人42位，诗126首，占有最大的比重。第三代诗人中，于坚8首、韩东7首，得到强调；西川、翟永明、车前子、雪迪、潞潞都在5首以上。这个鉴赏性选本初版即印行1.5万册，后来又再版，是一个读者面较广泛的选本，对于"第三代诗"的传播和接受，对于第三代诗作品的"经典化"无疑都有贡献。

这一时期各种大学生诗歌选本、青年诗歌选本也大量收入第三代诗人的作品。中国青年出版社推出的《青年诗选（1985—1986）》，51位入选诗人中就包含大量代表性的第三代诗人，如于坚、车前子、宋琳、唐亚平、韩东、翟永明、廖亦武、牛波等，每人平均都入选5首以上。还有《当代大学生抒情诗》（四川文艺出版社1985年版）、《中国当代大学生诗选》（北方文艺出版社1985年版）、《当代青年抒情诗三百首》（贵州人民出版社1985年版）、《当代大学生抒情诗精选》（四川大学出版社1987年版）、《秋叶红了——校园诗人诗选》（湖南教育出版社1988年版）、《当代学院诗选》（同济大学出版社1988年版）、《青年爱情诗抄》（作家出版社1988年版）等等，它们都大量收入第三代诗人的诗作，对第三代诗的社会传播颇有贡献。

上述众多的选本让第三代诗人浮出地表并为社会所认知，也必然鼓励着第三代诗人的创作。第三代诗人中的代表李亚伟曾说过："对我构成影响的是同代人中的诗人，是他们的世界观，热情、斗志和想象。我相信'第三代人'中很多诗人都是这样，相互影响构成了巨大的氛围。"[10]显然，这些选本为这种相互学习和影响提供了便利，促成了"第三代"这个诗歌共同体的形成，无疑也以其集体的感召力在刺激诗人们的创作、推动第三代诗的发展。

三、选本运作：辩护、阐释与文学史定位

进入1990年代，由于政治意识形态的压力，尤其是商品经济大潮的冲击，第三代诗人或出国或下海经商，"第三代诗"作为一个潮流和运动已经结束了，但部分第三代诗人仍坚持写作。而1990年代初期出现的众多第三代诗选本则持续在为他们打气，支持着他们"挺住"。这些选本包括《朦胧诗后——中国先锋诗选》（南开大学出版社1990年版）、《东方金字塔——中国青年诗人13家》（安徽文艺出版社1991年版）、《灯心绒幸福的舞蹈——后朦胧诗选萃》（北京师范大学出版社1992年版）、《超越世纪——当代先锋诗派诗人四十家》（山西高校联合出版社1992年版）等。

《朦胧诗后——中国先锋诗选》是由高校的文学研究者李丽中编选的一个"第三代诗"点评本。当时社会上对"第三代诗"颇多批评，"贬之者斥之为'异端'、'劣质'，认为这类诗'玷污了圣洁的诗歌殿堂'，是'新诗的大倒退'"，在此背景下，这个选本为"第三代诗"作了辩护，认为"生命意识的觉醒及语言意识的觉醒，是先锋诗对新诗发展所作的贡献"（《序》）。《中国新生代诗赏析》（宝文堂书店1991年版）也是当时顶着保守风气的压力而为第三代诗辩护的一个选本。这个选本选收和评析了79位新生代作者的抒情短诗80篇，包括于坚、大仙、小君、小海、马永波、牛波、王寅、车前子、西川、刘波、吕德安、李亚伟、陆忆敏、张小波、陈东东、南野、唐亚平、雪迪、黄灿然、韩东等人的重要诗作。正如朱先树在该书的序文《江山代有才人

出》中所说："如何评价新时期的诗歌创作，特别是青年诗人的创作，直到今天，在诗坛都还是一个颇有争议的问题。青年诗评家朱子庆同志编著的《中国新生代诗赏析》，对年轻诗人们的优秀作品进行了汇集选编，并作了热情的介绍和分析，这无疑是一件很有意义的工作。"

著名诗人牛汉、蔡其矫主编的《东方金字塔——中国青年诗人13家》则重点推介了于坚、王家新、西川、伊蕾、岛子、骆一禾、唐亚平、海子、翟永明等13位第三代诗人，编者牛汉以诗为序，在诗中把他们比作惠特曼、哥伦布这样的伟大的探险者。由《东方金字塔》这一书名也可看出编选者对所选诗人们的推重。在当时"左"的意识形态氛围下，牛汉、蔡其矫这两位诗坛前辈的首肯和称赞，无疑是对第三代诗人的莫大支持。

唐晓渡选编的《灯心绒幸福的舞蹈——后朦胧诗选萃》作为"80年代文学新潮"丛书的一种而推出，它收"后朦胧诗人"37家的作品，筛选颇严。这个选本首印3万余册，在当时的诗集印数中是个颇为惊人的数字，为世人了解第三代诗"立下过汗马功劳"[10]。黄祖民主编的《超越世纪——当代先锋诗派诗人四十家》则关注着"第三代诗"的发展。它注意"选取每位诗人不同时期的创作力作，尽量描摹出诗人创作的轨迹"，在编排上则"突出最有希望的诗歌新人，因为这对他们的成长与发展是有益的"（《编后记》）。除了选入于坚、韩东、翟永明、万夏、西川、王寅、王家新、海子等1980年代成名的诗人外，还推出了更年轻的戈麦、伊沙、徐江等诗人。该选本还从后现代文化的角度来阐释第三代诗，指出其"揶揄、嘲讽、调侃，甚至粗俗的恶作剧"（《序言》）等风格特征。

在辩护与阐释之外，带文学史总结性质的第三代诗选本也陆续出现。1993年10月，谢冕、唐晓渡主编的"当代诗歌潮流回顾"丛书6种由北京师范大学出版社出版，其中包括3种第三代诗选本：《以梦为马（新生代卷）》（陈超编选）、《与死亡对称（长诗、组诗卷）》（唐晓渡编选）、《苹果上的豹（女性诗卷）》（崔卫平编选）。这三个选本以精当的筛选对第三代诗做了带文学史意味的梳理。此外，《温柔地死在本城》（中国文学出版社1993年版）作为"中国新时期文学精品大系"丛书之一，对1986—1991年间的中国诗歌进行了梳理与总结。面对当时繁复的诗坛，这个选本明显偏重于"第三代诗"，占了一大半的篇幅；《温柔地死在本城》这个书名即取自第三代诗人陆忆敏的同名诗。万夏与潇潇合编的《中国现代诗编年史——后朦胧诗全集》（四川教育出版社1993年版）从其书名就不难看出其"文学史"建构意图，它收录1980年代到1990年代初"后朦胧诗人"诗作1500多首，对"第三代"的展示相当全面。这个选本征求了不少第三代诗人的意见而编成，可视为第三代诗人自我历史化的一个选本。此外还有阎月君、周宏坤编选的《后朦胧诗选》（春风文艺出版社1994年版），周伦佑编选的《褻渎中的第三朵语言花》（敦煌文艺出版社1994年版），陈旭光编选的《快餐馆里的冷风景》（北京大学出版社1994年版），闵正道、沙光主编的《中国诗选》（成都科技大学出版社1994年版）等众多带有文学史总结性质的选本。《快餐馆里的冷风景》系"中国后现代文学丛书"之一种，《褻渎中的第三朵语言花》也作为"当代潮流：后现代主义经典丛书"之一种而出版，它们都将"第三代诗"阐释为一种后现代文学潮流，这是一种文学史的定位。

在1990年代前期，整个文学出版都很萧条，诗集尤甚。然而，第三代诗选本的数量却不少，在诗歌选集出版中可谓一枝独秀，风头完全盖过其他诗人群体、阵营，其原因就是第三代诗人（如唐晓渡、黄祖民、万夏、周伦佑、沙光、崔卫平）及其批评家（陈超、李丽中、陈旭光）的积极介入，他们力图用编选本的方式参与文学史叙述，让"第三代诗"早早进入文学史。也正是经由这些高频率的诗选运作，到1990年代中期时第三代诗人及其诗歌的文坛地位和文学史地位都已确立——关于"第三代诗"的研究论文或专著开始大量出现并形成热点就是明证。地位已经确立，就不再需要证明，也因此"第三代诗"的选本自1994年以后就很少再出现。

四、结语

总之，1985年—1994年间众多的"第三代诗"选本不但集结出了一个庞大的诗歌群体，也逐渐筛选出了代表性的诗人和诗作，逐渐为"第三代诗"争取并积累了文学声誉和资本，为后来兴起的"第三代诗"研究热奠定了基础。同时，这些选本也建构出了"第三代诗"的崇高形象（如"探索""实验""先锋""现代诗""东方金字塔"等），还早早地为其建构出了在文学史上的地位。从老木的《新诗潮诗集》起，到徐敬亚主编的《中国现代主义诗群大观》、陈超的《中国探索诗鉴赏辞典》，都把第三代诗置于近百年新诗中"现代诗"一脉的谱系中加以排列，这与后来先锋诗界、诗评界尊崇"现代诗"，忽略其他诗歌流派的思路和做法是完全一致的。由于这些选本及其代表的诗学倾向的影响甚至左右，后来的许多诗评文章和诗歌史叙述（如洪子诚《中国当代新诗史［修订版］》）形成一种相当普遍的突出与拔高"第三代诗"的倾向。近二十年来有关"第三代诗"的研究文章与著作之多之滥，就是证明。而与第三代诗同时的其他诗歌群体则大有被遮蔽之嫌。所以，在当代诗歌史的研究中，如果忽视了诗选运作这样一种文学传播机制、文学资本的生产机制和文学史权力机制，可能就难以做到还原历史真实，以及认识的客观与公正。对于第三代诗人及其诗学代言人通过选本运作来自我建构、自我经典化的事实，我们应该保持足够的清醒。因为这种做法已被他们的后辈越来越多地仿效，这对于我们梳理历史和叙述历史将会是一个重大的挑战。

参考文献：

［1］洪子诚序.［M］//洪子诚，程光炜.第三代诗新编.武汉：长江文艺出版社，2006.

［2］李亚伟.英雄与泼皮［J］.《诗探索》，1996（2）.

［3］周伦佑.第三代诗与第三代诗人［C］//周伦佑.反价值时代——对当代文学观念的价值解构.成都：四川人民出版社，1999：199.

［4］王小蝉，蓝贝.不要忘了诗的使命——关于部分青年女诗人"性诗歌"的对话［N］.文论报，1989-10-25.

［5］周瓒.透过诗歌写作的潜望镜［M］.北京：社会科学文献出版社，2007：9.

［6］柏桦.左边——毛泽东时代的抒情诗人［M］.南京：江苏文艺出版社，2009：198.

［7］唐晓渡，张清华.关于当代先锋诗的对话（续）［J］.当代作家评论，2009（2）.

［8］刘春.朦胧诗后诗歌选本点评［J］.南方文坛，2003（5）.

［9］李丽中.新生代诗［C］//李丽中.骚动的诗神——新潮诗歌选评［M］.石家庄：花山文艺出版社，1988：266.

［10］李建立，李亚伟.那时，幽默注满了革命的心——李亚伟访谈［J］.星星，2005（3）.

原载《江汉大学学报（人文科学版）》2012年第1期

激情泛化的诗：论第三代诗歌的青春化写作

陈爱中

欧阳江河在评价80年代中期以来的汉语诗歌时，谈到了从朦胧诗到第三代诗歌的变迁，"如果说北岛、舒婷等'朦胧诗人'是一代人当之无愧的代表，那么，在当今中国诗坛，从舒婷到翟永明，诗歌的青春已完成了从二十多岁到三十多岁的必要的成长，并在思想和情感的基调上完成了从富有传统色彩的理想主义到成熟得近乎冷酷的现代意识的重要的过渡；而从北岛等人到柏桦等人，诗歌也已完成了从集体的、社会的英雄主义到个人的深度抒情的明显转折。这种过渡和转折，我们还可以从张枣、陈东东、西川、钟鸣、陆忆敏、万夏、韩东、伊蕾等人的创作中看到。种种事实说明诗歌的变化已经不是表面的，而是发生在思想和感情深处的普遍而又意味深长的改变"①。他敏锐地捕捉到了汉语诗歌这种思想和感情深处的改变，这为他后来和肖开愚共同提出1989年后的汉语新诗的"中年写作"的概念打下了基础。事实上，尽管从朦胧诗到第三代诗歌，汉语诗歌有了改变，并且后者的出现是以同朦胧诗对立的姿态来揭开隐藏的面具的，但这两种思潮在"青春期写作"这个层面上还是取同一步调的，相互承继但又有区别。

关于青春，李大钊在1919年发表于《新青年》上的《青春》中如此描写青年与青春的关系，"青年之自觉，一在冲决过去历史之网罗，破坏陈腐学说之囹圄，勿令僵尸枯骨，束缚现在活泼泼地之我，进而纵现在青春之我，扑杀过去青春之我，促今日青春之我，禅让明日青春之我。一在脱绝浮世虚伪之机械生活，以特立独行之我，立于行健不息之大机轴"。另一位革命闯将陈独秀同时期在《敬告青年》中对青年性格的定义也是"自主的而非奴隶的""进取的而非保守的"，同李大钊一起营构了融合五四启蒙主义和和谐进化论的哲学理想的青年品性和青春性格。在这个意义上，朦胧诗的控诉和反抗，重新寻找失去的生命尊严，第三代诗歌的狂狷不羁，激情涌动，躁动不安，等等，都是五四开创的这种青春气息在新的文化背景下的表现，难怪新时期诗歌中，人们想到最多的就是如何重新回到五四的时代去，以接续五四的文学精神和价值选择，尽管这是徒劳的。

　　一般来说，朦胧诗的青春写作还带有集体主义的性质，是一种国家或者民族共同体的行为，代言者的符号象征压抑着单纯个体的情欲表达，个体融入民族国家的叙事之中。"'今天'的激情是以时代代言人的形象出现的，他无疑是一种传统知识分子受难、担当的现代书写，是历史宏大的叙述和表达。"②经过80年代初社会文化的巨大变迁后，朦胧诗的这种诗学思想失去了存在的前提基础。汉语诗歌自然演变到了第三代诗歌，这时，朦胧诗曾经面临的写作的可能性问题不复存在，"《今天》派"曾经面对的政治文化高压对第三代诗歌来说也减轻许多，写什么和怎么写的问题不复存在，诗歌写作获得了空前的自由。这就为第三代诗歌的青春期写作从外在环境上提供了朦胧诗所难以企及的狂欢和汪洋恣肆的可能。虽然徐敬亚在评价新时期的汉语诗歌发展时，依然将朦胧诗视为汉语新诗"最饱满的高峰"。③但对汉语诗歌来说，第三代诗歌所拥有的真正的青春化写作也是朦胧诗所艳羡的。

一

　　李亚伟在他的那首《二十岁》中，很细致地抒发了第三代诗人的青春激情，遍布利比多的奔涌："听着吧，世界，女人，21岁或者 / 老大哥、老大姐等其它什么老玩意 / 我扛着旗帜，发一声呐喊 / 飞舞着铜锤带着百多斤情诗冲来了 / 我的后面是调皮的读者，打铁匠和大脚农妇。"青春期最大的特点就是以舍我其谁的姿态叛逆，毫无理性地、狂热地叛逆限制其自由的一切威权和制度，以彰显幼稚自我的存在，张扬主体的力量。第三代诗歌在这种激情的催生下，将叛逆的矛头首先指向了最贴近它的朦胧诗，这是第三代诗歌萌生的主要动机。我们不妨来看看"第三代诗歌"命名出炉的轨迹。据柏桦的回忆，1982年10月，身居四川的各种诗歌流派的代表人物云集西南师范大学："各路诗歌总教头代表着她们各自的部队云集在这个太温柔、太古老、太浩大的校园里。他们正火热而亡命地讨论着'这一代人'这一生死攸关的问题。他们准备联合出击，联合反抗一个他们认为太陈旧、太麻木、太堕落的诗歌时代。目标：宣言；形式：诗集。"然后在"争吵的三天，狂饮的三天，白热颠覆的三天"之后，"正式将'这一代人'命名为第三代人（一个重要的、日后在诗歌界被约定俗成的诗歌史学概念被呼之欲出、敲定下来）并决定出《第三代人诗集》。……这也是一次未达最后胜利的聚会，青春热情及风头主义成了合作的龃龉。目标和形式都没有出现，两派形成了。廖希的重庆派，万夏和胡冬的成都派，三军过后没有尽开颜，而是鸟兽散……"。④这与其说是一次文人雅集之中激发出来的审美共鸣带来的成果，莫不如说是一次颇带江湖气息的青春游戏。很多评论者指出第三代诗歌所受到的美国自白派诗歌的影响，"就像金斯堡之于'垮掉的一代'一样，真正能体现第三代人诗歌运动的流浪、冒险、叛逆精神与生活（按：也包括文本）实践的，无疑是'莽汉'诗派"。众所周知，莽汉诗歌产生的动机颇为滑稽："万夏和胡冬在一次喝酒中拍案而起：'居然有人骂我们的诗是他妈的诗，干脆我们就弄他几首"他妈的诗"给世界看看'"，"一夜之间，南充师范学院所有诗人在万夏、李亚伟的指挥下，以超速的进军号角卷入这一'莽汉'革命行动，行动目标：攻下'今天'桥头堡，天使不须望故乡，只许飞行，再飞行。一捆一捆的'莽汉'诗就此被制造出来了，一捆一捆投向麻木不仁的人群的炸弹被投掷出去了。'莽汉'诗就此登上历史舞台"。⑥这种诗歌的生产速度赶上了"大跃进"时代的全民诗歌狂欢了。

　　爱情是属于青春的，无论是《致橡树》还是《神女峰》，朦胧诗对爱情的描述都打上了浓重的时代烙印，纯洁，精神至上，借爱情以言女权，以控诉压抑，等等，作为社会文化的代言者，情诗注定只是朦胧诗的重要组成部分。第三代诗歌的爱情则在很大程度上抛弃了社会文化的象征，被剥脱为男女之间的激情碰撞和两情相悦，还原为爱情的原始意义，利比多过剩的喷涌，男女生物本能的相互吸引，故而，爱情和女人在第三诗歌中成为核心意象。这里的女人一方面是指男诗人笔下的渴求，比如李亚伟在一次回忆中说："1995年的冬天，在成都寒冷的街边小店里，胡冬半醉半醒地对我说，你一定要记住，那是偶然的。他说的就是1982年夏天的那次聚会，他和万夏认识了廖希。我理解他的意思。但是，我更愿意这样来看这件事：因为少女帅青，使'第三代人'有了一个好的开始。我们本来就是喜欢美女的人。"⑦所以，我们看到于坚在《我知道一种爱情……》里说："我曾经在童年的一天下午／远地传来的模糊的声音中／在一条山风吹响的阳光之河上／在一个雨夜的玻璃后面／在一本往西的照片簿里／在一股从秋天的土地飘来的气味中／我曾经在一次越过横断山脉的旅途上／强烈地感受到这种爱情／每回都只是短暂的一瞬／它却使我一生都在燃烧。"看到李亚伟在《老张和遮天蔽日的爱情》中所描述的老张期待的"遮天蔽日"的爱情，但"哺乳两栖类的雌性／用气泡般的爱情害得他哭了好些年鼻子"，于是"他开始骂女人都是梭叶子／甚至开始骂娘了／骂过之后就像一般人那样去借酒消愁／醉得把嘴卷进怪脸中／这年月，爱情掺假，酒也掺水"。自信，期望，失望，到绝望，活脱脱一副清纯感伤的爱情故事。诗人胡冬这样写女人："你是矛你是盾你是甬道是宽阔的大桥繁忙的码头你是城门洞开人流自由通过"，"你是钢窗是水塔是烟囱是迫击炮是密集的火力你是初次造爱的恐怖是破贞后的啜泣"，等等，语无伦次，摇滚般的激情荡漾，"你是人之初，你是根，你是女人"。另一方面，则是迅猛崛起的以伊蕾、翟永明为代表的女性性意识的崛起，女性性爱心理和欲望的重新发现，这些都将赋予爱情以激情的底色。在《独身女人的卧室》中，伊蕾塑造了一个大胆表露生理欲望的女人，"四肢很长，身材窈窕／臀部紧凑，肩膀斜削／碗状的乳房轻轻颤动／每一块肌肉都充满激情"，一个成熟的身体在渴望爱抚，因此不断怨念"你不来与我同居"。应该说，无论是相敬如宾还是举案齐眉，乃至于以"树"的形象共同砥砺风雨，这些过于理性的情感模式都不属于第三代诗歌。

诗人柏桦曾写过一首名字为《痛》的诗："怎样看待世界好的方面／以及痛的地位／医生带来了一些陈述／他教育我们／并指出我们道德上的过错／／肉中的地狱／贯穿一个人的头脚／无论警惕或恨／都不能阻止逃脱／／痛影射了一颗牙齿／或一个耳朵的热／被认为是坏事，却不能取代／它成为不愿期望的东西／／幻觉的核心／倾注于虚妄的信仰……／克制着突如其来／以及自然主义的悲剧的深度／／报应和天性中的恶／不停地分配着惩罚／而古老的稳定／改善了人和幸福／／今天，我们层出不穷／对自身，有勇气、忍耐和持久／对别人，有怜悯、宽恕和帮助"。这是一首身处其中而又出乎其外的诗篇，以纪念1986年这样一个激情迸发的诗情年份："我仿佛也长久地迷失于1986年寒气逼人的冬天。我在坠入那个年代特有的集体诗情里，坠入而一时无法说出，还需要时间，需要一种奇妙且混乱的痛苦等待。脸，无数的脸在呈现，变幻，扭曲。在四川大学的校园里人们（包括逃学的学生，文学青年，痛苦者，失恋者，爱情狂，梦游者，算命者，玄想家，画家，摄影师，浪漫的女人，不停流泪的人，性欲旺盛的人，诗人，最多的永远是诗人）在这个冬天奔走相告，剖腹倾诉，妄想把一生的热情注入这短暂的几天。一个人的泪水夺眶而出，她呕吐着，并用烟蒂烧自己的手背；在另一个黑夜，几个人抱头痛哭，手挽手向着车灯的亮光撞去；还有一位却疯狂于皮包骨头的痴情，急得按捺不住。"⑧这显然是一个布满青春痕迹的年份，为满足青春的激情奔放的愿望，死亡、哭泣、性爱都在放荡不羁的年代里迸发。所以诗人用"痛"来做命名，有冲动，有激情，有冒失，有偏激，报应和惩罚，过错，等等，这是一些容易走向极端和带来痛苦结果的情感状态。兼有理论代言人和诗人身份于一身的徐敬亚在《历史将收割一切》中说："除了个别几位能跨越栅栏的朦胧诗人外，现代诗的天下已经是他们的了。他们刚刚二十多岁，中国诗的希望真是年纪轻轻。"⑨在2007年的回忆文章中，他说，1986年的诗歌是"一种定向的青春宣泄方式，也是一次次对秩序破绽的追寻"⑩。

第三代诗人急于彰显存在，急于打破影响他们凸显的朦胧诗，于是在对抗性思维下，影响的焦虑演变成了一次次愤激的文化行动。这种自五四以来所形成的偏激的进化论价值取向成为第三代诗人的内在动力。正如五四对父权、专制的彻底反抗一样，对抗、否定乃至敌对成为这些被青春的酒精和性欲冲昏头脑的诗人处理和汉语诗歌传统的方式。从精神到技术的断裂，是第三代诗歌虽然没有完全实现，但尽可能去做的选择。1984年，作为在磨难中辉煌的朦胧诗中的翘楚，诗人梁小斌对朦胧诗的写作技法和诗学理念产生了怀疑，"必须怀疑美化自我的朦胧诗的存在价值和道德价值"。在他1984年根据1974—1984年的日记整理创作的诗歌《断裂》中，写"吐痰"，"伪造的病历"，"我的日子，有时候也像泌尿科一样难听"，"受到恐吓的人，／才学会了爱美"。这些意象选择和意义赋予都迥然不同于朦胧诗的"道德拜物教"式的审美取向。如果说《断裂》是用感性的诗语表现一种新的诗歌气息的话，那么1986年写作的《诗人的崩溃》则用理性的推理将汉语新诗所面临的新的诗学变革彰显出来。如果说梁小斌的《断裂》只是一种启示，一种肇始的话，那么随后的杨炼、于坚、韩东等深谙朦胧诗写作之道的诗人的创作则彻底宣告朦胧诗已成

"明日黄花"。欧阳江河在评价1989年作为一种"象征性的时间"表示在汉语新诗中的意义时说："一个主要的结果是，在我们已经写出和正在写的作品之间产生了一种深刻的中断。诗歌写作的某个阶段已大致结束了。"⑪这一年，青年才俊海子以肉体消失换取精神永恒的方式，以惨烈却是必然选择的命运归宿同样昭示着汉语新诗的重新"上路"。在1984年的"断裂"和五年后的"中断"两种意义基本相同的名词之间，汉语新诗从诗学认知到语词选择呈现出何种面影？如果将其放置到整个20世纪汉语新诗的背景下，我们又该如何看待这种"认知"和"选择"的变迁呢？

首先是精神上的断裂。从诗歌表现上说，朦胧诗在很大程度上浮现的是传统古典汉语诗歌的特征，注重意象和意境在诗歌表现中的作用，象征和隐喻成为诗意表述的主要依托手段。第三代诗歌在这方面的选择虽然比较多，但大多抛弃了朦胧诗的路数。莽汉诗歌和他们诗派运用口语，从题材到语言让诗歌走向日常，凡俗化叙事。另一个路数则是更为西化，更为注重从西方诗歌中汲取营养，王家新、西川、张曙光等人的诗歌表现比较明显，在他们的诗歌中，多多少少都体现出对西方诗歌的崇拜迹象。洛尔迦、爱伦·金斯堡、帕斯捷尔纳克，等等，几乎都是第三代诗歌的偶像。

其次，诗歌传播渠道的断裂。如果说鲁迅作品中父亲角色的缺席是青春五四的象征的话，那么，对公开出版机制的挑战则是第三代诗歌激情青春的外露。近现代稿费制度的产生在改变文学写作者的命运和生存方式的同时，也奠定了传播媒介在文学传播过程中的重要作用。作家对传播媒介的依赖和顺从在一定程度上改变了文学的生成和消费模式。当政治意识形态的宣传机制为代表的社会文化介入这种模式之后，期刊、报纸和图书出版等文学传播媒介的承载内容和存在宗旨就会被外在力量进一步纯化，文学也就被一系列的条条框框束缚住。就现代诗歌而言，这种所谓的官方文学出版机制通过传播媒介表现出来，就是以《诗刊》、《人民文学》、《星星》诗刊等为代表的诗歌传播平台。受编辑思想、办刊宗旨等先入为主思想的限制，发表在这些杂志上的诗歌作品反映的只能是整体诗歌的一个局部，但在社会文化的要求下，这些局部恰恰就成为整个诗坛创作的风向标和"主流"，引导着诗歌创作的走向，这自然是有弊端的。朦胧诗人没有逃脱趋向"主流"的命运，舒婷、北岛的诗歌最终从地下的《今天》走向了地上的《诗刊》，顾城也写过大量的反映红卫兵文化的诗歌等等。但到了第三代诗歌，则掀起了对官方诗歌话语的集体反拨。曾经为朦胧诗摇旗呐喊的徐敬亚说：“严明的编辑、选拔，严明的单一发表标准，大诗人小诗人名诗人关系诗人——什么中央省市地县刊物等级云云杂杂，把艺术平等竞争的圣殿搞得森森有秩、固若金汤。”[12]在这里他又为第三代诗歌作了总结性的发声。诗人尚仲敏在《关于大学生诗报的出片及其它》中谈及《大学生诗报》的产生，把这本民间诗刊遇到官方话语的怠慢，进而命运多舛的经过描述得绘声绘色：“在另一个中国日历上没有标出的夜晚／我们房间来了一群粗暴男子／一些温柔可爱无比美丽的女性／他们拿出我们的油印刊物／口若悬河演讲了五个小时／骂我们是胆小鬼不敢出去走走／连徐敬亚都不如／哼／我们的男性血液便异乎寻常地膨胀起来／以致于次日凌晨从怀里掏出砖头／敲了敲出版社的大门／我们敲得不是很响／那扇门油漆斑驳是一副死人的骨架／绝非我们的对手／有关领导正坐在里面喝茶／……整整一个上午／他喝了4斤茶／同时我们给他投射了20支高级香烟／和80粒上海糖果／（全是我们从紧巴巴的助学金里抠出来的）／结果呢／他劝我们回去好好读书／（他妈的还我香烟还我糖果！）／走到大街上我们又从怀里掏出砖头／差一点要把小小寰球敲出几个窟窿／（你得当心／我们的砖头是刚性的／随时都可以向你敲了过去）”。面对这样的诗歌生长环境，也许我们就可以理解“撒娇派”的无奈告白了：“活在这个世界上，就常常看不惯。看不惯就愤怒，愤怒得死去活来就碰壁。头破血流，想想别的办法。光愤怒不行。想超脱又舍不得世界。我们就撒娇。”[13]于是我们看到杭炜在《退稿信》中写道：“我一式十份的手抄仿宋体稿被退回来了／邮差一语不发帽檐压着眉尖叮铃铃消失／每天处理情感公文的邮差叼着烟卷一条又一条街道／顺手塞来一封信有时候你就完了／称呼是某同志大作拜读原因种种不予采纳／你的感情不予采纳致以革命敬礼／……我竖起耳朵谛闻门外是否有叮铃铃的邮差／帽檐压着眉尖叮铃铃我转念一想忽然大喊一声去他妈的发表。”四川莽汉诗人特点之一就是体现为诗歌创作和发表的“江湖气息”，李亚伟说：“‘莽汉’人人都是写诗的狠角，同时人人都是破坏老套路，蔑视发表，蔑视诗歌官府的老江湖，莽汉流派当初纯粹一个诗歌水浒寨、一座快活林和一台夜总会，这帮人是80年代中国成名时平均年龄最小、在官方刊物发表作品最少、出诗集最晚的一个赖皮流派，在这个流派混过一水的人，并非故意不发表作品，作隐士样。”[14]所以我们可以看到，自《今天》开创

70年代末80年代初的民刊源头后，80年代始终是民间诗歌刊物盛行的年代，数量如过江之鲫，一直延续到90年代末。《大学生诗报》《未名湖》《赤子心》《崛起的一代》《非非》《海上》《他们》《现代诗内部交流资料》等等，逐步形成了可以同官方诗歌传播媒介相抗衡的阵势。"在当代中国一直存在着两个'诗坛'，一个是官方诗坛，另一个是非官方诗坛"，"尽管非官方诗歌刊物的发行量有限，它们的重要性是不容低估的。从20世纪70年代末《今天》的创刊到90年代末的今天，非官方诗歌一直是当代中国文学实验和创新的拓荒者"。⑮

二

　　诗歌对于第三代诗人来说，既是一次新的诗歌理念的更迭，更重要的应该是借诗歌而言他的行为艺术，甚至说，诗歌就是诗人的生活、生命的承载方式。《诗大序》里说："诗者，志之所之也，在心为志，发言为诗。情动于中而形于言，言之不足故嗟叹之，嗟叹之不足故永歌之，永歌之不足，不知手之舞之，足之蹈之也。"因此，相对于小说、话剧等文学形式来说，诗歌应该是最能和人对自然和自身生命感受相融合的表达形式。诗人海男说诗人活着的意味是"把生命变成一种命运，把记忆变成一种有用的行为，把延续变成一种有意义的时间"⑯。这已经超越了诗歌的文体意义，上升到了存在价值的思考。

　　五四以来的文学家在处理与文学的关系时，多是将文学视为启蒙和救亡的工具，蔡元培在《中国新文学大系·总序》里说："为怎么改革思想，一定要牵涉到文学上？这因为文学是传导思想的工具。"这样，他们就很难将文学视为生命中的必不可少的一部分。过于冷静、理性的笔触和长期养成的精英身份所延伸出的清醒的传道意识一直是中国现代文学的特点。比如鲁迅、巴金、老舍和钱锺书的作品。但自从1942年确立文学与政治之间的新型关系以来，文学的生命就紧紧地和作家的现实生活相关联，尤其是关涉到作家的生命持存。中华人民共和国成立后，经历过《武训传》、《海瑞罢官》、"样板戏"等文学事件之后，文学作品的生成和阅读样式不仅仅是作家自身关注的问题，甚至上升为国家的文学战略。文学对社会文化导向的影响力在政治意识形态和权力话语的催促和逼迫下，在自卑和高傲的极端情感冲击中重塑着慌张的人格。这种慌张注定了建国以来，老舍、曹禺等作家们不停地在根据时势的要求对作品进行修改。

尽管后来人感叹文学自主性丧失所带来的悲剧，但所谓成也萧何败也萧何，恰恰是这种自主性的丧失和权力话语的介入，无论是创作者还是受众，在数量上而非质量上给文学带来了另外的异样繁荣，"大跃进"诗歌、"三红一创"、"样板戏"，等等，文学能够成为社会文化的主流话语，这得益于工具化的命运。

尽管对于70年代末的文学变迁，人们多归结为文学本体的回归，文学重新回到了自身，拥有了主体性的身份。但实际上，这些都没有从根本上得以改变传统的因袭。至少在朦胧诗是如此，舒婷的《致橡树》、北岛的《回答》和顾城的《一代人》都是为时代代言的产物，是诗歌之外的东西在支撑着他们的生命。80年代中期的舒婷在反思《致橡树》后写出了《会唱歌的鸢尾花》，面对爱情，不再追求木棉的刚强与伟岸，而是"在你的胸前／我已变成会唱歌的鸢尾花"，一个柔弱、鲜艳的草本植物。诗人说："如果可能，我确实想做个贤妻良母。……无论在感情上、生活中我都是一个普通女人，我从未想到要当什么作家、诗人，任何最轻量级桂冠对我简单而又简单的思想都过于沉重。"[17]这是一种转变，一种诗歌经验从代言到个人经验的转变，朦胧诗在否定之中逐步开始承担属于诗歌的东西。但随后的第三代诗歌并没有从根本上接续这种转变，实现诗歌的真正主体化，而是让诗歌沿着工具化的路子继续前进，只不过内容有所变易，这是一件很可惜的事情。柏桦在评价莽汉诗歌时说："莽汉，代表第三代诗歌的总体转向，是一种个性化书写，农耕气质的表达，他们用口语、用漫游建立起'受难'之外另一种活泼的天性存在，吃酒、结社、交游、追逐女性……通过一系列漫游性的社交，他们建立了'安身立命'的方式，并为之注入了相关的价值与意义。"[18]李亚伟说："'莽汉主义'不完全是诗歌，'莽汉主义'更多地存在于莽汉行为。作者们写作和读书的时间相当少，精力和文化被更多地用在各种动作上。最初是吃喝和追逐女色，从一个城市到另一个城市去喝酒，从一个省到另一个省去追女人。"[19]非非主义在界定诗歌理念的最终结论时说："一种新的觉悟降临。我们自己带着自己，把立足点插进了前文化的世界。那是一个非文化的世界，它比文化更丰富更辽阔更远大；充满了创化之可能。它过去诞生过文化，它现在和将来还将层出不穷地诞生出更新文化更更新文化！"⑳这是借诗歌在言文化，泛文化的目的往往失却了诗歌的审美。李亚伟有一首名字叫《妻子》的诗，用隐喻的方式写一个丈夫对妻子失贞的落寞感："她在腰间破了一个洞、露出了鲜红的毛衣、我觉得陌生∥她十岁那年，一颗奇怪的钉子／从木楼梯边扯了一下她的衣服／以后那钉子再没挨着她的边儿／现在她傲慢地向我解释胸口带血的凡·高·说他捂着血从北欧走进巴黎／学会画画后开枪让血流了出来／好像凡·高才是她的不听话的孩子／而我成了别的什么了／……她的衣服在江南一个小镇上挂破的那年／我在北方痛苦地闭上了眼／我当真成了别的什么了／……但结婚的那晚，趁她在婚床边抬头的时候∥我坚定地说：'可别人的伤是在胸口／而不是别的什么部位！'。"这首诗中所论述的凡·高的典故显然是作者为了表现所谓的"文化"痕迹而强加进去的，突兀异常，和整体诗歌的表达并不和谐。上海的海上诗群则将诗歌归结为真诚："生活在这个世界上，除了真诚，我们几乎一无所有。为了真诚，我们可以付出一切；为了真诚，我们可以不择手段。一手拿着存在的武器，一手拿着虚无的武器。当存在的时候就存在，当存在虚无之后就虚无，所以我们坚信，人将永远不死。"㉑这应该是针对某些政治抒情诗之类的诗歌的"假大空"的写法而言的，有其历史合理性，而且发乎于情，这符合诗歌的抒情性特征，但只是"真诚"显然无法是诗歌创作的根本性动力。悲愤诗人谌林说："主啊！让我悲伤，让我做出好诗。"然后我们看到了他在《想起你》中的失恋情绪的宣泄："黄昏时候／我一个人／和我的影子／默默无语∥不／我没有想到你／你已是别人的妻子∥你的家离学校不远／不是吗／你送过我一张照片／不是吗／你给我写过信／不是吗∥那些过去的事情／我总是不愿想它／不想／根本不想∥今天晚上／不吃饭／不吃饭／你已是别人的妻子∥今天晚上／不吃饭／不吃饭"。从情绪宣泄的角度说，这种简单的内涵，诗歌未必是最好的选择。

尽管看起来，第三代诗歌在处理与政治文化的关系上要比朦胧诗疏远多了，更多的是立足于生命和生活的本然需求而进行创作，但诗歌依然没有剥去代言的命运，很难成为自在自为的存在。

在关于第三代诗歌的众多选本中，徐敬亚编选的《中国现代主义诗群大观1986-1988》应该是比较全面的，尤其是它的编选体例，从诗歌理论的自释到代表诗人、成立时间和代表作品都较为翔实，时过经年，仍然经得起历史的推敲，既有史学家的眼光又有编选家的理性和客观。在这本书中，共67种有名有姓、有独立诗歌主张的诗学团体，个个张扬独特的诗学理论旗帜。在短短的3年时间里，涌现出如此多的诗歌理念，算得上现代汉语诗歌发展史上的一个奇迹，百家争鸣，当属恰当。但综观这些所谓的诗歌社团，大多是昙花一现，除了非非主义、他们文学社等几个少数的优秀分子给汉语诗歌带来了新的写作风格外，大多消隐在历史的尘埃里。从代表诗人数量上说，人员较多的如海上诗群、非非主义、他们文学社，以及地平线诗歌实验小组等，有十数人。其他基本就是寥若晨星的小圈子了，三五成行，如江苏的"日常主义"、北京的"北京四人"等，甚至有一人成军的，如四川胡冬的九行诗、上海吴非的"主观意象"等等。从诗歌理论上说，有些理论是创作的总结，如李亚伟的诗篇就很好地诠释了莽汉主义的诗学主张，韩东、于坚的创作也堪为"他们文学社"口语诗写作的翘楚。但也有很多诗学理论只是一种理想，停留在旗帜的虚空飘扬中。比如杭州的"地平线诗歌实验小组"，在《地平线宣言》中，他们认为："我们不想再给你一种新的东西，我们让你从考虑诗歌的根本开始。……语言应尽可能恢复它的交际功能，我们倾向于认为，相对实用语言的诗歌语言，是人类在诗篇中得到娱乐和普遍危机感的根源。"[22]这显然是自相矛盾的诗学理论，在诗歌中发挥语言的对话性和娱乐性，这本身就不同于同时代其他诗歌观念。除此之外，在创作中诗人并没有对信誓旦旦的言说做忠诚的执行，比如宁可的《重庆诗歌朗诵会》："七灯齐亮／惊动十一月旗帜片片／身后的钥匙喑哑／身后是车站　杯子／长桌上的一只杯子……"整首诗就是第三人称的对会议现场的描述，并没有多少新鲜，诗歌语言的对话性也没有超越卞之琳、废名等老一辈诗人在上世纪三四十年代的创造。再比如撒娇派诗歌，其诗歌宣言所体现的只是一种生活态度，一种将诗歌囊括其中的生活态度："写诗就是因为好受和不好受。如果说不该撒娇就得怨人不该出生。撒娇派其实并非自称。只是因为撒娇诗会上撒了太多的娇，我们才被人称作撒娇诗人。我们的努力，就是说说想说的，涂涂想涂的。……写诗容易，做人撒娇不一定容易。我们天性逢佛杀佛，逢祖杀祖，逢人给人洗脑子。"[23]从创作来看，你可以说撒娇派在描写内容上和用词上有所突破，比如语言的俚语化、粗俗化，比如锈容的《报仇雪恨》的自嘲——"如果证实了你在我背后／确实说过我走路的样子歪歪扭扭／像一只笨狗熊"，"我不和你一起微笑／我要在你家的窗下撒尿"等，但也只能是昙花一现。

三

　　在很多时候，谈论第三代诗歌不得不离开狭义的诗歌，从文化、生命等泛诗歌的角度来谈。第三代诗歌就如被长期的冬眠压抑很久，各种各样的情绪和生活感喟的种子，在不期然的春雨舒润下，纷纷在诗坛的沃土上茁壮成长。"诗歌不是逃离，而是回到生活的手段。我们从未准备成为修辞学家。我们着手于消灭内部世界的孤独和困惑。写作，你将同意，就是清除那些威胁我们存在和平衡的东西，努力达成和谐、默契和安全。我们期望诗篇发挥类似交通指示牌的作用。我们制作诗篇不仅为欣赏，更为被使用、参加。"㉔通过诗歌来展示青春的躁动和激情满怀。一切都是新生，都是不成熟，"'莽汉'的肇事者万夏、胡冬却只当了三个月的莽汉就改弦易帜"㉕。中华人民共和国成立以来，诗歌一直是激情反映和迎合社会文化的响箭。新中国成立，于是有胡风的《时间开始了》、郭沫若的《新华颂》，"大跃进"运动中出现的"诗歌村""诗歌乡"，"文化大革命"有"小靳庄诗歌运动"，"四人帮"倒台，于是有"四五诗歌"，等等。当一切情绪安稳，冷静和理性的洞察很容易带来否定和遗忘，人们不复清晰地记得上述诗歌的面影，第三代诗歌也已经恍如昨日，进入90年代以后的汉语新诗还是伴随着沉潜、沉思、独语和宁静生活着。

注释：

①欧阳江河：《从三个视点看今日中国诗坛》，《诗刊》1988年第6期。

②④⑥⑧⑱柏桦：《左边：毛泽东时代的抒情诗人》，江苏文艺出版社2009年版。

③⑫徐敬亚：《历史将收割一切》，《中国现代主义诗群大观1986—1988》，同济大学出版社1988年版。

⑤李少君：《从莽汉到撒娇》，《读书》2005年第6期。

⑦杨黎：《灿烂》，青海人民出版社2004年版。

⑨⑬⑳㉒徐敬亚：《历史将收割一切》，《中国现代主义诗群大观1986—1988》，同济大学出版社1988年版。

⑩徐敬亚：《八十年代：那一场诗的疾风暴雨》。

⑪欧阳江河：《1989年后国内诗歌写作：本土气质、中年特征与知识分子身份》，

《站在虚构这边》，生活·读书·新知三联书店2001年版。

⑭李亚伟：《什么样的爱情能喂饱我们——南回归线诗集序》，《豪猪的诗篇》，花城出版社2006年版。

⑮奚密：《从边缘出发》，广东人民出版社2000年版。

⑯程光炜编：《是什么在背后——海男集》，春风文艺出版社1997年版。

⑰舒婷：《以忧伤的明亮透彻沉默》，《舒婷文集·2》，江苏文艺出版社1997年版。

⑲李亚伟：《流浪途中的"莽汉主义"》，《豪猪的诗篇》，花城出版社2006年版。

㉒㉔博浩、宁可：《地平线宣言》，徐敬亚编《中国现代主义诗群大观1986-1988》，同济大学出版社1988年版。

㉓京不特：《撒娇宣言》，徐敬亚编《中国现代主义诗群大观1986-1988》，同济大学出版社1988年版。

原载《扬子江评论》2012年第6期

中
当
国
代

文
学
史
资
料
丛
书

读于坚的《高山》

程光炜

　　这首诗写于1984年。它有一个文学思潮回潮的背景。当时文学界涌动着一股"英雄化"向"小人化"转移的思潮。于坚在此前后写出了《罗家生》《尚义街六号》《远方的朋友》《作品100号》等充满美国诗人佛罗斯特那种日常生活意味、表现小人物生存感觉的诗作，成为引领"第三代诗人"诗潮的风云人物。与这些描写琐碎生活细节的诗歌不同，《高山》把目光转向了聚集在西南边陲的普通的云南人。这在当时坚持先锋姿态的诗人中十分少见，反映出先锋诗歌内部的某种差异性。所以，我对它的定位是：这是一首云南诗人写云南的诗作。

　　读这首诗，我首先有一个感觉，是作者仿佛站在高山上举着望远镜，将莽莽苍苍的云南高原尽收眼底。这是一个很大气，境界很高远的感觉。但是他没有给我们玩过去当代文学中的神圣感，不是那种居高临下的教导的姿态。他写得很朴素，是自己的心态和句子，以及自己对现实世界和人的生命的理解。"高山把影子投向世界"，"最高大的男子汉也显得矮小"，"在高山中人必须诚实"。对于熟悉于坚作品的人来说，这首诗里好像有两个于坚，一个是略带嘲讽的、带点后现代主义意味的诗人，另一个是朴素散淡的云南人。以前，我们都把于坚看作一个现代派诗人，觉得他有着内地诗人身上那种相类似的特点，他与后者具有共同的情感结构、诗学结构，其实忽略了他作为一个云南人的存在。这种身份，过去被我们忽视了。其实在大量描写小人物无可奈何的生活感觉的同时，他有很多诗，非常细致地写到了生长在云南的热带植物，写到云南人那种豁达散淡的处世心态。关于后一点，至少是被我常常忽略掉的。刚才说到"望远镜"。实际上这首诗的结构形式、视觉效果和阅读感受都有一种通过望远镜去瞭望和触摸的印象，那是一种用望远镜推远又拉近来的视觉印象。

诗的第一句、第二句，是被望远镜推得很远很远的高山，它苍苍茫茫，遥不可及。第三到第六句，又把镜头拉到眼前，"他不讲话他怕失去力量"，"诚实就像一块乌黑的岩石"。缺乏云南生活经验的，不曾在大山深处默默行走过很远很远路的人，写不出这种望远镜的感觉，不会这样想问题。我以为对一个诗人来说，他恐怕千百遍地想过这类问题：怎么写云南？他想到了使用望远镜的焦距这个办法。八十年代中期，不少第三代诗人受到法国作家格里耶的影响，模仿他用照相机镜头去还原生活的客观性，但是那种手法给人很冷漠的感觉，像杨黎的名诗《冷风景》《撒哈拉沙漠上的三张纸牌》等。这些诗，反映了那个年代在一部分年轻人中开始出现的冷漠看待社会的态度，今天如果有这种态度，它的起点应该是在八十年代中期。但是，于坚的焦距中没有冷漠感，相反它有一种在克制中不断涌出的热感。再看第七到第十五句。这个段落再次用推远镜头的手法，叙述了人生的哲理：

一只鹰　一棵尖叶里的幼树

这样你才能在高山中生存

在山尖上行走

风暴　洪水和闪电

都是高山中不朽的力量

他们摧毁高山

高山也摧毁他们

他们创造高山

高山也创造他们

诗人这时可能想到了万事万物自生自灭的原始自然社会，那里充满弱肉强食，天择生存的景象，但是强者在摧毁弱者的同时，也在创造着维持弱者生存下来的一种秩序。在我看来，这是一个很大的框架。在这个一般人不会意识到，而事实上存在的框架中，诗人看到了生存的价值，感受到了生活的温馨。他觉得那里面隐藏着一个非常温柔、细腻和动人的东西。这就是十六句到十九句写到的情景：

> 在高山上人是孤独的
> 只有平地上才挤满炊烟
> 在高山中要有水兵的耐心
> 波浪不会平静　港口不会出现

　　这个细节是一个辩证的关系，有日常生活、凡人琐事的温馨；然而普通人的命运又如同艰难时世，尤其是对于经年累月地在高山深处劳作和生活、远离现代文明的人们来说更是如此。诗人在平凡生活中看到人们精神世界朴素的一面，心灵为之触动。不过，假如用望远镜把它们推远，放在冷静思维的平台上，他同时也看到那里面的孤独和辛苦。望远镜的焦距手法，使这首诗中产生了一个框架，一个深刻的细节。它们之间产生了相互凝视的辩证性的关系。读者在读它时，不应该匆匆掠过表面的景象，应该对诗人的创作，对他表现的对象有一点点体贴之心，否则我们很难进入诗歌作品之中去。我们不把自己摆进去，怎么与诗歌对话？

　　能够想到的是，如果作品到这里结束，就不可能有自己的深度。接下来的几句，是对前面意思的补充、铺垫，它们看似闲笔，也是重要的。小说和诗歌中往往有很多处这样的闲笔。如果一篇作品处处都很紧要，全是关键词，也会让人读起来很累，有一种非常满的感觉，这个感觉不太好。所以，所有的作家都会使用闲笔，见缝插针地在作品创作的过程中，在叙述之中，在节奏的转换之间，我们经常可以看到这些有趣的闲笔。当然，如果闲笔运用得不好，也会显得累赘。

　　最后七句诗，是全诗的点题之笔。它离开日常生活的摹写，想从一般到全部，从一个点到一个面，也即隐喻整个云南人的生活方式。

> 但在山峰你看见的仍旧是山峰
> 无数更高的山峰
> 你沉默了　只好又往前去
> 目的地不明

在云南有许多普通的男女
一生中到过许多雄伟的山峰
最后又埋在那些石头中

读到这里，我突然有点儿感伤。不是作者采用了"石头"这个压抑的永恒性的意象，这个宿命的意象，而是他采取了循环往复的理解方式，把前面那个框架，那个细节全部装到里面去了。但是同时，我也略略受到一点感染。因为于坚用望远镜式的胸怀，写出了云南崇山峻岭的雄伟，写出了云南人生活方式的古老、朴素和雄伟。在八十年代中期，第三代诗人普遍认同日常生活、琐碎感、小人姿态、反传统、躲避崇高等等趣味的时候，于坚在引领这一风潮的同时也意识到这种风潮的局限。他于是写出了《高山》《给小杏的诗》《感谢父亲》这样一些不同于第三代诗歌主流的作品。他让我们觉察到，在第三代诗歌的鼎盛期，也不全是那些"小人文学"，也还有崇高、雄伟和严肃的东西存在。第三代诗现象中也还是错落有致的，并不是被诗歌史固定死了的那种形象。

我接着还想说的是，在望远镜"远与近"的比较视角里，"石头"这个意象像是一个最后的聚焦。它是全诗的收尾，也可以说是点题。但是我们确实得承认，这是诗人精心的选择。走遍多山的云南，最为普通和常见的就是植物、红土和这些石头了。石头是云南最为普通的东西。在望远镜焦距的推远和拉近的过程中，诗人好像突然悟出了什么，我想他可能意识到最普通的东西才是最重要的。这是我一直欣赏于坚的地方，他虽然像第三代很多诗人那样写出了社会转型期的许多不确定的感受，但是他有自己的立足点。这个立足点就是云南。他的与云南有关系的诗歌，都是经得起考验的，是有生命力的。这不是他比别的诗人高明，而是因为他是一个云南人，还由于在浮华的年代他始终坚持某种朴素的东西的缘故。走遍云南一望无际的高山之后，这是于坚给我们的启示。

原载《山花》2013年第13期

中国当代

文学史

资料丛书

回到《关东文学》

—— 八十年代第三代诗歌的一个现场

宗仁发

　　接到《红岩》的约稿信，就一直犹豫，真不知道通过什么方式能回到二十多年前的那个现场。印在刊物上的铅字，尽管看上去纸张发黄、粗陋不堪、模糊不清，但毕竟还是可确证的东西。而能保存下来的记忆是十分可疑的，我不大敢依赖它。还有可靠点的踪迹那就是当年的书信了。于是，写这篇文字之前先是翻箱倒柜、翻遍犄角旮旯查找那些信件。这可不是一件容易的事，足足耗去我三天的时间，总算找到了一些白纸黑字。

　　那些年我在《关东文学》主事，这个刊物是吉林省最小的一个省辖市——辽源市文联主办的。说到这个城市之小，有不少人搞不清它属于东北的哪个省。连格非写给我的信，信封上都是写的辽宁省辽源市。我是1985年在《关东文学》这个刊物就要夭折时，把一个要啥没啥的杂志接到手的。起初的三个月连工资都没有发，更不用说其他了。主事的当务之急是解决钱的问题。那年月小报盛行，我们就以刊物增页的形式做成文摘小报，一卖就火得一塌糊涂。杂志社的窗户都被来批发小报的商贩给挤破了，原来在电影院门口卖瓜子的小贩立马就改行，变成卖小报的了。接下来就把《关东文学》的刊期由季刊改为双月刊、月刊，然后编成一期通俗，一期纯文学，当时被称为"阴阳脸"。我们自己的说法是"以文养文""以刊养刊"。通俗的每期发行量不断上升，由开始的二三十万册，逐渐达到最高峰的七十万册。朱大可1987年10月7日来信肯定："《关东文学》能以现在的方式生存，在俗文学与先锋文学之间跳宕，大概是极聪明的。"八十年代是文人缺钱的年代，当年，欧阳江河为几个诗友办一个地下刊物想弄两千块钱都没办法，给我写信说："这年头弄钱对文人来说太困难，所以有个弄钱机会就不能放过。"为忽悠我帮忙弄点银子，老兄说："你在东北挺有办法，最好能设法为诗坛办些大事。我预感你今后的作用会与晓渡不相上下。"张小波在1986年11月写信来要样刊时直言不讳地说："我穷困潦倒，开稿酬的话，走点后门吧。一笑。"

钱是不缺了，就开始琢磨在纯文学上做点事吧。怎么让一个偏处东北一隅的小刊物弄出点响动呢？看来走平常路肯定是不成的。也许真的是年轻，有股敢想敢干的冲劲，于是在1986年第4期，《关东文学》就策划编发了一个探索文学专号，其实是个先锋文学的专号，担心直接叫出来惹来麻烦。这一期专号上有李劼、鬼子（当时叫廖润柏）、洪峰、董立勃、郑万隆的小说，有顾城的诗。顾城来信说："遵约寄上我和夫人谢烨的稿子，请赐教。祝专号成功。"或许是因为挑剔，这一期上只发了顾城的《没有注满的桶》等五首诗，谢烨的诗居然没给发。当然，这一期最显眼是主推的一个栏目——"第三代诗会"，其中的第三代诗歌有李亚伟的《硬汉们》、马松的《我们，流浪汉》、万夏的《波尔卡》、胡冬的《朋友们》和郭力家的《特种兵》、邵春光的《等在你往回走的路上》。在这一期刊物的卷头语中说："本期的第三代诗会，可视为正在成长之中的南方、北方第三代诗人的一次检阅，他们是一个不可忽视的群体。"亚伟在1986年9月20日的来信中评价这个举动说："外出方归不久，才看到《关东文学》，谅！第三代人首次在国家刊物上露面，使朋友们极其兴奋。现闹第三代诗的很多，但总是散的。《关东》给散沙们聚了一下，大家很提神。"这算是《关东文学》与第三代诗人之间渊源的开始。到了1986年第6期的《关东文学》，在第三代诗会栏目中，张小波的组诗《白洞》、朱凌波的《苦夏的鳞片》、宋强的《长生镇》、宋瑜的《壁虎》等一起登台亮相。转过年来，《关东文学》的第三代诗会栏目继续招兵买马，1987年第2期上，又增加了二毛的《灰色猫》、宋渠宋炜的《镜子世界》，还有我自己以笔名示人写的组诗《灰色屏幕》。1987年第4期有李亚伟的《酒之路》《夜酌》《回家》《古代朋友》等都与酒有关的诗。在亚伟给我的信件中，有好几封都谈到喝酒的话题。一次说："有机会见面，非大喝一场不可。"后来我要去四川了，亚伟给我开了一张喝酒的路线图，告诉我："你来会很好玩。我还不知你是否已出发。在成都定去杨黎（成都新二村一幢五门四号）、胡冬、万夏（成都物资局宿舍）几哥们处。这是咱们的亲兄弟。"可我到了成都，由于时间紧张也没能按这个路条行事，重庆那边也没去上。我和亚伟的第一面直到多年后在北京的惠侨饭店才见上。那次倒是真的大喝了一场。编了几期第三代诗会栏目，觉得不怎么过瘾，于是在1987年第6期就搞了一个第三代诗专辑。在这个专辑中有张小波的《大音》、陈东东的《非洲的饥饿》、二毛的组诗《黑花圈》、李亚伟的组诗《南方的日子》、何小竹的四首《静坐》《旅行》《暗藏煤油》《最后的梦境》、马松的《杀进夏天》、宋渠宋炜的《有月亮和水和女儿的诗》、尚仲敏的《月儿弯弯照高楼》、翟永明的《生命》和《噩梦》、孟浪的《宗教》《小品》《生活》、唐亚平的《我如此孤寂才如此独立》《和你唠唠》、梁乐的《擂台》、杨黎的《开始》等。除了诗歌作品外，这个专辑上还发了李亚伟的莽汉诗歌回顾文章《莽汉手段》、朱凌波的《第三代诗概观》，算是个理论上的配合。亚伟在寄来《莽汉手段》时说："老实说，这算什么文章呀！挺糟，但咱们这种人能静下来'回顾'一下，也算难得。莽汉们写文章挺困难，难为情。就这样。'第三代人'尤其需要理论建设，可那些能写的家伙不知都干什么去了。"其实在这个专辑之前，《关东文学》就请唐晓渡写了一篇关于郭力家的诗论《第一滴血：冒充的英雄和本真的自我》，同时刊发了王晓华的《现代主义诗歌概论》，理论上的自觉意识还可以说有那么一点。在1987年第6期第三代诗专辑中，编发了韩东的四首诗《有关大雁塔》《你见过大海》《你的小屋》《逝去年代里的诗人》，我曾误以为《有关大雁塔》这首诗最早是在这发表的，后来知道《中国》在1986年7月号已发表了一次，不过是我没有看到。我看到人民文学出版社出版的《1987年诗选》收选的是《关东文学》发的《有关大雁塔》，就以为这首诗不会是重复发表的了。

1987年《关东文学》举办了一次评奖活动，第三代诗人中有郭力家的《特种兵》获得优秀奖，李亚伟的《硬汉们》、张小波的《白洞》获得佳作奖。在当时的背景下，能把奖给这些人是件不可思议的事情。亚伟自己都不大敢相信，他1987年12月31日来信问我："听什么人说我在贵刊获了奖什么的，可是真的？"《关东文学》1987年12期的封二上刊登了一张我在颁奖会上宣布获奖名单的照片，万夏看到后给《关东文学》的编辑张旭东写信说："见了封二宗仁发的样子，我们都吃一惊。不过也就彻底放心了。"或许那时的我留着长长的头发和一脸胡子，和他们想象中的我对不上号。

1988年第2期的《关东文学》第三代诗会栏目中出现了宋琳、陆忆敏、王寅、大仙、刘涛的作品，使第三代的阵容又壮大了许多。第三代诗在《关东文学》的高潮应是1988年4期的"中国第三代诗专号"。这个专号的策划应该说和李亚伟也有关系，1987年10月2日他在海南岛给我写信就提出了这个想法："到现在，《关东文学》无疑已和第三代人诗歌运动不可分割了。《关东》的影响挺大了，第三代人诗歌也和她一起，影响得到了迅速的扩散。但最近有种不过瘾的预感。第三代人乃是一团乱麻，假的东西也渗入得太多，而且越来越多的第一代人、第二代本人以及其他阳痿患者假装成新家伙，但他们不能勃起，这种良莠莫分的局面严重影响了新诗的正常发展，有如朦胧诗后期，一种好的发展趋势被迅速软化，搞得苍白无力。大家都希望第三代人能再次突破，创作和理论达到一种新水平。我和杨黎商量了很久，打算把第三代人中，从前期到现在的最有影响（主要是已经很有影响但至今未见天日）的作品、理论找到一起寄给你，看能否集中出现（或特号或专栏）以刺激更优秀的诗人和作品出现。请参考。这不过是个想法而已。"一个多月后，到处流浪的李亚伟找到了一个他自己认为是"适合自己的工作"——酉阳新民街OK火锅店。不知若干年后，亚伟在成都宽巷子开"香积厨·1999"是否由此埋下的种子。这期间李亚伟写来一封信询问我的态度："我和杨黎在泸州（此处可能有误，看前信应是在海南岛写的）喝大曲时给你写过一封信。那建议不知怎样。滥酒已经不时髦，流浪也不时髦了。想来想去，干脆躲起来写一段时间再说，今年我提笔少。难受。"李亚伟、杨黎的建议对《关东文学》1988年4月的专号的诞生是起到了很大作用的。实际上1987年初，亚伟就差不多可以算是《关东文学》的编外编辑了，他义务帮刊物组稿兼代办发行。他在信中这样说："寄来梁乐、马松二位近作，看能否给贵刊'第三代诗会'增些拳路。贵刊影响日渐增大，成都一些家伙常打听如何买到。多寄刊物（十或二十份）给每个发诗（小说）的作者，从稿费中扣除。这办法不知怎样？"一个天天喝大酒的亚伟能想得这么细，今天读到这个地方，我仍是感动不已。不光是亚伟把《关东文学》当作自己的刊物，杨黎也献计献策说："我想提个建议，贵刊搞流派介绍，第三代诗人群的有一个特点，就是自觉的流浪意识。朦胧诗就没有流浪。现在，可以被介绍的流派少说有非非、他们、海上、城市诗派、体验诗派、整体主义等等。"还有郭力家，在1987年12月的《关东文学》上他的名字印在刊物上，名分就是特约编辑，当然是不拿分文的。说到这期专号，好玩的是组稿时竟是给每个作者拍的电报，我早就忘记了这个细节，是从好几个人的信中看出的确如此的。万夏在信中说："拍来电报的时候，我正在远离成都的沐川山中（渠炜家），电报是家里人再拍来的。而我的稿子全在家中，只得临时在宋氏这里找了这组诗。照片也是加急在相馆照的，很差，本人比此照可以得多。"这期专号的封二、封三上发的都是本期专号作者的照片，那时刊物是铅印，照片是烂锌板的方式做的，效果和现在的印刷没法比。不过万夏的那张照片印得还算清晰的。那年月的第三代诗人不是有点自恋就是害羞，宋强在回应这期专号组稿时说："电报收到，谢谢！按照电文上的要求写了一段话，不知妥否。连同照片一起寄出，照的不好，羞见人哩。"亚伟似乎有种大无畏精神，他说："进像馆恐来不及了，随便寄一张。又无心于媳妇。管它呢。"二毛接到电报寄来稿子时信中写道："外出方归，电文昨晚才看到，很激动。迄今为止《关东文学》是我们第三代人和真理和铅字一起成长的唯一一家刊物。为此我们佩服你们；为此我们充满欲望。"二毛是个有前瞻爱好的诗人，早在《关东文学》第一次开设第三代诗会专栏时，他就给予这样的评价："第三代诗人将与铅字在《关东文学》上一起成长，'第三代诗会'将推出中国诗坛又一次高峰，就像你们在86年4期卷头语所说，时间会证明一切！"宋琳在1987年底时对《关东文学》是这样赞誉的："我也常读《关东文学》，的确很喜欢，这是《中国》之后真正的现代主义阵地。"何小竹1987年9月6日信中说："诗歌正处于一个诗歌史上从未有过的关键时刻，贵刊能够在这个关键时刻起到非凡的作用，将为人们所永远记得！"八十年代的文人们不怎么吝啬赞美，同时都愿意慷慨相助。1987年10月6日《中国》停刊后调到中国社会科学出版社的王中忱先生在给我的信中写道："《关东文学》一帜独起，在京中已经引起许多文艺界朋友注目和议论了，因此想到给贵刊推荐一篇稿件。《北岛诗歌的世界》，作者、译者都是我的朋友。作者是永骏，日本年轻的汉学家，《北岛诗选》日文版的译者，对中国新诗潮极关注，贵刊有关第三代诗会的资料，我都曾介绍给他。如他的文章能在贵刊发表，他一定会很高兴的！"在此信的后面中忱先生又补充说："贵刊如想有系统地介绍国外学者对中国当代文学的研究、评论，我亦可以帮助做些工作。"后永骏的《北岛诗歌的世界》发表在《关东文学》1988年2月号上。

大家期盼的《关东文学》1988年4月的"中国第三代诗专号"终于如期而

出，专号上开篇的是李亚伟的《酒之路》的第一首《岛》第二首《陆地》，然后有杨黎的《怪客》《后怪客》《十二个时刻和一声轻轻的尖叫》，有宋琳的《城市之二：疯狂的病兆》（外五首），有陈东东的长诗《红鸟》，万夏的就是在宋渠宋炜那里临时找的《给S氏姐妹的抒情诗六首》，有尚仲敏的《现状》（外三首），刘涛的组诗《手写体》，开愚的《诗九首》，宋强的《微音》（外二首），二毛的《再莽汉诗选》，杨小滨的组诗《险境》，马松的《在冬天》。还有车前子、一村、周亚平的三人交换诗选。每个人的作品前面都配有一个创作谈。今天回头看来，这一期《关东文学》仍可谓是中国第三代诗的一大独特景观。

做完这期专号不久，我就调到《作家》杂志工作了。

原载《红岩》2014年第3期

附录
第三代诗歌研究资料索引

一、报纸期刊类

张清华：《困境与契机——新时期诗歌文化意向变延的描述与分析》，《当代文坛》1993年第5期。

陈旭光：《"第三代诗歌"与"后现代主义"》，《当代作家评论》1994年第1期。

孙基林：《中国第三代诗歌后现代倾向的观察》，《文史哲》1994年第2期。

温宗军：《中国后现代主义文学特征》，《学术研究》1995年第1期。

魏慧：《论第三代诗的语言策略》，《诗探索》1995年第2期。

陈仲义：《抵达本真几近自动的言说——"第三代诗歌"的语感诗学》，《诗探索》1995年第4期。

李振声：《理解与感悟——说"第三代"诗》，《诗探索》1996年第1期。

李振声：《既成言路的中断——"第三代"诗的语言策略，兼论钟鸣》，《文艺争鸣》1996年第1期。

唐荣尧：《天性与使命的超越：第三代校园诗歌透视》，《星星》1996年第2期。

王雅清：《评于坚诗歌创作》，《玉溪师范学院学报》1996年第2期。

罗振亚：《迷踪后的沉寂——朦胧诗后第三代诗的命运反思》，《佳木斯大学社会科学学报》1996年第2期。

山城客：《"新生代"（"第三代"）诗歌的评说——"新潮诗"论之一》，《文艺理论与批评》1996年第2期。

王萍：《朦胧诗与第三代诗比较论》，《许昌师专学报（社会科学版）》1996年第3期。

宋冬生：《人生在世：〈关于大雁塔〉的经典性》，《诗刊》1996年第4期。

袁忠岳：《无主与失语》，《诗刊》1996年第4期。

南君：《九十年代诗何在》，《天涯》1996年第4期。

许霆：《从新月派的节制情绪到新生代的冷抒情》，《江苏社会科学》1996年第5期。

温宗军：《第三代诗歌反文化的两种表现形式》，《学术研究》1996年第8期。

朱志伟：《新诗潮的崛起与退落》，《江汉论坛》1996年第10期。

时空：《关于诗歌现状及其出路的讨论》，《飞天》1996年第12期。

陈旭光、谭五昌：《"平民"与"贵族"的分化——"第三代"诗人的心理文化特征》，《中国青年研究》1997年第1期。

温宗军：《论第三代诗歌的生命意识》，《语文辅导》1997年第2期。

刘建国：《第三代诗歌的外在境遇和语言特征》，《曲靖师范学院学报》1997年第4期。

陈旭光、谭五昌：《断裂·转型·分化——90年代先锋诗的文化境遇与多元流向》，《诗探索》1997年第3期。

季培均、席云舒：《"代"之外的独白——评当代转型期诗歌》，《扬州大学学报（人文社会科学版）》1997年第3期。

吕周聚：《论第三代诗的非诗化倾向》，《首都师范大学学报（社会科学版）》1997年第4期。

刘建国：《第三代诗歌的外在境遇和语言特征》，《曲靖师专学报》1997年第4期。

徐志伟：《位置的选择：对90年代诗歌的审视》，《文艺评论》1997年第6期。

龙潜：《第三代诗歌的分化》，《晋阳学刊》1997年第6期。

刘建国：《平民话语的诗歌表述》，《曲靖师专学报》1998年第2期。

小海：《诗到语言为止吗？》，《诗探索》1998年第1期。

王炜烨：《参照互观："第三代诗人"与"草原青年诗人"》，《阴山学刊（社会科学版）》1998年第1期。

许霆：《对"以物观物"论的评析》，《当代文坛》1998年第1期。

张清华：《论"第三代诗歌"的新历史主义意识》，《诗探索》1998年第2期。

刘松峰：《重建与可能——商业语境下诗歌精神困境试析》，《黔南民族师专学报》1998年第3期。

孙基林：《"第三代"诗学的思想形态》，《诗探索》1998年第3期。

者斯：《舌头的自治："第三代诗"品质重审》，《中外诗歌研究》1998年第3期。

林舟：《纯粹的歌唱——读〈他们十年诗选〉兼论"他们"诗派》，《作家》1998年第11期。

邹建军：《中国"第三代"诗歌纵横论——从杨克主编〈1998中国新诗年鉴〉谈起》，《诗探索》1999年第3期。

莫海斌：《经验和经验的组织：90年代的实验诗歌》，《理论与创作》1999年第1期。

于坚、韩东：《〈他们〉：梦想与现实》，《黄河》1999年第1期。

康丽：《悬浮：韩东的诗作与诗论》，《池州师专学报》1999年第1期。

陈旭光、谭五昌：《艰难的转型与多元的无序——论90年代先锋诗文化价值取向》，《艺术广角》1999年第1期。

沈奇：《提前到站——评麦城的诗》，《当代作家评论》1999年第2期。

西渡：《对几个问题的思考》，《诗探索》1999年第2期。

晓华、汪政：《关于诗歌岁月的感慨》，《雨花》1999年第3期。

王光明：《"后新诗潮"》，《南方文坛》1999年第3期。

姜涛：《可疑的反思及反思话语的可能性》，《诗探索》1999年第3期。

于坚：《真相——关于"知识分子写作"和新潮诗歌批评》，《诗探索》1999年第3期。

莫海斌：《后新诗潮和怀疑主义》，《天津社会科学》1999年第3期。

宋明炜：《个人立场与文学创作》，《山东文学》1999年第4期。

温宗军：《论第三代诗歌的生命意识》，《湛江师范学院学报》1999年第

4期。

王家新：《从一场蒙蒙细雨开始》，《诗探索》1999年第4期。

汪政、晓华：《词与物——有关于坚写作的讨论》，《当代作家评论》1999年第4期。

洪烛：《摇滚与诗歌的沉没》，《粤海风》1999年第4期。

钟鸣：《超越悲剧，胜走麦城——从门外进去的是王强，从门里走出来的是麦城》，《当代作家评论》1999年第5期。

臧棣：《筛子到底有多大？——1998年中国诗歌综评》，《文艺争鸣》1999年第6期。

西渡：《为写作的权利声辩》，《北京文学》1999年第8期。

王永：《关于世纪末诗坛纷争的思考》，《诗刊》1999年第11期。

沈奇：《韩东："断裂"前与后》，《作家》2000年第1期。

朱明：《〈他们〉及其诗歌》，《蒙自师范高等专科学校学报》2000年第1期。

沈奇：《中国诗歌：世纪末论争与反思》，《诗探索》2000年第Z1期。

于坚：《历史不能忘记》，《飞天》2000年第Z1期。

章亚昕：《呼之欲出的"第三代后"诗学》，《诗探索》2000年第Z1期。

子张：《"第三代诗歌"的文体走向》，《泰安师专学报》2000年第1期。

邢建昌：《对中国后现代主义文本的一种解读》，《当代文坛》2000年第1期。

赵步阳：《第三代诗歌的阅读现状浅析》，《金陵职业大学学报》2000年第2期。

王洪涛、徐妍：《生命漂泊与追寻——当代中国诗人精神历程分析》，《学习与探索》2000年第2期。

董萃：《追求纯粹与本色：我看"新诗潮"》，《艺术广角》2000年第3期。

黄树红、翟大炳、梁震：《"时尚胡闹"与诗意的丧失：第三代诗潮的得与失》，《中外诗歌研究》2000年第3—4期。

钟友循：《〈拂拭岁月〉：政治抒情诗的第三代——兼及中国当代诗歌创作中的"理趣"》，《衡阳师范学院学报》2000年第5期。

温宗军：《论第三代诗歌的平民意识》，《学术研究》2000年第7期。

杨远宏：《诉求抗争还是焦虑？》，《四川青年报》2000年8月25日。

龙泉明：《我看"后新诗潮"》，《文学评论》2001年第3期。

林霆：《先锋诗歌内部的"圈地运动"》，《文学自由谈》2001年第3期。

梁平：《20世纪：中国诗歌传统的二度背离及其上升》，《涪陵师范学院学报》2001年第4期。

周华：《批评的身份——对90年代诗歌批评的一种审视》，《当代文坛》2001年第5期。

蓝棣之：《论当前诗歌写作的几种可能性》，《文学评论》2001年第5期。

周华：《现象透析——初期白话诗与90年代诗歌的几种比照》，《当代文坛》2001年第6期。

罗振亚、徐志伟：《汉语诗学本体论的再审与重构》，《诗探索》2002年第Z1期。

王向晖：《思考在技艺与现实之外——追寻当代诗歌的文化理想》，《诗探索》2002年第Z1期。

西林：《"与语言搏斗是人类最壮丽的事业"——著名诗人于坚的青少年时代》，《同学少年》2002年第Z1期。

李凯霆：《元文学与现代诗写作》，《诗探索》2002年Z2期。

马策：《新的断裂》，《诗潮》2002年第1期。

徐妍、崔海燕：《生命的世俗沦陷——"第三代"诗人生命哲学析疑》，《北方论丛》2002年第1期。

黄曙光：《先锋：一种姿态的两种向度》，《西南交通大学学报（社会科学版）》2002年第2期。

张清华：《关于当代诗歌的历史传统与分期问题》，《泰安师专学报》2002年第2期。

王明科：《解构的狂欢——略论第三代诗》，《甘肃教育学院学报（社会科学版）》2002年第3期。

张琴凤：《论"第三代诗"生命与语言的本体同构性》，《南宁师范高等专科学校学报》2002年第4期。

杨四平：《后浪漫主义诗歌该出世了》，《中国教育报》2003年1月28日。

徐白：《第三代诗歌的四个状态》，《广播电视大学学报（哲学社会科学版）》2003年第1期。

刘春：《梁平的诗：向上生长的"礁石"》，《中外诗歌研究》2003年第2期。

邹苏：《当代诗歌的南京场景》，《山花》2003年第3期。

于坚、谢有顺：《诗歌是不知道的，在路上的》，《南方文坛》2003年第5期。

游离：《也说"口语诗"》，《诗刊》2003年第6期。

柴明莉：《朦胧诗与第三代诗的诗学特点——兼谈文学遵循社会发展和自身发展规律》，《当代小说》2003年第9期。

向卫国：《她们，正在构筑"传统"》，《诗歌月刊》2003年第10期。

彭卫鸿：《论第三代诗歌》，《三峡大学学报（人文社会科学版）》2004年第4期。

罗振亚：《"知识分子写作"：智性的思想批判》，《天津社会科学》2004年第1期。

吕周聚：《异端的诗学——周伦佑的诗歌理论解读》，《诗探索》2004年第Z2期。

车永强：《传统之悖逆——论我国新时期的诗歌创作》，《江汉论坛》2004年第5期。

梁平：《主体的隐匿与意境的确立——一种可能的新诗品性》，《重庆教育学院学报》2004年第5期。

李润霞：《在喧嚣中寻找诗歌的路标》，《江汉大学学报（人文科学版）》2004年第5期。

霍俊明：《对抗中的离心眩晕与生长的芜杂偏离——中国后现代诗歌的非"后现代性"和对"后现代"的错识》，《文艺评论》2004年第6期。

霍俊明：《返观与诉求：当代汉诗的语言向度》，《江汉大学学报（人文科学版）》2004年第6期。

荣欣：《中间代：不是新一轮的诗歌运动》，《中华工商时报》2004年7月2日。

罗振亚：《"非非"诗派：还原"前文化"的艺术探险》，《江汉论坛》2004年第8期。

罗振亚：《返回本体与语感实验："他们"诗派论》，《创作评谭》2004年第12期。

张秉政：《对当下新诗的一些看法》，《安徽文学论文集》（第2集）2005年。

温宗军：《后现代主义与中国新时期文学》，《广东教育学院学报》2005年第1期。

刘春：《近20年新诗选本出版的回眸与评说》，《江汉大学学报（人文科学版）》2005年第1期。

罗振亚：《近二十年先锋诗歌的历史流程与艺术取向》，《诗探索》2005年第1期。

苍耳：《反向之途——对现代汉诗及诗学的思考》，《扬子江诗刊》2005年第1期。

柏桦、姜飞：《关于诗与人的对话》，《现代中国文化与文学》2005年第1期。

吕周聚：《"无体裁写作"与文体狂欢——论第三代诗歌文体的解构与建构》，《首都师范大学学报（社会科学版）》2005年第1期。

刘春：《朦胧诗以后：词与物》，《海南师范学院学报（社会科学版）》2005年第2期。

陈太胜：《回到"诗"本身》，《扬子江诗刊》2005年第2期。

严军：《豪情盛宴之下的"第三代"诗歌实验》，《学术界》2005年第3期。

徐江：《诗歌断论》，《诗选刊》2005年第3期。

《第三代诗人责任是回归诗歌本质》，《青年报》2005年3月6日第8版。

钱文亮：《"先锋"的变迁与当下诗歌写作中的意义》，《江汉大学学报（人文科学版）》2005年第4期。

西渡：《时代的弃婴与缪斯的宠儿——试论1960年代出生的诗人》，《江汉大学学报（人文科学版）》2005年第5期。

郑卫明：《主体间性的降临与第三代诗歌艺术的转变》，《文艺评论》2005年第5期。

小海：《关于〈他们〉》，《上海文学》2005年第5期。

荣光启：《"中生代"：当代诗歌写作中的一种"地质"》，《江汉大学学报（人文科学版）》2005年第5期。

高雪：《通往语言之路——在符号密林里艰难跋涉的第三代诗》，《海南师范学院学报（社会科学版）》2005年第5期。

潘颂德：《新诗的危机与生机》，《江海纵横》2005年第5期。

张岩松、盛敏、方文竹：《诗歌的"厨柜"，寓言或丧失》，《扬子江诗刊》2005年第6期。

陈芳辉：《论第三代诗的后现代倾向》，《郧阳师范高等专科学校学报》2005年第6期。

韩敏：《诗人的病：缺席者的隐喻——略论新世纪〈收获〉勾画的"时代的精神状况"》，《西南民族大学学报（人文社科版）》2005年第10期。

李建立：《第三代诗歌中的文革隐迹书写》，《中州学刊》2006年第1期。

张大为：《后现代面孔下的现代性变革——论80年代先锋诗歌观念的演进》，《理论与创作》2006年第1期。

朱云：《一种新的写作方式：于坚韩东诗中的积极因素》，《湖南科技学院学报》2006年第1期。

但家祥：《韩东诗歌艺术特色探讨（上）》，《六盘水师范高等专科学校学报》2006年第1期。

张建航：《破碎的激情——论第三代诗人创作的美学特色》，《河南社会科学》2006年第2期。

张曙光：《新诗：现状及未来》，《文艺评论》2006年第3期。

罗振亚：《一九八四——二〇〇四先锋诗歌整体观》，《当代作家评论》2006年第3期。

李建立、李达：《互文视野中第三代诗歌写作》，《理论与创作》2006年第6期。

沈奇：《从"先锋"到"常态"——先锋诗歌20年之反思与前瞻》，《文艺争鸣》2006年第6期。

张立群：《反思"个人化写作"——兼评〈朦胧诗后先锋诗歌研究〉》，《艺术广角》2006年第6期。

郭威：《论"朦胧诗"向"第三代诗歌"的主体转型特征》，《哈尔滨学院学报》2006年第6期。

唐欣：《诗歌也是挑战——伊沙诗歌简论》，《兰州大学学报》2006年第6期。

周丹：《不良"生产"背后的危机——论朦胧诗以来的中国诗歌》，《甘肃农业》2006年第7期。

郎启波：《滇池湖畔的聚会》，《诗歌月刊》2006年第9期。

庄勤早：《棕榈之死与大地的逝世——从于坚看90年代中国诗歌的转向》，《宜宾学院学报》2006年第9期。

李霞：《谁又在为诗念咒》，《诗歌月刊》2006年第10期。

一坡：《成都：一条名叫诗歌的地下河》，《青年作家》2006年第7期。

张文刚：《"城市"和"乡村"：于坚诗歌的生态寓意》，《湖南文理学院学报（社会科学版）》2006年第6期。

陈超：《从"纯于一"到"杂于一"——西川论》，新诗研究的问题与方法研讨会，中国北京，2007年。

杨四平：《20年后还是一群好汉——"1986—2006第三代诗歌20周年纪念黄山诗会"记盛》，《诗歌月刊》2007年第1期。

杨庆祥：《〈尚义街六号〉的意识形态》，《海南师范学院学报（社会科学版）》2007年第1期。

王兰伟、陈永琳：《后现代语境中的当下新诗"民间写作"》，《世界文学评论》2007年第1期。

胡沛萍：《身体写作：从追求解放到走向堕落——当代文学中"身体写作"的嬗变》，《当代文坛》2007年第2期。

赵林：《从"语言说我"到"我说语言"——韩东、于坚的诗歌作品的另一种解读》，《宝鸡文理学院学报（社会科学版）》2007年第2期。

杨庆祥：《"选本"对"第三代诗歌"的不同诗学态度》，《江汉大学学报（人文科学版）》2007年第2期。

陈超：《"反诗"与"返诗"——论于坚诗歌别样的历史意识和语言态度》，《南方文坛》2007年第3期。

荣光启：《一代人的诗歌"演义"——1996—2006："70后"诗歌写作十年》，《南方文坛》2007年第3期。

谯志宏：《玫瑰、钉子和啤酒瓶盖——"拒绝隐喻"及其操作难度》，《德宏师范高等专科学校学报》2007年第3期。

王蕾：《女人的村庄 女人的黑夜——论翟永明诗歌〈静安庄〉里的女性意识》，《职大学报》2007年第3期。

周礼红、李长银：《第三代诗歌出现原因探索》，《焦作大学学报》2007年第4期。

沈奇：《"太阳拎着一袋自己的阳光"——严力诗歌艺术散论》，《当代作家评论》2007年第4期。

陈超：《从"纯于一"到"杂于一"——论西川晚近诗歌》，《山花》2007年第4期。

高小泉：《存在的本真——谈于坚诗作中的"后自然精神"》，《珠海城市职业技术学院学报》2007年第4期。

姚芮玲：《当反传统也成为传统——先锋诗的艺术嬗变》，《现代语文（文学研究版）》2007年第4期。

付衍清：《聚沙成塔的乌托邦——从西川看"知识分子写作"的极境与绝境》，《楚雄师范学院学报》2007年第4期。

张桃洲：《"口语写作"：由来和归宿》，《星星诗刊（上半月）》2007年第5期。

张立群：《"断裂"、延续与发展——论从80年代到90年代的诗歌》，《海南师范大学学报（社会科学版）》2007年第6期。

胡安定、肖伟胜：《"非非主义"反文化游戏及其价值重估》，《社会科学研究》2007年第6期。

徐依成：《王家新后新时期诗作中的复调叙事》，《名作欣赏》2007年第6期。

胡沛萍：《身体写作：从追求解放到走向堕落——当代文学中"身体写作"的嬗变》，《作品与争鸣》2007年第6期。

房芳：《90年代中国诗歌关键词》，《社会科学论坛》2007年第6期。

黄兆晖、陈坚盈：《一个诗人最终会返回历史——与莽汉派诗人李亚伟的对话》，《青年作家》2007年第9期。

吴思敬：《当下诗歌的代际划分与"中生代"命名》，《诗刊》2007年第21期。

陈艳霄、陈振南：《析第三代诗的产生和语言特点》，《名作欣赏》2008年第1期。

张立群：《现代性的延伸与变异——"第三代诗歌"观念论》，《南都学坛》2008年第1期。

董迎春：《"大地上"的书写：当下诗歌写作景观》，《中外诗歌研究》2008年第1期。

于钧博：《在断裂处延伸——"第三代"诗歌对九十年代个人化诗歌创作的启示》，《西昌学院学报（社会科学版）》2008年第1期。

吴斌卡：《论"第三代"诗歌诗学的语言意蕴》，《小说评论》2008年第S2期。

万杰：《论第三代诗歌运动及其诗的日常化倾向》，《学术探索》2008年第2期。

陈仲义：《"崇低"与"祛魅"——中国"低诗潮"分析》，《南方文坛》2008年第2期。

孙留欣：《衰微与期待——对当下诗歌边缘化的探讨》，《文艺理论与批评》2008年第2期。

周志强、蒋述卓：《边缘的主流——对八、九十年代诗歌论争的一种阐释》，《暨南学报（哲学社会科学版）》2008年第2期。

赵薇：《先知：在痛苦中孤独前行——对梁小斌后期诗作的考析，兼论与第三代诗歌异同》，《星星（下半月）》2008年第2期。

吴矛：《论第三代诗歌的"反诗歌"倾向》，《黄冈师范学院学报》2008年第2期。

李跃：《"非诗"之美——于坚的〈尚义街六号〉评析兼论"第三代"诗

歌》，《无锡职业技术学院学报》2008年第2期。

李建周：《化妆舞会或无物之阵：论第三代诗歌的生成情境——从〈他们〉〈非非〉创刊谈起》，《星星（下半月）》2008年第2期。

周礼红：《论第三代诗歌解构传统的策略》，《河南社会科学》2008年第3期。

宋红岭、郭薇：《论翟永明90年代诗歌风格的转变》，《当代文坛》2008年第3期。

陈亮：《写作：一种永不停息的探索——梁小斌诗歌创作研讨会综述》，《诗探索》2008年第3期。

朱云：《纯诗化："第三代"诗歌的诗学追求》，《广西青年干部学院学报》2008年第4期。

刘忠：《"第三代诗人"的文化认同与诗歌观念》，《社会科学研究》2008年第4期。

杜光霞：《当代先锋诗学的体制外向度：〈非非〉的理论探索及其对当代诗歌的影响》，《扬子江评论》2008年第4期。

黄俊亮：《试论于坚诗歌话语空间中的三大转变》，《三峡大学学报》2008年第4期。

剑男：《二十世纪美国诗歌与中国第三代诗歌创作》，《文学教育（上半月）》2008年第5期。

吴斌卡：《论"第三代"诗歌诗学的语言意蕴》，《小说评论（学术综合）》2008年第5期。

姚新勇：《囚禁式写作境况的烛照与穿越："非非"阅读》，《扬子江评论》2008年第5期。

于沐阳：《朦胧诗与第三代诗比较论》，《晋阳学刊》2008年第5期。

马铃薯兄弟：《腰间挂着诗篇的豪猪——李亚伟访谈录》，《长江师范学院学报》2008年第5期。

万杰：《"像市民一样生活，像上帝一样思考"——论第三代诗歌运动及其诗的日常化倾向》，《社会科学论坛》2008年第5B期。

孟川、傅华：《当代先锋诗歌的叙事性书写的诗学意义》，《文艺争鸣》2008年第6期。

敬文东：《有一种被遗忘的时间形式仍在召唤我们——以"第三代诗人"赵野为例》，《当代文坛》2008年第6期。

周志雄：《刘春："摇摆不定"的诗人》，《文艺争鸣》2008年第6期。

张晶晶、李尤娜、陈艳平：《盛宴的背后——简论"第三代诗歌"》，《安徽文学（下半月）》2008年第7期。

杨楠玲：《论"第三代"诗歌的价值取向》，《语文学刊》2008年第8期。

尚艳：《韩东及其创作》，《文学教育（上）》2008年第8期。

翟月琴：《亡灵的声音——王家新诗歌创作中"影响的焦虑"》，《文教资料》2008年第10期。

吕周聚：《从朦胧诗到第三代诗的转型——〈尚义街六号〉解读》，《名作欣赏》2008年第21期。

张德明：《"仰望"的姿态与谦卑的灵魂——西川〈在哈尔盖仰望星空〉赏析》，《名作欣赏》2008年第21期。

刘波、张政雨：《论第三代诗歌运动之后的"漂流式写作"——以诗人孟浪为例》，《承德民族师专学报》2009年第1期。

刘波：《行走与冒险中造就的诗歌传奇——李亚伟诗歌论》，《文艺评论》2009年第1期。

董迎春：《回归诗性，建构经典——论当代诗歌书写的精神向度》，《南方文坛》2009年第1期。

罗文军：《成都内外——对四川第三代诗歌传播的社会学考察》，《海南师范大学学报（社会科学版）》2009年第2期。

杨四平：《当前诗歌写作的语言源流——梁小斌诗学的若干意义》，《诗歌月刊》2009年第2期。

林平乔：《儒道释视野中的第三代诗歌的死亡书写》，《西华大学学报（哲学社会科学版）》2009年第3期。

田耘：《面对内心的写作》，《当代作家评论》2009年第3期。

甘秋霞：《浅析第三代诗歌的日常化书写》，《读与写（教育教学刊）》2009年第4期。

谭五昌：《20世纪90年代"个人写作"诗学探析》，《文艺争鸣》2009年第

4期。

林平乔：《论第三代诗歌的道家精神》，《学术探索》2009年第5期。

林平乔：《论第三代诗歌的崇高美》，《西北农林科技大学学报（社会科学版）》2009年第6期。

孙基林、王茜：《生命与空间：韩东诗的另一种解读》，《山东大学学报（哲学社会科学版）》2009年第6期。

李建周：《第三代诗歌的认同焦虑》，《文艺争鸣》2009年第8期。

于沐阳：《"哗变"背后的"风景"——对20世纪80年代诗潮更迭动因的思考》，《名作欣赏》2009年第8期。

胡艳秋：《回望八十年代"第三代"诗——重读李振声先生〈季节轮换〉》，《清华大学学报（哲学社会科学版）》2009年第S2期。

褚洪敏：《中国现代诗歌中的反讽技巧——以第三代诗歌为例》，《海南师范大学学报（社会科学版）》2010年第1期。

林平乔：《男权规范与女性主义纠结下的双重文化镜像——论第三代女性诗歌的文化悖论》，《大连海事大学学报（社会科学版）》2010年第1期。

安琪：《第三代的造星运动确实有它值得反思的一面》，《星星（下半月）》2010年第1期。

霍俊明：《"朦胧诗"之后：错乱的新诗史命名》，《星星（下半月）》2010年第1期。

姬春涛：《浅析第三代诗歌的反叛性》，《教育界》2010年第2期。

孙百琴：《八十年代诗歌：在美学与意识形态之间》，《山东文学》2010年第3期。

毕兰兰：《于坚诗歌的日常生活诗学》，《文学教育（上）》2010年第3期。

远人：《汉语之美与生活之源》，《文学界（专辑版）》2010年第3期。

朱周斌：《跳跃、跨越与陌生的困难感：张枣诗歌的语言》，《红岩》2010年第3期。

罗文军：《"他们"诗群的民刊方式与秩序意识》，《现代语文（文学研究版）》2010年第3期。

罗文军：《文学体制裂缝与"第三代"诗歌呈现》，《重庆三峡学院学报》2010年第4期。

傅华：《当代先锋诗歌叙事性书写的西方诗学背景》，《当代文坛》2010年第4期。

西川：《意气风发皆成诗》，《可乐》2010年第4期。

魏天无：《"个人写作"的诗学内涵：历史意识与现实承担》，《南方文坛》2010年第4期。

刘春：《飞蛾已经出生，巨著总会完成》，《花城》2010年第4期。

蒋志权：《以先锋的姿态走在批判的道路上——浅析〈有关大雁塔〉》，《黔南民族师范学院学报》2010年第5期。

陈大为：《被隐匿的后现代——论中国当代诗史的理论防线》，《安徽大学学报（哲学社会科学版）》2010年第4期。

陈鹭：《日常生活化：回归生命的本质——第三代诗的一个创作倾向》，《文艺评论》2010年第5期。

罗振亚：《新世纪江苏诗坛概观》，《南方文坛》2010年第5期。

沈奇：《"自由之轻"与"角色之崇"——有关"新世纪诗歌"十年的几点思考》，《南方文坛》2010年第5期。

西川、张清华、谭五昌：《诗歌和诗人的"沸点"——西川与北师大师生的对话》，《芙蓉》2010年第6期。

胡桑：《语言的孤独，及边界——当代汉语诗歌的语言伦理》，《江南（诗江南）》2010年第6期。

王倩倩：《从反叛到被反叛——朦胧诗与第三代比较》，《文学界（理论版）》2010年第6期。

罗文军：《"他们"诗群的民刊方式与秩序意识》，《现代语文》2010年第7期。

陈磊、李雁：《超文体诗歌：反叛与创造》，《山东社会科学》2010年第8期。

刘爱军：《也谈于坚诗歌的艺术特征》，《长城》2010年第8期。

《逃离文化樊篱》，《学理论（下）》2010年第8期。

张德明：《"先锋"迷恋何时了？》，《星星（下半月）》2010年第8期。

向卫国：《时代的夹缝与尴尬的诗歌——评〈尴尬的一代——中国70后先锋诗歌〉》，《山花》2010年第18期。

陈雪梅：《"第三代诗"简述》，《学术理论与探索》2010年第10期。

王艳敏：《先锋从语言开始——先锋派诗歌解读》，《安徽文学（下半月）》2010年第10期。

闻丽：《承担的姿态：从崇高到凡俗——从朦胧诗到第三代诗歌》，《安徽文学（下半月）》2010年第11期。

赵莲云：《浅析"非非主义"诗歌流派》，《安徽文学（下半月）》2010年第11期。

蔡蕊：《"垮掉的一代"及〈在路上〉在中国影响》，《文学界（理论版）》2010年第12期。

《徘徊在诗史的左边——论柏桦〈左边：毛泽东时代的抒情诗人〉》，《台湾诗学学刊》2010年第16期。

朱明明：《第三代诗歌写作中的"后自然观"及其"精神祛魅"立场》，《学理论》2010年第22期。

谢海平：《逃离文化樊篱——第三代诗歌与反文化》，《学理论》2010年第24期。

黄复雄：《韩东三诗赏析》，《语文建设》2011年第Z1期。

贾鉴：《雾中的陌生人：90年代先锋派的一个侧面——以韩东为例》，《南方文坛》2011年第1期。

孙基林：《叙述的诗性如何成为可能》，《山东文学》2011年第1期。

岳露：《喧嚣之后的女性诗歌写作及其评判》，《山东文学》2011年第1期。

董辑：《80年代诗歌运动中的非非主义》，《扬子江评论》2011年第1期。

荣光启：《女性诗歌写作：自"朦胧诗"以来》，《黄冈师范学院学报》2011年第1期。

《"新时期诗歌与新世纪诗歌"五人谈》，《芳草》2011年第1期。

李慧明：《从"校园"到"学院"——对1980至1990年代中国诗歌的一种观察》，《江汉大学学报（人文科学版）》2011年第2期。

王永、张立昭：《柏桦〈左边〉的诗学价值》，《燕山大学学报（哲学社会科学版）》2011年第2期。

罗文军：《从西昌到成都——对第三代诗歌杂志〈非非〉生产的社会学考察》，《当代作家评论》2011年第3期。

董迎春：《"大诗写作"：普世性写作——论海子的诗歌写作》，《广西民族大学学报（哲学社会科学版）》2011年第3期。

杨扬：《八十年代新诗创作的启示》，《四川职业技术学院学报》2011年第3期。

张德明：《诗歌、女性与身体》，《海燕》2011年第3期。

林秀：《在虚与实之间——从于坚诗歌出发》，《河南理工大学学报（社会科学版）》2011年第3期。

林平乔：《论第三代诗歌的禅宗意蕴》，《南京理工大学学报（社会科学版）》2011年第4期。

《作为一个第三代诗人，我以我的诗歌活动为它增光添彩》，《滇池文学》2011年第5期。

王博：《试论中国当代文学中的"新诗潮"》，《文学教育（上）》2011年第5期。

荣光启：《一代人言说自我的诗歌"演义"》，《诗林（双月号）》2011年第5期。

杨扬：《"第三代诗"的反文化特征及其影响》，《当代文坛》2011年第5期。

伊沙：《我说"口语诗"》，《诗探索》2011年第7期。

谷禾：《叙述表达对当下诗歌写作的介入——兼谈当下诗歌写作中的"用功"问题》，《诗探索》2011年第8期。

林平乔：《论第三代诗歌的儒家文化意蕴》，《贵州社会科学》2011年第10期。

张建伟：《论诗人海子的"王者情结"》，《楚雄师范学院学报》2011年第10期。

霍俊明：《当代诗歌语言的"惯性"机制——以"地下"诗歌、"今天"诗歌和"第三代"诗歌为例》，《中国现代文学研究丛刊》2011年第10期。

彭勋：《以刘川为例——浅析当代反智诗歌的基本特征》，《山花》2011年第20期。

吴梅菊：《试析"朦胧诗"与"第三代诗歌"创作倾向的不同》，《山花》2011年第22期。

刘波：《论"第三代"诗人的持续性写作》，《长沙理工大学学报（社会科学版）》2012年第1期。

李建平：《哲学和诗的双重观照——读〈崛起与喧嚣——从朦胧诗到第三代〉》，《中国诗歌研究动态》2012年第1期。

钟秀：《虚妄的孤独——论伊沙〈唐〉及其诗歌创作》，《世界文学评论》2012年第1期。

罗执廷：《选本运作与"第三代诗"的文学史建构》，《江汉大学学报（人文科学版）》2012年第1期。

董迎春：《论"第三代诗"的消费特征》，《北方论丛》2012年第1期。

周航：《于坚的"口语化"诗学》，《新文学评论》2012年第2期。

陈育新：《我们需要的诗歌教育》，《诗探索》2012年第2期。

子午：《中国当代新诗流派史刍议（下）》，《诗林》2012年第2期。

林平乔：《第三代诗人创作中的古典诗歌因子》，《南通大学学报（社会科学版）》2012年第3期。

刘波：《口语诗如何成为可能——关于口语诗命题的一些思考》，《诗探索》2012年第3期。

董迎春：《当代诗歌：走向反讽中心主义》，《社会科学研究》2012年第3期。

姜玉琴：《丧失了先锋性的"个人写作"——从王家新诗学理论中的"历史化"谈起》，《中国文学研究》2012年第3期。

周礼红：《新诗语言哲学观：新诗的语言应承载文化的踪迹》，《文艺评论》2012年第3期。

凌龙华：《穿越麦地，拥抱明天——感受海子和海子的诗》，《广东教育（综合版）》2012年第3期。

陈大为：《阴影里的明灭——美国垮掉派对李亚伟"莽汉诗歌"的影响研究》，《诗探索》2012年第3期。

杨徐嵘：《喧哗与躁动——朦胧诗与"第三代诗歌"语言风格与读者接受的比较》，《文艺生活（文艺理论）》2012年第4期。

董迎春：《隐喻：不可遁隐的诗歌之门——论80年代诗歌话语的"隐喻"特征》，《南京理工大学学报（社会科学版）》2012年第5期。

张执浩：《诗空间》，《长江文艺》2012年第5期。

沈奇：《摆渡者的侧影：仁者无疆——吴思敬诗学精神散论》，《文艺争鸣》2012年第5期。

林平乔：《论第三代诗歌的传统诗学特征》，《内蒙古社会科学（汉文版）》2012年第5期。

孙基：《当代诗歌叙述性思潮与其本体性叙述形态初论》，《山东社会科学》2012年第5期。

周志强：《"第三代"诗：命名与阐释》，《江汉论坛》2012年第6期。

陈爱中：《激情泛化的诗：论第三代诗歌的青春化写作》，《扬子江评论》2012年第6期。

伍明春：《繁华背后的都市冷暖——评王小龙的〈街头回旋曲〉》，《文学教育（上）》2012年第8期。

刘贤吉：《从隐喻后退：在文化规约中寻找元诗》，《楚雄师范学院学报》2012年第8期。

刘波：《被遮蔽的童话之美——论"非非"女诗人小安》，《星星（下半月）》2012年第8期。

葛月月：《第三代诗歌中美与丑的置换》，《语文学刊》2012年第17期。

陈莉婵：《二十世纪中国诗坛一种独特的声音——论于坚的诗》，《青春岁月》2012年第21期。

白杰：《中国自白诗派：女性与自白的诗意邂逅》，《文艺争鸣》2013年第1期。

胡桑：《隔渊望着人们：论陆忆敏》，《上海文化》2013年第1期。

李大珊：《两种时间观念交织下的对望——探析陆忆敏诗歌中的语调特征》，《江汉学术》2013年第1期。

陈超：《于坚的诗》，《红岩》2013年第1期。

刘云：《人道主义观照下的新历史文本——胡丘陵长诗论》，《衡阳师范学院学报》2013年第1期。

赵薇：《〈先锋派理论〉述评——兼论1980年代以来当代文学中的"艺术体制"与"先锋派"问题》，《文化与诗学》2013年第2期。

《于坚：一只弱听的"青鸟"》，《特区教育（中学生）》2013年第3期。

王维：《马永波：言不可言说之物》，《红岩》2013年第3期。

刘波：《论新世纪中生代诗人的日常书写》，《文学与文化》2013年第3期。

向天渊、赵玲：《论当代诗歌公共性的重建：以于坚诗歌为例》，《长沙理工大学学报（社会科学版）》2013年第3期。

刘波：《"在路上"的"灿烂"：关于"第三代"诗人的生活现场》，《星星（下半月）》2013年第4期。

刘波：《古典的魔法诗——评张枣》，《新作文（金牌读写高中生适读）》2013年第4期。

《乱翻书：诗人陈东东访谈》，《读读书》2013年第4期。

苏文健：《姿态与策略——第三代诗歌运动的文化社会学解读》，《三峡大学学报（人文社会科学版）》2013年第4期。

林平乔：《第三代诗歌的乡土文化精神》，《内蒙古社会科学》2013年第5期。

刘永：《前非非主义诗歌流派的诗学理论研究》，《牡丹江大学学报》2013年第5期。

陈大为：《有关"大雁塔"的命名或续完》，《华文文学》2013年第5期。

王鹏：《后朦胧诗研究叙论》，《濮阳职业技术学院学报》2013年第5期。

赵娟：《理想与现实的生存困境——论韩东小说》，《长江大学学报（社会科学版）》2013年第5期。

杨东伟：《以文学理想融入学术研究的尝试——评刘波〈"第三代"诗歌研究〉》，《诗探索》2013年第5期。

王孝稽：《现代诗从未丢弃汉语"传统"》，《诗探索》2013年第6期。

中国当代文学史资料丛书

刘伟：《个体性与社会性的和谐统一：以于坚的诗歌为例》，《华人时刊（下旬刊）》2013年第6期。

刘萍：《也谈"后朦胧"以来诗歌的"口语化"现象》，《北方文学（下旬刊）》2013年第6期。

世宾：《诗歌的转身——第三代诗歌运动的缺失、影响及未来诗歌的走向》，《艺术广角》2013年第6期。

梦亦非：《新图景中的不可能性诗歌——兼对第三代诗歌的反思》，《文学界（专辑版）》2013年第6期。

孙基林：《"知识分子写作"叙事性诗学的源起与倾向》，《山东社会科学》2013年第8期。

董迎春：《综合型写作与当代诗学重构——论八十年代诗歌话语的"提喻"特征》，《海南师范大学学报（社会科学版）》2013年第8期。

黄怡然：《冷风景——关于"第三代"诗歌的思考》，《北方文学（中旬刊）》2013年第10期。

周礼红：《郑敏艺术转型与当代中国新诗建构》，《海南师范大学学报（社会科学版）》2013年第10期。

熊龙英：《诗意的表达与显现——朱文诗歌创作的现象学分析》，《现代语文（学术综合版）》2013年第11期。

庭艳：《断裂——朦胧诗以来汉语新诗的诗学演绎》，《时代文学（上半月）》2013年第12期。

张艳路：《自白的动因——20世纪80年代女性诗歌言说策略的转变》，《名作欣赏（下旬刊）》2013年第36期。

程光炜：《读于坚的〈高山〉》，《山花》2013年第13期。

苏文健：《"姿态"的偏至：文化观照下的"第三代"诗歌》，《创作与评论》2013年第20期。

邵波：《沉潜岁月的精神履历——"中间代"前史研究》，《湛江师范学院学报》2014年第1期。

沈奇：《诗心、诗体与汉语诗性——对新诗及当代诗歌的几点反思》，《诗潮》2014年第1期。

董迎春：《语言的语言迷途——当代诗歌考察笔记之五》，《南京理工大学学报（社会科学版）》2014年第1期。

　　金梦：《"第三代诗歌"的审美特征探析》，《重庆科技学院学报（社会科学版）》2014年第2期。

　　张立群、刘晓丽：《当代诗歌史上被忽视的两个热点"现象"》，《石家庄学院学报》2014年第2期。

　　陈大为：《江河"现代神话史诗"的英雄转化与叙事思维》，《江汉学术》2014年第2期。

　　罗振亚：《在对抗与反叛中生长——近三十年先锋诗歌概观》，《红岩》2014年第3期。

　　曹梦琰：《秩序之美——赵野诗歌论》，《新文学评论》2014年第3期。

　　李徵：《当代中间代女性诗歌简论》，《陕西学前师范学院学报》2014年第3期。

　　李雨萌：《"第三代诗歌"的"个人性"与"公共性"——以诗人海子为例》，《长江师范学院学报》2014年第3期。

　　宗仁发：《回到〈关东文学〉——八十年代第三代诗歌的一个现场》，《红岩》2014年第3期。

　　于涵：《还原真实生活，重新寻找生命的真谛——"第三代"诗歌的精神策略》，《北方文学（中旬刊）》2014年第4期。

　　杨匡汉、霍俊明、江非、张德明、张伟栋、林森、夏可君、朱杰、李少君：《"草根性"诗学九人谈》，《新文学评论》2014年第4期。

　　明飞龙：《从旋转的风车到春的歌谣——李森诗论》，《作家》2014年第4期。

　　陈黎丝：《当代诗歌的生命意识探究》，《现代教育教研》2014年第5期。

　　吕思静：《"第三代诗歌"的"断裂"和重建——以韩东为例》，《今传媒》2014年第5期。

　　马铃薯兄弟、李亚伟：《诗歌是世上最珍贵的东西——关于当代诗歌的评价及诗人的身份问题》，《扬子江评论》2014年第6期。

　　周航：《"民间写作"诗歌观念前史考探》，《暨南学报（哲学社会科学版）》2014年第9期。

涂道丽、李娜：《转换与迷失：论"第三代"诗人的身份建构与认同危机》，《西江月》2014年第9期。

罗振亚：《在对抗与反叛中生长——近三十年先锋诗歌概观》，《诗选刊》2014年第9期。

吕周聚：《诗歌日常生活化抒写的悖论》，《星星（下半月）》2014年第9期。

莫如凡：《论"第三代诗人"的口语实验》，《青春岁月》2014年第10期。

卢山：《民间力量、学院气质、城市身份与诗歌美学》，《滇池》2014年第11期。

杭欣竹：《发现"空白"与"命名"词语——论张枣诗歌的语言试验》，《美与时代（下）》2014年第12期。

吕周聚：《第三代诗歌与美国自白派诗歌的关系探源》，《中国现代文学研究丛刊》2014年第12期。

二、学术专著

子张：《冷雨与热风　现代诗思问录》，北京：中国文联出版社，1999年。

吴开晋、朱多锦主编：《中国现代诗坛》，北京：长征出版社，2001年。

张清华：《内心的迷津：当代诗歌与诗学求问录》，济南：山东文艺出版社，2002年。

孙基林：《崛起与喧嚣：从朦胧诗到第三代》，北京：国际文化出版公司，2004年。

杨黎：《灿烂第三代人的写作和生活》，西宁：青海人民出版社，2004年。

王学东：《"第三代诗"论稿》，成都：巴蜀书社，2010年。

刘波：《"第三代"诗歌研究》，保定：河北大学出版社，2012年。

三、学位论文

徐妍：《漂泊与追寻——世纪末意识中的诗人情怀与精神走向》，东北师范大学硕士论文，1995年。

胡彦：《中国当代先锋诗歌诗学研究》，华东师范大学博士论文，1996年。

原宝国：《断裂：返乡途中的身体狂欢》，山东师范大学硕士论文，2000年。

李长银：《反叛与重建》，郑州大学硕士论文，2001年。

罗振亚：《朦胧诗后先锋诗歌研究》，武汉大学博士论文，2003年。

白茂华：《于坚诗歌的叙事性研究》，厦门大学硕士论文，2004年。

张磊：《诗：1986的狂欢与盛宴》，四川师范大学硕士论文，2005年。

李建立：《旁观者的出场》，河南大学硕士论文，2005年。

徐艳霞：《八十年代诗歌简论》，四川大学硕士论文，2005年。

霍喆：《黑暗中的舞者——诗人海子》，上海外国语大学硕士论文，2005年。

李艳：《浪漫的抒情——论海子诗风》，青岛大学硕士论文，2005年。

陈亮：《第三代诗歌的"非诗"倾向及其对当代诗歌的影响》，中山大学硕士论文，2006年。

杨庆祥：《选本与"第三代诗歌"之建构——以〈中国当代实验诗选〉和〈中国现代主义诗群大观1986—1988〉为中心》，中国人民大学硕士论文，2006年。

刘晓飞：《"十七年"与"第三代"：当代诗歌写作的两极》，西南大学硕士论文，2006年。

何玲：《论海子诗歌中的家园意识及其反思》，首都师范大学硕士论文，2006年。

郭芙秀：《人神离合的爱与痛》，西南大学硕士论文，2006年。

卢燕燕：《一度辉煌与风光不再——〈诗刊〉与中国当代诗潮的关系研究》，厦门大学硕士论文，2006年。

申轩：《在他们自己的路上》，华东师范大学硕士论文，2006年。

中国当代文学史资料丛书

陈立峰：《身份焦虑抑或诗学焦虑——20世纪末诗坛民间写作与知识分子写作论争的回顾与反思》，厦门大学硕士论文，2006年。

周海琳：《"大诗"的探索与反思：海子"太阳"系列长诗研究》，厦门大学硕士论文，2006年。

王学东：《作为生命存在的诗歌》，四川大学硕士论文，2007年。

付宁：《个人化写作和非本质化的语言——1990年代诗歌的两种写作策略》，云南师范大学硕士论文，2007年。

苍粟：《词语不能承受之重》，南京师范大学硕士论文，2007年。

赵蜀玉：《都市诗歌的后朦胧状态辨析》，四川大学硕士论文，2007年。

何潇：《从"诗苑译林"到"20世纪诗歌译丛"——翻译诗歌出版与当代新诗关系的个案研究》，北京大学硕士论文，2007年。

朱明康：《第三代诗歌意象论》，湖北大学硕士论文，2008年。

张科伟：《论于坚"去蔽"的诗学及叙事性中的元诗写作》，河北师范大学硕士论文，2008年。

范亚昆：《众声喧哗中的意义失落——近二十年中国诗歌现象研究》，青岛大学硕士论文，2008年。

孙戈：《这是希望之春，这是失望之冬——浅论当代诗歌的沉浮》，黑龙江大学硕士论文，2008年。

陈爱梅：《王家新诗歌创作转型论》，华中师范大学硕士论文，2008年。

沈敏洁：《当代新诗史上的多多》，华东师范大学硕士论文，2008年。

王茜：《"文学史"记忆之外的韩东解读》，山东大学硕士论文，2008年。

杨雄林：《"站着就是资格"——论王小妮的诗歌创作》，苏州大学硕士论文，2008年。

罗晶：《1980年代"北大诗歌场"研究》，中国人民大学硕士论文，2008年。

王晓燕：《第三代诗歌批评论》，山东大学硕士论文，2009年。

陈钰文：《作为生活方式的口语及其诗歌写作——从第三代诗歌口语化谈起》，陕西师范大学硕士论文，2009年。

朱彩梅：《诗歌的自足性、当代性及诗人的技艺——从"第三代"诗人回归诗歌本身出发》，云南大学硕士论文，2009年。

张学员：《哗变与沉寂——对"第三代诗"的一种解读》，沈阳师范大学硕士论文，2009年。

吴欢：《韩东小说创作论》，江西师范大学硕士论文，2009年。

殷勤兴：《先锋诗歌美学》，山东师范大学硕士论文，2009年。

周志强：《当代诗歌理论批评研究（1979-1999）》，暨南大学博士论文，2009年。

赵学成：《个体诗学：在写作实践与理论批评之间》，苏州大学硕士论文，2009年。

钱刚：《新时期以来的湖北先锋诗歌简论》，湖北大学硕士论文，2009年。

刘波：《"第三代"诗歌论》，南开大学博士论文，2010年。

陶富：《新历史主义视阈下的第三代诗歌》，兰州大学硕士论文，2010年。

黄顺：《论"第三代"诗歌存在性主题的虚无化》，湖北大学硕士论文，2010年。

董迎春：《走向反讽：八十年代诗歌话语研究》，四川大学博士论文，2010年。

严家凤：《民间主题统摄下的审美意象——论海子诗歌的美学向度》，安徽大学硕士论文，2010年。

林志伟：《新时期先锋诗人诗论研究》，福建师范大学硕士论文，2010年。

石降红：《试论新诗的音乐性问题》，上海师范大学硕士论文，2010年。

欧阳继梅：《现代诗性隐喻：作为消解现代诗歌困境的一个方法及其建构》，云南大学硕士论文，2010年。

邓婧：《非非主义诗学研究》，四川师范大学硕士论文，2010年。

郭徽：《"反与返"：中国当代先锋诗歌的反叛性及其局限》，华中科技大学硕士论文，2011年。

安阿凤：《21世纪中国"下半身"写作源流考论》，云南大学硕士论文，2011年。

姬春涛：《穿越古今的沉吟者——论赵野的诗学追求》，沈阳师范大学硕士论文，2011年。

张飞：《二十世纪八十、九十年代女性诗歌研究》，南京师范大学硕士论文，2011年。

郁强：《焦虑与突围——70后诗群研究》，山东大学硕士论文，2011年。

李想：《"突然间"的自我——试论第三代诗歌"自我认知"的发生与呈现》，四川外语学院硕士论文，2012年。

雷斯予：《诗歌里的"声音"：现代汉语诗歌的音乐性》，云南大学硕士论文，2012年。

张雨：《比兴与当代诗歌研究》，华东师范大学博士论文，2012年。

陈振波：《"中国新诗年鉴"（1998—2010）的诗学脉络》，西南大学硕士论文，2013年。

迟书婷：《跨语际实践与翻译中的诗人张枣》，复旦大学硕士论文，2013年。

黄英：《二十世纪末西部诗歌探论》，湖南科技大学硕士论文，2013年。

肖瑶：《走出先锋之维——论于坚诗歌的反思意识》，吉林大学硕士论文，2013年。

蔡森：《80年代以来现代汉语诗歌的隐喻特征研究》，广西大学硕士论文，2013年。

黄文哲：《论中国新诗"诗是经验"诗学观在20世纪90年代的建构》，广西师范大学硕士论文，2013年。

陈英英：《新时期以来新诗的史诗性写作》，山东师范大学博士论文，2013年。

赵喆熊：《"今天派"研究》，华东师范大学硕士论文，2013年。

王继国：《论于坚诗歌中的"事件"书写》，山东大学硕士论文，2014年。

沈子群：《向语言、向文学回归——论韩东对语言、对文学的再认识、再发现、再探索》，苏州大学硕士论文，2014年。

王书博：《上海"城市诗"派研究》，西南大学硕士论文，2014年。

赵玲：《论于坚诗与诗论中的"日常生活"》，西南大学硕士论文，2014年。